BASTEI LÜBBE

K. J. Parker
Schattenjagd

Roman

Ins Deutsche übertragen
von Edda Petri

BASTEI
LÜBBE

BASTEI LÜBBE TASCHENBUCH
Band 20 482

1. Auflage: Februar 2004

Vollständige Taschenbuchausgabe

Bastei Lübbe Taschenbücher
ist ein Imprint der Verlagsgruppe Lübbe

Deutsche Erstveröffentlichung
Titel der englischen Originalausgabe: Shadow

Lektorat: Gerhard Arth/Stefan Bauer
Titelillustration: Jim Burns, Agentur Schlück
Umschlaggestaltung: QuadroGrafik, Bensberg
Satz: Heinrich Fanslau, Communication/EDV, Düsseldorf
Druck und Verarbeitung:
Maury Imprimeur, Frankreich
Printed in France
ISBN 3-404-20482-4

Kapitel 1

Er öffnete die Augen und schaute nach unten. Er hatte keinen blassen Schimmer, wo er sich befand.

Weit unten sah er einen Mann in dem angeschwemmten Schlamm vom Fluss liegen. Er lag auf der Seite, eine Wange in der großen Wasserlache, die einen Spiegel bildete. Die Symmetrie kam ihm eigenartig absurd vor. Die eine Gesichtshälfte des Mannes im Schlamm wurde durch die Wasseroberfläche verdoppelt. Im Wasser waren rote Flecken. Das konnte Blut sein, aber auch etwas weit weniger Melodramatisches. Anfangs erschien ihm die Szene friedlich, doch dann fragte er sich, weshalb jemand in solcher Stellung schlief.

Dann hörte er Stimmen. Diese alarmierten ihn. Etwas stimmte nicht, denn die eine Stimme gehörte dem Schläfer, und die andere kam eindeutig von seinem Spiegelbild.

»Ich habe genug«, sagte der Schläfer. »Ich kann dich nicht länger ertragen. Alles ist völlig außer Kontrolle geraten. Ich will nichts mehr mit dir zu schaffen haben. Und schau mich gefälligst an, wenn ich mit dir rede.«

(Instinktiv wusste er, dass er selbst dieser bewusstlose Mann war.)

»Das hast du alles schon hundertmal gesagt«, erklärte das Spiegelbild. »Du meinst das doch nicht so. Ich höre dir gar nicht mehr zu.«

»Fahr zur Hölle!«, schrie der Schläfer wütend. »Wahrscheinlich hasse ich an dir am meisten, dass du jedes Mal wegschaust, wenn ich etwas sage, das du nicht hören willst. Warum kannst du mir nicht ein einziges Mal zuhören?«

»Weil du nie etwas sagst, bei dem es sich lohnt zuzuhören«, antwortete das Spiegelbild. »Was soll das? Das alles habe ich bereits unzählige Male gehört. Du wirst mich nie verlassen, denn du würdest keine fünf Minuten überleben, wenn ich nicht für dich sorge. Auf dich allein gestellt, bist du nichts.«

»O mein Gott«, sagte der Schläfer nach einer Pause. »Wenn ich dir zuhöre, kann ich nicht glauben, dass wir je etwas gemein hatten. Hau ab! Ich will dich nie wiedersehen.«

»Wirklich?«

»Ja, wirklich. Kapierst du das nicht? Für mich bist du von nun an tot.«

»Reizend.«

»Mehr noch. Für mich hast du nie existiert. Ich habe nie von dir gehört. Ich kenne deinen Namen nicht und weiß nicht, woher du kommst oder was du warst oder was du getan hast – besonders Letzteres. Bei Gott!«

Das Spiegelbild lachte beleidigend. »Schon gut. Selbstverständlich bin allein ich für alles verantwortlich. Du warst nie beteiligt. Du hast *nie* etwas getan.«

»Stimmt«, sagte der Schläfer. »Hab ich auch nicht. Immer warst du es. Und jetzt bist du verschwunden, aus meinem Kopf gelöscht, so wie man einen faulen Zahn zieht. Du warst nie hier. Dich hat es nie gegeben.«

»Wenn das dein Wunsch ist«, sagte das Spiegelbild, unüberhörbar kühl. »Aber das glaube ich nicht. Du brauchst mich. Du kommst zurück. Wie beim letzten Mal.«

»Nein!«

»Wie beim letzten Mal«, wiederholte das Spiegelbild. »Wie immer. Aber das musst du selbst herausfinden. Du weißt ja, wo du mich findest.«

»Nie und nimmer. Eher sterbe ich«, schrie der Schläfer.

»Wir werden ja sehen«, meinte das Spiegelbild ruhig. Dann hob der Mann den Kopf, und die Bewegung zerstörte das Spiegelbild, das auf dem Gekräusel der Wellen ans Ufer floss.

Er öffnete die Augen. Ihm war schwindlig, und er hatte schreckliche Kopfschmerzen. Er hatte das ungute Gefühl, in der Luft zu schweben und auf sich hinunterzublicken. Aber das stimmte nicht. Stattdessen sah er die schwarze Silhouette einer Krähe. Sie kreiste ein paarmal, breitete auf einer sanften Brise die Schwingen aus und glitt auf die Brust eines Toten, der neben ihm lag, knapp einen Meter entfernt. Nach der Landung hob die Krähe den Kopf und starrte ihn an, als wollte sie ihm erklären, dass er kein Recht habe, hier zu sein. Er erinnerte sich, was er über Krähen wusste: Sie sitzen in einem Baum und fixieren dich stundenlang und bewegen sich nicht, bis du weggehst. Aber sie können nicht zählen. Wenn du eine Krähe mit einem Stein oder einer Schleuder erlegen willst, musst du einen Begleiter mitnehmen. Diesen schickst du fort, während du dich versteckst. Die Krähe beobachtet nur ihn, wenn er weggeht. Danach schwingt sie sich mit steifen Flügeln in die

Luft, und du kannst sie erledigen. Krähen sind sehr kluge Tiere. Sie wissen genau, wie weit ein Mensch einen Stein werfen kann, aber sie können nicht zählen.

Er wollte schreien und mit den Armen wedeln, weil man Krähen schon aus Prinzip verscheucht, aber ihm gelang nur eine schlappe Handbewegung und ein mühsames Krächzen. Doch das reichte. Die Krähe breitete die Flügel aus und protestierte laut über die Hinterhältigkeit der Menschen, die sich tot stellen, um hart arbeitende Aasfresser zu täuschen.

Von der Anstrengung, den Vogel verscheucht zu haben, wurde ihm wieder schwindlig und übel. Er legte sich auf den Rücken, starrte zum Himmel empor und wartete darauf, dass seine Erinnerung zurückkam und ihm bewusst wurde, weshalb er neben einer Leiche lag. Sobald er das wusste, würde er auch wissen, was er tun musste. Doch inzwischen schadete es nicht, für einen Moment die Augen zu schließen.

»Ich musste ihn fortjagen«, sagte jemand. Er stellte fest, dass es seine eigene Stimme war, die Stimme des Schläfers aus dem Traum oder der Halluzination oder Vision, was zum Teufel es auch gewesen sein mochte. »Er hat mir nur Ärger und Leid gebracht. Wir sind ohne ihn viel besser dran, warte nur ab.«

Sind wir das *wirklich*?, wollte er fragen.

»Du musst ihn nur vollständig aus deinen Gedanken verdrängen«, erklärte die Stimme. »Vertrau mir. Ich kenne ihn. Was auch geschehen mag, wir sind ohne ihn besser dran.«

Erneut schlug er die Augen auf. Dann setzte er sich auf und blickte umher. Er sah, dass er in einer Talmulde lag, durch deren Mitte ein vom Regen angeschwollener Fluss strömte. Das Wasser war über die Ufer getreten. Er lag in einem kleinen Teich inmitten von braunem Schlamm. Leichen waren darin verstreut. Einige lagen auf dem Rücken, andere mit dem Gesicht nach unten, etliche waren fast im Schlamm versunken. Auch er war über und über mit Schlamm bedeckt, außerdem hatte er einen Stiefel verloren, wahrscheinlich war dieser stecken geblieben, als er durch den Morast watete.

Alles bestens, sagte er sich. Die Erinnerung wird gleich wieder da sein. Er zwang sich aufzustehen, obgleich sein Kopf und sein Knie heftig protestierten. Jetzt hatte er zwar eine bessere Sicht, trotzdem ergab nichts Sinn.

Er betrachtete den Toten, der neben ihm im Schlamm lag. Ein Soldat offenbar, denn er trug eine Rüstung, einen ledernen Brustharnisch und Beinschienen, billig und nützlich, solange man im Trockenen kämpfte. Sein Wollumhang und die Hosen waren so von Blut und schmutzigem Wasser durchnässt, dass die ursprüngliche Farbe nicht mehr zu erkennen war. Die Stiefelspitzen ragten aus dem Schlamm hervor. Todesursache war entweder die tiefe Stichwunde im Bauch oder der Schnitt, der sich unterhalb des rechten Ohrs bis hin zu dem Lederharnisch am Schlüsselbein erstreckte. Das Gesicht schien nur aus dem offenen Mund und zwei aufgerissenen Augen zu bestehen, die hässlich mit getrocknetem Schlamm umrandet waren. Er vermochte nicht zu sagen, ob es sich um einen Freund oder einen Feind handelte.

Er begann zu zählen. Ungefähr zwei Dutzend Leichen lagen umher, im Schlamm konnte er leicht eine übersehen haben. Eine Hälfte war ebenso gekleidet wie der erste Tote, den er gesehen hatte. Die andere Hälfte sah noch schlimmer aus, hatte aber bessere Rüstungen – gute Schuppenpanzer aus Stahl, die hervorragend schützten, aber teuer und mühsam sauber zu halten waren. Auch die übrige Kleidung war aus gutem Tuch. Leider sagten ihm auch diese Uniformen nichts, und das beunruhigte ihn zusehends. Er machte sich die Mühe, jeden Toten aus dem Schlamm zu zerren, und reinigte ihnen das Gesicht, aber auch das brachte ihn nicht weiter. Eigentlich bewirkte es sogar das Gegenteil. Da er mehr als einmal bis über die Knie im Schlamm versank, war der Gedanke, hilflos im Dreck stecken zu bleiben, ohne jemand, der ihn hätte herausziehen können, nicht gerade aufmunternd. Zum Glück gelang es ihm immer wieder, sich mittels der Grasbüschel zu befreien. Offensichtlich hatte er dazu Talent.

Allmählich tat ihm alles weh, und Durst quälte ihn. Doch ehe er nicht die letzten beiden Leichen, welche das Wasser verschmutzten, aus dem Fluss geholt und in ein Gebüsch aus Heckenrosen geschleppt hatte, wollte er nicht trinken. Dann legte er sich erneut auf den Bauch, wieder in den Schlamm, und trank. Danach fühlte er sich etwas besser, verspürte jedoch wenig Lust aufzustehen. Plötzlich fiel ihm ein, dass die Leichen, die er aus dem Fluss geholt hatte, noch geblutet hatten. Daraus folgte, dass der Kampf zwischen den beiden feindlichen Parteien erst kürzlich stattgefunden haben musste – aber er wusste nicht, zu welcher Seite er gehörte. Es konnte durchaus möglich sein, dass Soldaten aus der einen oder anderen Schar nach ihren Gefährten suchten und jeden Augenblick auftauchen konnten. Selbstverständlich könnten es auch seine Freunde sein, die mit Sicherheit hocherfreut wären, zu sehen, dass er noch lebte. Vielleicht aber auch nicht.

Er lag im schmutzigen Wasser und war unfähig, einen Entschluss zu fassen. Möglicherweise war hier seine Heimat, und er konnte einfach über die Hügel nach Hause gehen, baden und sich ins Bett legen – sobald seine Erinnerung zurückgekommen war. Aber vielleicht war er der einzige Überlebende eines Aufklärungstrupps und war jetzt Hunderte von Meilen hinter der feindlichen Linie. Dann bestand seine einzige Überlebenschance darin, schnell seine Leute zu finden, ehe diese ihn für tot erklärten und sich zurückzogen. Es konnte aber auch sein, dass alle tot waren und jeder lebende Mensch, dem er begegnete, sein Feind war, der ihn sofort töten wollte. Er dachte über all das nach. Ihm wurde klar, dass er keine Ahnung hatte, wie er aussah. Vielleicht würde ihm helfen, zu wissen, auf welcher Seite er gekämpft hatte, wenn er sich betrachtete.

Er suchte sich eine Wasserfläche, die groß und ruhig genug war, um sich darin zu betrachten. Aber das Gesicht, das ihm entgegenblickte, hätte jeder x-Beliebige sein können, auch irgendein Fremder. Er sah einen Mann mit verklebtem Haar, das Gesicht von Schlamm überkrustet, mit geronnenem Blut unter dem linken Auge. Der Bart war zwei Tage alt, die Nase gerade und lang. Dieser Mann war entweder jünger, als er aussah, oder älter, als er sich fühlte. Mit Sicherheit kein schöner Anblick. Keine Rüstung oder ein Kleidungsstück, das einer Uniform ähnelte oder der Kleidung der feindlichen Seite. (Er nannte sie Feinde, weil der erste Tote, den er erblickt hatte, ein Soldat in Uniform gewesen war.) Er hatte auch keine leere Scheide, welche darauf hinwies, dass er eine Waffe getragen hatte. Ein lebender Zivilist, zwei Dutzend tote Soldaten. Aber sobald er sich erinnerte, würde selbstverständlich alles einen Sinn ergeben – vorausgesetzt, er würde lange genug am Leben bleiben.

Eine kühne Annahme. In fünf oder zehn Minuten würde er sein Leben zurückhaben und wissen, was zu tun war. Wie viel Zeit würde eine Abteilung der Kavallerie benötigen, um vom Horizont zum Flussufer zu gelangen? Zwei Minuten, vielleicht drei. In vielerlei Hinsicht war er nicht so klug wie eine Krähe, aber er konnte rechnen. Es war an der Zeit, sich von dannen zu machen.

Auf halber Höhe des westlichen Hangs standen etliche hohe dünne Bäume inmitten von Farn und Heckenrosen, in denen ein Mann sich verstecken konnte, wenn es ihm nichts ausmachte, teuflisch verkratzt zu werden. Dieses Versteck war so gut wie jedes andere, um sich hinzulegen und darauf zu warten, dass seine Erinnerung zurückkehrte. *(Aber woher weiß ich, wo ich nach mir suchen soll, wenn ich so versteckt liege? Weil es das einzig mögliche Versteck in diesem Tal ist, du Schwachkopf! Nur dort kannst du suchen.)* Dann kam ihm der Gedanke, dem nächsten Toten, den er sah, den linken Stiefel abzuziehen und hineinzuschlüpfen – er war etwas zu groß, aber das war besser als zu klein. Als Nächstes nahm er dem Mann Umhang und Schwertgurt ab. Nachdem er zehn Schritte den Hang hinaufgegangen war, überlegte er, ob er zurückgehen und nach Proviant oder einer Wasserflasche suchen sollte, entschied sich jedoch dagegen. Schließlich würde er dort oben nur eine halbe, höchstens eine ganze Stunde liegen, nur bis sein Gedächtnis zurückgekehrt war.

Er scheuchte zwei Krähen auf, als er sich einen Weg durchs Dornengestrüpp bahnte. *Gewiss hassen sie mich,* dachte er. *Seit ich aufgewacht bin, habe ich sie nur gestört.* Die beiden Vögel kreisten mehrmals über ihm und verfluchten ihn lautstark. Dann flogen sie gen Süden, wobei sie die Flügel offensichtlich mit ebenso großer Mühe bewegten wie ein Mensch, der durch Schlamm watet.

Unten am Fluss rührte sich etwas. Er kroch an den Rand des Dornengebüschs, um besser sehen zu können.

Ein Dutzend Soldaten ritt im Galopp über den gegenüberliegenden Kamm. Sobald sie den weicheren Boden unter den Pferdehufen spürten, wurden sie langsamer – auf einem schlammigen Abhang war die Gefahr groß, dass ein Pferd sich ein Bein brach. Dann stiegen sie aus dem Sattel und gingen zu Fuß weiter. Kurz vor dem Fluss hob der Anführer die Hand und gab das Signal stehen zu bleiben. Er reichte seinem Hintermann die Zügel und schritt vorsichtig zum Ufer. (Er wollte vor seinen Leuten nicht im Schlamm ausrutschen.) Dort zögerte er, man musste sein Gesicht nicht genau sehen, um zu wissen, dass sich darauf Entsetzen abzeichnete – Entsetzen über den Tod der Kameraden? Oder wollte er sich nur seine glänzenden schwarzen Reitstiefel nicht schmutzig machen?

Der Reiter war ein Soldat, darin bestand kein Zweifel, aber es war zum Verrücktwerden. Seine Uniform und Rüstung glich keinem der Toten. Er trug ein knielanges Kettenhemd (grauenvoll teuer, und nach ungefähr einer Stunde taten einem Hals und Schultern teuflisch weh), dazu einen konischen Helm, der wie ein Spiegel glänzte, einen kleinen Rundschild und einen Bogen, den er sich samt Köcher und Pfeilen umgehängt hatte. Der Soldat stapfte durch den Schlamm wie eine feine Dame, die über einen Hühnerhof stolziert. Er beugte sich über den ersten Toten, hob dessen Kopf, betrachtete das Gesicht, ließ den Kopf vorsichtig zurücksinken und ging zum nächsten Leichnam. Er untersuchte die Leichen beider Parteien mit derselben Behutsamkeit und Achtung. (Würde jemand die Köpfe toter Feinde so sanft niederlegen, nachdem er sie inspiziert hatte? Würde er nicht eher den Stiefel zum Umdrehen benutzen?) Zweifellos suchte der Soldat nach etwas oder jemandem und wollte nicht nur die Todesursache feststellen. *Schlussfolgerung: Sie suchen nach mir. Vielleicht. Oder sie suchen nach jemandem, der hier war, aber entkommen konnte oder entführt wurde.* Was für ein Gedanke! Er hatte angenommen, dass diese zwei Dutzend Männer sich bis zum Tod bekämpft und sich gegenseitig wunderschön symmetrisch umgebracht hatten, damit er vor einem völligen Rätsel stand, wenn er aus der Ohnmacht erwachte. Diese Annahme war falsch, sie diente lediglich dazu, das Problem zu begrenzen. Eigentlich waren alle Annahmen falsch – einige irriger als andere –, zum Beispiel, dass es bei diesem Kampf um ihn gegangen sei oder dass es nicht um ihn gegangen sei. Jetzt war nicht der richtige Zeitpunkt, ein Risiko einzugehen. Es war sicherer, sich wie die Krähen zu verhalten, alles aus der Entfernung zu verfolgen und zu warten, bis die Menschen fort waren.

Egal welchen Rang dieser Reiter auch bekleidete, er führte die Inspektion ruhig und gründlich durch. Anschließend schleppte er sich zurück zu seinem Pferd und gab das Signal zum Abrücken. (Er war gewiss auch müde und wollte nach Hause, trockene Kleidung anziehen und etwas essen.) Er bemerkte, dass die Reiterschar nicht auf demselben Weg zurückritt, auf dem sie hergekommen war. Stattdessen folgten sie einer Anhöhe, die parallel zum Fluss verlief, bis sie hinter dem Horizont verschwanden.

Aus dem Dornengestrüpp herauszukriechen war entschieden mühsamer als hineinzukommen ... Die Dornenranken zerkratzten sein Gesicht und zerrten an seiner Kleidung wie Kinder, die Aufmerksamkeit erheischen wollen, und als täte es ihnen Leid, ihn gehen zu sehen. *Zuneigung*, erinnerte er sich, *ich glaube, dieses Gefühl habe ich früher gekannt. Aber es war leichter, aus meinem Leben zu schlüpfen als aus einem Dornendickicht.*

Nichts hatte sich verändert. Da waren immer noch der Fluss, der Schlamm und die Leichen. Er hatte das Gefühl, dass es in ungefähr einer Stunde dunkel werden würde. Noch immer konnte er sich an nichts erinnern, nicht an seinen Namen oder seine Nationalität, auch nicht, weshalb er hier war oder was geschehen war. Allmählich fand er sich damit ab, dass dieser Zustand noch Tage oder Wochen anhalten konnte – und was geschah mit seinem Leben, während er daraus entfernt war? Er hatte keine

Ahnung, ob es Feuer fangen, überkochen oder verhungern würde. Vielleicht würde auch niemand bemerken, dass er fortgegangen war. Eins war sicher: Er hatte Angst, wusste aber nicht, wovor er sich fürchten sollte. Er holte tief Luft und fasste einen Entschluss: Ab jetzt würde er sich grundsätzlich vor allem und jedem fürchten, bis er in Sicherheit war. Das funktionierte bei den Krähen, und bis jetzt waren sie die einzigen Beispiele dafür, wie man überlebte, die er hatte.

Ja, überleben! Es genügte nicht, Schwertern und Speeren zu entgehen, man musste auch essen und trinken. Er ahnte, dass dies selbst Menschen mit intaktem Gedächtnis nur mit Mühe bewältigten. Eine schwierige Aufgabe, welche einem nicht in den Schoß fiel. Es dürfte sinnvoll sein, diesen Ort zu verlassen und woanders hinzugehen, wo er etwas zu essen und ein Dach über dem Kopf fand, wo er die Kleidung wechseln konnte und alles tun konnte, um noch am Leben zu sein, wenn sein Gedächtnis schließlich zurückkehrte. (Es wäre doch idiotisch, in den letzten Sekunden zu verhungern oder zu erfrieren, ehe er sich daran erinnerte, ein Kronprinz oder reicher Kaufmann zu sein.) Bei dieser Vorstellung lächelte er – *so, was soll ich jetzt tun? Mir irgendwo eine Arbeit suchen? Verdammt, ich weiß nicht mal, ob es etwas gibt, das ich tun kann.* In irgendein Dorf marschieren – vorausgesetzt es gab in der Nähe Dörfer, die man zu Fuß erreichen konnte – und den Leuten die Wahrheit sagen? Aus unbestimmten Grund missfiel ihm dieser Gedanke. Zu gefährlich. Vielleicht würde das erste Dorf dasjenige sein, wo man ihn nach einem langen Leben als

Wegelagerer gefangen hatte, wo die Soldaten ihn zu einem Gerichtsverfahren hingeschleppt hatten. Vielleicht war er vor etlichen Stunden oder Tagen dort gewesen, um das Dorf in Schutt und Asche zu legen, um zu plündern oder einfach nur um Steuern einzutreiben?

Es begann zu regnen. Er blickte zum Himmel empor, der grau und wolkenverhangen war. Es sah so aus, als würde es in nächster Zeit ziemlich heftig regnen. Kein behaglicher Gedanke. Er könnte vernünftig sein und zurück ins Dickicht kriechen, bis der Regen aufhörte (aber das wollte er nicht), oder er könnte losmarschieren in der Hoffnung, eine Scheune oder Ähnliches zu finden. Er hatte keine Ahnung, in welche Richtung er gehen sollte, abgesehen von einer gewissen Abneigung gegen jene, aus der die Reiter gekommen und wohin sie entschwunden waren. Damit blieb ihm die Wahl zwischen Ost und West, weit mehr Auswahl als er wollte. Er entschied sich gegen Westen, weil der Regen dorther kam und es ein bisschen angenehmer war, den Regen im Rücken als im Gesicht zu haben.

Als er das obere Ende des Hanges erreicht hatte, spürte er eine gewisse Beklemmung. Von hier aus konnte er ins nächste Tal schauen. Doch da gab es nichts zu sehen. Keine vertrauten Punkte, die seinem Gedächtnis auf die Sprünge halfen, keine blutrünstige Soldatenschar, die mit gezückten Schwertern auf ihn losmarschierte. Stattdessen sah er einen sanften Hang, welcher zu einer Ebene mit Heidekraut führte, in deren Mitte sich eine Straße befand. Er wusste nicht weshalb, hatte aber das sichere Gefühl, dass eine Straße wohl eine gute Sache sei. Sie konnte ihn zu Menschen führen, die ihm vielleicht weiterhelfen konnten. Selbstverständlich konnte die Straße auch anderes bewirken, doch daran wollte er jetzt nicht denken.

Der Stiefel, den er dem toten Soldaten abgezogen hatte, war zu groß, und er lief sich an der Ferse schnell Blasen. Ihm kam der Gedanke, zurückzugehen und sich einen Stiefel zu suchen, der ihm passte, dazu noch andere Dinge, die er vielleicht brauchen konnte – einen besseren Umhang, etwas zu essen, Geld –, alles, was ein Toter einem Mann bieten konnte, der ein neues Leben begann. Er entschied sich, es nicht zu tun, wenngleich diese Entscheidung irrational war. Er konnte nicht ständig dorthin zurückgehen, vielleicht würde er beim nächsten Mal nicht mehr ungeschoren davonkommen. Aber er musste *etwas* tun. Auf der Straße loszumarschieren war wohl die beste Wahl.

Keine Entscheidungen mehr, bitte. Ohne den Druck aus vielen Möglichkeiten eine auszuwählen, bin ich ein glücklicher Mensch. Er schüttelte den Kopf und war froh, dass er es nicht laut ausgesprochen hatte, falls jemand zuhörte. Als er die Straße erreichte, blieb er nicht stehen. Nach Osten ging es leicht aufwärts, nach Westen leicht abwärts, daher entschied er sich für Westen. Siehst du? Wieder erfolgreich eine Entscheidung getroffen, rational und mit klugem Selbstinteresse, und ohne lang zu überlegen.

Danach marschierte er lange, bis es zu dunkel war, um weiter zu gehen. Er hatte weder Häuser noch Felder oder Flüsse gesehen – kein Ziel. Als er das Gefühl hatte, es sei nicht mehr sicher, weiter zu gehen (einen verstauchten Knöchel brauchte er so nötig wie ein Loch im Kopf), legte er sich hin, rollte den zweiten Umhang als Kissen zusammen und versuchte zu schlafen. Verrückterweise gelang ihm das nicht. Er lag mit offenen Augen da, Regen tropfte ihm aufs Gesicht, Finsternis umgab ihn. Als er einen Krampf bekam, drehte er sich auf die Seite, aber der Regen, der ihm jetzt ins Ohr tropfte, war auch nicht gerade angenehm. Er stand auf und fragte sich, ob er ein Stück weiter gehen sollte. Doch dann entschied er, das nicht zu tun, und legte sich wieder nieder. Die gesamte Zeit über spähte er umher, doch es gab nichts zu sehen.

Diese Nacht währte ewig. Er bemühte sich, die Zeit zu nutzen und seine Lage rational einzuschätzen und Pläne zu schmieden. Das gelang ihm nicht. Stattdessen hörte er immer wieder ein Geräusch. Anfangs war es nur ein Schemen, aus Lauten gewebt, doch je mehr er sich bemühte, diesen zu verdrängen, desto deutlicher wurde er. Schließlich erkannte er eine Art Melodie (Musik wäre übertrieben). Woher diese kam, wusste er nicht. Möglicherweise war es eine echte Erinnerung oder etwas, das er sich ausgedacht hatte. (In diesem Fall hoffte er stark, dass sich, nach Rückkehr des Gedächtnisses, nicht herausstellte, dass er von Beruf Musikant war.)

Alte Krähe sitzt in einem hohen dünnen Baum,
Alte Krähe sitzt in einem hohen dünnen Baum,
Alte Krähe sitzt in einem hohen dünnen Baum,
Und dann kommt der Schwindler und sagt:
»Ich bin es.«

Die Worte hatten sich in seinem Kopf wie eine Fleischfaser zwischen zwei Zähnen festgesetzt. Es gab kein Entrinnen. Über eine Stunde lang summte er das Liedchen vor sich hin, ohne es zu hören, ohne zu denken, nur der Form der Klänge folgend, sich unablässig im Kreise drehend. Falls das eine Erinnerung war, die er gewählt hatte, dann war sie selten blöd, so, als würde jemand zurück in ein brennendes Haus laufen, um einen alten Socken zu retten. Leider fielen ihm keine anderen Lieder ein, deshalb vertrieb er sich die Zeit damit, weitere Strophen zu erfinden. Dieses Experiment hatte das zweifelhafte Verdienst, die Theorie, ein berufsmäßiger Musikant zu sein, ein für alle Mal zu widerlegen.

Vielleicht lauschte er so angestrengt den Klängen dieses Liedes, dass er den Karren erst hörte, als es beinahe zu spät war. Vielleicht war er aber doch eingeschlafen und hatte nur geträumt, das Lied ständig zu summen. Wie auch immer – plötzlich war der Karren da. Achsen quietschten, Eisenräder zermalmten das Heidekraut, Pferde schnaubten –, wäre er nicht schleunigst beiseite gerollt, hätte der Karren ihn glatt überfahren.

Der Karren blieb stehen. Er hörte eine Männerstimme in der Dunkelheit laut fluchen – die ersten Worte, die er hörte, soweit er sich erinnern konnte. Er erhob sich und spähte in die Finsternis. Er sah jedoch nur eine schemenhafte Gestalt.

»Du verdammter Idiot«, brüllte der Mann in den Regen. »Du hättest die Pferde erschrecken und mich umbringen können, verdammt noch mal!« Der Mann klang betrunken, was vielleicht erklärte, weshalb er den Karren in der Nacht ohne Laterne fuhr.

»Am liebsten würde ich dir eins über den Schädel ziehen, du dämlicher elender Hanswurst.«

Jeglicher Gedanke, um eine Mitfahrgelegenheit zu bitten, löste sich in Luft auf. *Großartig,* dachte er, *selbst betrunkene Fahrer eines Karrens wollen mich angreifen. Wenn es mir ständig so ergeht, brauche ich mich nicht zu wundern, dass mein Gedächtnis nicht zurückkommen will. Wer will sich schon an eine derartige Behandlung erinnern?*

Er hörte, wie schwere Stiefel durchs Heidekraut stampften, dann das Klirren von Metall. Sein Instinkt sagte ihm, dass das gar nicht gut sei. »Ich werde dir eine verdammte Lektion erteilen«, rief die Stimme. »Du wirst nicht mehr in der Dunkelheit Leute erschrecken.«

»Um Himmels willen, du Schwachkopf, gib Ruhe.« Das war eine Frauenstimme. Sie kam aus dem Karren. »Komm zurück und schlaf deinen Rausch aus, ehe du dich verletzt.«

»Halt's Maul!«, rief der Mann zurück. »Ich muss dem Kerl eine Lektion erteilen, sonst sind die Straßen ja nicht mehr sicher.« Das hatte geholfen, denn jetzt vermochte er die Stelle zu bestimmen, wo der Betrunkene stand. Jetzt musste er nur noch in die Gegenrichtung schleichen, dann war alles bestens.

Doch gleich darauf trat er in ein Erdloch und fiel aufs Gesicht. Dabei knallte er mit dem Wangenknochen auf einen Stein, sodass er vor Schmerzen aufschrie. Offensichtlich hielt der Betrunkene das für einen Kampfschrei, denn als Nächstes hörte er, wie eine Schwertklinge durch die Luft sauste. Der Trunkenbold schlug wie wild um sich, in jede Richtung, in der er den Feind vermutete. Seine Bemühungen waren selbstverständlich vergeblich, doch auch ein Betrunkener, der mit einer scharfen Klinge in der Dunkelheit blind zuschlägt, kann ebenso gefährlich wie ein ausgebildeter Schwertkämpfer sein – sogar noch gefährlicher, da seine Schläge zufällig erfolgen und daher nicht voraussehbar sind. Am wichtigsten war es jetzt, am Leben zu bleiben, aber der Betrunkene war so nahe, dass er ihn mit Leichtigkeit treffen konnte. Wieder waren Entscheidungen zu treffen, wieder gab es mehrere Möglichkeiten ... konnte nicht ein einziges Mal etwas geschehen, ohne dass er sich dazu äußern musste?

Er beschloss wegzulaufen. Schließlich konnte er hier nichts ausrichten ... Er erhob sich so leise wie möglich, aber der Betrunkene schien Wurzeln geschlagen zu haben. Er hörte weder Schritte noch Atmen. Das war schlimm!

»Jetzt hab ich dich, du Bastard!« Die Klinge sauste durch die Luft, doch der Betrunkene kämpfte wieder gegen Schemen, aber diesmal noch unangenehm näher als zuvor. So leise er konnte, wich er zurück (und das war offenbar sehr leise). Gerade als er glaubte, in Sicherheit zu sein, traf etwas seinen Rücken. Schnell drehte er sich um. Er war gegen das hintere Rad des Karrens gestoßen.

»Bist du das?«, rief eine Frauenstimme nervös heraus.

Das war keine Hilfe. Der Betrunkene nahm jetzt an, dass er versucht hatte, in den Karren zu steigen, um etwas zu stehlen oder die Frau umzubringen. Er stieß einen Wutschrei aus und rannte blindlings zurück. Ein dumpfer Aufprall von Knochen gegen Holz verriet, dass er wohl gegen die Deichsel gelaufen war. Doch damit bot er einen Anhaltspunkt, wo er sich befand, und erleichterte die Entscheidung, in welche Richtung er am günstigsten laufen sollte. Doch Pech war, dass die Frau gerade in diesem Augenblick sich mit der Zunderbüchse zu schaffen machte.

Später stellte er fest, dass er dennoch hätte fliehen können. Er hatte einen selten dummen Fehler gemacht, das stand fest. Aber sobald er Feuerstein und Stahl hörte, erstarrte er und wusste nicht, sollte er davonrennen oder sich unter dem Karren verstecken. Während er sich bemühte, eine Entscheidung zu fällen, kam der Betrunkene schwankend in seine Richtung. Immer noch fuchtelte er mit dem Schwert. Dann spürte er einen kalten Luftzug im Gesicht …

… der Rest war purer Instinkt. Er hätte schwören können, dass er das Schwert, das er dem Toten am Fluss abgenommen hatte, längst vergessen hatte. Doch jetzt glitt seine Hand zum Schwertknauf, und er riss die Waffe blitzschnell aus der Scheide. Dann hörte er das Geräusch, wenn Stahl auf Fleisch trifft. (Kein anderer Laut auf der Welt gleicht diesem Zischen und Schmatzen.) Er spürte den Stoß durch den Arm bis in die Schulter.

Sein erster Gedanke war, dass der Betrunkene ihn getroffen hatte. Erst als er den dumpfen Aufprall eines schweren Körpers gegen die Seite des Karrens hörte, kam ihm der Gedanke, dass auch das Gegenteil der Fall sein konnte. Nun bemerkte er, dass er etwas in der Rechten hielt, und erinnerte sich an das Schwert des toten Soldaten, das er den ganzen Tag keines Blickes gewürdigt hatte. *Was zum Teufel habe ich getan?*, fragte er sich. In diesem Moment hatte die Frau die Zunderbüchse erfolgreich angezündet. Er erblickte das kleine orangefarbene Flämmchen aus dem Augenwinkel.

Schnell wurde das Licht heller, als sie den Zunder an den Docht einer Lampe hielt. Diese öffnete die Finsternis wie eine gefaltete Decke. Jetzt sah er seine Hand um den Schwertknauf und dahinter, neben dem vorderen Rad, etwas liegen, das einem Kleiderbündel glich.

»Wer zum Teufel bist du?«, fragte die Frau irgendwo über seinem Kopf.

Er hätte geantwortet, falls er gekonnt hätte. Stattdessen kniete er nieder und drehte den Toten um. Interessant. Der Hieb zog sich unterhalb des rechten Ohrs bis zum Schlüsselbein hin. Selbstverständlich konnte das purer Zufall sein.

»Er ist tot«, erklärte er überflüssigerweise.

»Scheiße!«, sagte die Frau. »Verdammt, das ist einfach großartig!«

Ihr Tonfall verblüffte ihn. So sprach man vielleicht über ein lahmes Pferd oder ein gebrochenes Rad. Er schaute auf. Sie hielt die Lampe hoch, sodass er ihr Gesicht und eine helle Hand nur vage erkennen konnte. Er fragte sich, ob es sicher wäre, das Schwert wegzustecken. Dann stellte er fest, dass er das bereits getan hatte.

»Verdammt, einfach großartig«, wiederholte die Frau. »Und was soll ich jetzt machen?«

Er antwortete nur: »Es tut mir Leid.« Und das war ehrlich gemeint. Doch die Frau schien davon nicht übermäßig beeindruckt zu sein.

»Dir tut's Leid«, sagte sie. »Vielen Dank! Aber das

nützt mir einen Scheißdreck. Warum zum Teufel musstest du das tun?«

Er schaute sie an. »Er wollte mich umbringen«, antwortete er.

»Ach wirklich?« Sie schien weder überrascht noch besonders interessiert zu sein. »Er war schon immer ein selten blöder Hund – und außerdem eine Bürde. Ich hätte ihm nie erlauben dürfen, das Zeug anzufassen. Gott weiß, dass er nüchtern schon selten dämlich war. Ach, zur Hölle, ich habe eben immer Pech.«

Vielleicht hätte er die Situation leichter bewältigt, wenn er sein Gedächtnis gehabt hätte. Und dann flackerte die Lampe – der Regen oder der Wind – und erlosch. Nie hätte er eine bessere Chance gehabt zu fliehen als jetzt. Es wäre auch das einzig Vernünftige gewesen. Doch er wartete geduldig, während die Frau fluchend die Zunderbüchse betätigte.

»Lass mich mal versuchen«, schlug er vor.

»Scher dich zum Teufel.« Da war wieder das orangene Flämmchen und dann das elfenbeinfarbene Licht der Lampe. »Früher hatte ich eine Glasglocke für die Lampe, aber dieser blöde Idiot hat sie fallen lassen. Noch nie habe ich jemand gesehen, der so ungeschickt war. So, und nun wollen wir uns dich mal näher betrachten.« Sie schwang die Lampe in seine Richtung. Diesmal unterdrückte er den Reflex rechtzeitig und nahm die Hand vom Schwertgriff, ehe sie ihn deutlich sehen konnte. »Mein Gott«, stieß sie hervor. »Was zum Teufel hast du denn angestellt? Du siehst aus, als wärst du in einer Jauchegrube geschwommen.«

»Danke«, antwortete er. »Eigentlich hast du nicht so ganz Unrecht.«

»Was soll's.« Sie hielt die Lampe näher an sein Gesicht. Er bemühte sich, still zu stehen. »Was hast du gesagt, wer du bist?«

»Ich habe geschlafen«, erklärte er. »Der Karren hat mich beinahe überrollt. Dann ist er mit dem Schwert hinter mir her gewesen. Als er zu nahe kam, muss ich zugeschlagen haben. Es tut mir Leid.«

»Das hast du schon gesagt.« Jetzt vermochte er durch den Widerschein der Lampe ihre Augen zu erkennen. »Aber danach habe ich dich nicht gefragt. Wer bist du?«

Diesmal konnte er nicht widerstehen, es auszusprechen. Es war ein langer Tag gewesen, und ihm war inzwischen alles egal. »Weißt du, das ist eine sehr gute Frage«, sagte er.

Kapitel 2

»Was für eine blöde Antwort ist das?«, meinte sie.

Diesen Tonfall kannte er: Tadel, Ungeduld, Hör-auf-dich-blöd-zu-stellen-das-ist-ernst.

»Die Wahrheit, fürchte ich«, sagte er und gähnte. »Ich habe keinen blassen Schimmer, wer ich bin. Ich habe einen Schlag auf den Kopf bekommen« – unbequeme Einzelheiten waren jetzt nicht angebracht – »Ich kann mich an nichts erinnern. Ich wandere schon den ganzen Tag umher und ...«

»Aha, verstehe«, sagte die Frau. »Aber das gibt dir noch lange nicht das Recht, einfach Leute mitten im Nichts umzubringen.«

Er runzelte die Stirn. Warum war der Ort so wichtig? »Es tut mir Leid«, sagte er zum dritten Mal. »Entweder er oder ich. Wer auch immer ich sein mag, ich habe keine Lust, mich von einem Betrunkenen umbringen zu lassen, nur weil ich dagelegen habe und mich nicht überfahren lassen wollte. Wer war er? Dein Mann?«

Die Frau lachte. »Nein, ganz gewiss nicht«, sagte sie. »Nein, er war mein Gott.«

»Dein was?«

»Mein Gott. Und es war verdammt schwer, ihn zu finden. Und absolute Energieverschwendung, wie es sich jetzt herausstellt.«

Nehmen wir mal an, es gibt eine rationale Erklärung. »Wovon redest du?«, fragte er so freundlich wie möglich.

»Was? Ach, ich verstehe, was du meinst. Er war kein *echter* Gott«, erklärte die Frau. »Eigentlich glaube ich nicht an Götter. Na ja, das wäre bei meinem Beruf auch verdammt schwierig.«

»Wirklich? Welchen Beruf übst du aus?«

»Ich bin Priesterin.«

Er seufzte. Vielleicht konnte er sich an irgendetwas erinnern, das ihm bewies, dass die Welt nun mal so war, aber es fiel ihm schwer, das zu glauben. »Du bist eine Priesterin?«, wiederholte er.

»Keine echte, du Schwachkopf. Genauso wie er kein echter Gott war. Los, benutze mal deinen Kopf. Oder hat man dir den letzten Rest Verstand zusammen mit dem Gedächtnis herausgeprügelt?«

»Aha, ich verstehe«, sagte er. »Du bist ...« Ihm fiel keine höfliche Bezeichnung für Schwindlerin, Bauernfängerin ein. »Du stellst die Göttin nur dar, personifizierst sie.«

»Das gefällt mir«, sagte sie. »Göttliche Personifikationen. Das sind wir, na ja, zumindest waren wir es, bis du aufgetaucht bist. Er war der Gott und ich die Priesterin. Wir fahren in Städten und Dörfern umher und knöpfen den Schwachköpfen Geld ab. Mühsam, aber man kann davon leben.« Sie seufzte. »Zumindest bis heute. Und was zum Teufel soll ich jetzt machen?«

Er lachte, obwohl ihm klar war, dass das taktlos war. »Du und ich sitzen im selben Boot«, sagte er. »Wohin fährst du von hier aus?«

»Was?«, fragte sie zerstreut. »Ach, einen halben Tag nach Westen liegt eine kleine Stadt, dorthin wollten wir. Aber jetzt ist das natürlich sinnlos, abgesehen davon, dass ich den Karren verkaufen könnte. Wahrscheinlich würde ich genug dafür bekommen, um nach Josequin zu gelangen. Aber von dort bin ich gerade gekommen. Josequin hinter mir zu lassen war der verdammte Grund ...«

»Wie heißt diese Stadt?«

»Cric.«

»Cric«, wiederholte er. »Nein.«

»Was meinst du mit nein? Ach, verstehe, du hattest gehofft, es klänge vertraut. Aber das tut's wohl nicht, richtig?«

»Nein, leider nicht.« Er ging in die Hocke und rieb sich das Gesicht mit den Händen. »Aber nur keine Sorge«, sagte er. »Irgendwann erreiche ich mein Ziel. Ich muss. Wenn nicht, stecke ich wirklich in Schwierigkeiten.«

»Wenn du willst ...« Ihr Tonfall hatte sich verändert. Jetzt klang ein wenig Mitleid mit, außerdem schien sie etwas zu wollen. »Wenn du willst, bringe ich dich mit dem Karren hin. Mir macht das nichts aus.«

Er schaute auf. »Danke, das wäre überaus freundlich.«

»Schon gut. Wir bleiben hier, bis es hell ist. Ich schätze, wir sollten ihn lieber begraben.« Diesmal hörte er in ihrer Stimme Bedauern, als sie *ihn* sagte. Es war aber das Bedauern, dass sich etwas für sie Wichtiges in eine lästige Pflicht verwandelt hatte. Diese Frau war einzigartig pragmatisch. »Ich lege mich unter den Karren.«

»Warum?«

»Weil es da unten trocken ist, du Schwachkopf. Du bist wahrscheinlich so nass, dass es keine Rolle mehr spielt, aber ich habe schön warm unter meiner Decke gelegen, ehe – na ja, ehe das alles passiert ist. Und mit einer dicken Erkältung gebe ich eine feine Priesterin ab.«

Aha, dachte er, *darauf wollte sie hinaus.* »Macht es dir etwas aus, wenn ich auch runterkomme?«

»Du wärst ein Idiot, wenn du's nicht tätest«, antwortete sie. »Es gießt in Strömen.«

Dann lagen sie in der Dunkelheit unter dem Karren. »Ich heiße Copis«, sagte sie.

»Copis«, wiederholte er. »Nein, klingt nicht vertraut, aber auch nicht völlig unbekannt. Eigentlich nach gar nichts.«

Sie lachte. »Vielen Dank. Ich hätte mich auch gewundert, wenn dir der Name etwas gesagt hätte. Es ist kein Name aus Bohec. Ich stamme aus Torcea, auf der anderen Seite der Bucht.«

»Das alles sagt mir nichts«, erklärte er.

»Wirklich? Du weißt nicht mal, wo du bist? Das ist ...« Sie machte eine kurze Pause, um nachzudenken. »Na schön«, fuhr sie fort. »Zugegeben, Geographie ist nicht eine meiner Stärken. Also wir sind jetzt südlich des Flusses Mahec – sagt dir das was?«

»Nein.«

»Aha. Na schön. Der Fluss Mahec entspringt in den Bergen im Osten und fließt nach Westen ins Meer. Ich glaube, ich habe das richtigrum gesagt. Südlich vom Mahec ist eine große hügelige Ebene – gibt es überhaupt eine hügelige Ebene? Na ja, du weißt schon, was ich meine. Moor, Hügel und Täler, meist zu hoch gelegen für eine üppige Vegetation. Deshalb sind die Städte und Dörfer unten in den Tälern. In der Mitte liegt Josequin, die einzige Stadt nördlich vom Bohec, die diesen Namen verdient. Immer noch nichts?«

»Nein, aber es ist sehr interessant. Was ist Bohec?«

»Das ist ein anderer Fluss«, antwortete sie. »Mehr oder weniger parallel zum Mahec, aber viel breiter und wichtiger, weil auf ihm Schiffe bis Mael fahren können – Mael Bohec lautet der vollständige Name –, außerdem gibt es drei weitere große Städte: Boc Bohec am Westufer, Weal Bohec ungefähr einen Tag ins Landesinnere und Sansory, zwei Tage flussaufwärts von Mael. Verstanden?«

»Ich denke schon.«

»Ausgezeichnet. Vom Bohec sind es zwei Tagesreisen direkt nach Süden zur Südküste – das ist die Bucht –, und von einem der Häfen dort segelt man über die Bucht nach Torcea, woher ich stamme, aber selbstverständlich ist das nur im Sommer möglich. Im übrigen Jahr muss man den weiten Weg um die Bucht herum nach Osten nehmen. Direkt im Westen liegt das offene Meer, und niemand hat auch nur die leiseste Ahnung, was auf der anderen Seite ist. Ja, das ist alles, was ich weiß. Zumindest über die Orte, an denen ich je gewesen bin, und das reicht auch fürs Erste.«

Ihm war ein bisschen schwindlig, aber das waren nützliche Informationen, so gut wie Werkzeuge oder Waffen. »Vielen Dank«, sagte er. »Und wo sind wir gerade?«

Sie lachte. »Irgendwo im Nichts«, antwortete sie. »Wir sind mindestens drei Tage von Josequin entfernt. Weal oder Mael wäre wohl näher, aber auf dem Weg dorthin gibt es zu viele Berge.«

»Hast du irgendwas zu essen?«

»Ja, im Karren. Hebe den Deckel von der Kiste. Dort ist ein Glas. Josequin Plätzchen.« Sie lachte. »Und wenn die dein Gedächtnis nicht auffrischen, bist du tatsächlich nicht aus dieser Gegend.«

Diese Josequin-Kekse waren rund, dünn und kaum größer als seine Handfläche. Sie waren aus Hafermehl gebacken, mit Honig gesüßt und enthielten auch gehackte Nüsse und Rosinen. Er erinnerte sich nicht an dieses Gebäck. Es war für seinen Geschmack etwas zu süß, aber weil er sehr hungrig war, aß er dennoch zwei.

»Das Seltsame an unserem Beruf ist«, erklärte Copis, »dass man entweder auf der Straße zwischen zwei Auftritten verhungert oder man so herrliche Sachen wie diese isst, denn für einen Gott ist das Beste gerade gut genug. Lachs, geräuchertes Lamm, Rebhühner und Pfau, davon jede Menge. Wenn es dich aber nach Pfannkuchen und herzhaftem Käse gelüstet, hast du Pech gehabt. Das gilt auch für Getränke. Hättest du mir vor fünf Jahren gesagt, dass ich einen Krug Wein gern gegen einen mit Milch eintauschen würde, hätte ich dich ausgelacht. Gut, ehrlich gesagt, habe ich Wein noch nie besonders gemocht. Wie ist das bei dir? Na ja, ich nehme an, du weißt das auch nicht.«

»Richtig.«

»Macht nichts.« Er spürte, dass sie ihn gleich um etwas bitten würde. »Weißt du, ich habe nachgedacht. Ich habe meinen Partner verloren, und du hast keine Ahnung, was du machen sollst, bis dein Gedächtnis zurückkehrt. Es wäre doch albern, wenn wir beide durch die Welt irrten, ohne zu wissen, wie wir unseren Lebensunterhalt verdienen sollen.«

»Du willst, dass ich seinen Platz einnehme und so tue, als sei ich ein Gott?«

Sie kicherte. »Nicht *ein* Gott! *Der* Gott! Ach, verdammt! Ich nehme an, das muss ich dir auch erklären, richtig?«

»Es würde helfen.«

»Also gut. In letzter Zeit – sagen wir mal seit zehn Jahren, ein Jahr mehr oder weniger spielt keine Rolle – haben viele Menschen, besonders in dieser Gegend, angefangen, an einen neuen Gott zu glauben. Na ja, er ist nicht gerade neu, sondern kommt schon in sämtlichen alten Geschichten vor. Angeblich hat er die Erde verlassen und soll erst kurz vor dem Ende der Welt zurückkommen. Er ist kein reiner Segen, denn er teilt die Menschen in gut und böse ein. Warst du seiner Meinung nach gut, darfst du weiterleben und die Erde erben, warst du aber böse, fällst du dem Feind anheim. Und dieser Feind sind die Freibeuter, jedenfalls verstehen die Menschen das so, und man kann ihnen das wirklich nicht übel nehmen. Selbstverständlich sind das alles dumme Ammenmärchen. Aber du weißt doch, was man von Gelegenheiten und Pilzen sagt.«

»Gelegenheiten und Pilzen?«

»Sie wachsen aus der Pferdescheiße heraus«, erklärte sie. »Also, was meinst du?« Sie schaute ihn an. »Es ist ja nicht so, dass dir unbegrenzt viele Möglichkeiten offen stünden, oder?«

Er lachte. »Es ist schon eigenartig, plötzlich muss ich dauernd Entscheidungen treffen. Mir stehen sämtliche Möglichkeiten offen, aber ich habe keine Ahnung, welche besser ist als die anderen«, antwortete er. »Was ist, wenn sich herausstellt, dass ich an einem Ort schon mal gewesen bin und man mich erkennt?«

»Aber wäre das nicht großartig?«

»Das hängt davon ab, was ich das letzte Mal dort getan habe. Angenommen ich gehöre zu diesen Freibeutern?«

»Deshalb brauchst du dir keine Kopfschmerzen zu machen«, meinte sie. »Niemand weiß, wie die aussehen, weil sie die Angewohnheit haben, niemals Überlebende zu hinterlassen. Das macht alles viel einfacher, richtig?«

»Na gut, ich mache mit«, sagte er und gähnte hinter vorgehaltener Hand. »Aber in dem Moment, in dem ich mein Gedächtnis wiederhabe, bin ich blitzschnell weg. Das muss klar sein.«

»Alles bestens«, sagte sie. »Willkommen im Gespann! Ich sollte dir wohl deine Aufgaben genau erklären.«

»Später«, murmelte er, denn seine Lider waren schwer. »Ich hatte einen langen Tag.«

Sie sprach weiter, doch er schlief rasch ein und träumte erneut denselben Traum. Hier erinnerte er sich mit Leichtigkeit an alles. Er erinnerte sich an den kleinen Mann und den Toten in der Scheune und die Frau – aber als er umherblickte, was alles anders.

Diesmal stand er neben einem Brunnen in einem Innenhof. Hier war er viel jünger. Sein Spiegelbild im Wasser zeigte ihm ein rundes Gesicht unter eimem Schopf rötlicher Locken mit dem Flaum des ersten Barts. Er drehte den Kopf, denn hinter ihm stand jemand.

»Bereit?«

Er sah sich nicken, als der andere Mann (vielleicht ein oder zwei Jahre älter als er, ebenfalls mit einem schlichten weißen Hemd und eleganten grauen Hosen bekleidet) eine Holzschatulle öffnete und ihm einen Dolch reichte. Diesen betrachtete er nachdenklich und musterte jedes Detail, als sei das wichtig. Es war ein sehr schöner Dolch, die Klinge war ungefähr achtzehn Zentimeter lang, auf beiden Seiten scharf und verjüngte sich zur Spitze hin. Der Griff war aus Elfenbein, ein Spiralmuster war hineingeschnitzt. Die Waffe sah teuer aus und war entweder neu oder äußerst gepflegt. Er fragte sich, weshalb das wichtig war.

»Denk dran«, sagte der andere Mann. »Als Erstes geht er auf dein Gesicht los, um dir Angst einzujagen. Behalte deine Deckung oben, lass ihn nicht zu nahe kommen, dann kann dir nichts passieren. Du musst deine Füße einsetzen – er darf nie zu seinem Spiel finden. Benutze den hinteren Fuß und bemühe dich, ihn zu umtänzeln, zögere nicht, mit der linken Hand abzublocken, du bist schneller als er. Er ist zwar größer und stärker, aber das darf ihm nichts nützen. Du musst ihn müde machen, dann wird er nachlässig und lässt seine Deckung sinken. Das muss er nur ein einziges Mal tun, dann bist du aus dem Schneider. Alles verstanden?«

Einen Moment lang hatte er nicht aufgepasst, sondern die Statue betrachtet, die das Herzstück des Brunnens bildete. Sie war keineswegs schön, aber beeindruckend: eine Krähe, sehr realistisch dargestellt, die einen goldenen Ring im Schnabel hielt.

(Jetzt weiß ich, wo ich bin, ich bin wieder in meinem Gedächtnis. Das ist gut.)

Er nickte. »Alles klar. Das dürfte ich schaffen. Ehrlich gesagt, mache ich mir mehr Sorgen wegen dem, was danach geschieht.«

Diese Bemerkung schien den anderen zu verärgern. »Daran musst du nun wirklich nicht denken«, sagte er. »Das würde dich nur ablenken. Im entscheidenden Moment darf für dich einzig und allein wichtig sein, dass du ihm den Dolch zwischen die Rippen stößt. Um den Rest kümmern wir uns, keine Sorge.«

Im Innenhof neben dem Wasser war es herrlich kühl. Als der andere Mann nicht herschaute, schöpfte er schnell mit der hohlen Hand Wasser und trank es. Dabei schlürfte er leise, was ihm sofort peinlich war.

»So, da kommt er«, sagte der andere Mann und spähte um eine Säule. »Du weißt, was du zu tun hast. Viel Glück.«

(Ich weiß, was ich zu tun habe, tatsächlich? Das wird interessant.)

Er grinste und steckte den Dolch hinten in die breite Schärpe. Dann schlich er vom Brunnen zum Torbogen. Wenn jemand vom Haupthof hereinkam, konnte er ihn dort nicht gleich sehen. Der andere Mann setzte sich auf eine Bank im Schatten an der Westseite des Innenhofs, holte ein Buch hervor, schlug es an beliebiger Stelle auf und begann zu lesen. Gleich darauf sah er einen Schatten durch den Torbogen hereinkommen. Das war sein Stichwort. Die Wahl des richtigen Zeitpunkts war entscheidend. Er zählte: eins und zwei, und dann ging er schnell zum Torbogen. Nach fünf Schritten stieß er hart mit dem Mann zusammen, dessen Schatten er zuvor gesehen hatte. Ohne Luft zu holen, stieß er die eingeübten Worte hervor: »Pass doch auf, du dämlicher Idiot! Kannst du nicht sehen, wo du hingehst?«

Der Mann, mit dem er zusammengeprallt war, hielt ihn am Ellbogen fest, damit er nicht hinfiel. »Ich bitte vielmals um Entschuldigung«, sagte er. »Es war meine Schuld. Es tut mir schrecklich Leid.«

Dieser Mann war fast zwei Meter groß, breitschultrig und hatte lange schwarze Haare, einen buschigen Bart mit ein paar silbernen Strähnen und auffällig sanfte braune Augen. Er lächelte. Das war nicht gut.

»Das reicht mir nicht«, improvisierte er. »Bei diesem Zusammenprall hättest du mich verletzen können.« Er klang nervös und hatte das unangenehme Gefühl, der Hüne hörte das genau. »Jemand sollte dir eine Lektion erteilen«, fuhr er dennoch fort und bemühte sich, die Nervosität wie Wut klingen zu lassen, allerdings ohne großen Erfolg.

»Ich habe doch gesagt, dass es mir Leid tut«, erklärte der Mann und ließ seinen Arm los. »Ich habe es eilig und habe nicht nachgedacht. Aber du bist doch nicht verletzt, oder?«

»Nein, aber darum geht es nicht.« Alles lief falsch. Dieser schreckliche Mensch, dieser Feind des Reiches hätte sich so leicht provozieren lassen müssen wie ein Wespennest. Stattdessen hatte er jetzt das Gefühl wie bei einer Kissenschlacht. »Du führst dich auf, als würde dir alles gehören, aber noch ist es nicht so weit.«

Jetzt hatte er die ungeteilte Aufmerksamkeit des anderen. Doch reagierte dieser keineswegs verärgert, sondern mit Neugier. Verdammt! Jetzt hat er mich durchschaut, ich habe unseren Plan verraten. Er weiß jetzt, dass es ein Hinterhalt ist.

»Welch eigenartige Worte«, sagte der Mann. »Es tut mir wirklich Leid, wenn ich dich verärgert habe. Es war nur ein Unfall, nichts weiter.«

»Das glaube ich nicht.« Aus dem Augenwinkel konnte er seinen Freund sehen. Dieser schaute ihn peinlich berührt an und warf ihm einen Blick zu, welcher besagte: Das hast du versaut. Nun geriet er tatsächlich in Wut. »Ich glaube, du hast es mit Absicht gemacht.«

»Aber wie? Ich wusste doch nicht, dass du da warst.«

»Du hast es absichtlich gemacht«, wiederholte er. »Weil es dir Spaß macht, Menschen wie uns herumzuschubsen, denn dann fühlst du dich mächtig. Und jetzt wollen wir mal sehen, wie mächtig du bist.« Nach dieser ziemlich blöden Erklärung zückte er den Dolch und ging in Kampfstellung.

Der Hüne schaute ihn an und seufzte. »Verstehe«, sagte er, rührte sich aber nicht von der Stelle. »War das deine Idee?«

»Ich weiß nicht, was du meinst.« Es war extrem peinlich in dieser Stellung zu verharren (Gewicht auf dem hinteren Bein, Kopf und Arme nach vorn, linker Ellbogen hoch und rechte Hand niedrig) und mit einem Gegner zu sprechen, der aufrecht, unbewaffnet mit vor der Brust verschränkten Armen vor ihm stand. »Los! Greif an!« Er hörte, wie seine Stimme höher und schriller wurde, je frustrierter er wurde. »Du hast Angst, richtig?«

»Ja«, antwortete der Mann, obgleich es nicht so

aussah. »Das ist immer so, wenn jemand mit einem Dolch vor mir herumfuchtelt.« Verdammt! Jetzt wich er zurück. *So sollte es nicht laufen* – es war höchste Zeit, etwas zu unternehmen. Er durfte ihn nicht fortgehen lassen, denn dann hätte er den Leuten von diesem Hinterhalt erzählt ... Er kam sich unsäglich dämlich vor. Er setzte den linken Fuß vor, schlug eine Finte gegen den Kopf und dann nach unten in Richtung der Lende. Der Hüne wehrte ihn locker mit der linken Hand ab und versetzte ihm mit der rechten einen Faustschlag auf die Nase.

Damit hatte er nicht gerechnet. Das entsprach ganz und gar nicht der Etikette – ein Faustschlag in einem Kampf mit Klingen. Wie gewöhnlich! *... und außerdem tat es höllisch weh.* Er taumelte drei vier Schritte zurück, ließ aber den Dolch nicht fallen. Hätte der Hüne sogleich wieder zugeschlagen, hätte er keine Chance gehabt. Aber das tat er nicht. Er drehte sich um und wollte gehen. Mit einem Wutschrei sprang er ihm nach, verschätzte sich aber in der Entfernung, weil er vom Fausthieb noch leicht benommen war. Es gelang ihm jedoch, den Gegner an der Schulter zu packen und herumzudrehen. Blitzschnell griff der Hüne nach dem Dolch. Er zog ihn zurück wie ein Kind, das ein Spielzeug vor den Eltern verstecken will. Dabei ritzte er die Hand des Gegners. Blut floss aus der Wunde.

Der Anblick von Blut widerte ihn aus irgendeinem Grund an. Er kam sich unsäglich töricht vor ... aber der Gegner wollte immer noch den Dolch. Er sprang mit beiden Beinen zurück und sammelte sich. »Um Himmels willen, tu was!«, rief sein Freund. Er versetzte sich geistig zurück in den Fechtunterricht und bereitete den nächsten Schlag vor. Nun mach schon, darin war er *gut* ... Er stieß zu und verfehlte die Schulterkuppe des Gegners nur knapp (das war ein regelgerechter Stoß, nicht so ein schreckliches Zerren und Ringen). Dann senkte er den Arm, um dem Gegner die Klinge in den Bauch zu stoßen. Doch der Hüne (inzwischen waren seine Augen eiskalt) wehrte den Stoß mit dem linken Unterarm ab und holte mit der Rechten seinen Dolch heraus. (Endlich, ich dachte, wir kommen nie dahin ...) Er war so erleichtert, dass er erst erkannte, dass er ohne Deckung war, bis es beinahe zu spät war.

Doch wie sein Freund zuvor gesagt hatte: Er war schnell. Noch ein Sprung zurück. Er landete auf den Ballen und hatte einen festen Stand. Jetzt meinte der Gegner es ernst. Entweder war er wütend, oder er hatte resigniert. Er stand vornübergebeugt da, die Hände tief. Er hielt ein langes dünnes Stilett, wie es Ingenieure und Artilleristen tragen. Auf der Klinge war eine Längenmaßskala eingeritzt – diese Waffe war nicht scharf, aber vorzüglich geeignet, um zuzustoßen. Zum ersten Mal wurde ihm klar, dass er womöglich sterben könnte ... Er zitterte, sein Magen verkrampfte sich. Er war ein hervorragender Fechter, das stand fest, aber jetzt sollte er zum ersten Mal im Leben jemanden töten, einen Gegner, der ihm nach dem Leben trachtete. Das gefiel ihm ganz und gar nicht.

Ach was, zur Hölle!, dachte er. Dann führte er seinen Lieblingsstoß aus. Dieser war ein kompliziertes Manöver, das aus drei Teilen bestand: Finte gegen die Augen, dann nach unten eine weitere Finte gegen die Hände und blitzschnell nach oben für den Todesstreich auf den Kopf. Damit gewann man garantiert jeden Kampf. Er hatte diesen Stoß immer wieder geübt. Der Hüne trat nach der ersten Finte zurück (das sollte er auch), dann wehrte er mit dem linken Arm den nächsten Schlag ab, so weit so gut –

Doch dann sollte er einen Schritt zur Seite tun, um zum Gegenangriff überzugehen, sofern er Fechten im Purpurnen Ring und nicht in einer Gasse hinter einer Hafenkaschemme gelernt hatte. Aber er verhielt sich keineswegs regelgerecht, sondern verlagerte das Gewicht auf den rechten Fuß und trat mit dem linken zu. Sein Stiefel landete direkt zwischen den Beinen des jungen Mannes. Dieser ließ seinen Dolch fallen und krümmte sich vor Schmerzen. Er hörte seinen eigenen Schrei und starrte auf das Gras zwischen seinen Füßen. *Verflucht, jetzt sterbe ich,* dachte er. In diesem Moment traf ihn die linke Faust des Hünen an der Schläfe, worauf er besinnungslos zu Boden sank.

Danach geschah lange Zeit gar nichts. Er lag auf dem linken Arm. Kopf und Geschlechtsteile taten höllisch weh. Dann hörte er den Freund schreien: »Du Idiot!« Aber ihm war gleichgültig, was andere Menschen über ihn dachten. Außer den Schmerzen nahm er überhaupt nicht viel wahr. Dann sah er den Stiefel des Gegners – na schön, gib mir den Rest! Er wollte ausweichen, vermochte es aber nicht.

Der Hüne trat ihm mit aller Kraft in den Bauch.

»So, und jetzt kannst du aufstehen«, sagte der Mann. »Und du ...«, wahrscheinlich meinte er damit den Freund, obgleich das keine Rolle spielte, »halte dich fern. Kenne ich dich nicht von irgendwoher?«

»Ich glaube nicht«, stammelte sein Freund, dieser elende feige Hund. »Ich habe nur hier gesessen und ...«

»Schweig!«, schnitt ihm der Mann verärgert das Wort ab. »Aber ich kenne dich. Du bist Galien – Verzeihung, *Prinz* Galien. Das alles war deine Idee, richtig?«

»Nein, nein«, erklärte Galien verängstigt. »Wie ich schon sagte – ich habe nur hier gesessen und ...«

»Verpiss dich!«

»Aber ...«

»Ich habe gesagt: Verpiss dich!« Offenbar tat Galien genau dieses, denn er hörte nichts mehr von ihm. Stattdessen fühlte er, wie der Hüne ihn am Kragen packte und ihn auf die Füße stellte. Seine Beine wollten ihn nicht so recht tragen; er hing da, hilflos wie ein kleines Kind. »Und du, Tazencius«, sagte der Mann, »solltest es wirklich besser wissen. Hast du ernstlich geglaubt, ihr könntet so etwas durchziehen? Ihr beide?«

»Lass mich los«, stieß er hervor.

»Wie du willst.« Der Mann ließ ihn los. Selbstverständlich landete er wieder flach auf dem Boden und glaubte, sich den Knöchel verstaucht zu haben. Der Hüne hob ihn wieder hoch, sodass er wie ein Fisch an der Angel baumelte. Dann schaute er ihm tief in die Augen. »Du armseliger Hanswurst«, sagte der Mann.

»Du ...« Um Haaresbreite wäre er in Tränen ausgebrochen. »Du erzählst alles meinem Vater, oder?«

Oh, die Verachtung in den Augen des Mannes ... »Nein«, sagte er. »Das würde alles nur noch schlimmer machen. Er müsste dich bestrafen, und dann würden mich *alle* hassen, bis jetzt sind es nur beinahe alle. Du lieber Gott, was seid ihr nur für Menschen? Weshalb könnt ihr mich nicht in Ruhe lassen?«

»Es tut mir Leid«, sagte er, ohne nachzudenken, weil es tatsächlich so war. Plötzlich lächelte der Hüne.

»Na schön, wenn es dir wirklich Leid tut, ist alles in Ordnung«, sagte er. »Ohne Entschuldigung hätte es geheißen: Marsch, ab ins Bett – und ohne Pudding.« Er schien nicht mehr ärgerlich zu sein. Nur die Verachtung war noch zu spüren, aber wahrscheinlich war diese noch immer vorhanden. Und es war tolerante Verachtung, wie er sie zuweilen in den Augen älterer Bediensteter gesehen hatte, die schon eine kleine Ewigkeit bei Hof waren. »Und jetzt verschwinde, ehe jemand kommt und uns sieht«, sagte der Mann. »Noch einen Rat auf den Weg, Tazencius: Falls du und dein hinterhältiger Vetter wieder mal Politik spielen wollt, dann legt euch nicht mit einem Soldaten an, das könnte wehtun. Du bist ein Prinz, und ich habe geschworen, mit meinem Leben alle Mitglieder der königlichen Familie zu schützen – Gott helfe mir! –, dich eingeschlossen. Ich möchte nicht in einen Kampf mit einem Erwachsenen verwickelt werden, nur um dich davor zu schützen, dass man dir die Kehle aufschlitzt. Verstanden?«

Er nickte und schickte sich an zu gehen.

»Warte«, sagte der Mann. »Du hast etwas vergessen.«

»Was denn?«

Der Mann hob etwas vom Boden auf. »Deinen Dolch. So was darf man nicht umherliegen lassen. Es könnte sich jemand schneiden. Außerdem ist die Waffe eine Menge Geld wert«, fügte er hinzu. »Als ich so alt war wie du, war das ein Jahressold.« Er reichte ihm den Dolch mit ernster Miene. »Pass auf, der ist scharf.«

»Danke«, sagte er automatisch.

»Bitte schön.«

»Eigentlich ...« Warum sagte er das? Nur um zu plaudern? »Eigentlich ist es nicht mein Dolch. Er gehört Galien.«

»Dann gib ihn ihm zurück«, sagte der Mann. »Das alles war seine Idee, richtig?«

Er nickte. »Ja.«

»Hab ich mir gedacht. Kommt nach seinem Vater.« Der Mann schaute ihm in die Augen. »Du solltest dich von ihm fern halten«, sagte er ernst. »Du glaubst, er sei auf deiner Seite, aber dem ist nicht so. »Niemand ist es, das ist ja das Schreckliche.«

Aus irgendeinem Grund war er schockiert. »Niemand?«

»Niemand.« Die Augen des Mannes waren groß und sanft. »Abgesehen von mir, aber du solltest nicht damit rechnen.«

Er holte tief Luft. »Sag mir, General, auf wessen Seite *stehst* du? Ganz ehrlich.«

»Ehrlich?« Der Mann lächelte. Er war ein Mensch, der wann immer es möglich war, lächelte. »Weißt du, ich wünschte, ich wüsste es manchmal.«

»Aber, General ...«

Aber General ...

»Was hast du gesagt?«, fragte die Frau neben ihm in der Dunkelheit.

Er wachte auf. »Was?«

»Hast du gerade etwas gesagt?«, wollte Copis wissen.

»Ich glaube nicht.«

»Ich dachte, du hättest was gesagt.«

Er rieb sich die Augen. »Möglich wär's.« Es wurde allmählich hell. Trotz allem hatte er gehofft, dass sein Gedächtnis zurückgekehrt sei, wenn er aufwachte. Aber dem war nicht so. Andererseits konnte er sich an alles erinnern, was am gestrigen Tag geschehen war, von dem Moment an, an dem er im Schlamm aufgewacht war. Das war immerhin schon etwas. »Wir sollten aufbrechen«, sagte er. Als er sich bewegte, stellte er fest, dass er sich im Schlaf das Genick verrenkt hatte. Außerdem tat ihm der Kopf weh.

»In Ordnung«, antwortete Copis. Als sie unter dem Karren hervorkrochen, fiel ihm ein, dass er die Frau bisher noch gar nicht richtig gesehen hatte, sondern nur als Schemen hinter der Laterne. Er wartete, bis ihr Kopf und die Schultern auftauchten. Sie musterte ihn ebenfalls.

»Du musst dich waschen«, sagte sie. »Unbedingt.«

Da er keine Schönheit erwartet hatte, war er nicht enttäuscht. Sie war jünger, als er aufgrund ihrer Stimme vermutet hatte – zwischen dreißig und vierzig, eher nahe dreißig, aber vom Leben gezeichnet. Sie hatte scharfe Züge, eine spitze Nase, hohe Wangenknochen, sehr dunkle Augen und rötliches Haar, das sie im Nacken zusammengebunden hatte. Sie trug die Reitjacke eines Mannes, welche schon ausgebleicht und am Kragen etwas verschlissen war.

»Sobald du fertig bist, mich anzustarren, kannst du dich hinten reinsetzen«, sagte sie. »Ich will dich nicht beleidigen, aber du stinkst nach Schlamm.«

Wenn er es so recht bedachte, hatte er sich selbst auch noch nicht gesehen – er war nicht geneigt, das Spiegelbild im schlammigen Flusswasser mitzuzählen. »Gut, finde einen Fluss oder See, dann wasche ich mich gründlich. Du hast nicht zufällig trockene Sachen im Karren?«

»Doch«, antwortete sie über die Schulter hinweg, als sie die Pferde antrieb. Beide Rösser waren träge, nachdem sie die Nacht angeschirrt verbracht hatten. »Er war aber größer als du und breiter in den Schultern. Du würdest dann aussehen, als hättest du die abgelegten Sachen deines älteren Bruders angezogen.«

Vielleicht sind sie das. Alles möglich. »Das spielt keine Rolle«, sagte er. »Ich bin nass bis auf die Haut.«

Sie blickte stur geradeaus. »Da liegt eine Bettrolle, darin sind die Sachen. Und da sind auch seine Gottesgewänder. Bei denen ist die Größe unwichtig, sie sind alle weit und passen jedem.«

Die Kleidung des Toten war viel zu groß, wie sie vorausgesagt hatte, aber das gewachste Segeltuch des Karrens hatte alles einigermaßen trocken gehalten. In die trockenen Sachen zu schlüpfen war der reinste Luxus – *würde ich es so genossen haben, wenn ich wüsste, wer ich bin? Wahrscheinlich nicht.* Danach saß er hinten und ließ die Beine baumeln. Er war richtig glücklich.

Nach geraumer Zeit rief Copis: »Das dürfte reichen. Du kannst dich waschen, während ich mal verschwinde. Aber trödle nicht.«

Es war ein wunderschöner Platz, wo immer er sein mochte. Unterhalb der Straße fiel das Gelände steil zu einer kleinen Talmulde hin ab, die sich so ins

Moor schmiegte, dass man sie leicht übersehen konnte. Durch sie hindurch schlängelte sich ein Bach, der einen kleinen See bildete, ehe er über einen natürlichen Damm aus Felsen ungefähr fünfzehn Meter schäumend in die Tiefe stürzte. Der Wasserfall wurde von Heckenrosen, Farn, Sauerampfer und Bärenklau gesäumt. Unterhalb des Wasserfalls rauschte der Bach über felsiges Gestein und versickerte wieder im Moor. Zwei dünne Dornenbäume standen neben dem Wasserfall. Er sah zwei Krähen auf den starren Ästen sitzen. Eigenartigerweise blickten sie direkt in den Wind.

Da das Wasser im Teich braun war, kam er zu dem Schluss, dass er nach einem Bad darin nicht sauberer als zuvor sein würde, daher kletterte er die Felsen hinab zum Wasserfall. Links war eine kleine Felsplatte, die als Tisch dienen konnte. Er bahnte sich einen Weg durchs Farnkraut, zog die Kleider aus, legte sie auf den steinernen Tisch und ging ins Wasser. Es war so kalt, dass er zusammenzuckte. Die Gischt peitschte ihm ins Gesicht und blendete ihn. Er watete weiter hinein. Als ihm das Wasser bis zum Kinn reichte, steckte er den Kopf hinein und fuhr sich mit den Fingern durchs Haar, um den getrockneten Schlamm und die Blutklumpen abzulösen. Eine Krähe erhob sich, kreiste ein Mal über dem Wasserfall und ließ sich auf dem gegenüberliegenden Baum nieder.

Das Wasser war zu kalt, um unnötig lang darin zu bleiben. Er kletterte auf den Steintisch und zog die Kleider über den nassen Körper. Dann legte er sich auf den Bauch und betrachtete sein Gesicht in dem stillen Wasser unterhalb der Steinplatte.

Also das bin ich, dachte er. *Na schön.*

Er wusste nicht, was er erwartet hatte, aber gewiss nicht dieses traurige, rechteckige Gesicht mit der langen geraden Nase und dem spitzen Kinn, das er jetzt erblickte. Die Augen waren schlichtweg mitleiderregend, im Gegensatz zu dem aufmunternden Kribbeln, das er nach dem kalten Bad auf der Haut spürte. Er hatte einen jüngeren Mann erwartet, einen, der so jung war, wie er sich fühlte. Obgleich sein Haar zurückgestrichen war, sah er graue Schläfen über den flachen kleinen Ohren. Er sah eine alte Narbe, die sich vom linken Augenwinkel bis in die Mitte des Wangenknochens hinzog. Und eine zweite, so groß wie ein Daumennagel, in der Nähe des Mundes.

Er war enttäuscht ... Er fühlte sich wie jemand, dem man ein Haus versprochen hatte, der aber stattdessen nur eine alte verfallene Scheune bekam. Kein fröhliches Gesicht. Wasserundurchdringlich war wohl das einzige Kompliment.

»Beeile dich«, ertönte Copis' Stimme von der Straße her. »Was um Himmels willen machst du da unten?«

»Nur einen Moment«, rief er zurück. Ein letzter Blick auf das Gesicht – jetzt wirkte es mürrisch, die Falten waren noch tiefer. Er hob einen Kieselstein auf und warf ihn mitten durch die Stirn.

Kapitel 3

»Ein Krieg?«, wiederholte er. »Worum geht es?«

Copis musterte ihn streng. »Du meinst, du hast tatsächlich dein Gedächtnis verloren? Na schön. Es ist eine lange Geschichte. Pass gut auf. Der Kaiser – den Kaiser kennst du doch, oder?«

»Nein.«

Fast den gesamten Vormittag hatte die Straße gleich ausgesehen – ein graubraunes Band über einer grünbraunen Oberfläche, nicht ganz gerade. Zu beiden Seiten sah man in der Ferne die vagen Umrisse von Hügeln, doch waren sie zu dieser Jahreszeit fast immer wolkenverhangen, wie Copis ihm erklärte. Im Herbst und Winter hingen die Wolken tief, im Frühling herrschte Nebel, und im Sommer waren es Hitzeschlieren. Mit anderen Worten: Die Hügel waren niemals deutlich zu sehen, aber so interessant waren sie nun auch widerum nicht.

»Ach verdammt, wie kann ich dir das am besten erklären!« Sie seufzte. »Also, wir leben in einem großen Reich, einem Imperium, klar? Hier ist das nördliche Ende, was aber keine große Rolle spielt. Der Kaiser und die Hauptstadt und das restliche Zeug liegen auf der anderen Seite der Bucht, wo ich herkomme. Alles klar bis jetzt?«

»Mehr oder weniger.«

»Ausgezeichnet. Also, ungefähr sechs Tage nördlich des Mahec – erinnerst du dich an das, was ich dir über den Mahec erzählt habe?«

»Es ist ein Fluss. Irgendwo.«

»Stimmt, und er bildet die Grenze, zumindest war früher dort die Grenze. Ich glaube, heutzutage wissen nicht mehr viele Menschen, wo sie verläuft, und wenn, dann sagen sie es nicht weiter. Im Augenblick läuft es im Reich nicht besonders gut, wenn du verstehst, was ich meine.«

»Verstehe.«

»Wie auch immer«, fuhr Copis fort. »Vor fünf Jahren schickte der Kaiser einen neuen General aus, um die Grenze zu übernehmen. Und dann die übliche Geschichte: Nachdem er ein paarmal auf die Schnauze gefallen war, trieb er den Feind zurück über die Berge. Dann erklärte er, dass er das gesamte Gebiet nördlich des Bohec übernehmen werde – das haben wir alles natürlich schon früher gehört. Ich frage mich wirklich, warum sie sich die Mühe machen. Inzwischen sollten sie begriffen haben, dass das immer mit Tränen endet. An die genaue Zahl kann ich mich nicht mehr erinnern, aber es waren an die siebzig Kaiser in den letzten hundertfünfzig Jahren, und von denen sind höchstens ein Dutzend im Bett gestorben. Wirklich albern.«

»Ja«, meinte er, weil ihm nichts Besseres einfiel. Eine Schar Gänse flog über ihren Köpfen dahin, so hoch, als wollten sie mit allem hier unten nichts zu tun haben.

»Und du willst mir weismachen, dass du das alles vergessen hast?« Ihre Stimme klang anders, misstrauischer. »Du bist wirklich schlimm dran, wenn du dich nicht einmal ans Imperium erinnerst.«

Er beschloss das Risiko einzugehen. »Da ist doch noch etwas, oder?«

»Nein.«

»Doch. Bitte, mir ist gleich, was es ist, auch wenn es etwas Übles ist«, sagte er. »Ich würde es lieber jetzt als später erfahren.«

»Ach, eigentlich ist es nichts.«

Er rief sich ins Gedächtnis, dass er sich den Luxus, ärgerlich zu werden, nicht leisten konnte. Nur Menschen, die wussten, wer sie waren, konnten das. »Bitte«, wiederholte er. »Ganz gleich, wie schlimm es ist. Ich möchte doch nur herausfinden, wer ich bin. Nur das ist wichtig für mich. Wenn da noch etwas ist ...«

»Na schön, meinetwegen.« Sie klang nicht erfreut. »Ich habe nur gerade gedacht, dass du vielleicht von Anfang an nichts über das Reich gewusst hast, denn es ist einfach unmöglich, dass du das vergessen haben kannst.«

»Du meinst, weil ich ein Fremder bin?«

Der Karren rumpelte über einen Stein und schleuderte beide hoch. Copis fluchte, hatte sich aber schnell wieder im Griff.

»Du klingst nicht wie ein Fremder«, sagte sie nachdenklich. »Ich versuche schon die ganze Zeit über deinen Akzent zu bestimmen, aber es gelingt mir nicht. Und ich kenne mich mit Akzenten wirklich gut aus.«

Er schloss die Augen. »Bitte rede weiter.«

»Gut, aber es ist sehr schwierig. Weißt du, wer die Freibeuter sind?«

»Ich weiß, was das Wort bedeutet.«

Sie seufzte. »Dann kennst du sie offenbar nicht. Es

ist wirklich schwer zu glauben, aber ich nehme es dir ab. Aber glaube ja nicht, dass andere das auch tun. Wir nennen sie Freibeuter, obwohl das eigentlich nicht die richtige Bezeichnung ist. Als sie vor fünfzig oder sechzig Jahren zum ersten Mal auftauchten, hielten wir sie für Freibeuter. Eigentlich wissen wir überhaupt nichts über sie. Das macht die Sache so schrecklich. Sie scheinen aus dem Nichts zu kommen, wir glauben aus Westen. Für gewöhnlich segeln sie zu einer Stadt an der Küste, manchmal landen sie aber auch hoch im Norden und schleichen sich durch die Berge an. Oder, wenn sie auf der anderen Seite der Bucht angreifen, kommen sie durch die Wälder. Nicht zu fassen, wie sie das schaffen.« Sie machte eine kurze Pause und spielte mit den Zügeln. »Wir hören nur von einem plötzlichen Überfall, wieder ist eine Stadt geplündert und in Schutt und Asche gelegt, dann sind sie verschwunden. Niemand weiß, woher sie kommen oder wer sie sind – ach, es gibt jede Menge Gerüchte, aber niemand *weiß* wirklich etwas. Während der letzten fünfzig Jahre haben sie mit Sicherheit an die fünfzehn oder zwanzig größere Städte vernichtet. Ab und zu treffen sie auf Soldaten, aber wir haben sie nicht ein einziges Mal schlagen können. Sie wischen mit uns den Boden auf. Manchmal fand man Leichen, zuweilen wird auch behauptet, man hätte einen Freibeuter lebend gefangen. Aber niemand scheint etwas Genaues zu wissen, abgesehen vielleicht vom kaiserlichen Geheimdienst, falls dieser tatsächlich einen Freibeuter gefangen hat. Wir kennen nicht einmal ihre Haarfarbe oder wie ihre Gesichter aussehen. Man vermutet, dass alles so höllisch geheim gehalten wird, weil Panik, Aufruhr und was weiß Gott alles ausbrechen würde, wenn wir mehr über sie wüssten.«

»Und du glaubst, ich könnte einer von denen sein.«

Sie dachte kurz nach, ehe sie antwortete. »Ehrlich gesagt – nein. Aber ich weiß nicht, was ich denken soll. Mein ganzes Leben lang waren Freibeuter riesige behaarte Ungeheuer, daher würde ich nie erwarten, dass einer wie ein menschliches Wesen spricht. Verdammt, wie zum Teufel soll ich wissen, ob du zu ihnen gehörst, wenn ich nichts über sie weiß.«

Er dachte nach. »Nein, das kannst du nicht«, sagte er. »Ich schätze, damit sitzen wir im selben Boot. Alles, was wir beide über mich wissen, ist, was wir beide sehen können. Selbstverständlich bist du mir überlegen.«

Sie grinste. »Und genauso mag ich es.«

Als die Sonne höher stieg, hob sich die niedrige Wolkendecke (oder Nebelschwaden oder Hitzeschlieren) ein wenig. Er glaubte, grüne Flächen auf den Hängen der Hügel in der Ferne zu sehen. Vielleicht Wälder? Er konnte sehr weit nach vorn sehen, aber da gab es nichts außer Quecken und gelegentlich Felsbrocken.

»Bist du sicher, dass in dieser Richtung eine Stadt liegt?«, fragte er.

»Selbstverständlich bin ich sicher, sonst würde ich nicht dorthin fahren.«

»Tut mir Leid«, sagte er. »Ich habe mich nur gewundert, weil alles so kahl ist.«

»Vor dem Krieg war das nicht so.«

»Welcher Krieg?«

»Jeder beliebige. Aber es gibt die Stadt Cric tatsächlich, und das ist gut so, denn du hast zwei unserer Plätzchen gegessen. Wenn die alle sind, gibt's nichts mehr. Es sei denn, du hast Lust, vom Karren zu hüpfen und einen Hasen oder so was Ähnliches zu jagen.«

»Ich habe keine Hasen gesehen.«

»Ich auch nicht. Vielleicht wollen sie nicht, dass man sie sieht. Wenn ich ein Hase wäre, würde ich auch nicht wollen, dass die Leute mich sehen, vor allem hungrige Menschen.«

»Ich habe nur ein paar Krähen gesehen. Eigentlich müsste es außer uns da draußen noch andere Lebewesen geben«, meinte er.

»Mich darfst du nicht fragen«, erklärte sie. »Ich bin in der Stadt aufgewachsen und habe von Tieren und so was keine Ahnung. Für mich gibt es nur Städte, alles andere sind nur Lücken dazwischen.« Dann fügte sie hinzu: »Und das hier ist eine große Lücke.«

Es war ziemlich sinnlos, diesen Punkt zu vertiefen, daher dachte er wieder an das Gesicht, das er im Wasser gesehen hatte. Ich, dachte er, mehr bin ich nicht. Weshalb sehe ich so elend aus? Natürlich habe ich wohl jetzt ein Recht, elend auszusehen ... aber eigentlich bin ich es nicht. Vielleicht ist das etwas Gutes, ein neuer Anfang, oder so. Vielleicht bin ich aus einem Leben ausgestiegen, das ich nie gemocht habe, und deshalb habe ich es nicht eilig, mich daran zu erinnern ...

Er schaute sich um. Im blassen Sonnenlicht blitzte Metall auf.

»Was ist so interessant?«, fragte Copis.

»Ich weiß nicht. Halte an.«

»Na schön, aber wenn du nur eine Drossel gesehen hast, werde ich böse.«

Wegen der niedrigen Wolken war die Sicht nicht allzu gut. Er spähte angespannt zurück. »Etwas ist hinter uns. Da! Etwas blitzt im Licht.«

»Oh.« Copis schien das auch für wichtig zu halten. Sie stand auf und legte die Hand über die Augen. »Wo?«

»Direkt hinter uns. Wahrscheinlich ist jemand auf der Straße.«

»Verdammt.« Sie setzte sich wieder. »Zeige mal drauf.« Er zeigte. »Ja, du hast Recht. Jetzt habe ich es auch gesehen.«

»Du klingst besorgt«, sagte er.

»Denk nach. Wir beide ganz allein und nirgendwo eine Möglichkeit, uns zu verstecken.«

»Und was sollen wir deiner Meinung nach tun?«

»Das liegt doch auf der Hand. Du steigst ab und rennst los. Wenn sie so nahe sind, dass sie dich erkennen, bin ich so weit weg, dass sie keinen Grund haben, zu glauben, dass ich mit dir irgendwas zu schaffen habe«, sagte sie. »Das habe ich ja auch nicht«, fügte sie keineswegs höflich hinzu.

»Ist gut«, sagte er und wollte absteigen.

»Nein«, meinte sie ungeduldig. »Setz dich wieder. Schließlich trägst du jetzt andere Kleidung und bist nicht mehr verdreckt. Und wenn sie fragen, sage ich einfach die Wahrheit.«

Er zögerte. »Eigentlich stimmt es«, meinte er. »Du schuldest mir nichts.«

»Natürlich nicht! Aber andererseits, wenn du ein reicher Prinz oder ein längst vermisster Held bist, dürfte eine Belohnung winken. Ich habe dich vorm Verbluten und Verhungern gerettet«, sagte sie. »Ja, ich bin nun mal die geborene Optimistin.«

Sie trieb die Pferde nicht zu besonderer Eile an. Dazu gab es keinen Grund. Dann verwandelte sich vor ihren Augen das glänzende Etwas in drei Reiter. Als sie näher kamen, sah er, dass sie nicht den Soldaten glichen, die er bisher gesehen hatte. Sie trugen runde Stahlhelme mit breiter Krempe, keine Rüstung. Auf dem Rücken hatte jeder einen Bogen und Köcher, an der Seite ein Krummschwert. Sie ritten schnell, als wollten sie jemanden einholen.

»Ich glaube, ich habe die falsche Entscheidung getroffen«, sagte Copis. »Im Laufe der Jahre habe ich jede Menge Soldaten gesehen, aber solche noch nie.«

»Ich kann immer noch loslaufen, wenn du willst«, meinte er.

»Sinnlos. Hoffen wir, dass sie nicht hinter dir her sind. Ich hasse Hoffen«, erklärte sie nachdrücklich. »Es ist, als würde man Sauerampfer auf Brennnesselblasen reiben. Alle sagen, dass das hilft, aber einen Scheißdreck tut's.«

Die Reiter kamen schnell näher. Einer überholte sie und versperrte ihnen den Weg, während die anderen sich zu beiden Seiten hielten.

»Du da, im Karren«, rief der Reiter vor ihnen.

»Ich?«, fragte er, ziemlich überflüssig, da der Mann ihn fixierte.

»Bleib, wo du bist. Rühr dich nicht von der Stelle.«

Copis schaute ihn an. »Du kannst verstehen, was er sagt?«

»Ja.«

»Ich nicht.«

Die beiden Reiter an den Flanken blieben im Sattel, derjenige vor ihnen stieg ab und kam zum Karren. »Du«, sagte er. »Nimm den Hut ab, ich will dein Gesicht sehen.«

»In Ordnung.«

Der Mann betrachtete ihn und nickte. »Stimmt«, sagte er.

»Dann weißt du, wer ich bin?«

»Allerdings«, antwortete der Mann. »Ich weiß genau, wer du bist.«

»Würdest du mir bitte ...«

Der Reiter packte ihn am Arm und wollte ihn hinunterzerren. Mit der anderen Hand zückte er sein Krummschwert. »Halt's Maul!«

In diesem Moment trat Copis ihm ins Gesicht.

Es war kein besonders kräftiger Tritt, auch nicht gut gezielt, aber er reichte aus, dass der Reiter ihn losließ. »Los, lauf weg!«, zischte sie.

Er hielt es für unhöflich, ihrer Aufforderung nicht nachzukommen, aber er wünschte, er hätte sie nicht mit hineingezogen. Das ließ sich jetzt aber nicht mehr ändern. Er berechnete schnell, wie weit das Pferd des Reiters entfernt war und wie lange er dorthin brauchen würde. Zu lang. Inzwischen ignorierte der Reiter Copis und wandte sich ihm mit gezücktem Schwert zu. Schnell sprang er auf die Deichsel, packte den Kerl an der Kehle und warf ihn zu Boden. Der Reiter landete auf dem Rücken. Das gab ihm genügend Zeit, von der Deichsel zu springen und den Gegner kräftig gegen das Kinn zu treten. Dann hob er schnell das Krummschwert auf. Es schien in seine Hand zu passen, als wäre es ein Körperteil, der ihm vor Jahren amputiert wurde und jetzt wieder nachgewachsen war. Das war auch gut so, denn jetzt führte der Reiter zu seiner Linken einen Schwerthieb gegen ihn. Er vermochte ihn locker zu parieren und dem Reiter einen Schlag in die Achselhöhle zu versetzen. Er führte das Schwert schneller, als er denken konnte. Wahrscheinlich habe ich das früher schon gekonnt, dachte er, als der Reiter aus dem Sattel stürzte.

Der dritte Reiter war auf der falschen Seite. Entweder musste er umdrehen und um den Karren hinten herumreiten oder vorn vor den Pferden. Der Mann zögerte kurz, dann sprengte er los. Offenbar wollte er ihn daran hindern, auf eines der reiterlosen Pferde zu springen. Als der Mann auf gleicher Höhe mit ihm war, sprang er wieder auf die Deichsel und tauchte unter den eigenen Pferden durch.

Damit hatte der Mann offenbar nicht gerechnet. Er führte mehrere Schwerthiebe durch die Luft aus, traf aber nichts. Dann reckte er den Hals, um zu sehen, was der Gegner plante. Lange musste er nicht warten. Einen Moment später schrie sein Pferd vor Schmerzen, bäumte sich auf und warf ihn ab. Als er auf dem Boden aufschlug, schloss er instinktiv eine Sekunde lang die Augen. Als er sie wieder öffnete, sah er, wie sein Feind um das am Bauch aufgeschlitzte Pferd herumlief – um sich auf ihn zu stürzen. Er kam auf die Füße, um in einen fürchterlichen Hieb zu laufen, der ihn von der Schulter bis in die Wirbelsäule spaltete.

Inzwischen suchte der erste Reiter verzweifelt nach irgendeiner Waffe. Er traf die falsche Wahl. Bis zur

Leiche des Kameraden zur Linken war es zu weit. Sein Gegner sprang wieder über die Deichsel zu ihm und machte ihn nieder. Er hatte keine Chance.

»Mein Gott«, sagte Copis. Sie wollte damit gewiss kein Wortspiel machen. Ihr Gesicht war so weiß wie Milch, sie bebte am ganzen Körper. Jetzt ging er zum verletzten Pferd und erlöste es von den Leiden, indem er ihm die Kehle durchschnitt.

»Entweder die oder wir«, sagte er. Interessiert stellte er fest, dass seine Stimme ganz ruhig war. »Sobald du den Ersten getreten hattest, musste ich sie alle töten. Man kann einem Soldaten gegenüber nicht gewalttätig werden und ungeschoren davonkommen.«

Sie holte mehrmals tief Luft, wahrscheinlich musste sie den Wunsch, sich zu übergeben, bekämpfen. »Ja, du hast tatsächlich Recht. Aber wieso hast du das gewusst?«

»Einfach so«, antwortete er. »Ich nehme an, es war nicht das erste Mal, dass ich in einer derartigen Situation reagieren musste.« Er schaute auf seine Arme und Hände, welche mit Blut bespritzt waren. Das erinnerte ihn daran, wie sie früher an diesem Tag ausgesehen hatten, als die Gischt des Wasserfalls sich darauf gesammelt hatte. »Eigentlich war alles ziemlich leicht«, fügte er hinzu. »Ich wusste genau, was zu tun war – ohne nachzudenken –, wahrscheinlich war das der Unterschied zwischen ihnen und mir. Es tut mir Leid.«

»Wieso?«

»Na ja ...« Er deutete auf die Toten. »Kein schöner Anblick«, sagte er.

Sie schüttelte sich. »Hab schon Schlimmeres gesehen. Sag mal, was hättest du gemacht, wenn ich den Kerl nicht getreten hätte?«

»Keine Ahnung«, antwortete er. »Ich war viel mehr an der Tatsache interessiert, dass er zu wissen schien, wer ich bin.«

»Er wollte dich sofort und hier umbringen.«

»Ein geringer Preis für dieses Wissen.«

Sie murmelte etwas vor sich hin, das ungefähr wie »Oh, um Gottes willen« klang. Er kniete neben dem Mann, mit dem er gesprochen hatte, nieder. »Du hast wirklich nicht verstanden, was er gesagt hat?«

»Nein, dabei spreche ich sieben Sprachen.«

»Allmächtiger Gott. Wie viele Sprachen gibt es?«

»Viele«, antwortete sie. »Wonach suchst du?«

Er schaute zu ihr auf. »Geld und alles, was wertvoll genug ist, um es verkaufen zu können, solange wir deswegen keinen Ärger bekommen.«

»Noch ein Instinkt?«

»Ja. Offenbar gehöre ich zu den Aasfressern in der Natur.«

Leider stellte sich heraus, dass keiner der Toten irgendetwas von Wert bei sich trug, abgesehen von Kleidung und Waffen, welche sie natürlich nicht mitzunehmen wagten. Aber jeder hatte einen halben Laib Brot und ein zwei Fäuste großes Stück harten weißen Käse in der Satteltasche. Einer hatte sogar noch eine dicke Speckscheibe und drei Äpfel.

»Das ist für uns mehr wert als Geld«, sagte er.

»Wie man's nimmt«, erwiderte sie.

Nur wenige hundert Meter entfernt war ein Sumpfloch. Dorthin schleppte er nacheinander die Leichen und ließ sie ins dunkle Wasser gleiten. Das Wasser war gerade tief genug, um sie zu bedecken.

Mit dem toten Pferd war das zu schwierig. Er nahm allen drei Pferden Zaumzeug und Sättel ab, dann jagte er die beiden lebenden davon. »Das Risiko ist zu groß«, erklärte er Copis, als diese protestierte. »Irgendwie weiß ich, dass man Kavalleriepferde erkennt, genormte Hufeisen, oder so. Los, lass uns weiterfahren.« Die Blutflecken auf seiner Kleidung störten ihn sehr, aber trotzdem wollte er nicht wieder seine alten, völlig verschlammten Sachen anziehen. (Außerdem wollte er in der nächsten Zeit nicht die Kleidung tragen, in der er aufgewacht war, falls sie jemandem begegneten.)

In der folgenden Stunde fuhren sie stumm dahin. Dann sagte Copis: »Irgendjemand muss doch wissen, wer du bist. Schade, dass die Soldaten nicht freundlicher waren.«

»Das habe ich auch gerade gedacht«, sagte er. Arme und Rücken taten ihm nach der kurzen, aber starken körperlichen Anstrengung etwas weh. »Da treffe ich jemand, der mir das sagen kann, was ich am dringlichsten wissen muss, und gleich darauf habe ich ihn umgebracht.« Er runzelte die Stirn. »Weißt du, vielleicht ist es besser, wenn ich dich bald verlasse. Wenn uns in dieser Stadt eine ebensolche Begrüßung erwartet, kommen wir womöglich nicht so ungeschoren davon.«

Sie schüttelte den Kopf. »Sei kein Feigling. Glaubst du etwa, dass ich dich weglaufen lasse, nach allem, was ich wegen dir durchgemacht habe? Nicht mal im Traum.«

Ihre Haltung war ihm unverständlich, aber er bemühte sich immer noch zu ergründen, weshalb sie eine Entscheidung erzwungen hatte, indem sie dem

Soldaten ins Gesicht trat. Ihm fielen mindestens drei Erklärungen ein, aber keine schien richtig zu sein. »Na gut, wenn du meinst«, sagte er. »Aber sobald man uns von der Stadt aus sehen kann, fährst du allein weiter, und ich komme zu Fuß nach.«

»Kommt nicht in Frage«, erklärte sie fest. »Du bist der Gott im Karren, erinnerst du dich? Wir müssen alles genau so machen, wie es sich gehört, sonst stecken wir *wirklich* in ernsten Schwierigkeiten.«

Das passte zur zweiten Erklärung, aber er war immer noch nicht überzeugt. »Na schön«, sagte er. »Aber ich finde, das Risiko ist verdammt groß.«

»Das ist es bei einer Geburt auch«, meinte sie schnippisch. Danach erklärte sie ihm, wie er sich als Gott zu verhalten habe.

»Du heißt Poldarn«, sagte sie. »Diesen Namen haben wir bis jetzt benutzt, und es gibt keinen Grund, weshalb wir nicht dabei bleiben sollten.«

»Poldarn«, wiederholte er. »Das sagt mir nichts.«

Sie lachte. »Das hätte mich auch sehr erstaunt. Siehst du, dieser Gott, an den die Leute glauben, hat keinen Namen – das ist verboten oder irgendein anderer Schwachsinn –, zumindest bis er zurückkommt. Deshalb mussten wir einen Namen erfinden. Na ja, ich habe ihn nicht erfunden, es ist tatsächlich ein Name.«

»Der Name eines echten Gottes?«

»Es gibt keine echten Götter, du Schwachkopf. Nein, ich habe mich daran aus meiner Kindheit erinnert. In der Straße, in der wir wohnten, gab es ein Geschäft für Baumaterial, wo Dachziegel so hoch wie ein Heustock gestapelt waren. Mein Bruder und ich haben dort manchmal gespielt, das war natürlich streng verboten – inzwischen verstehe ich das, weil diese Stapel nicht dazu da waren, dass man darauf herumkletterte. Wenn einer zusammengestürzt wäre, hätte er uns platt gewalzt wie Wanzen. Aber damals haben wir dort Verstecken gespielt. Ich sehe mich kristallklar, wie ich mich in einem winzigen Loch versteckt habe und dort gelegen habe – mir kam es wie Stunden vor –, während mein Bruder mich suchte. Und die ganze Zeit über habe ich den Namen des Herstellers auf den Ziegeln gelesen: Poldarn Haus Torcea, Poldarn Haus Torcea – auf Tausenden von Ziegeln. Natürlich hatte ich keine Ahnung, wie die Zeichen darauf gekommen waren. Ich dachte, irgendein kleiner Mann mit einem Meißel hätte das geschrieben. Aber mir war es ein Rätsel, wie er die Buchstaben jedes Mal so präzise machen konnte … Und deshalb schwirrte mir der Name Poldarn im Kopf herum, und wir nannten den Gott Poldarn. Und jetzt bist du Poldarn.«

»Verstehe, zu Ehren eines Dachziegels«, sagte er. »Aber warum nicht?«

»Gefällt dir der Name nicht?«

»Ich finde ihn wunderbar«, antwortete er leicht verärgert. »Zumindest spricht verdammt viel für ihn und nichts dagegen.«

»Gut, damit wäre das geklärt«, sagte sie. »Und jetzt zur Darbietung …«

Als Erstes sahen sie mitten auf der flachen Ebene, die von Baumstümpfen übersät war, die Reste eines Lagers von Köhlern.

»Ich glaube, hier haben sie pro Jahr vier Quadratmeilen Wald verbrannt«, erklärte Copis. »Jedenfalls habe ich das mal gehört. Das ist auch mit ein Grund, warum diese Gegend so öde und langweilig ist. Überall, den Mahec runter bis Sansory, gab es Eisenminen. Selbstverständlich sind fast alle ausgebeutet. Sie haben Holzkohle zum Schmelzen – oder wie der technische Ausdruck ist – des Metalls benutzt. Vor hundertfünfzig Jahren war hier alles bewaldet.«

»Ist das wahr?«

»Ja, auf dem anderen Ufer des Bohec ist es noch schlimmer. Dort haben sie alles vor ungefähr siebzig Jahren abgeholzt, an manchen Stellen ist es einfach unglaublich. Die Baumstümpfe sind völlig mit einer dicken Dornenhecke überwachsen. Ab und zu gibt es in der Trockenzeit große Brände.«

Er dachte darüber nach, während er die Feuerstätten und Schlackenhaufen betrachtete, die unter Brennnesseln und Sauerampfer lagen, und die zahllosen gekappten Baumstümpfe – sie glichen Leichen nach einer Schlacht. »Wozu brauchte man so viel Eisen?«, fragte er.

»In Weal Bohec gab es eine kaiserliche Waffenschmiede«, antwortete Copis. »Diese versorgte sämtliche Soldaten der Provinz. Die Gießerei dort produzierte an die tausend Tonnen Eisen pro Jahr. Frage mich nicht, weshalb ich das alles weiß. Nutzlose Informationen bleiben mir im Kopf, wie Fliegen in einem Spinnennetz.«

»Du Glückliche.«

Sie lachte. »Wahrscheinlich hat es mir ein Kunde in dem Puff in Josequin erzählt, wo ich mal gearbeitet habe. Mein Gott, haben dort viele den Klang der eigenen Stimme geliebt ... Das war eigentlich der schlimmste Teil der Arbeit, und das sagt schon was ...«

Das hatte sie bis jetzt nicht erwähnt, aber es war auch unwichtig. Viel interessanter war die Vorstellung, dass die öde Sumpflandschaft früher ein Wald gewesen war. Interessant, dass auch eine Landschaft so vollständig die Erinnerung verlieren konnte und von blühender Üppigkeit zu totaler Kargheit übergehen konnte. Irgendwie fand er das tröstlich.

»Und die Stadt liegt vor uns?«, fragte er.

»Ja, wir müssten schon bald den Rauch sehen.«

»Rauch?«

»Es gibt dort immer noch eine Gießerei«, erklärte Copis. »Der einzige Grund, weswegen es in dieser Einöde noch eine Stadt gibt. Ich glaube, sie überleben, weil sie die letzten Reste aus den alten Minen kratzen. Weil sie keine Holzkohle mehr haben, verbrennen sie jetzt Torf.«

Auch das war eine interessante Vorstellung. Nachdem man alles, was wuchs, aufgebraucht hatte, vernichtete man jetzt den Boden. Ihm war nie der Gedanke gekommen, dass Eisen so zerstörerisch sein konnte.

Je weiter sie fuhren, desto trübseliger wurde die Landschaft. Ab und zu große Dornendickichte, wahrscheinlich lagen darunter die Halden, von denen Copis erzählt hatte. Außerdem verstreut verlassene Gebäude – Lager und Schuppen, aus roh behauenem Stein gebaut. Die zerbrochenen Schieferdächer von Ranken und Brennnesseln überwuchert. Ein sehr räuberischer Ort, dachte er, wo die Menschen den Boden auffraßen und dieser wiederum Gebäude, Mörder und Aasfresser verschlang, wodurch sich der Kreis schloss.

»Ich hoffe, die Stadt ist etwas aufmunternder als diese Gegend«, sagte er. »Ich wäre deprimiert, wenn ich hier leben müsste.«

»Vielleicht ist es aber deine Heimat«, meinte sie.

»Na, das ist ja ein reizender Gedanke.«

Er hielt nach Rauch Ausschau, sah aber nur die übliche niedrige Wolkendecke (oder Nebelschwaden), welche die Grenze zwischen Himmel und Erde verschwimmen ließ. Copis, die ihm mehrmals versichert hatte, dass sie jeden Augenblick die ersten Bauernhäuser und Werkstätten sehen würden, schwieg seit geraumer Zeit. Sie starrte wie ein Vogel zum Horizont. Es waren jetzt mehr Häuser und Scheunen zu sehen, aber alle waren verlassen und glichen Skeletten. Er erblickte von Gras und Pflanzen überwucherte Mauern, Grenzsteine, die aus dem Boden ragten wie die letzten Zähne im Mund eines alten Mannes. Er entdeckte einen durch den Frost geborstenen Brunnentrog, einen zusammengesunkenen Hochsitz eines Jägers, einen von Unkraut bedeckten Mühlteich und einen schief stehenden Taubenschlag auf einem Pfosten.

»Eigentlich sieht es in dieser Gegend überall so aus«, sagte Copis ungewöhnlich niedergeschlagen. »Ganze Dörfer werden zum Wehrdienst eingezogen. Die Männer marschieren fort, um irgendwo Krieg zu führen, und kommen nicht mehr zurück. Entweder siedelt die Regierung die Familien irgendwo anders an – jedenfalls wäre sie dazu verpflichtet –, oder die Menschen wandern einfach weiter in die nächste Stadt oder sonst wohin. Alle diese kleinen Kriege, welche die da oben führen, kosten eine Menge Menschenleben.«

Und dann fuhren sie ziemlich unvermittelt bei Einbruch der Dunkelheit in die Stadt, beziehungsweise, was von ihr übrig war. Die Mauern waren so dicht überwachsen, dass sie sie anfangs für Dornendickichte hielten. Erst als Gemäuer aus unterschiedlichen Winkeln sichtbar wurde, wie gebrochene Knochen, wurde ihnen klar, was sie vor Augen hatten. Das alles war in ungefähr zehn Jahren geschehen. Lange genug, dass der Regen den Ruß von den Mauern waschen konnte und die Balken ausgebleicht oder bemoost waren. Die Krähen hatten die Schädel und Knochen so sauber abgenagt wie ein braves Kind, das seinen Teller leer gegessen hat. Hier und dort hing noch eine Tür in den Angeln, und Pflastersteine lugten durchs Gras, vereinzelte Hinweise auf Normalität, inmitten dieses Pflanzenwildwuchses. Sie wirkten wie die letzten Übergänge von verschorften Wunden zu Narben. In einem weiteren Jahr würden hier nur noch geheilte Ruinen sein, deren Knochen von frischem Grün bedeckt waren. Erde und Steine würden ihre Erinnerungen verlieren und wieder ganz neu anfangen.

»Oh«, sagte Copis nur, dann lange nichts mehr. Der Karren rumpelte über die einstige Hauptstraße, jetzt eine Grasfläche.

»Na schön, dann müssen wir eben bis Josequin weiterfahren, vorausgesetzt, die Stadt existiert noch«, sagte sie schließlich. »Wir können in einigen kleineren Dörfern südlich der Stadt arbeiten. Da ist zwar nicht viel zu holen, aber besser als gar nichts.«

Er betrachtete alles wie ein Beobachter aus einem neutralen Land. »Was glaubst du?«, fragte er. »Freibeuter?«

Sie zuckte mit den Schultern. »Höchstwahrscheinlich. Aber es könnte auch eine fremde Armee gewesen sein, die hier ein Exempel statuieren wollte. Oder unabhängige Rebellen. Aber eigentlich spielt das jetzt keine große Rolle mehr.«

Sie hielt vor dem größten noch stehenden Haus. Ungefähr ein Drittel des Dachs war noch vorhanden. »Wir können hier übernachten«, sagte sie und gähnte. »Die Unterbringung ist wahrscheinlich eher bescheiden, aber dafür kostet sie auch nichts. Man muss immer die Sonnenseite betrachten.«

»Was war das früher für ein Gebäude? Was meinst du?«, fragte er und schirrte die Pferde aus.

»Keine Ahnung«, antwortete sie. »Entweder der Tempel oder die Gießerei, kein anderes Gebäude hätte so große Räume. Du kannst ja reingehen und es erforschen, wenn du willst. Ich brauche Schlaf. Das Ende der Welt macht mich hundemüde. Ach ja, essen kannst du vergessen. Der Käse und das Brot, das wir von deinen berittenen Freunden mitgenommen haben, muss bis Josequin reichen, es sei denn, dir sind ein Pferdebraten und ein langer Fußmarsch lieber.«

Solange es noch einigermaßen hell war, besichtigte er das Haus. Vorsichtig stieg er über herabgestürzte Dachbalken und vermied die Stellen, an denen die Fußbodenbretter angefault waren. Seiner Meinung nach war es ein Tempel gewesen, keine Gießerei, da alle Räume leer waren und keine schweren Gerätschaften herumstanden, die man nicht so einfach wegschleppen konnte. Es bestand aber auch die Möglichkeit, dass man gerade wegen dieser Geräte alles geplündert hatte. Und überhaupt, wo sollte der

Gott Poldarn die Nacht verbringen, wenn nicht in einem Tempel?

Inzwischen war es dunkel geworden, und er musste sich den Rückweg mehr oder weniger ertasten. Er stieß mit dem Fuß gegen etwas und bückte sich, um es genauer zu betrachten. Es war ein dicker gelblicher Klumpen, ungefähr so groß wie ein Kinderkopf, kalt, glatt und aus Metall. Er hob ihn auf und konnte ihn nur mit Mühe tragen, weil er so schwer war. In diesem Teil des Gebäudes hatte das Feuer nur wenige Dachbalken übrig gelassen. *Ich glaube, ich weiß, was das ist,* dachte er. *Könnte gelegen kommen.* Er schleppte den Klumpen zum Karren. Hinten lagen alte Decken. Zur Bestätigung seiner Vermutung kratzte er mit Copis' Messer an der Oberfläche. Im Mondlicht glänzte es wie ein Helm. Ja, das war edles Material.

Er traute Copis zwar, wollte ihr jedoch nicht sofort von seinem Fund berichten. Es würde eine angenehme Überraschung sein, wenn sie einen Ort erreichten, wo er davon Gebrauch machen konnte. Er hielt den Klumpen für den Inhalt einer Geldkassette, die in der Hitze geschmolzen war. Die Erinnerung an die äußere Form war zwar verloren, nicht aber der innere Wert – ein hübscher Vergleich! Langsam wendete sich alles zum Besseren.

Kapitel 4

Steckt das Dorf in Brand, sagte er. In diesem Regen? So ein Schwachsinn.

(Aber ich schlafe, rief er sich ins Gedächtnis. Das ist ein sehr realistischer Traum, ich muss mich daran erinnern. Ich schlafe, das alles ist nicht wahr ...)

He, du! Hör auf, dich zu beschweren. Mach dich nützlich und suche nach einer Öllampe, Lampenöl und Stroh. Na, wird's bald? Steh nicht so rum!

(Er erinnerte sich an den Streit zwischen dem Mann im Wasser und seinem Spiegelbild. Er wusste, dass der Körper im Wasser ihn diesen Traum nicht behalten lassen würde – *leg ihn zurück, er ist schmutzig, du weißt nicht, woher er kommt.* Das war wirklich schade.)

Der kann ja Lampenöl verlangen, aber es gibt keins. Talg, ja, Kerzen. Keine Öllampen. Und das Stroh ist zum Auswringen nass. Sieh selbst! Das brennt in tausend Jahren nicht.

(Er könnte versuchen, den Traum festzuhalten, aber er wusste nicht, wie – und überhaupt würde der Körper im Wasser ihn finden, ganz gleich, wo er ihn versteckt hatte, und ihn ihm wegnehmen. Wenn er doch nur ein bisschen, einen winzigen Zipfel behalten könnte, etwas das sein Gedächtnis auffrischte ...)

Speiseöl, das geht auch. Steckt das Dachstroh von innen an, dann brennt es besser. Ja, schon gut, ihr seid hunde-

müde, aber je früher wir anfangen, desto schneller sind wir fertig.

(Nur ein kleines bisschen von ihm, als ein Souvenir. Etwas, wodurch er sich an sich selbst erinnerte. War das wirklich zu viel verlangt? Musste der Körper im Wasser immer alles besser wissen?)

Ihr drei – allmächtiger Gott, warum immer ihr drei? Zeigt mal, was ihr habt. Verdammt, habt ihr nicht gehört, dass er befohlen hat, keine Gefangenen zu machen?

Er konnte den kleinen Mann sehen, der gebrüllt hatte,– aber die anderen – er war einer von ihnen – drehten ihm den Rücken zu, sodass er ihre Gesichter nicht erkennen konnte. Zwei schleppten eine Frau. Sie hielten sie an den Handgelenken, die Arme weit ausgebreitet, ihre nachschleifenden Füße hinterließen im nassen Gras deutlich Spuren.

Sie ist keine Gefangene, Scaptey, sie ist Beute. Völlig legal. Du hast den Fremden gehört. Er hat ausdrücklich erklärt, dass Plündern erlaubt sei.

Der kleine Mann warf ihnen einen Stellt-meine-Geduld-nicht-auf-die-Probe-Blick zu, als wären sie Kinder, die darum bettelten, einen Hund behalten zu dürfen, der ihnen vom Markt nach Hause gefolgt war. Dieser Mann hatte ein interessantes Gesicht, das er deutlich lesen konnte. Die Augen sagten, dass er zu müde war, um wütend zu werden, und beinahe zu müde, um sich darum zu kümmern, aber sie konnten die Frau nicht behalten. Er wünschte, er könnte die anderen Gesichter auch sehen. Abgesehen von sich selbst hatte er keine Ahnung, wer sie waren.

Er beschloss, näher zu gehen und das Problem hinter sich zu lassen, wie ein Pferd, das an einem Pfosten angebunden war. Zumindest kannte er diese Menschen im Traum.

Ach, zum Teufel – »Ach, zum Teufel«, sagte Scaptey, der kleine Mann. »Macht doch, was ihr wollt, solange ihr fertig seid, wenn die Übrigen zurückkommen. Und sorgt dafür, dass hier alles verbrannt wird. Der Herr hat ohnehin schon schlechte Laune, und ich bekomme dann den Arschtritt, wenn hier noch irgendwas steht.«

(Natürlich: Ich bin Scaptey. Das war ihm jetzt klar. Nicht der Mann, den er anbrüllte. Ich hatte mich lediglich nicht erkannt. Das war's. Wieder schaute er hin.)

Müde stapfte Scaptey über den Hof und setzte sich auf ein Fass. Während der letzten zwei Stunden hatte er an alles denken müssen: ihre Position, die des Feindes, mögliche Fallen und Hinterhalte, den schrecklichen Moment, als es so aussah, als würde der Feind ganz links ihre Linie durchbrechen, die Gefahr, zu weit zu verfolgen, das Wetter, die Tageszeit – es war sinnlos, den Kampf zu gewinnen, wenn sie damit so viel Zeit verbrachten, dass sie die Stunde verpassten, in der sie abgeholt wurden … Auch nachdem der Feind die Flucht ergriffen hatte, durfte er sein Tagwerk noch nicht als abgeschlossen betrachten. Er musste noch mehr ordnen: das Dorf plündern und in Brand stecken, Überlebende aufstöbern und töten, dann seine Truppe zusammentrommeln (wenn diese gerade anfing, sich zu amüsieren), die Beute auf Karren laden, die letzten Kerle auflesen, die entweder zu betrunken oder zu erschöpft waren, um zurückzumarschieren. (Seine Aufgabe wurde auch dadurch nicht leichter, dass der einzige Sohn des Herrn dabei war. Er konnte ihn nicht wie die Übrigen zusammenscheißen, aber er konnte ihn auch nicht unbeaufsichtigt lassen, damit er nicht verwundet wurde oder sich verirrte.) Zum Schluss musste er alles noch mal überprüfen, dass jede verfluchte Einzelheit ausgeführt worden war, ehe sie im Eilmarsch den langen Weg durch die Berge zur Küste antraten, wo sie abgeholt wurden. Das alles lag noch vor ihm ... Im Augenblick musste er gegen Erschöpfung und Übelkeit ankämpfen. Während des Kampfs hatte er einen Schlag mit einer großen Axt abbekommen. Er nahm den Helm ab und untersuchte ihn. Tatsächlich, da war eine Delle an der linken Schläfe, groß genug, um eine Walnuss hineinzulegen. Was für ein Schlag! Hätte der Dummkopf mit der Klinge statt mit dem stumpfen Ende der Axt zugeschlagen (wie er es seinen Leuten einbläute), läge er jetzt tot im Gras. Nun musste er diesen verbeulten Helm tragen, bis er einen Waffenschmied fand, der die Delle herausklopfte, und das konnte Tage oder Wochen dauern. Die blöde Delle drückte außerdem an der Schläfe auf Nerven, wodurch er diese schrecklichen Kopfschmerzen hatte ...

Diese beschissenen Einheimischen, dachte er. Kaum Beute, wenn man sie umbrachte, und wenn sie dich erwischen, bist du tot. Ach ja, die Beute – aber was hatten die Leute hier schon, das es wert war, zu stehlen? Höchstens das alte Zeug, das man zu Hause dem Kesselflicker mitgibt, weil man es los sein will, da es nur unnötig Platz wegnimmt. Wegen der Kupferpfanne einer Großmutter sich den Schädel einschlagen zu lassen war einfach lächerlich.

Es goss immer noch in Strömen. Was für eine Freude! Sein Kragen war völlig durchnässt, Wasser lief ihm über den Rücken und die Brust hinab an Stellen, an die er nicht gelangen konnte, ohne die gesamte Rüstung abzulegen. Eigentlich sinnlos, jetzt Schutz zu suchen, da er bereits bis auf die Haut durchnässt war. Aber vielleicht gab es in einem Haus etwas zu essen oder zu trinken. Den ganzen Tag über hatte er dazu keine Zeit gehabt. Das würde nur einen Moment dauern. Niemand würde ihn in dieser kurzen Zeitspanne vermissen – und überhaupt, er war der Eroberer, der Held ...

Wie lautet der Plan?

(Diese Stimme kannte er von irgendwoher. Im Moment vermochte er sie nicht genau einzuordnen, aber das war ihm egal. Er wollte nicht dorthin zurück, woher die Stimme kam. Er beschloss so zu tun, als hätte er sie nicht gehört.)

Dann war er wieder im Dorf. Er erkannte es auf Anhieb (der Name lag ihm auf der Zunge), aber inzwischen war es viel später. Das diffuse Sonnenlicht, das durch die vielen Wolken fiel, wurde jetzt durch die orangefarbenen Flammen aus Dutzenden brennender Häuser ersetzt. *Also das bin ich,* dachte er. Er betrachtete den kleinen erschöpften Mann, der seine Leute antrieb, die schwer aussehende Fässer und Gläser auf einen klapprigen Bauernkarren luden.

»Nichts als alter Plunder«, meinte ein Mann. »Zu Hause würden sie dir Geld geben, damit du es mitnimmst.«

Du hast völlig Recht, dachte Scaptey, rief aber: »He, du, mach deine Arbeit und halt's Maul! Der Nächste, der sich beschwert, kann zu Fuß nach Hause gehen.«

Eigentlich waren es gute Jungs, zumindest nicht

schlimmer als viele andere. Es war wohl einfach Pech und Zufall, dass seine Männer immer die beschissensten Aufgaben bekamen … wie jetzt und die davor und die davor. Während er darüber nachdachte, zählte er durch (das tat er alle fünf Minuten instinktiv, ganz automatisch, so wie Mütter großer Familien). Drei Mann fehlten. Seine Miene verfinsterte sich. Es war unschwer, zu erraten, welche drei.

(Aus dem Augenwinkel sah er eine Krähe in einem hohen dünnen Baum hocken. Im Schnabel hielt sie – es klang unglaublich – einen goldenen Ring. Das war nicht richtig. Nur Elstern stahlen glänzende Gegenstände, Krähen sollten mehr Verstand haben. Er dachte eine Zeit lang darüber nach. Aber es ergab keinen Sinn, daher verwandelte er sich wieder in Scaptey.)

Er stieß den großen Mann, Raffen, in den Rücken. »Behalte den Haufen im Auge, bis ich zurückkomme«, sagte er. »Wir haben einen engen Zeitplan, denk dran.« Dann schritt er schnell zu der Scheune, wo er die drei zuletzt gesehen hatte. Die Beine taten ihm fürchterlich weh, aber die Zeit drängte.

»Ich habe euch doch gesagt …«, rief er in die dämmrige Scheune. Dann sah er die drei Männer, die er gesucht hatte. Einer lag mit dem Gesicht nach unten in dem alten verstaubten Stroh, die beiden anderen knieten neben ihm.

»Verdammte Scheiße!«, sagte er. »Und jetzt?« Sie antworteten ihm nicht. Das war auch nicht nötig, er hatte genügend Tote gesehen.

»Sie hat ihn umgebracht«, sagte der Kahlkopf schließlich.

(Der Kahlkopf? Verdammt, ich kenne seinen Namen, aber ich kann ihn nicht …)

»Wer? Meinst du die Gespielin, die ihr vorhin vorbeigeschleppt habt?«

»Sie hatte ein Messer«, erklärte der andere, ohne ihn anzublicken. »Sie hat bis hinterher gewartet, ihm dann das Messer reingerammt und ist anschließend weggelaufen. Sie muss sich irgendwo versteckt haben. Gott weiß wo.«

Er sagte nicht: *Das habe ich euch gleich gesagt.* Jetzt war es passiert. Jetzt musste er nur noch feststellen, wer gestorben war, und die Sauerei so gut wie möglich beseitigen. Er kniete nieder und drehte den Leichnam um.

Selbstverständlich war es Tursten, der einzige Sohn des Herrn, auf der ersten Ausfahrt. Pass auf ihn auf, Scap, hatte der Herr ihm aufgetragen, sorge dafür, dass ihm nichts zustößt. Ich weiß, ich kann mich auf dich verlassen. Während des gesamten Kampfes hatte er den jungen Herrn nicht aus den Augen gelassen, und jetzt war er fünf Minuten weg gewesen, da hatte es dieser verfluchte Mistkerl dank eines Geniestreichs fertig gebracht, sich umbringen zu lassen. Einfach großartig, dachte Scaptey niedergeschlagen.

Der Kahlkopf schüttelte den Kopf. »Sie war einfach zu schnell«, erklärte er. »Ich habe mir die Stiefel angezogen, und er war pissen. Und er ...« Er warf einen kurzen Blick auf den Toten. »Er war jetzt an der Reihe. Wir töten die Gefangenen abwechselnd. Es ist eine Scheißaufgabe. Er sollte das machen, während wir ...«

»Sie ist entkommen, Scheiße«, sagte Scaptey. Dann seufzte er ein bisschen melodramatisch. Befehl Nummer eins für alle lautete: Jedes Mal keine Überlebenden, sonst brauchst du gar nicht heimzukommen.

Aber in der Praxis war es nicht das erste Mal, dass so etwas vorkam. Irgendein weichherziger Dummkopf brachte es nicht fertig, eine Frau oder ein Kind zu töten. Das musste niemand wissen. Wo lag der Schaden? »Na gut«, sagte er. »Mit euch befasse ich mich später, darauf könnt ihr euch verlassen. Inzwischen – das alles hier ist nie geschehen. Das Weib hat nie existiert. Er starb, als ihm ein Balken auf den Kopf fiel, aber wir sagen wie üblich, dass er im Kampf gefallen ist – das ist besser für die Moral. Und jetzt steckt diese Scheune in Brand und glaubt ja nicht, dass ihr ungeschoren davonkommt.«

Sie schauten ihn bittend an, weil sie den Freund nicht zurücklassen wollten. Doch Scapteys Geduld war endgültig am Ende. Tot war tot. Er musste Prioritäten setzen und sich um die Lebenden kümmern. »Verpisst euch, oder ihr habt meinen Stiefel im Arsch!«, brüllte er. »Ich erledige das hier.«

Sie gingen, sie hatten auch keine andere Wahl. Scaptey holte ein Strohbüschel unter einem Dachbalken hervor, entzündete dieses am nächsten brennenden Haus und steckte die Scheune in Brand. Das Feuer breitete sich schnell aus. Die Scheune verschlang die Flammen gierig. Er musste nicht lange warten, bis das Dach einstürzte und eine Feuergarbe aus orangenen Funken emporschickte, um den Weg des Kameraden in den Himmel zu erleuchten. *Ich kann die Wahrheit melden, jetzt ist ihm doch noch ein Balken auf den Kopf gefallen,* dachte er. Er warf noch einen Blick zurück, dann schritt er schnell zu den Karren zurück.

(*Seltsam,* dachte er, als er Scaptey fortgehen sah. *Vorhin hätte ich geschworen, ich sei der Tote, den die Frau umgebracht hatte. Ich muss mich unbedingt daran erinnern, wenn ich aufwache ...)*

Wie lautet der Plan?

(Verdammt. Sie schon wieder!)

»Ich habe dich gefragt, wie der Plan lautet«, wiederholte Copis. Rauschen wir einfach hinein, als gehörte uns das Dorf? (Das tut es auch, denn du bist ein Gott und ich deine Priesterin.) Oder schleichen wir uns hinein, um herauszufinden, ob sie dich gleich hängen wollen?«

Poldarn (Der Name gefiel ihm. Er passte zu ihm.) streckte die verkrampften Beine und gähnte. »Tut mir Leid, ich glaube, ich bin einen Moment lang eingeschlummert.«

»O Mann!« Sie warf ihm einen strafenden Blick zu. Da er sich jedoch nicht sofort in eine Salzsäule verwandelte, fuhr sie fort: »Meiner Meinung nach sollten wir einfach hineinfahren und abwarten, was passiert. Die Leute hier sind extrem abergläubisch. Landeier. Wahrscheinlich werden sie es nicht wagen, dir ins Gesicht zu schauen, aus Angst, dein Blick würde sie töten.«

Sie hatten fünf Tage bis zum nächsten Dorf gebraucht – fünf Tage auf derselben schnurgeraden, sich nie ändernden, unglaublich langweiligen Straße, dazu kaum etwas zu essen. Ihm kam der Gedanke, dass Copis wegen der Aussicht auf eine gute Mahlzeit mögliche Gefahren einfach ignorierte. »Da bin ich mir nicht so sicher«, widersprach er. »Bis jetzt wollte jeder, den ich getroffen habe – abgesehen von dir –, mich umbringen. Vielleicht sollten wir improvisieren.«

Sie schüttelte den Kopf. »Die paar unglücklichen Begegnungen trüben dein Urteilsvermögen«, sagte sie. »Wenn sie uns erwischen, dass wir sie ausspionieren, können wir ihnen nie und nimmer weismachen, dass wir das Jüngste Gericht sind. Götter schleichen sich nicht irgendwo ein, um zu sehen, ob sie sicher sind. Sie marschieren mit stolz erhobenem Haupt ein und nehmen sich, was sie wollen. Das alles habe ich dir doch erklärt, aber ich nehme an, du hast nicht richtig zugehört.«

Das Dorf lag ungefähr eine Meile unterhalb eines sanften Hangs in einem weiten flachen Tal. Sie sahen nur die Muster der Felder, keine Mauern oder Hecken. In der Ferne gab es etliche helle Flecken – die Reetdächer der Häuser. Es war kalt und feucht – wahrscheinlich niedrige Wolken –, und es roch stark nach Regen. Aus dieser Entfernung war es unmöglich, so etwas Kleines wie Lebewesen zu erkennen.

»Bei unserem bisherigen Glück sind bestimmt alle tot, wenn wir hinkommen«, meinte Poldarn.

»Das war nicht witzig«, sagte Copis. »Falls alle tot sind, werden wir das auch bald sein, es sei denn, sie haben etwas zu essen dagelassen. Hör zu, wir können hier stehen bleiben und den ganzen Tag lang diskutieren oder wir können tun, was ich vorschlage. Du hast die Wahl.«

»Ich hasse es, Entscheidungen zu treffen«, sagte Poldarn. »Du wirst schon wissen, was das Beste ist. Ich wünschte nur, wir könnten uns noch schnell waschen, ich glaube nicht, dass Götter so stinken wie wir.«

»Ich habe dir doch gesagt, dass das Bauerntölpel sind. Denen fällt das nicht auf.«

So spricht nur ein Stadtmensch, dachte er. Aber sie hat Recht. Er konnte nicht den Rest seines Lebens in der Wildnis verbringen, weil er Angst hatte, einem Feind zu begegnen. Das wäre gerade so, als würde man verdursten, weil man dem Wasser nicht mehr traute.

Zwischen dem Dorf und der Stadt, in der sie gewesen waren, gab es große Unterschiede. Das Dorf hatte nur eine Straße, wenn man diesem Schlammband zwischen den Häusern diesen Namen geben wollte. Die Häuser (kleine viereckige Holzkisten unter Strohdächern, alle alt – kein Anzeichen, dass jemand in den letzten hundert Jahren ein neues Haus gebaut hatte) waren wie Staubkörner auf einem Wurm aufgereiht. Kein Marktplatz, wo sie auftreten konnten. Das war ein Problem. »Halt nach der Schmiede Ausschau«, sagte Copis. »Für gewöhnlich ist das eine Art öffentliches Gebäude.« Aber es gab keine Schmiede, zumindest kein Haus, das so aussah. Auch keine Mühle oder Kapelle oder ein Kornspeicher. Aber da war ein Turm …

»Das ist kein Turm«, flüsterte Poldar. »Türme erheben sich hoch in die Luft, dieser hier liegt auf der Seite.«

»Es ist ein kurzer Turm. Bauerntölpel, erinnerst du dich?«

Es war ein viereckiges, fensterloses steinernes Gebäude mit zwei Stockwerken, einer schweren Tür und einem Flachdach, ganz am Dorfende. Es war das bei weitem größte Bauwerk.

»Vier Schlafunterkünfte und Ställe um einen Innenhof«, erklärte Copis leise, damit die kleine Schar alter Männer, Frauen und Kinder sie nicht hörte, welche ihnen auf der Straße gefolgt war. Misstrauisch wie Krähen beobachteten sie den Karren aus der Ferne. »Das ist nicht selten bei Dörfern, die vor hundert Jahren geplündert und in Brand gesteckt wurden. Sie haben diesen festen Bau errichtet. Wenn der Feind auftaucht, treiben sie das Vieh hinein und verschanzen sich darin, bis die bösen Menschen wieder abgezogen sind. Wahrscheinlich haben sie diese Art Wehrbau über einem Getreidelager gebaut. Gute Idee, solange der Feind nicht zahlreich ist, im anderen Falle erleichtert es ihm die Sache.«

Das Tor war breit genug, dass sie den Karren ohne anzuhalten in den Innenhof fahren konnten. Dieser bestand aus gestampftem Lehm und hatte noch vor kurzem Vieh beherbergt, wie man unschwer sehen konnte. Stallungen für Kühe, Ziegen und Schafe waren durch rohe Zäune abgetrennt. Welche Tiere in welchem Pferch gewesen waren, sah und roch man. Copis fuhr den Karren in den Ziegenpferch, welcher der größte war, sprang herunter und band die Pferde fest. Dabei sagte sie weder ein Wort, noch schenkte sie der Schar der stummen Gaffer einen Blick.

Bis jetzt lief alles plangemäß. Nichts würde geschehen, bis die Kinder nicht auf die Felder gelaufen waren und die Männer hergerufen hatten. In dieser Zeit war es lebenswichtig, dass er absolut still saß, jeglichen Augenkontakt vermied und keinen Mucks machte. Als Copis ihm das zum ersten Mal erklärt hatte, war ihm das recht schwierig erschienen, und jetzt hielt er es für nahezu unmöglich. Die alten Männer und Frauen standen stumm wie Torpfosten da, aber die Kinder winkten oder schnitten Grimassen. Er sah sie nur aus dem Augenwinkel, da er auf eine Linie am Himmel, dicht über dem Dach, starrte.

Alles hing davon ab, den richtigen Zeitpunkt zu wählen. Er sollte möglichst um zwölf Uhr mittags sein. Das Gottesgewand war unerträglich schwer und unbequem. Er wünschte, er hätte es auf der Fahrt tragen und sich daran gewöhnen können, aber es hatte die ganze Zeit über geregnet, und, wie Copis erklärt hatte, Götter sehen nicht wie ersoffene Ratten aus, wenn sie in einen Ort kommen. Das Wetter war ein weiterer gefährlicher Faktor. Es sah nicht so aus, als würde es in der nächsten Stunde regnen, aber danach wurde es heikel. Ein Regenguss zum falschen Zeitpunkt konnte alles ruinieren, andererseits bestand die Chance, ihn in ihre Darbietung einzubeziehen (wirklich beeindruckend, falls es klappte, eine Katastrophe falls nicht). Es beruhigte seine Nerven keineswegs, über die Strafe bei Versagen nachzudenken: Entweder würde man ihn mit Eselmist bewerfen oder ihn auf grauenvolle Weise töten. In den Städten behandelten die Leute Scharlatane mit einem gewissen Humor, aber hier in der tiefsten Provinz nahmen die Menschen es einem sehr übel, wenn man sich über sie lustig machte. (Hatte Copis behauptet.)

Schließlich tauchten die Männer auf und schoben sich durch die Menge nach vorn. Poldarn ärgerte sich, dass er die Menschen nicht betrachteten durfte. Zu gern hätte er die Gesichter studiert, die unterschiedlichen Haar- und Augenfarben und den Körperbau. Aus dem Augenwinkel sah er nur wenig, aber die Dorfbewohner schienen mehr den toten Soldaten zu gleichen, neben denen er aufgewacht war, als ihren Feinden oder den drei Reitern. Die meisten Männer trugen schlichte hellbraune Hemden, Jacken und

Hosen aus handgewebtem Tuch, das von der Sonne ausgebleicht war, die Frauen Blusen und lange Röcke aus demselben Material, dazu gelbweiße Kopftücher, die ihre Haare verdeckten. Die meisten Gesichter waren ausgemergelt und hässlich, doch das verriet ihm mehr über seine Herkunft als über die Situation im Dorf. Und diese Information war für ihn auch weitaus wichtiger als ein Einblick ins Leben dieser – was hatte Copis gesagt? – Bauerntölpel. Er war sich sicher, keiner von ihnen zu sein.

Jetzt waren die Männer da, aber es geschah immer noch nichts. Stumm beobachteten sie Copis bei ihren Arbeiten. (Er vermutete, dass sie sich absichtlich dabei Zeit ließ, aber so, dass man es nicht sah.) Nur gelegentlich hörte man jemanden husten oder niesen. Wenn die Kinder leise etwas sagten, machte sofort ein Erwachsener: »Scht!«

Kein Grund, weshalb das nicht ewig so weitergehen konnte. Copis hatte ihm erklärt, dass Götter so himmelhoch über den Sorgen der Sterblichen stehen, dass sie diese ohne den Hinweis eines menschlichen Vermittlers nicht einmal bemerkten. Überhaupt ist der Gott nur teilweise anwesend, wie der Gipfel eines Berges über einer Wolkendecke. Selbstverständlich hatten die Sterblichen nichts, was der Gott haben wollte. Aber seine menschliche Gefährtin brauchte Essen und ein Dach über dem Kopf, wie andere Sterbliche auch, und wenn man ihr das nicht freiwillig anbot, verlangte sie es laut und deutlich. Und stets ohne sich zu bedanken. (Man bedankte sich auch nicht beim Boden, dass man darauf trat.) Und was das Heilen von Warzen und das Deuten der Zukunft betraf…

»Ihr seid auf der Straße hergekommen«, sagte ein Mann.

Copis antwortete nicht. Sie hatte ihn nicht gehört, weil sie anderen, wichtigeren Stimmen in ihrem Kopf lauschte. Es gab einen Grund, weshalb sie nicht antwortete, aber Poldarn konnte sich nicht daran erinnern.

Etwas später, als Copis die Mähnen der Pferde sorgfältig kämmte, sagte derselbe Mann: »Ich schätze, ihr seid etliche Tage unterwegs gewesen. Um diese Jahreszeit gibt es nicht viele Reisende.«

»Stimmt«, sagte Copis und kämmte weiter.

In diesem Moment tauchte die Sonne hinter einer Wolke auf, und Poldarn (der inzwischen schon einen Krampf hatte) streckte die Arme mit offenen Handflächen vor, um ihr zu zeigen, dass er für den Spezialeffekt bereit sei. Sie ließ nicht erkennen, dass sie das Signal gesehen hatte, aber das war genau nach Plan.

Der Spezialeffekt war das Wichtigste ihrer Darbietung. In dem albernen Diadem aus Messing und Glas, das er trug, befand sich ein besonderer Glasklumpen. Copis hatte ihm erklärt, dass dieser wie eine Art Trichter für das Tageslicht funktionierte, das hing irgendwie mit der Form zusammen. Wenn man damit einen Sonnenstrahl einfing, konzentrierte sich das Licht in einem winzigen Punkt, der so heiß wurde, dass man damit ein Feuer entzünden konnte. In Torcea kannten die Menschen das seit Hunderten von Jahren und benutzten diese so genannten Brenngläser anstelle von Zunderbüchsen (zumindest früher war es mal Mode gewesen, jetzt hielt man sie für antiquiert). Auf der langen mühsamen Fahrt durchs Moor hatte er genügend Zeit gehabt, den Trick zu üben. Dieser bestand daraus, das Licht möglichst unbemerkt zu bündeln und auf die mit Schwefel getränkten Fäden zu lenken, die Copis sorgfältig in einen der Äpfel gesteckt hatte, die er in der Satteltasche des einen Reiters gefunden hatte.

Sobald der Docht anfing zu glühen, musste er den Apfel so hoch halten, dass alle ihn sehen konnten, bis drei zählen und ihn dann möglichst hoch in die Luft werfen. Copis hatte ihm erklärt, was danach geschehen würde. Da aber ihr Vorrat an Spezialeffekten begrenzt war und sie keine Möglichkeit hatte, sich wieder welche zu verschaffen, hatte sie selbstverständlich beim Üben nichts davon verschwendet. Poldarn war sicher, dass sie stark übertrieben hatte.

Aus dem völlig normal aussehenden Apfel kräuselte sich plötzlich Rauch. Gebannt starrte die Menge darauf. Dann verschleuderte der Docht Funken, wie wenn man ein überhitztes Eisen auf einem Amboss schlägt. Jetzt hörte man unterdrückte Laute des Entsetzens. Erschrocken wichen sie zurück, als er sich unvermittelt erhob und den brennenden Apfel in die Luft warf. Dieser verschwand in einem rotgrünen Feuerball, begleitet von ohrenbetäubendem Donnern …

»Zu diesem Zeitpunkt kann es zu zwei unterschiedlichen Reaktionen kommen«, hatte Copis ihm erklärt. »Entweder werfen sie sich flach zu Boden und beten dich als Gott an, oder wir werden beide als Zauberer festgenommen. Ich glaube, die Ungewissheit ist Teil des Spaßes.« Dann fuhr sie fort:

»Zum Glück steht immer eine Frau ziemlich weit

vorn, die dich anschaut und fragt: ›Was zum Teufel war das …?‹«

»Immer?«, hatte er gefragt.

»Bis jetzt schon.«

»Aha, und wie oft hast du den Trick schon gezeigt?«

»Vier Mal.«

Möge die Fünf Glück bringen … »Was zum Teufel war das?«, stieß eine Frau hervor, die ziemlich weit vorn stand, während die anderen mehr oder weniger schnell zurückwichen.

»Was? Ach das«, antwortete Copis ausgesprochen gelangweilt. »Ich nehme an, er hat einen bösen Geist gesehen. Dieses Jahr scheint es mehr als sonst zu geben.«

Die Frau starrte sie an. »Und was hat er gerade damit gemacht?«

»Selbstverständlich umgebracht.« Copis bürstete Schlamm von ihren Reservestiefeln.

»Mit was?«

Copis schaute sie missbilligend an. »Du meine Güte, habt ihr hier noch nie Blitz und Donner gesehen?«

Offenbar nicht. Jedenfalls keinen solchen. Jetzt kamen die anderen wieder ein Stück näher. »Und wer ist er?«, ertönte eine Stimme.

»Du meinst …?« Copis schaute den Mann völlig entsetzt an. »Verleih mir Stärke«, murmelte sie. »Ich habe gehört, dass die Menschen in dieser Gegend ziemlich zurückgeblieben sind, aber ich dachte, ihr würdet Poldarn zumindest erkennen, wenn ihr ihn seht.«

Eine kurze betroffene Pause. »Wer?«, fragte eine jüngere Frau.

Copis rieb sich die Stirn, als hätte sie Kopfschmerzen. »Was meinst du mit, wer? Poldarn der Gott natürlich. Wie viele Poldarns gibt es wohl? Und würdet ihr jetzt still sein oder weggehen? Ich bin sehr müde und muss morgen viel tun.«

Poldarn saß noch immer wie eine Statue auf dem Karren und konnte die Gesichter der Leute nicht sehen. Das war auch nicht nötig, denn das aufgeregte Stimmengemurmel verriet ihm alles, was er wissen musste. Es war schwierig, nicht zu grinsen – Copis hatte ihn ausdrücklich davor gewarnt –, aber es gelang ihm.

Es dauerte lange, bis jemand zu sprechen wagte. Ein alter Mann, ganz rechts. »Also so heißt er? Poldarn?«

Copis putzte jetzt den zweiten Stiefel. Ohne aufzublicken, nickte sie nur.

»Ich habe nicht gewusst, dass er einen Namen hat.«

»Aber so ist es«, erklärte Copis.

»Und was macht er hier?«

Sofort geboten die Umstehenden empört dem Alten zu schweigen. (Ein gutes, sogar hervorragendes Zeichen.) Leicht eingeschüchtert wiederholte der Alte seine Frage, um nicht das Gesicht zu verlieren.

Copis seufzte. »Eigentlich geht euch das nichts an«, sagte sie und betrachtete den Stiefelabsatz. »Er ist auf dem Weg nach Josequin.« Ein Lächeln huschte über ihr Gesicht. »Sagen wir mal, er hat dort einiges zu erledigen.«

Jetzt schwiegen alle betreten. Keiner musste fragen, was der Gott zu »erledigen« hatte. Eine junge

Frau brach in Tränen aus. Poldarn fühlte sich äußerst unwohl, als er das herzzerreißende Schluchzen inmitten des entsetzten Schweigens hörte. Copis hatte leicht reden, wenn sie meinte, dass einem diese ungebildeten Bauerntölpel nicht Leid tun müssten, aber jetzt herrschte hier echte Angst. Und diese heraufzubeschwören, nur weil man etwas essen und einen Schlafplatz wollte, erschien ihm keineswegs als gutes Benehmen. Doch jetzt war es zu spät, sich deshalb Sorgen zu machen.

Einige Männer – vielleicht die Führer der Gemeinde – flüsterten aufgeregt. Die Debatte endete abrupt. Einer schob sich zu Copis vor und fragte sie mit leiser, fast flehender Stimme, ob es etwas gäbe, womit man den Gott besänftigen könne.

»Ja«, antwortete sie. »Seid still.«

Mit dieser Antwort hatten sie nicht gerechnet, aber sie schwiegen, während Copis weiterarbeitete. (Jetzt stopfte sie ein Loch in einer Socke.) Aber eine Schar Menschen kann nicht längere Zeit völlig still sein. Nach einigen Minuten stellte ein anderer die Frage noch mal.

Copis runzelte die Stirn. »Na schön«, sagte sie mit der Stimme einer Mutter, die ihrem kleinen Kind eine Aufgabe gibt, weil es unbedingt helfen will. »Der Gott braucht selbstverständlich nichts, aber ich bin sterblich und muss essen und trinken. Brot, Speck, Käse, Bohnen, Trockenobst und so. Bier ist mir lieber als Wein, von dem bekomme ich Sodbrennen.«

Danach florierte das Geschäft. Schnell war der Karren hinten voller Proviant. Anfangs nannten die Geber Copis ihren Namen, aber sie scheuchte sie weg und erklärte, der Gott wisse schon, wer was gebracht hätte, weil er alles wüsste und keine Lust verspüre, in das Walten des Schicksals einzugreifen, weil ein Sterblicher einem anderen ein Stück angeschimmelten Käse gegeben habe, daher spielten Namen keine Rolle. Auf diese negative Haltung hin wurden die Gaben entschieden besser, wahrscheinlich aufgrund der Vorstellung, dass auch ein Gott sich über die ein oder andere Regel hinwegsetzen würde, wenn er einen Laib Schafskäse mit Schnittlauch erhielt.

Als im Karren kein Platz mehr war und weder der Gott noch seine Priesterin Interesse oder neue Explosionen gezeigt hatten, zog sich die Menge ein Stück zurück, aber niemand schien nach Hause gehen zu wollen. Damit hatte Copis nicht gerechnet, daher verkündete sie, sie müsse jetzt meditieren, und das in völliger Ruhe. Sie nahm den Lotossitz ein, legte die Handrücken auf die Knie, schloss die Augen und verlangsamte den Atem – sehr eindrucksvoll. Das musste Poldarn zugeben. Er allerdings litt weiter Höllenqualen. Anfangs wegen der Krämpfe in den Beinen, dann musste er den Schlaf bekämpfen. Am liebsten hätte er die Augen zugemacht, aber das durfte er unter keinen Umständen. Ehrlichen Dorfbewohnern die kärglichen Vorräte abzuschwatzen war verdammt harte Arbeit, schlimmer als Torfstechen. Er war nicht sicher, ob er das schaffen würde. Eins stand fest: Wenn sie von hier weiterzogen, hatte er sich seinen Lohn wirklich verdient.

Die müssen doch bald abhauen, sagte er sich, als sich die qualvolle Warterei bis zum Abend hinzog. *Die müssen doch alle morgen arbeiten und können es sich nicht leisten, eine Nacht nicht zu schlafen.* Doch, wie sich herausstellte, hatte er die Frömmigkeit der Dorfbewohner ernstlich unterschätzt. Diese herzlosen Kreaturen holten aus den Häusern Fackeln und Laternen und zerstörten damit seine Hoffnung, im Schutz der Dunkelheit unbemerkt die Augen schließen zu können.

Später – nach Poldarns Schätzung zweihundertfünfzig Jahre später – beendete Copis ihre Trance. Sie stand auf und holte eine kleine Holzschatulle aus dem Karren. Er wunderte sich, denn darin befand sich nur ein halber harter Brotlaib, den sie unbedingt aufbewahren wollte, als beide Hunger gehabt hatten. Sie nahm das Brot heraus, kratzte von der dicken blauen Schimmelschicht mit einem kleinen Messer etwas in ein Schüsselchen. Danach schloss sie die Schatulle wieder und blickte sich um.

Obwohl Copis es ihnen verboten hatte, hatten die Dorfbewohner eine traurige Ansammlung ihrer Kranken und Gebrechlichen hergeschleppt, darunter einen jungen Mann, dem ein Arm fehlte, und eine alte, in Decken gehüllte Frau, die aussah, als würde sie die Nacht nicht überleben. Copis schritt auf und ab, beugte sich gelegentlich vor, um mehr zu sehen oder die Temperatur zu fühlen oder ein Lid zurückzustreifen. Dabei sagte sie nichts. Nachdem sie alle in Frage Kommenden inspiziert hatte, deutete sie auf vier und klatschte in die Hände, um die Aufmerksamkeit auf sich zu ziehen. Sie erklärte, sie hätte alle durch die Augen des Gottes betrachtet und gesehen, dass diese vier zu retten seien, ohne den komplizierten Plan des Schicksals zu stören. In dem Schälchen seien die Reste der Nahrung des Gottes. Mit Knoblauchsaft vermischt, sollten sie vier Mal täglich davon trinken, und das zehn Tage lang.

Danach wären sie geheilt und könnten ein langes sinnvolles Leben führen. Sollte ein anderer es wagen, die Nahrung des Gottes zu essen, würde sie für die Folgen keine Verantwortung übernehmen, zu diesen könnte Erblindung, Irrsinn oder Tod gehören.

Wundersames Raunen ging durch die Menge, als die Verwandten der vier Auserwählten sich den blauen Staub holten. Als diese Zeremonie vorbei war, erklärte Copis, dass sie nun in ganz tiefe Meditation versänke, um dem Gott zu berichten, was sie getan hätte, damit dieser alle notwendigen Maßnahmen treffen konnte. Es sei unbedingt erforderlich, dass niemand sie dabei störe, ansonsten würde es den vier Kranken und allen anderen im Umkreis eines Tagemarsches übel ergehen. Alle sollten jetzt nach Hause gehen. Wenn sie unbedingt wollten, könnten sie bei Tagesanbruch zurückkehren, dann sei sie wohl aus der Meditation erwacht. Danach kniete sie nieder, schlug die Beine übereinander und schloss die Augen.

Gleich darauf waren sie endlich allein.

»In Ordnung«, flüsterte sie. »Sie sind weg. Aber nicht weit. Ich glaube, sie sitzen alle draußen auf der Straße. Du kannst dich etwas entspannen, aber mach keinen Lärm.«

»Ich glaube, ich bin hier angewachsen«, flüsterte Poldarn zurück. »Du hast ja keine Ahnung ...«

»Scht!« Sie stand auf und schritt langsam im Hof umher, immer noch die Priesterin spielend. »Ich sehe keinen«, flüsterte sie, »aber das heißt nichts. Auf den Dächern könnten Kinder sein.«

»Kann ich wenigstens schlafen?«

Sie dachte nach. »Ich glaube schon. Aber du

bleibst lieber, wo du bist, denn wenn du liegst, schnarchst du.«

»Nein, wirklich?«

Er schloss die Augen. Für ihn waren nur Minuten vergangen, als Copis ihn anstieß. Es wurde schon hell. »Los, hauen wir ab, ehe sie zurückkommen«, sagte sie.

»Gute Idee«, meinte Poldarn. »Vor allem, wenn ich nicht sofort das Wasser abschlage, platze ich.«

»Ich habe dir gesagt, du sollst vorher nichts trinken, aber du hörst ja nicht.«

Blitzschnell hatte sie die Pferde angeschirrt. Der Karren war beträchtlich schwerer als bei ihrem Kommen. Einen Moment lang befürchteten sie, dass er im Schlamm stecken blieb, aber Copis zog den Pferden einen Peitschenhieb über, und sie fuhren weiter.

»Jetzt dauert's nicht mehr lange«, flüsterte sie. »Selbstverständlich müssen wir unsere Rollen noch ein bisschen länger spielen, falls uns jemand folgt.«

»Verdammt!«, murmelte Poldarn. Vor ihm stieg die albtraumhafte Vision auf, dass eine große Schar seiner Jünger ihm bis Josequin folgte. Zum Glück war dem nicht so. Allerdings schauten ihnen einige Dorfbewohner aus sicherer Entfernung hinterher, bis der Karren am Horizont verschwunden war.

»Jetzt?«, fragte Poldarn.

»Na schön.«

Er sprang vom Karren. Die Landung war schmerzhaft. Er humpelte zum hinteren Rad. »Weißt du, es gibt nichts Schöneres als so richtig gut zu pissen, nach der Folter dieser Nacht. Es ist beinahe ein spirituelles Erlebnis.«

»Halt die Klappe und komm wieder rauf«, fuhr Copis ihn an. »Und kein Ton in der nächsten Stunde. Bei dieser Arbeit kann man nicht vorsichtig genug sein.«

Als sie das Signal zur Entwarnung gab, war er beinahe wieder eingeschlafen. Ein gut gezielter Tritt gegen den linken Knöchel riss ihn in die raue Wirklichkeit zurück. Er öffnete die Augen und stöhnte.

»Alles in Ordnung, jetzt sind wir sicher«, sagte sie.

»Du hast mich geweckt, um mir das zu sagen?«

»Du bist nicht der Einzige, der kaum geschlafen hat.«

»Was machen wir mit dem ganzen Zeug?«

»Verkaufen«, antwortete sie. »Abgesehen von dem, was wir selbst essen. In Josequin bekommen wir einen guten Preis dafür, besonders für den Speck.«

»Was ich dich fragen wollte«, sagte er. »Dieses Pulver, das du den Kranken gegeben hast, war doch nicht etwa giftig?«

Sie lachte. »Großer Gott, nein! Warum sollte ich Menschen vergiften, die ich nicht mal kenne?«

»Dann ist es gut. Aber das, was du von einem alten verschimmelten Brot abkratzt ...«

»Das ist eines der besten Mittel gegen Fieber und Ähnliches, das ich kenne.«

»Und die vier hatten Fieber?«

Sie nickte. »Einer oder zwei haben immer Fieber«, erklärte sie. »Großartige Reklame. In wenigen Tagen werden diese vier wieder gesund sein, völlig überzeugt, dass der Gott sie aus den Klauen des Todes gerissen hat. Sie erzählen das ihren Freunden. Die Neuigkeit breitet sich in den umliegenden Dörfern aus, und wenn wir das nächste Mal kommen, begrüßen uns alle mit Freudengeschrei, und wir müssen nicht die lange Einleitung machen, ganz zu schweigen vom Feuerwerk.«

»Was?«

»Das Ding, das peng macht.«

»Aha.« Er rieb sich die linke Schulter, die immer noch schmerzte. »Ich wollte dich schon fragen, was das für Dinger sind.«

Sie lächelte. »In den südlichen Provinzen des Imperiums gab es das überall, damals, als das Imperium noch Provinzen hatte. Offenbar ist es eine Mischung aus Kohle, Schwefel und einem weißen Pulver, das man durch das Destillieren von Urin gewinnt ...«

»Du machst Witze.«

»Das hat man mir erklärt«, sagte Copis. »Alles mischen und anzünden, dann – na ja, das hast du selbst gesehen. Jetzt kommt natürlich niemand mehr aus dem Süden durch die Wüste, und die Menschen haben viele Dinge vergessen. Als ich eine Schachtel auf dem Markt in Josequin sah, ist mir die Idee für diese Nummer gekommen. Selbstverständlich hatte der Mann, der sie mir verkauft hat, keinen blassen Schimmer, was man damit machen kann.«

»Und was ist, wenn wir keine mehr haben?«

»Na ja, wir könnten versuchen, das Rezept selbst herauszufinden, wenn es dir nichts ausmacht, eine Woche lang in eine Flasche zu pinkeln. Oder wir müssen uns eine andere Nummer ausdenken.«

Dazu sagte er nichts. Sie hatte damit einen Gedanken berührt, der ihn bereits den ganzen Tag über quälte: Wie lang würde er so umherziehen und seinen Lebensunterhalt damit verdienen, Menschen zu betrügen? Er wollte sich einreden, nicht lang, da sein Gedächtnis jeden Tag zurückkommen konnte und dann alles vorbei war ... Aber wenn er sich diese Gute-Nacht-Geschichte morgens erzählte, musste er sich eingestehen, dass sein Gedächtnis vielleicht nie wieder zurückkehren würde und er sein gesamtes Leben in einem Karren verbringen und von Dorf zu Dorf fahren müsste, um ehrlichen Leuten auf unehrliche Weise Essen abzuschwatzen.

»Kann ich jetzt schlafen?«, fragte er.

»Wenn du willst, ja. Aber es ist verdammt langweilig, stundenlang ohne Gesprächspartner zu fahren.«

Er lächelte. »Dein Pech.« Dann schloss er die Augen, aber er konnte nicht schlafen. Er machte sie wieder auf und sah einen Mann ungefähr hundert Meter weiter am Straßenrand neben einem kleinen Wagen sitzen.

»Wir sollten anhalten und ihm helfen«, sagte Copis. »Tradition der Straße und so.«

»Gut«, meinte Poldarn. »Kannst du gebrochene Wagenräder reparieren?«

»Nein.«

Aber beim Näherkommen sahen sie, dass der Mann das Problem selbst gelöst hatte. Er hatte das Pferd ausgespannt und Steine unter den Wagen gelegt, bis das zerbrochene Rad frei war. Jetzt wickelte er etwas um die Bruchstelle.

»Das hält nie«, erklärte Poldarn.

»Ach ja?« Copis deutete auf den Eimer mit Wasser neben dem Rad. »Siehst du das? Er hat irgendwoher Lederstreifen genommen, sie ein paar Stunden ins

Wasser gelegt, bis sie sich voll gesaugt haben, und jetzt wickelt er sie um die Bruchstelle. Wenn das Leder trocknet, zieht es sich um das zerbrochene Holz zusammen. Als ich noch klein war, hat mein Vater so zerbrochene Hammerstiele und Ähnliches repariert. Funktioniert wie Magie.«

Poldarn war beeindruckt. »Du weißt viele Dinge.«

»Ja, an Informationen mangelt es nicht. Keine nützt mir was, aber sie sind alle gut.«

Obgleich der Mann keine Hilfe zu brauchen schien, hielten sie an und fragten ihn. Er versicherte ihnen, dass alles bestens sei und er am Morgen weiterfahre. Er hatte zu essen und einen hübschen Wagen, unter dem er schlafen konnte, wenn es regnete. Dann musterte er Poldarn scharf.

»Dich kenne ich«, sagte er.

Poldarn hatte das Gefühl, soeben einen Schlag in die Magengrube bekommen zu haben. »Ach wirklich?«

»Ich vergesse nie ein Gesicht«, erklärte der Mann. »Es war in einer Schänke – entweder in Josequin oder Mael. Wir haben den ganzen Abend Domino gespielt. Ich habe zwölf Vierteltaler gewonnen.«

Poldarn holte tief Luft. »Sag mir alles, was du über mich weißt.«

»Das ist leicht«, meinte der Mann mit etwas verwirrtem Grinsen. »Du bist ein sauschlechter Dominospieler. Das ist alles.«

»Was meinst du mit: Das ist alles?«

»Dass ich nicht mehr weiß.«

Ehe er wusste, was er tat, war Poldarn vom Karren gesprungen, hatte den Mann an der Kehle gepackt und gegen das Wagenrad geschleudert. »Was weißt du noch über mich?«, stieß er hervor. »Los, das ist wichtig.«

»Ehrlich, das ist alles«, krächzte der Mann und rang nach Luft. »Wir haben in dieser Herberge übernachtet. Ich habe dich gefragt, ob du Lust auf ein Spielchen hättest, du hast ja gesagt. Hör mal, wenn es dir um's Geld geht ...«

Poldarn schüttelte den Kopf. »Das ist mir scheißegal. Versuche dich zu erinnern. An irgendwas.«

»Ja, ja. Aber hör auf mich zu würgen.«

Poldarn wurde ein wenig ruhiger. »Und?«

»Ich weiß nicht, was soll ich dir über dich sagen?«

»Alles, jede beschissene Einzelheit. Ich habe nach einem Schlag über den Schädel das Gedächtnis verloren und habe jetzt keinen blassen Schimmer, wer ich bin, wo ich gelebt habe, nichts. Wenn wir uns also früher getroffen haben ...«

Der Mann schüttelte den Kopf. »Bei Gott, ich spreche die Wahrheit. Ich kann mich nur an das Spiel erinnern. Ich glaube, du hattest damals ungefähr die gleiche Kleidung an wie jetzt.«

Poldarn nickte. »Die Sachen habe ich angehabt, als ich nach dem Schlag aufgewacht bin. Was sonst noch?«

»Wirklich, das ist alles. Na ja, abgesehen von der Tatsache, dass du zwölf Vierteltaler bei dir hattest. Ich nehme an, das sagt etwas über dich aus. Und jetzt lass mich um Himmels willen los. Du erwürgst mich ja.«

Zögernd lockerte Poldarn den Griff. Der Mann rieb sich den Hals. »Versuche wenigstens dich zu erinnern, wo es war. Wer weiß, vielleicht erinnert sich dort jemand an mich.«

»Ich habe doch gesagt, ich ...« Der Mann ging einen Schritt zurück. »Moment, es war die Herberge ›Belohnte Geduld‹ in Josequin. Stimmt, jetzt erinnere ich mich. Es war die Woche der Messe, und wir beide kamen so spät, dass sie uns in den Anbau gesteckt haben, wo die Stalljungen schlafen. Ich habe mich beschwert, dass ich den vollen Preis dafür zahlen soll, dass ich in der Sattelkammer schlafe. Du hast mir gesagt, ich sollte dankbar sein, überhaupt einen Platz zu bekommen, da die Stadt während der Messe überfüllt sei. Und dann habe ich das Spiel vorgeschlagen.« Er zog die Stirn kraus, als wolle er mit den Brauen einen Amboss hochheben. »Wir haben vier Mal gespielt, dann wolltest du nicht mehr. Deshalb habe ich mich in meine Decke gerollt und geschlafen. Am nächsten Morgen, als ich aufwachte, warst du schon weg. Und das ist alles, das schwöre ich bei Gott.«

Poldarn musterte ihn finster. »Wirklich alles?«

»Das habe ich soeben gesagt.«

»Schon gut, schon gut. Und wer könnte ich deiner Meinung nach sein? Womit verdiene ich meinen Lebensunterhalt? Woher stamme ich? Welchen Akzent habe ich? Jede Kleinigkeit ist besser als nichts.«

Der Mann dachte kurz nach. »Den Akzent kann ich überhaupt nicht einordnen«, sagte er. »Aber in Josequin hört man alle möglichen Akzente. Wenn ich raten müsste, würde ich sagen, du stammst aus dem Süden, wahrscheinlich von der anderen Seite der Bucht, wie deine – zum Teufel! Gerade wollte ich deine Frau hier sagen, aber sie ist wohl nicht deine Frau.«

»Nur jemand, den ich unterwegs getroffen habe«, sagte Poldarn. Copis warf ihm einen giftigen Blick zu. Sie wurde langsam ungeduldig, unterbrach ihn aber nicht. »Und welche Art Beruf könnte ich haben? Los, du solltest in der Lage sein, einen vernünftigen Vorschlag zu machen.«

Er zuckte mit den Schultern. »Irgendwas mit Reisen, weil du Erfahrung zu haben scheinst, wie man in Herbergen übernachtet, wie ich. Ich bin Kurier, aber das bist du wohl nicht.« Er schloss die Augen. »Ich versuche mich zu erinnern, ob du ein Pferd hattest oder zu Fuß unterwegs warst.« Er schüttelte den Kopf. »Nein, aber wenn ich blind raten soll, dann würde ich sagen, aufgrund deiner ganzen Art, dass du irgendwas mit der Regierung zu tun hast oder mit dem Militär. Das ist aber weit hergeholt.«

Poldarn lachte finster. »Du meinst, weil ich Leute fast erwürge, wenn ich etwas will? Möglich, aber ich glaube, die Umstände ...«

»Ja, natürlich. Wenn ich in deiner Haut steckte, würde ich mich wohl auch so benehmen. Ich kann dir wirklich nicht mehr sagen.«

Poldarn atmete langsam aus. »Die ›Belohnte Geduld‹ hast du gesagt?«

»Ja, die Herberge steht beim Westtor, kurz bevor du ...«

»Ich weiß, wo das ist«, unterbrach ihn Copis. »Und wenn wir dort noch vor Anbruch der Dunkelheit hinkommen wollen, müssen wir jetzt weiter.« Sie war ziemlich aufgebracht, und Poldarn kannte den Grund, aber der Schaden war nun mal passiert. »Ich danke dir«, sagte er. »Und es tut mir Leid.«

»Ist schon gut«, meinte der Mann. »Jedenfalls wünsche ich dir Glück für deine Suche. Versuch's in der ›Geduld‹. Könnte doch sein, dass du immer dort absteigst und sie dich kennen. Auf alle Fälle sind dort viele Menschen.«

Poldarn tat es Leid, ihn zurückzulassen, fast, als hätte er ein Kind auf dem Jahrmarkt verloren und müsste ohne es heimgehen. Wenigstens war Copis so klug, ihm wegen des Geheimnisverrats keine Vorhaltungen zu machen. So viel Takt hätte er ihr nicht zugetraut.

»Wie weit ist es bis Josequin?«, fragte er und bemühte sich, nicht verzweifelt zu klingen.

»Von hier aus? Wir dürften vor der Dunkelheit dort sein.« Sie trieb die Pferde mit der Peitsche an. Dafür war er ihr dankbar.

»Der Jahrmarkt in Josequin klingt groß und wichtig«, sagte er, mehr, um abzulenken, als aus Wissensdurst.

»Ist er«, antwortete Copis, und dann schilderte sie ihm lang und breit alles. Sie redete immer noch, als sie den Rauch sahen.

Anfangs hielt er ihn für eine niedrige Wolke (oder Nebelschwaden, diesmal keine Hitzeschlieren), aber Form und Farbe stimmten nicht. Nach geraumer Zeit rochen sie es. Beide verloren kein Wort. Es gab auch eigentlich nichts zu sagen.

Sie kamen über den Hügel, mehr oder weniger die einzige Anhöhe, die sie den ganzen Tag über gesehen hatten. Von oben hatten sie eine gute Aussicht über eine eintönige Ebene. Josequin lag in der Mitte.

Zahllose Feuer schickten Rauch zum Himmel empor, wo die Häuser hätten stehen sollen. Es war aber kein dicker schwarzer Rauch, sondern Rauch, der von einer Glut nach zwei oder drei Tagen aufsteigt.

»Du hast gesagt, ich hätte hier etwas zu erledigen«, meinte Poldarn.

»Ja, das habe ich gesagt.« Sie betrachtete mit großen runden Augen das schreckliche Bild. »Aber nur, um irgendwas zu sagen. Ich habe mir dabei nichts gedacht.«

»Ja, das glaube ich dir.«

Kapitel 5

Der Laden des Knochenschnitzers hatte einige neue Erzeugnisse zu bieten: Löffel aus Knochen und Hirschgeweihen, Federmesser mit Knochengriff, winzige Flaschen, rein zur Zierde, Schuhspangen und ein wunderschönes Schachspiel, genau das, was ein Besucher von Weal Bohec als Souvenir mit nach Hause nehmen wollte. Der Fremde schob sich freundlich lächelnd nach vorn und bat, einen Greifzirkel zu sehen.

»Wunderbare Arbeit, das muss ich schon sagen«, erklärte der Ladeninhaber. »Scharnier und Schenkel aus solidem Messing, und seht nur: Hier ist eine genaue Eichung eingeritzt.«

»Nein, so was«, sagte der Fremde beeindruckt. »Und welche Kalibrierung ist das?«

Der Ladeninhaber blickte ihn verblüfft an. »Was meinen Sie?«

»Worauf ist er geeicht? Dort, wo ich herkomme, verwenden wir unterschiedliche Gewichte und Maße, ebenso in den meisten Orten, in denen ich gewesen bin. Welche Skala ist das?«

Der Mann zuckte mit den Schultern. »Keine besondere. Ich habe nur ein paar Zeichen eingeritzt, aber alle in genau demselben Abstand.«

Der Fremde nickte. »Da bin ich sicher. Aber welcher Abstand ist das? Der hiesige? Der der Gilde? Oder etwas, das du dir ausgedacht hast?«

»Hört mal, wollt Ihr ihn kaufen oder nicht? Es warten noch Kunden auf mich.«

Der Fremde drehte sich um. »Ich denke darüber nach«, sagte er. »Vielen Dank.«

Der Ladeninhaber brummte und legte den Greifzirkel zurück auf die Samtunterlage. Dann wandte er die Aufmerksamkeit dem nächsten Kunden zu. Der Fremde war verschwunden.

Vier Läden weiter machte der Schuhmacher gute Geschäfte mit billigen Holzsandalen. Dem Fremden fiel auf, dass man nicht einheimisches Holz verwendet hatte, sondern wohl Ballast von einem der großen Schiffe, die von der anderen Seite der Bucht kamen. In Weal Bohec saß das Geld nicht locker, deshalb kauften sie lieber für anderthalb Taler ein raues, leicht splitterndes Stück Holz mit Lederriemen, das nicht gut passte, als für zweieinhalb Taler handgemachte Lederschuhe. Wegen der geringen Nachfrage waren hier Qualitätsprodukte billig. Dem Fremden gefiel besonders ein Paar Reitstiefel aus Schweinsleder. Von einem Mitglied der Gilde handgearbeitet, mit doppelter Naht und silbernen Nägeln. Jenseits der Bucht fünf Silberlinge, hier dreieinhalb. Er fragte sich, warum die Gilde das duldete.

»Ich denke darüber nach«, erklärte er automatisch, als der Schuhmacher ihn zu einer Anprobe drängte.

»Das dauert nur eine Minute. Nur zu, beste Qualität. Importware. Vielleicht sind sie nicht mehr da, wenn Ihr zurückkommt.«

Der Fremde lächelte. »Das Risiko gehe ich ein, danke. Ich bin in einer Minute wieder da.«

»In einer Minute kann viel passieren.«

»Sehr richtig.« Er lächelte und hob die Hand, die weltweite Geste höflicher Ablehnung. Der Schuhmacher verzog enttäuscht das Gesicht.

»Soll ich sie für Euch unterm Ladentisch zurücklegen?«, fragte er. »Damit ich sie nicht irrtümlich einem anderen Kunden verkaufe.«

Der Fremde schüttelte den Kopf. »Das wäre eine Handelsrestriktion. Dort, wo ich herkomme, würde man dir deshalb die Ohren abschneiden.«

Selbstverständlich war das eine Lüge. Der Fremde war in einem kleinen Dorf geboren, meilenweit entfernt von der nächsten Stadt mit einer Gilde. Aber damit hatte er den Schuhmacher zum Schweigen gebracht. Dieser verkaufte weiter seine Holzsandalen.

Gegenüber der Reihe kleiner Läden führten die Stufen zur Börse hinauf, dem grandiosesten und beeindruckendsten Gebäude in Weal Bohec. Ein paar Leute kamen schon die Stufen herab, Händler und ihre Kundschafter, welche es eilig hatten, die neuesten Nachrichten der heutigen Sitzung auszunutzen. Der Fremde beobachtete sie genau. Dann kamen etliche junge Burschen, die froh waren, frische Luft zu atmen, nachdem sie den gesamten Vormittag auf Hockern in der Börse verbracht hatten. Danach zwei Männer in mittleren Jahren, deren Kleidung geborene Henker verriet, und ältere Boten, die schon vierzig Jahre lang immer dieselbe Arbeit verrichteten. Rund um die Börse herrschte immer reges Treiben, da die Vorstellung gefördert wurde, dass man Geschäfte nur im Zustand leichter Hysterie tätigen konnte. Vielleicht war Weal Bohec darin einzigartig.

Nachdem diejenigen, die es eilig hatten, die Börse verlassen hatten, erschienen die Ernsten Männer. Für sie galt: Je wichtiger man war, desto langsamer verließ man die Halle, da die wirklich großen Geschäfte auf den Korridoren und Innenhöfen nach dem offiziellen Börsenschluss abgeschlossen wurden. Das langsame Dahinschreiten eines Ernsten Händlers vom Kapitelsaal zum vorderen Tor war einer der großartigsten Anblicke von Weal Bohec, die Galavorstellung der Kunst des Schreitens, so langsam wie möglich, ohne stehen zu bleiben. Ein Ernster Mann würde im Traum nicht daran denken, diese Strecke schneller zurückzulegen, als man braucht, um eine fünfzehn Jahre alte Esche mit einer kleinen Axt zu fällen. Wahrlich Ernste Männer, wie der legendäre Gransenier Astel Voche oder Huon Tage, sechs Mal war er Präsident des Kapitels, haben angeblich den Kapitelsaal um die Mittagszeit verlassen, aber erst bei Einbruch der Dunkelheit das Haupttor erreicht, ohne stehen zu bleiben.

Der Fremde wusste das alles. Er lehnte sich gegen eine Säule des Portikus von Redlichkeit und Fleiß, von wo aus er den Eingang gut im Blick hatte. Er holte einen Apfel aus dem Ärmel und verzehrte ihn langsam. Er genoss das seltene und teure Aroma eines echten Bohec Süß-Pippin. Diese Sorte wurde seit Jahrhunderten angebaut, nach Kreuzungen schmeckte der Apfel mehr wie ein Pfirsich. Wenn man in anderen Städten Pfirsiche essen wollte, aß man Pfirsiche, aber nie in Weal Bohec. Ab und zu tupfte er mit dem Ärmel den Saft vom Kinn.

Er biss gerade die letzten Reste vom Kerngehäuse, als die ersten Ernsten Männer zwischen den alten anthropomorphen Säulen (Ursprünglich hatten sie Wohlstand und Klugheit dargestellt, aber im Laufe der Jahrhunderte waren die Gesichter durch umherwandernde Schuhmacher, die ihre Messer daran geschärft hatten, zerstört worden)des Eingangs erschienen. Der Fremde musterte sie kurz. Nein, der von ihm Gesuchte war nicht darunter. Er wickelte den winzigen Rest des Apfels in ein Taschentuch und steckte ihn ein. (Laut Stadtgesetz standen in Bohec saftige Strafen darauf, wenn ein Mann nobler Herkunft mutwillig die Straße verschmutzte. Fürs niedere Volk galt das nicht, da man von ihm nicht erwarten konnte, dass er es befolgte.) Im Schatten war es an diesem sonnigen Tag angenehm, und er genoss den leckeren Nachgeschmack des Apfels.

Diesem extremen Wohlgefühl war es zuzuschreiben, dass er gerade in dem Moment, als sein Mann endlich herauskam, in die andere Richtung blickte. Diese Nachlässigkeit war für ihn ganz und gar nicht charakteristisch. Als der Gesuchte den Ärmel zurückstreifte, blitzte das silberne Futter auf, nur einen Wimpernschlag lang, doch das genügte, um die Aufmerksamkeit des Fremden auf sich zu lenken, so wie ein kreisender Habicht die kleinste Bewegung seiner Beute auf dem Boden wahrnimmt. Er stieß sich mit den Ellbogen von der Säule ab und ging über die Straße, dabei hatte er die Route so berechnet, dass er mit dem Mann zusammenprallte, ehe dieser um die Ecke bog.

Der Mann war tief in eine schwierige Diskussion mit einem anderen, beinahe ebenso Ernsten Händler verstrickt. Sie schritten Arm in Arm, wie ein Ehepaar, dahin. (Diese Sitte bereitete Fremden anfangs

Unbehagen, bis sie herausfanden, dass es hier üblich war und eine Vertrauensgeste bedeutete.) Die Leibwächter der beiden hielten respektvoll drei Schritte Abstand. In Weal Bohec waren Leibwächter lediglich zum Protzen da, so wie man ein mit Juwelen und Email besetztes Schwert trug oder einen nutzlosen papierdünnen Goldharnisch. Geizhälse steckten als Leibwächter ihre Schreiber in prächtige gefütterte Wämser, aber Ernste Männer mieteten echte Schläger, einfach um sich in der Kunst, anmutig Geld zu verschwenden, zu üben.

Der Fremde handelte zielbewusst. Beim Zusammenprall packte er sofort mit der rechten Hand den Ärmel des anderen, als suchte er Halt, um nicht zu stürzen, gleichzeitig suchten die Finger der linken Hand den Schwertknauf, der sich unauffällig in der Schärpe seines Gewandes unter dem weiten Umhang verbarg. Während er sich höflich und wortreich für seine Ungeschicktheit entschuldigte, zog er die Klinge ein Stück aus der Scheide. Als der andere den Mund aufmachte, um ihm zu sagen, dass es sich um einen Unfall handelte, hatte er die Klinge in die genau richtige Position gebracht. Liebevoll, als streichle er die Wange der Geliebten, glitten seine Finger zur Parierstange. Blitzschnell zückte er das Schwert.

In Momenten kann alles geschehen, so wie Scherben aus Keramik und Glas ein Mosaik ergeben. Dieser Moment des Schwertzückens ist der höchste Moment, das Stück des Mosaiks, welches das Muster festlegt. In der Religion geschieht dieses perfekte Zücken nie. Es gibt kein Intervall zwischen dem sanften Schlummer des Schwerts in der Scheide und dem

Beginn des Schneidens. In der Praxis muss es selbstverständlich diesen Moment geben, den man mit einem Greifzirkel messen kann. Es muss einen Moment zwischen Frieden und Gewalt geben, zwischen einer Version der Geschichte und einer anderen, ein Stück Zeit, in welchem der Ausgang ungewiss ist. Die Kunst besteht darin, ihn so kurz wie möglich zu halten.

Der Fremde wusste genau, was er tat. Sein Gegner sprach noch, als ihm die Klinge die Kehle durchschnitt und das letzte Wort in zwei Hälften trennte.

Das Werk war vollbracht.

Jetzt musste er es allerdings noch schaffen, ungeschoren davonzukommen, was weitaus schwieriger war. Sobald er sicher war, dass der Gegner tot war, verdrängte er ihn vollkommen aus dem Bewusstsein und kalkulierte das Restrisiko. Das dauertc ungefähr so lang, wie ein Regentropfen braucht, um vom Haar auf die Nase zu fallen.

Während die Klinge noch den tödlichen Streich ausführte, trat er mit dem hinteren Fuß neunzig Grad in Richtung des anderen Ernsten Manns, sodass er die richtige Stellung für einen Schlag nach unten hatte. (›Erde und Himmel‹ trennen, nennt man das ziemlich charmant in der Religion.) Der zweite Schnitt schien Teil des ersten zu sein, war jedoch eine ganz andere Tat, da es jetzt darum ging, eine lästige Person zu beseitigen. Mit dem dritten und vierten Hieb hatte er sich der Leibwächter entledigt. Drei Mal perfekt getroffen: diagonale Schnitte, welche den Hals bis zum Knochen durchtrennten. Die vier Männer standen noch, als der Fremde das Blut von seinem Schwert schleuderte und es zurück in die Scheide steckte.

»Verbindlichsten Dank«, sagte er mit ruhiger Stimme, nickte höflich und trat zurück zwischen die Säulen des Portikus, als die Toten zusammenbrachen. Es dauerte zwei oder drei Herzschläge, ehe jemand sie bemerkte. Doch da war der Fremde bereits auf der anderen Straßenseite. Als die erste Frau schrie, untersuchte er die Unterseite eines kleinen Messinggefäßes auf etwaige Gussfehler.

»Ja, das haben alle«, meinte der Ladeninhaber, als er ihm eine Unregelmäßigkeit zeigte. »Aber man kann sie nicht sehen, und das Herz ist nicht betrübt über das, was das Auge nicht sieht.« Dann fügte er schnell hinzu. »Ich überlasse Euch beide für sieben.«

Der Fremde verzog das Gesicht. »Sechseinhalb.«

»Abgemacht.« Der Ladeninhaber nickte wie ein überführter Verbrecher zum Urteil des Gerichts. »Soll ich sie einwickeln? Das kostet einen Vierteltaler extra.«

Der Fremde schüttelte den Kopf. Dann sah er auf der linken Hand einen Blutspritzer, so groß wie eine kleine Fliege. Schnell wischte er ihn ab. »Nein, danke«, sagte er. »Ich nehme sie so mit. Ach, was willst du für dieses Tintenfass? Das ist eine Arbeit aus dem Norden, richtig?«

Nachdem sich die Aufregung gelegt hatte, ging er zurück in die Herberge, schob den Riegel vor die Tür und legte sich aufs Bett. Er zitterte hinterher nicht mehr. Er hatte gelernt, das Trauma im Hinterkopf zu speichern, um sich damit an einem Regentag zu befassen. Jetzt ließ er den Moment ruhig verstreichen, den Übergang zwischen einem Handlungsablauf und einem anderen, die tröstliche Tatsache, dass er wieder ungeschoren davongekommen war. Die Angst war bereits unterdrückt und lebte nur in seiner Erinnerung fort, zusammen mit all den Missetaten seit der Kindheit – wenn er daran dachte, krümmte er sich. Die Fähigkeit, die eigene Furcht zu verdauen oder sich davon zu nähren, war eine der großen Freuden der Religion – jedenfalls wollte er das gern glauben. Schließlich war das spirituell weitaus ehrenvoller, als zuzugeben, dass er nach dem tödlichen Hieb süchtig war wie ein gefährlicher Verbrecher auf der Straße.

Er verbrachte den Rest des Tages in Weal Bohec, hielt Augen und Ohren offen, um nützliche Hintergrundinformationen zu sammeln und die lokale Stimmung zu erforschen. Nach einem köstlichen Abendessen im »Glorienschein«, wo er immer schon mal hatte essen wollen, aber bei früheren Besuchen keine Zeit gehabt hatte, ging er früh ins Bett und schlief ruhig. Am nächsten Morgen brach er früh auf. Der Wirt gab beim Abschied der Hoffnung Ausdruck, dass sein Besuch angenehm gewesen sei und er ihm wieder die Ehre erweisen würde, bei ihm abzusteigen. Der Fremde versprach es.

Sein Heimweg war lang und ermüdend. Der Regen hatte fast einen Monat zu früh eingesetzt. Der erste schlimme Sturm erwischte ihn unterwegs in einem offenen Karren, auf halbem Weg zwischen Weal Bohec und Bealvoy. In der Zeit, in der ein guter Koch eine Zwiebel schält, waren sein Hut und Umhang vollständig durchnässt. Auf der Pritsche stand das Wasser fingerhoch. Der Geruch des nassen Stoffs war übermächtig. Auch der breitkrempige Hut bot keinen Schutz gegen den Regen. Er saß starr da und bemühte sich vorzugaukeln, er säße in einem tiefen Bad, für das er nicht zahlen musste.

Wie üblich dauerte der erste Sturm dieser Jahreszeit nur kurze Zeit, aber er litt unter den Nachwirkungen noch den Rest des Nachmittags. Ständig saß er mit den Füßen im Wasser. Er hatte sich mit der Tatsache abgefunden, dass alles in seinen Taschen oder im Gepäck, was nicht aus Metall war, für immer ruiniert war. Als schließlich die Sonne hervorkam und ihn trocknete, spürte er, wie sich Stiefel und Kleidung zusammenzogen.

Ein plötzlicher Regenguss richtet auf den trockenen Straßen und der gebackenen Erde schreckliche Verwüstungen an. Seen und Flüsse, die es bei seiner Fahrt nach Weal Bohec noch nicht gegeben hatte, versperrten jetzt die Weiterfahrt, sodass der Karren weite Umwege nehmen musste. Daher erreichte er Bealvoy erst, als es dunkel war. Natürlich waren sämtliche Herbergen voll von nassen gestrandeten Reisenden. Statt mit einem Einzelzimmer mit warmem Feuer und einem Krug Glühwein mit Zimt musste er sich mit einer Ecke in einem überfüllten Aufenthaltsraum begnügen, in dem es nach nassen Menschen stank, weit weg vom Feuer, um sich zu trocknen. Trotzdem schlief er ein wenig, wurde jedoch früh vom Fahrer des Karrens geweckt, der schnell aufbrechen wollte. Den ganzen Tag über hatte er Kopfschmerzen, die durch die vielen Löcher, in die der Karren rumpelte, verschlimmert wurden. Das erste Sonnenlicht trocknete seine Kleidung ein wenig, doch folgte sogleich der nächste Wolkenbruch, und wieder war er bis auf die Haut durchnässt. Als der Karren endlich nach Deymeson hineinrumpelte, war er so nass und verzweifelt, dass ihm alles egal war.

Er wollte nur seine Zelle hinten im Kloster aufsuchen, ein riesiges Feuer anzünden, was gegen die Regeln war, und die ihm in den Knochen steckende Grippe ausschwitzen, ehe sie ausbrach. Doch stattdessen ging er pflichtgemäß die sechs Treppen der breiten Marmorstufen hinauf, wo Pater Tutor residierte. Da der Regen Deymeson noch nicht erreicht hatte, standen bei Pater Tutor Fenster und Türen offen, damit er in der heißen Nacht nicht erstickte.

»Wo warst du?«, fragte Pater Tutor. »Ist dir klar, dass es bereits nach der Komplet ist? Du hättest zum Morgengebet zurück sein müssen.«

»Es hat geregnet.«

Pater Tutor schaute ihn an. »Das sehe ich. Du solltest lieber die nassen Sachen ablegen, ehe du dich erkältest. Im übrigen weiß ich, wie die Dinge in Weal Bohec gelaufen sind. Es ist eine Schande, dass ich es von einem umherziehenden Stuhlflechter hören musste anstelle von einem meiner Brüder, aber zumindest weiß ich Bescheid.«

Er wollte erklären, dass er noch eine Nacht geblieben sei, dann vom Unwetter überfallen wurde, wohingegen der Stuhlflechter offenbar früher aufgebrochen und so dem Regen entkommen war. Aber er beschloss, das nicht zu tun. Er war zu nass, um alles zusammenhängend vorzutragen. Daher nickte er nur.

»Ferner ist schade, dass du dein Werk nicht vollbringen konntest, ohne den anderen Händler zu töten«, fuhr der Tutor fort. »Eigentlich müsste ich dich nicht daran erinnern, dass du lediglich eine deutliche Botschaft an die Vorsteher und die Gilde übermitteln solltest. Indem du jemanden getötet hast, der damit nichts zu tun hat, hast du das Wasser getrübt. Der Stuhlflechter hat mir berichtet, dass es sich um einfachen Raub handelte.«

»Es tut mir Leid, aber mir blieb keine Wahl. Ich musste ihn beseitigen, um zu den Leibwächtern zu gelangen. Es war einfach keine Zeit, um ihn herumzugehen«, verteidigte sich der Bruder.

Der Tutor schüttelte den Kopf. »Das war falsch. Wenn der andere Händler den Moment durch seine Anwesenheit am falschen Platz gestört hat, hättest du einen anderen Moment abwarten müssen, in dem alles klar war.« Er seufzte. »Ich möchte nicht noch einen Direktor beseitigen müssen, aber nach diesem Fehlschlag werde ich das wohl müssen, und dann war deine Tat vergeblich. Und wir sind bereits eine Woche im Verzug.«

Beschämt senkte der Bruder den Kopf. »Es tut mir Leid«, wiederholte er. »Ich hätte drei Mal darüber nachdenken und das eine Mal verwerfen sollen. Es wird nicht wieder geschehen.«

»Schon gut.« Die Lippen des Tutors verzogen sich zu einem kurzen Lächeln. »Zuweilen läuft es so, und du bist nicht der Erste, der einen Fehler gemacht hat – und ganz gewiss wirst du nicht der Letzte sein.« Das Lächeln vertiefte sich. »Als ich kaum älter als du war, habe ich etwas Ähnliches getan, aber trotzdem ist die Welt nicht untergegangen.« Er umschloss mit den Händen die breiten geschnitzten Arme des Sessels und zog sich betont mühsam hoch (was völliger Unsinn war, wie der Bruder wusste. Pater Tutor war so kräftig wie ein halb so alter Mann, aber er spielte gern den gebrechlichen Alten). »Da fällt mir ein«, fuhr er fort, »hast du die Neuigkeiten über Josequin gehört?«

Der Bruder dachte nach, ein Tropfen rollte ihm über die Stirn. »Du meinst, die Wahl des Stadtrats?«, fragte er. »Ja, meiner Meinung nach eine bedrohliche Sache.«

»Aha, dann weißt du es noch nicht.« Pater Tutor schenkte sich ein kleines Glas Wein ein. »Eigenartig, dass du es für bedrohlich hältst.« Er trank einen winzigen Schluck. »Josequin wurde vor vier Tagen zerstört.«

Der Bruder hatte das Gefühl, als sei er soeben vom Pferd gefallen. »Zerstört?«, wiederholte er.

»In Schutt und Asche gelegt«, sagte Pater Tutor. »Offenbar keine Überlebenden – wenn das richtig ist, wäre es bemerkenswert. Niemand von fast hunderttausend Bewohnern mehr am Leben. Aber unsere Späher sind für gewöhnlich sehr zuverlässig, und sie erklärten ausdrücklich, Unmengen von Toten in den Ruinen gesehen zu haben. Und es ist ja nicht das erste Mal, besonders nicht für eine im Landesinneren liegende Stadt, ohne Fluchtmöglichkeit übers Wasser.«

»Die Familie meiner Mutter stammt aus Josequin«, sagte der Bruder.

»Wirklich?« Der Tutor runzelte die Stirn, tadelte ihn jedoch wegen des Regelverstoßes nicht. Ordensmitgliedern war es unter Androhung extremer Strafen verboten, von ihrer weltlichen Familie zu sprechen. Doch diesmal wollte er den Verstoß übersehen. »Vielleicht fragst du dich, was der Fall von Josequin mit dem vorliegenden Fall zu tun hat.«

Der Bruder schaute auf. »Verzeihung, Pater, was hast du gerade gesagt?«

»Schon gut. Du fragst dich vielleicht, welche Auswirkung die Geschehnisse in Josequin auf die Situation in Weal haben.« Er nahm noch einen winzigen Schluck Wein und setzte sich wieder. »Die Verbindung ist bestenfalls tangential, wahrscheinlich nicht mehr als ein Zufall oder eine Mischung aus allgemeiner Hysterie und dürftiger Berichterstattung. Allerdings sollte man der Sache meiner Meinung nach nachgehen, auch wenn man damit nur einen unwesentlichen Faktor ausschaltet.«

Der Bruder richtete sich etwas auf. »Bitte, erkläre mir das näher.«

»Ein Tag vor dem Angriff auf Josequin – zumindest denken wir das, obwohl die genau Abfolge der Ereignisse vage sein muss, wie du gleich verstehen wirst – sind ein Mann und eine Frau in dem kleinen Dorf Sierce aufgetaucht, einen Tagesritt von Josequin entfernt. Sie erklärten, sie seien der Gott Poldarn und seine Priesterin. Nachdem sie entweder ein Wunder oder einen Taschenspielertrick gezeigt hatten – je nach Auslegung –, heilten sie angeblich mehrere Dorfbewohner, die an Erkrankungen des Atemsystems litten. Danach erklärten sie, in Josequin etwas erledigen zu müssen, und fuhren weiter.« Er runzelte die Stirn. »Du verstehst, weshalb ich dieser Sache auf den Grund gehen will, auch wenn sie vielleicht trivial ist. Meiner Meinung nach war es lediglich ein Zufall, und die beiden sind Scharlatane, die sich auf Kosten der Dummheit der Menschen bereichern. Damit begehe ich aber eine Todsünde, denn ich habe mir eine Meinung aufgrund unzureichender Informationen gebildet. Daher ist es deine Aufgabe, mich von dieser Sünde zu reinigen, indem du dich in dieses Dorf begibst und einen vollständigen Bericht zusammenstellst. Falls es möglich ist, spürst du die beiden mutmaßlichen Scharlatane auf und befragst sie oder bringst sie, was ideal wäre, zu einer intensiven Vernehmung hierher.«

Jetzt war dem Bruder nicht nur wegen der nassen Kleidung ungemütlich. Dabei war er keineswegs empfindlich – man konnte Novizen nicht acht Meisterhiebe lehren, wenn man nicht einen ungewöhnlich starken Magen hatte. Aber das Verfahren der intensiven Vernehmung im Orden machte ihm immer zu schaffen. Es war typisch für die Effizienz und den Abscheu gegen Verschwendung, dass die intensiven Vernehmungen zugleich als Anatomielektionen dienten. Eine Klasse Novizen stand respektvoll hinten im Raum und machte sich auf den Schreibtäfelchen Notizen, während der Lehrer jedes Organ, das er mit dem Skalpell bloßlegte, genau beschrieb, samt Funktion. Diese Methode war eine ungemein effektive Art und Weise, Informationen zu erhalten und weiterzugeben – und einem Bruder stand es nicht zu, sie zu kritisieren.

»Sierce, in der Nähe von Josequin«, wiederholte er. Ich nehme an, ich sollte mich am besten gleich auf den Weg machen.« Er bemühte sich, nicht allzu traurig zu klingen. »Solange die Spur noch frisch ist.«

Pater Tutor lächelte. Sein Gesichtsausdruck war warm, beinahe menschlich (allerdings hätte er das nicht als ein Kompliment aufgefasst). »Du hast bereits so viele Gebetsstunden versäumt, dass die heute Abend auch keine große Rolle mehr spielt.

Deshalb schlage ich vor, dass du deine Gesundheit vor einem Feuer mit einem heißen Bad – obgleich es dazu noch einen Monat zu früh ist – wiederherstellst. Als Buße betest du zwanzig Zeilen, während du dir den Rücken bürstest. Danach wirst du dich wohl genug für den Gottesdienst fühlen. Wenn du morgen nach der Prim aufbrichst, dürfte die Fährte immer noch sichtbar sein.«

Das war natürlich eine Kritik. Jedes Mitgefühl im Orden stellte eine stumme Anklage wegen Schwäche dar, jedes Zugeständnis an eine Schwäche war ein Eingeständnis von Unzulänglichkeit. Als der Bruder auf dem Weg zu seiner Zelle durch den südlichen Klostertrakt ging, bezichtigte er sich der Sünde des Stolzes, weil er sich für etwas Besseres hielt. Zwanzig Zeilen waren eine kleine Buße für ein heißes Bad und eine Extraportion Kohlen für ein Feuer. Ein Krug Wein, entgegen den Klosterregeln erhitzt und gewürzt, war ein weiterer Verstoß und noch mal zwanzig Zeilen wert. Aber das war kein Problem, im Laufe der Jahre hatte er gelernt, sehr schnell zu beten.

Nach einem Bad und fünfzig Zeilen wickelte er sich in seine warme Decke und ging in die Klosterbibliothek. Kurz nach Mitternacht war die ideale Zeit, dort in Ruhe zu forschen. Er wollte nicht aufbrechen, ohne zu wissen, wonach er suchen sollte. Nur zwei Mönche sortierten Bücher ein, und ein paar ältere Brüder schliefen an den Lesepulten. (Da laut Klosterbudget der Frühling erst in einem Monat begann, war die Bibliothek wärmer als die Zellen.) Er nahm einen Band der Konkordanz und mehrere andere Quellen, stellte einen Hocker neben den Kamin und suchte im Inhaltsverzeichnis Poldarn heraus.

Poldarn, las er. *Auch Poldan, Polodan; vergl. Tulizitischer Boliden. Eine Gottheit, die einst in den Provinzen Satn, Morevish und Thurm verehrt wurde.* (Jetzt die ehemaligen Provinzen Satn, Morevish und Thurm; das südliche Reich war seit zweihundert Jahren verloren, obwohl die Konkordanz, selbst in der neuesten Auflage, das nicht zugab.) *Außerhalb dieser Provinzen war sie jedoch kaum bekannt. Der Kult breitete sich während der Regierung Allectus IV. nach Tulice aus und danach flüchtig in die Heimprovinzen. Ein unterer Gott zuständig für Zwist, Prophezeiung, Feuer, Krieg und Tod, besonders beliebt bei Künstlern, Handwerkern und der ungebildeten Mittelschicht in Kleinstädten. Durch die Vereinigung des Morevishen Poldarn mit dem Tulizitischen Boliden (hauptsächlich ein Gott der Arbeit und Schmiede, damit allgemein für Feuer und daher die Vermengung mit den apokalyptischen Attributen der besser eingeführten Morevishen Gottheit), welcher ebenso von den Handwerkern verehrt wurde, deren Arbeit mit Feuer und Hitze verbunden war: Schmiede, Erzgießer, Köhler, Töpfer, Ziegel- und Fliesenhersteller und Bäcker. Während des kurzen Kults im Reich war er außer bei den erwähnten Berufen auch bei Söldnern beliebt, welche seine Hilfe und Vergebung erflehten, wenn sie eine eroberte Stadt den Flammen überantworteten. Unter der Regierung von Trebonian II. war er am Hof und beim Adel kurz in Mode, als Gott des Todes und des Übergangs. Danach in philosophischen Theorien, welche an den südlichsten Schulen in Thurm gelehrt wurden, hier als Patron des Wechsels und der Reinkarnation, aufgrund der Annahme, dass Feuer Materie reinigte und umwandelte, wie beim Schmelzen von Metall und dem Klären von Gold. Danach taucht der Name auch in alchemistischen Schriften im Süden auf, wo der Gott durch die Krähe symbolisiert wird (ein Aasfresser, den man für das geeignete Bild für den Übergang von toter in lebendige Materie mittels eines unreinen Mediums hielt). Diese Krähe hält einen goldenen Ring im Schnabel (Gold als Symbol der Unveränderlichkeit, der Ring für den Kreis von Tod und Wiedergeburt). In diesen Zusammenhang gehört auch der Glaube, dass Poldarn zu Beginn seiner Reise das Gedächtnis verliert. (Allegorie für Metall, das seine Form verliert, wenn man es zum Schmelzen bringt.) Er findet es erst nach der Zerstörung der Welt wieder, vermutlich – allerdings nirgends verzeichnet – zugunsten einer neuen besseren Welt (d. h. nachdem das geschmolzene Metall in eine neue Form gegossen wurde. Dazu vgl. Venercius, 36, II, n.). Danach allgemeiner Niedergang, sein Kult nur noch abgeschwächt im Aberglauben und in der Folklore. In Letzterer als Gott auf einem Karren, der durch ländliche Gebiete fuhr, begleitet von einer Priesterin. Seine Kreisbahn symbolisierte den Zyklus von Transhumance in bäuerlichen Gesellschaften: Sonnenzyklus etc. (anzumerken ist noch die Variante, wonach Poldarn nach der Aussaat übers Meer zu einer geheimnisvollen Insel fährt und nach der Ernte zurückkehrt. Hier ist eine gewisse Vermengung mit der historischen Gestalt Kjartan Bollidan zu vermuten, dem Führer der Expedition der Unferth-Strafkolonie, welche unter der Regierung von Eucleptus III stattfand. Kjartans Anhänger behaupteten, er würde eines Tages übers Meer zurückkommen, um das Reich zu stürzen und die Bedrückten zu befreien. Das geschah selbstverständlich nicht, aber der Kult hielt sich in entlegenen Gegenden noch über ein Jahrhundert). Es gab noch einige literarische Zeugnisse in der Poesie der Schule der Manneristen unter Iaco III. und Caratacus, welche sich hauptsächlich auf den alchemistischen Teil beziehen und zu festen Beinamen und Clichés verkümmern (»Poldarns Reise« für einen Kreis, »Poldarns geflügelter*

Diener« für die Krähe, »Poldarns Schlaf« für Vergesslichkeit, »neben Poldarn reiten« oder »Poldarns Karren fahren« als Euphemismus für eine tödliche Krankheit oder den sicheren Tod). Jetzt nicht mehr in Gebrauch. Siehe auch: Thurmites, Manneristen, Tulice, Patronen der Arbeit und Sonnengottheiten.

So, jetzt weiß ich Bescheid, dachte der Bruder. Von irgendwoher war ihm der Name vertraut gewesen. Wahrscheinlich war er beim Studium für das Schlussexamen darauf gestoßen und hatte seitdem im Heustock seiner Erinnerung versteckt gelegen, nutzlos und unauffällig, wie ein rostiges altes Werkzeug, das in einer dunklen Ecke der Scheune hing. Eigenartig, einen so abwegigen Gott darstellen zu wollen! Mit Sicherheit hatten die Dorfbewohner noch nie von ihm gehört. Er grinste. Er konnte seine Suche auf abtrünnige Gelehrte, manneristische Poeten und Südstaatler einengen. Wer zu einer dieser Kategorien gehörte, würde in der Gegend zwischen Mahec und Bohec so auffällig sein wie ein Kuhfladen zwischen Torten in einer Bäckerei.

Obgleich er wohl das Wichtigste zusammengetragen hatte, vertrieb er sich die Zeit, bis die Glocke zum Gebet rief, mit weiteren Nachforschungen. Dann ging er mit den anderen Brüdern in die Kapelle und nahm seinen Platz im Chorgestühl für die jüngeren Brüder ein. Eine Viertelstunde betrachtete er gedankenverloren die eindeutig wenig religiösen Darstellungen, welche wie ein Spiralband in die Säule neben ihm eingemeißelt waren. Diese Säule war eines der bestgehüteten Geheimnisse des Ordens. Sie stand im blinden Winkel von den Betpulten und war deshalb wohl der Aufmerksamkeit des Abts entgangen, welcher die Ausschmückung der Kapelle vor drei Jahrhunderten gebilligt hatte. Es war eine unausgesprochene Konvention im Orden, dass jemand, der einen so hohen Rang erreicht hatte, dass er derartige Dinge nicht mehr billigen konnte, sie einfach vergaß, zusammen mit all den anderen kleinen schmutzigen Geheimnissen und Freuden der jungen Brüder. Es handelte sich gewiss nicht um große Kunst. Es war nicht mal biologisch korrekt. Wahrscheinlich stammte es von einem Mönch, der von solchen Dingen nie etwas gelesen hatte. Aber es war lustig, ein winziger Hauch geduldeter Rebellion in der Festung der Vorschriften.

Aufgrund lebenslanger Übung wachte er aus seinen Träumereien rechtzeitig auf, um in das Chorgebet einzustimmen. Als sein Mund die Worte formte (inzwischen so vertraut, dass sie ihre Bedeutung verloren hatten), wandte er die Gedanken dem göttlichen Poldarn zu und seiner bevorstehenden Mission.

Wenn er ganz offen im Mönchsgewand loszog, konnte er mit einer gewissen Zusammenarbeit mit den Frommen und Fanatikern rechnen, mehr als wenn er als gewöhnlicher Reisender unterwegs war. Andererseits war der Orden außerhalb seiner eigenen Ländereien nicht sonderlich beliebt. Und in diesen Zeiten, wo überall bizarre Kulte wie Pilze aus dem Boden schossen und wahnsinnige Menschen Kornspeicher im Namen der kommenden Apokalypse niederbrannten, würde ihm ein Mönchsgewand vielleicht große Probleme bescheren und ihn zum Ziel für jeden durchgedrehten Hysteriker mit Heugabel machen. (Aus ihm unbekanntem Grund hatte der

Orden noch keine Kampfausbildung Schwert gegen Heugabel eingeführt. Deshalb betrachteten erfahrene Brüder diese Waffe mit gesundem Respekt. Es war auch eine feine Waffe, mit vielen Möglichkeiten für komplizierte Finten. Vielleicht eines Tages ...)

In diesem Fall (Sie sangen jetzt »Vater, in deine Gnade«) musste er sich eine falsche Identität aus dem Katalog des Ordens für Spione und Infiltratoren zulegen. Er dachte darüber nach, aber ihm fiel nichts ein. Die meisten falschen Identitäten im Katalog dienten dem Zweck, politische, militärische oder geschäftliche Geheiminformationen zu sammeln. Dass man eines Tages einen verdeckt arbeitenden Gelehrten brauchte, war den Patern früher nie gekommen, trotz ihrer nahezu Ehrfurcht einflößenden Fähigkeit, fast jeden denkbaren Fall vorauszusehen. In gewisser Weise freute es ihn, ein Problem darzustellen, das von der Regel nicht abgedeckt wurde. Wenn er zurückkam – angenommen er lebte noch und hatte sein Ziel erreicht –, würde er es als Forschungsbeitrag aufzeichnen, vielleicht sogar als Unterrichtsmaterial für jüngere Brüder anbieten.

Sie knieten zum Gebet, und er verdrängte pflichtbewusst all diese Gedanken aus dem Kopf, um sich ganz der Stimme des Göttlichen zu öffnen. Aber wie immer hatte der Göttliche entschieden, an diesem Tag nicht zu ihm zu sprechen. Danach erhoben sich alle und sangen »Vollkommene Gnade«. Jetzt konnte er wieder seinen Gedanken nachhängen.

Wer, abgesehen von einem Mönch, zieht durchs Land und stellt Fragen über Götter, Prophezeiungen, seltsame Ereignisse, Wunder und Magie? Auf

Anhieb fiel ihm nichts ein. Diese Themen tauchten auch nicht in üblichen Gesprächen in Schänken auf, jedenfalls nicht mit den Einzelheiten, die er für seine Nachforschungen brauchte. Er musste das Problem anders angehen. Es gab zum Beispiel Gewalt. Ein Mann an der Spitze einer Kavallerieeinheit konnte jede beliebige Frage stellen und höfliche und ausführliche Antworten erwarten. Aber das wäre tollpatschig und ein peinlicher Kraftakt in einer Zeit, in welcher der Orden sich lieber unauffällig verhielt. Pater Tutor würde es missbilligen und als Protest gegen eine unangenehme Strafaufgabe ansehen. Also keine Gewalt. Was blieb übrig? Umherziehender Geisteskranker? Verblüffend erfolgreich in manchen Fällen, aber ziemlich mühsam, und Josequin war weit weg. Die reine Hölle, die ganze Zeit über, einen solch widerlichen Typen zu verkörpern, immer zu Fuß, im Graben schlafen …

Und was war mit dem anderen Extrem? Ein reicher Exzentriker, ein Amateurgelehrter, der Material für ein Buch sammelte – mal sehen, wie wär's mit: »Beobachtungen betreffs populären Aberglaubens in den nördlichen Provinzen«? In seiner Jugend hatte er unter diesen fanatischen Dilettanten gelitten – aber es waren Quellen für mehrere Themen gewesen, wenngleich die Lehrer über die Ungenauigkeit und fehlende wissenschaftliche Methode geklagt hatten. Heutzutage gab es längst nicht mehr so viele Pseudogelehrte – nicht viele Menschen konnten es sich finanziell oder zeitlich leisten, selbst wenn sie Interesse hatten. Aber man würde den schrulligen Gelehrten noch kennen (in der Sprache des Dorfes, eine »verdammte Plage mit zu viel Geld und zu viel

Zeit, der ständig blöde Fragen stellt« – eine zutreffende Einschätzung). Das würde ihn in die günstige Lage versetzen, in einem Bett in einer Herberge zu schlafen anstatt unter einem Busch. Er könnte reiten und öfter die Kleidung wechseln und gut essen.

Er war so in die Details seiner neuen Personifikation vertieft, dass er nicht merkte, dass der Gottesdienst zu Ende war, obgleich er alle Hymnen mitsang. (Automatisch. Einige behaupteten, nur der Mensch, der nicht länger daran dachte, dass er betete, konnte richtig beten, da es in der reflektierten Haltung keinen Gedanken gibt, ohne Gedanken keinen Zweifel – »Die Hand glaubt, das Schwert stecke in der Scheide. Das Herz glaubt, das Göttliche sei dort«, hatte jemand so trefflich geschrieben.) Als er mit den anderen Mönchen aus der Kapelle ging, plante er bereits seine nächsten Schritte. Er eilte in seine Zelle zurück, um alles vorzubereiten.

Kapitel 6

»In Sansory ist es sinnlos, unsere Nummer vorzuführen«, hatte Copis gemeint. »Es würde nicht klappen. Wenn ein Gott in Sansory auftaucht, würden sie ihn sofort entführen und Lösegeld fordern.«

Nachdem sie durch das erstaunlich hohe Stadttor gefahren waren, sahen sie als Erstes einen Kampf. Es blieb ihnen keine Wahl, sie mussten anhalten und zuschauen, da die Menge der begeisterten Zuschauer die Straße vollkommen blockierte. Niemand würde vor der Entscheidung weiterkommen. Zwei alte Männer kämpften miteinander. Der eine war groß, kahlköpfig, ein wenig vornübergebeugt, der spärliche weiße Haarkranz am Hinterkopf war vom Blut zweier Kopfwunden getränkt. Sein Gegner war klein, mit grauen auf der Stirn festgeklebten Locken und einem augenfällig eingeschlagenen Unterkiefer. Sie kämpften mit Kampfstäben und so schnell, dass Poldarn kaum mit den Augen zu folgen vermochte. Er erkannte bald, warum die beiden Männer Kopfwunden hatten. Der Kopf war offenbar Hauptziel der Stäbe, neben Solarplexus, Geschlecht, Kniescheiben und Ellbogen. Der Kampfmut und die Wildheit der Kämpfer war beeindruckend, ebenso ihre Fähigkeit, Schläge einzustecken. Zum Beispiel verschätzte sich der Kahlkopf, und der Stab schlug ihm ein paar Zähne ein (dabei hatte er davon nur noch wenige), dann folgten zwei schnelle Schläge an die Schläfen, ein kräftiger Hieb mitten auf die Stirn und einer von unten gegen das Kinn, worauf sein Kopf so hart nach hinten geschleudert wurde, dass Poldarn sicher war, dass der Mann sich das Genick gebrochen hatte. Doch dieser taumelte nur drei oder vier Schritte zurück. Dabei gelang es ihm sogar noch, einem Schlag auszuweichen. Dann richtete er sich an einer Mauer auf und stürzte sich auf seinen Gegner. Eine Finte gegen die Kehle, dann ein Schlag zwischen die Beine und als Abschluss einer gegen den Wangenknochen, der so heftig war, dass die vorderen Gaffer mit Blut bespritzt wurden. Jetzt taumelte dieser für einen Moment kurz, aber nach kurzem Schlagabtausch waren beide wieder ebenbürtige Gegner und bewegten sich so schnell und geschmeidig wie zu Beginn.

»Passiert so was öfter?«, fragte Poldarn Copis leise.

»Ständig«, antwortete sie, die Augen auf den Kampf gerichtet. »Es ist ein Teil ihres reichen und einzigartigen Kulturerbes. Peng!«, fügte sie hinzu, als der Kleinere einen schweren Schlag gegen die linke Schläfe wegsteckte, danach aber seinem Gegner den Stab mit voller Kraft zwischen die Beine rammte. »Du musst zugeben, hier wird dir was geboten.«

Nach diesem entsetzlichen Tiefschlag konnte sich selbst der Kahlkopf nicht mehr auf den Beinen halten. Er krümmte sich vor Schmerzen, da traf ihn ein Hieb von unten gegen das Kinn, gefolgt von vier Schlägen, zwei auf jedes Ohr, und als Abschluss ein Hieb, der ihm die Nase brach, sodass diese in einem grotesken Winkel aus seinem Gesicht ragte. Danach lag er zusammengekrümmt auf dem Boden, wie ein Kind, das vom Baum gefallen war. Er rührte sich nicht mehr. Der kleine Mann trat ihn sicherheitshalber noch ein paarmal in die Rippen, spuckte ihm ins Gesicht und humpelte davon, wobei er den Kampfstab als Stütze benutzte.

»Wir müssen hier unbedingt das geräucherte Lamm probieren«, sagte Copis. »Das ist *die* Spezialität! Offenbar hat es mit dem Holz zu tun, das sie dazu verwenden.«

Da es jetzt nichts mehr zu gaffen gab, begann sich die Menschenmenge langsam aufzulösen. Copis lenkte den Karren vorsichtig weiter.

»Du hast hingestarrt«, sagte sie. »In einer Stadt wie dieser darfst du nie starren. Ich verspreche dir, dass du noch viel Schlimmeres sehen wirst, solange wir hier sind.«

»Tut mir Leid«, sagte Poldarn. »Aber dieser Kampf kam mir so sinnlos vor. In ihrem Alter hätten sie einfach abwarten können, wer den anderen überlebt.«

Copis lachte. »Ich nehme an, du stammst vom Land. In der Stadt wartet niemand auf etwas, wenn er es verhindern kann. Eigentlich seltsam, da das Leben in der Stadt bedeutet, dass man einen Großteil der Zeit damit verbringt, in einer Schlange zu stehen oder darauf zu warten, dass der Verkehr nachlässt. Man könnte meinen, inzwischen sei Geduld Städtern in Fleisch und Blut übergegangen. Halt!«, fügte sie unvermittelt hinzu. »Lass es uns hier mal versuchen.«

»Was hast du vor?«, fragte Poldarn, als sie vom Karren sprang und die Pferde an einem Pfosten festband. Der Lenker des nächsten Karrens zwängte sich laut fluchend an ihnen vorbei. Sein Gesicht war puterrot vor Zorn. Copis schenkte ihm keinerlei Beachtung.

»Versuchen, das ganze Zeug zu verkaufen, was sonst«, antwortete sie. »Hol ein paar Gläser herunter. Ich rede mit dem Budenbesitzer. Los, mach schon, wir blockieren die Straße.«

Der Budenbesitzer war ein kleiner Mann, rund wie ein Kugelfisch, mit glänzendem kahlen Schädel und einer spitzen Nase, die einer Karotte glich. Er bedauerte, aber er kaufe keine kleinen Mengen, ganz gleich, wie billig die Ware auch sein mochte. Seine regelmäßige Bestellung bei den Agenten der Plantagen war so kalkuliert, dass er genau die Menge erhielt, die er mit Sicherheit verkaufen konnte, ehe sie schlecht wurde. Jeder zusätzliche Kauf wäre hinausgeworfenes Geld. Copis erklärte ihm, dass er für den Preis, den sie verlangte, die Ware praktisch verschenken und damit neue Kunden werben könne, die seinen Umsatz erhöhten. Bei diesem Vorschlag machte der Mann ein trauriges Gesicht und meinte, dass für jeden Scheffel Mehl, den er unter Preis verkaufe, ein Scheffel bliebe, für den er den vollen Preis entrichtet hätte. Ja, er würde einen Preiskrieg gegen sich selbst führen. Außerdem hatte er einen Vertrag mit der Gilde und eine Quote. Wenn er mehr oder weniger verkaufte als vereinbart war und die Gilde das erfuhr, wären zwanzig Jahre harter Arbeit futsch. Das war die zweifelhafte Chance, ein paar Silberlinge extra zu verdienen, nicht wert. Es tue ihm Leid.

»Das hat er ernst gemeint«, sagte Copis bedrückt, als sie wieder auf den Bock stieg. Sie fuhr so schnell weiter, dass sie um Haaresbreite einen schlimmen Unfall verursacht hätte. »Ich hatte keine Ahnung, dass die Gilde schon so mächtig ist. Verdammter Mist!« Nach kurzer Zeit fügte sie hinzu: »Was soll's? Wir haben jedenfalls eine Zeit lang genug zu essen.«

»Was ist die Gilde?«, fragte Poldarn.

»Das ist eine lange Geschichte«, antwortete Copis und duckte sich, um einem tief hängenden Schild auszuweichen. »Das erkläre ich dir später. Nach dieser Pleite ist klar, in welcher Herberge wir absteigen: in der billigsten.«

Poldarn nickte. »Wir müssen jemanden fragen.«

»Nicht nötig«, sagte Copis und verzog das Gesicht. »Die kennt jeder in Sansory.«

Es war eine angenehme und erleichternde Feststellung, dass er lesen konnte. Das Schild über dem großen Torbogen war rußgeschwärzt, aber man sah noch die großen roten Buchstaben vor einem verblassten Blattgoldhintergrund: »Wohlfahrt und Sorgfalt«. »Früher war hier ein religiöser Orden«, erklärte Copis, als sie durch den Torbogen fuhren. »Alle Herbergen und Schänken in dieser Gegend waren früher Ordenshäuser. Das hat sich geändert, nachdem die Mönche anfingen, für Unterkunft und Verpflegung Geld zu verlangen. Ich schätze, da drüben ist die Remise.«

Poldarn sah eine riesige Scheune, nahezu doppelt so groß wie der Tempel, in dem sie in Cric geschlafen hatten. Daneben stand eine noch größere Scheune und daneben ein steinerner Bau, mit geriffelten weißen Säulen und einer breiten Marmortreppe, welche zu einer Doppeltür aus Bronze führte. Man konnte die Stufen kaum sehen, weil so viele Menschen darauf saßen, zusammengedrängt wie Kälber in einem Pferch. Die meisten waren in schmuddlige Lumpen gehüllt. Sie saßen stumm da und starrten vor sich hin. Vor dem Portal standen zwei Hünen mit verschränkten Armen und grimmiger Miene. Als einer der Schmutzfinken sich an ihnen vorbei durch die Tür drücken wollte, packten sie ihn an den Armen, hoben ihn hoch und warfen ihn wie einen Strohballen die Stufen hinab. Er landete hart auf einigen Sitzenden, die nicht mehr rechtzeitig ausweichen konnten. Poldarn hörte etliche schrille Flüche, welche die Türsteher nicht zu stören schienen, dann kehrte wieder Ruhe ein.

»Typisch Sansory«, meinte Copis, als sie darauf warteten, dass ihnen jemand die Tür zur Remise öffnete. »Die Leute konnten die Rechnung nicht bezahlen. Da hat man sie rausgeschmissen und ihr Werkzeug und sämtliche Habe einbehalten. Ohne Werkzeug können sie kein Geld verdienen, um die Rechnung zu zahlen und ihr Werkzeug auszulösen. Jetzt sitzen sie einfach da und warten ab, was geschieht. Wie ich dir sagte, hier ist mehr oder weniger der Ort, wo man anhält, weil man nicht weiterkann.«

Schließlich öffnete sich das Tor, zwei schweigsame, gut geschulte Stallburschen schirrten die Pferde aus und führten sie fort. Zwei andere schoben den Karren in eine lange Reihe, die sich über die gesamte Länge der Scheune hinzog. Dann reichte ihnen ein anderer Mann, der den anderen schweigsam bei der Arbeit zugeschaut hatte, ein Knochentäfelchen mit einer Nummer – Copis erklärte, dass jeden Tag so viele Karren und Wagen in der »Wohlfahrt« abgestellt würden, dass der Stallmeister sich unmöglich an alle erinnern konnte, deshalb die Nummernschilder. Diese hatten oben ein Loch. Copis zog eine Hanfschnur hindurch, die sie zuvor vom Boden aufgehoben hatte, machte einen Knoten, streifte sie über den Kopf und versteckte sie in der Bluse. »Wenn du die Nummer verlierst, ist auch der Karren weg«, erklärte sie. »So ist das hier. Verstehst du jetzt, weshalb mir etwas weniger Bodenständiges lieber gewesen wäre?«

»Was ist mit unseren Sachen?«, fragte Poldarn und dachte an den großen Goldklumpen, den er im Karren versteckt hatte. »Das Feuerwerk und der Rest. Glaubst du, dass das hier sicher ist?«

Copis lächelte. »Unter Garantie. Tradition des Hauses. Keine Kämpfe, kein Diebstahl, außer auf Befehl des Besitzers. Hast du die beiden Hünen am Hauptportal gesehen? Es gibt mindestens ein weiteres Dutzend drinnen und noch mal so viele in den Gesindeunterkünften, die darauf warten, ihre Schicht anzutreten. Wahrscheinlich freie Söldner. Die übliche Karriere, wenn du genug von der Straße hast.«

Es sah so aus, als sei es nahezu unmöglich, zwischen den stumm Dasitzenden die Stufen hinaufzusteigen, aber Copis bediente sich einer sehr effektiven Strategie, die darin bestand, dass sie kräftig auf Hände und gegen Fußknöchel trat. Poldarn folgte ihr nervös. Die Besitzer der zerquetschten Hände und Knöchel fluchten laut, aber sie schauten nicht mal auf. Sie fluchten so automatisch, wie schläfrige Mönche ihre Gebete sprechen.

Die Torwächter musterten sie scharf, ließen sie jedoch passieren. (Der Mann hinter ihnen hatte nicht so viel Glück und landete mit dem Rücken auf der Treppe.) Sie betraten eine riesige Halle. Die Decke war so hoch, dass Poldarn den Kopf ganz in den Nacken legen musste, damit er die Gemälde sehen konnte, die trotz des jahrzehntelangen Einflusses von Rauch und Schmutz ihre wunderschönen Farben nicht verloren hatten. Die Mosaike an den Wänden waren noch prächtiger, auch wenn sie große Lücken aufwiesen. Aber Poldarn konnte nicht lang verweilen und gaffen. Zu viele Menschen liefen eilig umher. Copis bahnte sich einen Weg zu einem langen Tisch, der auf Schragen in der linken hinteren Ecke stand. Kurz danach kam sie mit zwei weiteren Knochenschildchen zurück. Eins davon reichte sie Poldarn.

»Sie sind nicht ganz so wertvoll«, erklärte sie. »Wir müssen sie vorzeigen, um etwas zu essen zu bekommen und einen Schlafplatz. Aber wenn du es verlierst, endest du bei den anderen armen Menschen draußen auf der Treppe, denn das war unser letztes Geld. Wir sollten uns mal überlegen, wie wir an Bares kommen.«

Wieder dachte er an den Goldklumpen, wahrscheinlich hätte er ihr davon erzählt, wenn sie lang genug still gestanden hätte. Aber sie war schon auf dem Weg zum Ausgang. »Ehrlich gesagt, gefällt es mir hier nicht besonders«, sagte sie, als sie wieder an der frischen Luft waren. »Zu voll, und der Gestank! Los, lass uns den Trödelmarkt suchen. Vielleicht bekommen wir etwas für die Stiefel deines Vorgängers.«

Bei der fünften Bude des Trödelmarkts hatten sie Glück. Sie bekamen dreieinhalb Vierteltaler für die

Stiefel, ein Vierteltaler mehr, als Copis erwartet hatte. »Das heißt, er verkauft sie für fünf«, sagte sie, als sie sich zwischen zwei Buden hindurchzwängten. »Ich frage mich, weshalb so ein Müll so teuer ist. Panik wahrscheinlich. Wegen dem, was in Josequin passiert ist. Die Menschen bekommen Angst, die Preise steigen. Fakt des Lebens.«

Poldarn kamen einige der Sachen, die auf dem Trödelmarkt verkauft wurden, irgendwie bekannt vor, aber er wusste nicht genau, weshalb. Als sie neben einer Bude mit Kleidung wegen eines Wagens warten mussten, sah er eine Tunika mit einem großen braunen Fleck, in dessen Mitte sich ein Loch befand. Da wusste er, woher das ganze Zeug stammte.

»Stimmt«, bestätigte ihm Copis, als er sie fragte. »Es ist eines der größten Geschäfte der Stadt. Jemand hat mir mal erzählt, dass drei Viertel des ganzen Plunders, den sie den Leichen auf dem Schlachtfeld abnehmen, früher oder später auf dem Markt in Sansory landet. Ein Grund dafür ist, dass so viele Söldnergruppen ihr Hauptquartier hier haben, oder zumindest ein Rekrutierungsbüro oder eine Schlafunterkunft. Selbstverständlich sind die alle in der oberen Stadt. Sie wollten hier nicht mal begraben sein.«

»Schade«, sagte Poldarn. »Wenn ich das gewusst hätte, hätten wir hier schönes Geld verdienen können.«

»Was meinst du?«

Er erinnerte sich, dass er ihr von den zwei Dutzend Soldaten nichts erzählt hatte, zwischen denen er aufgewacht war. Er war noch nicht dazu gekommen, jetzt war es zu spät. »Ich habe nur an die Reiter gedacht, denen wir begegnet sind.«

»Stimmt. Aber damals war nicht geplant herzukommen. Und es ist nicht besonders sicher, mit gebrauchter militärischer Ausrüstung durchs Land zu ziehen, und erst recht nicht, wenn man so an die Sachen gekommen ist wie wir.«

»Klingt vernünftig«, sagte er. »Hier ist wenigstens noch nicht alles verbrannt«, fügte er hinzu und blickte umher. »Das ist eine angenehme Überraschung.«

Die Buden waren überaus bunt. Nirgends im Reich sah man Ähnliches(wie Copis sich bemühte, ihm zu erklären). Zum Beispiel gab es einen Laden, der voll von Helmen war, von denen die Hälfte zerbeult oder durchlöchert war. Diejenigen in den hinteren Regalen waren ausgebeult und repariert. Es gab Buden, die nur einzelne Glieder für Kettenhemden verkauften, und dahinter saßen zwei oder drei alte Frauen, die langsam Kettenhemden auflösten, bei denen sich eine Reparatur nicht mehr lohnte. Eine Frau durchschnitt die Nieten mit einer großen Schere, während die nächste die Ringe mit zwei Pinzetten auseinander drückte und sie dann in eine Kupferschüssel neben ihren Füßen fallen ließ.

Man konnte sich auch ein halbes Paar Stiefel aussuchen. Drei Buden verkauften linke Stiefel, vier nur rechte. Es gab Buden für Gürtelschnallen, Tuniken, Umhänge, Hosen, Knöpfe. Andere boten Teller, Töpfe, Pfannen und Kessel feil. In einigen sah er Hornknöpfe, ordentlich auf Tabletts aufgereiht, Knochen- und Stahlnadeln, Wetzsteine und Trageriemen, um sie am Gürtel zu befestigen. Es gab Rucksäcke, Wasserflaschen, Decken und Zelte. In langen Regalen lag Werkzeug für Hufschmiede, Waffenschmiede, Zimmerleute, Schreiner und alle anderen

Handwerker. Ferner Schaufeln, Hacken, sogar etliche Schubkarren, Klappstühle, Tische und Betten. Es gab kaum etwas, das man hier nicht kaufen konnte – bis hin zu mit Pelz gefütterten Hausschuhen, Büchern und Musikinstrumenten. Letztere waren allerdings sehr selten, was darauf hinwies, dass diese Sachen von höheren Offizieren und nicht von gemeinen Soldaten stammten.

»Genug gesehen?«, fragte Copis und zog ihn von dicken Wollsocken weg. »Mir läuft es bei diesem Zeug immer kalt über den Rücken.«

Poldarn zuckte mit den Schultern. »Ich habe mich bloß umgesehen, weil ich gehofft habe, dass ich etwas entdecke, woran ich mich erinnere – eine Uniform, die ich vielleicht mal getragen habe, oder ein Ausrüstungsgegenstand von Feinden, gegen die ich gekämpft habe. Das hätte den Ball ins Rollen bringen können und mir geholfen, mich an den Rest zu erinnern.«

Sie schnalzte missbilligend mit der Zunge. »Hast du dir das noch immer nicht aus dem Kopf geschlagen? Hör zu, wenn ich du wäre, würde ich es sein lassen. Es wäre doch möglich«, sie senkte die Stimme, »dass, wenn alles plötzlich zurückkommt, darunter Dinge sind, die du wirklich nicht wissen willst – und ich auch nicht. Mein Rat ist: Lass es sein!«

Ehe Poldarn eine Chance hatte, seine Meinung zu äußern, blickte Copis zum Himmel und verkündete, dass sie lieber zurückgehen sollten, wenn sie nicht das Abendessen verpassen wollten. Sie schlug vor, die Abkürzung durch den Altmetallmarkt zu nehmen. »Hier entlang!« Dann ging sie so schnell, dass er einige Schritte rennen musste, um sie einzuholen.

Der Altmetallmarkt füllte eine lange, ziemlich enge Gasse hinter dem »Glaube und Hoffnung« (dem einstigen Pfründentempel) und der Gartenmauer eines großen Handelshauses. Die Buden standen so dicht gedrängt, dass in der Mitte nur Platz für zwei Fußgänger oder einen Karren war. Poldarn fand, dass dieser Ort logischerweise überhaupt nicht geeignet sei, um mit großen Mengen Metall zu handeln, aber Copis erklärte ihm, dass Logik mit der Anlage oder dem Wachstum dieser Städte nur wenig zu tun hätte. Während sie sich einen Weg hindurch bahnten, meinte sie, hier liege all das Metall, das auf den Schlachtfeldern zurückgeblieben war und das man nur noch zusammenschneiden und einschmelzen konnte.

Ihre Erklärung war unnötig. Er sah selbst überall die Stapel von eingedrückten und verrosteten Brustharnischen, Kisten und Fässer mit zerbrochenen Schwertklingen, Pfeile, deren Spitzen wie Muscheln eingerollt waren, bizarr verformte Visiere, Rüstungen, deren Löcher anzeigten, wo Metall eingedrungen und wieder hervorgekommen war. Jedes Stück war ein beredter Zeuge für das eigene Versagen. Es war wie eine Art ewiger Verdammnis für das Metall, wo jedes Stück verdammt war, in dem Zustand seiner letzten Unzulänglichkeit zu bleiben, in dem es den Besitzer verraten oder schlichtweg aufgegeben hatte, die Form zu behalten, welche ihm sein Hersteller gegeben hatte. Jedes Loch, jeder Riss, jeder Bruch, jede Verdrehung war die Erinnerung an den eigenen Tod – wurden die Seelen der schlechten Menschen ebenso bestraft?, fragte sich Poldarn. Erstarrten auch sie für alle Ewigkeit in dem Moment des Übergangs in Todesqualen? Er hoffte, dass dem nicht so sei, denn er hatte keine Ahnung, was er getan hatte, und konnte daher auch nicht bereuen und um Erlösung bitten, und er wollte nicht auf einem überfüllten Markt für ausrangierte Seelen enden.

»Was, zum Teufel, fangen die Leute bloß mit diesem Zeug an?«, fragte er.

Copis lächelte. »Für dich mag das wie Altmetall aussehen, aber für manche ist dieser Anblick schöner als eine Wiese mit Butterblumen. Denk doch an die Stadt, durch die wir gekommen sind, wo sie alle Bäume gefällt haben, um daraus Holzkohle zu machen. Es kostet ein Vermögen, gutes Eisen herzustellen, und die Fertigung von Stahl ist noch teurer. Und hier liegt jede Menge Material herum, das nur erhitzt werden muss und sofort in jede erdenkliche Form gepresst werden kann, ohne das mühsame Einschmelzen, Hämmern und Rollen. Das ist alles gutes Material.« Sie deutete auf die Haufen. »Sie machen keine Rüstungen und Waffen aus irgendwelchem alten Abfall. Wo bekommt man schon besten gehärteten Stahl für zwanzig Vierteltaler pro Zentner?« Sie sah, dass Poldarn sie eigenartig anschaute. »Ich hatte einen Stammkunden, der im Altmetallgeschäft war«, erklärte sie. »Hat seine Arbeit wirklich geliebt. Stundenlang hat er mir von der Poesie, wie er es nannte, vorgeschwärmt, wenn man Kaputtes in etwas Neues und Nützliches verwandelte. Ich muss zugeben, dass mir diese Idee auch irgendwie gefallen hat. Ich meine, wenn man schon Kriege führt, ist es doch schön, dass am Ende jemand etwas Nützliches daraus macht.«

Poldarn nickte ernst. »Es ist nur schade, dass man

das nicht auch mit Leichen machen kann«, sagte er.

»Falsch gedacht!« Copis schüttelte den Kopf. »Es gibt Knochenmehl und Kompost. Und aus der Asche der Scheiterhaufen stellt man eine wunderbare Lauge her für Parfüm, Seife und so'n Zeug. Ich habe nicht gehört, dass jemand ein Geschäft daraus gemacht hat, aber das würde man ja auch nicht zugeben und damit die Kunden vergraulen. Ein Stück Seife sieht schließlich wie das andere aus. Wer weiß oder wen schert es, woher sie stammt?«

»Du scherzt?«

»Ja«, gab Copis zu. »Weil du so entsetzt geschaut hast. Ich hatte keine Ahnung, dass du so zimperlich bist.«

»Bin ich das?«

»Offenbar schon. Ich schätze, in deinem früheren Leben warst du ein Schreiber und hast auf einem Hocker gesessen und Briefe kopiert und das ganze Haus zusammengeschrien, wenn du dich beim Federanspitzen geschnitten hast.«

Er blickte sie mit ernster Miene an. »Hältst du das für eine Möglichkeit?«

»Alles ist möglich, aber das wäre ziemlich weit unten auf der Liste.«

Das Abendessen in der »Wohlfahrt und Sorgfalt« bestand aus gekochtem Lauch und Rotkraut in einer dünnen grauen Soße, dazu gab es eine Scheibe Brot, so groß wie ein Dachziegel, und einen Kanten harten weißen Käse. »Nahrhaft«, meinte Copis mit vollem Mund. »Gesund und eklig schmeckend. Willkommen in der Stadt.«

Der Speisesaal hatte schon diese Funktion innegehabt, als das Gebäude noch ein Ordenshaus war. Er war nahezu so groß wie die Halle. Vier lange Reihen Tische mit Bänken an beiden Seiten boten dreihundert Menschen Platz, denen es nichts ausmachte, dass die Nachbarn die Ellbogen in ihre Soße steckten. Es war voll und laut. Ab und zu ging ein Diener mit einem irdenen Krug zwischen den Tischen umher. Sie hatten Glück, dass sie einen Platz am Kopfende eines Tisches gefunden hatten, in der Nähe der Küche und Speisekammer, da der Krug schon nach einem Drittel des Wegs leer war. Die Aufmerksamkeit des Dieners zu erregen war leicht. Man streckte einfach einen Arm oder ein Knie heraus. Die Gemälde an der Decke waren nicht ganz so schön wie die in der Halle, aber die Wandfresken waren einst kostbar gewesen, ehe die Feuchtigkeit große Flächen vernichtet hatte. »Szenen aus der Heiligen Schrift«, teilte ihm Copis auf seine Frage hin gähnend mit. »Ich bin aber keine Expertin. Die Hälfte sagt mir gar nichts. Aber dort ist Actis, wie er die Sonne stiehlt – ziemlich blöde Geschichte –, und dort siebt Cadanet die Sterne, vorausgesetzt, das große runde Ding ist ein Sieb. Daneben trinken Sthen und Theron das Meer.« Sie zögerte kurz und schaute ihn an. »Du hast keinen blassen Schimmer, wovon ich rede, oder?«

Er schlug die Augen nieder. »Ich weiß, was du denkst«, sagte er. »Offenbar hatten wir andere Götter in meiner Heimat.«

»Na ja ...« Sie zuckte mit den Schultern. »Iss, ehe alles kalt wird.«

Das war ein vernünftiger Vorschlag. Während er aß, bemühte er sich, nicht auf die Wände oder an die Decke zu schauen. Ein Mensch konnte seinen

Namen und seine Familie vergessen, aber etwas so Grundsätzliches wie die Heilige Schrift (oder Mythologie oder Märchen, wie auch immer man es nennen will) sollte in irgendeiner Ecke des Gehirns so fest verankert sein, wie man Knoten knüpft oder mit welcher Hand man sich den Hintern abwischt. Selbst wenn diese alten Geschichten längst der Vergangenheit angehörten, müssten diese Bilder die Erinnerung daran wieder hervorrufen. Aber Copis hatte Recht: Dies alles sagte ihm nichts, abgesehen von ...

Das letzte Stück Käse blieb ihm beinahe im Hals stecken. Ein Bild kannte er. Das stand fest. Er hatte es erkannt, aber es war so vertraut, dass er ihm keine Aufmerksamkeit geschenkt hatte. Sein Verstand hatte es auf der Suche nach Interessanterem einfach übergangen.

»Das dort drüben unterm Fenster«, sagte er und deutete in die Richtung.

Copis verzog das Gesicht. »Darüber würde ich lieber nicht reden.«

»Aber ich glaube, ich weiß, was das ist«, entgegnete er aufgeregt. »Der Mann mit dem weißen Bart. Will er nicht gerade ein Kästchen aufmachen? Und dann kommt etwas hervor, ja?«

»Stimmt«, meinte Copis. Jetzt war auch sie ganz aufgeregt. »Die vier Jahreszeiten. Der alte Mann ist Cadanet und ...«

»Cadanet«, wiederholte er. »Ja, das habe ich gewusst. Und seine Frau – das müsste die Dünne mit dem lustigen Hut sein.«

»Das ist ein Sternenschleier.«

»Sie heißt ...« Er schloss die Augen. »Holder. Sie hat ihm das Kästchen gegeben.«

»Richtig.« Copis nickte hektisch. »Weiter, woran kannst du dich noch erinnern? Woher hat sie das Kästchen?«

Er ballte die Fäuste so fest zusammen, als wollte er die Information zwischen seinen Fingern hindurch herausquetschen. »Nein, das weiß ich nicht. Aber es war irgendein Trick.«

»Genau. Olfar hat ihr das Kästchen geschenkt, als Cadanet geschlafen hat.«

»Und bevor er es geöffnet hat, war immer Sommer?«

»Stimmt.« Sie seufzte erleichtert auf. »Du hast keine Ahnung, wie froh ich bin, dass du das gesagt hast.«

Er dachte kurz nach. »Aber das beweist gar nichts. Nur weil ich mich an eine Geschichte erinnere ...«

»Es ist ein Anfang«, unterbrach Copis ihn. »Und der Sturz aus dem Zustand der Gnade ist eine ziemlich fundamentale Geschichte. Ich glaube, ich war vier, als ich sie das erste Mal gehört habe, vielleicht sogar noch jünger. Alles was vor meinem sechsten Geburtstag liegt, ist irgendwie verschwommen. Damit will ich sagen: Wenn diese Geschichte eine der ersten ist, die du gehört hast, dann ist es doch logisch, dass du dich auch zuerst an sie erinnerst – vorausgesetzt es funktioniert so.«

»Vorausgesetzt es funktioniert so.«

»Na ja, genau weiß ich es auch nicht. Aber warum bist du immer so pessimistisch? Das geht mir manchmal ganz schön auf die Nerven.«

Er lächelte. »Was heißt pessimistisch? Ich habe mich tatsächlich an einen Namen erinnert. Du hast keine Ahnung, wie ...« Er stockte. Ein anderes Bild hatte seine Aufmerksamkeit erregt. Aber es war zu hoch und zu weit entfernt, als dass er es deutlich erkennen konnte. Er sah nur eine Frau und einen Mann auf einem Karren und im Hintergrund eine brennende Stadt. Er deutete darauf.

»Was ist?«, fragte Copis.

»Dort oben links in der Ecke, im Schatten.«

»Mein Gott, ja, Wahnsinn!« Copis lehnte sich zurück, um besser sehen zu können. »Das ist eigenartig. Ich könnte schwören, dass der Karren meine Idee war.«

»Was willst du damit sagen?«

»Als ich ein kleines Mädchen war, ritt der Ende-der-Welt-Gott auf einem schwarzen Pferd mit einer weißen Blesse durchs Land. Aber schwarze Pferde mit weißen Blessen überstiegen meine finanziellen Möglichkeiten, als ich mir die Nummer ausgedacht habe, deshalb habe ich stattdessen den Karren genommen.«

»Bleib hier, ich schaue mir das genauer an.«

Als Poldarn sich direkt unter das Bild stellte, konnte er mehr Einzelheiten erkennen. Der Mann hatte einen schwarzen Bart und eine goldene Krone auf dem Kopf (im Gegensatz zu dem wertlosen Ding, das er während ihren Vorführungen trug). In der linken Hand hielt er eine Art Blitz, in der rechten ein eigenartig geformtes Krummschwert. Die brennende Stadt bestand nur aus schemenhaft dargestellten schwarzen Vier- und Rechtecken, während die beiden Pferde vor dem Karren eindeutig als Schecken zu erkennen waren, wie ihre beiden, welche die Stallburschen weggeführt hatten. Aber es war der zweite Teil des Bildes, den er von seinem Sitz aus nicht hatte sehen können, der ihn besonders faszinierte. Der Mann war eindeutig derselbe wie auf dem ersten Bild, Frau und Karren fehlten jedoch. Zwei Männer begleiteten ihn eine Schiffsplanke hinunter, die zu einer grünen Wiese mit bizarr dargestellten Schafen führte.

Poldarn wollte gerade weggehen, als jemand mit ihm zusammenstieß. Da der andere sich sogleich entschuldigte, war Poldarn sicher, dass es sich ebenfalls um einen Fremden handelte. »Kein Problem«, meinte er und wollte weitergehen.

»Du schaust dir das Bild an?«

»Was? Oh, ja, ziemlich gut, nicht wahr?«

Der Mann lächelte. »Ich finde es grauenvoll. Aber das Thema ist interessant. Ich bin eigens zwölf Tage hergeritten, um es zu sehen.«

Poldarn musterte den anderen. Er war ein Hüne, so groß und breit wie ein Bär, der bei einem Schmied in die Lehre gegangen war. Er hatte einen kurzen schwarzen Bart, wie der Mann auf dem Bild, eine Stupsnase und sehr große braune Augen. Er lächelte.

»Berufliche Neugier«, erklärte der Mann. »Es ist die einzige bildliche Darstellung dieses Mythos auf dieser Seite des Morevish. Schade, dass es sich in einem so stinkenden Loch wie diesem befindet.«

Poldarn nickte, er wusste nicht, was er sagen sollte. »Wenn du nach dem Essen herkommst, könntest du es dir vielleicht in Ruhe anschauen.«

»Das werde ich. Ich werde Leitern aufstellen lassen und einen Haufen Zeichner, die es für mich kopieren – ich selbst kann nicht gut zeichnen. Ich bin nicht den weiten Weg hergekommen, um es von hier unten zu betrachten und dann heimzureiten.« Er lächelte. »Du erkennst mich wohl nicht?«, fragte er zum Schluss.

»Nein.«

Der Mann lachte. »Was für eine nette Abwechslung. Ich heiße Cleapho.«

Das sollte offenbar als Erklärung genügen. Poldarns Gesicht verriet offenbar seine Gedanken. Wieder lachte der Mann. »Schon gut, mach dir keine Sorgen. Wie ich schon sagte, es ist angenehm, mal nicht sofort erkannt zu werden.« Der Mann musterte ihn scharf. »Und dir gefällt es also?«

Poldarn nickte. »Kennst du Geschichte, die es darstellt?«

»Ja, du nicht?«, fragte Cleapho mit seltsamer Betonung.

»Keine Ahnung«, antwortete Poldarn. »Aber es wäre nett, wenn du sie mir erzählen würdest.«

Cleapho nickte, offensichtlich war er mit etwas zufrieden. »Es ist eine Legende aus dem Süden, Morevish, Tulice, Thurm. Heutzutage ist sie nicht mehr sehr bekannt – diese Bilder sind mindestens dreihundert Jahre alt, vielleicht noch älter. Der Mann auf dem Karren ist ein Gott, und er bringt das Ende der Welt. Die Frau ist eine Priesterin, in manchen Versionen hat sie den Namen Machaira, doch dieser stammt wohl aus späterer Zeit. Die erste Szene, in der er die Stadt niederbrennt, ist besonders interessant, denn diese Stadt soll im Norden, zwischen zwei großen Flüssen liegen, das könnte Josequin sein. Allerdings stammt diese Version aus sehr später Zeit, und die Informationen darüber sind sehr spärlich – epische Poesie der Manneristen, völlig unzuverlässig, daher ist das wohl keine realistische Darstellung der

Geschichte, sondern eher die Fantasie eines Dilettanten. Selbstverständlich kann ich mehr darüber sagen, wenn ich oben bin und die Schrift lesen kann.«

»Schrift?«, fragte Poldarn. »Ich sehe keine.«

»Nicht von hier unten. Außerdem sind es religiöse Schriftzeichen, die nicht für uns bestimmt sind. In der Religion gibt es eine Menge derartigen Blödsinn. Wenn man die Dinge zum ersten Mal hört, klingen sie klug, aber danach ärgert man sich nur darüber.« Er strich sich den Bart. »Dreihundert Jahre ist wahrscheinlich zu jung. Bei religiösen Bildern ist das Alter so schwer zu schätzen, weil der Stil sich nicht wie bei kommerziellen Bildern ändert, noch so ein religiöser Mist.« Er seufzte, nach Poldarns Meinung etwas zu übertrieben. »Aber wie ich schon sagte, ich bin kein Experte. Dennoch sind diese Bilder interessant.«

»Ja, das glaube ich auch«, meinte Poldarn.

»Na ja, für dich wohl eher nicht so interessant«, sagte der Mann und lachte kurz auf. »Es ist schade, dass irgendein Idiot genau in den interessantesten Teil ein großes Fenster gebrochen hat. Das hat mir natürlich keiner erzählt, ehe ich Torcea verlassen habe, sonst hätte ich den weiten Weg nicht gemacht. Der Anfang der Geschichte ist vorhanden, aber statt des Endes haben wir das verdammte Fenster. Vielleicht hat das ja etwas zu bedeuten, aber ich habe keine Ahnung, was.«

»Du wolltest mir die Geschichte erzählen«, erinnerte Poldarn.

»Was? Ach ja. Wie weit war ich gekommen?«

»Der Gott hatte die Stadt niedergebrannt.«

»Ach ja, richtig. Und jetzt wird die Geschichte ein wenig kompliziert, weil alles von der Version abhängt, der man folgt. In der aus Tulice, zum Beispiel, trifft er auf den Hersteller falscher Bilder, aber da geht es um die Übersetzung, denn das tulicische Wort *trahidur* kann neben Anbeter eines falschen Gottes auch Trickbetrüger heißen, Leute, die von den Silberlingen ein bisschen abschaben. Ich denke, Hersteller falscher Bilder ist wahrscheinlicher. Gut, das ist die Version aus Tulice. In der aus Morevish – eigentlich gibt es dort zwei –, aber in der offiziellen heißt es auch Hersteller falscher Bilder, allerdings sind es hier kleine Bronzestatuen von Dämonen, die er zum Leben erweckt – wie auch immer, der Gott trifft diesen Mann nach einem Kampf, und er überwältigt den Retter der Menschheit, denn nur dieser hätte ihn aufhalten und die Welt retten können. Diese Legende ist sehr düster. Daneben gibt es noch die Version einiger Manneristen in Morevish, wonach er alle Priester des wahren Glaubens ermordet, ehe er den Retter überwältigt. Aber diese Version könnte man vergessen, da sie der Feder irgendeines Manneristen entstammt, wenn es nicht die Überlieferung in Thurm gäbe, wonach die Sache mit dem Retter vor dem Treffen mit dem Hersteller falscher Bilder kommt, ja, sogar *vor* der alten Frau in der Hütte *und* den falschen Bildern *und* dem Trinken aus dem Brunnen, aber *nach* dem Besuch des Museums der verlorenen Seelen, was völlig pervers ist, wenn du mich fragst.«

»Verstehe«, sagte Poldarn. »Wenn du …«

»Und jetzt wird es wirklich verrückt«, fuhr Cleapho fort. »Denn plötzlich taucht aus völlig heiterem Himmel ungefähr vor dreihundertfünfundzwanzig Jahren die streng örtlich begrenzte Version auf, dass der Gott auf dem Karren nicht wirklich Poldarn ist, sondern sein *Sohn.* Kannst du das glauben? Und der Kampf mit dem Retter kommt gleich nach dem Museum ...«

»Entschuldigung«, unterbrach ihn Poldarn. »Wie war der Name, den du gerade erwähnt hast?«

»Poldarn. Der da oben.« Er zeigte auf das Bild. »Über den sprechen wir doch die ganze Zeit.«

»Poldarn?«

»Ja, genau.«

Poldarn holte tief Luft. »Und das ist der Name dieses Gottes?«

Cleapho blickte ihn überrascht an. »Ja, natürlich. Hast du das nicht gewusst? Tut mir Leid, ich habe angenommen, du hast das gewusst. Aus welchem Grund wärst du sonst an diesem Bild interessiert? Ja, so heißt er. Der Name stammt aus dem Süden.«

»Und ist mehrere hundert Jahre alt?«

»Weit älter. In Morevish und Thurm eher über tausend Jahre. Dort sind sie sehr konservativ und wechseln die Götter fast nie. Nicht wie hier bei uns.« In diesem Moment schien ihm etwas einzufallen. Er fluchte leise. »Du musst mich für sehr unhöflich halten, aber ich bemerke gerade, dass ich meine Eskorte und ein halbes Dutzend Träger draußen im Hof habe stehen lassen – ich bin sofort von der Pier hergekommen. Ich muss wirklich gehen und sie beruhigen, ehe sie glauben, ich sei ermordet worden, und auf der Suche nach mir alles kurz und klein schlagen. Wenn du an der Geschichte noch interessiert bist, kannst du mich ja später treffen. Dann erzähle ich dir mehr darüber. Leb wohl.«

Ehe Poldarn etwas sagen konnte, war Cleapho

schnellen Schritts zur Tür gegangen. Es war fast schockierend, dass dieser Riese sich so schnell bewegen konnte. Poldarn warf noch einen Blick auf das Bild und ging zurück zu seinem Tisch. Copis kam ihm entgegen.

»Du weißt schon, mit wem du gerade geredet hast, oder?«, zischte sie ihn an.

Poldarn runzelte die Stirn. »Er hat gesagt, er heiße Cleapho.«

»Stimmt, Cleapho«, sagte Copis und klang verblüfft. »Cleapho, der Hofkaplan des Kaisers. Selbst ich habe ihn erkannt, und es ist viele Jahre her, seit ich zum letzten Mal in Torcea war.«

»Torcea«, wiederholte Poldarn.

»Genau. Dort wohnt der Kaiser. Ich habe ihn oft im Tempel predigen hören. Seine Stimme vergisst man nicht.«

Poldarn war an der Stimme nichts Besonderes aufgefallen, aber darüber wollte er nicht sprechen. »Du hast doch gesagt, du hast den Namen von einem Dachziegel«, sagte er.

»Was?«

»Den Namen Poldarn. Du hast gesagt, der hat auf den Ziegeln gestanden.«

Copis schaute ihn verständnisvoll an. »Ja und?«

»Das ist der Name dieses Gottes, der ich angeblich bin«, erklärte er. »Und dieser Cleapho ...«

»Komm mit raus, ehe uns einer hört«, schnitt ihm Copis das Wort ab.

Sie gingen in eine abgelegene Ecke des Hofs. »Er hat mir erzählt, dass dieser Poldarn irgendwo unten im Süden ein echter Gott ist«, sagte er wütend, »und verschiedene andere Geschichten, darunter auch eine, in der dieser Gott mit einer Priesterin in einem Karren umherfährt und Städte niederbrennt. Das musst du doch gewusst haben. Das kann kein Zufall sein. Warum hast du mir gesagt, du hättest den Namen einfach so gewählt?«

»Weil es so ist«, verteidigte Copis sich. »Es muss ein Zufall sein. Hör zu, lass uns das vergessen, es ist nicht wichtig. Bist du dir klar, dass du gerade mit dem mächtigsten Mann im ganzen Imperium gesprochen hast?«

»Was?«, fragte Poldarn verblüfft. »Du hast doch gesagt, dass er irgendein Priester ist.«

»Ha, er ist genauso irgendein Priester wie der Kaiser irgendein Beamter ist. Was zum Teufel macht er hier? Und worüber hast du mit ihm die ganze Zeit geredet?«

Poldarn war verwirrt. »Das Bild«, sagte er. »Er hat mir gesagt, er käme von weit her – aus Torcea, glaube ich –, nur um das Bild zu sehen. Dann hat er mir die Geschichte erzählt, aber er ist dauernd abgeschweift.«

Copis schüttelte den Kopf. »Cleapho ist wahrscheinlich der klügste Kopf im Imperium. Wenn er mit dir so lang geredet hat, dann bestimmt nicht ohne Grund. Was hast du ihm erzählt? Über uns?«

»Nichts. Er hat mich nicht gefragt.«

»Das hast du nur nicht bemerkt. Ein Mann wie er redet nicht über eine Viertelstunde lang mit dir, wenn es sich nicht um einen nationalen Notfall handelt.«

Poldarn schüttelte den Kopf. »Er hat gesagt, das Bild sei dreihundert Jahre alt. Wenn es sich um einen Notfall handelt, dann gewiss nicht jetzt.«

»Nein, das siehst du nicht richtig.« Copis blickte ihn streng an. »Irgendwas stinkt. Ich weiß nicht, was, es ist mir auch egal, aber ich möchte nicht darin verwickelt werden. Lass uns nach Mael Bohec fahren, solange wir noch können.«

»Aber wir sind doch gerade erst angekommen!«

»Na und? Hattest du hier was Besonderes vor?«

Wieder dachte er an den Goldklumpen hinten im Karren. Sollte er ihr jetzt davon erzählen? Aber irgendwie hielt er es nicht für den richtigen Zeitpunkt. War es, weil er nicht wusste, wie sie reagieren würde, weil er seinen Glücksfund vor ihr geheim gehalten hatte, oder, weil er ihr immer noch nicht ganz traute? War dieses Gefühl ein Überbleibsel des Fremden, der er einst gewesen war? »Ich sehe nicht, wo das Problem ist«, sagte er. »Weshalb sollte dieser Cleapho ein Interesse an uns haben, wenn er so wichtig ist?«

»Definiere mal ›uns‹! Ich weiß genau, wer ich bin, aber du?«

Daran hatte er nicht gedacht. Der bärtige Riese hatte ihn gefragt: *Erkennst du mich denn nicht*? Während des Gesprächs hatte er sich nichts dabei gedacht, aber jetzt könnte die Frage alles Mögliche bedeuten. »Meinst du, er weiß, wer ich bin?«

Copis blickte beiseite. »Das habe ich nicht gesagt.«

»Du glaubst, dass er mich kennt und dass ich der Grund bin, weshalb er hier ist.«

Sie wollte weggehen, aber er packte sie am Arm. Er griff kräftig zu, aber sie sagte nichts, obwohl es wehtat. »Glaubst du etwa, dieser Mann macht den weiten Weg nur, um ein altes verschimmeltes Bild anzuschauen?«

Poldarn lockerte den Griff. »Es ist ein religiöses Bild. Er ist Priester. Es könnte doch ungemein wichtig sein.«

»Hat er das gesagt, als er mit dir geredet hat?«

»Ich glaube nicht, aber woher soll ich wissen, wie Priester sprechen.« Er schloss die Augen, atmete tief aus und bemühte sich, einen klaren Kopf zu bekommen. »Denk mal nach. Du glaubst, er ist absichtlich hierher gekommen, um mich zu finden. Wie zum Teufel sollte er wissen, dass ich hier bin? Wir wussten nicht mal vor wenigen Tagen, dass wir hierher fahren. Wie lang braucht er von Torcea bis hierher? Meinst du, er ist einfach losgefahren mit der vagen Chance, mich irgendwo in den Nordprovinzen zu treffen?«

Copis verzog das Gesicht. »Schon gut, verstanden«, sagte sie leicht verärgert. »Es ist nicht nur unwahrscheinlich, sondern unmöglich.« Sie schaute ihm in die Augen. »Trotzdem sollten wir schleunigst wegfahren. Wenn eine so wichtige Person auftaucht und keine Abordnung der Stadt mit Musik und Blumen streuenden kleinen Mädchen da ist, bedeutet das nichts Gutes. Und das heißt für vernünftige Menschen wie mich, die Stadt zu verlassen, und deshalb ...«

Sie starrte über seine Schulter und brach ab. Er drehte sich um. Zwei Soldaten kamen auf sie zu. Diese sahen wieder ganz anders aus als die Soldaten, die er bisher gesehen hatte. Sie trugen prächtige glänzende Brustharnische und mit Federbüschen bestückte Helme. Ihre Uniformen waren sauber und gebügelt, die Stiefel ohne eine Spur von Schlamm. Man musste nicht raten, wessen Eskorte sie waren.

Einen Moment lang überlegte Poldarn, aber hier war er nicht auf einer Ebene im Nirgendwo, ohne Zeugen oder Gaffer. Außerdem war sein Schwert im Karren. Sollte er weglaufen oder bleiben, um zu erfahren, was sie wollten? Wieder eine Entscheidung. Großartig.

»Wenn ich das nächste Mal sage, wir verlassen die Stadt, dann verschwinden wir sofort«, zischte ihm Copis zu. Die Soldaten marschierten direkt auf sie zu. Keine Chance, dass sie nicht zu ihnen wollten. Er wünschte, dass er wüsste, wie er hieß.

Die Soldaten salutierten vor ihnen. Da er keine Ahnung hatte, wie er militärisch zurückgrüßen musste, stand er nur stumm da und wartete darauf, was sie ihnen mitteilen wollten.

»Lord Cleapho lässt fragen, ob ihr beide ihm beim Abendessen Gesellschaft leisten möchtet.«

Kapitel 7

»Vielen Dank«, sagte Copis. »Aber wir haben bereits gegessen.«

Der Soldat lächelte. »Den Fraß, den sie hier auftischen, kann man kaum als Essen bezeichnen«, sagte er. Dann blickte er Poldarn an. »Außerdem hat er kaum etwas angerührt, weil er sich die Bilder angeschaut hat. Hier entlang.«

Poldarn trat zwischen die Soldaten und Copis. »Moment mal. Ihr habt mich beim Abendessen beobachtet?«

»Wir nicht«, antwortete der Soldat. »Aber selbstverständlich werdet ihr beobachtet. Hältst du uns etwa für Bauerntölpel?«

Copis zupfte ihn am Ärmel, um ihn zu warnen. Aber er schenkte ihr keinerlei Beachtung. »Dann wisst ihr, wer ich bin?«, fragte er.

»Selbstverständlich«, antwortete der Soldat. »Können wir jetzt bitte von hier verschwinden, ehe ganz Sansory aufmerksam wird?«

Jetzt zog Copis kräftig. Am liebsten hätte er sie weggeschoben, aber er fragte: »Was ist denn?«

»Ich gehe hinein, du brauchst mich hier nicht.« Sie schaute die Soldaten an. »Oder?«

Der Soldat, der gesprochen hatte, zuckte mit den Schultern. »Du kannst machen, was du willst.« Dann wandte er sich an Poldarn. »Komm jetzt mit, ehe ich Ärger bekomme.«

Offensichtlich hatte er keine Wahl, was ihm durchaus recht war. »In Ordnung. Nach dir.«

Ein Soldat ging voraus, sein Kamerad wartete kurz, folgte dann Poldarn und zwang ihn, schnell zu gehen, sonst wäre er ihm von hinten in die Fersen getreten. Wer auch immer er sein mochte, die beiden hatten offensichtlich keinen großen Respekt vor ihm.

»He, für wen hältst du mich?«, fragte er den ersten Soldaten.

Der Soldat lachte, ohne sich umzudrehen. »Das könnte ich dir genau sagen, aber ich soll die Gäste Seiner Gnaden nicht beleidigen«, sagte er. »Niedrige Tür, pass auf deinen Kopf auf.«

Die Tür führte in einen kleinen Innenhof. Dahinter führte ein Torbogen zu einer schmalen Wendeltreppe, mit unangenehm hohen Stufen und beklemmend enger Drehung. Als sie oben waren, fühlte Poldarn sich schwindlig. Der Soldat klopfte drei Mal an eine schwere Eichentür. Sie betraten einen runden voll gestopften Raum, der sich wahrscheinlich in der Turmspitze befand. In der Mitte des Raums stand ein schlichter runder Tisch und zwei Stühle mit hohen geraden Lehnen. Cleapho saß auf dem einen. Poldarn sah noch vier Messingröhren, aus deren Enden zusammengerollte Papiere herausragten. Hinter Cleapho standen zwei weitere Soldaten vor einer Tür. Kein Anzeichen von Essen, Trinken, keine Becher, keine Teller oder Besteck.

»Du bist ein gottverdammter Idiot«, sagte Cleapho mit finsterer Miene. »Was zum Teufel sollte das?«

Poldarn öffnete den Mund, um etwas zu sagen, aber dann wurde ihm bewusst, dass er nicht wusste, wo er anfangen sollte. Ehe er eine Chance hatte, seine Gedanken zu ordnen, fuhr Cleapho fort: »Ich weiß, dass das alles zu dem Mysterium gehört, dieses absichtliche Herumstolzieren, wo jeder dich sehen kann. Du bist ja so waghalsig, aber beim nächsten Mal lass mich aus dem Spiel. Lieber Gott, als ich dich da stehen sah, hätte ich beinahe einen Herzanfall bekommen.« Er schüttelte den Kopf. »Ich nehme an, du hast jede Menge deiner Leute hier«, fuhr er fort. »Ich habe nur diese vier mitgebracht, und seit deinem Auftritt in der Halle bin ich ziemlich nervös. Verdammt, ich bin an diese Geheimnistuerei nicht gewöhnt. Wenn du auf diese Weise deine Geschäfte erledigst, bin ich mir nicht mehr sicher, ob ich mich mit dir noch einlassen möchte.«

Ich könnte es versuchen zu erklären, dachte Poldarn. *Und ich könnte am Fuß der Treppe mit gebrochenem Hals enden. Aber dieser Mann weiß, wer ich bin. Es wäre schön, das herauszufinden, selbst wenn ich danach nicht mehr lange leben sollte, um dieses Wissen zu genießen.* »Bitte«, sagte er so freundlich wie möglich. »Hör mir geduldig zu. Ich verspreche, keine Scherze mit dir zu treiben. Siehst du ...«

»Vergiss es«, unterbrach ihn Cleapho. »Wenn es dir so ein morbides Vergnügen bereitet, idiotische Risiken einzugehen, ist das deine Sache. Aber jetzt zu den Fakten, genauer gesagt, zu dieser Sache vor der Stadt. Ich weiß zu schätzen, was du dort getan hast, aber der Zeitpunkt war verfrüht. Tazencius und seine Leute sind noch nicht so weit. Er hat noch nicht einmal begonnen, offen zu rekrutieren – verdammt, er hat nichts, *wofür* er rekrutieren könnte. Das ist meine Angelegenheit. Es wurde noch nichts aufgebaut. Und plötzlich, *Peng*! Wenn das deine Idee eines

Eröffnungszugs ist, solltest du den Kopf unter eine Wasserpumpe halten und dein Hirn hinausspülen, denn der Vorrat an großen Städten in dieser Region ist ziemlich begrenzt. Wir können nicht eine pro Woche anzünden, bis Tazencius alles beisammen hat. Verdammt, so viele gibt es nicht. Es sei denn, wir können Cronan dazu bewegen ...«

Er brach unvermittelt ab und hielt die Hand hoch, um Schweigen zu gebieten. Von unten hörte man Geräusche.

»Scheiße«, stieß Cleapho wütend hervor. »Das ist einfach großartig. Ihr beiden haltet sie auf der Treppe auf.« Die beiden Soldaten, die Poldarn hergebracht hatten, verschwanden durch die Tür, durch welche er eingetreten war. »Wir ziehen uns aufs Dach zurück. Das heißt, wenn sie nicht bereits dort oben sind, wovon ich ausgehe«, sagte er. »O Gott, was für eine Schweinerei.«

Er stand auf, die anderen beiden Soldaten öffneten die Tür hinter ihm und gingen in einen dunklen Korridor voran. »Nun komm schon!«, sagte er ungeduldig. »Ich hatte schon so eine Ahnung, dass du mehr Ärger machst, als du wert bist. Vielleicht hört Tazencius beim nächsten Mal auf mich, statt sich mit einer Horde Freibeuter einzulassen.«

Poldarn hörte beunruhigende Laute von der Treppe: Geschrei, Waffenklirren. Ihm wurde bewusst, dass Cleapho offenbar soeben zwei Männer in den möglichen Tod geschickt hatte. Die beiden hatten ihm gehorcht, ohne einen Moment zu zögern. Gehorsam war für sie eine instinktive Handlung, wie das Zücken eines Schwerts. Er beschloss, Cleapho zu folgen.

Der Gang führte ins Freie. Rechts war eine Brustwehr, von dort aus sah er den Haupthof. Links war die Dachschräge, wahrscheinlich über dem Refektorium. (Allerdings war er nicht sicher, weil die Wendeltreppe seinen Orientierungssinn durcheinander gebracht hatte.) Es wurde gerade dunkel, aber der Hof war von dem Licht, das aus den Räumen schien, hell erleuchtet. »Ja, das stimmt«, meinte Cleapho, als die Soldaten eine weitere Tür eingetreten hatten, die wohl auf den Dachboden über dem Refektorium führte. Die Soldaten zogen den Kopf ein und stiegen hinein. »Es ist nur gut, dass wenigstens einer von uns sich die Mühe gemacht hat, den Lageplan dieses Ortes genau zu studieren. Und ich dachte, du wärst derjenige, der sich angeblich immer so sorgfältig um sämtliche Details kümmert.«

Dann verschlechterte sich die Situation. Einer der Soldaten, die vorausgegangen waren, kam mit blutigem Gesicht zurück und bemühte sich, sein Schwert zu ziehen, hatte jedoch zu wenig Platz dazu. Cleapho fluchte, stieß den Soldaten beiseite und floh. Ehe Poldarn ihm folgen konnte, kam ein anderer Soldat aus der Tür – zumindest trug der Mann ein Kettenhemd und ein Schwert. Er führte einen Schlag gegen Cleaphos Mann. Dieser duckte sich, doch da tauchte ein zweiter Gegner auf und stieß ihm die Hellebarde direkt unter den Brustharnisch. Der Soldat stieß einen leisen Klagelaut aus, dann warf ihn der Soldat mit der Hellebarde rücklings über die Zinnen, als beförderte er einen Heuballen. Dann schaute er Poldarn an, während sein Kamerad Cleapho verfolgte.

Poldarn starrte auf die Hellebarde, dann auf den Mann dahinter und wieder auf die Waffe. Im Hinterkopf hörte er eine Stimme: *Pass auf die Klinge auf, nicht auf den Mann. Die Klinge tötet dich, wenn du nicht aufpasst.* Er erkannte die Stimme nicht, schätzte jedoch den Ratschlag. Seinem Feind (vorausgesetzt es war ein Feind und kein Befreier) schien mehr daran zu liegen, ihn in Schach zu halten, als ihn anzugreifen, aber Poldarn hatte keine Lust mehr, stillzuhalten und abzuwarten, was geschehen würde. Es sah so aus, als würden nicht noch mehr Soldaten aufs Dach kommen – keine Schritte zu hören, keine Bewegung zu sehen –, das hieß, würde er an diesem Mann vorbeikommen, bestand eine Chance zu fliehen.

Der Trick war, die Hellebarde am Schaft zu packen, ohne erstochen oder von der Klinge zerstückelt zu werden. Er wagte einen Schritt vorwärts. Doch ehe die Hellebarde ihn aufgespießt hätte, spreizte er den hinteren Fuß, ließ sich auf die rechte Hand nach hinten fallen und ergriff mit der ausgestreckten linken den Schaft der Hellebarde. Der Soldat wollte die Waffe zurücknehmen, aber Poldarn war schneller und riss sie ihm im Fallen aus den Händen. Der Gegner machte einen Satz nach hinten und benötigte einen Augenblick, um zu entscheiden, ob er zum Schwert greifen sollte oder nicht. Offenbar hatte auch er Probleme, sich zu entscheiden. Als er zum Schwert griff, war Poldarn bereits wieder auf den Beinen. Er schleuderte die Hellebarde mit voller Kraft und traf die schmale nackte Hautstelle über dem Kragen des Kettenhemds. Der Knochen lenkte die Waffe ab, sodass sie über den Hof dahinsegelte. Aber der Gegner war ausgeschaltet. Poldarn konnte durch die Tür fliehen. Vereinfachen, immer alles vereinfachen!

Er musste den Kopf einziehen, um durch die Tür auf den Dachboden zu gelangen. Dort war es stockdunkel. Er ertastete rohe Balken rechts und links. Vorsichtshalber hielt er den Kopf gesenkt, da er vermutete, dass nicht genügend Platz war, um aufrecht zu gehen. Er hätte das Schwert des toten Soldaten mitnehmen sollen, falls es zu weiteren Kämpfen käme, doch wollte er deshalb nicht zurückgehen. Schon bald würde der Feind am Fuß der Wendeltreppe an den zwei Männern vorbei sein, welche Cleapho in den Tod geschickt hatte (für welche große Sache sollten die beiden eigentlich sterben? Kannten sie den Grund? Waren sie damit einverstanden?) Es wäre schön, diesen Dachboden möglichst schnell hinter sich zu bringen, ehe man ihn verfolgte. Dieser Gang musste ja irgendwohin führen, denn wie hätten die Soldaten plötzlich daraus auftauchen können? Er hatte zwar keine Ahnung, wohin er gelangen würde, aber das traf bei ihm auf alle Straßen, Wege und Türen zu. Wenigstens schien dieser Gang gerade zu sein, ohne Biegungen nach rechts oder links, die seine kurze Illusion von Einfachheit stören würden.

Die Bohlen unter seinen Füßen knarzten. Spinnweben schlugen ihm ins Gesicht. (Jedes Mal schauderte es ihn. Offenbar war er einer der Menschen, die Spinnen nicht besonders mochten. Er machte sich eine geistige Notiz und fügte wieder ein winziges Stück zu der Figur hinzu, die bisher nur aus Bruchstücken bestand. Dann ging er weiter.) Nach jedem Schritt hielt er inne, um zu lauschen – auf Schritte vor oder hinter ihm, Geräusche von unten, die ihm verrieten, in welchem Teil der Herberge er sich befand. Aber er hörte nichts, was ihm weitergeholfen hätte. Ungehindert kam er vorwärts. Ein Schritt nach dem anderen. Mühelos.

Um Haaresbreite wäre er durch die Falltür am Ende des Korridors gestürzt. Ihn rettete nur eine Vorahnung, dass er ins Leere treten würde. Als er sich vorsichtig vorwärts bewegte, bemerkt er, dass sich im Boden ein Loch befand. Er kniete nieder und ertastete die Größe mit den Fingerspitzen. Es war ungefähr schulterbreit. Poldarn setzte sich und ließ die Beine baumeln, bis er auf ein Hindernis traf, das er für die oberste Sprosse einer Leiter hielt.

Es war ein langer Abstieg im Dunkeln. Immer noch vermochte er nichts zu erkennen, nicht einmal vage Schemen. Sein Sehvermögen nützte ihm ebenso wenig wie sein Gedächtnis. Ihm wurde erst klar, dass er das Ende der Leiter erreicht hatte, als sein Fuß auf festen Boden traf. Jetzt musste er entscheiden, in welche Richtung er weitergehen sollte. Dieses Gefühl war vertraut, und er hasste es inzwischen.

Er holte tief Luft, ging nach links und schritt mit ausgestreckten Armen weiter, falls ein niedriger Balken oder ein anderes Hindernis käme. Nach ungefähr zwölf Schritten kam er zu einer Wand – raues Mauerwerk. Er tastete sich weiter, hielt sich wieder nach links und wurde belohnt, da er jetzt gehobelte Bretter fühlte. Eine Tür. Als Nächstes fand er einen alten metallenen Türring, ungefähr eine Spanne im Durchmesser. Als er daran zog, geschah nichts, aber als er ihn drehte, stand er plötzlich in gleißendem gelben Licht.

Das komplizierte die Sache. Schnell trat er zur Seite. Doch zuvor hatte er gesehen, dass eine Gestalt, ein Mann mit einer Waffe, in seine Richtung lief. Er presste den Rücken gegen die Wand. Als der Mann neben ihm war, trat er ihm von hinten ins Knie, worauf dieser zu Boden stürzte. Er wollte aufstehen, doch da rammte ihm Poldarn das Knie von unten gegen das Kinn. Sein Kopf wurde schnell und zu heftig nach hinten geschleudert. Der Mann landete hart auf dem Boden.

Eine gute Art, mich einzuführen, falls noch mehr von denen in der Nähe sind. Nun, er konnte nicht für immer im Dunkeln bleiben. Langsam trat er über die Schwelle ins grausame unwillkommene Licht. Er befand sich in einem kleinen Raum, der vielleicht früher als Speisekammer gedient hatte. Vor ihm war noch eine offene Tür, durch welche er ein großes Feuer in einem offenen Herd und eine seltsame Maschine sah. Von Wandhaken hing allerlei Gerät. Er spürte die Wärme des Feuers und hörte das Klappern der Maschine. In Wandregalen waren eigenartig aussehende Zangen, Schöpflöffel und Schneidewerkzeuge. Einige hingen auch von den Deckenbalken. An einer Seite sah er gerade noch einen riesigen Kupferkessel. Erst danach fielen ihm die auf dem Tisch gestapelten Kohlköpfe auf. Jetzt war ihm klar, dass es die Küche war und die seltsame Maschine ein Drehspieß.

Irgendwie fühlte er sich erleichtert und etwas dämlich, als er feststellte, dass er vor einer Küche stand. Er lauschte angestrengt, hörte aber nichts, was ihm verraten hätte, in welchem Gebäudeteil er sich befand. Er erinnerte sich auch nicht, ob vom Refektorium ein direkter Zugang zur Küche bestand. Der gesunde Menschenverstand sprach dafür, aber gesunder Menschenverstand hatte bei der Errichtung dieser Gebäude keine Rolle gespielt. Doch dann fiel ihm ein, dass er beim Abendessen einen offenen Kamin, so groß wie diesen, in der Mauer am Ende der Halle gesehen hatte. Intuitiv kam er zu der Erkenntnis, dass sich der Kamin im Speisesaal und die Feuerstelle vor ihm denselben Schornstein teilten. In diesem Fall würde die Tür links von ihm ins Freie führen. Das Essen wurde auf langen Schragen hinausgetragen, dann ungefähr vier Meter an der Mauer vorbei und wieder durch eine Tür in den Speisesaal auf den Tisch geschafft, von dem aus die Diener das Essen verteilten. Erleichtert atmete er tief durch, wie ein Mensch, der zu lang unter Wasser gewesen war. Endlich wusste er einmal, welchen Weg er einschlagen musste.

In diesem Moment ging die Tür auf. Ein Soldat, der aussah wie diejenigen Soldaten, die Poldarn inzwischen für seine Feinde hielt, kam herein. Er trug das gleiche Kettenhemd und ebenfalls eine Hellebarde. Das Muster wiederholte sich. Klarheit, dann Komplikation. Es war eine Art Brettspiel.

»Verdammt«, sagte der Soldat. »Ich dachte mir schon, dass du es bist.«

Damit hatte Poldarn nicht gerechnet. Eher mit einem klaren Kampf. Dass der Gegner ihm die Hellebarde ins Gesicht rammte. »Du kennst mich?«, fragte er.

»Was? Ich bin's, du Idiot. Feldwebel Lovick. Hast du einen Schlag über den Schädel abgekriegt, oder was? Schnell, durch die Tür«, fuhr er fort, ehe Poldarn Gelegenheit zu einer Antwort hatte. »Geradeaus, dann kommst du zu den Stallungen, da kannst du dir ein Pferd schnappen und abhauen. Ich habe dich nie gesehen, in Ordnung?«

»Aber ...«

»Ich habe gesagt: Schnell. Ehe du uns beide in Gefahr bringst.«

»Was du gerade gesagt hast«, meinte Poldarn. »Der Schlag auf den Kopf. Genau das ist passiert. Ich kann mich an nichts erinnern. Kannst du ...?«

Feldwebel Lovick (wer zum Teufel er auch immer sein mochte) brüllte ihn an. »Hau ab, Mann! Ich habe keine Zeit für blöde Witze. Hör zu, wenn jemand kommt, um mir zu helfen, muss ich dich töten. Jetzt lauf schon!«

Poldarn spürte, dass sein Kopf vor Wut gleich explodieren würde. Er konnte nichts dagegen tun, obwohl er wusste, dass es die Lage komplizieren würde. »Nein!«, brüllte er. »Nicht bis du mir sagst, wer ich bin.«

»Ich habe keine Zeit ...« Jetzt war der Mann auch wütend. »Verdammt, Führer, kannst du nie etwas ernst nehmen?«

Führer? Warum hat er nicht meinen Namen benutzt? Was für ein rücksichtsloser Mistkerl. »Ich mache keine Scherze, du Idiot. Nenne mir meinen Namen. Dann bin ich weg. Das verspreche ich. Ehrenwort.«

Ehe Feldwebel Lovick etwas sagen konnte, ging die Tür hinter ihm auf. Ein Soldat trat ein und sah Poldarn. Sofort verfinsterte sich seine Miene. »Schon gut«, sagte Lovick laut, ohne sich umzudrehen. »Ich hab ihn. Er gehört mir. Geh zurück und sage ihnen ...«

»Nein, zum Teufel«, sagte der andere. »Bring den Scheißkerl gleich um. Dann ist es erledigt.«

Lovick schüttelte den Kopf. »Unsere Befehle lauten …«

»Scheiß auf die Befehle«, unterbrach ihn sein Kamerad und trat zwei Schritte mit kampfbereiter Hellebarde vor. »Die sind das Risiko nicht wert. Versuche diesen Mistkerl lebendig gefangen zu nehmen, und er wird uns beide erledigen, ehe wir ihn über den Hof geschafft haben. Komm, Mann, zier dich nicht so.«

Lovicks Miene veränderte sich nicht, aber plötzlich war er dicht vor Poldarn. Die Bewegung mit der Hellebarde war entweder ein tödlicher Stoß ins Gesicht oder eine Finte, um einen ebenso tödlichen Stoß an die rechte Schläfe vorzutäuschen. Wieder Entscheidungen.

Poldarn beschloss, sich um die Entscheidung zu drücken. Er sprang aus dem Stand rückwärts, warf sich dann nach rechts, wodurch der Feldwebel gezwungen war, mit dem Hellebardenschaft zuzuschlagen. Ehe das stählerne Ende Poldarns Kopf zerschmetterte, packte dieser den Schaft und zog ihn nach links, dadurch schnitt die Klinge tief in Lovicks rechte Hand. Wie vorausgesehen brachten ihn der Schock und Schmerz dazu, den Griff zu lockern. Sobald Poldarn die Kontrolle über die Waffe hatte, stieß er kräftig nach oben. Er hatte sich jedoch verschätzt, weil Lovick zusammengezuckt war. Deshalb traf er ihn nicht an der Kehle, sondern am linken Auge. Auch gut, vielleicht sogar noch besser. Ehe der tote Gegner stürzen konnte, stieß er nochmals zu und schleuderte ihn wie eine Schaufel Erde von sich. Der andere Soldat musste beiseite springen, um nicht umgeworfen zu werden. Doch da zielte bereits der nächste Stoß zwischen seine Beine. Es gelang ihm auszuweichen, aber das nützte ihm nichts, da es nur eine Finte gewesen war. Der tödliche Streich traf ihn ins Ohr. Der Schaft drang durch Fleisch und Knochen, ehe er stecken blieb. Der Aufprall war so heftig gewesen, dass Poldarns Arm schmerzte. Er stöhnte.

Mit wenigen Stößen von kompliziert wieder zurück zu einfach. Er rieb sich den Arm an der schmerzenden Stelle. *Typisch mein Glück*, dachte er. Es bedurfte keiner großen Vorstellungskraft, sich auszumalen, dass er sich bei weiteren Abenteuern dieser Art einen Muskel zerren oder eine Sehne verletzen würde, und dann war es aus mit dem mühelosen instinktiven Kampf, den er irgendwie beherrschte. Dann konnte er leicht das Leben verlieren. Die Wut, die er vor dem Kampf gespürt hatte, weil Lovick ihm nicht hatte antworten wollen, ihm nicht das eine Wort gesagt hatte, das er unbedingt wissen musste (und er hätte es so leicht aussprechen können. Es hätte ihn nichts gekostet. Verdammt, dann würde er jetzt noch leben) – diese Wut war noch immer vorhanden. Sie richtete sich gegen diese beiden bösartigen Männer, die ihm dieses Wissen vorenthalten und ihm den Arm verletzt hatten, wo er diesen jetzt so dringend brauchte. Die Sache war noch schlimmer, weil der eine offenbar ein Freund gewesen war.

Die Tür stand noch immer offen. Er lauschte. Niemand war zu hören. Er hob die Hellebarde auf, legte sie aber sofort wieder hin. Obwohl er vieles wieder neu lernen musste, war er sich ziemlich sicher, dass es keine gute Idee wäre, mit einer blutbefleckten Hellebarde über den Hof einer belebten Herberge zu marschieren. Außerdem war er bis jetzt ganz gut ohne zurechtgekommen, und wann immer er eine Waffe gebraucht hatte, war jemand da gewesen, der sie ihm geliefert hatte.

Inzwischen war es draußen recht dunkel geworden. Allerdings brannten um den Hof herum viele Laternen und Leuchter. Er blieb einen Moment neben der Tür stehen – wieder eine Entscheidung: in die Schlafunterkunft oder ins Refektorium gehen und nach Copis suchen oder Lovicks Rat befolgen und zu den Stallungen gehen. Ein Kompromiss wäre, zur Remise zu gehen, um den Karren – oder zumindest den Klumpen Gold – zu holen, der früher oder später gefunden würde … Er entschied sich für den Kompromiss, hauptsächlich, weil die Remise direkt gegenüber lag, nur wenige Sekunden entfernt. Es bestand natürlich das Risiko, dass dort weitere Soldaten auf ihn warteten, aber das traf auf die ganze Herberge zu und möglicherweise auf die ganze Welt. Vereinfachen: zur Remise.

Die Remise war leer. Keine Soldaten, keine Pferdeknechte. Und kein Karren. Darüber geriet er in Wut, aber es kam keineswegs unerwartet. Tatsächlich hatte er bereits einen Ausweichplan geschmiedet, ehe er die Tür aufstieß. Laut diesem wollte er durch den Hinterausgang der Remise auf eine schmale Gasse gehen, wo ein Heuladen war, von dem aus man direkt in die Ställe gelangte, ein Pferd nehmen und über den Hof davonreiten. Danach blieb noch das Problem, ob die Soldaten das Haupttor geschlossen hatten oder nicht. In diesem Fall müsste er das Pferd vergessen und irgendwo über die Mauer klettern. Er suchte in seiner Erinnerung nach einer geeigneten Stelle, während er einen kräftigen grauen Wallach sattelte, den er ausgesucht hatte. Ihm fiel ein ideal geeignetes geflochtenes Tor in der hinteren Mauer des Turmhofs ein, doch da war er bereits durch das offene Haupttor hindurch, und all seine Überlegungen waren überflüssig. *So ist es immer,* dachte er. *Gerade wenn ich alle Möglichkeiten bedacht habe, kommt eine Glückssträhne, und die ganze Mühe war umsonst.*

Die Straßen waren beängstigend ruhig. Er fragte sich, ob es in Sansory eine Ausgangssperre gäbe. Seine Grundstrategie war gewesen, innerhalb von wenigen Sekunden in der Menge unterzutauchen und sich unsichtbar zu machen, sobald er sich außerhalb der Herberge befand. Doch jetzt empfand er den Hufschlag seines gestohlenen Pferdes als das lauteste Geräusch seit der Erschaffung der Welt.

Wieder eine Entscheidung: das Pferd zurücklassen und langsam, aber unauffällig zum nächsten Tor marschieren oder sich auf die Geschwindigkeit verlassen, trotz des Lärms. Man musste ihm nicht sagen, dass er keine intelligente Entscheidung treffen konnte, ohne die lebenswichtige Tatsache zu kennen: ob die Stadttore nachts geschlossen wurden – und wenn ja, wann.

Gesunder Menschenverstand, dachte er. Warum Tore haben, wenn man sie nachts nicht schloss? Weiterhin wäre es eine Schande, den gleichen Fehler zwei Mal zu machen und die anstehenden Probleme nicht zu überdenken und sich nur mit den unmittelbar vor einem liegenden zu befassen, in diesem Fall die Flucht aus der Stadt. Zu Fuß war er auf der Nordstraße oder nach Westen am Ufer entlang schutzlos. Mit einem Pferd hatte er die geringe Chance, den

Verfolgern zu entkommen. Wenn er irgendwo ein stilles Fleckchen fand, wo er sich bis zum Morgen verstecken konnte, müsste er das Pferd nicht aufgeben. Aber wenn der Feind nicht dumm war oder es eilig hatte, würde er doch mit Sicherheit die Tore bewachen, oder? Das war selbstverständlich irrelevant, wenn diese bereits geschlossen waren. Von allen Seiten stürmten Komplikationen auf ihn ein und rankten sich um ihn wie Efeu. An die Geschehnisse des heutigen Tages wollte er gar nicht zurückdenken.

Links sah er etwas Vielversprechendes. Eine leere Remise. Die offenen Türen waren so breit, dass er hindurchreiten konnte, ohne mit den Knien anzustoßen. Das deutete er als ein Zeichen, dass er sich hier verstecken und auf den Morgen warten sollte. Das passte ihm gut. Ihm wurde bewusst, dass er völlig erschöpft war.

Er nahm dem Pferd den Sattel ab und band es an einen Ring in der Wand. Dann schloss er die Tür und klemmte ein paar Bretter davor. Drinnen war es nicht völlig dunkel. Ein bisschen Mondlicht drang durch die Löcher im Dach, wo Schindeln fehlten. Er setzte sich an die Wand, streckte die Beine aus und schloss die Augen.

Wahrscheinlich war er erschöpfter, als er gedacht hatte, denn als Nächstes sah er über sich ein Wasserrad. Dreiecke blauen Himmels schienen durch die Lücken der Sprossen. Dahinter befand sich eine hohe braune Mauer aus sorgfältig behauenen Sandsteinquadern. Unten rauschte der Mühlbach durch einen dichten Filter aus Dornbüschen und Unkraut.

Neben dem Mühlrad stand ein hoher dünner Pfirsichbaum, auf dessen blattlosen Ästen – nicht überraschend – zwei Krähen hockten. Die eine hatte einen Zweig im Schnabel, einen ganz normalen Zweig. Die andere hielt einen goldenen Ring fest, hatte aber Mühe damit. Gleich darauf ließ sie den Ring ins dichte Gras am Fuß des Baums fallen.

Ah, dachte er, *Symbolismus. Aber dieser Traum gefällt mir besser als der vorige und der davor. Angenehmer.*

Dem Stand der Sonne nach zu urteilen war es Nachmittag. Das gelbe Licht, die kahlen Äste und die etwas kühle Luft wiesen auf Herbst hin. General Cronan setzte sich auf und suchte in der Ferne nach Bergen, die von Nebel (oder einer Wolkendecke oder Hitzeschlieren) verhüllt waren. Doch stattdessen sah er ringsum Bäume, welche die Hänge zu beiden Seiten des Flusses bedeckten, von dem der Mühlbach abgezweigt war. Wo Mühlbach und Fluss sich trafen, war ein beeindruckender Damm und eine Schleuse – er hatte keinen blassen Schimmer, wie diese funktionierte, aber es gehörten zwei Schrauben mit Eisenrädern und einem Haufen dicker Zähne dazu, alles von einer dicken schwarzen Fettschicht bedeckt. Ein Floß aus nassen braunen und roten Blättern trieb auf dem stillen Wasser des Teichs vor dem Damm und bestätigte seine früheren Beobachtungen bezüglich der Jahreszeit.

Er ging zum Teich und betrachtete sein Spiegelbild. (Es ist schon wieder er, dachte er, als die Krähen verärgert die Flügel ausbreiteten und vom Pfirsichbaum fortflogen. Dann erinnerte er sich, dass er beim letzten Mal der junge dumme Edelmann, namens Tazencius, gewesen war, der versucht hatte, den Mann zu töten, dessen Gesicht er jetzt im Wasser sah.) Er fand die Narbe, die dicht über der Haarlinie begann und sich seitlich bis zum linken Ohr hinzog. Gar nicht so schlimm, trotz des beängstigenden Blutverlusts. Offenbar hatte er sich wegen des Helms geirrt, er hatte seinen Zweck gar nicht so schlecht erfüllt.

Ein einziger Blutstropfen rollte über seine Braue, fiel ins Wasser und löste sich zu einer kleinen braunen geäderten Wolke auf. Gedankenverloren wischte er sich mit dem Daumen den Rest Blut von der Stirn und ordnete die Wunde als weniger bedeutend auf seiner Prioritätenskala ein. Er wandte seine Gedanken lieber wichtigeren Problemen zu. Die Schlacht, das Schicksal des Imperiums, die Zukunft der Zivilisation – alles dies geschah dort drüben im Wald, ohne dass er ein Auge darauf haben konnte. Das war schlimm.

Aber diesmal wollte er nicht zurückgehen und weitermachen. Es gab ihm zu denken, dass ein verzweifelter Nahkampf mit einem größeren jüngeren Feind, den er nur mit knapper Not überlebt hatte, für ihn lediglich eine ärgerliche Ablenkung von seiner Arbeit war, eine unangenehme Zeitverschwendung ... Gewiss konnten sie ihn eine Viertelstunde entbehren, bis er sich ein wenig ausgeruht und einen Schluck Wasser getrunken hatte – und nicht mehr blutete.

Er lächelte. Nein, das war unwahrscheinlich. Er schaute zum Wald und versuchte sich an den Weg zu erinnern, den er gekommen war. (Er hatte nicht aufgepasst, weil ihn der Feind verfolgt hatte. Eine lahme Entschuldigung, nicht viel besser als *der Hund hat meine Hausaufgaben gefressen*, aber die beste, die ihm momentan einfiel.) Dann sah er in dem Dornengebüsch eine Bresche, durch die er gestürmt war. In erschöpftem Zustand erneut hindurchzugehen war keine schöne Aussicht, aber er kannte seinen Orientierungssinn zu gut, um ihm zu trauen. Wenn er nicht genau seine Schritte zurückverfolgte, würde er sich hoffnungslos verirren. Aber der Gedanke, vor einem göttlichen Tribunal zu stehen und den unsterblichen Göttern erklären zu müssen, dass er nicht da war, um das Imperium zu retten, weil er im Wald falsch abgebogen war, war noch unangenehmer als die Dornenhecke.

Er nahm sein Schwert auf, musste aber feststellen, dass die Klinge tiefe Scharten hatte – unbrauchbar. Er ließ es liegen und ging zum Leichnam seines Feindes. Er rollte diesen mit dem Fuß auf den Bauch. Der Mann war eindeutig tot. Er bestand praktisch aus zwei Teilen. Doch wo war sein Schwert?

Nach einer frustrierenden Suche fand Cronan endlich das Schwert gute fünf Meter weiter, inmitten eines tiefen Brennnesselbetts. Er konnte es mit der Fußspitze herausholen, wobei wertvolle Zeit verloren ging. Dann hob er es auf. Zum ersten Mal hielt er eine dieser beinahe mythischen Waffen in der Hand, die Säbel der gefürchteten Freibeuter. Er hatte erwartet, dass das Krummschwert ungemein schwer sei, aber dem war nicht so. Es war leichter als sein von der Regierung ausgegebenes Schwert, mit dem er seit zwanzig Jahren lang jeden Tag geübt hatte. Das überraschte ihn, und er nahm sich die Zeit, es kritisch und objektiv zu mustern, als einen Ausrüstungsgegenstand, nicht als eine Ikone der drohenden Apokalypse.

Die Waffe war so lang wie sein Arm, von der Schulter bis zum ausgestreckten Mittelfinger gerechnet, allerdings beanspruchte der beidhändige Griff, der von nach innen gebogenen Parierstangen geschützt wurde, fast ein Drittel der Gesamtlänge. Die Klinge verlief in einer Kurve nach vorn und dann nach unten, wodurch das Schwert aussah, als befände sich die falsche Seite oben. Doch dann schlängelte sie sich zurück, eine Fingerlänge unterhalb der Spitze, um einen Schwanenhals zu bilden. Darunter wurde die Klinge in der inneren Kurve breiter und endete in einem dünnen flachen Abschnitt, ungefähr eine Handfläche breit. Die Klinge sah aus wie ein springender Delphin. Entlang des Profils der Klinge gab es eine breite Rille, die Hohlkehle, welche die Waffe leichter machte, ohne die Schlagkraft zu mindern. Als Geübter im Zerteilen menschlicher Körper, konnte Cronan sehen, dass es schlichtweg das perfekteste Instrument war, das je gemacht worden war, um Fleisch und Knochen zu durchtrennen. Jede Veränderung würde unabdinglich die Perfektion zunichte machen. Damit war es ein wirklich Angst einflößender Gegenstand, der Beweis, dass die Menschen, die ihn gemacht hatten, nicht nur groß, sehr stark und gewalttätig waren. Mit letzteren Eigenschaften konnte man leicht mit existierenden Methoden fertig werden. Nein, sie waren auch intelligent und gründlich. Also Grund genug, um sich ernste Sorgen zu machen.

Fürs Erste hatte er jedenfalls eine Waffe, mit der er, wenn nötig, kämpfen konnte, ganz zu schweigen davon, dass sie ein unerwarteter, aber wertvoller Verbündeter im Kampf gegen die Dornen war. Die Ruhe hatte ihm auch gut getan. Jetzt musste er nur noch herausfinden, wohin der Krieg gewandert war, dann war er wieder im Zeitplan.

Im Wald war es dunkel, feucht und verwirrend. Eine Zeit lang kam er recht gut voran. Er bahnte sich einen Weg durchs Dornengestrüpp, kletterte über gefallene Bäume und duckte sich bei niedrig hängenden Ästen. Doch je weiter er ging, desto weniger vertraut kam ihm alles vor. Schließlich musste er sich eingestehen, dass er sich trotz ehrlichen Bemühens hoffnungslos verirrt hatte und jeder Schritt ihn weiter vom Ziel entfernte. Er blieb stehen und entspannte sich. Dabei fiel ihm zum ersten Mal auf, wie schwer und verkrampft seine Beine geworden waren. Er suchte nach irgendeinem Markierungspunkt.

Doch Cronan kam aus der Provinz Thurm, wo Bäume die Straßen säumten und die Äste feinsäuberlich beschnitten waren. Er hatte nie gelernt, sie zu unterscheiden. Er versuchte sich an Einzelheiten auf dem Weg zu erinnern, den er zu der Lichtung mit der Mühle genommen hatte. An einer Stelle war der Boden weich und schwammig unter der Laubdecke gewesen. Hier war er fest. Schwammiger Boden ließ auf die Nähe eines Flusses oder zumindest eines Tals zwischen zwei Bergen schließen. Aber hier war es eben, und das Gelände stieg nur langsam an. Eigentlich war hier alles anders. Er hatte das Gefühl, als sei er aus einer Geschichte in eine andere gewandert, ohne es zu merken. Er hatte nicht die geringste Ahnung, wo er sich befand oder wo Norden war oder wie weit er vom rechten Weg abgekommen war. Und die ganze Zeit über gingen der Krieg und die Historie ohne ihn weiter. Nur wenige hundert Meter rechts oder links von ihm konnten sich Katastrophen ereignen (diese würden ihm für immer angelastet), ohne dass er das Kommando oder die Verantwortung übernehmen konnte. Er hatte das Gefühl, als hätte ihn ein Gott hochgehoben und in eine Schachtel gesteckt. Seit langer Zeit hatte General Cronan wieder Angst.

Das durfte nicht sein, nicht einmal einen Moment lang. Durch einen Wald gehen ist eine leichte Übung, redete er sich ein. Die Leute taten es ständig. Holzfäller und Wilderer und viele Menschen mit weit weniger Verstand als er. Wahrscheinlich war er nicht weiter als ein paar hundert Schritte von der Lichtung entfernt. Vielleicht war es vernünftig, zurückzugehen und von neuem zu beginnen. Das wäre zumindest eine logische Handlung, anstatt ziellos umherzuirren.

Er drehte um, musste jedoch bald erneut stehen bleiben und sich eingestehen, dass er sich jetzt wieder an einem völlig unbekannten Ort befand, in einem Stechpalmendickicht an einem trockenen felsigen Abhang. Die Stechpalmen standen so dicht beisammen, dass er sich nicht hindurchzwängen konnte. »Na, das wollen wir doch mal sehen«, sagte er laut und bahnte sich einen Weg mit dem Krummsäbel. Dank der außergewöhnlichen Klinge hatte er einen nahezu sechs Meter langen Pfad gehauen, ehe seine Kräfte ihn verließen.

Selbstverständlich blieb ihm wieder die Möglichkeit, seine Schritte zurückzuverfolgen. Diesmal schaffte er es bis zur Lichtung, allerdings betrat er sie aus einem unerfindlichem Grund von der anderen Seite. Er sah das Vordertor der Mühle. Das beunruhigte ihn, ebenso die Tatsache, dass der Mann, den er getötet hatte, nicht mehr da war.

Er suchte, bis er im Gras einen Blutflecken fand und sein Schwert. Im weichen Boden neben dem Mühlbach waren Fußabdrücke, die nicht zu seinen Stiefeln passten. Er setzte sich unter den Pfirsichbaum und dachte über die Bedeutung von alledem nach, vor allem, welche Bedeutung es für seine jüngste Idee war, hier zu bleiben und zu warten, bis jemand ihn holen kam. Auf dem Rückmarsch von den Stechpalmen war ihm diese Idee sehr vernünftig vorgekommen. Andererseits, falls die Männer, die während seiner Abwesenheit hier gewesen waren, die Leiche geborgen hatten, waren sie höchstwahrscheinlich Feinde, und, wenn sie einmal hier gewesen waren, konnten sie leicht wiederkommen. Es war eines dieser verzwickten Probleme. Je länger man darüber nachdachte, desto schwieriger wurde es. Er hasste diese Probleme.

Als er die Situation rational überdachte, wurde ihm klar, dass er keine andere Wahl hatte. Er musste zurück in den Wald und seine Leute, den Krieg und sein Leben so schnell wie möglich finden. Doch unerklärlicherweise vermochte er nicht aufzustehen, teilweise, weil es hier so still und friedlich war und weil es keinerlei Anstrengung bedurfte, einfach hier zu bleiben. Selbstverständlich konnte er nicht ewig hier bleiben. Früher oder später musste er etwas essen, außerdem hatte er Verpflichtungen, denen er sich keinen Moment lang entziehen durfte. Wenn er nur irgendeine Garantie hätte, dass er sich im Wald nicht wieder hoffnungslos verirren und immer und immer wieder hierher zurückkommen würde. Da er diese nicht hatte, musste er hier bleiben. Ihm blieb keine andere Wahl. Und selbst die Vorstellung, dass eine große Schar Feinde aus dem Gebüsch stürzte, jagte ihm keine große Angst ein, denn wenn versprengte Soldaten am Rand der Schlacht umherwanderten, konnte er ihnen im Wald ebenso gut begegnen, und wenn er hier blieb, bestand die Chance, dass er sie hörte, ehe sie ihn sahen. Dann blieb ihm Zeit, sich zu verstecken oder sich zurückzuziehen.

Vielleicht war die Schlacht inzwischen vorüber. Vielleicht. Vom Ausgang der Schlacht hing es ab, ob auch der Krieg vorüber war. Falls der Feind gesiegt hatte, dann wäre das Imperium, die Zivilisation und die Welt, wie er sie kannte, ebenfalls vorüber. Dann wäre es eine äußerst kluge Entscheidung, hier zu bleiben und zu lernen, wie man Hasen mit der Schlinge fängt, und die Mühle zu reparieren. Vielleicht war er hier aufgrund des direkten Eingreifens des Gottes Poldarn gelandet, und dieser hatte sich die große Mühe gemacht, den Wald umzubauen, um ihn davon abzuhalten fortzugehen. Wie alle zu Hause wussten, wirkte Poldarn auf so mysteriöse Art und Weise, dass die Menschen in Thurm aufgehört hatten, diese zu ergründen. Sie ließen den Gott einfach gewähren. Wenn der Gott ihn hierher gebracht, ihm die Verantwortung und Bürde seines früheren Lebens abgenommen hatte, dann wäre es Gotteslästerung, den Schatten des Baumes zu verlassen. War es nicht möglich – dieser Gedanke war ihm bis jetzt noch nicht gekommen –, dass die Krähe, die über seinem Kopf auf dem Ast saß, Poldarn war, der von seinem Hochsitz aus die Ereignisse wie ein

General auf dem Schlachtfeld dirigierte? Vielleicht hatten diese Gedanken (und die Übelkeit und der Schwindel) etwas mit dem Schlag auf den Kopf zu tun, den der Tote ihm verpasst hatte – der Tote, der jetzt nicht mehr da war. Selbst Tote können diese Lichtung verlassen, weshalb dann nicht auch ich?

Er schlief ein (*und träumte er in diesem Schlaf,* so fragte er sich, *von einem Mann, der sich in Sansory in einer Remise versteckte*?). Als er aufwachte, stand ein Dutzend Männer da und beobachtete ihn. Einer kniete mit besorgtem Gesicht neben ihm. Einen Moment lang wusste er nicht, wer oder wo er war.

»Cronan? Alles in Ordnung? Was zum Teufel ist geschehen?«

Dann erinnerte er sich. Die Rückkehr seines Gedächtnisses war, als käme die Familie von einem Jahrmarkt zurück, machte Feuer im Herd und setzte sich zum Abendessen an einen Tisch. »Ich glaube schon. Wer hat gesiegt?«

Der Mann – er hieß Feron Amathy und war ein Verbündeter, kein Untergebener – grinste ihn an. »Wir natürlich. Haben sie total niedergemacht. Ungefähr eine Meile jenseits des Fjords haben wir Allectus eingeholt. Er wartet auf dich im Lager – na ja, zumindest sein Kopf. Mach ein fröhliches Gesicht, du elender Schweinehund. Du hast gerade das Imperium gerettet. Wieder mal.«

»Habe ich das?«, meinte Cronan. »Wie schön.« Dann musste er sich übergeben, alles über Feron Amathys Kettenhemd …

Er wachte auf. Es war stockdunkel, und er hatte keine Ahnung, wo er sich befand. Rätselhafterweise hatte er das Gefühl, vor kurzem durch einen Wald gewandert zu sein, aber das war offensichtlicher Blödsinn, denn er lag auf Steinplatten, und es roch nach Pferdedung. Dann erinnerte er sich. Er befand sich in einer Remise …

Kapitel 8

Das Pferd hatte ihm einen Gefallen erwiesen. Es wurde schon hell. Als er die Tür einen Spalt öffnete und hindurchlugte, sah er Menschen auf der Straße, und Karren, Wagen und Schubkarren behinderten den Verkehr. Wo immer er heute hinreiten wollte, es würde lange dauern. Es waren zu viele Menschen da, um eine blitzschnelle Flucht zu ermöglichen.

Er sattelte und führte das Pferd auf die Straße. Die aufgehende Sonne verriet ihm netterweise, wo Osten war. Er beschloss diese Richtung zu wählen, aber unglücklicherweise verlief die enge Straße von Nord nach Süd, und er konnte sich auf Anhieb nicht erinnern, aus welcher Richtung er gestern gekommen war. Auf keinen Fall wollte er zurück in die Nähe vom Wohlfahrt und Sorgfalt. Der Verkehr auf der Straße bewegte sich hauptsächlich in Richtung Süden. Um diese Tageszeit wollten die Menschen wahrscheinlich ins Stadtzentrum. Von dort müsste er die große Straße nach Osten finden. Wenn der Feind auch nur geringes Interesse an ihm hatte und wenn sie wussten, wie er aussah (er hatte keine Ahnung, ob das der Fall war), würden sie bestimmt die Stadttore und die Märkte beobachten. Andererseits, falls Cleapho und seine Männer seine Freunde waren und falls diese Verstärkung geholt hatten, würden diese auch nach ihm Ausschau halten.

Offensichtlich will ich nicht gefangen werden. Vielleicht will ich aber auch nicht gerettet werden. Je mehr winzige Teilchen seiner Vergangenheit er zusammentrug, desto weniger fand er Gefallen daran. Darüber dachte er nach, als er durch die Straßen dem Hauptstrom folgte. Er dachte an die Götter, deren Bilder er an den Wänden des Refektoriums gesehen hatte. Vielleicht hatte sich einer davon seiner erbarmt und ihn seinen Feinden entrissen und seine Vergangenheit übermalt und ein Fenster in seine Zukunft geschlagen. Vielleicht sollte er das als Hinweis nehmen.

Möglicherweise war es das Risiko nicht wert, jetzt die Stadt zu verlassen. Das vereinfachte die Dinge. Er ging lange auf der großen Straße weiter, bis er links einen großen offenen Ring sah. Männer und Pferde drängten sich dort, Geld wechselte die Besitzer. Das brachte ihn auf eine Idee.

Das Pferd war zwar gestohlen, aber auf einem Markt in einer so großen Stadt gab es bestimmt viele Menschen, die sich auf gestohlene Pferde spezialisiert hatten. Er schlenderte eine Zeit lang am Ring umher, beobachtete Gesichter, belauschte Verkaufsgespräche, bis er den Richtigen gefunden hatte.

»Ich möchte mein Pferd verkaufen«, sagte er.

Der Mann musterte ihn, dann das Pferd und rieb sich das Kinn. »Hm, weiß nicht so recht. Wie viel willst du denn dafür haben?«

Poldarn lächelte. »Mach mir ein Angebot.«

Der Mann runzelte die Stirn und rief, ohne sich umzudrehen: »Acka!« Wenige Sekunden später noch mal.

Acka war der Name einer Frau, seiner Frau oder Mutter. Sie hatte sich mit einer anderen Frau unterhalten. Jetzt kam sie her und musterte ihn mit finsterem Blick. »Was willst du?«, fragte sie.

»Der Mann will sein Pferd verkaufen.«

Acka zuckte mit den Schultern, als wollte sie sagen: Was kannst du von so einem schon erwarten? Sie betrachtete kurz das Pferd und fragte: »Wie viel?«

»Will er nicht sagen. Ich soll ihm ein Angebot machen.«

Acka rieb sich eine wunde Stelle am Ohr. »Ich weiß nicht«, sagte sie. »Wir haben ohnehin zu viel ausgegeben.« Dann ging sie mehrmals um das Pferd herum und machte ein trauriges Gesicht. »Wenn es ein Schecke wäre«, meinte sie. »Dann wäre es eine andere Sache. Der Mann von der Kavallerie war gestern wieder hier und wollte Schecken. Ich bin nicht sicher. Es kommt drauf an, was er dafür will.«

»Macht mir ein Angebot«, wiederholte Poldarn.

Die Frau hob einen Huf hoch und betrachtete ihn eingehend. »Muss beschlagen werden«, meinte sie. »Kostet alles Geld. Sag ihm, wir können nicht über dreißig gehen.«

Aufgrund seiner Beobachtungen auf dem Markt, waren dreißig nicht schlecht. »Fünfunddreißig«, sagte er. »Und Sattel und Zaumzeug behalte ich.«

Der Mann schaute Acka an. Sie schüttelte den Kopf. »Fünfunddreißig für alles«, erklärte sie. »Und damit tun wir uns keinen Gefallen. Der Gurt ist fast durchgescheuert, schau, und das Zaumzeug ist auch nichts wert.«

Poldarn nickte. »Abgemacht«, sagte er und streckte die Hand nach dem Geld aus. »Ihr seid ein geiziges Pack in dieser Gegend.«

Acka holte aus der Schürzentasche sieben Silbermünzen. »Solltest dich glücklich schätzen, statt zu klagen«, sagte sie und nahm die Zügel fest in die Hand. »Wir haben Glück, wenn wir unser Geld noch in diesem Monat zurückkriegen.«

Poldarn nahm das Geld, nickte höflich und ging fort. Er war sich nicht sicher, wie viel fünfunddreißig Silbertaler waren, aber es war mehr, als er am gestrigen Abend gehabt hatte. Außerdem hatte er sich eines möglicherweise belastenden Beweisstücks entledigt – und das, ohne jemanden zu töten oder auch nur Blut zu vergießen. Schon jetzt fand er sein neues Leben viel angenehmer als sein altes.

Als Nächstes musste er untertauchen oder zumindest die Straßen verlassen, wo die Gefahr bestand, seinen Freunden oder Feinden zu begegnen. Wo ein Viehmarkt ist, gibt es immer mindestens eine Schänke oder Herberge. In Sansory hieß diese »Integrität und Ehre«. Bauern waren darinnen und Rosshändler und ähnliche Menschen mit lauten Stimmen. Er kaufte sich für vier Vierteltaler einen Krug Bier, etwas Käse und Brot, suchte sich eine stille Ecke auf einer Bank, mit genügend Platz, dass eine Krähe darauf sitzen konnte, und nahm Platz.

Die Männer neben ihm unterhielten sich über irgendeinen Krieg. Der eine war klein, dünn und hatte sehr knochige Handgelenke. Er sagte, General Cronan hätte Allectus und General Taino geschlagen, und wenn jemand die Freibeuter besiegen könne, dann er. Der alte Mann rechts von ihm widersprach. Für einen aus dem Süden sei Cronan nicht übel, aber niemand könne die Freibeuter besiegen. Allectus wäre vielleicht dazu imstande gewesen, wenn er sich auf die Seite des Bösen geschlagen hätte. Er hatte die nötige Fantasie, im Gegensatz zu den anderen. Cronan verfügte – nach Meinung des Alten – nicht über die nötige Fantasie, und die Freibeuter würden ihn in Stücke hauen und an ihre Kinder verfüttern.

Ein rundgesichtiger Mann mit kurzem Bart und einem neu aussehenden wollenen Hemd, meinte, Cronan wäre doch imstande, die Freibeuter zu besiegen, wenn er je die Chance dazu bekäme, doch das sei höchst unwahrscheinlich. Nach zwei größeren Siegen, bei dem Vertrauen und der Loyalität, das er in der Armee hatte und bei seiner Beliebtheit beim Volk wäre es ein viel zu großes Risiko, ihn in die Provinzen zu entsenden. Selbst wenn er nicht beabsichtigte, sich des Throns zu bemächtigen, würde ihm das niemand glauben. Nach Meinung des Manns im blauen Hemd waren Cronans Tage seit seinem Sieg über General Taino gezählt.

Der Dünne und etliche andere Anwesende pflichteten ihm bei, sogar der Alte nickte mehrmals. Es sei eine Tragödie, fuhr der Mann mit dem blauen Hemd fort, aber beim jetzigen Zustand des Imperiums sei es unausweichlich. Falls jetzt irgendeiner gegen die Freibeuter vorgehen würde, wäre der Einzige, der eine Chance hätte, sie zu besiegen, Feron Amathy.

Offenbar hatte der im blauen Hemd etwas geäußert, was den anderen nicht passte. Der Alte schüttelte mit finsterer Miene den Kopf. Einer, den Poldarn nicht sehen konnte, nannte Feron Amathy einen Bastard und noch ein paar Dinge, die Poldarn nicht verstand. Keiner widersprach ihm, jedenfalls nicht in der Öffentlichkeit. Der im blauen Hemd hielt die Hände hoch. Na schön, meinte er, er verstünde ja ihre Gefühle und teile sie auch weitgehend. Nein, selbstverständlich billige er nicht die Dinge, welche das Haus Amathy im Laufe der Jahre getan hatte, das würde niemand mit klarem Verstand. Aber Tatsache war: Feron Amathy war ein Söldner, ein übler Banditenführer und Massenmörder, aber auch ein erstklassiger Soldat, und seit das Imperium seine besten Soldaten einsperrte oder dafür sorgte, dass sie Unfällen zum Opfer fielen, war keiner mehr übrig, der in Frage kam. Nachdem sich sein Publikum wieder beruhigt hatte, fuhr er fort. Außerdem bräuchte man zur Bekämpfung der Freibeuter keinen ordentlichen anständigen Kerl, der sich an die Regeln des Kriegs hält, sondern einen üblen gemeinen Mistkerl. Und diese Beschreibung passte auf niemanden besser als auf Feron Amathy. Nach einer kurzen Pause fügte er hinzu: Selbstverständlich stünde es auf einem ganz anderen Blatt, ob man unter einem Haus Amathy besser leben könnte als mit den Freibeutern. Der einzige Hoffnungsstrahl in der düsteren Gegenwart sei, dass Feron, falls er siegreich wäre, sein Hauptaugenmerk auf die reichen Städte jenseits der Bucht richten würde. Und mit ein bisschen Glück, würde er sich dann verziehen und die nördlichen Provinzen in Ruhe lassen.

Der Alte wies darauf hin, das Feron Amathy ein bösartiger Mörder sei. Außerdem hätte er aus sicherer Quelle erfahren, dass eine Reihe der Brandstiftungen und Massenmorde, welche man den Freibeutern in die Schuhe schob, das Werk des Hauses Amathy sei, das ohne Skrupel Frauen und Kinder abschlachte, um keine Zeugen zu hinterlassen. Ein junger Mann mit großen Ohren meinte, er bezweifle das, aber Feron Amathy sei auf alle Fälle ein ganz übler Bursche und ihm die Sicherheit der Provinz anzuvertrauen wäre so, als würde man einen Fuchs als Wächter eines Hühnerstalls einsetzen. Der Mann im blauen Hemd meinte, er würde Feron alles Schlechte zutrauen, und alle Söldnerbanden wären gleich schlimm, allerdings sei das Haus Amathy wohl am schlimmsten. Wer aber sollte die Freibeuter bekämpfen, wenn man die Söldner und die kaiserliche Armee ablehnte?

Betretenes Schweigen folgte. Dann sagte der Alte, Feron Amathy sei schuld an Allectus' Tod, da er mitten in der Schlacht die Seite gewechselt hatte, allerdings sei nicht ausgeschlossen, dass er das nicht vorher mit Cronan abgesprochen hatte. Der Tod von Allectus war eine Tragödie für das Imperium – niemand hatte je beweisen können, dass er sich des Thrones hatte bemächtigen wollen, und selbst wenn, hätte er seine Sache viel besser gemacht als der Schwachkopf, der jetzt regierte. Allectus hätte weder vor den Freibeutern noch den Söldnern oder irgendjemandem Angst gehabt, behauptete er.

Ein Hüne in rußgeschwärzter Lederschürze hustete nervös und warf in die Debatte, dass die Freibeuter ein von den Göttern entsandtes Strafgericht für das Imperium seien. Diese Meinung erstickte das Gespräch für geraume Zeit. Die Männer überlegten angestrengt, ob sie den Hünen ignorieren oder ihm widersprechen sollten. Ehe sie eine Entscheidung trafen, fuhr der nervöse Mann fort. Es sei ja schön und gut, wenn alle darüber lachten und es für Ammenmärchen hielten, aber was sei mit dem Gott in dem Karren, der in dem Dorf erschienen war und den Fall von Josequin vorhergesagt hätte – genau das, was auch geschehen war?

Der Mann im blauen Hemd hielt das für puren Zufall, nichts weiter. Der Nervöse pflichtete ihm nicht bei. Der Gott hatte nicht nur die Zerstörung der Stadt vorhergesagt, sondern auch Kranke geheilt und Tote wieder zum Leben erweckt. Und wenn sie ihm nicht glaubten, sollten sie Bigal, den Viehtreiber, fragen. Dessen Neffe war zwei Wochen später in das Dorf gekommen und hatte alles von den Dorfbewohnern gehört.

Offensichtlich hielten etliche Bigal den Viehtreiber für glaubwürdig, denn sie blickten nachdenklich drein und schwiegen. Nur der Mann mit dem blauen Hemd schüttelte den Kopf und lachte kurz auf. Zufälligerweise hätte einer seiner Nachbarn, ein Fuhrmann, diesen Gott nicht ein Mal, sondern zwei Mal gesehen, meinte er. Ein Mal außerhalb von Josequin und sechs Wochen vorher in einer Stadt, an deren Namen er sich nicht mehr erinnerte, jenseits des Mahec. Und eigenartigerweise hätte der Gott im Dorf ganz anders als der ausgesehen, den er im Norden getroffen hatte. Demnach müsse einer der beiden ein Schwindler sein. Und nach Meinung des Manns im blauen Hemd dürfte der es sein, der den Untergang der Stadt vorausgesagt hatte. Außerdem hatte der falsche Gott nicht alle Kranken geheilt oder Tote wieder erweckt. Laut seines Nachbarn waren es nur ein paar Tote und höchstens ein Dutzend Kranke gewesen, und die Familien hatten die Priesterin großzügig bezahlt.

Der nervöse Mann schaute geschockt und traurig drein und sagte nichts mehr. Auch die Übrigen schwiegen. Ihre angeborene Skepsis kämpfte gegen die unbestrittene Autorität Bigals des Viehtreibers. Nach einer Zeit stand der Mann mit den knochigen Handgelenken auf und meinte, er müsse Geld verdienen, auch wenn der Rest das wohl nicht nötig hätte, und falls Perico sich für eine Stunde von seinen Spekulationen über die Götter und das Ende der Welt lösen könnte, hätte er eine schwarze Stute, die beschlagen werden müsste. Schließlich hätte er ihm das für heute zugesagt. Der nervöse Mann nickte schuldbewusst und ging mit ihm fort. Der Mann im blauen Hemd trank aus und ging ebenfalls. Nicht lange danach saß Poldarn allein auf der Bank.

Ohne die Ablenkung durch die Gespräche dachte Poldarn an Copis, allerdings war er dabei nicht glücklich. Er konnte ihr keinen Vorwurf machen, dass sie sofort weggelaufen war, als sie Ärger roch – sie hatte absolut Recht gehabt, und sie hatte ihn sogar noch eindrücklich gewarnt. Er hatte ihr nicht getraut und ihr deshalb nicht von dem Klumpen geschmolzenen Goldes hinten im Karren erzählt. Jetzt tat es ihm Leid, dass sie weg war, und noch dazu so überhastet. Wenn sie sich schon trennen mussten, hätte er gern ein paar Minuten gehabt, um ihr zu danken, da sie ihm ja das Leben gerettet hatte. Und trotz aller Probleme, die er ihr gemacht hatte, hatte sie ihn nie im Stich gelassen. Sie war der einzige Freund, den er hatte, aber er musste zugeben, dass sie ohne ihn sicherer war, wenn man an sein Talent dachte, in Schwierigkeiten zu geraten, wie eine frische Honigwabe Wespen anzieht. Allerdings empfand er es als wohltuend, nicht mehr den Gott spielen zu müssen. Dieses Experiment wollte er nicht so schnell wiederholen.

Die Schänke war inzwischen fast leer. Ein Mann, der allein saß, nachdem alle anderen gegangen waren, wirkte mit Sicherheit verdächtig. Es war an der Zeit, dass er auch ging.

Jetzt ging er am Viehmarkt vorbei ins Stadtzentrum. Auf den Straßen tummelten sich noch mehr Menschen als zuvor. Alle schienen ein Ziel zu haben. Er ließ sich mit der Menge treiben und gelangte auf den Hauptplatz der Stadt.

Nach einer Weile kam er nicht mehr weiter. Deshalb kletterte er auf einen steinernen Löwen und stand dort wie auf einem Stein inmitten eines Flusses und versuchte herauszufinden, was geschah.

Das zentrale Drittel des Platzes war mit Pfosten und Balken in eine Reihe von Boxen aufgeteilt, ähnlich den Pferchen auf dem Viehmarkt. Aber hier waren Männer und Frauen gefangen. Zwischen Seilen konnte man darum herumgehen. Dort schlenderten Leute, die gelegentlich stehen blieben, um die Menschen in den Pferchen näher zu betrachten. Ab und zu schrie oder winkte einer, um Aufmerksamkeit zu erregen. Poldarn sah, wie ein Mann, der längere Zeit mit einem Mann außerhalb des Pferchs geredet hatte, über die Balken kletterte und dem Mann folgte. Sofort wollten drei andere Männer in den Pferch steigen, aber sie wurden von zwei finster dreinschauenden Burschen mit langen Stöcken zurückgetrieben.

Das war so eigenartig, dass er jemanden fragen musste. Lange musste er nicht warten. Ein junger Mann, ungefähr neunzehn, sprang neben ihn auf den Löwenrücken. Dabei verletzte er sich am Schienbein. Poldarn fragte ihn, was da los wäre.

Der junge Mann verstand die Frage nicht.

»Siehst du, ich bin neu in der Stadt«, sagte Poldarn. »Ich komme aus Thurm.« (Diesen Namen hatte er gerade noch rechtzeitig aus den Tiefen seines Gehirns heraufgeholt.) »Bei uns gibt es so was nicht.«

»Wirklich?« Offenbar hatte der junge Mann Schwierigkeiten, das zu glauben. »Aber wie findet ihr dann Arbeit, wenn es keine Mietmärkte gibt?«

Aha, dachte Poldarn. *Richtig.* »Doch, doch, wir haben auch so was, aber wir machen es anders.«

»Oh«, meinte der junge Mann und rieb sich das Schienbein. Inzwischen waren noch zwei Männer aus den Pferchen geholt worden. Ungefähr ein Dutzend wollte ihren Platz einnehmen, wurde aber mit Stöcken zurückgescheucht. Poldarn gewann den Eindruck, dass es in Sansory viel mehr Menschen gab, die Arbeit brauchten, als es Arbeit gab. Er erinnerte sich, dass Copis ihm gesagt hatte, die Stadt sei die Endstation. Was für ein deprimierender Gedanke.

Trotzdem musste er bald seinen Lebensunterhalt verdienen, und wenn man hier so an Arbeit kam, sollte er sich einreihen. Doch zuvor wollte er sich noch umsehen. Ziemlich schnell hatte er herausgefunden, dass jeder Pferch einen anderen Beruf repräsentierte. Da er keinen hatte, machte das die Arbeitssuche schwieriger. »Entschuldige«, sagte er.

Der junge Mann schaute ihn an.

»Tut mir Leid, dich noch mal zu belästigen, aber was macht man, wenn man keinen Beruf erlernt hat? Wo findet man dann jemanden, der einen einstellt?«

Der junge Mann grinste. »Kein Beruf? In deinem Alter? Das kannst du gleich vergessen.«

Poldarn runzelte die Stirn. »Vielleicht. Aber angenommen, ich bin verrückt genug, um es zu versuchen?«

»Wie du meinst«, antwortete der junge Mann. »Siehst du den großen Pferch da hinten? Dort musst du hingehen. Falls du dich jetzt anstellst, kommst du vielleicht mit viel Glück in den Pferch, wenn der Markt schließt.«

»Und wann ist das?«

»Übermorgen.«

»Fein«, sagte Poldarn. »Und welcher Beruf ist heutzutage am gefragtesten?«

Der junge Mann dachte kurz nach. »Schwere Frage. Wahrscheinlich Schreiber. Ich meine keine Kopierer, sondern Buchhalter, die rechnen und schreiben können.«

Das klang nicht aussichtsreich. Trotzdem fragte Poldarn, in welchem Pferch die Schreiber waren. Der junge Mann zeigte es ihm. Darin waren fast ebenso viele Menschen wie in den anderen Pferchen.

»Also, was sie zurzeit am dringendsten benötigen, sind Ausbilder – du weißt schon, für die Söldner. Aber die haben ihren eigenen Markt, am Monatsende. Und er ist nicht hier, sondern in Mael.«

»Das hilft mir nicht viel«, meinte Poldarn. »Und hier gibt es nichts Ähnliches?«

Der junge Mann schüttelte den Kopf. »Höchstens, wenn du als Leibwächter arbeiten willst. Da gibt es immer mehr offene Stellen als Idioten, die sie wollen. Aber das hat einen guten Grund.«

Poldarn hatte das Gefühl, dass der andere ihn auf

den Arm nehmen wollte, aber das war ihm egal. »Ach? Und welchen?«

»Weil sie natürlich getötet werden«, antwortete der junge Mann grinsend. »Man muss schon wahnsinnig oder verdammt verzweifelt sein, um sich auf das Spiel einzulassen.«

Poldarn nickte. »Ich schätze, da hast du Recht. Und wo kann ich mich melden?«

Dank der ziemlich klaren Wegbeschreibung des jungen Mannes war es leicht zu finden. Es war eine kleine Bude an der westlichen Ecke des Marktes. Ein paar traurig dreinblickende Typen saßen davor, drei Riesen lehnten in der Tür. Poldarn fragte, ob er eintreten dürfe. Sie rührten sich nicht. Er fragte noch mal. Ein Mann erklärte ihm, alle Stellen seien besetzt und er solle wieder gehen. Poldarn glaubte ihm nicht, da er in der Bude mehrere Männer in einer Schlange stehen sah, die darauf warteten, inspiziert zu werden. Als er die Männer an der Tür darauf hinwies, versuchte der eine, ihn beiseite zu schieben.

Kurz darauf kam ein Mann in einer langen prächtigen Robe aus der Bude. Er betrachtete die drei Riesen auf dem Boden, dann Poldarn.

»Du bist eingestellt«, sagte er.

»Danke.« Poldarn rieb sich den Ellbogen, den er sich an den Zähnen eines Gegners gestoßen hatte. »Wann fange ich an?«

»Sofort, wenn du willst«, antwortete der Mann. »Was haben sie dir getan?«

Poldarn zuckte mit den Schultern. »Sie wollten nicht, dass ich mich bewerbe.«

»Oh«, meinte der Mann. »Dann ist ihnen recht geschehen. Wie heißt du?«

»Poldarn.«

Der Mann hob eine Braue. »Interessant. Aus dem Süden?«

Poldarn nickte. »Aus der Provinz Thurm«, sagte er und hoffte, dass das kein großer Fehler war.

»Hab ich mir schon gedacht. Mein Vater pflegte immer zu sagen, dass in Thurm alle bösartige Psychopathen seien. Übrigens ich heiße Falx. Falx Roisin.«

»Freut mich, dich kennen zu lernen«, sagte Poldarn. »Darf ich fragen, welcher Arbeit du nachgehst?«

Falx grinste. »Du bist wirklich nicht aus dieser Gegend. Ich bin ein Fuhrmann.« Er lächelte. »Wie jeder andere Fuhrmann, allerdings hatte ich beim letzten Mal, als ich zählte, über hundert Karren. Plus sechshundert Pferde, ein Dutzend Lagerhäuser und mehr Schreiberlinge, als irgendjemand gebrauchen kann. Und ich werde nie verstehen, was sie den ganzen Tag lang tun. Die meisten Leute in Sansory kennen mich aus dem ein oder anderen Grund.«

»Verstehe«, sagte Poldarn. »Aber du brauchst einen Leibwächter.«

Falx nickte. »Na ja, so ähnlich. Ich brauche eher eine Art Feldwebel, wenn du weißt, was das ist. Hör zu, ich stehe nicht gern mitten in diesem Chaos. Mein Haus ist gleich da drüben. Komm mit, dann trinken wir etwas.«

Für einen Mann, dem so viele Karren und Pferde gehörten, war Falx Roisin ungemein freundlich. Das hätte Poldarn nie erwartet. Falx führte ihn zu einer engen Gasse und zu einem kleinen Hof, dann wieder durch eine Gasse, über eine Brücke durch einen Torbogen auf einen Hof, auf dem Karren so dicht beieinander standen, dass Poldarn sich seitwärts hindurchzwängen musste. Dahinter stand ein großes Gebäude aus rotem Backstein. Poldarn nahm an, dass es eines der Lagerhäuser war, von dem Falx geredet hatte. Doch drinnen sah er, dass er sich geirrt hatte.

Am verblüffendsten war die Farbe. Jeder Quadratzoll von Wand, Decke und Fußboden war mit den unterschiedlichsten Motiven entweder bemalt oder mit Mosaik bedeckt. Realistische Blumenvasen, Obstschalen, Kavallerieschlachten, Seestürme, religiöse Bilder und elegante Pornografie. Die Qualität der Arbeiten war ebenso unterschiedlich wie die Themen. Da die Farben frisch und kein Mosaik beschädigt war, lag die Annahme nahe, dass sie ziemlich neu waren und Falx Roisin sie in Auftrag gegeben hatte.

»Mir gefallen die Bilder«, log Poldarn.

Er hatte das Richtige gesagt. »Danke«, antwortete Falx. »Mein Sohn – der älteste – ist der Maler, und meine Tochter und meine Nichte fertigen die Mosaike an. Später zeige ich dir noch die Galerie. Früher war das der Trockenboden, als hier ein Lagerhaus für Flachs war. Fast meine ganze Familie ist irgendwie künstlerisch begabt.«

Poldarn nickte. Wenn es in Sansory so viele Kunstliebhaber gab, erklärte das den Bedarf an Leibwächtern. Falx zog einen der beiden Stühle hervor, (vollständig bemalt, abgesehen von den Teilen, die mit Intarsien aus Elfenbein und Lapislazuli verziert waren), die die einzigen Möbelstücke im Raum waren. Er bat Poldarn, auf dem anderen Platz zu nehmen.

»Ich glaube, ich sollte dich warnen«, sagte er, als sich die Tür, die sich in einem Segel eines ziemlich großen und hässlichen Schiffes befand, hinter ihm öffnete. Eine Frau brachte auf einem Messingtablett mit Beinen einen Krug mit Wein und zwei Becher. »Da du nicht von hier bist, hast du keine Ahnung, was dich erwartet. Ich pflege immer ehrlich mit den Menschen zu sein.«

Poldarn nickte erneut. Wenn Falx von seinen Arbeitern absolute Ehrlichkeit forderte, würde er früher oder später sagen müssen, dass bei der lachenden Dryade an der Wand das eine Bein drastisch länger war als das andere, aber er hoffte, dass es nicht so weit kommen würde. Er bemühte sich, das Bild nicht anzustarren, aber das fiel ihm nicht leicht.

»Fakt ist, dass deine Vorgänger nicht lange lebten«, fuhr Falx fort. »In den letzten achtzehn Monaten hatten fünf Männer deine Aufgabe. Der eine verließ uns nach einer Woche, mitten in der Nacht, und die anderen …« Er seufzte. »… habe ich zu ihren Familien nach Hause geschickt – zu ihrer Beerdigung. Das war das Mindeste, was ich tun konnte. Und selbstverständlich hat es mich nichts gekostet.«

Der Wein war sehr gut, leicht und süß, aber nicht klebrig. »Was genau muss ich tun?«, fragte Poldarn.

»Nun, ein Teil deiner Aufgabe ist, Leibwächter zu sein«, antwortete Falx. »Und dieser Aspekt ist relativ sicher. Wenn es nicht unbedingt nötig ist, lasse ich mich nicht auf Kämpfe ein, und normalerweise greift mich auch keiner an. Der andere Teil ist gefährlich.« Er schenkte sich Wein nach. »Ich schicke viele Briefe zu Leuten: wichtige Nachrichten, Kreditbriefe, geschäftliche Unterlagen, Dokumente, die man nicht jedem anvertraut, der zufällig in die richtige Richtung geht. Es ist ein sehr gutes Geschäft, wenn man sich den Ruf erworben hat, die Briefe sicher zu befördern. Da für mich ständig Karren und Kuriere überallhin unterwegs sind, kann ich gutes Geld verdienen ohne zusätzliche Kosten. Das Problem ist«, fuhr er fort, während er nervös seinen Becher drehte, »dass ich einige sehr gute Kunden habe und ich mich nicht weigern kann, einen Brief für sie zu befördern, wenn sie es wünschen, selbst wenn mir klar ist, dass es Probleme geben wird.«

Poldarn runzelte die Stirn. »Und das weißt du im Voraus?«

»Ja, aufgrund des Ziels und wer ihn schickt.« Falx nickte. »Das Ganze ist ziemlich kompliziert, aber du brauchst dir darüber nicht den Kopf zu zerbrechen. Wie auch immer, wenn ich einen dieser Briefe befördere, habe ich keine Wahl. Ich muss jemanden mitschicken, um sicherzugehen, dass er ans Ziel gelangt. Neun von zehn Malen geht es glatt. Beim zehnten Mal – nun, vierzig Briefe, vier tote Wachleute. Wie gut bist du im Kopfrechnen?«

Poldarn dachte kurz nach. »Vierzig Briefe in achtzehn Monaten, das ist nahezu einer pro Woche. Wie weit müssen diese Briefe befördert werden?«

»Das kommt darauf an«, meinte Falx. »Einige eine Tagesreise, manche hin und zurück zehn Tage. Genau die richtige Aufgabe für jemanden, der gerne unterwegs ist.«

»Ja, das stimmt«, sagte Poldarn. »Und was ist den anderen vier Männern zugestoßen?«

»Mal sehen.« Falx faltete die Finger um seine Nase. »Bei Gusson war es Blutverlust – bekam einen Bauchstich auf der Straße, hat sich erfolgreich gewehrt und die Wunde erst bemerkt, als er in der nächsten Stadt vom Karren stieg. Bello – ihn mochte ich, hatte einen köstlichen Humor –, er wurde aus großer Entfernung von einem Armbrustbolzen getroffen. War sofort tot, wie mir der Fahrer berichtete. Scheußliche Sache. Sein Nachfolger, der Name liegt mir auf der Zungenspitze, wurde in einer Herberge auf halbem Weg zwischen Weal und Boc von einer Hellebarde aufgeschlitzt. Sie haben versucht, es wie eine Kneipenschlägerei aussehen zu lassen, aber der Mann war ein ruhiger Typ, hätte sich nie geprügelt. Dumm war nur, dass er sich auf dem Rückweg befand. Offenbar hatten sie die Herberge beobachtet, aber nicht herausgefunden, dass er den Brief bereits übergeben hatte. Und Sullis, dem hat man mit einem dicken Prügel den Schädel gespalten, keine halbe Stunde vom Osttor entfernt. Wahrscheinlich hätte er überlebt, wenn es nicht so gegossen hätte. Die Menschen sind eilig vorbeigelaufen und haben jemanden, der im Straßengraben lag, nicht gesehen. Üblicherweise sind es höchstens zwei oder drei, nie mehr als fünf entlassene Soldaten, Söldner, na ja, du kennst ja die Sorte, da bin ich sicher.«

In der hinteren Ecke des Raums fiel Poldarn jetzt das Bild eines großen schwarzen Vogels auf. Anfangs hielt er ihn für eine Krähe, aber als er den Kopf ein wenig zur Seite wandte, sah er, dass es ein Pfau sein sollte.

»Also das ist die Arbeit«, sagte Falx. »Sullis habe ich vierzig Vierteltaler pro Monat gezahlt, Essen und Spesen frei. Wenn du interessiert bist, kannst du fünfundvierzig haben.«

Poldarn war sich nicht sicher, wie viel fünfundvierzig Silberlinge waren. Er dachte an die Preise für einen Teller mit Brot und Käse, einen verbeulten Brustharnisch oder ein Pferd. Eigentlich klang es annehmbar, sogar ziemlich gut. »Fünfzig«, sagte er. »Und auf lange Sicht sparst du Geld, weil ich keine Familie habe, zu der ich zurückgeschafft werden muss.«

Falx musterte ihn scharf, dann lachte er. »Du hast auch Sinn für Humor. Das gefällt mir. Abgemacht, fünfzig. Schließlich ist es eine Scheißarbeit, und du musst es dir hart verdienen. Ich nehme an, du hast keinerlei Empfehlungsschreiben?«, fügte er hinzu. »Damit hatte ich auch nicht gerechnet, sonst wärst du an der Stellung nicht interessiert. Ich stelle seit fünfundzwanzig Jahren Männer aufgrund meines ersten Eindrucks ein und habe mich nur zwei Mal geirrt, und das waren Schreiberlinge. Ich nehme dich.«

Damit war das Gespräch anscheinend beendet. Falx leerte seinen Becher und stand auf. »Hast du Ausrüstung, Waffen und so?«

Poldarn schüttelte den Kopf. »Ich pflege die anderer Leute zu benutzen, deshalb habe ich keine eigenen.«

Offensichtlich wusste Falx nicht, was er von dieser Erklärung halten sollte. »Gut, ich nehme dich mit zu den Lagern, dort kann man dich ausstaffieren. Der Vorarbeiter soll dir deine Unterkunft zeigen und alles Übrige. Und – willkommen im Hause Falx. Ich hoffe, es wird eine lange und glückliche Verbindung.«

Sinn für Humor?, fragte sich Poldarn. Eigentlich nicht. Sie verließen die prächtige bunte Halle durch eine andere Tür, überquerten einen kleinen Innenhof und betraten ein anderes Gebäude, eine ungefähr halb so große Kopie des ersten. Hier waren keine Malereien vorhanden.

»Das ist Eolla, mein Vorarbeiter«, sagte Falx, als ein älterer Mann mit einer Lederschürze aus einem Hinterzimmer zu ihnen kam. »Großartiger Bursche, hat schon für meinen Vater gearbeitet. Eolla, das ist Poldarn. Er ist neu und übernimmt Sullis' Aufgaben. Gib ihm, was er braucht, damit er sich bei uns wie zu Hause fühlt. Du kennst dich da besser aus als ich. In Ordnung?«

Eolla nickte mit ernster Miene. »Poldarn, hast du gesagt?«, fragte er.

»Ja, stimmt.«

»Aha, aus dem Süden?« Jetzt schien Eolla ihn zum ersten Mal richtig zu bemerken.

»Ja«, antwortete Poldarn und wünschte, er hätte sich einen anderen Namen ausgesucht. »Aus Thurm.«

»Ach ja? Gut, du kannst ihn mir überlassen, das ist in Ordnung.« Besitzergreifend legte er Poldarn die Hand auf die Schulter. Er hatte einen Griff wie ein Schraubstock. »Sonst noch was?«

Falx schüttelte den Kopf. Poldarn hatte fast den Eindruck, sein neuer Dienstherr war von dem alten Mann eingeschüchtert. »Ich muss weiter«, sagte er. »Für ein oder zwei Tage sollte nichts anliegen, du kannst dich also in Ruhe einleben.«

Eolla schaute ihn an und neigte wieder den Kopf, als wollte er sagen: *Wegtreten.* Falx ging eilig davon und schloss die Tür hinter sich. »Du hast Recht«, sagte Eolla, sobald der Riegel eingeschnappt war. »Er hat furchtbare Angst vor mir. Aus gutem Grund. Als er ein Junge war, habe ich ihm das Leben zur Hölle gemacht.« Er drehte sich um und musterte Poldarn mit einem langen Blick von Kopf bis Fuß, so wie Acka das gestohlene Pferd inspiziert hatte. »Wenn du aus Thurm stammst, bin ich der Elfenkönig. Aber mir ist es scheißegal, *woher* du kommst. Für mich zählt nur, wo du jetzt bist.« Er blickte Poldarn unverwandt an. Dieser hielt dem Blick stand. Eolla lachte. »Du bist in Ordnung«, sagte er und streckte die Hand aus. Poldarn ergriff sie. »Wie er schon sagte, heiße ich Eolla. Eigentlich lautet mein Name Eola Catariscas, aber Falx Garaut – das ist der Alte – konnte das nie richtig aussprechen, und Falx Roisin – ich glaube nicht, dass ihm je der Gedanke gekommen ist, meinen Namen zu überprüfen, weshalb auch. Daher habe ich mich an Eolla gewöhnt. Man hat mich schon Schlimmeres genannt. Woher kommst du wirklich?«

Poldarn lächelte bedauernd. »Ich weiß es nicht.«

Eolla hob eine Braue. »Na, öfter mal was Neues«, sagte er. »Warum weißt du es nicht?«

»Ich hatte einen Unfall«, antwortete Poldarn. »Vor ungefähr fünf Jahren. Frag mich nicht, was passiert ist. Ich weiß nur, dass ich in einem Graben aufgewacht bin und am Kopf eine apfelgroße Beule hatte. In der ersten Stadt, in die ich kam, fragte ich nach dem Namen. Josequin sagte man mir. Man könnte also wohl sagen, dass ich von dort komme.«

»Ach, tatsächlich?« Eolla zuckte mit seinen breiten Schultern. »Na schön, und was hast du danach so gemacht?«

Poldarn lachte. »Nichts besonders Aufregendes«, sagte er. »Sobald mir klar war, dass ich mein Gedächtnis nicht so schnell wiedererlangen würde, habe ich mich nach Arbeit umgesehen, etwas zu tun, ein Dach überm Kopf. Keine besonderen Fähigkeiten. Doch schon bald stellte ich fest, dass ich ein gewisses Geschick beim Kämpfen habe. Ob aufgrund einer Ausbildung oder eines angeborenen Talents weiß ich nicht. Damit habe ich mir in Josequin meinen Lebensunterhalt verdient.«

Eolla nickte, das schien er oft zu tun. »Gildestadt. Alles klar. Bin nie dort gewesen, komme jetzt natürlich auch nicht mehr hin. Aber das macht mir nicht viel aus. Du hast Glück gehabt, dass du damals nicht in der Stadt warst.«

»Ich habe Josequin einige Wochen vorher verlassen«, sagte Poldarn. »Aus Gesundheitsgründen.«

Das schien eine zufrieden stellende Antwort gewesen zu sein. »Und jetzt komm mit«, sagte Eolla. »Wir gehen nach hinten und statten dich aus. Mal sehen. Zwei Mal Kleidung zum Wechseln, drei Paar Stiefel, zwei Hüte, eine Kapuze, zwei Gürtel, einen mit Metall gefüllten Stab, einen normalen Stock, große und kleine Satteltasche, Teller, Becher, großes und kleines Messer, Lampe, Öl, Docht, Zunderbüchse, drei Decken, Lederflasche, dicker Mantel und gefüttertes Wams, da du viel Zeit auf den Straßen verbringst. Du kannst dir auch eine Waffe aussuchen.« Er grinste. »Die meisten Menschen brauchen ein ganzes Leben, um so viele Sachen zu sammeln, hier bekommst du es geschenkt. Mit Empfehlung des Hauses. Natürlich alles gebraucht«, fügte er hinzu. »Das Haus Falx ist großzügig, aber wir werfen das Geld nicht zum Fenster hinaus. Hier entlang.«

Im Hinterzimmer standen Holzkästen an der Wand. Eolla kramte in jedem, bis er etwas fand, das Poldarn seiner Meinung nach passte. »Erfahrung«, erklärte er. »Fünfzig Jahre im Lager. Ich kann auf Anhieb sehen, welche Größe ein Mann braucht. Tut mir Leid, dass wir im Moment knapp mit Hüten sind. Der ist zu groß, du musst dir Stroh reinstecken.«

Eolla gab keine Erklärung ab, woher das ganze Zeug stammte, und Poldarn fragte nicht. Ein Hemd hatte zwischen den Schultern einen braunen Flecken und einen Riss, doch war dieser feinsäuberlich geflickt. Der kritische und letzte Moment im Leben eines Mannes, mit Zwirn geflickt und einem anderen gegeben. Alle Sachen waren gut in Schuss, nicht ausgefranst oder schäbig. Als Poldarn zuschaute, wie Eolla zielsicher aus den Kästen die passenden Sachen herausholte, hatte er den Eindruck, der alte Mann wusste genau, wo alles lag. Wahrscheinlich hatte er das meiste schon früher an andere neue Bedienstete ausgegeben, vor zwei oder zwanzig Jahren. Menschen kommen und gehen, aber die Dinge bleiben ewig. Sie wandern aus den Kästen und werden wieder hineingelegt.

»Eigentlich gehört ein Helm nicht mit dazu«, erklärte Eolla, »da du nicht zur regulären Wachmannschaft gehörst, aber wenn du's nicht weitersagst, tu ich das auch nicht. Hier, versuche den mal.« Er holte unter einer Bank (ohne zu schauen) eine Pelzkappe mit schmaler Krempe hervor. Sie war schwerer, als sie aussah. Als Poldarn sie umdrehte, sah er, dass sie innen mit gehämmerten Stahlplättchen ausgekleidet war.

»Soweit ich weiß, ist sie noch nie ausprobiert worden«, sagte Eolla. »Daher kann ich nicht versprechen, dass sie gut ist. Aber sie ist auf alle Fälle besser als nichts.«

Poldarn setzte sie auf. Sie passte. »Danke«, sagte er.

»Kein Problem«, meinte der Alte. »Das hier wurde für Falx Garauts Bruder Tocco gemacht – ein nervöses Kerlchen, immer in Panik, dass er verprügelt oder erstochen würde. Daher hat der alte Herr ihm ein erstklassiges gefüttertes Wams machen lassen – eigentlich eher eine Rüstung, nur das Beste – der Kragen mit Stahlplättchen verstärkt. Aber dann hat es ihm doch nichts genutzt.«

Eolla schien nicht bereit, mehr über das Geschick von Falx Tocco preiszugeben, und Poldarn wollte nicht fragen. Aber die Kappe war eine gute Idee, ganz gleich, woher sie stammte. Er legte sie auf den Stapel mit seinen neuen Sachen.

»So, das wäre alles – außer den Waffen«, sagte Eolla. »Die sind hier drüben hinter Schloss und Riegel. Da fällt mir ein – kannst du lesen?«

Poldarn nickte.

»Ist immer nützlich.« Eolla bückte sich und holte eine große Holztruhe hervor. »Falx Roisin hat großes Interesse am Lesen und ermutigt jeden dazu.« Er hob den Deckel hoch. Die Truhe war voller Bücher. In Leder gebundene Bücher mit Holzdeckeln, Rollbücher in schönen Messingröhren. »Natürlich alle religiös«, sagte Eolla und seufzte. »Aber du darfst dir zwei nehmen, da du viel unterwegs bist. Falx Roisin ist der Meinung, Lesen vertreibt die Zeit und verhindert Ärger.«

»Das stimmt«, sagte Poldarn und musterte den Inhalt der Truhe. Keines der Bücher besaß einen Titel. »Was schlägst du vor?«

»Keine Ahnung«, sagte er achselzuckend. »Nichts für mich. Wenn ich du wäre, würde ich mir die dicksten nehmen, schließlich sind sie umsonst.«

Das schien Poldarn logisch, daher nahm er zwei gebundene Wälzer, beide eine Handspanne dick. »Wenn du den Mantel drumwickelst, hast du ein gutes Kopfkissen«, meinte Eolla. Er machte eine Tür auf, die Poldarn bis jetzt nicht gesehen hatte, und verschwand. Poldarn folgte ihm und wartete, bis Eolla mit der Zunderbüchse Licht gemacht hatte.

»Waffenkammer«, erklärte Eolla überflüssigerweise. Eine Wand war von Stabwaffen bedeckt: Hellebarden, Stockdegen, Bardichen, Speeren. In der Ecke daneben stand ein großes Fass. Die Griffe der langen Schwerter mit geraden Klingen ragten wie Rosen aus einer Vase heraus. An einer anderen Wand war ein Regal mit Äxten und Beidhänderschwertern. In der hinteren Ecke stand noch eine große Truhe, ähnlich derjenigen mit den Büchern.

»Was ist da drin?«, fragte Poldarn.

Eolla lachte. »Gute Frage«, antwortete er. »Nichts für dich, aber du kannst einen Blick darauf werfen, wenn du willst.«

Poldarn hob den Deckel und schaute hinein. Er sah zwei Dutzend Krummsäbel, alle ähnelten sich. Einen Moment lang fragte er sich, wo er so eine Waffe schon gesehen hatte. Dann erinnerte er sich. Ein Wandgemälde im »Wohlfahrt und Sorgfalt«. Sein Namensvetter, der Gott im Karren, hatte eine ähnliche Waffe gehalten.

»Nimm eins raus, los«, sagte der alte Mann.

Poldarn wollte nicht unhöflich sein, daher folgte er der Aufforderung. Die Klinge war so lang wie sein Arm, von der Schulter bis zum ausgestreckten Mittelfinger, allerdings beanspruchte der beidhändige Griff, der von nach innen gebogenen Parierstangen geschützt wurde, fast ein Drittel der Gesamtlänge. Die Klinge verlief in einer Kurve nach vorn und dann nach unten *(wo habe ich das nur schon gesehen, fragte er sich)*, wodurch das Schwert aussah, als befände sich die falsche Seite oben. Doch dann schlängelte sie sich zurück, eine Fingerlänge unterhalb der Spitze, um einen Schwanenhals zu bilden. Darunter wurde die Klinge in der inneren Kurve breiter und endete in einem dünnen flachen Abschnitt, ungefähr eine Handfläche breit. Die Klinge sah aus wie ein springender Delphin. Entlang des Profils der Klinge gab es eine breite Rille, die Hohlkehle, welche die Waffe leichter machte, ohne die Schlagkraft zu mindern. Wirklich beeindruckend, dachte Poldarn.

»Gefällt es dir?«, fragte Eolla.

»Ja«, antwortete Poldarn.

»Pech.« Der Alte lachte. »Werden nicht ausgegeben. Weißt du, was das ist?«

»Schwerter«, sagte Poldarn. »Oder haben sie einen speziellen Namen?«

»Wahrscheinlich, aber niemand kennt ihn oder will ihn verraten. Es sind die Krummsäbel der Freibeuter. Liegen hier meines Wissens schon an die zehn Jahre. Gott allein weiß, wie der alte Herr sie in seinen Besitz gebracht hat. Auf alle Fälle verlässt keines diesen Raum – und ich weiß ganz genau, wie viele es sind, falls du dich das fragst.«

Poldarn steckte den Krummsäbel zurück. »Keine Angst«, sagte er. »Ich bin glücklich mit dem, was du mir gegeben hast. Vielen Dank.«

Eolla schloss den Truhendeckel. »Nun, wollen wir mal sehen, was wir sonst noch für dich haben.« Er griff in das Fass mit den Schwertern. »Versuch's damit«, sagte er. »Das ist ein schönes Stück. Religiös, genau das Richtige, wenn du im Karren oder auf engem Raum kämpfen musst.«

Poldarn nahm das Schwert. Es war kurz, keine zwei Fuß lang, geschwungen und hatte eine Schneide. Der Griff war groß genug für zwei Hände. Er zog es einen Zoll aus der Scheide. Die Klinge glänzte wie ein Spiegel oder die Oberfläche eines Teichs an einem stillen Tag, allerdings verlief eine Wellenlinie parallel zur Schneide, ungefähr einen Finger breit.

»Religiös?«, fragte er. »Was bedeutet das?«

Eolla schaute ihn an. »Das muss ein ziemlich heftiger Schlag auf den Kopf gewesen sein«, sagte er. »Religiös, wie die Tempelfechter. Mach dir keine Sorgen«, fügte er hinzu, als er Poldarns verwirrte Miene sah. »Es heißt, dass es ein sehr gutes Stück ist, jedenfalls zu gut, um nur im Fass zu stecken. Was meinst du?«

Ohne zu denken, hatte Poldarn den Gurt gelöst und eine Doppelschlinge um die Scheide gelegt. »Ich glaube schon ...«, sagte er und schnallte den Gurt wieder um. Seine Hand glitt zum Schwertgriff, und er zog ...

»Entzückend«, sagte Eolla und runzelte die Stirn. »Wo hast du das gelernt? Ach ja, das weißt du ja nicht.«

Poldarn hatte das Schwert unbewusst zurück in die Scheide gesteckt. »Aber du weißt es.«

Der alte Mann zuckte mit den Schultern. »Ich habe Männer gesehen, die so schnell ziehen können. Tempelfechter. Wenn du das kannst – na ja, darauf musst du von selbst kommen. Selbstverständlich hättest du es auch irgendwo anders lernen können. Vielleicht aus einem Buch, oder du hast es dir selbst beigebracht. Ich habe keine Ahnung.«

Poldarn trat einen Schritt näher. Er hatte das Gefühl, dass der Alte das nicht mochte. »Aber du hältst es nicht für wahrscheinlich«, sagte Poldarn.

»Nein«, erklärte Eolla und ging zur Tür. »Wenn du meine Meinung hören willst, hast du das im Tempel gelernt.«

»In welchem Tempel?«, fragte Poldarn.

Kapitel 9

»Guten Tag«, rief der Bruder, lehnte sich im Sattel ein wenig vor und wischte sich den Regen aus den Augen. »Kannst du mir sagen, ob ich auf dem rechten Weg nach Cric bin?«

Die beiden Bauern schauten zu ihm auf, als hätte sich im Himmel eine Falltür geöffnet und er wäre daraus erschienen, hinter ihm ein blendendes Mandala aus weißem Licht. »Was?«, fragte der Ältere.

»Cric«, wiederholte der Bruder laut und deutlich. »Es gibt in dieser Gegend ein Dorf, das so heißt, richtig?«

Was zum Teufel machten diese Bauerntölpel? Sie krochen im strömenden Regen auf Knien durch den Torfschlamm. Sie bauten eine Steinmauer. Aber bei so einem Wetter? Andererseits schienen sie weder Regen noch Wind zu bemerken.

Der ältere Mann nickte und goss das Regenwasser aus der Krempe seines Lederhuts. »Bleib auf dieser Straße, eine oder zwei Stunden, das führt dich nach Cric.«

»Danke«, sagte der Bruder. »Dann müsste ich bei Einbruch der Dunkelheit dort sein.«

»Möglich.«

»Gibt es dort eine Herberge, wo ich übernachten kann?«, hakte der Bruder nach.

»Nein.«

»Verstehe. Danke, ihr wart eine unglaubliche Hilfe.« Dann trieb er mit leichtem Fersendruck sein Pferd weiter. Er spürte die Blicke der Bauerntölpel auf seinen Schulterblättern ruhen, bis er den Horizont erreicht hatte.

Das Sauwetter begrenzte die Sicht auf Spuckweite. Er war sich sicher, dass er kein lebendes Wesen auf der Straße gesehen hatte. Daher war es ihm ein Rätsel, wieso ganz Cric wusste, dass er kam. Aber da standen die Dorfbewohner unter ihren Balkonen, auf Heuschobern – Dutzende, hauptsächlich Frauen und Kinder, nur wenige alte Männer und Invaliden lugten über ihre Schultern. Das war verwirrend für jemanden, der sein ganzes Leben damit verbracht hatte, zu lernen, wie man zu langweilig ist, um Aufmerksamkeit zu erregen. Der Bruder sah sich nach einer möglichen Unterkunft um – eine Herberge, eine Schmiede oder ein Gemeindezentrum, aber da war nichts. Nur am anderen Ende des Dorfs war irgendein Turm, doch war es dort mit Sicherheit kalt, feucht und stinkend. Er sehnte sich aber nach einem schönen Feuer, einer heißen Suppe und warmem gewürztem Wein, wenn möglich auch einem Bad, das so heiß war, dass es Geflügel die Federn abgelöst hätte. Doch keine Chance.

Viele Häuser, doch bei welchem fragen? Seine Miene verfinsterte sich. Es gab Zeiten, in denen er das Prinzip der Wahl hasste. Auch die Dogmatik war nicht besonders erpicht darauf. Er erinnerte sich: *Wahl und Zweifel kommen zwischen Hand und Heft, sie stellen fatale Hindernisse für das perfekte Ziehen dar. Gott zweifelt nicht und wählt nicht. Gottes Gedanken sind simultan und identisch.* Lauctans, Fünfte Homilie, XIV,2.

Zum Teufel mit der Wahl! Er hielt an, sprang aus dem Sattel und band das Pferd an den nächsten Verandapfosten und hämmerte gegen die Haustür.

Wenn man bedachte, dass er sechs Frauen unterschiedlichen Alters und einen siebenjährigen Knaben von der Bodenluke herausgaffen sah, war es ziemlich dumm, jetzt so zu tun, als sei niemand zu Hause. Erneut klopfte er an. Er wartete eine Zeit lang, dann hob er den Riegel und trat ein.

Wieder dieses Anstarren. *Ich muss wegen des zweiten Kopfes was unternehmen. Er wird langsam lästig,* dachte er, als sich sieben Augenpaare wie Spitzbohrer auf ihn richteten. Vor Jahren war er an einem Ort gewesen, wo man noch die seltsame Sitte pflegte, auf dem Marktplatz die Köpfe von Verbrechern auf Piken zu spießen. Ja, genauso hatten die Gaffer dort dreingeschaut.

»Verzeihung, wenn ich hier so eindringe«, sagte er fröhlich, nahm seinen Hut ab, wodurch sich ein kleiner Wasserfall auf den Lehmboden und die Kuhfladen ergoss. »Aber wahrscheinlich habt ihr mein Klopfen nicht gehört, und es regnet. Wisst ihr, wo ich vielleicht ein Bett für eine Nacht mieten könnte?«

Das magische Wort *mieten* löste sie aus ihrer Erstarrung, wie ein geheimer Zauberspruch einen schlafenden Riesen im Märchen weckt. »In dieser Gegend nicht«, sagte die älteste Frau. »Aber du könntest hier bleiben. Wir haben Platz.«

»Großartig«, sagte der Bruder. »Wären drei Vierteltaler genug? Was meinst du? Es ist wahrscheinlich nur für heute Nacht, aber vielleicht muss ich auch morgen noch bleiben, wenn ich meine Arbeit nicht vor Einbruch der Nacht beenden kann.«

Neben der alten Matriarchin saß eine junge Frau, deren Gesicht verriet, dass sie nicht glaubte, dass es auf der ganzen Welt eine Summe von drei Viertel-talern gab, wenn man nicht die silbernen Wagenräder des Mondes einschmolz und zu Münzen prägte. »Das reicht«, erklärte die Alte. »Das hier ist meine Tochter Melja.«

Wenn Melja in diesen Handel mit eingeschlossen ist, gehe ich ins nächste Haus, dachte er. *Ich will ja niemanden beleidigen, aber es gibt Grenzen.* »Ich freue mich, dich kennen zu lernen«, sagte er. »Ich heiße Monach.«

(Monach war selbstverständlich in der Sprache von Torcea das Wort für »Mönch«, aber es ließ sich leicht merken, und in all den Jahren, in denen er es verwendete, hatte niemand diese Bedeutung erraten.)

Er legte vier Vierteltaler auf den Tisch. »Besteht die Möglichkeit, etwas zu essen zu bekommen?«, fragte er. »Und ich nehme an, ein Bad kommt wohl nicht in Frage.«

Seine Annahme war goldrichtig. Nach betretenem Schweigen stieß die Matriarchin Melja in die Rippen, worauf diese in ein Hinterzimmer verschwand. Dann brachte sie einen halben Brotlaib und einen Block grauen Käse, der einem Wetzstein verblüffend ähnelte, mit dem man Hellebarden schärfte. Zu trinken gab es nichts, aber er hatte auch nicht gefragt. Die Moral dieser Geschichte lautet: Wenn du mit Bauern sprichst, drücke dich exakt aus.

Es stellte sich heraus, dass der Käse zu sehr krümelte, um als Wetzstein zu taugen. Das Brot dagegen wäre mehr als geeignet gewesen. »Ist das alles, was du willst?«, fragte die Alte. Er nickte. »Das macht dann zwei Vierteltaler«, erklärte sie.

Er zahlte und neigte dabei voll Achtung den Kopf. Er war weit herumgekommen und war von einigen der besten Geldwechsler und Händler betrogen worden, aber diese Alte war ein Kapitel für sich.

Alle waren immer noch da. Sieben nadelspitze Augenpaare bohrten sich in seinen Kopf. Sie zeigten keinerlei Neigung, den Raum zu verlassen, solange er da war. Daher stand er auf. »Könnt ihr mir sagen, wer hier das Kommando führt?«, fragte er.

»Was?«

Etwas unter dem Tisch schnupperte an seinem Bein und drückte eine nasse Schnauze gegen seinen Knöchel. Er wollte nicht wissen, was es war. »Ihr wisst schon«, fuhr er fort. »Der Gemeinderat, Kirchenvorstand, Steuereinnehmer, Beerdigungsverein – irgendwas in dieser Richtung.« Er bemühte sich, nicht so elend zu klingen, wie er sich fühlte. »Ich muss etliche Fragen stellen und muss wissen, wen ich aufsuchen kann.«

Die Alte schien die Sprache verloren zu haben. »So was haben wir nicht«, erklärte Melja nach geraumer Zeit. »So'n Blödsinn brauchen wir auch nicht. Aber was für Fragen?«, fügte sie mit hochgezogenen Brauen hinzu.

»Nichts Besonderes«, antwortete er und lächelte gequält. »Ich bin nicht von der Regierung oder so.« Er hatte das Gefühl, Wein in den Sand zu gießen. »In Wahrheit bin ich ein Gelehrter.«

»Ein was?«, fragte die Alte.

»Ein Gelehrter. Ich bin wissbegierig und will mehr lernen über – zum Beispiel Religion. Ich bin aber kein Priester.«

Langes Schweigen folgte. Dann schüttelte die alte

Frau den Kopf, als hätte sie Mitleid mit ihm. Danach meinte sie, er sollte zu dem alten Mann gehen, weil der alle möglichen interessanten Dinge wisse.

»Danke«, sagte der Bruder. »Welcher alte Mann ist das?«

Die Alte schürzte die Lippen und packte den achtjährigen Jungen. »Ebit zeigt dir den Weg, aber dann kommt er sofort zurück, denn sonst setzt es eine Ohrfeige, dass ihm schwindlig wird.« Der Junge murmelte etwas Unverständliches und trat einen Schritt vor. »Du kommst sofort zurück, hast du gehört?«, wiederholte die Alte.

Ebit führte ihn ein Stück auf der Straße entlang. Die Dorfbewohner standen immer noch draußen und gafften. Offenbar hat hier keiner was Besseres zu tun, dachte er. Ebit blieb vor einer Holztür stehen, die an den Stellen altersgrau war, wo sich kein grünlicher Schimmel gebildet hatte. Ebit hob den Riegel. »Da drin«, sagte er, als führe er einen zum Tode Verurteilten zu den Wölfen.

»Danke«, sagte der Bruder, senkte den Kopf und trat ein.

Drinnen war es abgesehen von einem schwachen orangefarbenen Schein der Glut dunkel. Er stieß gegen einen Tisch. Von dem alten Mann war nichts zu sehen. Er hörte nur den eigenen Atem. Bäuerlicher Humor? Oder war der Alte gestorben, und keiner hatte es bemerkt? Letzteres wurde durch einen extrem strengen Geruch unterstrichen, doch es roch eigentlich nicht nach Verwesung – zumindest nicht ausschließlich.

»Hier drüben, beim Feuer«, ertönte eine Stimme aus den Schatten.

»Ah«, sagte der Bruder. »Tut mir Leid, ich habe dich nicht gesehen. Ich heiße ...«

»Monach«, unterbrach ihn ein dünnes Stimmchen, das aber nicht von einem Bauern stammte. Der Bruder kannte sich mit Akzenten sehr gut aus, aber diesen vermochte er nicht zu identifizieren.

»Richtig«, sagte er. »Woher kennst du meinen Namen?«

Der Alte lachte. »Lefit Meljas älteste Tochter hat unter dem Fenster gelauscht, als du ihn genannt hast. Sie vermutete, dass sie dich herschicken würden, nachdem sie dir Geld abgenommen hätten. So, du bist also der Priester?«

Gerissen, als hätte er Erfahrung im Befragen von Menschen. »Na ja, in gewisser Weise«, antwortete Monach. »Eigentlich bin ich kein Priester – ich bin nicht geweiht oder so. Ich bin eher ein Amateurgelehrter, eigentlich ein Dilettant.«

Kurze Pause. »Ja, ich weiß, was das Wort ›Monach‹ bedeutet.« Ein dünnes Lachen, nur die Essenz eines Lachens, das so oft gefiltert und gereinigt worden war, dass es den Geschmack verloren hatte. »Ich habe deine Probe bestanden, aber du nicht meine – zumindest noch nicht. Heutzutage brauche ich lange, um etwas zu überdenken.«

Monach trat unruhig von einem Fuß auf den anderen. »Was gibt es denn zu überdenken?«, fragte er. »Ich habe dir noch nicht gesagt, weshalb ich dich aufgesucht habe.«

»Nicht nötig«, meinte der Alte freundlich. »Ich frage mich, was ein Priester – Verzeihung, was ein *Gelehrter* in Cric will, vorausgesetzt, dass er sich nicht nur hoffnungslos verirrt hat. Es muss etwas mit dem

Gott im Karren zu tun haben. Und wenn es damit zu tun hat, dann könntest du ein vornehmer Gelehrter oder auch ein Priester sein. Es gibt alle möglichen unterschiedlichen Mönche, was für einer bist du?« Wieder ein trockenes Lachen. »Vor zwanzig Jahren hätte ich die Antworten gewusst, ehe du durch die Tür gekommen wärst, doch jetzt benötige ich mehr Zeit. Ich nehme an, du musst mir bei den Antworten helfen. Falls du es eilig hast, erspart dir das mindestens eine Stunde.«

Eindeutig kein Bauer. »Mein Name lautet in der Tat Sens Monach. Vielleicht hast du von meinem Vater gehört, Sens Reuden, falls du beim Militär warst. Ich bin sein jüngerer Sohn. Seit zwanzig Jahren studiere ich die Manifestationen des Göttlichen. Ich sammle Material für ein Buch, und als ich von diesem Gott und dem Karren hörte ...«

Lautes Husten unterbrach ihn. »Ja, in der Tat habe ich von General Sens gehört. Aber nie, dass er zwei Söhne hatte. Aber ich nehme an, es ist durchaus möglich. Wenn Sens einen jüngeren Sohn hatte, könnte dieser durchaus zu einem arbeitsscheuen Bücherwurm werden, das geschieht oft. Eins muss ich dir sagen: Wenn du ein Lügner bist, dann ein geschickter.« Kleine Pause, Scharren, vielleicht ein Stuhl auf dem Steinboden. »Also, du willst etwas über den Gott im Karren hören.«

Monach setzte sich auf den Tischrand. »Ja, bitte«, sagte er.

»Na schön. Übrigens musst du die Dunkelheit entschuldigen«, meinte der Alte. »Ich schone meine Augen, außerdem kann ich es mir nicht leisten, Holzkohle zu verschwenden. Aber wenn du eine Lampe mitgebracht hast, kannst du sie ruhig anzünden.«

»Ich habe sie in der Satteltasche gelassen«, antwortete Monach ehrlich. »Es spielt keine Rolle. Ich kann mir alles gut merken und brauche mir keine Notizen zu machen.«

»Gut.« Pause, wieder Scharren. »Ich nehme an, du bist in Bezug auf mich auch neugierig«, sagte der Alte immer noch mit müder angestrengter Stimme. »Manchmal schweife ich vom Thema ab, aber du musst Geduld mit mir haben. Zuweilen spreche ich, wenn ich denke. Ich glaube, ich habe dir meinen Namen noch nicht genannt.«

»Nein.«

»Auch gut. Mal sehen. Mein Rufname ist Jolect, mein Familienname ist für dich nicht von Interesse. Du kannst mich daher Jolect nennen, und ich dich Monach.« Wieder dieses trockene Lachen.

»Wenn du meinst.«

»Nun zu dem, was ich bin. Ich bin ein Soldat im Ruhestand. Geboren wurde ich hier, und als ich mein Werk vollendet hatte, bin ich zurückgekommen. Und hier bin ich seitdem geblieben. Aber ich habe so einiges gesehen, Bruder Monach – oh, tut mir Leid, ich dachte wieder, du wärst ein Priester. Ja, ich habe im Imperium so einiges gesehen, das kann ich dir sagen, und ich weiß besser Bescheid über die Welt als meine Nachbarn. Entspricht das in etwa deinen Erwartungen?«

Unwillkürlich lachte Monach. »Beinahe«, sagte er. »Ich hielt dich auch für eine Art Priester, vielleicht einen weggelaufenen Mönch. Ich nehme an, der dunkle Raum hat mir diese Idee vermittelt. Aber ich habe mich wohl geirrt. Schließlich versteckt sich nicht jeder, der in einem dunklen Raum sitzt, vor etwas.«

»Ich muss mich wegen des Geruchs entschuldigen«, sagte Jolect. »Als Soldat war ich mehr als erforderlich auf Reinlichkeit bedacht. Ich habe den Ausbilder zur Weißglut gebracht, weil er nie etwas aussetzen konnte. Aber jetzt ist es für mich unendlich mühsam, aufzustehen und alles sauber zu machen.« Seufzen. »Eine alte Frau pflegte herzukommen und sich um den Haushalt zu kümmern, aber sie starb. Keine große Überraschung, sie war älter als ich. Aber ich mag diese Schweinerei nicht. Doch habe ich keine andere Wahl.«

»Ja, ich verstehe, dass das schwer für dich ist«, sagte Monach. »Ich mag es auch, wenn alles sauber und geordnet ist. Natürlich ist es leicht, anspruchsvoll zu sein, wenn man immer Dienstpersonal hatte. Wegen des Gotts im Karren ...«

»O ja, mal sehen, wie ich es am besten erkläre. Ich nehme an, es hängt davon ab, ob man an Götter glaubt oder nicht. Glaubst du?«

»Ja«, erklärte Monach. »Na ja, bis zu einem gewissen Punkt.«

»Verstehe. Und glaubst du an einen Gott, der Poldarn heißt?«

»Ja. Zumindest habe ich keinen Grund, nicht an ihn zu glauben, aber ich weiß nicht viel über ihn. Aber das ist nicht wichtig. Schließlich weiß ich auch nicht viel über die Wälder im nördlichen Beltach, trotzdem glaube ich, dass sie existieren.«

»Das ist eine interessante Theorie«, meint Jolect. »Wenn du also an Poldarn glaubst, dann war er vor ungefähr einem Monat hier.«

»Und wenn nicht?«

»Dann war ein übler Schurke hier, der sich für Poldarn ausgegeben hat. Oder ein anderer Gott kam auf einem Karren und nannte sich aus irgendeinem Grund Poldarn.« Er lachte. »Lass es mich anders ausdrücken. Wenn es Götter gibt, dann war einer auf dem Karren. Ich bin wegen allem überaus skeptisch, aber das ist eine Tatsache.«

Monach lächelte in der Dunkelheit. »Und wenn es keine Götter gibt?«

»Ah, in dem Fall kamen hier böse Menschen auf einem Karren durch, welche Tote auferwecken, Kranke heilen, die Zukunft voraussagen und Blitz und Donner aus dem Himmel holen konnten, nur dass sie keine Götter waren. Alles genau wie ein Gott, aber anders.«

Monach nickte. »Und du hast das alles gesehen?«

»Allerdings. Sehen kann ich noch, weißt du, und hören auch, und die Menschen dieser Gegend beantworten meine Fragen ehrlich. Ich habe den Blitz gesehen, ich sah die Heilung und die Wiedererweckung der Toten, und ich habe die Prophezeiung gehört. Ich stand hinten in der Menge und habe Pein Annit über die Schulter geschaut. Aber ich habe alles gesehen.«

»Und du hast es geglaubt?«

»Ich glaube, dass ich sah, was ich sah. Selbstverständlich war die Frau, die bei ihm war, keine Priesterin. Sie kam aus Torcea, ungefähr so alt wie du, ziemlich hübsch. Aber sie war nicht gläubig. Ich vermute, sie war eine Taschenspielerin.«

»Wirklich? Wie kommst du darauf?«, fragte Monach.

»Sie hatte Angst«, erklärte Jolect. »Es war nicht besonders warm, aber sie schwitzte – ihre Stirnlocken klebten zusammen, und unter den Armen hatte sie dunkle Flecken. Sie bemühte sich, uns zu ignorieren – sie spielte ihre Rolle hervorragend –, aber unwillkürlich musterte sie uns aus dem Augenwinkel. Ferner gab es Unstimmigkeiten bei dem, was sie uns erzählte, Dinge, die sie nicht gesagt hätte, wenn sie tatsächlich gläubig wäre. Ach ja, und die Menschen, denen sie Medizin gab, wurden nicht gesund. Sie stellte eine falsche Diagnose, aber das kann man ihr nicht übel nehmen. Sie glaubte, die Kranken hätten eine Lungenentzündung, aber es war Zeckenfieber. Die Symptome sind im Frühstadium fast identisch.«

Monach holte tief Luft. »Dann war sie eine Betrügerin.«

»Zweifellos. Ich habe natürlich nichts gesagt. Mir hat sie keinen Schaden zugefügt, und mir hätte auch keiner geglaubt. Es war auch unwichtig. Wenn dieser Gott echt ist, spielt es keine Rolle, wenn die Priesterin nicht das ist, was sie zu sein behauptet.«

»Ja ja«, meinte Monach. »Du hast mir erklärt, weshalb die Priesterin eine Betrügerin war. Warum war der Gott echt?«

Wieder ein Lachen. »Ich dachte, ich hätte dir das erklärt. Weil er Tote wiedererweckte, Kranke heilte, Donner und Blitz machte und die Zukunft vorhersagte.« Pause. »Der Donner könnte natürlich Betrug gewesen sein, da man Donner künstlich herstellen kann. Aber er könnte ebenso gut auch echt gewesen sein.«

Monach dachte kurz nach. »Das könnte auch für

das Heilen gelten«, sagte er. »Vielleicht war der Gott kein Gott, sondern ein guter Arzt.«

»Was für ein intelligenter junger Mann du doch bist«, sagte Jolect. »Aber in diesem Fall irrst du dich, da er keinerlei Medizin verteilte, niemanden untersuchte oder sonst etwas tat, was Ärzte normalerweise tun.«

»Aber wie kannst du dir dann so sicher sein, dass der Gott die Menschen geheilt hat, wenn er nichts getan hat?«

Wieder Scharren, als würde jemand in einem Stuhl, bei dem ein Bein kürzer war, das Gewicht verlagern. »Weil bei seiner Ankunft im Dorf vier Männer und zwei Frauen im Sterben lagen, Sumpffieber – welches, wie du zweifellos weißt, immer zum Tode führt, wenn es länger als zwei Wochen andauert. In der Nacht, als er hier war, schwitzten sie alle das Fieber aus und wachten am nächsten Tag wieder auf. Und jetzt sind sie wieder völlig gesund. Und Lassic Nuricos Tochter war kurz vor seiner Ankunft gestorben, und Pons Quevi ein paar Stunden später. Beide waren tot. Ich habe ihre Leichen gesehen. Kein Puls, kein Lebenszeichen mehr. Man hatte sie zu Fennas Scheune gebracht und für die Beerdigung vorbereitet. Aber am Morgen lebten sie wieder, und sie leben heute noch. Welche Beweise brauchst du noch?«

Monach rieb sich das Kinn. »Es gibt andere Erklärungen«, sagte er.

»Selbstverständlich.« Der Alte schnalzte mit der Zunge. »Aber Seuro Elimans Junge ist ins Dachgebälk des Turms geklettert und hat den Gott den Großteil der Nacht über beobachtet. Und er hat mir berichtet, dass der Gott sechsmal schnüffelte und zwei Mal nieste. Und wenn du die Geschichten über Poldarn gehört oder gelesen hast, weißt du, dass er eine Krankheit heilt, wenn er schnüffelt, und Tote zum Leben erweckt, wenn er niest. Das habe ich schon als Kind gehört, es ist also nicht hinterher ausgedacht worden. Was die Prophezeiung betrifft – die Priesterin sagte, er hätte in Josequin etwas zu erledigen, und Josequin wurde in Schutt und Asche gelegt.«

»Zufall?«, meinte Monach.

Es erklang ein Lachen, das in krampfhaften Husten überging. »Veusel sagt im zweiten Buch seines Kommentars, dass fünf oder mehr Zufälle in Folge als Beweis für eine zweifelhafte oder strittige Behauptung gelten können. Gegen Veusel gibt es keine Argumente, er ist seit zweihundert Jahren Teil des Syllabus.«

Monach hatte in seiner Jugend schmerzlich unter Veusels Kommentaren gelitten. Jetzt erinnerte er sich gerade noch rechtzeitig daran, dass er kein Mönch mehr war. »Wer ist Veusel?«, fragte er.

Schweigen. Fingernägel tippten auf eine Armlehne. Monach erinnerte sich, dass er zwar kein Mönch, aber ein begeisterter Privatgelehrter war. *Verdammt*!

»Ja, man könnte sagen, dass alles Zufall war und im Karren nur ein Mann und eine Frau waren, kein Gott«, fuhr der alte Soldat fort. »Für mich ist es natürlich einfacher zu glauben, da ich ihn gesehen habe, du nicht. Aber ich kann dir nicht zeigen, was ich gesehen habe. Ich kann dir nur die Fakten aufzählen und dir die Schlussfolgerung überlassen. Was möchtest du sonst noch wissen?«

Monach bekam einen Krampf, weil er so lang auf der Tischkante saß. »Wie haben sie ausgesehen?«, fragte er.

»Die Frau war eine durchschnittlich große Torceanerin, schmales Gesicht, spitze Nase und Kinn, hohe Wangenknochen, dunkelbraunes Haar. Ich war nicht nahe genug, um ihre Augenfarbe zu erkennen, aber ich bin sicher, dass sie dunkle Augen hat. Sie trug ein dunkelblaues Kleid, wahrscheinlich aus Torcea. Von weiblicher Mode verstehe ich nichts – eine traurige Wissenslücke.«

»Und was war mit dem Mann? Ich meine, der Gott?«

»Er sah wie Poldarn aus«, antwortete Jolect. »So wie auf allen Statuen, Bildern, Elfenbeinschnitzereien und Gravuren auf den Rückseiten von Spiegeln. Das bringt mich zurück zur Frage des Beweises. Jira Fidler, die Frau des Müllers, hatte einen Goldring, der ihrer Großmutter gehört hatte. Sie nahm ihn ab, um Hemden zu waschen – im heißen Wasser schwellen ihre Finger an, und er saß ohnehin ziemlich eng. Sie legte ihn auf die Stufen, während sie arbeitete. Ein schwarzer Vogel stürzte von einem Pflaumenbaum herab, nahm den Ring in den Schnabel und flog davon. Sie nahm an, es war eine Dohle, aber diese kommen in unserer Gegend nicht vor. Das war an dem Morgen, als sie kamen. Selbstverständlich Zufall.«

Monach rieb sich die Augen. »Du hast gesagt, er hätte wie Poldarn ausgesehen ...«

»Der Karren«, unterbrach ihn Jolect, »war ein ganz normaler Karren, und wenn du jemanden findest, der ihn in allen Einzelheiten beschreiben kann, gebe ich dir sechs Vierteltaler. Alle Karren, die nur Karren sind, sehen gleich aus. Zum Glück glaube ich nicht, dass es einen normalen Karren gibt, deshalb habe ich ihn mir genau angeschaut. Es war ein kurzes gefedertes Fuhrmannsgefährt, das von zwei Pferden gezogen wird. Es war vor langer Zeit grau gestrichen, aber danach ziemlich vernachlässigt worden. Das rechte Vorderrad war repariert. Das sind wohl alle Fakten, an die ich mich erinnere. Wenn du magst, können wir noch ein wenig über Metaphysik plaudern, oder ich kann dir Schwänke aus meinem Soldatenleben erzählen. Du kannst sie überprüfen, um mein Erinnerungsvermögen oder meine Beobachtungsgabe einschätzen zu können. Allerdings wäre es mir lieber, wenn du es nicht tätest, denn dann könntest du herausfinden, wer ich in Wirklichkeit bin. Du könntest jemanden treffen, der an denselben Schlachten wie ich teilgenommen hat. Natürlich rein zufällig, verstehst du.«

»Da hast du Recht«, sagte Monach. »Außerdem, wenn ich glauben würde, dass du etwas anderes als ein normaler Soldat im Ruhestand wärst, würde ich mit ziemlicher Sicherheit erraten, wer du bist. Und wenn du nicht er wärst ...«

»Ich bin es nicht.«

»Oh, ich glaube dir. Aber wenn diese Person irgendwo zurückgezogen in einem Dorf lebte, würde ich verstehen, weshalb er es vorzöge, dass niemand weiß, wer er in Wahrheit ist.«

»Ich auch«, meinte Jolect. »Ich habe ihn übrigens gekannt. Sogar ziemlich gut. Er hätte es vielleicht weit gebracht, wäre nicht General Cronan gewesen und eine Pechsträhne.«

Monach lächelte. »Der Meinung bin ich auch. Danke für deine Hilfe.«

»Das Vergnügen war ganz meinerseits. Du kannst mir eine kleine Geldsumme geben, wenn du dich dann besser fühlst. Hier ist Geld nicht viel wert, aber die ein oder andere Großbauernfrau sammelt es, um zu zeigen, wie vornehm sie sind, und sie geben dafür Essen und Feuerholz. Deine Gastgeberin zum Beispiel.«

»Sie ist eine Großbäuerin?«

»Das kommt dem am nächsten, was Cric an königlichem Geblüt zu bieten hat«, antwortete der alte Soldat. »Ich habe gehört, dass sie ein Paar Schuhe hat, die sie noch nie getragen hat.«

Kaum war im Dorf bekannt geworden, dass Monach eine Stunde mit dem alten Mann gesprochen hatte, fiel es ihm leichter, von den Leuten Antworten zu bekommen. Er verbrachte den Abend damit, von Haus zu Haus zu gehen und dieselben Fragen zu stellen. Er fand Pons Quevi, der bestätigte, tot gewesen zu sein, aber ansonsten erinnerte er sich an nichts Wichtiges. Er sprach noch mit Seuro Elimans Sohn, der Poldarn vom Dach aus beobachtet hatte, und etlichen anderen, die krank gewesen waren oder das zumindest geglaubt hatten. Viele meinten einen eigenartigen blauen Lichtschein über dem Kopf des Gottes gesehen zu haben oder Schlangen, die sich unter dem Karren dahinschlängelten, während die Priesterin meditierte. Das waren gute bestätigende Aussagen. Da er aber nie bezweifelt hatte, dass der Alte ihm die Wahrheit gesagt hatte, waren diese Gespräche eigentlich überflüssig gewesen. Als es dunkel war, ging er zurück zum Haus der

Lefits. Man zeigte ihm in einer Ecke neben einem spärlichen Feuer einen Haufen alter Lumpen, auf denen er schlafen konnte. Er lag eine Zeit lang da und bemühte sich, das unterschiedliche Schnarchen den einzelnen Familienmitgliedern zuzuordnen, dabei fragte er sich, ob der alte Mann tatsächlich General Allectus sei. (Dieser war fraglos gestorben, aber Pons Quevi ebenso, und mit ihm hatte er sich eine halbe Stunde lang unterhalten.) Dann fielen ihm die Augen zu …

… als sie sich wieder öffneten, sah er eine Krähe auf seiner Brust sitzen. Die runden Augen blickten voller Abscheu und Verachtung. Im Schnabel des Vogels befand sich der goldene Ring, den er an einer Kette um den Hals trug (seit wann trage ich einen Ring an einer Kette um den Hals? Wahrscheinlich, seit dieser Traum begann). Die Krähe zerrte daran. Er spürte die Kette im Nacken und hob die Hand, um den Vogel zu verscheuchen. Die Anstrengung war unerwartet mühsam. Die Krähe ließ den Ring los und flog bösartig krächzend mit ausgebreiteten Flügeln davon.

Er lag irgendwo im Freien auf dem Rücken, in tiefem Schlamm. Neben ihm war ein Toter. Viele Tote, Soldaten. In Panik setzte er sich auf und blickte umher. Wo war er?

Er sah, dass er in einer Talmulde lag, durch deren Mitte ein vom Regen angeschwollener Fluss strömte. Das Wasser war über die Ufer getreten. Er lag in einem kleinen Teich inmitten von braunem Schlamm. Leichen waren darin verstreut. Einige lagen auf dem Rücken, andere mit dem Gesicht nach unten, etliche waren fast im Schlamm versunken. Auch er war über und über mit Schlamm bedeckt, außerdem hatte er einen Stiefel verloren, wahrscheinlich war dieser stecken geblieben, als er durch den Morastschlamm watete.

Ich kann mich an nichts mehr erinnern, wurde ihm bewusst. *Was für ein grauenvolles Gefühl. Gott sei Dank, dass es nur ein Traum war.* Er zwang sich aufzustehen, obgleich sein Kopf und seine Knie heftig protestierten. Jetzt hatte er zwar eine bessere Sicht, trotzdem ergab nichts Sinn.

Er betrachtete den Toten, der neben ihm im Schlamm lag. Ein Soldat offenbar, denn er trug eine Rüstung, einen ledernen Brustharnisch und Beinschienen, billig und nützlich, solange man im Trockenen kämpfte. Sein Wollumhang und seine Hosen waren so von Blut und schmutzigem Wasser durchnässt, dass die ursprüngliche Farbe nicht mehr zu erkennen war. Die Stiefelspitzen ragten aus dem Schlamm hervor. Todesursache war entweder die tiefe Stichwunde im Bauch oder der Schnitt, der sich unterhalb des rechten Ohrs bis hin zu dem Lederharnisch am Schlüsselbein erstreckte. Das Gesicht schien nur aus dem offenen Mund und zwei aufgerissenen Augen zu bestehen, die hässlich mit getrocknetem Schlamm umrandet waren. Er vermochte nicht zu sagen, ob es sich um einen Freund oder einen Feind handelte.

Ja, es ist nur ein Traum. Aber ich habe mein Gedächtnis verloren und vergessen, wer ich bin. Vielleicht wache ich aus diesem Traum nicht mehr auf. Wie finde ich meinen Körper wieder, wenn ich aufwachte? Ich könnte hier für immer verloren sein.

Er wollte gerade so laut wie möglich rufen: Hallo, ist irgendjemand hier? Aber dann hielt er inne. Offenbar hatte es hier eine Schlacht gegeben. Was wenn der Feind ihn hörte? Hoffnungslos starrte er auf den Schlamm und die Leichen. Grausam wurde ihm bewusst, dass er keinen blassen Schimmer hatte, was er tun sollte. Dann glitt die Krähe, die geduldig über ihm gekreist war, auf einer leichten Brise zu ihm herab, landete jedoch auf einem toten Soldaten und (da es ein Traum war) verschmolz mit der Wunde, als der Soldat sich aufsetzte und sich sein eigenes Hirn aus den Augen wischte.

»Hallo«, sagte der Soldat.

»Du bist tot«, erwiderte Monach.

Der Soldat nickte. »Ein taktvollerer Mensch hätte es wohl nicht so direkt ausgedrückt. Aber, da du gerade erst einen Schlag auf den Schädel abbekommen hast, schlimm genug, um anzufangen zu halluzinieren, bin ich nachsichtig. Ja, ich bin tot, aber das war auch Pons Quevi. Gestatte, dass ich mich vorstelle. Ich heiße Poldarn.«

»Oh«, sagte Monach.

»Nur ›Oh‹, nicht ›Freut mich, deine Bekanntschaft zu machen‹? Und vielleicht ein kleines bisschen Respekt oder Anbetung? Nein, offensichtlich nicht.« Er grinste, dabei wurde die Wunde im Gesicht noch größer. »Schon gut, ich habe mit menschlicher Unzulänglichkeit Nachsicht. Du hast mich gesucht. Was kann ich für dich tun?«

Monach trat einen Schritt zurück. »Mit Verlaub, ich habe eigentlich nicht nach *dir* gesucht – nicht nach dem echten Poldarn. Ich wurde ausgeschickt, um mehr über jemanden zu erfahren, der in einem

Karren herumfährt und sich für dich ausgibt. Das ist alles.«

»Aber der Jemand im Karren bin ich«, erklärte Poldarn. »Reicht das? Oder muss ich den Karren herbeischaffen und dir das reparierte Rad zeigen? Ich kann, wenn du darauf bestehst, aber das würde eine Menge zusätzlicher Arbeit bedeuten, und ich habe relativ wenig Zeit. Ich kann gleichzeitig an zwei verschiedenen Orten sein, aber meine menschlichen Gegenstücke nicht. Können wir den Karren überspringen, ja?«

»Was? O ja, natürlich.«

»Danke. Nun zurück zu deinem Anliegen. Was willst du wissen?«

Monach trat noch einen Schritt zurück und spürte etwas Festes unter seinem Absatz. Er wollte nicht wissen, was es war. »Tut mir Leid«, sagte er. »Offenbar habe ich mein Anliegen nicht deutlich genug vorgebracht. Ich will nicht mehr über dich in Erfahrung bringen. Im Orden wissen wir alles über dich.«

Poldarn musterte ihn neugierig. »Alles über mich?«

»Ja, nun, natürlich nicht *alles.* Aber alles, was ich wissen musste ...«

Poldarn lächelte. »Ja, ich stimme dir zu. Wir können alle irrelevanten Details überspringen. Sprich weiter. Ich kann es kaum erwarten, alles über mich zu hören.«

Monach atmete tief durch und widerstand dem Wunsch, weiter zurückzutreten. »Es tut mir Leid, ich drücke mich wohl tatsächlich schlecht aus. Meine Mission – man schickte mich aus, um mehr über zwei Menschen in einem Karren zu erfahren, die durch das Dorf Cric kamen ...«

»Cric?«, unterbrach ihn Poldarn. »Danke, das notiere ich mir. Ist das weit von hier?«

»Keine Ahnung. Ich weiß nicht, wo es liegt.«

»Ich auch nicht«, sagte Poldarn und zupfte eine blutgetränkte Strähne aus der Wunde an seiner Schläfe. »Und du bist nicht der Einzige, der einen üblen Schlag auf den Kopf abbekommen hat. Aber zumindest habe ich jetzt ein Ziel. Irgendeine Idee, wohin ich danach ging?«

»Josequin«, antwortete Monach, ohne nachzudenken.

»Aha. Also nach Cric kommt als Nächstes Josequin. Was ich dort zu tun habe, weiß ich. Verstehst du, mir war nur die Abfolge, wann ich was wo erledigen muss, nicht ganz klar.«

Monach hatte das Gefühl, soeben einen großen Fehler gemacht zu haben, aber er war nicht sicher, welchen. »Josequin wurde niedergebrannt«, erklärte er. »Vor ungefähr einer Woche. Alle Bewohner kamen ums Leben, keine Überlebenden. Der Gott im Karren hat das vorausgesagt – deshalb wurde ich ausgeschickt, um der Sache auf den Grund zu gehen …« Er zögerte. Der Gott blickte ihn an.

»Das ist mir neu«, sagte Poldarn. »Wenn eine Stadt so groß wie Josequin niedergebrannt wurde, hätte ich mit Sicherheit davon gehört. Aber ich danke dir.«

Da wurde Monach sein Fehler bewusst. Noch war Josequin nicht zerstört. Der Gott im Karren war noch nicht in Cric gewesen. »Einen Moment«, sagte er.

»Lass uns mal eins festhalten«, fuhr Poldarn fort und hob ein Schwert aus dem Schlamm auf. Es war ein Krummsäbel, der dem glich, den Cronan gefunden hatte, und denjenigen, welche in der Truhe im Haus Falx lagen. »Von hier aus gehe ich nach Cric. In Cric sage ich den Fall Josequins voraus. Dann gehe ich nach Josequin. Und was passiert danach?«

»Nein«, sagte Monach (und jetzt erinnerte er sich, wer er war und dass er eine Familie in Josequin gehabt hatte). »So muss es nicht ablaufen. Wenn du nicht nach Cric gehst, wird Josequin vielleicht nicht niedergebrannt.«

Poldarn nickte. »Und das wollen wir natürlich nicht, oder? Danke, du hast mir unglaublich geholfen. Jemand wie ich benötigt jemanden wie dich, damit ich auf dem Laufenden bleibe. Sollte ich je einen Priester brauchen, denke ich an dich.« Er wischte den Schlamm vom Säbel und hängte ihn an seinen Gürtel. »Wohin gehe ich, nachdem ich in Josequin war?«, fragte er. »Mal sehen, Sansory wäre die logische Wahl, es liegt näher als Mael. Oder noch besser Deymeson, aus vielen guten Gründen, die du wohl kennst, da du ja so viel über mich gelesen hast.«

Die Last der Schuld, die Monach auf sich geladen hatte, ließ ihn stolpern. Instinktiv glitt seine Hand zum Schwertgriff. »Du darfst nicht nach Josequin gehen. Dort leben Tausende von Menschen.«

Poldarn lächelte. »Nicht mehr lange. Du weißt doch, wer ich bin, oder? Oder haben die Bücher das nicht erwähnt?«

Umfasse das obere Ende der Scheide mit der linken Hand und drehe es neunzig Grad nach links. Lege die Seite des linken Daumens gegen den Griff und drücke leicht, um die Klinge in der Scheide zu lösen. Lege den rechten Handrücken auf den Griff.

»Ich kann dich nicht nach Josequin gehen lassen«, erklärte Monach. »Meine Familie lebt dort.«

»Du weißt nicht, wer ich bin«, sagte Poldarn traurig. »Wie schade, ich hatte gehofft, du könntest es mir sagen. Aber alle, die es wissen, sterben. Die meisten töte ich selbst. Du hast keine Ahnung, wie frustrierend das ist. Und dabei tue ich nur meine Arbeit. Mir bleibt da keine andere Wahl.« Er trat einen Schritt nach vorn. Der Mittelfinger der rechten Hand berührte den Griff des Krummsäbels. »Ich gehe dorthin, wohin die Menschen mich rufen«, sagte er. »Und ich komme nur eingeladen. Und jetzt geh mir aus dem Weg.«

»Nein.«

Noch ein Schritt nach vorn. Noch einer, dann war er in Monachs Reichweite und konnte das Schwert einsetzen. Zwanzig Jahre lang war er ausgebildet worden, um zu ziehen und zuzuschlagen, sobald der Feind in seine Reichweite kam. Inzwischen handelte er vollkommen automatisch. Es war, als hätte er keine andere Wahl.

»Du hast nach mir gesucht«, sagte Poldarn. »Du hast nach mir gefragt.«

Poldarn hob den Fuß und übertrat die unsichtbare Grenze. Rechte Hand hinüber, Griff nehmen. Ziehen. Rechte Hand und Fuß zusammen, in den Kreis des Gegners beim Schlag treten. Ein Bruder des Ordens, der diese Kunst erlernt hatte, musste sich vor nichts und niemandem auf dieser Erde fürchten. Er konnte alles töten, sogar einen Gott.

Poldarn trat zurück und ließ den Krummsäbel fallen, als Monach das Blut von seiner Klinge schleuderte. Der tote Gott stand noch, als das Schwert in der Scheide verschwand. Erst dann brach er zusammen und spritzte Schlamm auf Monachs Gesicht. Die Krähe breitete die Flügel aus und flog langsam davon. Irgendwo im Hintergrund schüttelte Pater Tutor den Kopf und seufzte. »Du musst aufhören, so was zu machen«, sagte er. »Du bringst den Orden in Verruf. Ich habe dir gesagt, du sollst ihn *finden*, nicht …«

Monach öffnete die Augen. Sein Traum breitete die Flügel aus und flog in die Dunkelheit davon. Dabei nahm er die Erinnerung an das, was er gesehen hatte, im Schnabel mit. Die alte Frau stand über ihm und stieß ihn mit dem Zeh an.

»Frühstück«, sagte sie. »Gebratenes Weizenmehl und Käse. Zwei Vierteltaler.«

Monach nickte. Er hasste gebratenes Weizenmehl. Er war in Cric, demnach war Josequin trotz seiner Bemühungen gefallen. Er erinnerte sich an diesen Gedanken und fragte sich, was er zu bedeuten hatte.

Kapitel 10

Poldarn erwachte aus einem bösen Traum. Krähen kamen darin vor, und ein Gott hatte mit ihm gesprochen und vieles andere, was ihm Angst gemacht hatte. Er war froh, dass er vorüber war. Er öffnete die Augen und sah etwas Vertrautes: Das hintere Rad des Karrens, das sich ständig drehte.

»Endlich bist du wach«, sagte der Fuhrmann mürrisch. »Das ist gut. Für einen Spitzensicherheitsmann schläfst du verdammt viel. Vielleicht senden die Götter dir im Schlaf Warnungen.«

Poldarn seufzte. Es war schade, dass der Mann ihn schon jetzt nicht mochte. Sie mussten die nächsten vier Tage zusammen verbringen. Aber er verstand die Abneigung. Er bekam den dreifachen Lohn des Fuhrmanns, obwohl dieser die ganze Arbeit tat (er hatte angeboten, ihn beim Fahren abzulösen, aber der Fuhrmann hatte ihn nur argwöhnisch angeschaut und nicht geantwortet).

»Tut mir Leid«, sagte er. »Es ist furchtbar langweilig, einfach nur dazusitzen, ohne etwas tun zu können. Schlafen lässt die Zeit schneller vergehen.«

Der Fuhrmann verscheuchte mit der linken Hand eine Wespe. »Du schnarchst«, sagte er. »Und du redest im Schlaf. Einen Haufen verrückte Sachen.«

»Wirklich?« Poldarn setzte sich auf. »Was denn?«

»Frag nicht. Ich habe Besseres zu tun, als dir zuzuhören.«

Das war ein taktischer Fehler, erkannte Poldarn klar. Wenn er sein Interesse zeigte, wurde der Fuhrmann bockig und sagte ihm gar nichts. Aber es war noch nicht zu spät, die Taktik zu ändern.

»Ich glaube dir nicht«, sagte er. »Ich habe nie bemerkt, dass ich im Schlaf spreche.«

»Natürlich hast du geredet«, erwiderte der Fuhrmann.

Poldarn schüttelte den Kopf. »Das hätte mir aber jemand gesagt. Besonders, wenn ich lauter verrücktes Zeug von mir geben würde.«

»Ja, verrückt war's«, sagte der Fuhrmann. »Ziemlich verrückt. Über Kriege, Schlachten und dass Tote überall rumliegen. Aber meistens redest du mit den Göttern. Du brauchst eine doppelte Dosis Rhabarber, um dich gründlich zu reinigen.«

»Du hast doch behauptet, du hättest nicht zugehört.«

»Hab ich auch nicht. Aber du hast ja so laut geredet, dass ich keine andere Wahl hatte, das kannst du mir glauben.«

»Nenn mir ein Beispiel«, sagte Poldarn. »Sonst weiß ich, dass du nur Schwachsinn daherredest.«

Der Fuhrmann lachte. »Du hast es so gewollt«, meinte er. »Erst ging's um jemanden, der Ciartan hieß, dann kam General Cronan, dann der verdammte Kaiser – bitte schön. Erst habe ich überlegt, ob es Hochverrat ist, wenn jemand so verrückt vom Kaiser träumt – aber dann, als wäre das nicht schlimm genug gewesen, hast du auch noch angefangen, mit den Göttern zu reden. ›Nein, das werde ich nicht tun‹, hast du gesagt, eigentlich eher gebrüllt. ›Ich werde es nicht tun.‹ Immer und immer wieder.

›Ich werde es nicht tun. Ich werde es nicht tun.‹ Ich hätte dich geweckt, aber man sagt, wenn man jemanden während eines verrückten Traums aufweckt, bleibt er darin gefangen. Ich sage dir, das war köstlicher als jede Pantomime.«

Poldarn nickte. »Freut mich, wenn's dir gefallen hat«, sagte er. »Ich wünschte wirklich, ich könnte mich daran erinnern. Warum sollst du den ganzen Spaß für dich allein haben?«

Der Fuhrmann schüttelte den Kopf. »Und davor warst du Feron Amathy – Gott allein weiß, warum du dieses bösartige kleine Miststück sein wolltest. Da hast du Befehle erteilt: ›Steckt die Häuser in Brand!‹, hast du gebrüllt. ›Steckt die Häuser an, lasst niemanden entkommen.‹ Mir wurde kotzübel, als ich dich so reden hörte.«

»Wer ist Fern Amathy?«

Der Fuhrmann runzelte die Stirn. »Das ist nicht witzig«, sagte er. »Über gewisse Dinge darf man keine Scherze machen. Menschen könnten das als Beleidigung auffassen.«

Poldarn seufzte. Es wurde langsam dunkel. Eine große Schar Saatkrähen flog über sie hinweg. »Ich wollte keinen Scherz machen«, sagte er. »Ehrlich. Ich stamme nicht aus dieser Gegend, nicht mal von dieser Seite der Bucht. Mir sagt der Name nichts.«

»Ist nicht wahr!«

»Doch.«

»Oh.« Der Fuhrmann musterte ihn von der Seite, als wolle er sich überzeugen, dass er nicht einen Extrafinger an jeder Hand hatte. »Hätte ich mir denken können, schon wegen deiner Stimme.«

»Meiner Stimme?«

»Ja, deine Stimme. Du redest so seltsam. Na ja, vielleicht ist das dort normal, wo du herkommst, aber du weißt schon, was ich meine. Du sprichst nicht *richtig.*«

Poldarn zuckte mit den Schultern. »Mag schon sein, aber wer ist nun dieser Fern Amathy?«

»Nicht Fern«, sagte der Fuhrmann. »Feron. Feron Amathy. Hat die größte Söldnerbande auf dieser Seite der Bucht. Ein echter Mistkerl.«

Söldner. Ja, er hatte bereits mitbekommen, dass die nicht beliebt waren. »Inwiefern?«, fragte er.

»Alles, was du dir vorstellen kannst, wirklich. Viele Leute vermuten, dass es nicht die Freibeuter sind, die die Dörfer und Städte niederbrennen, sondern das Haus Amathy. Und sie bringen alle Menschen um, damit es keine Zeugen gibt, die sie verraten könnten. Und die Schuld geben sie den Freibeutern. Echte Schweinehunde, wie ich schon sagte.«

»Da gebe ich dir Recht«, sagte Poldarn. »Wenn sie es tatsächlich sind.«

»Ist jedenfalls möglich«, sagte der Fuhrmann. »Und dann ist da noch die Sache, wie er General Allectus behandelt hat. Viele Menschen haben General Allectus gemocht. Er war nicht halb so übel, wie man von ihm gesagt hat. Und selbst wenn er nicht besser als die anderen gewesen wäre, war es von Feron Amathy einfach schändlich, mitten in der Schlacht die Seiten zu wechseln. Das ist unprofessionell. Wenn man Söldner anheuern muss, ist das immer eine schlechte Möglichkeit, ganz gleich, wie der Krieg läuft, aber wenigstens sollte man sicher sein, dass sie einem nicht das Messer in den Rücken rammen. So war das wenigstens früher, aber jetzt machen sie das alle, und der Gipfel ist, dass es kein sauberes Ende gibt, sondern, dass diese blutigen kleinen Kriege immer weitergehen, weil alle ständig die Seiten wechseln. Chaos.«

»Das kann ich mir gut vorstellen«, meinte Poldarn. »Und es klingt, als ob du wegen Feron Amathy Recht hättest. Aber Gott allein weiß, was er in meinem Traum zu suchen hatte.«

Die Sonne ging schnell unter, und sie gerieten in einen dicken Nebel (oder niedrige Wolken oder Regenschleier). Der Sonnenuntergang durch den Nebel bot einen eigenartigen, aber auch etwas beunruhigenden Anblick, wie Blutstropfen, die in stilles schlammiges Wasser fallen. Poldarn verspürte eine sonderbare Beklemmung, obwohl er nicht wusste, weshalb.

Es musste sich auf seinem Gesicht abgezeichnet haben, denn der Fuhrmann fragte misstrauisch: »Warum bist du so unruhig? Gibt's Ärger?«

»Ich weiß es nicht«, antwortete Poldarn.

»Verdammt, das solltest du aber wissen. Du bist derjenige mit den geschärften Instinkten, dafür bekommst du das ganze Geld. Sollen wir anhalten oder zurückfahren oder was?«

»Ich habe dir gesagt, ich weiß es nicht«, sagte Poldarn. »Ich sehe nichts Verdächtiges. Ehrlich gesagt, sehe ich überhaupt nichts. Vielleicht ist es ja nichts.«

»Du meinst, du hast Angst vor der Dunkelheit.« Der Fuhrmann schnalzte mit der Zunge, eine seiner vielen störenden Angewohnheiten. »Nein, das ist's nicht, richtig?«, meinte er vorwurfsvoll. »Du fährst mit, weil du Ärger im Voraus riechst, ehe er passiert. Also, gibt's Ärger oder nicht?«

»Wie ich dir gesagt habe – ich weiß es nicht«, erklärte Poldarn unwirsch.

Der Fuhrmann stand auf und zügelte die Pferde. »Das reicht«, sagte er. »Ich halte an. Du kannst ja vorgehen und sehen, was los ist.«

Unwillkürlich lächelte Poldarn. »Was? Ich soll dich hier allein und schutzlos zurücklassen? Dafür werde ich nicht bezahlt.«

»Ja, aber du hast den verdammten Brief.«

»Stimmt, aber das wissen sie nicht.«

»Wer weiß das nicht?«

»Keine Ahnung.« Poldarn sprang vom Wagen und holte die Kappe heraus. »Ich nehme an, ich könnte mir mal die Beine vertreten. Willst du meinen Rat? Wenn ich du wäre, würde ich runtersteigen, mich unter den Wagen legen und ganz still verhalten. Dann denken sie, dass du auch weggegangen bist.«

»Wer, um Himmels willen?«

Poldarn zuckte mit den Schultern. »Mach, was du willst, aber sage nicht, ich hätte dich nicht gewarnt.«

Der Fuhrmann fluchte leise vor sich hin, stieg aber ab und verschwand unter dem Wagen. »Treib dich nicht zu lange rum«, zischte er. »Sieh, was los ist, und komm sofort wieder. Hast du gehört?«

»Pscht!«, sagte Poldarn und marschierte in den Nebel.

Die Sonne war fast untergegangen. Die letzten Strahlen spendeten im Nebel noch ein wenig Licht, bis auch diese hinter einer Wolkenwand verschwanden. Angst war es nicht, was Poldarn empfand, eher ein ungutes Gefühl. So, als würde er etwas Wichtiges übersehen, etwas Relevantes und Nützliches. Er stolperte über einen Stein und taumelte mehrere Schritte, ehe er das Gleichgewicht wiedergewann.

»Hallo?«, rief eine Männerstimme irgendwo im Nebel.

»Auch, hallo«, rief Poldarn zurück. »Wo bist du?«

»Hier drüben«, rief der Mann. »Kannst du mir helfen? Ich glaube, ich habe mir ein Bein gebrochen.«

Es war eine interessante Stimme, sehr hoch, mit Charakter, und der Akzent wies auf eine edle Abstammung und Bildung hin, aber das war lediglich eine Vermutung. »Wie ist das passiert?«, schrie Poldarn und spähte in den Nebel, um herauszufinden, woher die Stimme kam.

»Ein verfluchter Fasan ist direkt unter meinen Füßen hochgeflogen und hat mein Pferd erschreckt. Das Mistvieh hat mich abgeworfen. Ich glaube, ich bin unglücklich gelandet.« Vorgetäuschte Fröhlichkeit sollte die Panik überspielen. Das war entweder echt, oder der Mann war ein guter Schauspieler. Poldarn vergewisserte sich, dass sein Schwert in der Scheide steckte, und ging in die Richtung, aus der die Stimme zu kommen schien. Als er glaubte, ganz nahe zu sein, bog er in rechtem Winkel ab, ging fünfzehn Schritte weiter, bog wieder in rechtem Winkel ab und hoffte, dass er sich nicht vertan hatte. Die Idee war, sich dem Fremden, wer immer er sein mochte, von hinten zu nähern, falls es ein Hinterhalt war.

Dann vermochte er vor sich die Umrisse eines Mannes zu erkennen. Er saß mit dem Rücken zu ihm und hielt ein Bein in einer sehr unbequemen Stellung, die er gewiss nicht freiwillig eingenommen hatte. Nach einem weiteren Schritt sah er ein Pferd grasen. Bis jetzt war alles in Ordnung. Er wartete und fragte sich, woher diese Instinkte bei ihm kommen mochten. Schauen, lauschen, ob er und der Mann mit dem gebrochenen Bein die einzigen hier waren. Als er hinreichend sicher war, trat er noch ein paar Schritte näher, hielt sich jedoch hinter einem Baum versteckt (damit er das Gesicht des Mannes sehen konnte, während er verborgen blieb) und räusperte sich.

Der andere Mann zuckte zusammen. Dabei verdrehte er sich offenbar das Bein, denn er schrie vor Schmerzen laut auf. »Verdammt«, stieß er hervor und drehte den Kopf. »Woher bist du denn gekommen?«

»Ich hatte mit dir gerade geredet«, antwortete Poldarn.

»Ja, aber da warst du – ach, verstehe. Du bist ein übervorsichtiger Bursche. Komm her, damit ich dich sehen kann.«

Poldarn wagte noch einen Blick hinter dem Baum hervor. Der Mann war älter, als er vermutet hatte. Aufgrund der grauen Schläfen hielt er ihn für Mitte bis Ende vierzig. Aber er sah blendend aus, irgendwie jungenhaft, mit scharfen Zügen und großen braunen Augen. Außerdem war er mit Schlamm bespritzt. Da er im Grunde harmlos aussah und Poldarn sicher war, dass er allein war, trat er hinter dem Baum vor und ging zu ihm hin.

»Verdammt!«, sagte der Fremde und starrte ihn an. Dann veränderten sich seine Züge. »Du meine Güte, was machst *du* denn hier? Hast du den Verstand verloren?«

Eigentlich wäre es Poldarn lieber gewesen, wenn der Mann ein Messer gezückt und sich auf ihn gestürzt hätte. Er war über sein eigenes Verhalten verblüfft. Am liebsten hätte er kehrtgemacht und wäre weggegangen, aber er wusste nicht, weshalb. Aber der Drang war so stark, dass es ihm schwer fiel, nicht nachzugeben.

»Du kennst mich?«, fragte er.

»Das habe ich zumindest geglaubt«, antwortete der Fremde. »Schließlich haben wir etliche verflucht dämliche Dinger gedreht, aber das geht jetzt zu weit, selbst nach deinen Maßstäben. Hast du auch nur einen blassen Schimmer, was sie mit mir machen, wenn wir zusammen gesehen werden? Wenn du den Wunsch hast zu sterben, ist das in Ordnung, aber lass mich aus dem Spiel. Ich habe es satt, dich jedes Mal zu retten, wenn du wieder eine Verrücktheit angestellt hast.«

»Habe ich nicht«, sagte Poldarn (und er fühlte ein enormes Gewicht auf der Brust, so schwer, dass er kaum atmen konnte). »Du verstehst nicht.«

Der Fremde blicke umher. »Das ist das letzte Mal, verstanden?«, sagte er verärgert. »Absolut das letzte Mal. Um Himmels willen, jeder, der halbwegs bei klarem Verstand ist, hätte den Hinweis dankbar angenommen. Ich weiß nicht warum, aber jemand da oben muss mich hassen.« Er schüttelte den Kopf. »Alles dreht sich wie eine Windmühle. Erst stecke ich bis zu den Ellbogen in der Scheiße, als sie mich unter Bewachung nach Torcea, zu einem Gespräch mit meinem lieben Vetter geschleppt haben, dann wird es etwas besser. Ein bisschen Geld wechselt den Besitzer, ich verschwinde und bin auf dem Heimweg, da kommt der verfluchte Fasan, und jetzt liege ich hier mit einem gebrochenen Bein. Und als würde das nicht reichen, tauchst auch noch *du* auf.« Ihm schien ein Gedanke zu kommen. »Ein großer Zufall«, sagte er. »Aber ich glaube, nicht mal du hättest den Fasan abrichten können. Nein, wahrscheinlich leide ich unter Verfolgungswahn. Allerdings, wenn es mit dir zu tun hat, kommen normale Kriterien aus irgendeinem Grund nicht in Frage. Ich habe keine Ahnung, was sie in dir sieht.« Er rieb sich das Kinn und dachte kurz nach. Dann schien er einen Entschluss gefasst zu haben. »Hör zu, ich kann dich an den Soldaten vorbeischmuggeln, solange du das Maul hältst. Wobei ich davon ausgehe, dass keiner dein Gesicht kennt. Aber vielleicht haben wir Glück. Bist du allein?«

»Nein«, sagte Poldarn. Einfach still zu stehen war eine fast unerträgliche Anstrengung. Jetzt wurde ihm bewusst, welch große Angst er hatte. Bis jetzt war er zu beschäftigt gewesen, um es zu bemerken. Aber die Angst war da, daran bestand kein Zweifel. Sie drängte nach oben, um hervorzuquellen (wie bei einer tiefen Wunde. Nach dem Schlag ist das Fleisch eine Sekunde oder so betäubt, nichts scheint zu geschehen. Dann setzt die Blutung ein, und plötzlich hat man eine klare Vorstellung, wo die Prioritäten liegen).

Erst mal lebend von hier weg, entschied Poldarn. *Alles andere kann warten.* »Hör zu«, sagte er. »Ich bin nur ein Bote, wir bringen eine Ladung in die Stadt.« (Selbstverständlich konnte er den Mann nicht einfach liegen lassen und weggehen, wie seine Instinkte ihm rieten. Das wäre am leichtesten und sichersten gewesen, falls die Gefahr tatsächlich existierte. Ein vernünftiger Mann würde das ohne Zögern tun. Aber da war noch die Frage, wer gerettet werden sollte.

Und diese ließ sich nicht eindeutig beantworten.) »Kannst du mir sagen, was das alles soll?«

»Ach, hör mit dem Quatsch auf!« Der Fremde schaute ihn an, als hätte er den Verstand verloren. »Mir reicht es mit dir«, sagte er. »Gott allein weiß, was mich geritten hat, damit ich mich mit einem Verrückten wie dir einlasse. Wenn es nur nach mir ginge, würde ich die Soldaten dich umbringen lassen. Sofort. Ich würde ihnen sagen, dass du ein Fußabstreifer bist oder so was Ähnliches, nur, damit sie dich töten.« Er seufzte. »Aber das kann ich nicht, weil sie es mir nie verzeihen würde. Na schön, sei still, und ich hole uns irgendwie hier raus. Wer ist bei dir?«

»Ein Fuhrmann vom Haus Falx. Er heißt Gotto, mehr weiß ich nicht über ihn.«

»Das Haus Falx.« Der Fremde schloss die Augen. »Es wird immer besser. Kannst du ihm nicht einfach die Kehle durchschneiden und ihn irgendwo liegen lassen? Nein, vergiss es, das wäre zu riskant. Falx Roisin würde mit Sicherheit wissen, was los ist.«

Poldarn bezweifelte das, aufgrund dessen, was er von seinem Arbeitgeber gesehen hatte, aber was wusste er schon wirklich?

»Bist du sicher, dass er nicht weiß, wer du bist?«, fuhr der Fremde fort. »He, habe ich gerade etwas Komisches gesagt?«

Poldarn schüttelte den Kopf. »Tut mir Leid, wenn du mir zuhören würdest ...«

»O nein. Ich habe dir beim letzten Mal zugehört, und schau mich jetzt an. Hast du gesagt, du hättest einen Wagen?«

»Ja.«

Der Fremde runzelte die Stirn. »Eigentlich gar nicht so schlecht. Weißt du, vielleicht gibt es tatsächlich einen Ausweg. Wenn wir an den Soldaten vorbeikommen, ohne dass sie mich sehen – das könnte gehen. Du bist zwar immer noch ein gefährlicher Irrer, den man beseitigen sollte, aber vielleicht kommen wir durch. Bist du wirklich sicher, dass der Fuhrmann nichts weiß?« Er hob ruckartig den Kopf. »Halt's Maul!«, flüsterte er. »Da kommt jemand.« Gleich darauf meinte er: »Tut mir Leid, so spricht man nicht mit seinem Retter. Das ist nicht nett.« Mühelos wechselte seine Stimme wieder in den liebenswürdigen Tonfall wie zuvor. »Bitte, verzeih mir, aber ich bin an Pech nicht gewöhnt, das macht mich mürrisch.«

Poldarn blickte umher und sah, dass der Fuhrmann hinter einem Baum zu ihnen herüberschaute. Er hatte ihn nicht kommen hören. Entweder hatte ihn die Verwirrung taub gemacht, oder der Fremde verfügte über einen außergewöhnlich guten Hörsinn.

»Wer ist das?«, fragte der Fuhrmann. Er stand nicht nahe genug, um das Gesicht des Fremden zu sehen.

»Bin vom Pferd gefallen und habe mir das blöde Bein gebrochen«, erklärte der Fremde. »Könntest du mich bis Mael mitnehmen? Falls du in diese Richtung fährst.«

Der Fuhrmann kam hinter dem Baum hervor. Er verstrahlte Neugier wie ein Kohlebecken Wärme. »Ich weiß nicht so recht«, sagte er. »Eigentlich dürfen wir nicht ...«

»Selbstverständlich würde ich mich für die Mühe erkenntlich zeigen«, unterbrach ihn der Fremde.

Wie angewurzelt blieb der Fuhrmann stehen. »Ich weiß nicht«, wiederholte er. »Muss an meinen Arbeitsplatz denken.«

»Mit dem gebrochenen Bein kannst du den weiten Weg nicht reiten«, sagte Poldarn, um das betretene Schweigen zu brechen. »Ich nehme an, du fährst besser mit uns mit.«

»Das ist sehr freundlich von dir«, sagte der Fremde offensichtlich erleichtert.

Poldarn zuckte mit den Schultern. »Wir müssen ohnehin nach Mael«, sagte er, aber er fragte sich, ob er das Richtige tat. Der Fremde hatte Soldaten erwähnt und viel von Gefahr und Risiko geredet. Am liebsten wäre Poldarn woanders gewesen. Hier suchte ihn wieder die Vergangenheit heim. Wie die unbeliebtesten Verwandten kam sie unangemeldet zum schlimmsten Zeitpunkt. Er beneidete den Fremden wegen seiner Fähigkeit, sich so schnell verstellen zu können, und fragte sich, ob man das wie die Fertigkeit, mit Waffen umzugehen, erlernen könnte oder ob man so geboren sein musste, so wie man mit einem Zweig Wasser weihen oder Gedanken lesen konnte. Er wünschte, er wäre dazu in der Lage, einfach über die Schwierigkeiten hinwegzuschreiten, wie eine Fliege über einen Teich fliegt.

Er reichte dem Fremden die Hand und zog ihn hoch. Dann legte er die Schulter unter seinen Arm. »Langsam«, sagte er. »Bis zum Wagen ist es nicht weit. Gotto, hilf mir mal.«

Der Nebel verzog sich schnell, aber es war stockdunkel. Die Stimmung des Fuhrmanns verbesserte sich nicht. Die Straße war weich und voller Löcher.

»Zum Teufel, mir reicht's«, rief er, nachdem die Achse beinahe wegen einem Loch gebrochen wäre. Der Fremde hatte vor Schmerzen geschrien. »Ich schlage vor, dass wir hier übernachten. Bis Vauc Dosime dauert es noch fast zwei Stunden.«

Widerspruch war zwecklos. Allerdings wies Poldarn darauf hin (nur um ekelhaft zu sein), dass sie nichts zu essen hatten und auch nichts um ein Feuer zu entfachen. Der Fuhrmann machte sich nicht die Mühe zu antworten, wahrscheinlich hielt er nichts von Poldarns Einwänden. Es gab auch nur eine Decke, und auf ihr saß der Fuhrmann. Er hatte zwar noch seinen Mantel, aber er fühlte sich verpflichtet, diesen dem Fremden anzubieten.

»Nein, nicht nötig«, erwiderte der Fremde. »Ich mache euch schon viel zu viel Mühe.«

Poldarn schüttelte den Kopf. »Nimm den verdammten Mantel.«

Der Fremde grinste und nahm ihn an sich. »Bist du auch sicher?«

»Ich habe ihn angeboten, oder?« Dann holte Poldarn aus der Satteltasche eine Flasche mit einem starken alkoholischen Getränk. Eolla hatte ihm geraten, nie ohne diese Stärkung zu reisen. Er reichte dem Fremden die Flasche. Dabei sah er, wie der Fuhrmann sie missmutig aus dem Augenwinkel beobachtete. Das Schweigen war beklemmend und passte nicht so recht zu einer Rettung oder einer guten Tat. Poldarn versuchte, die angespannte Situation durch ein unverfängliches Gespräch aufzulockern.

»Hast du gute Freunde in Mael, die sich um dich kümmern können?«, fragte er.

»Nein, aber das ist in Ordnung, meine …« Der Fremde suchte nach dem richtigen Wort. »… Leute haben dort eine Niederlassung, Unterkünfte für Reisende und Kuriere und so. Das ist schon in Ordnung.«

»Klingt wie ein ziemlich großes Unternehmen«, sagte Poldarn. »Handelshaus? Bank?«

»So ähnlich«, antwortete der Fremde ruhig. »Und was machst du?«

»Wir sind im Geschäft für Trockenfisch und Wurst«, erklärte Poldarn. »Du hast Glück, dass wir auf dem Hinweg sind. Auf dem Rückweg sind wir bis obenhin voll gepackt mit getrocknetem Thunfisch und Blutwurst, ganz zu schweigen von einigen Fässern Mael-Bier.«

»Eigentlich mein Pech«, meinte der Fremde. »Da habe ich eine gute Mahlzeit verpasst. Aber man kann sein Glück eben nicht erzwingen.«

»Ich schätze nicht«, stimmte Poldarn ihm zu. »Aber jetzt solltest du versuchen, zu schlafen. Morgen müssen wir versuchen, die Verspätung aufzuholen. Die Fahrt dürfte ziemlich ungemütlich für dich werden.«

Dem regelmäßigen Atem nach hatte der Fremde keine Schwierigkeiten zu schlafen. Erstaunlich, vor allem wenn man berücksichtigte, was er über die Gefahr, in der sie beide angeblich schwebten, gesagt hatte. Poldarn war hellwach. Er stellte den Kragen auf und zog die Ärmel so weit wie möglich herunter. Es war eine kalte Nacht. Im Moment regnete es zwar nicht, aber es sah so aus, als würde es bald wieder anfangen.

Nach Poldarns Schätzung war es ungefähr drei

Stunden vor der Morgendämmerung. Er hörte jemanden in einiger Entfernung husten, aus der Richtung, aus der sie gekommen waren. Er lauschte angestrengt. Aber es war nichts mehr zu hören. Es konnte ein Mensch gewesen sein, aber auch ein Fuchs. Trotzdem blieb er aufrecht sitzen, um sofort das Schwert ziehen zu können, falls es nötig war. Es war pervers, aber jetzt wurde er schläfrig. Wenn er aber auch nur für einen Moment die Augen schloss, würde er sofort tief einschlafen. Er schüttelte den Kopf, das half, wenngleich nur für kurze Zeit.

Er kam zu dem Schluss, dass er sich alles nur eingebildet hatte, ausgelöst durch Falx Roisins farbenprächtige Schilderung dessen, was seinen Vorgängern alles zugestoßen war, und durch die dunklen Andeutungen des Fremden über Soldaten (an denen sie vorbeischlüpfen sollten, ohne gesehen zu werden, weil ihr Leben davon abhing). Da hörte er ohne jeglichen Zweifel, wie zwei Metallstücke gegeneinander schlugen. Ein Schildrand gegen ein Kettenglied oder ein Schwert gegen eine Beinschiene. Er hielt den Atem an und bohrte dem Fuhrmann den Ellbogen in den Rücken.

»Wach auf«, zischte er.

»Verpiss dich«, murmelte der Fuhrmann.

Poldarn stieß ihn kräftiger an. Der Fuhrmann setzte sich auf. »Was zum Teufel ist denn los?«

»Still.« In Poldarns Stimme musste etwas mitschwingen, das den Fuhrmann beeindruckte, denn zum ersten Mal, seit sie angefangen hatten zusammenzuarbeiten, befolgte er einen Befehl. »Da kommt jemand.«

»Na und?«, meinte der Fuhrmann. »Es ist eine Straße. Auf den Straßen gibt's Leute. So ist das Leben.«

»Pscht.« Diesmal knarzte etwas. Ein steifer Stiefel, ein Gürtel? Der Fuhrmann hörte es auch. Poldarn spürte, wie sich der Wagen bewegte, als Gotto sich herunterbeugte und den Sack suchte, in dem er sein Schwert aufbewahrte. Das brachte ihn auf eine Idee. So lautlos wie möglich glitt er über die Seite des Wagens zu Boden. Dann marschierte er auf den Außenkanten der Füße weiter (die lautloseste Art. Aber woher wusste er das?). Er tastete sich am Wagen entlang und fertigte im Geist eine Skizze an, in die er sämtliche relevanten Punkte und Entfernungen eintrug. Er hatte die Arbeit schon fast beendet, als ihm das Pferd des Fremden einfiel, das der Fuhrmann von den eigenen getrennt hinten an den Wagen gebunden hatte. Er fügte es der Skizze hinzu, nur für den Fall, dass es wichtig sein könnte.

Es waren mindestens zwei. Er hörte ein unterdrücktes Husten vor sich und ein Rascheln weiter rechts. Warum gingen sie nicht auf der Straße? Der einzige Grund, der ihm einfiel, war der, dass die Kerle den Wagen überfallen wollten, was darauf hinwies, dass sie nicht in freundlicher Absicht kamen. War die ganze Welt so? Und wenn ja, weshalb, zur Hölle, war sie dann noch bewohnt?

Einer ging ganz dicht neben ihm vorbei und drang in seinen Fechtkreis ein. Nur mit Mühe vermochte er die Rechte vom Schwertgriff fern zu halten. Stattdessen trat er dem anderen Mann mit aller Kraft ins Knie. Dieser ging zu Boden. Poldarn schätzte ab, wo sich der Hals befand, und stellte den Fuß darauf. Dem Gefühl nach hatte er Recht gehabt.

»Pscht«, flüsterte er und wartete ab, was geschehen würde.

»Gian«, rief jemand leise. »Alles in Ordnung?«

Klugerweise antwortete Gian nicht. Sein Freund wiederholte die Frage. Dann verrieten leise Geräusche Poldarn, dass einer oder mehrere der unsichtbaren Besucher in seine Richtung kamen. Genau das hatte er beabsichtigt, aber dann wurde ihm bewusst, dass er es eigentlich nicht geplant hatte. Er hatte den Wagen verlassen, um dem Feind frei und ungehindert entgegentreten zu können. Außerdem hatte er den Vorteil, eine Geisel zu haben, was die anderen jedoch nicht wussten.

»Bleib, wo du bist, oder ich breche ihm den Hals«, rief er.

(Fein. Wenn sie tun, was ich verlange, kann ich bis zum Morgengrauen hier stehen bleiben. Schöne Scheiße.)

»Wer ist da?«, rief eine Stimme.

»Du zuerst«, antwortete Poldarn. »Wer bist du, und wie viele seid ihr, und was sucht ihr hier in der Dunkelheit?«

Gian wand sich unter seinem Fuß. Ein bisschen mehr Druck, dann gab er wieder Ruhe.

»Ich bin Hauptmann Olens von der hiesigen Kavallerie«, erklärte die Stimme forsch. »Zweites Regiment, fünfte Abteilung, siebzehnte Schwadron, dreiundvierzigster Zug. Wer zum Teufel bist du?«

Poldarn grinste. »Niemand, der wichtig ist, aber ich stehe ich auf dem Hals eures Freundes, und wenn jemand etwas tut, das mir missfällt, bringe ich ihn um. Verstanden?«

»Verstanden.« Hauptmann Olens klang nervös.

»Großartig.« Poldarn drehte den Kopf in Richtung des Wagens. »Gotto«, rief er und hoffte, dass der Fuhrmann noch wach war und lebte. »Gotto, bist du da?«

»Ja«, rief der Fuhrmann. »Was zum Teufel ist los?«

»Keine Ahnung. Zünde die Laterne an, dann sehen wir es.«

Jetzt kam der mühselige Teil. Er beugte sich hinab, wobei er aufpasste, dass Gian nicht entkommen oder angreifen konnte, packte Gians Haare mit der linken und zog sein Schwert mit der rechten Hand aus der Scheide. Dann richtete er sich auf und zog Gian mit sich. »Pscht«, wiederholte er. Sobald beide standen, hielt er ihm die Schwertscheide gegen den Hals. Dann schob er ihn vorwärts. Es wäre eine Katastrophe, wenn er gegen jemanden prallte. Er könnte sich glücklich schätzen, wenn er es zum Wagen schaffte, ohne Gian loszulassen oder ihn zu töten. Er war überrascht, dass er es ohne Katastrophe schaffte.

Seiner Meinung nach war das Pferd des Fremden der Schlüssel. Er presste seine Geisel zwischen Pferd und Wagen. Zwei Sekunden später war er in Stellung gegangen. Dann leuchtete Gottos Laterne auf.

»Nicht auf mich, du Idiot«, zischte er. »Steig ab und geh geradeaus vorwärts.« Der Fuhrmann gehorchte ohne Murren. »Und jetzt bleib stehen. Und ihr kommt zur Laterne und stellt euch so hin, dass ich euch sehen kann.«

(Eine Allegorie, dachte er. In der Dunkelheit bist du der, für den du dich ausgibst. Mit meiner Übung in letzter Zeit sollte ich gut darin sein.)

Ein Gesicht tauchte im Schein der Laterne auf. Es war jung und rund, umrahmt von dunklen Locken. »Ich bin Hauptmann Olens. Wir wollen euch nichts tun«, sagte der junge Soldat. Das kam zu schnell, dachte Poldarn. »Aber, wer zum Teufel, bist du?«

»Olens, bist du das?«, ertönte eine Stimme.

(Und diese Stimme gehörte dem Fremden, dem Mann mit dem gebrochenen Bein. Das war entweder gut oder schlecht, das hing vom Zusammenhang und der allgemeinen Weltanschauung ab.)

»Sir?«

»Olens, du verdammter Schwachkopf.« (Ah. Jetzt kommen wir weiter.) »Hör auf, herumzuschleichen und lass diese Männer in Ruhe. Sie sind auf unserer Seite.«

»Aber, Sir«, erwiderte Hauptmann Olens widerstrebend. »Na schön, kommt raus. Hierher. Sir«, fuhr er fort, »Feldwebel Gian ...«

»Was? Ach ja. Entschuldige, würdest du ihn bitte loslassen? Diese Männer sind ...« Es folgte eine lange Pause, so als müsste der Fremde nachdenken. »Ich kenne sie, sie werden uns nichts tun.«

Poldarn dachte nach. Das Problem war, dass den Menschen nicht auf der Stirn geschrieben stand, wer sie waren – Freund, guter Mensch, Meuchelmörder, Befreier. Die Geisel freizulassen könnte ein schlimmer, tödlicher Fehler sein. Andererseits hatte er einen Krampf im Schwertarm. Er ließ Gians Haare los und stieß den Mann mit der flachen Hand vorwärts. Dann folgte er ihm in den Lichtschein.

Gotto stand hinter der Laterne. Davor sah Poldarn vier, gleich darauf fünf Gesichter. »Kannst du die Laterne herbringen, damit Hauptmann Olens sieht, dass ich es bin«, rief der Fremde mit dem gebrochenen Bein. »Das würde die Situation etwas entspannen.«

Selbst Gotto hielt diesen Vorschlag für vernünftig. Poldarn folgte ihm, wobei er sich aus Vorsicht außerhalb des Lichtkreises hielt. Er war entschlossen, so lange wie möglich unerkannt zu bleiben und nicht in Erscheinung zu treten.

»Olens«, sagte der Fremde. »Wohin bist du verschwunden? Ich habe im Nebel mit einem gebrochenen Bein im Graben gelegen. Wenn diese Menschen nicht gekommen wären ...«

»Sir!«, unterbrach ihn Olens. Er vermochte in dieses Wort zahllose Bedeutungen zu legen. »Ich glaube, wir sind im Nebel an dir vorbeigegangen, nachdem wir getrennt wurden. Dann merkten wir, dass du nicht bei uns warst, und sind zurückgegangen. Dann habe ich Befehl gegeben, auf beiden Seiten der Straße zu suchen, falls du gestürzt warst oder ...« Kurze Pause. »Oder etwas Ähnliches.«

»Idiot!« Der Mann mit dem gebrochenen Bein war Poldarns Meinung nach nicht jemand, der so leicht einen Fehler verzieh. »Bis zum Morgen können wir nichts tun. Ich schlage vor, dass du und deine Männer etwas schlafen, am besten unter dem Wagen.«

»Sir.«

Er drehte den Kopf und schaute zu Poldarn. »Du kannst jetzt zurückkommen«, sagte er. »Es ist alles in Ordnung.«

Poldarn dachte nach, dann antwortete er: »Einen Moment noch. Erst solltest du mir sagen, was zum Teufel das alles zu bedeuten hat und wer diese Hampelmänner sind.«

Der Fremde grinste. »Ja, ich glaube es wird Zeit, dass du es erfährst«, sagte er. »Ich heiße Tazencius – Prinz Tazencius, wenn du es genau wissen willst, aber ich lege auf Förmlichkeiten keinen Wert. Diese Männer sind meine Leibwächter, das heißt, sie sollten mich eigentlich aus den Fängen des Todes befreien, und nicht ich sie. Aber das ist Vergangenheit.«

Poldarn seufzte. »Na schön. Das ist dein Name. Aber wer bist du?«

»Das ist doch zum Verrücktwerden.« Tazencius blickte Poldarn in die Augen und schüttelte langsam den Kopf. Er war das Abbild eines Mannes, dessen Geduld vor langer Zeit erschöpft worden war und der sich nur noch schwach daran erinnerte, wie es war, mit normalen Menschen zu sprechen. »Tut mir Leid«, sagte er. »Ich hätte nicht davon ausgehen dürfen, dass du mich kennst. Ich bin der dritte Vetter des Kaisers, und was noch wichtiger ist, ich bin der kaiserliche Präfekt von Mael Bohec – daher die prächtige, aber völlig nutzlose Ehrengarde.«

Poldarn drehte den Kopf. »Gotto, hast du je von einem – wie war noch gleich der Name?«

»Tazencius.«

»Selbstverständlich, du Idiot«, erklärte Gotto. »Aber woher wissen wir, dass er es tatsächlich ist? Ich meine, ich könnte mir einen Topf über den Kopf stülpen und mich Gott der Klöße nennen.«

Tazencius lächelte, wärmer als es der Scherz verdiente. »Sehr richtig«, sagte er. »Aber da du bereit warst, mir zu helfen, als ich nur irgendein Idiot war, der vom Pferd gestürzt ist, hoffe ich, dass du deine Meinung nicht änderst, da die Möglichkeit besteht, dass ich reich und berühmt bin.«

Gotto runzelte die Stirn. »Ich weiß nicht«, sagte er. »Ich schätze, wenn du tatsächlich Tazencius wärst, hätte deine Garde sich längst des Wagens bemächtigt.«

»Ach, ich glaube, sogar Hauptmann Olens weiß, wann er genügend Schaden für eine Nacht angerichtet hat«, antwortete Tazencius. »Und der Wagen fährt nicht schneller, selbst wenn er für einen oder zwei Tage Eigentum der Regierung werden würde. Ich würde damit nur zwei Fremde verärgern, die mir sehr geholfen haben.«

Der Fuhrmann runzelte die Stirn. »Also, ich glaube immer noch ...«

»Sei still, Gotto!«, unterbrach Poldarn ihn. »Und was ist mit deinen Männern? Ich habe gehört, wie der Offizier was von einer Kavallerie gesagt hat. Wo sind ihre Pferde?«

Jetzt verfinsterte sich Tazencius' Miene. »Das ist ein gutes Argument«, sagte er. »Daran habe ich noch gar nicht gedacht. Sie hatten sie noch, als ich sie das letzte Mal gesehen habe. Hauptmann Olens, hast du das gehört?«

»Sir«, ertönte eine Stimme unter dem Wagen hervor. »Ich habe sie mit Korporal Vestens zurückgelassen, als wir dich vermissten, damit wir die Gegend nach dir durchkämmen konnten. Es ist zu dunkel, um jemanden vom Pferd aus zu suchen.«

»Das ergibt Sinn«, meinte Poldarn. »Nun gut, dann lasst uns alle schlafen.« Er blickte Tazencius scharf an. »Hauptsache ist, dass mir kein Grund einfällt, weshalb du oder deine Männer uns die Kehle durchschneiden sollten. Daher vertraue ich dir, dass es nicht passiert. Abgemacht?«

Selbstverständlich hatte Poldarn nicht im Geringsten die Absicht zu schlafen. Soweit er es anhand der gleichmäßigen Atemzüge aufgrund des Atmens beurteilen konnte, schliefen Tazencius und seine Garde fest (und Gotto auch, obwohl das keine Rolle spielte). Aber er traute seinem Urteilsvermögen nicht. Alles würde leichter werden, wenn die Sonne aufging und der Welt ihr Gedächtnis zurückgab. Es war für erwachsene Männer nicht die richtige Art und Weise, Geschäfte anonym und im Schutz der Dunkelheit abzuwickeln.

Er stellte sich viele Fragen (in den frühen Morgenstunden sind die Aussichten für gewöhnlich ganz anders als am Tag). Erst Kaplan Cleapho, der einem Hinterhalt mit knapper Not entgangen war (vorausgesetzt, dass er entkommen war); jetzt Tazencius, den Cleapho erwähnt hatte (und der, wie sich herausgestellt hatte, der Präfekt von Mael Bohec war, was immer das zu bedeuten hatte), und der mit einer relativ kleinen Eskorte im Nebel umherwanderte, obwohl er ein wichtiger Mann war (falls ein Präfekt so bedeutend war, wie der Titel klang). Dann die unterschiedlichen Soldaten, der Brand von Josequin, alle möglichen Aufregungen und Zufälle, die ihm folgten wie ein Fleischerhund einem Knochen …

(Dieser Mann, der sich Prinz Tazencius nannte, irgendein entfernter Verwandter des Kaisers, der davon ausging, dass sie beide durch irgendein geheimes Band aus Schuld und Furcht aneinander gefesselt waren ... Erst der Kaplan des Kaisers und jetzt sein Vetter, der behauptete, in einem verzweifelten Unternehmen sein Mitverschwörer zu sein. Poldarn drückte seine Fingernägel in die Handfläche. Er suchte verzweifelt nach Erklärungen. Vielleicht sollte er den Hinweis beherzigen. Das Schwein hört auch nicht auf, den Schlachter zu fragen, weshalb die Tür des Schlachthauses unerwartet offen steht.)

Er gähnte. Alles in allem war er in der Dunkelheit glücklicher gewesen, als sein Stiefel noch auf dem Hals des Fremden stand. Dadurch hatte er eine gewisse Kontrolle gehabt, und er war unsichtbar gewesen. Es war ohne Zweifel von großem Vorteil, überall ein Niemand zu sein, zumindest für kurze Zeit.

Dann schlief er trotz allem ein. Falls er träumte, erinnerte er sich an nichts mehr, als er aufwachte – oder Erinnerungssplitter wurden von dem verjagt, was er sah, als er die Augen öffnete.

Gotto saß noch immer aufrecht auf dem Bock, aber sein Kopf lehnte zu weit nach hinten. Seine Kehle war bis auf den Knochen durchgeschnitten, Blut glänzte auf seinem Mantel. Sonst entdeckte Poldarn niemanden. Auch keine Pferde. Er war ganz allein mit dem Toten und – unausweichlich, unausweichlich – zwei Krähen, die verärgert die Flügel ausbreiteten und davonflogen, weil er sie bei ihrem Werk gestört hatte.

Kapitel 11

Der Brief war noch da, ebenso sein Schwert. Er sprang vom Wagen und versuchte anhand der Spuren festzustellen, in welche Richtung die Pferde gelaufen waren. Aber im Schlamm waren zu viele, sodass er keinen Hinweis herauslesen konnte. Er schaute die Straße entlang und zurück, nach rechts und links. Zwei Möglichkeiten, wieder das alte Spiel. Diesmal hatte er aber etwas, das ihn motivierte: der Brief, eine Anstellung, seine Verpflichtung dem Haus Falx gegenüber, deren Vertrauen in ihn … Eigentlich war ihm das Haus Falx völlig egal, aber es war eine angenehme Abwechslung, endlich einmal einen Grund dafür zu haben, um etwas zu unternehmen. Auf nach Mael Bohec.

Nachdem er etliche Stunden marschiert war, sah er drei Reiter, die ihm entgegenkamen. *Nicht schon wieder,* dachte er. Aber als sie so nahe waren, dass er mehr als die Umrisse erkennen konnte, entspannte er sich. Ein Mann war in mittleren Jahren. Er trug einen roten Mantel und einen breitrandigen schwarzen Filzhut. Die beiden jüngeren Männer waren weniger prächtig gekleidet und mit Sicherheit seine Söhne. Der ältere führte ein Packpferd, das nicht beladen war (wahrscheinlich waren sie auf dem Heimweg). »Entschuldigung«, rief Poldarn. »Kann ich euer Pferd kaufen?«

Damit hatte er ihre Aufmerksamkeit. Der Mann im

roten Mantel stellte sich vor. Cobo Istin. Die anderen beiden waren Cobo soundso und Cobo soundso. Poldarn hatte die Namen nicht verstanden, es war ihm auch gleichgültig. Nun, wenn der Preis stimme, würde er es sich überlegen, meinte Cobo Istin. (Es war ein ziemlich traurig aussehendes Pferd. Man brauchte keine große Fantasie, um sich das Strahlen auf dem Gesicht von Cobo Istins Frau vorzustellen, wenn ihr Mann durch die Tür kam und verkündete: ›Stell dir vor, ich habe Dobbin verkauft.‹) Als Poldarn ihm dreißig Vierteltaler anbot, sagte er »Ja«, ohne darüber nachzudenken. Und seine Hand schoss wie eine Eidechsenzunge hervor, um das Geld zu nehmen.

»Wir haben aber kein zweites Zaumzeug«, meinte Cobo Istin mit Trauermiene, sobald sich seine Finger um die Münzen gelegt hatten.

»Schon gut«, sagte Poldarn. »Ich mache aus dem Zügel eine Art Zaumzeug.« Der Ausdruck in seinen Augen machte Cobo Istin deutlich, dass der Zügel im Preis inbegriffen war. Cobo zuckte kurz, sagte jedoch nichts.

»Übrigens«, fuhr Poldarn fort. »Reitet ihr nach Sansory?«

»Ja.«

»Gut. Ich möchte, dass ihr mir einen Gefallen tut. Ein gutes Stück weiter auf der Straße findet ihr einen Wagen mit einem Toten. Wenn ihr nach Sansory kommt, schickt jemanden ins Haus Falx und informiert sie darüber. Der Wagen und der Tote gehören ihnen. Ich kann es nicht selber tun, weil ich dringend etwas erledigen muss.«

Cobo Istin schaute ihn an, als wollte er sagen: *Ich*

wusste, dass das zu schön war, um wahr zu sein. »Einen Moment mal«, sagte er.

»Schon gut«, meinte Poldarn und seufzte. »Wenn ihr nicht wollt. Aber normalerweise zahlt Falx Roisin zehn Prozent Bergungslohn, wenn jemand ihm hilft, seine Sachen zurückzubekommen. Ich dachte, ihr wüsstet das.«

Er ließ Cobo Istin mit dem Konflikt zurück, noch mehr leichtes Geld zu verdienen, oder dem Risiko, in etwas verstrickt zu werden, das eventuell gefährlich war. Er hatte kurz ein schlechtes Gewissen, dass er dem Mann den Tag ruiniert hatte, und hoffte, Falx Roisin würde nicht zu aufbrausend sein, wenn Cobo an seiner Tür erschien und Geld verlangte.

Gotto hatte etwas von einem Dorf mit einer Herberge erwähnt, wo es die Annehmlichkeiten zivilisierten Lebens gäbe. Es sollte eine Tagesreise vor Mael sein. Da das Pferd sich als weniger lahm herausstellte, als es ausgesehen hatte, erreichte Poldarn das Dorf kurz vor Sonnenuntergang. Die Herberge war leicht zu finden (es war das erste Haus im Dorf und hatte ein großes Schild mit HERBERGE über der Tür hängen). Der Wirt war entzückt, ihn zu sehen, um ihm sein Geld abnehmen zu können. Diese flüchtige Begegnung mit einer völlig anderen Welt, in der Dinge für gewöhnlich gut ausgingen und die Menschen am nächsten Tag noch lebten, war qualvoll. Für zweieinhalb Vierteltaler bekam er eine Box für sein Pferd, ein echtes Bett in einem ansonsten leeren Zimmer und eine Schüssel Bohnensuppe mit Speck, die gar nicht so übel schmeckte.

Als er aufwachte, regnete es. Aber den ganzen Tag über geschah nichts Ungewöhnliches, und er erreichte am späten Nachmittag Mael Bohec. Er hatte erwartet, in ein zweites Sansory zu kommen – vielleicht ein bisschen größer und sauberer, aber im Prinzip genauso. Er war geraume Zeit nicht sicher, ob die Realität eine angenehme Überraschung oder ein Schock war.

Der Stadtrand von Mael Bohec lag zwei oder drei Meilen vor den Mauern und Toren, an dem Punkt, wo das wellige Hochmoor sich in ein flaches Flusstal senkte. Später erfuhr Poldarn, dass man diesen Ort das Krähennest nannte, wie der Ausguck oben auf einem Mast. Von hier aus konnte man den Fluss bis zur Biegung überblicken, wo er sich um den Fuß von Streya schlängelte, dem kahlen Höhenzug, welcher das Mael-Tal von Weal und dem lieblicheren Land im Westen trennte. Am verblüffendsten fand Poldarn, wie präzise die Straßen, Mauern und Hecken dieses reichen Gartenlandes zwischen ihm und der Stadt angeordnet waren. Alles verlief meilenlang in perfekten, geraden Linien, als hätte sie ein geübter Handwerker in Messing geritzt. Äcker, Wiesen und kleine Wäldchen, aus denen das Schachbrettmuster bestand, waren alle gleich groß und nach dem gleichen Muster angelegt – fünf Äcker nach unten, dann eine Hecke, fünf Wiesen nach rechts, dann ein Graben. Alle fünfzehn Felder eine Straße, alle dreißig Felder an der Straße ein Haus. Jedes dritte Feld in der Diagonale lag brach, jedes zwölfte war bewaldet. In der Mitte des Schachbretts lag die exakt quadratische Stadt. In der Mitte jeder Mauer befand sich ein Tor, flankiert von zwei identischen sechseckigen Türmen. An jeder Ecke erhob sich ein gewaltiger quadratischer Turm. Sogar der Fluss verlief schnurgerade, als wollte er die Symmetrie nicht stören. An der Nordseite begrenzte ihn die Straße und dichter Wald. Wer auch immer diesen Ort entworfen hatte, konnte keine Kurve zeichnen, auch nicht, wenn sein Leben davon abgehangen hätte, dachte Poldarn.

Als er den Hang hinunterritt, verlor er das Muster aus den Augen. Und auf der flachen Ebene war es natürlich gar nicht mehr zu sehen. Jetzt gab es nur noch die Baumreihen rechts und links und die wolkenverhangenen Berge zur Rechten. Er musste sich das Muster einprägen.

Er erinnerte sich, dass eine Straße im rechten Winkel abbog und direkt zum nördlichen Stadttor führte. Kurz danach sah er die beiden sechseckigen Türme und das Tor dazwischen vor sich. Ein Blinder hätte zum Tor gehen können, ohne vom Weg abzukommen, vorausgesetzt er war imstande, stur geradeaus zu gehen, und dass niemand ihm ein Bein stellte oder ihn über den Haufen rannte.

Das war durchaus im Bereich des Möglichen. Die Straße war voll von Menschen – zu Fuß, zu Pferd oder in Karren und Wagen. Auf der rechten Straßenseite eilten alle in die Stadt, auf der linken verließen sie diese. Wäre jemand so töricht gewesen und genau in der Mitte gegangen, wäre er wie von einer Schere zweigeteilt worden. Es waren hauptsächlich Männer unterwegs. Die meisten trugen etwas oder führten Maultiere oder fuhren Karren mit hohen Seitenwänden, beladene und unbeladene. Alle waren geschäftig und hatten ein Ziel und wussten, was sie zu tun hatten. Es war eigenartig, drollig, wunderbar und einschüchternd, ganz anders als Sansory.

Poldarn brauchte fast eine Stunde, um die letzten

hundert Meter zum Tor zurückzulegen. Der Grund der Verzögerung waren Soldaten, welche Karren durchsuchten, Satteltaschen leerten und allen auf die Nerven gingen. »Ist das immer so?«, fragte er den Mann neben sich.

»Manchmal ist es auch schlimmer«, antwortete dieser. »Es ist eine Gildestadt, was kannst du da erwarten?«

Um seine Unwissenheit nicht zu zeigen, bat er nicht um eine Erklärung. Stattdessen seufzte er und nickte, was anscheinend passend war. Als er an der Reihe war, winkte der Soldat ihn durch. Er ging unter dem Torhaus hindurch, dann durch das eigentliche Tor.

Innerhalb der Stadtmauern sah es eher wie in Sansory aus: die gleiche Menschenmenge, das gleiche Geschiebe, die gleiche Spannung. Doch dann fielen ihm Unterschiede auf. Es gab weniger Karren und Wagen, und fast niemand ritt. Nirgends gab es Buden. Vor sich sah er eine Straße mit Häusern, nach Sansory-Standard durchschnittlich groß, bei denen sich die Eingänge in der Fassade befanden. Diese waren doppelt oder dreifach so groß wie in Sansory. In jedem stand ein Tisch, auf dem die Waren säuberlich in Reihen ausgelegt waren, die kleinen Gegenstände vorn, die größeren dahinter. Überall hing über dem Türstock ein kleines Holzschild, auf dem Name und Handwerk des Besitzers in ordentlichen, ziemlich spitzen Buchstaben geschrieben standen, danach folgte eine Zahl. Beim Vorbeischlendern sah er die Werkstätten hinter den Tischen. Werkbank, Regale mit dem Werkzeug des jeweiligen Gewerbes, alles feinsäuberlich und am richtigen Platz. Plötzlich wurde ihm bewusst, dass er viel mehr Geschäfte als Kunden sah, aber das hatte wohl mit der Tageszeit oder der Woche oder dem Jahr zu tun.

Der Brief in seinem Hemd war an Cunier Mohac im Haus Cunier, unter dem Nordtor, adressiert. Er hatte diese Anschrift für zu vage gehalten, doch stellte er fest, dass sie für Mael Bohec ausreichte. Größere Gebäude, wie Handelshäuser, standen an jeder fünften Kreuzung und waren deutlich gekennzeichnet. Nach zehn Kreuzungen sah er »Cunier Mohac 3771« in den Granit über einer schweren Eichentür eingemeißelt, welche sich genau in der Mitte der fensterlosen Fassade befand.

Blieb noch das Problem des Hineinkommens. Er hämmerte gegen die Tür. Aufgrund der Schmerzen in der rechten Hand schloss er, dass die Tür mindestens drei Zoll dick war und daher jedes Geräusch aufsog, das er machte. Die anderen drei Seiten wurden von hohen Mauern geschützt, über die zu klettern, ein gefährliches Unterfangen war. Wenn er keinen Tunnel graben wollte wie ein Belagerer, wusste er nicht, wie er hineinkommen sollte. Das war doch wirklich albern.

Als letzten Ausweg musste man sich eben durchfragen. Er legte einem älteren Mann, der ihn bereits seit geraumer Zeit beobachtet hatte, sein Problem dar.

Der Mann lächelte. »Neu in der Stadt?«, fragte er.

»Stimmt.«

»Es dauert ein Weilchen, bis man sich in Mael Bohec auskennt«, erklärte der Mann. »Aber wenn man mal weiß, an welchen Fäden man ziehen muss, lebt es sich hier einfach herrlich. Schau, ich zeige es dir.«

Er deutete auf einen dünnen Schlitz zwischen Tür und Türpfosten, breit genug, um einen Finger hindurchzustecken. »Hier steckst du deine Identifikation hinein«, erklärte der Mann. »Gildeausweis, Handelslizenz, Empfehlungsschreiben. Der Pförtner liest es, vergleicht es mit der Liste der erwarteten Besucher und öffnet die Tür. Wenn es sich um ein Regierungsschreiben oder ein Gildesiegel handelt, braucht er den Namen auf der Liste nicht. Er muss die Tür öffnen, so verlangt es das Gesetz. Das ist alles.«

Poldarn sagte nicht, was er von alledem hielt. »Dann habe ich ein Problem. Ich besitze keines dieser Dokumente.«

Der Mann runzelte die Stirn. »Aber du hast doch gesagt, dass du im Haus Geschäfte zu erledigen hättest.«

»Habe ich. Ich muss einen Brief abgeben.«

»Na, dann ist doch alles gut. Ich sehe da kein Problem.«

»Ich habe Anordnung, den Brief nur Cunier Mohac persönlich zu geben, niemand anderem. Ich kann ihn nicht einfach durch den Spalt schieben.«

»Warum nicht?«, fragte der alte Mann. »Das ist das Haus Cunier, das steht über der Tür.«

Poldarn dachte kurz nach. Dann schob er den Brief in den Spalt und wartete. Als er spürte, dass am anderen Ende jemand daran zog, hielt er ihn mit Daumen und Zeigefinger fest und sagte: »Mach die Tür auf.«

»Lass den verdammten Brief los«, sagte die Stimme auf der anderen Seite.

»Kann ich nicht. Der Brief ist nur für Cunier Mohacs Augen bestimmt. Mach die verfluchte Tür auf.«

»Nein.«

Das ist doch albern, dachte Poldarn. Dann wollte der Pförtner ihm den Brief mit einem plötzlichen Ruck entreißen. Poldarn hielt ihn fest und erwartete schon, dass der Brief entzweigerissen würde. Zum Glück trat dieses nicht ein. »Lass das«, fuhr er den Pförtner an. »Hol Cunier Mohac. Ich warte.«

Der Pförtner klang entsetzt. »Das kann ich nicht tun«, erklärte er. »Er bereitet sich aufs Abendessen vor.«

»Fein.« Poldarn stöhnte vernehmlich. »Wie du willst. Ich kehre nach Sansory zurück und sage meinem Prinzipal, dass ich den Brief nicht abliefern konnte, weil so ein lächerlicher Hampelmann von Pförtner Angst hatte, Cunier Mohac zu stören, während dieser sich rasierte. Danach bleiben dir drei Tage, bis sie dich rausschmeißen.«

Der Zug am Brief ließ nach. Dann schob der Pförtner mit viel Lärm Bolzen zurück und steckte Schlüssel in knarzende Schlösser. Dann öffnete sich langsam die Tür. Sobald der Spalt weit genug war, zwängte Poldarn sich hindurch, dabei presste er den Pförtner samt Türflügel gegen die Mauer. Dieser hielt sich die blutende Nase.

»Warum hast du das getan?«, schrie er. »Schau her, ich blute.«

»Ich wollte nur einen bleibenden Eindruck hinterlassen«, erklärte Poldarn ruhig. »Sollte ich je wieder einen Brief in dieses Haus bringen, will ich sicher sein, dass du dich an mich erinnerst.«

Der Pförtner warf ihm einen wütenden Blick zu und wischte sich das Blut vom Gesicht. »Dafür könnte ich dich vor Gericht bringen«, sagte er. »Wir sind eine Gildestadt, da kann man nicht einfach Leute zusammenschlagen.«

Poldarn grinste. »Bist du sicher? Ich mag Herausforderungen.«

»Hier entlang«, sagte der Pförtner und verschloss die Tür wieder. Dann führte er Poldarn unter einem Torbogen hindurch auf einen großen viereckigen Platz, in dessen Mitte sich ein Stück Rasen und ein Brunnen befanden. Direkt vor ihnen waren Unterkünfte und Kontore. Alle elegant mit vor kurzem gereinigten Sandsteinfassaden. Die anderen drei Seiten bestanden aus schlichtem Backstein und hatten nur unter dem Dach schmale Mauerschlitze. Wahrscheinlich Lagerhäuser, vielleicht aber auch Werkstätten. In der linken gegenüberliegenden Ecke führte ein Torbogen in einen weiteren Hof oder einen Säulengang. Poldarn vermutete, dass sich dort draußen die Unterkünfte fürs Gesinde, Stallungen und Remisen befanden. Ferner Werkstätten für alles, was das Haus Cunier brauchte – eine Schmiede, Gießerei, Räucherei, Pökelei, Mühle und so weiter. Hinter einem weiteren Torbogen rechts sah Poldarn einen gepflegten Garten.

Die Vordertür des Herrenhauses öffnete sich auf einen kleinen viereckigen Innenhof. Die Schieferplatten auf dem Boden glänzten. In den Ecken führten Treppen hinauf zu den Galerien an den vier Seiten. Genau im Zentrum stand ein großer runder Eichentisch, auf dem offene Kisten und Kästen wie Radspeichen standen. An jeder mit Papieren zu ungefähr einem Drittel gefüllten Kiste war ein Schild befestigt: ausgehende Briefe, Kredite, Schulden (bezahlt), Schulden (unbezahlt), Ansuchen, Memoranden, Archiv-Kopien. In der Tischmitte stand eine aus Kohle gemeißelte Statue einer lebensgroßen Krähe, mit einem Ring im Schnabel.

»Verzeihung«, fragte Poldarn den Pförtner höflich. »Aber diese Statue. Ist das ein Symbol der Familie oder des Geschäfts?«

Der Pförtner lachte. »Deine Unwissenheit ist wirklich verblüffend«, sagte er. »Das ist ein Schrein für Poldarn, den Schutzgott der Herde, der Schmieden und nützlichen Feuer.« Er runzelte die Stirn. »Du hast keine Ahnung, was wir hier tun, richtig?«

Poldarn zuckte mit den Schultern. »Nein, das brauche ich auch nicht zu wissen. Ich bin nur ein Kurier. Mich hat die Statue nur so interessiert.«

Der Pförtner ging zur Treppe auf der linken Seite. »Kohle und Holzkohle«, erklärte er. »Der größte Kohlegroßhändler in Mael Bohec.« Stolz klang in seiner Stimme mit. »Wir bauen die Kohle im Juhaim-Tal ab, nördlich vom Mahec. Zwischen den Flüssen wird in einem Dutzend Lager Holzkohle gebrannt. Wir haben sieben große Geschäfte außerhalb von Mael und zwei in der Stadt, außerdem unterhalten wir noch ein Erzlager. Wir sind eines der größten Häuser in Mael, mit sechs Plätzen im Gilde-Kapitel und einer eigenen Kapelle im Tempel.«

»Wie schön für euch«, meinte Poldarn und bemühte sich, gelangweilt zu klingen. »Und wo ist nun Cunier Mohac? Je schneller ich diesen verdammten Brief übergeben kann, desto glücklicher bin ich.«

Der Pförtner verzog das Gesicht. »Wie ich schon sagte, er ist jetzt beim Abendessen in der langen

Halle. Wenn du ihn stören willst, nur zu. Ich gehe zurück zur Torstube.«

»In Ordnung«, sagte Poldarn. »Welche Tür führt zur langen Halle?«

Der Pförtner deutete auf die hintere Mauer. »Geh dorthin. Die Diener packen dich, ehe du die Nase durch die Tür gesteckt hast. Die kannst du fragen, wie du zu Cunier Mohac kommst, vorausgesetzt, du tust nichts, um sie so zu verärgern, dass sie dir die Kehle durchschneiden.«

»Danke, nur aus Interesse: Was verärgert sie denn besonders?«

»Ach, alles Mögliche. Das wirst du schon sehen.«

Aber die Diener packten ihn nicht, weil er sofort vor der Tür stehen blieb. »Ein Brief für Cunier Mohac«, sagte er. »Dringend.«

Ein Mann in prächtiger blauweißer Livree streckte die Hand aus. »Ich sorge dafür, dass er ihn erhält.«

Poldarn schüttelte den Kopf. »Danke, aber ich habe meine Befehle, genau wie du.«

Das gefiel dem Diener nicht. »Er ist beschäftigt«, sagte er. »Er ist beim Abendessen.«

»Fein. Lass mich ihm diesen Brief übergeben, dann kann ich gehen und ebenfalls etwas essen. Ich habe seit zwei Tagen nichts gegessen, und Hunger macht mich extrem reizbar.«

Ein zweiter livrierter Diener trat zu ihnen. »Seid leise«, sagte er. »Man hört euch ja bis zum Tisch.«

»Der Mann behauptet, er habe einen Brief für den Herrn«, erklärte der erste Diener, mit einem Tonfall, der Poldarn verriet, dass er mit einem Vorgesetzten sprach. »Angeblich ist es dringend, und er muss ihn eigenhändig übergeben.«

»Ich werde den Brief übergeben«, meinte der zweite Diener. »Zufrieden?«

»Nein«, antwortete Poldarn.

Über die Schulter des Dieners sah er eine lange Tafel, an der ungefähr ein Dutzend Menschen saßen. Alle Gesichter, die er sehen konnten, starrten in seine Richtung.

»Du meine Güte«, stieß der zweite Diener hervor. »Na gut, aber gib mir dein Schwert. Wenn nicht, kannst du gehen oder es essen. Es ist deine Entscheidung.«

Poldarn löste das Schwert vom Gurt. Der Diener legte es auf einen Tisch. »Folge mir.« Poldarn gehorchte. Der zweite Mann folgte ihm. Im Haus Cunier war man offenbar sehr vorsichtig.

Der Mann am Kopf der Tafel saß mit dem Rücken zu Poldarn und unterhielt sich mit der Frau zu seiner Linken. Offenbar war er der einzige Mensch, der den Vorgängen vor der Halle keine Aufmerksamkeit geschenkt hatte. Der Diener wartete, bis der Mann den Kopf drehte.

»Ich bitte um Verzeihung«, sagte der Diener. »Aber hier ist ein Kurier, der darauf besteht, einen Brief persönlich zu übergeben. Er behauptet, es sei dringend.«

Cunier Mohac nickte. Er war klein, aber füllig, mit bemerkenswert breiten Schultern und einer kahlen Stelle auf dem Kopf, die wie eine Insel in den grauen Locken glänzte. Er musterte Poldarn kurz und streckte die Hand nach dem Brief aus. »Warte hier«, sagte er. »Falls ich eine Antwort schicken will.«

Poldarn schaute zu, wie er das Siegel erbrach. Er

konnte von seinem Platz aus nicht lesen, was in dem Brief stand. Er sah nur, dass die Botschaft sehr kurz war, nur drei Zeilen. Irgendwie ärgerte ihn das. Er glaubte, den Namen Tazencius zu erkennen, war sich aber nicht sicher.

»Ausgezeichnet«, sagte Cunier Mohac schließlich. »Die besten Nachrichten, die ich diese Woche bekommen habe. Feder!«

Aus dem Nichts tauchte noch ein Livrierter neben ihm auf. Er trug ein Tablett mit einem Tintenfass, einer Feder, Sandbüchse, Siegellack und Öllämpchen. Cunier Mohac legte den Brief auf den Tisch, schrieb einige Worte darunter, streute Sand darüber, schüttelte das Blatt, faltete es zusammen und versiegelte es mit dem großen Ring, den er am linken Daumen trug. »Keine Kopie«, sagte er zu dem Mann mit dem Tablett. »Gebt dem Boten etwas zu essen und zu trinken und einen Schlafplatz. Ach ja, und fünfzig Vierteltaler, weil er seine Anordnungen so genau ausgeführt hat.«

Die Tischrunde blickte verdutzt drein. Niemand hatte ein Wort gesprochen. Offenbar hatten sie noch nie einen derartigen Auftritt gesehen.

Ein Diener begleitete Poldarn zum Kontorhaus, wo er das Geld abholen sollte. Seine Haltung war etwas freundlicher. »Hast du eine Ahnung, was in dem Brief stand?«, fragte er bereits zum zweiten Mal. (Poldarn hatte ihn wohl beim ersten Mal nicht gehört.)

»Nein, das geht mich auch nichts an.«

Der Diener nickte. »In Ordnung«, meinte er. »Welche Art von Geschäften tätigt euer Haus?«

»Transport, Verschiffung, Kurierdienste.«

»Oh. Dann kann der Brief von einem anderen sein, und du hast ihn nur überbracht.«

»Durchaus möglich.«

Der Diener verzog das Gesicht, als sie nach dem Klopfen vor der Tür warten mussten. »He, gib zu, dass du auch neugierig bist.«

»Ja, schon.«

Fünfzig Vierteltaler in einer hübschen roten Samtbörse wechselten den Besitzer. »Hier unterschreiben«, sagte der Zahlmeister. Poldarn nahm die Feder, ohne nachzudenken. Aber dann fiel ihm ein, dass er nicht wusste, ob er überhaupt schreiben konnte.

»Was ist los?«, fragte der Zahlmeister.

»Nichts.« Poldarn bemühte sich, nicht darüber nachzudenken, und schloss die Augen. Seine Hand bewegte sich wie von selbst. Als er seinen Namen betrachtete, sah er, dass er nur drei Schleifen und einen Schnörkel hingekritzelt hatte.

Der Zahlmeister musterte ihn neugierig. »Na, das war doch gar nicht so schlimm«, sagte er.

»Tut mir Leid«, sagte Poldarn. »Einen Moment lang war mein Kopf wie leergefegt.«

Dann führte der Diener ihn quer über den Hof durch den Torbogen zur Linken in einen anderen Hof, in dem er zu Recht die Gesindeunterkünfte vermutet hatte. »Die Gästekammern sind über den Ställen«, sagte er. »Sie sind nicht schlecht, wenn dir der Pferdegeruch nichts ausmacht.«

Poldarn hatte nicht mit Luxus gerechnet, daher war er nicht enttäuscht. Es gab ein einfaches Bett, einen Stuhl und ein Fenster, von dem aus man auf den Hof blicken konnte. Keine Lampe, na und? »Danke«, sagte er zu dem Diener und erwartete, dass dieser ging. Aber er schien bleiben und plaudern zu wollen. Damit hatte Poldarn auch kein Problem.

»Du hast ja beinahe die Tür eingetreten«, sagte der Diener. »Köstlich, aber mach das nicht zu oft in Mael.«

Poldarn nickte. »Alles gerade Linien«, sagte er. »Nichts geschwungen. Aus der Ferne sieht es gut aus, aber ich glaube nicht, dass ich es auf Dauer ertragen könnte. Aber, vielleicht kannst du mir etwas erklären.«

»Ich kann's versuchen«, antwortete der Diener vorsichtig.

»Gut. Wie du weißt, bin ich neu in dieser Gegend. Wer ist der Mann, der sich Tazencius nennt?«

Der Diener schaute ihn verblüfft an, dann lachte er. »Meinst du das ernst? Tazencius war der Präfekt von Mael, bis zum Anfang der vorigen Woche. Was ist mit ihm?«

»Ich habe irgendwo den Namen gehört, das ist alles«, antwortete Poldarn. »Würdest du ihn erkennen, wenn du ihn sehen würdest?«

Der Diener nickte. »Selbstverständlich. Jeder, der in den Tempel geht, weiß, wie Tazencius aussieht. Er ist überaus klug. Er hat sich seine Loge direkt unter das Oberlicht am Nordende gebaut, damit zurzeit des Abendgebets, wenn er sprach, das Licht aus dem Fenster direkt auf ihn fiel. Sehr beeindruckend, auch wenn man wusste, dass er nur eine Schau abzog.«

Poldarn lächelte. »Das kann ich glauben«, sagte er. »Ungefähr mittelgroß, wirkt aber größer, Mitte bis Ende vierzig, graue Schläfen, aber eines von den Gesichtern, die sich nicht ändern, nachdem man fünfundzwanzig geworden ist. Scharfe Nase, markantes Kinn, große Augen wie ein Pferd ...«

»Das ist er«, bestätigte der Diener.

»Und was geschah vorige Woche?«, fragte Poldarn.

Der Mann grinste. »Ich wünschte, das wüsste ich«, sagte er. »Erst hieß es, er sei befördert und nach Torcea abberufen worden. Nach Torcea wurde er gerufen, aber gerufen ist nicht dasselbe wie abberufen, von Beförderung war nicht mehr die Rede. Es gab Gerüchte, wonach er festgenommen wurde – eine Schar Kavallerie wurde von Boc ausgeschickt, um ihn zu ergreifen. War anscheinend gar nicht so einfach. Es gab heftige Kämpfe zwischen seiner Garde und den Soldaten. Dann wurde offiziell erklärt, er müsse in Torcea vor irgendeinem Untersuchungsausschuss aussagen – nur eine höfliche Form für ›gefangen nehmen‹. Dann hörten wir wildes Zeug über eine Verschwörung, irgendwie sollte der kaiserliche Kaplan Cleapho darin verwickelt sein – ich verstehe nicht, was er damit zu tun haben könnte, aber jedenfalls wurde es behauptet. Und dann hörte man überall von Feron Amathy, dem großen Banditenhauptmann – und gleich darauf brachte man ihn mit General Cronan in Verbindung, von dem man angeblich seit Monaten nichts mehr gesehen oder gehört hat. Laut letztem Gerücht wurde Tazencius vom Haus Amathy befreit. Entweder ist er entkommen, oder sie haben ihn noch. Bis jetzt hat niemand behauptet, er sei tot, was seltsam ist, denn für gewöhnlich hört man das, wenn jemand festgenommen wurde. Also, irgendetwas ist mit ihm los, aber Gott allein weiß, was.«

»Was glaubst du denn?«, fragte Poldarn.

Der Mann verzog das Gesicht, wahrscheinlich um Nachdenken vorzutäuschen. »Meiner Meinung nach hatte er die Gilde ein Mal zu oft vor den Kopf gestoßen«, sagte er. »Er hat die Gilde ständig am Schwanz gezogen. Aber das hier ist eine Gildestadt, und Torcea ist weit weg. Wenn der Kaiser ihn nach Torcea geschickt hat, war es vielleicht zu seinem Besten. Schließlich gehört er zur kaiserlichen Familie, auch wenn Tazencius nie viel bei Hof zu sagen hatte. Er ist irgendein entfernter Vetter. Hätte er etwas getaugt, wäre er nie hier gelandet. Wenn ich mich recht entsinne, hat es vor Jahren zwischen ihm und Cronan einen Streit gegeben, noch vor der Sache mit Allectus. Wenn das stimmt, kann er sich glücklich schätzen, dass er noch am Leben ist.«

Poldarn nickte. »Und wie passt dieser Kaplan des Kaisers – Cleapho, glaube ich, hast du gesagt – ins Bild?«

Der Diener zuckte mit den Schultern. »Keine Ahnung«, sagte er. »Ich glaube, das war irgendeine Spinnerei. Allerdings soll Cleapho ein sehr wichtiger Mann bei Hof sein, der hinter den Kulissen viele Fäden zieht. Er war ein Busenfreund vom Bruder des Kaisers, dann hat er die Seiten gewechselt, nachdem er in Ungnade gefallen war, und unterstützt seitdem Cronan. Und wenn jetzt wirklich Tazencius, Cronan und die Amathybande etwas planen, könnte Cleapho durchaus mit von der Partie sein.« Wieder grinste er. »Wer weiß schon, was wirklich los ist? Eigentlich ist es ja auch völlig egal, solange sie keinen Krieg anfangen.«

»Stimmt«, sagte Poldarn. »Nur könnte es schon

bald geschehen, wenn man das glaubt, was man so hört. Es geht um diesen Gott, der zurückkommt.«

»Ach das?« Der Diener lachte. »Du glaubst doch diesen Mist nicht etwa? Das ist doch nur für die Dorftrottel.«

»Möglich.« Poldarn wechselte das Thema. »Nur interessehalber – gibt es hier irgendwas zu essen?«

»Um diese Zeit?« Der Mann schaute ihn verblüfft an. »Tut mir Leid, ich habe vergessen, dass du nicht von hier bist. Nach Sonnenuntergang gibt es nichts zu essen und nichts zu trinken. So lautet das Gesetz.«

»Du scherzt.«

»Nein, keineswegs«, antwortete der Mann. »Das hier ist eine Gildestadt, schon vergessen? Wenn spätabends noch gegessen und getrunken wird, führt das dazu, dass Betrunkene in den Straßen raufen. Und das schätzen wir in Mael ganz und gar nicht.«

Poldarn atmete tief ein und aus. »Klingt gut«, sagte er. »Aber ich habe seit gestern nichts gegessen. Es würde keiner erfahren.«

»Hast du eine Ahnung!«, antwortete der Diener. »Dreißig Tage hinter Gittern, wenn sie dich erwischen, ganz gleich, wer du bist. Schlaf lieber und träume vom Frühstück.«

Poldarn ging schlafen, und vielleicht, weil er hungrig war oder weil der Diener davon gesprochen hatte ...

... saß er in einem großen Zelt am Kopfende eines Tisches und schaute auf den Teller, den jemand soeben vor ihn hingestellt hatte. Eine dicke glänzende Speckscheibe, ein Keil harter, beinahe durchsichtiger Käse und noch etwas, das entweder Brot oder ein Wetzstein war. Dazu ein kleiner Apfel, der so runzlig wie die Wangen eines Greises war.

»Das kann doch nicht wahr sein!«, hörte er sich sagen. »Hisco, das ist nicht mal Schweinefutter.«

»Bitte um Verzeihung ...« Hisco war der Mann, der hinter ihm stand und gerade den Teller gebracht hatte. »Aber das ist alles, was es gibt, und du hast Glück, es zu bekommen.«

»Hisco, du klingst wie meine Mutter. Was ist mit dem ganzen weißen cremigen Käse geschehen, den wir aus dem Dorf unten im Tal mitgenommen haben?«

Hisco schnalzte bedauernd mit der Zunge. »Der ist schlecht geworden«, antwortete er. »Daher habe ich ihn weggeworfen. Ich verhungere lieber, als dass ich mich vergifte.«

»Hisco, der *muss* so schmecken. Der ist eine verdammte *Delikatesse* ... Weißt du, wie viel man in Weal Bohec für ein Pfund davon bezahlt?«

»Die Männer wollten ihn nicht anrühren«, sagte Hisco. »Übrigens ist das der letzte Speck. Ab morgen gibt es Hafermehl und Trockenfisch. Daran solltest du denken.«

Er drehte sich um, aber Hisco war bereits verschwunden. »Verfluchter Koch«, schimpfte er. »Schmeißt Mausandy-Käse für tausend Vierteltaler weg und droht mir mit Hafermehl. Ich sollte seinen Kopf aufspießen lassen.«

»Für die Moral wäre das gut«, meinte ein Mann, der drei Teller weit entfernt saß. »Aber wegen des Käses hat er Recht. Wir hatten gedacht, es sei jemand im Wagen gestorben, so fürchterlich hat er gestunken.«

»Barbaren! Na ja, ich nehme an, wir sollten den Fraß hier jetzt essen.« Er zog die Serviette aus dem Ring, welcher aus dunklem Rosenholz war, mit zwei Krähen darauf, die etwas in den Schnäbeln hielten. Die Schnitzerei war so abgewetzt, dass man keine Details mehr erkennen konnte. »Wenn mir nicht sofort jemand ein Bier bringt, breche ich in Tränen aus.«

Ein Mann reichte ihm einen Silberkrug. Dieser passte zu den langstieligen Kelchen und den Tellern. Alles solides Silber, reich verziert und graviert. Er nahm einen Schluck und hätte ihn beinahe wieder ausgespuckt.

»Das reicht«, erklärte er. »Mit kaltem fetten Speck kann ich leben, aber das ist nicht mehr zu ertragen. Jemand soll mir eine Landkarte bringen.«

Alle Anwesenden waren in kostbare Seide, Brokat und Samt gekleidet. Eine derartige Prachtentfaltung hätte man nie außerhalb des Hofs erwartet. Lediglich die charakteristischen rotbraunen Halbmonde störten, welche entstehen, wenn man eine Woche lang ein Kettenhemd trägt. Ein junger Mann holte unter dem Tisch eine lange und dicke Messingröhre hervor und zog eine zusammengerollte Landkarte heraus.

»So, wir sind hier«, sagte der Führer. »Da ist der Fluss, da die Berge – nein, stimmt nicht. Sie sind weiter weg. Diese Karte ist nutzlos.«

Jemand lachte. »Kaiserliche Vermessung«, sagte er. »Falls das Gelände nicht mit der Karte übereinstimmt, ist laut höchstem Befehl das Gelände falsch.«

Der Führer lachte. »Genau so ist es. Aber, wenn man die Tatsache ignoriert, dass die Berge sich bewegt haben, gibt es ein Dorf ungefähr einen Tag flussabwärts, zwischen diesem Wald – oh, verdammt, da gibt es keinen Wald, das haben wir gerade festgestellt.«

»Alte Karte«, meinte ein älterer Mann. »Wahrscheinlich hat man vor langer Zeit den Wald abgeholzt, um daraus Holzkohle zu machen.«

»Ja, möglich. Laut dieser Karte gibt es ein Dorf. Es ist ein ziemlicher Umweg, aber auf dieser Seite des Flusses gibt's nichts anderes. Ich verstehe auch nicht, weshalb wir nicht auf die andere Seite des Tals zurückreiten und so wieder auf die Straße kommen können. Gehen wir davon aus, dass es dieses Dorf gibt. Wenn dem nicht so ist, sitzen wir tief in der Klemme, denn dann verlieren wir mindestens anderthalb Tage.«

»Denkt an das Hafermehl«, warf jemand ein. »Na ja, verhungern würden wir nicht.«

Er blickte finster drein. »Besco, Besco, du sicherst dir nicht die Loyalität und Liebe einer Armee, wenn du ihr Haferschleim vorsetzt. Nein, die Frage ist, ob wir dieser blöden Karte trauen können, oder nicht. Was meint ihr?«

Schweigen. Dann stand der Mann am anderen Ende des Tisches auf. Bisher hatte er noch kein Wort gesprochen. »Müsste in Ordnung sein, Feron«, sagte er. »Diese Karten wurden ursprünglich für die Steuereintreiber angefertigt, erinnerst du dich? Vielleicht sind die Wälder und Berge falsch, aber die Steuerzahler wurden eigentlich sorgfältig eingetragen. Das einzige Problem wäre nur, dass Allectus vor uns dort gewesen sein könnte.«

Er rieb sich das Kinn. »Das ist ein gutes Argument, Mashant«, sagte er. »Daran habe ich nicht gedacht. Aber es ist höchst unwahrscheinlich. Er müsste den Fluss viel weiter oben überquert haben. In Josequin hat er sich die Stiefel gefüllt, daher braucht er keinen Nachschub aus den Dörfern.«

Mashant zuckte mit den Schultern. »Möglich. Außerdem bleibt uns keine andere Wahl. Wenn wir jetzt schon bei Hafermehl angekommen sind, müssen wir das Risiko eingehen.«

»Es wird schon gut gehen«, sagte er fröhlich.

Mashant lachte. »Eins muss man dir lassen, Feron«, sagte er. »Niemand kann behaupten, du wärst nicht entschlussfreudig.«

Nachdem er den Speck und den Käse hinuntergewürgt hatte (das Brot oder das eklige Bier schaffte er nicht), warf er noch mal einen Blick auf die Landkarte, ohne dass ihm jemand über die Schulter blickte. Allmählich fiel alles auseinander, hauptsächlich, weil er immer noch nichts von Allectus oder Cronan gehört hatte. Das konnte einen Mann in den Wahnsinn treiben. Was, wenn sie ihm auf die Schliche gekommen waren und ihn absichtlich umherreiten und hungern ließen, während sie ihre Streitigkeiten bereinigten, ehe sie seine Verfolgung aufnahmen? Selbstverständlich war das absurd. Es war ein fataler Irrtum, anzunehmen, der Feind dächte genauso wie man selbst. Aber diese Warterei konnte einen Mann verrückt machen, vor allem, wenn man kaum noch zu essen hatte (und die Tatsache, dass das keinem früher aufgefallen war, war auch nicht gerade tröstlich. Diese Schwachköpfe im Proviantamt würden eine hübsche Überraschung erleben, sobald diese Krise vorüber war).

Mit finsterer Miene studierte er die Karte. Im Augenblick hatte er tatsächlich nichts Besseres zu tun, als Dörfer zu überfallen, um etwas zu essen zu bekommen. Abgesehen von dem Umweg, dem Risiko, dass etwas falsch laufen könnte, und jemand entkam, missfiel ihm der Gedanke, dass nicht nur eine, sondern zwei kaiserliche Armeen ihm im Nacken saßen. Gewiss, die Armeen bekämpften sich gegenseitig, aber beide unterstanden dem Kaiser, und sowohl Cronan als auch Allectus waren pflichtbewusste, ehrenwerte Männer, genau die Art, welche ihren Krieg vertagte, um eine Bande von Freibeutern zu jagen, wenn sie hörte, dass diese in der Nähe war ...

Trotz der beiden Kohlenbecken war es kalt. Er rieb sich die Wangen, um sie zu wärmen. Ein Teil von ihm vermochte nicht zu glauben, dass weder Cronan noch Allectus bis jetzt nicht herausgefunden hatten, dass die Hälfte der Angriffe, welche den Freibeutern zugeschrieben wurden, das Werk des Hauses Amathy war – wie konnten sie einerseits Armeen befehligen und andererseits so naiv sein? Aber sie waren Kaiserliche, Torceaner, aus dem Süden. Dort unten war alles anders – nicht besser, da war er sich sicher, aber der Verrat hatte eine andere Gestalt, wurde nach anderen Regeln begangen, von denen er einige zweifellos nicht entdecken würde, falls er jemals die Bucht überqueren sollte. Aber das würde nicht geschehen, wenn er es verhindern konnte.

Er rollte die Karte zusammen und dachte an alle möglichen Dinge, als die Zeltklappe zurückgeschlagen wurde und ein Mann den Kopf hereinsteckte. »Ein Brief«, sagte er.

»Danke«, sagte er und bemühte sich, die Aufregung in seiner Stimme zu unterdrücken. »Leg ihn auf den Stuhl. Ich befasse mich gleich damit.«

Der Mann schaute ihn verlegen an. »Verzeihung«, sagte er. »Aber der Kurier sagt, er muss ihn dir persönlich übergeben. Befehle und so. Wir wollten ihm den Brief abnehmen, aber ...«

Er bemerkte, dass der Mann eine geschwollene Unterlippe hatte. Es gelang ihm, nicht zu grinsen. »Schon gut, soll reinkommen.«

»Bist du sicher? Ich meine ...«

»Du meinst, es könnte ein Meuchelmörder sein, der sich als Kurier ausgibt?« Er grinste. »Keine Bange. Ich könnte ein bisschen Übung vertragen.«

Doch es war kein Meuchelmörder, nur ein pflichtbewusster Kurier. Einer derjenigen welche unverschämt viel Geld kosten, aber jeden Vierteltaler wert sind. Und es war der Brief, auf den er sehnlichst gewartet hatte.

»Schon gut«, sagte er zu den Wachen, die nervös, mit den Händen am Schwertgriff, hinten im Zelt standen.

»Danke«, sagte er zum Kurier. »Geh und hole dir ein Bier und komm dann zurück. Es wird eine Antwort geben.«

Der Brief war typisch: kurz und prägnant.

Cleapho, berührt von der Gottheit, an Feron Amathy, Kaufmann. Grüße und gute Gesundheit etc.

Bezüglich des kleinen Punkts der Doktrin, zu welchem du mich bei unserer letzten Begegnung befragtest: Die Wüsten-

schule im Allgemeinen und Thauscus im Besonderen, vertrat die Lehrmeinung, dass die aufgehende Sonne dem Beobachter mehr Segnung bringe als die untergehende, da sie heißer ist, weil sie direkt aus der göttlichen Schmiede kommt und leichter zu bearbeiten ist, da sie noch nicht im Meer abgekühlt wurde. Sowohl die Wüstenschule als auch die Asketen behaupteten, dass es nicht ratsam sei, bis Mittag zu warten, ehe man direkt in die Sonne blickt. Letztere sind der Meinung, Beobachtungen gleich nach Sonnenaufgang brächten am meisten zu dem Zeitpunkt, wenn die Sonnenwärme den Morgentau trocknet. Ich hoffe, dass damit die Sache zu deiner Zufriedenheit geklärt ist.

Er grinste. Cleapho drückte sich immer so gewählt aus, für einen Torceaner. Die Antwort entsprach ganz seinen Wünschen: Verbündung mit Cronan gegen Allectus, und zwar bald, ehe Allectus die Chance hatte, sich nördlich vom Mahec einzunisten. Er suchte sein Tintenfass, die Feder und ein Stück Papier. Dann schrieb er:

Feron Amathy, Kaufmann, an Cleapho, berührt von der Gottheit. Grüße, gute Gesundheit etc.

Thauscus ist selbstverständlich eine große Autorität, deine Einschätzung bezüglich der Asketen ist hervorragend. Wenn ich mich recht erinnere, steht in Pevannios Kommentar über den Moment, ehe die Sonne durch die Wolken bricht, dass er der Beste sei, um die Vorzeichen zu deuten und das Los zu werfen. Glaubst du, dass das irgendeine Bedeutung für die Sache haben könnte?

Er streute Sand aus, versiegelte den Umschlag und rief die Wache ...

»Aufwachen!« Der Wächter stand über ihm. »Es ist bereits nach Sonnenaufgang, um Himmels willen, du müsstest längst auf der Straße sein.«

»Was?« Poldarn rollte auf die Seite. »Oh, tut mir Leid. Ich habe geträumt ...«

Der Wächter musterte ihn finster. »Mach, was du willst«, sagte er. »Aber Cunier Mohac möchte, dass du die Antwort so bald wie möglich beförderst. Übrigens hast du das Frühstück verpasst«, fügte er boshaft hinzu.

»Ach ja? Verdammt.« Poldarn gähnte. »Besteht die Möglichkeit, dass man mir in der Küche etwas für unterwegs einpackt? Oder ist das auch gegen das Gesetz?«

Der Wächter zuckte mit den Schultern. »Ich erkundige mich, aber versprechen kann ich nichts. Das hängt davon ab, ob sie die Abfälle schon den Krähen hingeworfen haben. Ich habe im Stall Bescheid gesagt, dass sie dein Pferd satteln sollen. Wenn möglich bekommst du vielleicht etwas Brot und kalten Speck und, falls du Glück hast, noch eine Scheibe Käse.«

»Das reicht«, meinte Poldarn. »Ich bin nicht wählerisch.«

Kapitel 12

»Schrecklich«, sagte Falx Roisin und blickte von den Zahlenreihen auf, mit denen er sich gerade beschäftigte. »Er hat sechzehn Jahre für uns gearbeitet. Ich werde ihn vermissen. Er runzelte die Stirn und zog eine Linie im Hauptbuch, um zu kennzeichnen, wie weit er gekommen war. »Und du bist ganz sicher, dass es Banditen waren?«

»Ja«, antwortete Poldarn. »Sobald sie angriffen, bin ich fortgelaufen, aber sie schienen an mir nicht interessiert zu sein.«

Falx Roisin nickte. »Du hast das einzig Richtige getan«, sagte er. »Der Brief war weitaus wichtiger als die Ladung – die ist versichert, allerdings in diesem Fall … Ich finde es eigenartig, dass sie nichts mitgenommen haben.«

Poldarn zuckte mit den Schultern. »Vielleicht konnten sie mit zwölf Fässern Kupfernieten nichts anfangen«, meinte er.

»Möglich, aber sie sind eine Menge Geld wert und sind Mangelware. Wahrscheinlich wussten die Banditen das nicht.« Falx Roisin rieb sich die Nasenspitze mit der flachen Hand, ein Zeichen, dass er angestrengt nachdachte. »Hätten sie euch auf dem Rückweg überfallen, hätten sie eine hübsche Summe Bargeld und zwanzig Ballen bester Mahec-Wolle erbeutet. Das ist gut«, sagte er. »Denn das beweist, dass sie über keine Informationsquelle in unserem

Haus verfügen. Zumindest diese Bande nicht. Aber niemand weiß, wie viele verschiedene Freibeuterbanden an dieser Wegstrecke tätig sind.« Er schaute auf die Zahlen, dann wieder auf Poldarn. »Es ist auch möglich, dass sie Gatto für den Kurier hielten, nicht dich. Aber es nützt nichts, wegen vergossener Milch Tränen zu vergießen, wie meine Mutter zu sagen pflegte.«

Poldarn nickte. Der Tote hieß Gotto, nicht Gatto. Poldarn hatte ihn nur ein paar Tage gekannt, nicht sechzehn Jahre. Aber wenn es ums Namensgedächtnis ging, durfte er wahrlich niemanden kritisieren. »Vielleicht wollten sie nur die Pferde haben«, meinte er, nur um etwas zu sagen.

»Hast du nicht gehört, dass wir die Pferde gefunden haben?« Falx Roisin musterte ihn scharf. »Sie waren nur weggelaufen, nicht gestohlen. Sie wurden nicht weit entfernt gefunden. Noch eine Unstimmigkeit. Gut, die Nieten wollten sie nicht, deshalb haben sie sie zurückgelassen. Aber weshalb die Pferde ausspannen und einfach wegjagen? Das ergibt keinerlei Sinn.«

»Vielleicht sind sie in Panik geraten«, meinte Poldarn. »In Panik machen Menschen die unsinnigsten Dinge.«

»Möglich«, sagte Falx Roisin. »Ich will mich nicht beschweren. Schließlich haben wir weder Fracht noch Wagen oder die Pferde verloren. Nur das mit dem armen Gatto ist eine schreckliche Tragödie.«

Poldarn überließ ihn der Trauer und machte einen Spaziergang. Er hatte immer noch Bedenken, sich in der Stadt zu zeigen. Was, wenn die Männer, die sein Treffen mit Cleapho unterbrochen hatten, ihn immer noch verfolgten. Doch sie bewachten die Tore nicht, wie er durch sein Hindurchgehen auf dem Weg nach Mael Bohac herausgefunden hatte. Da er eigentlich keinen blassen Schimmer hatte, wer sie waren oder was sie wollten, erschien es ihm sinnlos, sich den Rest seines Lebens vor ihnen zu verstecken.

Den Rest des Tages hatte er nichts zu tun. Er hatte genug Geld in der Tasche, um die Annehmlichkeiten Sansorys zu erkunden. Nach längerem Nachdenken entschied er sich, als Erstes einen neuen Mantel zu kaufen, um den zu ersetzen, den er diesem Tazencius gegeben hatte. Er hätte auch von Eolla einen bekommen können, aber er wollte etwas haben, das nicht vorher einem anderen gehört hatte, der auf gewalttätige Weise das Leben verloren hatte.

In Sansory einen Mantel zu kaufen war schwieriger, als er gedacht hatte. Zuweilen hatte er den Eindruck, die gesamte Stadt bestünde aus Kleiderläden. Immer war der nächste billiger als der vorige. Alle priesen bessere, buntere, wärmere Sachen für einen Bruchteil des Preises an, den er gerade gesehen und für gut befunden hatte. Außerdem musste er feststellen, dass man, wenn man schweigend dastand, um nachzudenken, sofort einen Schwarm Schneider anzog, die aus ihren Buden und Werkstätten eilten und sich wie Krähen auf ein Aas stürzten. Alle schworen, sie könnten ihm einen Traummantel für ein Drittel des Preises anfertigen, den er für einen fertigen bezahlen müsste. Da alle Mäntel, die er sah, sehr gut und preiswert waren, war er in kürzester Zeit total verwirrt und bedauerte bitterlich, sich auf eine derartig grauenvoll komplizierte Sache eingelassen zu haben. Um die Mittagszeit war er beinahe entschlossen, aufzugeben und alles zu nehmen, was Eolla ihm anbot. Er kaufte von einem traurig dreinblickenden Mann hinter einem Karren einen Pfannkuchen und einen Krug Apfelmost und setzte sich auf die Stufen der Getreidebörse, um seine schmerzenden Füße auszuruhen.

Von seinem Sitz aus konnte er eine Reihe von Buden überblicken. Die Waren darin interessierten ihn nicht – Luxusstoffe, Schmuck, Frauenschuhe, Spiegel, Kämme und Schatullen …

Dann runzelte er die Stirn. Schnell schluckte er den letzten Bissen Pfannkuchen hinunter, stand auf, brachte den leeren Krug zu dem Mann zurück (der ihn traurig, aber ohne Groll anschaute) und ging zu einer Bude, wo eine Frau verschiedene Spiegel aufstellte.

»Copis?«, fragte er.

Copis blickte ihn an. »Oh, du bist's«, antwortete sie. »Hallo.«

Sie schien nicht übermäßig begeistert zu sein, ihn zu sehen. Sie beugte sich über den Tisch und blickte die Straße entlang, ob jemand sie beobachtete. Dann blickte sie ihn finster an. »Du bekommst es nicht zurück«, sagte sie

»Was bekomme ich nicht zurück?«, fragte er verwirrt.

»Stell dich nicht dumm«, sagte sie. »Den großen Goldklumpen natürlich, den du in meinem Karren versteckt hast. Mistkerl.«

Er vermochte ihrer Logik nicht zu folgen. »Was ist los?«, fragte er. »Was habe ich getan?«

Ihre Blicke durchbohrten ihn wie Dolche. »Ich

habe dir diesen Schwachsinn, dass du dein Gedächtnis verloren hast, tatsächlich geglaubt, du Mistkerl. Du hast mir sogar Leid getan. Und die ganze Zeit über hast du mich als Tarnung benutzt, um an denen vorbeizukommen, denen du das Gold gestohlen hast. Kein Wunder, dass alle ständig versucht haben, uns umzubringen.«

Er schluckte. »So war es überhaupt nicht.«

»Na ja, auf alle Fälle bist du jetzt der Dumme«, unterbrach sie ihn. »Ich habe das Gold verkauft und das ganze Geld ausgegeben – erstens für den Warenbestand meines Geschäfts, und zweitens habe ich ein Haus gekauft, das auf meinen Namen eingetragen ist. Dagegen kannst du überhaupt nichts machen. Und der Rest ist dort, wo du ihn nie findest. Also, wenn du hergekommen bist, um Ärger zu machen, vergiss es.«

Er musste grinsen. »Bist du fertig?«

»Was?«

»Du brauchst dich nicht aufzuregen. Behalte es. Alles. Ich wollte es ohnehin mit dir teilen. Ich bin nur nie dazu gekommen, dir ...«

»Oh, natürlich.« Sie funkelte ihn wütend an. »Ich glaube dir. Du wolltest nur bis zu meinem Geburtstag warten. Verdammt. Ich könnte tot sein.«

»Stimmt«, sagte Poldarn. »Aber das hat nichts mit dem Goldklumpen zu tun. Den habe ich gefunden.«

»Du hast ihn gefunden?«, wiederholte sie.

»Ja. Erinnerst du dich an den ausgebrannten Tempel in der Stadt, wo sie sämtliche Bäume gefällt hatten? Ich bin hineingegangen und in der Dunkelheit darüber gestolpert. Ich habe es niemandem gestohlen, zumindest keinem Lebenden.«

»Ich glaube dir kein Wort.«

»Warum nicht? Denk nach. Hatte ich irgendwas bei mir, als du mich gefunden hast?«

»Es war dunkel«, erinnerte sie ihn. »Du hättest alles Mögliche hinten im Karren verstecken können. Das hätte ich nie bemerkt.«

»Wie hätte ich das anstellen sollen? Ich war damit beschäftigt, deinen Freund umzubringen.« Er schüttelte den Kopf und trat einen Schritt zurück. »Es ist genau so, wie ich es dir gesagt habe. Ich habe den Klumpen im Tempel gefunden. Und ich wollte dir davon erzählen. Ein paar Mal war ich nahe dran, aber ...«

»Aber du hast mir nicht getraut!« Ihre Miene verfinsterte sich. »Das ist zu köstlich! *Du* hast *mir* nicht getraut!«

Poldarn lächelte. »Also glaubst du mir jetzt?«

»Das habe ich nicht gesagt. Selbst wenn du die Wahrheit sagst, bleibst du doch ein Mistkerl. Und von dem Geld kriegst du nichts. Verstanden?«

»Vollkommen.«

Sie schaute ihn an. »Dann ist ja alles in Ordnung.« Sie rückte einen Spiegel zurecht. Das erinnerte Poldarn an Mael Bohac. »Das wäre ja dann geklärt.« Es entstand betretenes Schweigen. Dann brach es aus ihr heraus. »Was zum Teufel ist mit dir geschehen? Ich war überzeugt, dass du entweder tot oder verhaftet wärst. All diese Soldaten – und dann haben sie vier Leichen herausgeschleift.«

Poldarn zuckte mit den Schultern. »Ehrlich gesagt, habe ich keine Ahnung«, sagte er. »Cleapho wusste, wer ich war, aber Soldaten sind hereingestürmt, ehe ich es erfahren konnte. Und ganz seltsam war, dass einer der Soldaten mich auch kannte.«

»Und? Was hat er gesagt? Der Soldat, meine ich.«

Poldarn blickte zu Boden. »Es war nicht genügend Zeit, um ihn zu fragen.«

»Oh, verdammt. Willst du mir sagen, dass du nichts erfahren hast?«

»Genügend, um mir sicher zu sein, dass es so jetzt besser ist, weil ich anscheinend in ziemlich üble Sachen verstrickt war.«

»O Gott, was für eine Einstellung!« Copis schaute ihn an und schüttelte den Kopf. »Ich würde alles tun, um herauszufinden, wer ich bin. Ich könnte es nicht ertragen, das nicht zu wissen. Willst du mir sagen, dass du tatsächlich nicht mehr daran interessiert bist?«

Poldarn lächelte. Dann trat er beiseite, um einem Kunden Platz zu machen. Aber der Kunde war kein Kunde, nur einer dieser Schaulustigen, die alles in die Hand nehmen und dann wieder zurückstellen.

»Wie kann ich es dir verständlich machen?«, sagte Poldarn. »Wer ist deiner Meinung nach der schlimmste Mensch, den du kennst?«

»Was?«

»Los, das ist eine einfache Frage. Wer ist der schlimmste, böseste Mensch, der je gelebt hat?«

»Woher soll ich das wissen?«

»Sag einfach den Namen, der dir einfällt.«

»Na schön. General Allectus.«

»Wirklich?« Poldarn hob eine Braue. »War er so schlimm?«

»Nein, aber du hast mich gedrängt. Gut, der Anführer der Freibeuter. Kaiser Vectigal. Der Sensenmörder Boc Bohec. Feron Amathy. Mein Stiefvater.«

»Danke, das reicht«, sagte Poldarn. »Nehmen wir mal an, ich wäre einer von denen. Sagen wir Kaiser Vectigal – wer auch immer er gewesen sein mochte –, und ich hätte mein Gedächtnis verloren und nach einem Monat Herumirren ließe ich mich nieder, bekäme eine gute Stellung und würde ein neues einigermaßen glückliches Leben führen. Wenn du ich wärst, würdest du dann auch wissen wollen, wer du in Wahrheit bist?«

Copis runzelte die Stirn. »Kaiser Vectigal möchte ich nicht sein«, sagte sie. »Weil er tot ist. Und vorher war er ein Mann. Er war zwar auch Kaiser, vielleicht hätte ich mich daran gewöhnen können.« Ehe Poldarn protestieren konnte, nickte sie. »Ja, ich verstehe, was du sagen willst. Aber die Chance, dass du ein schreckliches Ungeheuer warst, ist verschwindend klein. Ich glaube, du warst ein ganz gewöhnlicher Mann, mit Frau und Kindern und einem hübschen Haus. Willst du ernstlich behaupten, du willst nichts über sie erfahren?«

Poldarn schüttelte den Kopf. »Nicht das Risiko wert«, meinte er. »Seit wir – na ja, getrennte Wege gegangen sind, habe ich eine Stellung und ein Dach überm Kopf gefunden. Ich kann jetzt über die Möglichkeit nachdenken, eine Zukunft zu haben, anstelle einer Vergangenheit, an die ich mich nicht erinnern kann.«

»Ach, wirklich?«, sagte Copis. »Und was ist das für eine großartige Stellung?«

»Ich bin Kurier für das Haus Falx.«

Copis lachte unwillkürlich. »Und das ist deine Vorstellung von der Zukunft, ja?«

»Es ist besser als nichts.«

»He, hör mal! Ich bin in dieser Stadt ebenso lang wie du, aber ich weiß bereits, dass für das Haus Falx nur wirklich verzweifelte, selbstmörderische Verlierer als Kuriere arbeiten. Du tust das, wenn du das Leben satt hast, aber zu dämlich bist, dir selbst die Schlinge um den Hals zu legen.« Sie machte eine kurze Pause. »Du willst doch nicht etwa dort weiterarbeiten?«

»Doch«, antwortete Poldarn leicht verärgert. »Und so schlimm ist es nicht. Es gefällt mir. Nettes ruhiges Leben, ich komme herum, sehe das Land. Gute Bezahlung ...«

»Du musst der sein, dessen Fuhrmann neulich getötet wurde«, unterbrach ihn Copis. »Die ganze Stadt spricht davon. Und das ist deine Vorstellung eines netten ruhigen Lebens?«

»Na schön«, gab Poldarn zu und seufzte. »Der Anfang war nicht besonders glücklich, aber so kann es nicht die ganze Zeit weitergehen. Ich wette, dass ich beim nächsten Mal überhaupt nichts Interessantes erlebe, auch nicht beim übernächsten oder überübernächsten Mal. Mir wird es gut gehen, das wirst du schon sehen.«

Copis schaute ihn an und schnitt eine Grimasse. »Wie du meinst«, sagte sie müde. »Ich würde mich sehr schuldig fühlen, wenn du hinausgehst und man dir die Kehle durchschneidet und ich dein ganzes Geld hätte. Ich kann bis morgen vierhundert Vierteltaler auftreiben ...«

»Nein«, unterbrach Poldarn sie lautstark. Dann senkte er die Stimme. »Das will ich nicht. So wie es bei mir läuft, müsste ich schon bald in der Lage sein, alleine für mich zu sorgen. Ich habe schon siebzig Vierteltaler.«

»Sei nicht albern«, sagte Copis und klang wie eine Mutter. »Ich lasse nicht zu, dass du ständig dein Leben riskierst. Das Geld reicht für uns beide – achtzehnhundert Vierteltaler. Hast du eine Ahnung, wie viel achtzehnhundert Taler sind?«

»Nein«, antwortete Poldarn. »Aber ich kann es mir denken. War der Klumpen tatsächlich so viel wert?«

Copis nickte. »Reines Gold. Zwölf Punkte über dem kaiserlichen Standard. Seit hundert Jahren haben sie so was nicht mehr geprägt. Und ich bin betrogen worden. Man hat mir nur das Gewicht mit heutigen Münzen bezahlt. Du kannst also getrost ein Fünftel hinzurechnen, um den echten Wert zu ermitteln. Aber ich hatte es eilig.«

Poldarn dachte kurz nach, dann schüttelte er den Kopf. »Spielt keine Rolle«, sagte er. »Ich will es trotzdem nicht. Ich würde mich nicht wohl fühlen. Vielleicht bin ich abergläubisch.«

»Eher ein Schwachkopf«, sagte Copis. Er sah, dass sie beleidigt war. »Nochmal biete ich es dir nicht an. Außerdem verlasse ich die Stadt und fahre zurück nach Torcea ...«

»Das ist gut«, sagte Poldarn. »Großartige Idee. Du solltest dorthin fahren, wo du sicher bist. Dann würde ich mich auch besser fühlen ...«

»Du willst, dass ich wegfahre?« Jetzt war sie eindeutig wütend. »Fein, ich fahre. Und du – schwirr ab. Du verscheuchst meine Kunden.«

»Wie du meinst«, sagte Poldarn. »Aber glaube mir, ich bin wirklich froh, wenn du in Sicherheit bist. Du hast mir geholfen, als ich in Not war. Du verdienst ein bisschen Glück.«

»Fall tot um!«, rief Copis.

Er ging fort, ohne zurückzublicken. Schon bald war er in einem anderen Teil des Markts, wo sie hervorragende Mäntel billig verkauften. Diesmal entschloss er sich, nicht zu suchen. Daher kaufte er den ersten, der ihm passte. Er war dunkelgrau, mit Kapuze und aus dickem Stoff. Einschließlich Knöpfe kostete er ihn neun und einen halben Vierteltaler.

Auf dem Rückweg zum Haus Falx hörte er weiter vorn Lärm. Eine Menschenmenge drängte sich zusammen. Offenbar gab es etwas zu sehen. Es war ein Karren, der von vier Soldaten der Kavallerie mit glänzenden Helmen und Brustharnischen begleitet wurde. Auf dem Karren saßen ein Mann und eine Frau. Beide schauten völlig verängstigt drein. Sie hatte Blutergüsse und offene, kaum verschorfte Wunden. Die Umherstehenden johlten. Nur aus Angst, die Reiter zu treffen, warf niemand etwas auf das Paar.

»Was ist los?«, fragte Poldarn die alte Frau neben sich.

»Jetzt haben sie sie erwischt«, erklärte sie mit offensichtlicher Genugtuung. »Und jetzt wird man sie aufhängen. Aber Hängen ist zu gut für die, sage ich.«

»Wirklich? Was haben sie verbrochen?«

»Das weißt du nicht?« (Er hatte es mehr als satt, immer diese Worte zu hören, aber er konnte nichts dagegen tun.) »Das sind die beiden, die überall herumgefahren sind und sich als Gott und Priesterin ausgegeben haben, diese Verbrecher. Sie sollten sich schämen. Ehrliche Leute um Geld und Essen zu betrügen. Das ist ekelhaft.«

Poldarn schürzte die Lippen. »Wie hat man sie erwischt?«

Die Alte grinste. »Sind unvorsichtig geworden«, antwortete sie. »Haben denselben Trick zwei Mal im selben Dorf versucht. Aber jemandem ist aufgefallen, dass sie sich beim zweiten Mal so benahmen, als wären sie nie zuvor dort gewesen – also, ein Gott würde so was wissen, richtig? Und zufällig kam eine Abteilung Kavallerie durchs Dorf. Die haben die beiden ergriffen und hergebracht. Hier gibt es einen Richter und ein ordentliches Gericht, alles legal. Und jetzt sollen sie aufgehängt werden, gut so. Ich habe gehört, dass auf sie eine Belohnung ausgesetzt war, aber niemand weiß, von wem oder wie viel. Aber das ist auch unwichtig, oder? Hauptsache, sie bekommen, was sie verdient haben.«

Inzwischen war der Karren nicht mehr zu sehen. Die Menge stand zu dicht gedrängt, als dass er ihn einholen und sich die Gesichter noch mal ansehen konnte. Aber das war auch egal.

Am Nachmittag ging er zurück zum Haus Falx. Dort herrschte Chaos. Zwei Karren waren unterm Torbogen fest ineinander verkeilt. Die Radnabe des einen steckte zwischen den Speichen des anderen, wodurch beide Karren nicht zu bewegen waren. Zwischen den Säulen des Torbogens war so wenig Platz, dass die Zimmerleute nicht hindurchkamen, um sie auseinander zu schneiden. Ohne auf den Widerspruch der Zimmerleute, Fuhrleute und Gaffer zu hören, sprang Poldarn auf die Deichsel des hinausfahrenden Karrens, tänzelte bis zum Bock, zog unter dem Torbogen den Kopf ein und sprang am anderen Ende wieder herunter. Es war kaum genügend Platz, um herunterzuspringen, weil ein Dutzend Karren im Hof so dicht hintereinander standen, dass jeweils die

Rückwand des vorigen gegen die Pferde des nächsten drückte. Es wäre möglich gewesen, den Stau zu beseitigen, indem man den letzten Karren zurück in die Remise schob, aber die Türen der Remise gingen nach außen auf. Seitlich der Karren standen Männer mit Schubkarren und Handwägen. Es gab nirgends ein Durchkommen.

Falx Roisin stand auf dem Kutschkasten des einen festgefahrenen Karrens und raufte sich die grauen Haare. Poldarn hatte den Eindruck, dass er nicht mehr schreien und auch nicht mehr beten konnte. Eolla stand im Eingang des Haupthauses und schrie einer Gruppe von Männern Befehle zu, welche Seile und Stangen hielten, sich aber nicht rührten. (Später erfuhr Poldarn, dass Eolla einen A-Kran aufstellen sollte, um einen Karren hochzuheben. Aber dann hatte Falx Roisin erkannt, dass dieses Unterfangen blöde und gefährlich war, und die Anweisung drei Minuten später widerrufen. Der Schreiber, der diese Anweisung zum Einstellen der Arbeiten überbringen sollte, hatte nur den Männern an der Winde Bescheid gesagt, nicht aber Eolla. Zum Glück hatten dessen Männer nur Stangen geholt, sonst hätte es einen scheußlichen Unfall geben können.)

Poldarn zwängte sich über den Hof und kletterte auf den Dachboden über dem Kontorhaus. Von hier aus konnte er alles gut überblicken. Eine halbe Stunde lag er auf den Ellbogen gestützt da und überlegte. Dann ging er wieder nach unten zu Falx Roisin.

»Darf ich einen Vorschlag machen?«, fragte er.

»Was?« Falx Roisin schaute auf ihn herab, als sei ihm gerade ein zweiter Kopf gewachsen. »Ja, warum nicht, jeder Idiot hier hat sich schon dazu geäußert, deshalb stecken wir in der Scheiße.«

»Verstehe«, sagte Poldarn. »Meiner Meinung sollten wir Folgendes tun.«

Es dauerte länger als nötig, den Plan zu erklären, weil Falx Roisin ihn ständig unterbrach und falsche Schlussfolgerungen zog. Als Poldarn endlich fertig war, schloss Falx Roisin kurz die Augen. Dann sagte er: »Ach was, zum Teufel, versuch's. Entweder es funktioniert, oder ich kann den ganzen Laden niederbrennen und von vorn anfangen. Ist dir klar, dass wir seit dem Frühstück in dieser Klemme stecken?«

Phase eins, welche die leichteste hätte sein sollen, erwies sich als die schwierigste. Zwölf Männer mit Werkzeug (Spaten, Schaufeln, Spitzhacken, Kuhfüßen, Eimern, Holzplanken, Sägen, Hämmern, Nägeln) mussten auf dem Weg, auf dem Poldarn hereingekommen war, durch den Torbogen hinausgebracht werden. Selbst nachdem das erfolgreich gelungen war, verstand Poldarn nicht, weshalb es so schwierig gewesen war.

Phase zwei: Ein vertikaler Schacht, vier mal acht Meter, wurde ausgehoben. Das Haus Falx verfügte ebenso über ausgezeichnete Bergleute wie über fähige Zimmerleute. Im Nu war der Schacht ausgehoben und mit Balken und Brettern verschalt. Vor Phase drei überlegten Poldarn und zwei erfahrene Bergleute, wie sie es anstellen sollten, damit Phase fünf an der richtigen Stelle endete. Der Streit der Experten ging Poldarn auf die Nerven. Entschlossen hielt er einem Experten die Handkante unters Kinn, um ihn zum Schweigen zu bringen. Worauf sich der andere Experte aus dem Staub machte und Poldarn wieder in Ruhe weiterrechnen konnte.

Seiner Meinung nach war Phase drei eine echte Plackerei. Einen Schacht ausheben, ein Meter breit, eins achtzig lang und das einen Meter unterhalb des Torbogens. Aber dann ging alles erstaunlich leicht. Die Bergarbeiter gruben, andere schafften die Erde mit Eimern weg, während die Zimmerleute alles sorgfältig verschalten. Phase vier war ein vertikaler Schacht, welcher genau unter den Achsen der ineinander verkeilten Karren herauskam, damit die Zimmerleute die Achsen durchsägen, die beiden verklemmten Räder herausnehmen und sich zurückziehen konnten. Falls der Tunnel einen Fuß zu kurz war, wäre Phase fünf (das Durchsägen der Achsen) komplizierter als nötig, da die Zimmerleute diagonal nach hinten lehnend arbeiten müssten. Der Tunnel verfehlte das Ziel nur ganz knapp, und falls die Räder mit todbringender Gewalt in den Schacht stürzten (was Poldarn hätte bedenken müssen, aber nicht getan hatte), wären die Zimmerleute durch die Schräge geschützt. (»Das war verdammt klug«, gratulierte Poldarn einem der Männer später. »Wie du die Schräge ausgerechnet hast. Beim Graben habe ich dauernd gedacht, o Gott, der Schacht kommt an der falschen Stelle raus, aber selbstverständlich habe ich nicht gewusst, dass du das beabsichtigt hattest. Verdammt klug, Kamerad. Gute Arbeit.«) Kaum waren die Räder in den Tunnel geschafft, erfolgte Phase sechs. Seile wurden an dem hinausfahrenden Wagen befestigt, dann wurde er mühelos hinausgezogen. Phase sieben war ebenso einfach. Die ausgehobene Erde wurde zurück ins

Loch geschaufelt, sodass die anderen Wagen ebenfalls hinausfahren konnten.

»Ein Kinderspiel«, sagte Poldarn und wischte Erde von seinen Knien. »Ich weiß wirklich nicht, was der ganze Wirbel sollte.«

Unter anderen Umständen hätte eine derartige Bemerkung leicht das Leben kosten können. Doch alle warfen ihm nur einen finsteren Blick zu und gingen fort.

»Es hat funktioniert«, sagte Falx Roisin.

Poldarn schaute ihn verwirrt an. »Du scheinst überrascht zu sein.«

»Darauf kannst du dein Leben verwetten«, erklärte Falx Roisin. »Ich war überzeugt, du würdest den ganzen Torbogen zum Einsturz bringen. Aber es hat funktioniert, also, warum zum Teufel mache ich mir noch Sorgen? Gute Arbeit. Ich schulde dir etwas.«

»Ich wollte mich nur nützlich machen«, meinte Poldarn. »Und jetzt gehe ich und wasche mir die Hände.«

»Was? Ach ja. Weißt du, was du gerade gemacht hast, erinnert mich an etwas, aber es fällt mir im Moment nicht ein. Aber verdammt gute Arbeit. Würde ich einen Hausingenieur brauchen, würde ich dich nehmen.«

»Danke«, sagte Poldarn. »Wenn es recht ist, würde ich jetzt gern gehen.«

Es war schon dunkel, bis alles im Haus wieder normal verlief. Dementsprechend verzögerte sich auch das Abendessen. Poldarn wollte sich wegen seiner Tat nicht im Speisesaal feiern lassen, deshalb ging er zur Hintertür der Küche und setzte seinen ganzen

Charme ein, damit eine der Köchinnen, eine große und üppige Frau, die fast doppelt so viel wie er wog, ihm einen halben Laib Brot und eine dicke Scheibe Käse sowie einen Krug Bier gab. Er trug seine Beute zu den Stallungen und verzehrte in Ruhe alles hinter den Futterkisten. Dann brachte er den Krug zurück und ging in seine Unterkunft, um zu schlafen.

Dort wartete Falx Roisin auf ihn. Er hatte eine Lampe mitgebracht, ein wahres Prachtstück aus Messing in Gestalt eines Schweins.

»Jetzt habe ich mich daran erinnert«, sagte er.

»Wie bitte?«

»Deinen Trick«, sagte Falx Roisin. »Mir ist eingefallen, wo ich davon gehört habe. Genau das hat General Cronan in Zanipolo gemacht.«

Poldarn schaute ihn verständnislos an. »Haben da auch zwei Karren in einem Torbogen gesteckt?«

Falx Roisin runzelte die Stirn. »Illanzus belagerte achtzehn Monate lang Zanipolo. Es gab kaum noch etwas zu essen, das halbe Lager lag mit Sumpffieber darnieder, und die Rebellen kamen mit einer Entsatztruppe näher, welche doppelt so groß wie die Armee der Loyalisten war. Damals war Cronan gerade Hauptmann geworden und den Pionieren zugeteilt, da fast alle Offiziere dort gefallen oder am Fieber gestorben waren. Cronan ließ sie unter dem Torhaus einen Tunnel graben. Er berechnete alles so genau, dass sie direkt in der Torstube herauskamen. Minuten später hatten sie das Tor geöffnet, und das war das Ende der Belagerung. Das war nur ihm zu verdanken, und danach machte er eine steile Karriere.«

Poldarn dachte kurz nach. »Das ist sehr interessant«, sagte er. »Und du hast das Abendessen verlassen und bist zu mir heraufgekommen, nur um mir das zu erzählen?«

»Nein«, antwortete Falx Roisin. »Ich wollte dich fragen, ob du je in der Armee gewesen bist.«

Poldarn seufzte. »Nein.«

»Wirklich, bist du ganz sicher?«

Poldarn grinste. »Glaubst du, ich hätte es vergessen, wenn ich dabei gewesen wäre? Weshalb möchtest du das wissen?«

»Heute Morgen, kurz vor dem Wirbel im Hof, war ein Soldat da«, erklärte Falx Roisin. »Der Militärtribun der Garde, kein geringerer. Er hat sich wegen Deserteuren erkundigt. Die Beschreibung passte ziemlich genau auf dich.«

»Ach ja? Was hat er gesagt?«

»Mittleres Alter, mittelgroß, lange Nase, spitzes Kinn. Haare werden langsam grau.«

Poldarn lächelte. »Ich will dich nicht beleidigen, aber das klingt, als hätte er dich beschrieben. Es gibt bestimmt Hunderte von Männern in dieser Stadt, die in Frage kommen.«

»Das habe ich ihm auch gesagt«, meinte Falx Roisin. »Ich habe nicht an dich gedacht. Schließlich bist du erst seit kurzer Zeit hier, und ich muss mir eine Menge Gesichter einprägen. Aber er sagte, dass der Deserteur zu Cronans Stab gehörte. Ein hoher Offizier, Hauptmann im Rang eines Majors oder so. Bestimmt nicht der Typ, der unentschuldigt neun Tage fortbleibt. Daher vermute ich, es könnte ernst sein.«

»Klingt so«, sagte Poldarn und wich ein wenig aus dem Lichtschein von Falx Roisins Lampe. »Aber das hat nichts mit mir zu tun.«

Falx Roisin schaute ihn prüfend an. »Ich habe ihn nach Einzelheiten befragt«, fuhr er fort. »Er erklärte, viel könne er mir nicht sagen, weil alles streng geheim sei. Aber er erwähnte den Präfekten Tazencius. Offenbar hat er einen Fluchtversuch unternommen, und seine Komplizen haben auf ihn an der Straße zwischen hier und Weal gewartet, zwei Leute in einem Wagen. Ich frage mich, ob du darüber etwas weißt.«

»Zwei Leute in einem Wagen«, wiederholte Poldarn. »Du meinst die beiden, die herumgefahren sind und sich für einen Gott und seine Priesterin ausgegeben haben?«

Falx Roisin sagte dazu nichts, aber er runzelte die Stirn. »Daran hatte ich gar nicht gedacht«, sagte er schließlich.

»Jemand tat es offenbar«, sagte Poldarn. »Man hat sie gefangen und in die Stadt gebracht. Ich habe sie auf dem Heimweg gesehen.« Er machte eine Pause, ehe er fortfuhr. »Ach, jetzt verstehe ich. Du hast gedacht, es wären Gotto und ich gewesen.«

»Was? O nein, da sei Gott davor. Der Gedanke ist mir nie gekommen.« Poldarn schaute Falx Roisin an und sah förmlich, wie sich die kleinen Rädchen hinter den Augen drehten. »Verdammt, wenn du Recht hast, würde das wirklich Sinn ergeben, nicht wahr? Sie ziehen umher und sagen das Ende der Welt voraus, verbreiten Panik, und jetzt sagen die Menschen, es hätte mit dem zu tun, was in Josequin geschehen ist. Verdammte Hölle.« Er schaute wütend drein. »Diese Bastarde. Und die ganze Zeit über haben sie mit diesem Arschloch Tazencius gemeinsame Sache gemacht – und den Freibeutern. Gottverdammt, das muss man sich mal vorstellen. Ich hoffe, sie hängen sie – und wenn möglich Tazencius ebenfalls, auch wenn er von königlichem Geblüt ist. Das ist widerwärtig.«

»Ja, von der Gotteslästerung ganz zu schweigen«, sagte Poldarn. »Wenn man sich damit keinen Ärger einhandelt, weiß ich nicht, womit sonst.«

»Gotteslästerung? Ja, ich sehe, was du meinst.« Falx Roisin schaute ihn mit der milden Verachtung eines Atheisten für einen Gläubigen an. »Durchaus richtig. Aber darauf wäre ich nie gekommen. Präfekt Tazencius macht mit den Freibeutern gemeinsame Sache. Und ich habe ihm ein silbernes Essservice geschenkt.«

Kopfschüttelnd nahm Falx Roisin die Lampe und ging fort. Dabei murmelte er noch etwas über die Niederträchtigkeit der Welt vor sich hin. Poldarn schloss hinter ihm die Tür, streifte die Stiefel ab und legte sich aufs Bett. Dann wurde ihm bewusst, dass er noch seinen neuen Mantel trug. Er stand auf und hängte ihn über den Stuhl. Dann streckte er sich genüsslich aus.

Zufall, sagte er sich. Die Idee war ziemlich einfach. Wenn man etwas nicht von vorn oder von oben bekommen kann, muss man es von unten versuchen. Abgesehen davon, dass in beiden Fällen ein Torbogen beteiligt war, war die Übereinstimmung nicht allzu groß. Und selbst wenn diese Idee schon vorher in seinem Kopf existiert hätte und er sie nun bei der Notsituation im Haus Falx eingesetzt hatte, war noch nicht bewiesen, dass er sie kopiert hatte oder je in General Cronans Armee gedient hatte – oder in irgendeiner anderen Armee. Falx Roisin war seines

Wissens auch nicht in der Armee gewesen, hatte aber trotzdem gehört, was Cronans Pioniere getan hatten. Wahrscheinlich war das bei ihm auch der Fall, nur dass er die Erinnerung daran zusammen mit dem Rest seines Gedächtnisses verloren hatte.

Er schob die Sache von sich. *Was wohl Copis jetzt macht?*, dachte er. Er hatte keine Ahnung. Was taten normale Menschen nach Einbruch der Dunkelheit, wenn sie nicht namenlose Fremde waren, die das Gedächtnis verloren hatten? Diejenigen, die nicht ihr Geld mit dem Intrigengeschäft oder dem Tod verdienten? Er bemühte sich, Grundprinzipien aufzustellen. Wer den ganzen Tag hart arbeitete, ging heim und schlief. Wenn sie nicht müde waren, zündeten sie die Lampe an und flickten Kleidung oder Werkzeug, sangen, erzählten Geschichten, liebten sich und so. Irgendwie konnte er es sich nicht vorstellen, ebenso wenig, was Elfen oder Riesen oder Götter in ihrer Freizeit trieben. Eigentlich war es plausibler, anzunehmen, dass sie in der Dunkelheit überhaupt nicht existierten oder still warteten, bis es wieder hell und eine neue Seite aufgeschlagen wurde.

Seiten! Er war nicht müde. Nein, eigentlich war er todmüde, aber trotzdem würde er nicht schlafen können. Aber der großzügige und mitfühlende Falx Roisin hatte ihn ja durch seinen getreuen Zahlmeister Eolla für einen solchen Notfall mit einer kleinen Lampe und Büchern versorgt. Der Mann hatte in der Tat ein großes Herz.

Er zündete die Lampe an, setzt sich auf den Stuhl und untersuchte die beiden Bücher. Er hatte sie bis jetzt noch nicht geöffnet und nachgeschaut, was darin stand. Das war undankbar von ihm.

Der erste Band war ziemlich alt. Die Tinte war braun, das Pergament stellenweise beinahe durchsichtig. Als er es aufschlug, knarzte es alarmierend. Wie pflegte man Bücher?, fragte er sich. Sollte man den Einband ein Mal im Monat mit Öl einreiben, wie Stiefel, oder würde das eher der Tinte schaden?

Er schlug eine beliebige Seite auf:

... Zwei Pfund gehackten Lauch, drei Tassen leichter Weißwein, ein Pfund Rosinen, ein halbes Pfund Sellerie und sechs Eier. Als Erstes hänge man den Hasen zwölf Tage lang auf. Am dreizehnten Tag entferne man Fell und Gedärm, dann alles filetieren und in Mehl wälzen. Man schütte den Wein in eine Schüssel...

Er blätterte schnell weiter. Sein Verdacht bestätigte sich. Alles nur Kochrezepte. Er runzelte die Stirn, klappte das Buch zu und legte es auf den Boden. Das würde er sich aufheben, wenn er mal ganz verzweifelt sein würde. Blieb noch das zweite Buch. Es war nicht so alt, etwas kleiner und dünner. Zögernd öffnete er es. Konnte er die Bücher umtauschen, wenn das zweite auch so eine Enttäuschung war? Er hatte sie selbst ausgewählt, allein aufgrund der Größe, niemand hatte ihn dazu gezwungen. Typisch für sein Glück, wenn er eine Entscheidung zu treffen hatte.

Diesmal begann er mit der Titelseite:

Der vollständige Tempel der Weisheit
(Das klingt schon besser, dachte er.)

Dies ist ein vollständiger Abriss aller bisher geschriebenen Bücher, welche die Aufmerksamkeit von Gelehrten, Soldaten, Regierungsbeamten und Menschen edler Abstammung verdienen, eingeschlossen, wenngleich nicht begrenzt auf die Bücher über Religion, Naturwissenschaften, Medizin, Philosophie, Jura, Künste und Handwerk. Die besten Werke der berühmtesten Gelehrten, Kommentatoren, Grammatiker, Historiker, Poeten und Prosaschriftsteller. Enthalten sind ferner ausführliche Tabellen über Gewichte, Maße, Wechselkurse, Armeestatuten, übliche Krankheiten, samt Symptomen und Heilmöglichkeiten, Feste, Prosodie und Metrum neu erklärt, günstige und ungünstige Tage. Als Anhang Anleitung zum Briefeschreiben, mit über hundert Musterbriefen für alle Gelegenheiten. Vollständige Bedienungsanleitungen für den Abakus und die Rechenschnüre. Grammatiken und Wörterbücher sämtlicher bekannter Sprachen, der Bauernkalender und Eheratgeber (überarbeitet). Der Führer für Seeleute, eingeschlossen alle notwendigen Karten und Tidekalender, eine vollständig neue und ungekürzte Abhandlung über Navigation mit Hilfe der Sterne. Über tausend Illustrationen, Zeichnungen und Karten.

Verfasst von einem Gelehrten aus Sansory. Kopiert und gebunden im Zeichen des Braunen Hundes im Bezirk des Alten und Neuen Tempels in Sansory.

Preis: drei Vierteltaler.

Das war nicht teuer, dachte Poldarn. Drei Vierteltaler für so viel Weisheit. Zugegeben, das Buch war furchtbar eng geschrieben, und die Seiten bestanden aus minderwertigem Schafpergament, welches mindestens drei Mal abgekratzt worden war. Wahrscheinlich war es deshalb so billig. Andererseits alle Antworten auf sämtliche Fragen der Welt, ganz zu schweigen von zehn Seiten Tabellen und einem Buchmerker, für den Preis einer Nacht in einer Herberge – vielleicht war die konzentrierte Weisheit der Menschheit auch nicht mehr wert. Das würde vieles erklären.

Er suchte im Verzeichnis nach »Poldarn«. Ein Eintrag, Seite 474. Schnell schlug er die betreffende Seite auf und las:

Ein obskurer Gott im Süden, jetzt bedeutungslos. Ikonografie: Krähe mit Ring im Schnabel. Schutzgottheit für Krieg, Feuer, diverse Gewerbe im häuslichen und industriellen Bereich, das Ende der Welt. Literarische und kulturelle Bedeutung: keine. Auch bekannt als Bolodan (Sthrn), Polidan (lit.), Schwindler (colloq.)

Siehe auch: Manneristen; Leben des Paters Azonicus von Lomessa; aufklärerische Gedanken, Prophezeiungen; Ende der Welt; Freibeuter zu Land und zur See; Karren und Wagen.

Poldarn runzelte die Stirn und legte das Lesezeichen ein. Dann schlug er Josequin auf (zwei Seiten, hauptsächlich Empfehlungen beliebter Herbergen, Schänken, Bordellen und Teppichgeschäfte), dann die Gilden, Sansory (acht Seiten, jede Menge Schänken), Mael Bohcc, das Imperium und etliche andere Dinge, bis seine Augen zu müde waren und er einschlief.

Eine Stunde später wachte er auf (gerade als er die Augen öffnete, sah er zwei Krähen, wunderbar aus großen Kohlenklumpen geschnitzt. Sie erwachten zum Leben und flogen vorwurfsvoll krächzend davon). Ihm taten alle Knochen und der Hals weh.

Gerade noch rechtzeitig blies er die Lampe aus, ehe sie die letzten Tropfen seiner monatlichen Ölration verbraucht hatte. Auf dem Stuhl schlafen war nicht gut für ihn. Er stand auf und spürte etwas unter dem linken Fuß (es tat höllisch weh). Es war wohl das Buch, das er ihm aus der Hand gefallen war, als er einschlief. Er tastete im Dunkeln umher, fand es jedoch nicht und ließ es bis zum Morgen liegen.

Kapitel 13

»Wie gut, dass du gerade in der Gegend bist«, sagte der Richter und ging schneller, um Schritt zu halten. »Wir haben sämtliche Bücher gewälzt, um festzustellen, welche Jurisdiktion für diese Gauner zuständig ist. Es sieht ganz danach aus, als würden sie durch die Gesetzeslücken fallen. Selbstverständlich wissen wir in dieser Stadt, dass das kirchliche Gesetz auf eine Messerschneide geschrieben sein könnte.«

»Schau mich nicht an«, sagte Bruder Monach über die Schulter. »Ich bin kein Rechtsgelehrter.«

»Ja, aber du bist ein Priester, ein Mitglied des Ordens, damit bist du doch ein Experte«, stieß der Richter keuchend hervor.

»Wofür?«

»Götter und so. Versteh doch, Sansory ist keine besonders leidenschaftlich religiöse Stadt.«

»Das ist mir allerdings aufgefallen.«

»Nun, wir alle dienen der Gottheit auf unterschiedliche Art und Weise, nicht wahr?« Der Richter keuchte so stark, dass Monach seine Schritte ein wenig verlangsamte.

»Ach ja?« Monach blieb vor einem schweren Eichentor stehen. Der Richter klopfte. Ein Schieber glitt beiseite, und Monach sah eine Nase und zwei Augen. Dann öffnete sich das Tor, und der Wachhabende salutierte. Dem Richter schien das peinlich zu sein.

»Hier entlang«, sagte er. »Auch wenn du dich nicht für einen Experten auf diesem Gebiet hältst, weißt du mehr darüber als jeder andere in der Stadt. Hilfst du uns? Bitte.«

Monach war hergekommen, um die Gefangenen zu befragen. Jetzt bot sich unerwartet mühelos diese Gelegenheit. Trotzdem zierte er sich zum Schein und willigte nur zögernd ein. Darüber war der Richter sehr glücklich.

»Großartig«, sagte der Richter und nahm eine Laterne von einem Haken in der Wand. »Im Grunde müssen wir nur herausfinden, ob wir es mit Gotteslästerung, Aufruf zur Häresie und Herausforderung der Vorsehung zu tun haben und somit die beiden vor ein kirchliches Gericht gehören. Denn wenn die Anklagen zutreffen, sind wir aus dem Schneider und können sie dir einfach aushändigen.«

Genau das hatte Monach beabsichtigt. »Mir?«, rief er empört. »Was zum Teufel soll ich mit ihnen anfangen?«

»Schaff sie irgendwohin und klage sie an. Stecke sie hinter Schloss und Riegel oder häng sie auf. Von mir aus kannst du sie auch laufen lassen, wenn das das Richtige ist. Solange du sie mir abnimmst. Alles andere ist mir völlig egal. Wenn du nicht feststellst, dass sie Gotteslästerung begangen haben, müssen wir sie wegen allgemeinen Betrugs und Erschwindelns von Geld vor Gericht stellen. Aber die Beweislage ist sehr dürftig, und wenn wir sie vor einem weltlichen Gericht freisprechen müssen, kann ich gleich in ihre Zellen marschieren und dem Wächter sagen, er soll ihren Schlüssel einschmelzen lassen.«

Monach lachte. »Deshalb möchtest du sie unbedingt ohne Prozess loswerden«, sagte er. »Sehr gerissen.« Er änderte den Ton ein wenig. »Eins möchte ich klarstellen: Wenn ich keine klaren Beweise für eine Gotteslästerung oder eine Straftat finde, werde ich nichts Falsches behaupten, um sie aus dem Loch zu holen. Verstanden?«

Der Richter wand sich ein wenig. »Verstanden«, sagte er. »Aber wenn du die Zeugen hörst ...«

»Ich bilde mir selbst ein Urteil, danke.« Er hatte ein schlechtes Gewissen, weil er so mit dem Richter sprach. Er verstand die Klemme, in der der Arme steckte, und hätte ähnlich gehandelt, wäre er in derselben Lage. Aber er musste unbedingt überzeugend auftreten.

Der Richter blieb vor einer dicken schwarzen Tür stehen. »Wir sind da«, sagte er offenbar erleichtert. »Willst du für alle Fälle einen Wächter mitnehmen?«

Monach grinste und schlug seine Robe ein wenig zurück, sodass man den Schwertgriff sah. Monach spürte, dass der Richter bei diesem Anblick Angst hatte. »Du solltest so etwas nicht in der Öffentlichkeit tragen«, sagte er leise.

»Privileg der Geistlichkeit«, erklärte Monach. »Und außerdem – falls sie mich angreifen, sind alle deine Probleme vorüber.«

Der Richter verbarg sein Entsetzen nur mühsam. »Nun ja, rufe mich, wenn du fertig bist. Wir warten hier.«

Der Wächter öffnete die Tür. Dahinter war es stockdunkel. Der Richter reichte Monach die Laterne, und dieser trat ein. Hinter ihm schloss sich die Tür, und der Riegel wurde vorgeschoben. Er hob die Laterne, sah ganz hinten zwei Gesichter und trat einen Schritt vor.

Sie saßen auf dem Boden der kahlen Zelle (da kein Mobiliar vorhanden war), mit dem Rücken an der Mauer, die Beine ausgestreckt. Die Frau schaute völlig verängstigt und unglücklich drein. Auch der Mann hatte Angst, aber ein Rest Selbstachtung ließ ihn ein finsteres Gesicht machen. Ihre Gesichter zeigten blaue Flecken und verkrustete Wunden. Monach ließ sich gemütlich auf den Knien nieder, in der Ausgangsstellung für die dritte Kampffolge (ziehen aus der knienden Stellung, um den gegenüber sitzenden Gegner anzugreifen. Ein einhändiger Schlag gegen die Kehle, gefolgt von einem beidhändigen Hieb von oben, um den Nacken zu treffen. Er hatte das so oft ausgeführt, dass es ihm schwer fiel, die Hände still zu halten).

»Also, also«, sagte er. »Sich für einen Gott auszugeben. Man könnte Schlimmeres tun, aber auf Anhieb fällt mir nichts ein.«

»Das ist alles ein Missverständnis«, sagte der Mann. »Wir ...«

»Wir wollten nichts Schlechtes tun«, unterbrach ihn die Frau. »Wir haben nur ...«

»Wir haben nur das Wort gepredigt«, erklärte der Mann. Nur mühsam hielt Monach ein Lächeln zurück. Seiner Meinung nach waren die beiden verheiratet, und das schon seit geraumer Zeit. »Seit wann ist es ein Verbrechen, die göttliche Schrift zu verkünden?«

»Ohne Lizenz des Diözesanrats«, sagte Monach »und zwar seit über hundertfünfzig Jahren. Allerdings kann ich weder das genaue Datum noch die

Sektionsnummer nennen. Predigen ohne Lizenz. Mal sehen, das ist laut Kirchenrecht ein Verbrechen und wird mit fünf Jahren Haft oder der Todesstrafe geahndet – je nach den Fakten. Es sei denn, ihr predigt über einen Gott, der nicht von den Statuten anerkannt ist – was heißt, dass er nicht in Strouthe's *Abriss* steht. In diesem Fall wäre es Aufforderung zur Häresie, zehn Jahre oder Todesstrafe, Strafmilderung für Nicht-Bürger.« Er lächelte ein wenig. »Ferner gibt es noch mindestens ein halbes Dutzend Verstöße gegen die öffentliche Ordnung, für welche man fünf Jahre oder mehr in den Schieferbrüchen bekommt. Die Schieferbrüche sind dem Einsitzen in einem Gefängnis vorzuziehen, weil die religiösen Orden keine Gefängnisse haben, nur Galeeren und Minen. Wenige schaffen die fünf Jahre auf einer Galeere.« Er schüttelte den Kopf. »Es könnte schlimmer kommen«, fuhr er fort. »Hätte man euch in der Nähe von Mael festgenommen, würde es euch jetzt schlechter ergehen. Die Gilde dort ist nicht so menschenfreundlich wie wir hier.« Er machte eine Pause, in der weder die Frau noch der Mann einen Laut von sich gaben. »Da man nur eine geringfügige Schwächung der Flotte erreichen würde, wenn man euch hinter ein Ruder setzt, schlage ich etwas anderes vor. Keine blöden Ausreden, sondern ihr sagt mir die Wahrheit. Dann werde ich sehen, was ich für euch tun kann. Sollen wir uns unterhalten, oder wollt ihr noch mehr über die Strafen hören, die man erhält, wenn man sich für einen Gott ausgibt?«

Er hatte jetzt ihre ungeteilte Aufmerksamkeit. »Gut. Fangen wir mit ein paar Namen an.«

»Ich bin Tiryns«, sagte die Frau. »Er ist Louth Ressal.«

Monach nickte. »Wie lange seid ihr verheiratet?«

»Zwölf Jahre.«

»Und woher kommt ihr?«

»Ressal aus Josequin«, sagte die Frau. »Ich aus Morsello ...«

»Morsello in Morevich? Du bist weit von deiner Heimat entfernt.«

Die Frau nickte. »Das ist eine lange Geschichte.«

»Zweifellos.« Josequin, dachte Monach, das ist doch interessant. »Und was hat euch dazu bewogen, dass ihr euch für einen Gott und seine Priesterin ausgegeben habt? Und wie lange macht ihr das schon?«

Der Mann und die Frau schauten sich an. »Ich nehme an, es begann, nachdem das mit Josequin geschehen ist«, antwortete der Mann. »Da haben wir Glück gehabt.« Er verzog das Gesicht. »Jedenfalls dachten wir das damals. Wir waren nach Weal gefahren. Meine Mutter lag im Sterben. Aber wir kamen zu spät, und als wir nach Josequin zurückkamen, gab es die Stadt nicht mehr. Wir waren froh, dass wir nicht dort gewesen waren. Aber dann wurde uns bewusst, dass alles, was wir besaßen – das Haus, meine Werkstatt (ich war Glasbläser) – weg war, nichts mehr da. Ohne Werkzeug konnte ich nicht arbeiten. Wir wussten nicht, was wir tun sollten. Dann trafen wir zufällig jemanden auf der Straße, der uns von dem Gott im Karren erzählt hat. Und dann haben wir gedacht: Na ja, warum nicht? Aber wir hatten keinen Karren. Auf dem Weg nach Sansory fanden wir diesen schweren Bauernwagen in einer Hecke. Das schien uns ein Zeichen zu sein, besonders nachdem wir auch noch zwei herrenlose Pferde in der Nähe fanden. Von dort aus sind wir nach Norden gefahren – na ja, dorthin, wo wir glaubten, dass Norden sei – aber unser verdammtes Pech war, dass das erste Dorf, in dem wir versuchten das zu tun, was die anderen beiden auch getan hatten …«

»Cric.«

Der Mann schaute ihn an. »Wie bitte?«

»Cric. So heißt das Dorf.«

»Nein, ich glaube nicht, es war Scele oder Scale oder so. Genau erinnere ich mich nicht, aber Cric war es nicht.«

»Oh.« Das passte Monach nicht ins Konzept. »Und das war nach Josequin? Seid ihr sicher? Denn, wenn ihr mich anlügt, dann gnade euch Gott!«

»Ganz sicher«, erklärte die Frau. »Das Dorf hieß Scale, weil es mich an meinen Onkel Ascaltus, Gott sei seiner armen Seele gnädig, erinnerte. Ich war noch nie an einem Ort, der Cric hieß.«

Monach musste über das, was er soeben gehört hatte, nachdenken. Alles klang völlig plausibel, vor allem, dass man sie gleich beim ersten Mal erwischt hatte. Das passte genau zu diesen beiden offensichtlichen Verlierern. Nur etwas störte ihn, aber das war eigentlich ziemlich unbedeutend.

»Ihr lügt«, erklärte er ruhig.

Im ersten Moment sah es aus, als würden sie protestieren und behaupten, jedes Wort sei wahr, oder in Tränen ausbrechen. Erleichtert stellte er fest, dass sie nichts dergleichen taten. »Wieso weißt du das?«, fragte der Mann.

»Ich bin doch nicht blöd«, erklärte Monach. »Wenn ihr mir nicht die Wahrheit sagen wollt, sage ich sie euch.« Er nickte der Frau zu. »Möglich, dass du aus Morevich kommst, aber du kommst bestimmt nicht aus Josequin.« Er schaute den Mann an.

Der Mann seufzte und blickte auf seine Füße. »Nein«, erwidert er.

»Nein. Entweder bist du ein Deserteur aus der Armee oder ein Veteran – aus irgendeinem Grund vorzeitig entlassen. Du bist vor ungefähr zwölf Jahren den Söldnern beigetreten. Ich glaube euch, dass ihr zwölf Jahre verheiratet seid, aber das spielt keine Rolle. Der Punkt ist, dass du aus dem Süden kommst, genau wie sie.«

Der Mann nickte. »Mein Vater war Veteran«, sagte er. »Nach seiner Entlassung hat er sich in Morsello niedergelassen. Und das ist die Wahrheit.«

»Möglich«, sagte Monach. »Entscheidend ist, dass ihr hier heraufgekommen seid, nördlich vom Bohec, um absichtlich die Menschen zu betrügen, und dass ihr das seit sechs Monaten tut. Und ihr seid wirklich gut. Die Kranken heilen – na ja, eine Frau im Tross der Söldner lernt viel über Knochen einrichten und wie man Fieber heilt. Ich nehme an, darin bist du die Expertin?« Die Frau nickte. Monach blickte den Mann an. »Und was dich betrifft – das kaiserliche Corps von Pionieren und Sapieren wurde hauptsächlich in Morevich rekrutiert. Daher kennst du dich mit Bomben und Leuchtkugeln aus und anderen Dingen, welche einen ohrenbetäubenden Lärm machen. Dieses militärische Wissen wird gut gehütet, daher bist du wohl eher ein Deserteur als ein Veteran.«

»Zugegeben, ja, ich bin weggelaufen«, bekannte der Mann. »Willst du Details wissen?«

»Nein«, antwortete Monach. »Diese Dinge interessieren mich nicht besonders, aber ich verlange, dass ihr mir die Wahrheit sagt. Und ich gebe zu bedenken: Wenn ihr lügt, verschlechtert ihr eure Lage nur. Nun gut. Als Erstes will ich wissen, weshalb ihr euch entschieden habt, dass er sich für Poldarn ausgibt? Warum dieser Name, der auf dieser Seite der Bucht nichts bedeutet?«

Der Mann zuckte mit den Schultern. »Ich bin mit Geschichten über Poldarn aufgewachsen. Außerdem weiß ich, dass er nicht existiert. Ich wollte nicht riskieren, mich für einen Gott auszugeben, den es womöglich gibt.«

Monach lächelte. »Gute Überlegung«, sagte er. »Aber warum bist du so sicher, dass Poldarn nicht existiert?«

»Wie meinst du das?«

Monach war nicht sicher, was er antworten sollte. »Ich gehe davon aus, dass du ein Gläubiger bist oder zumindest Agnostiker. Weshalb einen Gott wie Poldarn wählen, den es eindeutig nicht gibt? Du hast gesagt, du hättest irgendwo Beweise gesehen.« Er hielt inne und runzelte die Stirn. »Habe ich gerade etwas Lustiges gesagt? Muss ja sehr lustig gewesen sein, wenn du trotz deiner misslichen Lage lachst.«

Der Mann schaute beschämt zu Boden. »Tut mir Leid«, sagte er. »Ehrlich. Es war nur so eigenartig – na ja, du als Priester musst das doch wissen ...«

Monachs Züge versteinerten sich zu Beton. »Klär mich auf!«

»Die Mönche am Endlupho Berg haben ihn erfunden«, mischte sich die Frau ein. »Sie brauchten dringend Geld. Das Volk kam nicht mehr zu ihnen, daher habe sie einen Gott erfunden, damit die Menschen zu ihm pilgerten und ihn verehrten.«

Monach seufzte. »Was redet sie da?«

»Es stimmt«, sagte der Mann. »Mehr oder weniger. Das war vor langer Zeit, ehe Morevich dem Imperium einverleibt wurde. Ich kenne die Einzelheiten nicht. Es ging irgendwie darum, dass das Imperium eine Provinz annektierte, welche den Pilgerpfad zu einem berühmten Heiligtum irgendwo an der Küste abschnitt. Endlupho hatte die Funktion einer Poststation für diese Pilger. Als die Pilger diesen Weg nicht mehr nehmen konnten, war das Kloster Endlupho fast am Ende. Deshalb haben sie sich einen eigenen Gott ausgedacht und einen Pilgerpfad ins Leben gerufen. Das hat wirklich gut geklappt. Aber vor etwa hundert Jahren hatte der Abt von Endlupho einen Streit mit dem Distriktagenten wegen der Wasserrechte im Tal. Der Agent wurde wütend und schickte Soldaten auf den Berg, um die Mönche zu vertreiben. Sie fanden im Kloster alte Aufzeichnungen über Kapitelversammlungen, die Hunderte von Jahren alt waren, wo genau drinstand, dass Abt und Kapitel beschlossen hatten, einen Gott zu erfinden. Es gibt sogar Dokumente über ein Komitee, das einen Namen aussuchen sollte. Soweit ich mich erinnere, standen zum Schluss Poldarn und Bettanc zur Debatte. Ich glaube, dann hat der Abt eine Münze geworfen. Meiner Meinung nach haben sie den Namen Poldarn von einem Dachziegel – du weißt schon, der Name der Ziegelei, welche ihn hergestellt hat. Wie auch immer, die Priester haben alles vertuscht. Ich glaube nicht, dass viele Menschen außerhalb von Morevich davon wussten. Aber so ist es gewesen. Und demnach gibt es keinen Gott Poldarn.«

Monach wusste tatsächlich nicht, was er sagen sollte. »Oh« schien nicht auszureichen. Er dachte nach, ehe er etwas Beeindruckendes fand.

»Das ändert gar nichts«, erklärte er. »Wenn man sich für einen Gott ausgibt, der gar nicht existiert, ist das noch schlimmer als bei einem, den es gibt. Das ist Götzendienst.« Er stand auf. »Aber ihr habt mir etwas gesagt, das ich noch nicht wusste. Jetzt möchte ich noch etwas wissen. Wart ihr in Cric?«

Die Frau schüttelte den Kopf. »Nein, das schwöre ich.«

»Nun gut.« Monach seufzte. »Ich sage euch jetzt, was ich tun werde. Ich werde dem Richter sagen, dass ihr nach Deymeson überführt und dort vor Gericht gestellt werdet. Darüber wird er höchst erfreut sein. Sobald wir aus der Stadt sind, lasse ich euch laufen. Aber sollte ich je wieder einen Bericht über Götter in Karren und die Wiederkunft Poldarns hören – oder über Götter, die nicht existieren, weil irgendwelche Idioten sie erfunden haben –, spreche ich mit meinen Brüdern im Kriegerorden, und zwanzig Schwertmönche werden hinausgehen und mir eure Köpfe bringen, hübsch in Salz und Oregano eingelegt, um sie frisch zu halten. Von den Schwertmönchen habt ihr doch sicherlich schon gehört, oder?«

Die erschrockenen Gesichter zeigten ihm, dass dem so war. »Danke«, sagte der Mann.

Monach seufzte. »Es war mir ein Vergnügen«, sagte er mit saurer Miene. »Ach ja, das sollt ihr auch haben.« Er holte zwölf Goldvierteltaler aus dem Ärmel und ließ sie auf den Boden fallen. »Damit ihr keinen Blödsinn macht, bis ihr sicher jenseits der

Bucht seid. In Torcea könnt ihr machen, was ihr wollt. Das ist nicht mehr mein Problem. Aber denkt dran.« Er legte den Daumen hinter die Parierstange des Schwerts und vergewisserte sich, dass die beiden das sahen. »Haltet den Mund, denn sonst merkt ihr erst, dass ihr tot seid, wenn eure Köpfe über den Boden rollen. Verstanden?«

Der Richter wartete auf Monach draußen auf dem Gang. »Und?«, fragte er.

Monach wischte sich mit dem Ärmel über die Stirn. »Ich nehme die beiden mit. Du weißt nichts von ihnen. Sie waren nie hier. Zwei Menschen wurden unter dem Verdacht der Gotteslästerung festgenommen, aber der Verdacht bestätigte sich nicht. Es haben lediglich ein paar Bauern überreagiert und deine Zeit sinnlos vergeudet. Verstanden?«

Der Richter schaute ihn empört an. »Das kann ich nicht tun. Die ganze Stadt weiß, dass die beiden hier sind, und ich bin dem Wachkomitee gegenüber verantwortlich. Wenn ich denen sage ...«

»Du kannst denen sagen, was du willst«, unterbrach ihn Monach. »Wenn du tust, was ich dir gesagt habe, wird alles gut und du siehst weder die beiden noch mich jemals wieder. Wenn du dich mir widersetzt, wirst du mich nicht wiedersehen, aber ich behalte dich im Auge. Solltest du mir folgen ...« Er legte die Hand ans Schwert.

Hinterher musste er über sich lächeln. Für gewöhnlich verabscheute er es, Soldaten oder Beamte zu bedrohen. Aber diesmal hatte es ihm Spaß gemacht, den großen Krieger zu spielen. Nur ein kompletter Idiot, der nichts über den Deymeson-Orden wusste, konnte diese schauspielerische Darbietung für bare

Münze nehmen. Der Orden drohte niemals und vermied alles Melodramatische.

Sobald er sich von dem falschen Gott und seiner Priesterin getrennt hatte (sie verschwanden wie durch Zauberei), wandte er sein Pferd nach Osten, zu der Straße nach Deymeson, zu Ruhe und Vernunft. (»Eins würde ich gern wissen«, hatte der Mann gefragt. »Was hat uns in der ersten Geschichte, die wir erzählt haben, verraten?« Er hatte ihm geantwortet: »Es war das Glasblasen. Zwar gab es Glasbläser in Josequin, aber du hast nicht wie ein Glasbläser ausgesehen, und ich habe etliche davon getroffen. Aber Glasblasen war ein Handwerk, das angeblich unter Poldarns Schutz stand. Daher die Verbindung zu einem Mann aus dem Süden.« Der Mann hatte den Kopf geschüttelt. »Aber das war die Wahrheit. Zugegeben, ich war nie in Josequin, aber ich wurde zum Glasbläser ausgebildet, habe sogar die Gesellenprüfung bestanden. Ich habe ein paar Jahre als Glasbläser gearbeitet.«)

Jetzt wollte Monach nur noch seinen Bericht abliefern und wieder zu den Fechtübungen zurückkehren. Nein, er war nicht geeignet, um Ermittlungen anzustellen. Das war seine Meinung. Für ihn war das zu kompliziert, keine klaren Schnitte. Diese Poldarn-Sache war schlimmer als irgendeine frühere Ermittlung gewesen. Je länger er über diesen Fall nachdachte, desto obskurer wurde er.

Selbstverständlich war er sich bewusst, dass der Trick darin bestand, nicht darüber nachzudenken. Es war auch nicht mehr nötig. Er würde seinen Bericht anfertigen, danach konnte ein anderer den Ermittler spielen. Bitte, Gott, mach, dass ein anderer nach Morevich geschickt wird, um die Geschichte über den falschen Gott zu verifizieren. Danach könnte man die Angelegenheit im geschlossenen Kapitel diskutieren und als abgeschlossen weglegen. Es gab natürlich noch ungeklärte Punkte: Wer hatte die Schau in Cric veranstaltet? Wie konnten sie die Zukunft voraussagen und Tote wiederbeleben? Wie konnte General Allectus so lange überleben, ohne aufgespürt zu werden? Wer war der Gott im Karren gewesen, wenn es nicht Poldarn war? Aber das alles fiel nicht in seine Zuständigkeit, er musste sich darüber nicht mehr den Kopf zerbrechen. Ja, würde er eine dieser Fragen stellen, würde Pater Tutor ihn zu Recht tadeln. *Es steht dem Schwertträger nicht zu, gegen Schatten zu kämpfen.* (Wer hatte das gesagt? Irgendein berühmter Mann.)

Den Rest des Tages sah er immer wieder zwei schwarze Vögel, Krähen oder Raben, die langsam neben ihm lange Zeit dahinflogen. Ob es jedes Mal dieselben oder andere Vögel waren, vermochte er nicht zu bestimmen. Doch meistens war er sicher, dass es sich um Raben handelte, daher war es auch nicht von Bedeutung.

Er erreichte die »Frömmigkeit und Armut« eine Stunde vor Einbruch der Dunkelheit und verbrachte den Abend mit Kartenspielen. Es brachte ihm Vergnügen und Gewinn, mit einer Gruppe Knochenhändler zu spielen, die auf dem Weg nach Sansory waren, um dort auf der Knochenauktion einzukaufen. Als er mit ihnen fertig war, hatte sich die Zahl der Wagenladungen, die sie sich noch leisten konnten, beträchtlich verringert, doch nahmen sie den Verlust humorvoll hin und luden ihn sogar zu einem Trunk ein. Er lehnte höflich ab und erklärte, er müsse früh aufstehen und brauche einen klaren Kopf. Im Bett fragte er sich, was er mit der beträchtlichen Summe anfangen sollte, die er gewonnen hatte. Er konnte keinerlei Nutzen daraus ziehen und verspürte keine Lust, Bruder Quästor zu erklären, wie er an das Geld gekommen war. Wenn er es den fröhlichen Knochenmännern zurückgab, würden diese es bestimmt als Beleidigung auffassen. Und er war zu müde, um absichtlich zu verlieren, falls er dazu überhaupt fähig war. Er konnte es im Zimmer lassen, für den Burschen oder die Dienstmagd, aber die »Frömmigkeit« war eine Herberge, in der man eine Geldbörse, die im Zimmer eines Gast gefunden wurde, mit einem erklärenden Brief an diesen zurücksandte. (»Die Magd fand dein Geld unter dem Kissen ...« Pater Tutor musste das nicht unbedingt lesen.) Er konnte es bedürftigen Armen geben, aber den Brüdern des Ordens war es untersagt, ohne Sondererlaubnis ihrer Vorgesetzten, großzügige Almosen zu verteilen. Missmutig starrte er eine Stunde lang auf den Geldbeutel und wünschte, er hätte die moralische Festigkeit, nicht mit geborenen Verlierern Karten zu spielen ... Aber er war immer ein außergewöhnlich guter Kartenspieler gewesen, und er spielte gern. Außerdem hatte er nur selten die Gelegenheit, Karten zu spielen. Und alle wissen, dass es unmöglich ist, nicht um Geld zu spielen.

Ein Engel oder ein Gott musste ihn wohl im Traum besucht haben, denn als er erwachte, wusste er genau, was er tun musste. Er ging zum Wirt, den er seit Jahren kannte (allerdings kannte dieser ihn nicht, da er jedes Mal als eine andere Person aufgetreten war). Ihm konnte er trauen.

»Siehst du das?«, fragte er und schüttete einige Münzen auf die Handfläche. »Gehört einem Freund von mir. Er hat mir das Geld anvertraut. Ich sollte ihn hier treffen und es ihm geben. Aber offenbar wurde er irgendwo aufgehalten, und ich habe keine Zeit, auf ihn zu warten. Kannst du es im Auge behalten und ihm übergeben?«

Er sah, wie der Wirt nachdenklich das Geld musterte und sich entschied, ihm zu helfen. »Kein Problem«, sagte der Wirt. »Und wie heißt dein Freund?«

Monach schüttelte den Kopf. »So einfach ist es nicht. Ich schwöre dir, dass alles völlig legal ist, aber er reist nicht unter seinem wahren Namen.« Dann gab er dem Wirt die Beschreibung des Gottes im Karren, wie er ihn von dem alten Mann in Cric, der vielleicht General Allectus gewesen war, gehört hatte. »Vielleicht reist er in einem Karren«, fügte er hinzu. »Möglicherweise hat er eine Frau bei sich oder schickt sie her. Das weiß ich nicht genau.« Dann beschrieb er die Priesterin. »Es macht dir doch nichts aus?«, fragte er. »Ich bin sicher, dass mein Freund dir zwei Goldtaler für deine Mühe gibt.«

Die Miene des Wirts hellte sich beträchtlich auf. Zwar meinte er, dass das nicht nötig sei, doch Monach bestand darauf, und der Wirt umklammerte den Geldbeutel so fest, dass es ein Wunder war, dass er nicht die Münzen verbog. »Ach, noch etwas«, fügte Monach hinzu. »Wäre es möglich, dass du einen deiner Leute in die »Freude und Trauer« nach Deymeson schickst, um mir Bescheid zu sagen, wenn einer der beiden dich aufgesucht hat. Ich heiße Monach.«

»Selbstverständlich schicke ich einen Jungen zu

dir«, sagte der Wirt. »Sie sind immer froh, wenn sie ein wenig Abwechslung bekommen.«

Monach dankte ihm und bestellte ein Frühstück. Beim Essen fragte er sich, ob es tatsächlich eine gute Idee gewesen war. Jeder, der von Sansory nach Osten reiste, würde mit Sicherheit in der »Frömmigkeit« übernachten, denn diese Herberge war die einzige halbwegs annehmbare an der trostlosen Straße. Daher standen die Chancen eins zu vier, dass der andere Poldarn, welcher in Cric gewesen war, hier früher oder später enden würde. Gewiss würde der Wirt ihn aufgrund der Beschreibung Monachs erkennen und ihn benachrichtigen. Die Botschaft würde ihn sicher erreichen, da die Herberge »Freude und Trauer« dem Orden gehörte und die Leute gewohnt waren, seltsame unverständliche Botschaften diskret weiterzubefördern. Kurzum, es bestand durchaus die Chance, dass er doch noch etwas über diesen anderen Poldarn erfahren würde. Der Gott oder Engel in seinem Traum hatte es für eine gute Idee gehalten, er war da nicht so sicher.

Er quälte sich noch mit dieser Frage wie mit einem schmerzenden Zahn, als er Deymeson erreichte. Wie immer hatte er gemischte Gefühle, als er abstieg, ans Tor klopfte und darauf wartete, dass Bruder Pförtner öffnete. Er musste zugeben, dass es ihm gefallen hatte, eine Zeit lang draußen in der Welt zu leben, weit weg von der Autorität und der Regel; gutes Essen in einer Herberge, in einem richtigen Bett zu schlafen, anstatt unter einer einzigen Decke auf einer Steinbank. Das weiche Bett schadete seinem Rücken, nach ein zwei Tagen bekam er vom guten Essen eine Magenverstimmung, und außerdem war er in den

Orden eingetreten und hatte sich der Regel unterworfen, weil er dort tun konnte, was er am meisten tun wollte und was er tun musste, damit die Welt einen Sinn hatte. Nach einer Woche Klosteralltag, Gebeten, Übungen und Unterricht würde ihm der Gedanke, in die Welt hinauszugehen, gar nicht mehr gefallen. Dann war es eher eine lästige Pflicht als ein Vergnügen.

»Er will dich sofort sprechen«, erklärte ihm Bruder Pförtner, sobald er durchs Tor getreten war. »Hat schon nach dir gefragt.« Bruder Pförtner grinste ihn boshaft an. »Hat gesagt, du sollst das Pferd dem Stallburschen überlassen und sofort zu ihm kommen.«

Monach seufzte. Er mochte Bruder Pförtner nicht besonders. Dieser freute sich über das Unglück der anderen und zeigte das auch so deutlich, dass man ihn einfach nicht mögen konnte. »Großartig«, sagte Monach. »Danke, dass du es mir gesagt hast.«

Der Empfang bei Pater Tutor war äußerst beunruhigend. Keine höfliche Nachfrage bezüglich seiner Gesundheit oder kleine Spitzen wegen seiner Unpünktlichkeit oder Unfähigkeit – keinerlei Folter. Stattdessen schien Pater Tutor tatsächlich froh zu sein, ihn zu sehen. Sein Mentor gab beinahe zu, dass er seine Dienste benötigte. Die Situation musste kurz vor einer Katastrophe stehen.

So war es auch.

»Ich komme ohne Umschweife auf den Punkt«, sagte Pater Tutor. »Tazencius wird vermisst.«

Monach hatte Mühe, seine Bestürzung zu unterdrücken.

»Soweit wir wissen«, fuhr Pater Tutor fort, »hatte man ihn zurückgerufen, wahrscheinlich, weil er in

Ungnade gefallen war. Eine Kavallerieabteilung sollte ihn zurückbringen, aber er ist ihnen entwischt. Hast du irgendetwas darüber gehört?«

Monach schüttelte den Kopf.

»Er ist ihnen entwischt, aber dann haben sie ihn noch mal gefangen, aber etwas Seltsames hat sich ereignet.« Pater Tutor blickte über Monachs Kopf hinweg zur Decke. »Wie es dazu kam, wissen wir nicht. Er ist ihnen wieder entwischt.«

»Oh.«

»Oh in der Tat«, bestätigte Pater Tutor. »Die Leichen der Soldaten wurden zwischen Sansory und Mael gefunden, abgeschlachtet, und von Tazencius keine Spur.«

»Entschuldigung«, unterbrach ihn Monach. »Du hast gesagt, abgeschlachtet ...«

Pater Tutor nickte. »Tiefe Wunden am Hals und im Oberkörper, typisch für Wunden durch Krummsäbel. Das kann nun, wie du weißt, eine Reihe von Dingen bedeuten: Alle widersprechen sich irgendwie. So einen wichtigen Hinweis haben wir wirklich nicht gebraucht, wenn du mich fragst. Nun brauche ich ein gutes Auge, eine schnelle Hand und vor allem einen scharfen Verstand.« Er blickte Monach nicht an. »Ich möchte, dass du Tazencius findest und herbringst – und zwar so schnell wie möglich.«

Monach merkte, dass er den Atem angehalten hatte. »Verstanden. Und wo soll ich deiner Meinung nach anfangen?«

Pater Tutor dachte nach. »Sansory.«

»Gut, von dort komme ich gerade.«

»Ich glaube zwar nicht, dass Tazencius noch dort ist«, sagte Pater Tutor, »aber ich glaube, dass du dort seine Spur am ehesten aufnehmen kannst. Einen besseren Rat vermag ich dir nicht zu geben. Ich fürchte, du musst auf eigene Faust ermitteln, aber das wirst du schon schaffen. Du scheinst für derartige Aufgaben eine glückliche Hand zu besitzen. Möchtest du jemanden mitnehmen? Im Moment bin ich knapp an Leuten, aber ein Dutzend Bewaffnete und ein halbes Dutzend Brüder könnte ich …«

»Danke«, unterbrach ihn Monach. »Ich suche mir lieber vor Ort Helfer, das ist weniger umständlich. Aber ich brauche bestimmt Geld.«

»Nimm so viel du brauchst«, sagte Pater Tutor. »Und alles andere, was dir nötig erscheint. Wenn du noch einen Moment wartest, stelle ich die Erlaubnis aus.«

»Danke«, sagte Monach leise. »Wann soll ich aufbrechen?«

Pater Tutor blickte vom Schreibpult auf. »Das liegt ganz bei dir. Wenn du sofort aufbrichst, sparst du Zeit, doch wenn du dich zuvor ausruhen und dich vorbereiten willst, verstehe ich das. Du kannst morgen früh aufbrechen.«

»Das werde ich tun«, sagte Monach. »Ich hatte keine Möglichkeit zum Trainieren gehabt und fühle mich, als sei meine Haut geschrumpft.«

Pater Tutor nickte. »Sehr vernünftig«, sagte er. »In diesem Fall rate ich zu einer Stunde Meditation, einem leichten Mahl und einem Nachmittag in einer der Privatkapellen, wo du in Ruhe die Hauptzüge üben kannst. Ich weiß nicht, wie es dir geht, aber mir hat das immer geholfen.«

Die Hauptzüge: ziehen im Knien, ziehen im Sitzen, ziehen im Stehen, acht Hiebe und acht Parierschläge, der Kreis des Lebens und des Todes, der blinde Fechter, das in die Scheide gesteckte Schwert. Als er bei der Erinnerung daran den Körper lockerte, führte ihn der Instinkt durch die Bewegungen. Er bemühte sich, den Kopf zu klären, indem er die Aphorismen der Verteidigung rezitierte.

Raum ist Zeit.
Der Kreis des Lebens ist der Kreis des Todes.
Aus der Scheide wird das Schwert gezückt, um zuzuschlagen.
Der schnellste Zug ist nicht zu ziehen.

Nur der beste Meister kann sich mit dem Können des Novizen vergleichen.
Nur derjenige, welcher nicht denkt, wird für immer leben.

Er dachte darüber nach (seine Rechte fand den Schwertgriff, die Klinge schnitt durch die Luft, wo der Hals des Gegners gewesen wäre, dann wanderte der Griff in die Linke, um dem Gegner den Todesstoß zu versetzen). Die Aphorismen waren ihm so sehr in Fleisch und Blut übergegangen, dass sie bedeutungslos geworden waren. Jetzt waren sie nur noch Geräusche, Instinkte im Kopf, wie das Schwert in der Hand. Als er die gesamte Fechtroutine absolviert hatte, war es Zeit zum Abendgebet. Erst jetzt wurde ihm bewusst, wie erschöpft er eigentlich war. Er schleppte sich in seine Zelle, legte sich auf die Steinbank wie ein Buch, das man im Regal an die richtige Stelle zurückstellt, und schlief ein.

Kapitel 14

»Mein verfluchtes Pech«, sagte der neue Mann. »Mein beschissenes stinkendes Pech. Fünfzehn im Pferch, und ausgerechnet mich muss er aussuchen. Typisch.«

Poldarn hatte die Kunst, nicht zuzuhören, inzwischen gemeistert. Hätte er das nicht, hätte er den Mann längst erwürgt, um nicht verrückt zu werden.

»Versteh mich nicht falsch, dich trifft keine Schuld«, fuhr der neue Fuhrmann fort, mit der murmelnden Stimme, die er seit drei Tagen benutzte. »Du hast mich ja nicht ausgewählt, sondern er. Ich nehme an, es ist keine Freude für euch, dass jeder, der mit euch fährt, als Toter endet. Wenn ich in deinen Schuhen steckte, würde ich nachts nicht schlafen können, wenn ich darüber nachdächte. Du tust mir Leid, ehrlich. Nein, ich bin auf ihn stinksauer, weil er keinen Grund hatte, mich herauszusuchen. Ich habe niemandem ein Leid zugefügt ...«

Poldarn unterbrach ihn, um ihm darzulegen, dass sie seit drei Tagen und Nächten gemeinsam unterwegs waren und dass die größte Gefahr, die ihnen gedroht hatte, die Erbensuppe in der »Mitleid und Nachsicht« gewesen war. Er hatte das bis jetzt nicht getan, weil es nicht leicht war, den Wortschwall des anderen zu unterbrechen. Worte flossen aus ihm, wie Getreide durch ein Loch in der Futterkrippe rinnt.

Es tat ihm besonders Leid, weil er dem Mann eigentlich viele Fragen hatte stellen wollen. Über Liancor, der Ort, zu dem sie fuhren. Er lag südlich vom Bohec, und es war das erste Mal (jedenfalls soweit er sich erinnerte), dass er den Fluss überquert hatte. Auf dieser Seite war tatsächlich alles anders. Das Moor erstreckte sich hier nicht ungehindert dahin, sondern war durch Hecken oder Mauern in ordentliche Quadrate unterteilt, auf denen Schafe weideten. Ab und zu sah er Gebäude, hauptsächlich Scheunen, aber auch ein paar Häuser, was darauf schließen ließ, dass sich die Menschen hier sicher fühlten, wenn sie außerhalb der Dörfer lebten. Die Straße war schmal und hatte viele Löcher. Seitlich war sie durch Hecken geschützt und viel befahren. Fast stündlich begegnete ihnen ein Karren aus der Gegenrichtung. Auf dieser Seite des Flusses gab es nicht nur Krähen, sondern auch viele andere Vögel. Schwärme von Tauben und Uferläufern fraßen sich breite Bahnen in die Felder mit jungem Kohl und Getreide. Gelegentlich kreisten Bussarde hoch über ihnen. In einem seichten Zufluss des Bohecs standen Reiher. Das Land hier war produktiv und nützlich und arbeitete für und nicht gegen die Menschen, die hier lebten. Nur über Liancor wusste er außer dem Namen nichts.

»Ich möchte nur wissen …« Unvermittelt brach der neue Fuhrmann ab und starrte auf die andere Talseite. (Poldarn sah dort nichts.) Dann seufzte er. »Na ja. Das ist es dann wohl. Früher oder später musste es ja so kommen.«

Poldarn spähte angestrengt voraus, konnte aber nur einen Berghang, einige Mauern, vom Wind gebeugte Dornenbäume und eine kleine Herde Wildponys sehen. »Was redest du?«

»Dort drüben«, sagte der neue Mann. »Bist du blind? Sieht aus, als ...«

Weiter kam er nicht. Ein Stein sauste aus dem Nichts heran und traf ihn mitten auf die Stirn. Sein Kopf wurde zurückgeschleudert, und er fiel aufs Wagenbett. Ein zweiter Stein landete auf Poldarn Schulter, richtete jedoch keinen Schaden an, da in sein Wams Stahlplättchen eingenäht waren. Die nächsten beiden Steine schlugen in die Wagenseite ein und rissen fingergroße Holzstücke heraus. Poldarn wartete nicht auf die nächste Salve, sondern sprang vom Bock und rollte in den Graben auf der anderen Seite, in dem kniehoch Wasser stand.

Poldarn lag auf der linken Seite, sodass sein Kopf und die rechte Schulter herausragten. Entnervend lange geschah nichts. Er blieb liegen und wartete ab. Dann tauchte ein Kopf über der Böschung auf, blickte kurz nach rechts und links und verschwand wieder. »Keine Spur von diesem Mistkerl.« Dann sah er einen Mann auf dem Kutschbock stehen, allerdings nur den Hinterkopf – die dunkelbraunen Locken waren verfilzt. Der Kopf verschwand, ein anderer kam in sein Blickfeld, diesmal auch nur drei Viertel eines Gesichts. Die gleichen Haare, ein langes Gesicht mit spitzem Kinn, leichter Bartwuchs. Wahrscheinlich ein junger Mann, der in letzter Zeit nicht viel gegessen hatte.

Poldarn war sicher, dass der Gegner Schleudern als Waffen einsetzte. Verblüfft stellte er fest, dass er eine Menge über Schleudern wusste. Man konnte aus fast allem eine herstellen. Es war schwierig, damit zu schießen, beherrschte man diese Kunst aber, so waren sie treffsicher, aber dennoch keine Schnellfeuerwaffen und im Nahkampf nutzlos. Man konnte jedoch Fuhrleute vom Bock holen. Wenn die Feinde keine anderen Waffen hatten, dürfte er kein Problem haben.

Wenn! Wieder eine Entscheidung. Verdammt. Eigentlich sprach alles dafür, zu bleiben, wo er war. Schließlich war er Kurier, kein Wagenschützer. Er musste einen wichtigen Brief überbringen, und ein Kampf konnte den Brief gefährden. Den neuen Fuhrmann hatte er nicht gemocht. Nichts sprach dafür, aus dem Graben zu springen und sich in den Kampf zu stürzen, aber seine Stiefel waren bereits auf dem Wagenbett, und die beiden Männer schauten ihn verblüfft an. Demnach musste es irgendeinen Sinn haben.

Der rechte Mann trat einen Schritt nach vorn. Er hob den Arm, vielleicht zum Schlag, vielleicht um vom Wagen zu springen und sein Heil in der Flucht zu suchen. Aber er war mit diesem Schritt in Poldarns Reichweite, seinen Kreis, geraten. Sogleich stürzte er rücklings vom Wagen, ehe Poldarn sehen konnte, welche Wunde er ihm beigebracht hatte. Der andere Mann blieb wie angewurzelt stehen.

»Tut mir Leid«, sagte er. »Ehrlich. Ich habe dich nicht erkannt.«

In Poldarns Kopf herrschte einen Augenblick lang völlige Leere. Dann entschied er sich, das Schwert wegzustecken, ehe er sich selbst damit verletzte. Gekonnt wischte er mit dem linken Daumen das Blut ab, ohne hinzuschauen.

»Was?«, fragte er.

»Ich wusste nicht, dass du es warst«, sagte der Mann. »Wir haben nur zwei Männer auf dem Wagen gesehen. Es tut mir ehrlich Leid.«

Poldarn atmete langsam durch. »Schon gut, ich tue dir nichts, aber bleib noch. Du weißt, wer ich bin?«

»Ja«, erklärte er andere. »So ungefähr. Ich habe dich beim Treffpunkt gesehen, als wir gelandet sind.«

Poldarn starrte ihn an. »Hör zu, du weißt, wer ich bin, ich aber nicht. Ich bekam einen Schlag auf den Kopf und habe mein Gedächtnis verloren. Ich weiß nicht mal meinen Namen, auch nicht, woher ich komme. Sag mir alles, was du weißt, hilf mir ...«

»Na gut.« Der Mann blickte verängstigt drein. Poldarn sah, wie sich bei seinem linken Fuß eine Pfütze bildete. Er widerstand der Versuchung, laut zu lachen. »Wirklich, ich verspreche dir, dass ich dir kein Leid zufüge. Aber hilf mir, bitte.«

Der Mann holte tief Luft. »Leider kenne ich deinen Namen nicht. Ich habe dich nur ein einziges Mal gesehen. Ich weiß nicht einmal, ob du zu uns gehörst. Ich hatte Wache und sah dich den Pfad von den Klippen heruntergehen. Ehe ich dich ansprechen konnte, erklärte der Hauptmann, dass alles in Ordnung sei und man dich erwarten würde. Dann bist du an mir vorbeigegangen – ungefähr so dicht wie jetzt –, und eine Stunde später bist zu zurückgekommen und wieder verschwunden. Das ist alles.«

Poldarn seufzte. Die nächste Frage brauchte er nicht zu stellen, da er die Antwort kannte. Die Erkenntnis war ihm gekommen, als er feststellte, dass die Sprache, welche er hörte und sprach, nicht dieselbe war, die er während der letzten Wochen verwendet hatte.

»Ihr seid Freibeuter«, sagte er.

Der Mann schien überrascht, dass er diesen Punkt bestätigen sollte. »Stimmt«, sagte er. »Ich und Turvin und fünf andere. Wir wurden nach der Schlacht abgeschnitten und sind zu weit marschiert. Als der Entsatz kam, konnten wir nicht mehr zurück. Eine Kavallerieabteilung verfolgte uns. Als wir sie abgeschüttelt hatten, wussten wir nicht mehr, wo wir waren. Später, als die Sonne aufging, sahen wir, dass wir nach Süden gegangen waren. Wir wollten zurück nach Nordwesten und sind dem verfluchten Entsatz in die Hände gelaufen. Turvin und ich sind entkommen, die anderen nicht. Wir sind dann bis zum Fluss weitergelaufen – sie haben uns wieder Reiter hinterhergeschickt, diese Schweine. Abends haben wir unsere Sachen in den Fluss geworfen, damit sie denken sollten, wir seien ertrunken, obwohl ich nicht glaube, dass wir sie damit getäuscht haben. Aber wir hofften, dass sie nicht damit rechneten, dass wir so weit in südöstlicher Richtung gegangen waren, so weit von den Schiffen entfernt. Wir sind dann über den Fluss geschwommen, und seitdem sind wir hier.«

Poldarn nickte. »Karren ausrauben«, sagte er.

»Wir haben versucht, Karren auszurauben«, gestand der Mann mit schiefem Lächeln. Er war nicht älter als zwanzig. »Und jetzt, wo wir zum ersten Mal tatsächlich einen finden …«

»Verstehe«, sagte Poldarn. »Und das ist alles, was du über mich weißt? Bist du sicher?«

Der Mann nickte. »Du bist gleich nach unserer Landung zu den Schiffen gekommen. Man hatte dich erwartet. Damals hielt ich dich für einen von uns, du weißt schon, wir haben Späher tief im Land, aber das war nur meine Annahme.«

»Fein. Sehe ich wie einer von euch aus?«

»Ich schätze – ja. Irgendwo von der Südinsel. Aber du könntest auch einer von den anderen sein. Aber ich habe sie nicht lange genug gesehen, um das mit Bestimmtheit sagen zu können. Das ist meine erste Expedition.«

»Aha«, meinte Poldarn. »In letzter Zeit scheinst du viel Pech gehabt zu haben.«

Der junge Mann nickte. »Es war ein völlig beschissenes Jahr«, sagte er. »Erst haben wir bei einem Kälteeinbruch zwanzig Lämmer verloren, dann stürzte beim Sturm die große Scheune ins Meer, die Schafe fraßen Lauch, dann stellten wir fest, dass die Äpfel den Mehltau hatten, die Bienen sind verreckt. Da haben wir den Rest unseres Waldes verkauft, um uns die Schiffspassagen hierher leisten zu können, weil wir hofften, hier wieder auf die Füße zu kommen. Und jetzt schau mich an! Gott allein weiß, was aus Dad und Raffenkel geworden ist. Ich bin hier mitten im Feindesland und kann nicht mal einen lumpigen Karren ausrauben. Das reicht, um aufzugeben.«

Poldarn pflichtete ihm bei, dass das viel Pech war. »Und wie heißt du?«

»Eyvind«, antwortete der junge Mann. »Und Dad's Kari. Wir wohnen in dem Ort Ness – klingelt es da bei dir?«

»Nein, aber das heißt nicht viel«, sagte Poldarn. Er dachte kurz nach. »Ich kann dir nur raten, dich schleunigst aus dem Staub zu machen, ehe jemand kommt und die Leichen sieht. Ich werde erklären, dass es nur einer war. Dieser hat meinen Fuhrmann getötet und ich ihn. Mehr kann ich nicht für dich tun, fürchte ich.« Er machte eine Pause. »Nein, das stimmt nicht.« Er holte die Börse hervor, zählte zwanzig Vierteltaler ab, wonach ihm fünfzehn für den Rest der Reise blieben. »Du könntest so tun, als wärst du taubstumm. Damit dürftest du eine größere Chance haben, als wenn du es mit Straßenraub versuchst. Spreche ich mit einem Akzent?«

Eyvind nickte. »Ja, aber ich kann nicht mit Sicherheit sagen, mit welchem. Und auf der Südinsel gibt es alle möglichen Akzente, hängt davon ab, woher die Leute gekommen sind. Wie ich schon sagte, du könntest einer von uns sein, aber genau weiß ich's nicht.«

»Schon gut«, sagte Poldarn. »Ich glaube nicht, dass die Stiefel dir passen, aber du könntest sie ausstopfen. Aber die Jacke würde ich hier lassen.« Er runzelte die Stirn. »Du kannst meinen Mantel haben, ich nehme die Jacke. Weißt du, ich habe mit Mänteln ebenso viel Pech wie du mit deinem Leben.«

»Danke«, sagte Eyvind. »Ich ...«

»Leb wohl«, unterbrach ihn Poldarn. Er zog dem toten Fuhrmann die Jacke aus und warf ihn vom Wagen. Dann fuhr er weiter. Zum Glück führte die Straße direkt nach Liancor, ohne irgendwelche Abzweigungen, bei denen er sich hätte entscheiden müssen. Von einer Kuppe aus sah er in ein tiefes Tal und erblickte zwei sandgelbe Türme, ungefähr fünf Meilen entfernt. Eine halbe Stunde später sah er die gesamte Stadt.

Sie erinnerte ihn an einen See. Sie füllte den niedrigsten Punkt des Tals zu beiden Seiten des sich dahinschlängelnden Flusses. Liancor vermittelte den Eindruck, als sei es natürlich gewachsen oder wie

Flusssand über eine lange Zeit dort angespült worden. Der hellbraune Stein und das braungrüne Reet wirkten wie eine Tarnung, als wäre die Stadt ein Tier, das sich so verkleidet hatte, um nicht die Aufmerksamkeit von Raubtieren auf sich zu lenken.

Er wollte alles richtig machen, daher erkundigte er sich zuerst nach dem Weg zur Präfektur. Diese befand sich in einem langen schäbigen Gebäude, in dessen Mauern etliche Quader fehlten. Er befahl einem kleinen Jungen, auf den Wagen aufzupassen, und ging hinein. Auf einer Bank saßen drei Schreiber, dicht aneinander gedrängt, um den spärlichen Lichtstrahl aus dem kleinen Fenster, das links über ihnen in der Wand war, auszunutzen. Einer blickte auf, als Poldarn eintrat. Die anderen schrieben sorgfältig und langsam weiter.

»Hallo«, sagte er. »Ich muss einen Todesfall melden.«

Der Schreiber schaute ihn unwillig an, als sei er ein kleines Kind, das die Mutter um Süßigkeiten anbettelt. »Gut«, meinte er, holte ein dickes Buch, legte es auf den Tisch und schlug es beim Lesezeichen auf. »Bürger oder Fremder?«

Poldarn runzelte die Stirn. »Ich oder er?«

»Beide.«

»Beide aus Sansory«, erklärte Poldarn.

Das hellte die Miene des Schreibers auf. »Sehr gut. Wo?«

»Mit dem Wagen sind es vier Stunden auf der Straße nach Bohec, eine Tagesreise südlich vom Fluss.«

»Großartig, außerhalb unserer Jurisdiktion«, erklärte er. »Da muss ich lediglich die Namen und Einzelheiten aufnehmen und nachsehen, ob man sie wegen eines Verbrechens sucht. Du musst nur unterschreiben oder dein Zeichen machen. Wäre es innerhalb unserer Jurisdiktion müsste ich dich festnehmen und verhören.«

Der Schreiber war klein, fett und Anfang sechzig, aber dennoch jünger als seine Kollegen. Das verriet Poldarn viel über die Art und Weise, wie in Liancor Dinge erledigt wurden. Neben der Tür stand ein dreibeiniger Hocker. Poldarn trug ihn zum Tisch.

»Tut mir Leid«, sagte der Schreiber. »Ich war unhöflich. Ja, bitte, setz dich. Namen. Erst seinen.«

Als der Schreiber die Feder ins Tintenfass steckte, erkannte Poldarn, dass er den Namen des toten Fuhrmanns nicht wusste. Der Mann hatte auf dem Bock des Wagens gesessen, den Falx Roisin ihm gezeigt hatte. Poldarn hatte sich neben ihn gesetzt, dann waren sie losgefahren. Danach hatte der Kerl sich nur ständig beschwert, wie ungerecht alles war. Wie sich herausstellte, hatte er Recht gehabt.

»Tut mir Leid«, sagte er. »Ich weiß seinen Namen nicht. Er war neu. Wir haben zum ersten Mal zusammengearbeitet.«

»Oh.« Der Schreiber blickte traurig drein. »Ich brauche einen Namen. Für wen arbeitest du?«

»Falx Roisin«, antwortete Poldarn. »Er hat ein ...«

»Unbekannt, Haus Falx, Sansory«, sagte der Schreiber laut, während er schrieb. »Das reicht. Wir schicken das nach Sansory, die schicken ihre Berichte an uns. Und dein Name?«

»Poldarn.«

»Poldarn was?«

»Nur Poldarn. Ich komme aus dem Süden.«

Der Schreiber schaute ihn an. »Na schön, nur Poldarn. Und nun – was ist geschehen? Ein Unfall?«

Poldarn schüttelte den Kopf. »Er war der Fuhrmann, ich der Wachmann. Ein Mann wollte uns ausrauben und hat ihn mit der Schleuder getötet, dann griff er mich an, und ich habe ihn umgebracht.«

»Ja, schon gut«, sagte der Schreiber. »Mein Beileid, und hier unterschreiben.« Er drehte das Buch um und reichte Poldarn die Feder. »Ach, du kannst schreiben, das ist gut. Ich stelle eine Urkunde aus und leite sie an die Präfektur in Sansory weiter, Kopie für uns, das wäre alles. Danke, du kannst jetzt gehen.«

»Danke«, sagte Poldarn und stand auf. »Dann glaubst du mir?«

Der Schreiber schaute ihn an. »Ist das wichtig?«

Poldarn verließ die Schreibstube und fragte den Jungen, der auf den Wagen aufgepasst hatte, wo das Haus Fejal war.

»Was?«, fragte der Junge.

»Das Haus Fejal.«

Der Junge blickte ihn verblüfft an, doch dann grinste er. »Ach ja, das Haus *Feeje.* (Poldarn hatte es Feyjarl ausgesprochen, wie Falx Roisin) »Tut mir Leid, aber du redest so komisch. Du fährst diese Straße weiter bis zur Gerberei, dann zwei Mal links, rechts, wieder links bei »Tugend zahlt sich aus«, dann siehst du die alten Seilwege rechts ...«

»Besser du zeigst es mir«, unterbrach Poldarn ihn. »Ich gebe dir noch einen Vierteltaler.«

»Klar«, sagte der Junge und stieg auf den Kutschbock. »Was für eine Ladung hast du?«

Poldarn wusste es nicht. Die Ladung war unter Segeltuch und Wachstuch hinten verstaut.« Er zuckte mit den Schultern. »Keine Ahnung. Womit handelt denn das Haus Fejal?«

Der Junge grinste. »Die größten Knöpfemacher diesseits des Bohecs«, antwortete er. »Also sind es entweder Knochen oder Geweihe. Vielleicht beides. Ich schau gern nach, wenn du willst.«

»Nicht nötig«, erklärte Poldarn.

»Bist du überhaupt nicht neugierig?«

Poldarn schüttelte den Kopf. »Ich habe Gründe, die ich dir aber nicht erklären will, weshalb ich nicht mehr neugierig bin«, sagte er. Der Brief, den er unter dem Hemd trug, war für einen Mann, namens Huic Penseuro, bestimmt, aber er musste ihn samt der Ladung nur Fejal Nas übergeben. »Wo kann man hier gut essen?«

Es gab zwei Fejal Nasse, Vater und Sohn. Der Vater war nicht zu Hause, aber der Sohn schien den Brief zu erwarten und gab ihm dreißig Vierteltaler für seine Mühe. »Irgendwelche Probleme unterwegs?«

»Nichts, was mit dem Brief zu tun hat«, antwortete Poldarn. »Soll ich auf Antwort warten?«

Fejal Nas schüttelte den Kopf. Er hatte den Brief noch nicht geöffnet. »Nur interessehalber«, sagte er, als Poldarn gehen wollte. »Bist du in letzter Zeit im Haus Cunier in Mael Bohec gewesen?«

Poldarn überlegte, dass die vernünftigere Antwort Nein lauten sollte, aber er sagte: »Ja, warum?«

»Unwichtig. Ich habe nur gehört, dass Falx Roisin einen neuen Kurier hat, das ist alles.«

Diese Antwort war offensichtlich gelogen, aber genauso offensichtlich war, dass es Fejal Nas egal war. »Ja, das bin ich«, sagte Poldarn.

»Ah, na dann sehe ich dich wohl wieder. Ich wünsche dir eine sichere Heimfahrt.«

Er wartete, dass die Träger die Ladung abluden. Wie er dem Jungen erklärt hatte, war er nicht neugierig, obwohl ihm einiges verdächtig erschien. Seit dem Gespräch mit Eyvind war er bedrückt und fühlte sich wie ein Botschafter bei einem sehr wichtigen Empfang zu seinen Ehren, der aber an nichts anderes denken konnte, als dass er unbedingt das Wasser abschlagen musste. Schlafen! Wenn er sich nicht sinnlos betrank, würde er die ganze Nacht wach liegen und sich verzweifelt bemühen, nicht nachzudenken. Aber endlose Erklärungen schwirrten ihm durch den Kopf: Verräter, Freibeuter, offizieller Schlichter, Herold. Jede Möglichkeit hatte er erwogen, noch ehe Eyvind zu Ende gesprochen hatte. Er hatte die Argumente für jede Hypothese, pro und kontra, sorgfältig erwogen, mit früheren Erkenntnissen verglichen und seine Fantasie spielen lassen. Er fühlte sich wie eine kleine Garnison in einer kleinen Festung, die von allen Seiten von den Großmächten der Welt belagert und bombardiert wurde. Sturmleitern standen an den Mauern, Sturmböcke waren vor den Toren, Sappen unterhöhlten die Mauern, Bogenschützen und Männer mit Armbrüsten, sowie Kavallerie standen bereit. Alles lief auf den kritischen Moment zu, in dem seine Verluste so hoch waren, dass er die Festung unmöglich länger halten konnte.

»Das wär's«, erklärte der Anführer der Träger und wischte sich mit dem Ärmel den Schweiß vom Gesicht und den Schultern. »Verflucht unhandliches Zeug und schwer«, sagte er. »Du kannst mir nicht weismachen, dass das nur Knochen sind.«

»Ich will dir überhaupt nichts weismachen«, erklärte Poldarn. »Danke für die Hilfe.«

Er hörte nicht mehr alles, was der Träger ihm hinterherrief, als er abfuhr.

Laut ursprünglichem Plan hatte er den Rest des Tages in Liancor mit Trinken verbringen wollen, bis er irgendwo in der Gosse lag. Aber er musste an den Wagen denken. Falx Roisin würde ihm den Verlust eines weiteren Fuhrmanns verzeihen, aber er schien die Karren wie seine Kinder zu behandeln. Bei dem Gedanken, denselben Weg zurück, wahrscheinlich vorbei an den beiden Leichen, zu nehmen, fühlte er sich nicht wohl. (Er hatte die grauenvolle Vision, dass Eyvind aus einem Baum auf den Wagen sprang, diesen jedoch verfehlte und von den Rädern zu Tode gequetscht wurde.) Er war aber auch nicht in der Stimmung, sich eine alternative Route zu suchen. Um sich abzulenken, versuchte er es mit Singen, aber er kannte nur ein Lied.

Zwei Krähen sitzen in einem hohen dünnen Baum,
Zwei Krähen sitzen in einem hohen dünnen Baum,
Zwei Krähen sitzen in einem hohen dünnen Baum,
Und dann kommt der Schwindler und sagt: »Ich bin es.«

Und er mochte dies Lied nicht besonders. Dennoch sang er es. Plötzlich erinnerte er sich, dass es eigentlich nur um eine Krähe gegangen war. Aber dann wollte er eigentlich nicht wissen, woher die zweite Krähe gekommen war.

Er verbrachte die Nacht am Straßenrand. Er saß an ein Rad gelehnt, die Beine ausgestreckt, ohne Schlaf. Sobald es einigermaßen hell war, fuhr er weiter, um möglichst früh den Fluss zu überqueren. Später erwies es sich als Glück, das er einen Splint verlor und mühsam aus grüner Eiche einen neuen schnitzen musste. Erst gegen Mittag erreichte er die bewaldete Kuppe, von der aus man das Tal des Bohec überschauen konnte. Da hörte er den Lärm.

Irgendwie war er enttäuscht, dass der Kampflärm sein Gedächtnis nicht zurückbrachte. Aufgrund der jüngsten Beweise hatte er erwartet, dass eine Schlacht das Siegel brechen würde. Doch diese Wirkung trat leider nicht ein.

Er zügelte die Pferde und blieb einen Moment sitzen, um seine nächsten Schritte zu überlegen. Am logischsten wäre es, sofort kehrtzumachen und zurück nach Liancor zu fahren. Abgesehen von seiner eigenen Sicherheit, sollte er dort Bescheid sagen, dass hier eine Schlacht tobte. Aber er kannte die Hintergründe nicht, deshalb zögerte er. Es könnte leicht ihr Krieg werden. Vielleicht wusste die ganze Welt davon, nur er nicht. Es bestand auch die Möglichkeit, dass der Krieg nach Liancor kam, mit dem Ziel, es von der Landkarte zu tilgen. In diesem Fall würde es keine gute Idee sein, innerhalb der Mauern festzusitzen. Wenn er versuchte, sich querfeldein durchzuschlagen, war das schwierig, weil er keine Ahnung von dem Gelände hatte, außerdem hatte er es satt, ständig auf Unbekanntes zu treffen. Damit blieb nur die Möglichkeit, die Schlacht irgendwie zu umfahren und zurück nach Sansory zu gehen. Vorausgesetzt Sansory existierte noch.

Er verzog das Gesicht. Er war nicht sicher, welches die beste Möglichkeit war, aber auf keinen Fall war es richtig, hier in der Nähe der Schlacht auf der Straße herumzusitzen. In Mael Bohec hatte er die Statue einer großen, hässlichen, nackten Frau gesehen. Die Inschrift verkündete, dass man sie zur Feier des tausendjährigen Friedens aufgestellt hatte. Wie würde es im Imperium sein, wenn dieses einen *offiziellen* Krieg führte?

Er sprang vom Wagen, verließ die Straße und bahnte sich den Hang hinauf einen Weg durch Dornenranken und Bäume. Er musste bei dem Kampflärm nicht leise sein: Geschrei, Waffenklirren, Stöhnen und andere Geräusche. Als er die Anhöhe erklommen hatte, versperrten junge dünne Fichten den Blick auf den Fluss und die Schlacht. Da er aber die Schlacht unbedingt sehen wollte, ging er weiter, bis er eine große Kastanie fand. Er blickte umher, kein Feind zu sehen. Schnell kletterte er den Baum hinauf. Wie gehofft, war Klettern eines seiner vielen Talente. Die Äste waren wie eine Leiter. Er fand eine Gabel, ein guter Sitzplatz. Er zog sich empor, dabei legte er die rechte Hand beinahe auf den Fuß einer großen Krähe. Beinahe wäre er abgestürzt, als diese empört krächzend die Flügel entfaltete und hochflog.

Ah, ja, sagte er zu sich. *Das ist die zweite Krähe.*

Dann blickte er auf die Schlacht. Von seinem hohen Sitzplatz aus sah es unordentlich aus, als hätte ein böses Kind absichtlich sein Spielzeug umhergeworfen, aus Protest, weil es ins Bett gehen sollte. Dunkle Schemen lagen umher, Spielzeugpferde, umgestürzte Karren und Wagen, zertrampelt von einem verwöhnten Kind, das nicht schätzte, was man ihm geschenkt hatte. Es widersprach all seinen Vorstellungen davon, wie man Tote nach einer Schlacht behandelte.

Er wusste natürlich nicht, wie lange der Kampf getobt hatte, aber der Verlauf war ziemlich eindeutig. Die Gegner hatten sich auf den beiden Ufern aufgestellt, auch einige Standarten und Fahnen aufgepflanzt. Dann war offenbar die Armee auf seiner Seite den Hang zur Furt hinabgeprescht. Es gelang ihnen, einen kleinen Teil hinüberzubringen, als der Feind den Fluss erreichte. Aber dann war es dem Feind gelungen, die Furt zu erobern und die Männer abzuschneiden, welche den Fluss bereits überquert hatten. Wenn er die Zahl derjenigen betrachtete, die jetzt noch kämpften, musste das erst vor kurzem geschehen sein. Inzwischen wollte die Armee auf dieser Seite die Furt zurückerobern und die Männer retten. Dabei gerieten viele in die Strömung und wurden vom Fluss mitgerissen. Aber die Feinde schienen den Vorteil ihrer Situation nicht zu erkennen. Anstatt dem Fluss einen Teil ihrer Arbeit zu überlassen, wollten sie unbedingt das gegenüberliegende Ufer erreichen – obwohl sie dort mit Sicherheit den Fehler des Feindes wiederholen würden. Inzwischen ließ die Schlacht jegliche raffinierte Taktik vermissen. Jetzt wurde nur wild und brutal gekämpft, das Resultat zweier Fehler. Selbst aus der Entfernung sah Poldarn, dass die Männer viel zu dicht zusammenstanden, um vernünftig kämpfen zu können. Überall Menschenwälle, bestehend aus Piken und Schilden. Am schlimmsten war wohl, dass beide Seiten zahlenmäßig gleich stark waren, er deshalb den Ausgang nicht voraussagen konnte, ehe nicht beide Armeen zahlenmäßig dezimiert waren. Doch im Moment waren sie so ineinander verkeilt wie die Wagen in Falx Roisins Torbogen. Selbst wenn beide Seiten sich jetzt entschließen würden, den Kampf abzubrechen, bedurfte es viel Fantasie um sie zu trennen.

Poldarn hatte gehofft, dass der Anblick des Kampfgetümmels seine Erinnerungen zurückbringen würde, aber dem war nicht so. Er empfand den Anblick als abstoßend, als sei er auf ein Dach geklettert und sähe durch eine Lücke im Reet, wie zwei extrem hässliche Menschen miteinander schliefen. Nach einer Weile begann er sich zu langweilen, da sich die Pattsituation nicht änderte, außerdem wurde es ihm auf seinem Hochsitz unbequem. Zum Teufel mit dem Kampf, dachte er. Mir reicht's, ich steige hinunter.

Er überlegte noch kurz. Hier war es unmöglich, den Fluss zu überqueren. Er konnte eine Meile flussauf- oder -abwärts fahren und nach einer Furt suchen. Flussabwärts bestand die Gefahr, dass die Erschlagenen hinabgetrieben wurden. Aufwärts riskierte er, einer Kavallerieabteilung in die Hände zu fallen, welche man zum Schutz der Flanke ausgeschickt hatte, vorausgesetzt, einer der beiden Befehlshaber besaß genügend Verstand, diese Taktik anzuwenden. Da war es schon verlockender, zurück nach Liancor zu fahren. Wenn er diesen Kampf richtig deutete, würden nach seiner Beendigung nicht genug Soldaten übrig sein, um Liancor in Schutt und Asche zu legen, falls man das geplant hatte. Wenn nicht etwas höchst Unwahrscheinliches eintrat, würde das ohne göttliches Eingreifen nicht geschehen.

Er war den Baumstamm schon beinahe heruntergeklettert, als er Geschrei hörte. Männer bahnten sich einen Weg durchs Unterholz. Gleich würden sie ihn sehen. Es war ihm peinlich, weil er den Stamm umklammert hielt.

Aber vielleicht würden sie nicht nach oben sehen. Doch da brach das Geschrei abrupt ab. Er hörte das typische zischende Geräusch, wenn jemand eine lange schmale Klinge aus einem Körper zieht. Er riskierte einen Blick.

Ungefähr ein Dutzend Männer umkreisten einen Reiter. Sie hielten kurzschaftige Hellebarden in den Händen und bewegten sich bedächtig wie Handwerker, die eine wichtige Arbeit nicht durch Hast gefährden wollen. Wenige Meter entfernt stand ein reiterloses Pferd. Der Reiter schlug wild mit einem der berühmten Krummsäbel um sich. Er war so schwer, dass er ihn mit einer Hand kaum führen konnte. Seine Schläge waren schwach und unkontrolliert, reichten jedoch, um sich die Gegner vom Leib zu halten. Der Reiter trug über einem teuren Schuppenpanzer einen roten Samtüberrock, dazu einen hohen Topfhelm mit Nasenschiene, welche sein Gesicht teilweise verdeckte. Aber seine Chancen standen nicht gut. Die Männer mit den Hellebarden, die ebenfalls farbenprächtig gekleidet waren, waren eindeutig im Vorteil. Poldarn erinnerte sich, derartige Stoffe bei der Oberschicht in Sansory gesehen zu haben.

In diesem Moment schaute einer der Männer mit der Hellebarde zufällig nach oben und sah Poldarn, als dieser mit dem Fuß nach dem nächsten Halt tastete. Auch Poldarn sah das Gesicht des Mannes.

»Verfluchte Scheiße!«, sagte der Mann und trat zurück. *Nicht schon wieder*, dachte Poldarn. Der Mann starrte ihn an und nahm die Hellebarde so in die Hand, um sie wie einen Speer zu schleudern. Der Reiter hörte auf, um sich zu schlagen, da ihn niemand mehr beachtete.

»Das kann nicht sein«, sagte einer der Hellebardenträger, als die Hellebarde des anderen durch die Luft sauste. »Er ist doch tot.« Poldarn war wie hypnotisiert. Er war es so unsäglich leid, immer wieder mit der gleichen Situation konfrontiert zu werden. Wie gelähmt umklammerte er den Baumstamm. Erst im letzten Moment drehte er den Kopf beiseite, sonst hätte ihm die Hellebarde den Hals durchbohrt. Dabei verlor er beinahe das Gleichgewicht. Krampfhaft verkrallte er sich in der Borke. Da schrie einer: »Ihr drei, packt ihn!« Dann sauste er nach unten.

Dank seiner hervorragenden Reflexe gelang es ihm, im Fall einen Ast zu erwischen. Dieser hielt ihn zwar nicht, ermöglichte es ihm aber, etwas sanfter zu landen. Unglücklicherweise blieb er aber an einer Wurzel hängen und verletzte sich den Knöchel. Dennoch vermochte er sein Gewicht auf den gesunden Fuß zu verlagern und konnte den ersten Gegner einigermaßen manierlich empfangen.

Zum Glück war das der Mann, der seine Hellebarde geworfen hatte. Er hatte zwar ein Schwert, ging damit aber recht ungeschickt um. Sobald Poldarn ihn mit einem sauberen Hieb ins Jenseits befördert hatte, wich der hinter ihm stehende Mann seitlich aus, wodurch er seine Seite entblößte und Poldarn die Gelegenheit bot, ihm einen Stich zwischen die Rippen zu versetzen. Poldarn ließ diese Gelegenheit nicht ungenutzt verstreichen. Der dritte Mann war von der Geschwindigkeit, mit der seine Kameraden getötet worden waren, so verblüfft, dass er wie angewurzelt stehen blieb. Poldarn schlug eine Finte nach links unten, die der Mann ungeschickt abwehrte. Poldarn sprang an ihm vorbei, trat ihn in die rechte

Kniekehle und rannte zum Pferd, das ungerührt auf ihn wartete.

Der Reiter, der noch Momente zuvor im Zentrum der Aufmerksamkeit gestanden hatte, war intelligent genug, seine Chance zu nutzen. Als Poldarn den Fuß in den Steigbügel stellte und der Ring der Hellebardenträger sich auflöste, sah er, wie der Reiter auf einem anderen Pferd davonpreschte. Doch mehr konnte er nicht sehen, da urplötzlich ein Gegner vor ihm auftauchte. Diesem musste er ins Gesicht treten, ehe er selbst wegreiten konnte. Als er sich umblickte, war der andere Reiter nicht mehr zu sehen.

Ich kenne ihn, dachte Poldarn. Tazencius?

Poldarns Situation war alles andere als ideal, denn er konnte nur die Straße hinabreiten, direkt zum Kampfplatz. Er hatte keine andere Wahl. (Nur dieses eine Mal hätte er eine Wahlmöglichkeit begrüßt.) Er drückte dem Pferd die Fersen in die Flanken und legte den Kopf auf die Mähne, um einem niedrigen Ast auszuweichen. In dem Moment als er sich beglückwünschte, weil er wieder einer eigentlich aussichtslosen Situation unbeschadet entkommen war, sprangen zwei Männer aus einem Gebüsch und winkten hektisch mit den Armen. Das Pferd scheute und bäumte sich auf. Als Letztes sah Poldarn nur noch einen Ast, der beängstigend schnell vor seinen Augen größer wurde.

Kapitel 15

»Ich hatte dir doch gesagt, du solltest dich zum Teufel scheren.«

Poldarn öffnete die Augen und sah, dass sich eine Hälfte seines Gesichts im Wasser spiegelte. Das Bild war vertraut, aber alles andere als tröstlich. Er schloss erneut die Augen. Sofort wurde ihm bewusst, dass er einen Fehler gemacht hatte. Er war nicht der zusammengesunkene Mann im Wasser am Ufer, sondern (selbstverständlich) die schwarze Krähe, welche hoch oben kreiste und misstrauisch herabschaute, ob es sicher war, zu landen. (Bei Menschen musste man besonders vorsichtig sein. Jeder hatte ein eigenes gemeines Hirn, und alle waren hinterhältig.)

Er lauschte den Worten des Menschen. Mit wem sprach er? Kein anderer lebender Mensch war in der Nähe. Offenbar mit seinem Spiegelbild im Wasser. Er dachte darüber nach und lachte. Er (der größere Er) hatte im Laufe der Jahre Millionen Menschen gesehen, und nichts konnte ihn noch überraschen.

»Um Gottes willen, hör auf, mir zu folgen«, sagte der Mensch zu seinem Spiegelbild. »Ich dachte, ich hätte mich vollkommen klar ausgedrückt, so, dass sogar du es begreifen kannst. Ich will mit dir nichts mehr zu tun haben.«

»Klar«, antwortete das Spiegelbild. »Aber nur solange, bis nichts passiert, bis jeder dich mit einem Schwert bedroht oder du auf Soldaten triffst. Dann ist es natürlich eine andere Geschichte. Dann erwartest du, dass ich alles stehen und liegen lasse, zu dir renne und dich rette, wie der große starke Held, der ich bin. Weißt du was? Du möchtest gern deine eigenen Entscheidungen treffen, aber dazu bist du nicht in der Lage.«

»Ich habe bereits Entscheidungen gefällt«, erklärte der Mensch empört. »Und warum zum Teufel denkst du, ich möchte, dass du hier anrauschst und die Leute umbringst?«

»Ach ja. Jetzt willst du behaupten, dass du ohne mich völlig klarkommst.«

»Allerdings.«

Das Spiegelbild lachte. »Kompletter Unsinn. Ich kann dich keine zwei Minuten allein lassen, ohne dass du in Schwierigkeiten gerätst.«

»Das ist eine verdammte Lüge«, schrie der Mensch. »Wenn ich in Schwierigkeiten gerate, dann nur wegen dir.«

»Wenn du das denken willst, von mir aus.« Das Spiegelbild war so ruhig, dass der andere immer wütender wurde. »Ich möchte nur sehen, wie du zurechtkommst, wenn ich tatsächlich mal nicht da sein sollte, wenn du mich brauchst. Und das ist die meiste Zeit so. Möchtest du das wirklich mal ausprobieren?«

»Ja.«

»Ich glaube dir nicht. Zum Glück kenne ich dich besser als du dich selbst. Ich habe die Verantwortung für dich übernommen und werde dich schützen, ob du es willst oder nicht.«

»Fahr zur Hölle.«

»Das ist typisch für dich. Ach ja, da fällt mir noch

etwas ein. Was soll das, dass du andere Leute siehst, wenn ich nicht da bin?«

»Na und? Das hat überhaupt nichts mit dir zu tun. Außerdem gehören sie zur Familie, sind ein Teil von mir. Was verdammt mehr ist als du jetzt.«

»Das glaubst du. Wir werden ja sehen, wenn sie kommen und dich aus der nächsten Klemme holen. Aber, mach dir keine Sorgen«, fuhr das Spiegelbild fort. »Ich meine das nicht ernst. Wie ich bereits sagte: Ich bin für dich verantwortlich. Und ich nehme solche Dinge ernst – du weißt schon, Gelübde, Verpflichtungen. Und ich habe längst aufgegeben, mit Dankbarkeit zu rechnen.«

»Dankbarkeit!«

»Ja, Dankbarkeit! Zum Beispiel, dass du dich an mich erinnerst, wenn ich nicht da bin. Wach bleiben. Selbstverständlich weiß ich, dass ich dir immer noch am Herzen liege.«

»Am Herzen?«

»Selbstverständlich. Weshalb würdest du sonst nach mir Ausschau halten, wenn du glaubst, ich sehe dich nicht? Und all die anderen Leute, die du im Sinn hattest, die, zu denen du dich nicht bekennst, nicht mal dir selbst gegenüber – das geschieht nur, weil du tief im Innern versuchst, dass ich zurückkomme.«

»Zur *Hölle* mit dir!«, schrie der Mensch ...

... und als Poldarn die Augen aufschlug, wurde ihm bewusst, dass sein erster Eindruck richtig gewesen war. Er war der Mensch, der im Fluss lag, und die Krähe über ihm war nur irgendeine beliebige Krähe. Doch wichtiger war, dass er direkt ins Gesicht einer extrem hässlichen alten Frau blickte, die zwischen fünfzig und siebzig sein konnte. Sie trug ein steifes schwarzes Kopftuch, wie der Schopf einer Krähe. Sie war kräftig. Sie rollte ihn auf den Rücken und zog sein Schwert aus der Scheide. Als sie merkte, dass er wach war, ließ sie das Schwert stecken und drückte ihm mit dem linken Daumen die Luftröhre zu. Es gelang ihm, die linke Handfläche unter ihr Kinn zu bringen. Sie biss ihm in den Daumen, worauf er seine Hand schnell zurückzog. Aber er hatte erreicht, dass er wieder atmen konnte. Jetzt hatte sie das Schwert ganz aus der Scheide gezogen, aber sie hielt es tollpatschig fest. Es war zu lang, um damit zuzustechen. Sie zögerte einen Moment lang, aber dieser Moment reichte Poldarn, um sich nach links zu rollen, ihr das Gleichgewicht zu rauben und ihr mit der Faust gegen das Kinn zu schlagen. Er hörte etwas knacken. Sie schrie vor Schmerz auf, ließ das Schwert fallen und sprang auf. Poldarn griff nach ihr, aber sie trat gegen seine Hand und ging einige Schritte zurück. Dann drehte sie ihm den Rücken zu und kniete, vor Schmerzen stöhnend, neben einem anderen Toten nieder, um ihn zu fleddern. Sie ignorierte Poldarn, als würde er gar nicht existieren.

Er setzte sich auf, nahm sein Schwert und betrachtete das Blut und die Bisswunden auf seiner Hand. Das war wirklich nicht nett gewesen, und am liebsten hätte er ihr seine Meinung gesagt. (Sie zog einem Toten das Hemd über den Kopf, als würde sie ein Kaninchen häuten.) Er stand auf, schwankte kurz und sank wieder auf die Knie. Ich muss aufhören, mir dauernd eins über den Schädel ziehen zu lassen. Das ist nicht gut für mich.

Er bemühte sich durchzuatmen und Kräfte zu sammeln. Dabei blickte er sich um, doch diesmal suchte er nicht nach Ähnlichkeiten sondern nach Unterschieden. Am auffälligsten war der riesige Metallhaufen. Hier lagen mehr Waffen und Rüstungen als in der Lagerhalle Eollas, ja mehr noch als auf dem Altmetallmarkt in Sansory. Hier lagen Hunderte, womöglich Tausende Toter, deren Sachen zusammengetragen wurden. (Hemden, Hosen, Stiefel, Gürtel, Knöpfe, Messer, Dolche, Börsen, Mäntel, ganz zu schweigen von den Waffen und Rüstungen.) Offenbar hatte hier eine größere Schlacht stattgefunden. Er erinnerte sich an die Stimmen, die er gehört hatte (vorausgesetzt, sie stammten nicht aus einem Traum). Laut diesen Stimmen war irgendetwas schief gelaufen. Die Schlacht hätte nicht stattfinden sollen oder zumindest nicht derartige Ausmaße annehmen sollen. Er fragte sich, wo die Armeen jetzt waren und weshalb sie abgerückt waren, ohne ihre Toten zu begraben.

Er hörte einen Angstschrei und drehte sich um. Da war seine Freundin, die alte Frau, und eine andere, die genauso aussah wie sie. Seine (er vermochte sie aufgrund ihrer schiefen Kinnlade zu identifizieren) kniete hinter einem Verwundeten und hielt dessen Arme nach hinten, während die andere Alte einen Dolch aus dem Gürtel holte. Selbstverständlich ging das Ganze Poldarn nichts an, aber neben ihm lag ein Stein, der genau die richtige Größe und Form hatte, und er war wegen des Bisses immer noch sauer. Er warf so kräftig er konnte. Eigentlich verfehlte er sein Ziel. Er hatte die Schulter oder den Arm der Frau mit dem Dolch treffen wollen, stattdessen landete der Stein direkt über ihrem Ohr. Sie schrie, schlug hektisch um sich und sank dann reglos zu Boden. Die andere Alte blickte zu ihm, schrie etwas Unfreundliches und ließ die Arme des Soldaten los. Dann raffte sie ein fettes Bündel von Hemden, Stiefeln, Hemden und Socken zusammen und verschwand so schnell sie konnte im Wald.

Poldarn ging zu der am Boden liegenden Alten und drehte sie mit der Fußspitze um. Sie atmete noch, aber aus Nase, Mund und Ohren quoll Blut. Ein Menschenfreund hätte sie wohl von ihrer Qual erlöst, aber Poldarn war dazu nicht in der Stimmung.

»Danke«, sagte jemand hinter ihm. Poldarn drehte sich um. Er hatte den Soldaten, dem die beiden alten Weiber die Kehle durchschneiden wollten, völlig vergessen. Genau genommen, hatte Poldarn ihm das Leben gerettet.

»Schon gut«, sagte er. »War einfach Instinkt. Vielleicht bin ich auf einem Bauernhof aufgewachsen.«

Der Soldat begriff diese Worte nicht, lachte aber. »Ich weiß nicht, wie sie das tun können. Es ist grauenvoll.« Er blickte auf seine Beine. Jetzt sah Poldarn, dass sie unnatürlich gespreizt waren. »Pferde«, sagte der Mann. »Ich erinnere mich nur noch, dass ich von meinem Pferd fiel. Ich schätze, ich habe Glück gehabt, dass sie mir nur die Beine zertrampelt haben.«

Poldarn runzelte die Stirn. Eigentlich gab es keinen Grund, weshalb er helfen sollte. Aber auch keinen, weshalb nicht. Instinktiv griff er nach dem Brief, dann fiel ihm ein, dass er ihn bereits abgeliefert hatte. Jetzt konnte er tun und lassen, was er wollte. Er kniete sich neben dem Mann nieder.

»Das klingt merkwürdig«, sagte er. »Aber hör mir genau zu, wenn du mir helfen willst. Ich bekam einen Schlag auf den Kopf und habe mein Gedächtnis verloren. Bis jetzt ist es nicht zurückgekehrt. Das heißt, ich weiß nicht, wer du bist oder worum es bei dieser Schlacht ging. Ich weiß auch nicht, ob du zu den Guten oder Bösen gehörst. Verstanden?«

Der Mann schaute ihn an und entschloss sich, nichts zu sagen, sondern nur zu nicken.

»Großartig«, fuhr Poldarn fort. »Daraus folgt, dass ich nicht weiß, wohin du gehörst oder wohin ich dich bringen soll. Das musst du mir sagen. Es wäre hilfreich, wenn du mir eine direkte Antwort geben könntest.«

Der Mann lächelte. »Das ist leicht. Ich heiße Muno Silsny und bin Hauptmann in der siebten leichten Kavalleriedivision unter Major-General Actis. Ich glaube, wir haben die Schlacht gewonnen. Unser Lager befindet sich auf dem gegenüberliegenden Ufer, irgendwo zwischen hier und Sansory. Ich glaube, es ist nicht weit, vielleicht eine Meile. Aber für einen Mann mit zwei gebrochenen Beinen könnte es ebenso gut auf dem Mond liegen. Wenn du mir nicht hilfst, sterbe ich. Aber ich möchte keinen Druck auf dich ausüben.«

Poldarn nickte. »Du hast Glück. Ich bin auf dem Weg nach Sansory. Werden mir deine Leute ein Pferd geben, wenn ich dich zurückbringe?«

»Ganz bestimmt.«

»Dann ist es gut. Falls natürlich mein Wagen noch da ist, brauche ich es nicht. Aber ich habe das Gefühl, dass er nicht mehr da ist. Bleib hier, ich komme gleich wieder.«

Er ging fort. Der Soldat schrie ihm hinterher. »Wohin gehst du? Komm zurück!«, aber er antwortete nicht. Er ging zurück in den Wald. Ja, da war der Baum. Weitere Tote (selbstverständlich bis auf die Haut gefleddert), da war die Straße, aber kein Wagen. Keine echte Überraschung.

»Kein Wagen«, erklärte er dem Soldaten später. Auf dem Weg zum Baum hatte er noch mindestens ein Dutzend weiterer Verwundeter gesehen, aber er musste eine Grenze ziehen. »Verdammt. Wie schaffe ich dich ohne Wagen zum Fluss und ins Lager?«

Der Mann schaute ihn besorgt an. »Keine Ahnung.«

»Verdammt.« Poldarn seufzte. »Irgendwie werde ich es schon schaffen.«

Poldarn war verblüfft, über wie viel Kraft er verfügte. Der Soldat war kein Hüne, aber auch kein Federgewicht. Nach anfänglicher Mühe, ihn über die Schultern zu legen, konnte Poldarn ihn tragen, ohne sich umzubringen. Obgleich es für den Soldaten ungemein schmerzhaft gewesen sein musste, mit gebrochenen Beinen hochgehoben zu werden, gab er kaum einen Laut von sich.

Als Poldarn das gegenüberliegende Flussufer erreicht hatte, war er am Ende seiner Kräfte. »Tut mir Leid«, sagte er keuchend. »Ich muss eine Pause machen.« Auch das Niederlegen war für den Soldaten furchtbar schmerzhaft. »Alles in Ordnung?«, fragte Poldarn, sobald er wieder genügend Luft hatte, um zu sprechen. Der Mann nickte mit geschlossenen Augen und zusammengepressten Lippen. Er log, aber aus einem guten Grund.

»Dein Haufen gehört offenbar zu einer Regierungsarmee«, meinte Poldarn, als der Soldat die Augen offen hatte. »Was ist mit dem Feind?«

Hauptmann Muno verzog das Gesicht. »Ja, eine Art Regierungsarmee«, sagte er. »Zumindest zu zwei Dritteln. Das andere Drittel bestand aus einer Abteilung Söldner aus dem Haus Amathy. Hast du von einem Mann gehört, der Tazencius heißt?«

Poldarn nickte. »Präfekt von Mael Bohec«, sagte er. »Wurde bei irgendeiner illegalen Sache erwischt und festgenommen, habe ich gehört.«

Hauptmann Muno nickte. »Stimmt. Leider konnte er entwischen. Irgendwelche Schurken haben ihn befreit. Danach ist er sofort zu seinem alten Kumpan und Geschäftsfreund Feron Amathy geeilt. Wenigstens ist das jetzt klar. Vermutet hatten wir es schon seit über einem Jahr, aber keiner wollte auf uns hören.« Hauptmann Muno schaute Poldarn an. »Tut mir Leid, hast du von Feron Amathy gehört?«

»Ich glaube schon«, antwortete Poldarn. »Ein Opportunist, der skrupellos die Seiten wechselt. Ist das der Mann, den du meinst?«

»Allerdings«, erklärte Muno. »Ja, ein paar Mal hat er General Cronan geholfen und war eine große Hilfe – ja, er hat das Imperium gerettet, könnte man sagen. Aber trotzdem ist er ein Verräter und Bastard. Es ist fast sicher, dass er seine Männer ausschickt, um Dörfer niederzubrennen und unschuldige Menschen hinzumetzeln, und das den Freibeutern in die Schuhe schiebt. Es gibt konkrete Hinweise, dass er beim Brand von Josequin die Hände im Spiel hatte. Allerdings steht nicht fest, ob er es allein getan hat oder doch mit den Freibeutern im Bunde ist – kannst du dir das vorstellen? Tatsächlich diesem Abschaum helfen? Oder weißt du nicht, wovon ich spreche?«

»Ich weiß, wen du meinst«, sagte Poldarn. »Also dann hat die Armee gegen ...«

Hauptmann Muno holte tief Luft. »Tazencius tauchte vor ein paar Tagen unvermittelt nördlich von Liancor mit ungefähr fünfzehnhundert Männern mit Piken und Speeren auf. Alle aus dem Haus Amathy. Wir befanden uns zufällig in Laise Bohec, ein Tag östlich von hier, im Manöver. Wir erhielten den Befehl, alles stehen und liegen zu lassen und ihn zu jagen. Wir waren viertausend und hielten das Unterfangen für ein Kinderspiel. Wir wussten jedoch nicht, dass Tazencius mit dem Präfekten von Liancor etwas ausgehandelt hatte und von der Garnison dreitausend Mann ausgeliehen hatte. Das war ein Schock, als wir über diesen Bergkamm da drüben kamen und diese gewaltige Armee in Reih und Glied sahen, die auf uns wartete.«

»Das kann ich mir gut vorstellen«, sagte Poldarn, obwohl das nicht stimmte.

Der Hauptmann seufzte. »Tazencius glaubte wohl, er könne Actis überreden, mit ihm gemeinsame Sache zu machen, denn, obwohl er in der besseren Position war und die Furt hätte nehmen können, ehe wir dorthin kamen, stand er nur da und unternahm nichts. Laut unseren Kampfregeln können wir nicht unsere eigenen Leute als Erste angreifen. Sie müssen beginnen, ehe wir gegen sie kämpfen können. Inzwischen schickte Tazencius einen Unterhändler – wir fragten uns, ob zwischen Actis und diesem Boten Friedensverhandlungen zustande kämen. Und dann plötzlich, ohne Warnung, hatte irgendein Idiot die

Idee, dass dies doch eine günstige Gelegenheit wäre, um die Furt zu erobern. Ehrlich gesagt, ich weiß nicht, ob wir es waren oder die anderen, denn ich habe es nicht gesehen, weil ich gerade im Gebüsch beim Kacken war. Das ist ein Ritual von mir. Und dann stürzten sich alle zur Furt, ohne Plan oder Schlachtordnung, das totale Chaos. Mann gegen Mann, Soldaten wurden von den Fluten mitgerissen oder zertrampelt. Das Ganze war völlig idiotisch. Vom Haus Amathy wäre so eine Handlung vorstellbar, aber doch nicht von uns? Wir sollten es eigentlich besser wissen. Ich schäme mich, ja, ich schäme mich, ehrlich.«

Poldarn bemühte sich, Verständnis zu zeigen, obgleich er keine Ahnung hatte, ob die Kritik berechtigt war. »Ich habe das Hin und Her im Fluss gesehen«, sagte er. »Aber vor dem Ende wurde ich abgelenkt, und als ich – na ja, wieder die Augen aufmachte, war alles vorbei. Wie ist es eigentlich ausgegangen?«

»Wir haben uns zurückgezogen«, antwortete Hauptmann Muno mit jungenhaftem Grinsen. Poldarn stellte fest, dass er viel jünger war, als er zuvor angenommen hatte. Die Furcht und die Schmerzen in Munos Augen hatten ihm den Eindruck vermittelt, es mit einem etwa gleichaltrigen Mann zu tun zu haben. »Die Kavallerie – wie immer. Unsere Späher fanden eine andere Furt eine Meile flussaufwärts – sie haben verdammt lange gebraucht. Wir haben uns über drei Stunden in dem verdammten Fluss die Köpfe eingeschlagen, bis Actis uns zurückpfiff. Wir hatten zu Fuß gekämpft, weil wir keine leichten Fußtruppen hatten, kannst du das glauben? Die schweren Truppen stürzten und ertranken, weil sie in den schweren Rüstungen nicht schwimmen konnten. Wie auch immer, wir wurden vom Fluss abgezogen und stiegen wieder auf die Pferde – Gott sei Dank. Dann sollten wir hinter den Feind reiten und – na ja, unsere Arbeit tun, dazu ist die Kavallerie schließlich da. Und das haben wir auch getan.« Ein Schatten huschte über sein Gesicht. »Es war ein schlimmer Kampf, nicht für uns, für sie, aber an der Front war es besonders übel. Ich war in der Mitte. Nach der Attacke konnte ich nicht mehr viel tun. Dann waren wir offenbar durchgebrochen, denn wir ritten mit Höchstgeschwindigkeit weiter. Und dann muss irgendein Bastard etwas nach mir geworfen haben. Ich bin vom Pferd gefallen, und das war's dann.« Er seufzte. »Aber wir haben eindeutig gesiegt«, fuhr er fort. »Denn als ich die Besinnung wiedererlangte, sah ich, wo wir gewesen waren. Haufenweise Feinde und nur einer oder zwei von uns – und ich mittendrin. Typisch für mich, dass ich die Tötungs-und-Verlust-Bilanz meiner Einheit versaut habe. Gestern standen wir noch an erster Stelle in der Kavallerieliga, jetzt sind wir wohl einen Platz nach unten gerutscht.«

Poldarn bewegte die Schultern. »Nächste Etappe«, erklärte er. »Das ewige Anhalten tut mir Leid, aber ich gebe wirklich mein Bestes.«

Er brauchte ziemlich lang, um eine Meile zurückzulegen, aber er musste einen steilen Hang hinauf, und der nasse Boden war schlüpfrig, was es besonders mühsam machte. Als er endlich das Lager erreichte, war er erschöpft und nicht in der Stimmung, sich von den Posten dumme Sprüche anzuhören.

»Halt!«, rief ein Posten und sprang mit einem Speer hinter einem Baum hervor. »Wer da? Stehen bleiben und weis dich aus«, fügte er hinzu und richtete die Speerspitze direkt auf Poldarns Kehle.

»Verpiss dich!«, fuhr Poldarn ihn an, trat einen Schritt beiseite, um dem Speer zu entgehen, und marschierte weiter. Der Posten holte ihn sogleich ein.

»Hast du mich nicht gehört? Ich sagte ...«

»Ich habe dich gehört«, unterbrach ihn Poldarn. »Schau her, ich habe hier einen deiner Kameraden. Er hat zwei gebrochene Beine und Gott weiß welche anderen Verletzungen. Willst du ihn, oder nicht?«

Der Wachposten war auf eine derartige Situation offensichtlich nicht vorbereitet worden. »Na schön«, sagte er. »Aber ich muss das zuvor mit dem Offizier vom Dienst klären. Wartet hier.«

»Kommt nicht in Frage«, protestierte Poldarn. »Was glaubst du, was das ist? Ein Sack Schafwolle? Entweder nimmst du ihn mir ab, oder du gehst mir aus dem Weg und zeigst mir, wo ihr die Verwundeten lagert.«

Der Posten schaute unglücklich drein. »Ach, mein Gott – geradeaus, zwischen den Zeltreihen, dritte nach links, zweite rechts, suche nach einer großen grünen Plane, das ist das Messezelt. Dahinter nach links ...«

»Vergiss es«, unterbrach Poldarn ihn. »Du zeigst mir den Weg.«

»Aber ich kann meinen Posten nicht verlassen.«

»Halt's Maul und führe meinen Befehl aus.«

Der Wachposten ging voraus. Poldarns Beine versagten ihm beinahe den Dienst, als der Posten endlich stehen blieb und auf ein grünes Zelt deutete. »Dort.« Dann rannte er zurück, ohne sich umzuschauen.

Der Chirurg hatte gerade eine Amputation beendet, als Poldarn eintrat. Er stand neben dem Tisch, mit einem Bein in der linken Hand und einem großen Bausch mit Blut getränkter Wolle in der rechten. »Wer bist du?«, fragte er, als die Helfer den Patienten vom Tisch nahmen und neben die anderen auf den Boden legten.

»Niemand, den du kennst«, antwortete Poldarn. Dann beugte er sich vor, um Muno so behutsam wie möglich auf den Tisch zu legen. Zum Glück hatte dieser vor geraumer Zeit das Bewusstsein verloren.

Der Chirurg funkelte ihn an. »Siehst du nicht, dass eine lange Schlange wartet?«, fragte er barsch und zeigte auf die Verletzten, an denen Poldarn vorbeimarschiert war.

»Das interessiert mich einen Dreck«, erklärte Poldarn. »Ich habe ihm versprochen, ihn herzubringen, und das habe ich getan. Dafür würde ich ein Pferd bekommen – hat er gesagt.«

Der Chirurg lachte. »Da hat man dich schön reingelegt«, sagte er. »Keine Chance. Tut mir Leid. Möglicherweise, wenn wir in der Kaserne wären, aber hier, vergiss es.« Er grinste und zeigte vier Zähne. »Falls du andersrum tauschen möchtest, könnte ich dir eine große Auswahl anbieten.«

Das verärgerte Poldarn. Aber er war so froh, Muno los zu sein, dass er sich nicht streiten wollte. »Geh zur Hölle«, stieß er hervor, schleppte sich aus dem Zelt und setzte sich auf ein Fass neben dem Eingang.

Eine Zeit lang dachte er nur darüber nach, wie müde er war. Dann gestattete er sich, sich Sorgen über den Heimweg zu machen. Verdammt, bestimmt nicht zu Fuß. Wenn sie ihm kein Pferd gaben (selbst schuld. Warum war er so vertrauensselig?), musste er eins kaufen oder stehlen – keine der Möglichkeiten gefiel ihm besonders. Vielleicht konnte er auch irgendeine Mitfahrgelegenheit nach Sansory erwischen. Aber das war auch unwahrscheinlich.

»Entschuldigung.« Er blickte auf und sah einen sehr jungen Soldaten mit einem großen glänzenden Helm. »Entschuldigung«, wiederholte der junge Soldat. »Aber hast du gerade einen verwundeten Soldaten hergebracht?«

Poldarn nickte. »Ja, er hieß Muno irgendwas.«

»Muno Silsny. Mein Onkel.« Der junge Mann lächelte. »Ich habe jemanden ins Krankenzelt gebracht, da hat man es mir gesagt. Ich habe mir schreckliche Sorgen gemacht, weil ich ihn nach der Schlacht nicht gefunden habe.«

Pferd, dachte Poldarn. »Ich habe ihn beim Fluss gefunden, gerade noch rechtzeitig, ehe zwei schreckliche alte Weiber ihn wegen seiner Stiefel umbringen wollten. Er hat mich gebeten, ihn herzubringen. Und, wird er wieder gesund?« Er bemühte sich, als läge ihm etwas an dem Mann.

»Das wissen wir noch nicht«, antwortete der junge Mann traurig. »Der Chirurg sagt, er hat zwei Rippen gebrochen, zusätzlich zu den Beinen, aber er hätte schon schlimmere Fälle gesehen.« Er machte eine Pause, ehe er fortfuhr. »Du hast ihm das Leben gerettet. Danke.«

Poldarn zuckte mit den Schultern. »Das hätte

jeder getan«, erklärte er und bemühte sich so zu klingen, dass man hörte, dass es sich um eine Lüge handelte. »Und falls du dir Sorgen machst, nehme ich dich für sein Versprechen nicht in die Pflicht.«

»Versprechen?« Der junge Mann schaute ihn bestürzt an.

»Ach, nicht wichtig. Er meinte nur, wenn ich ihn ins Lager zurückbringe, würde er dafür sorgen, dass ich ein Pferd bekäme – meins habe ich im Kampf verloren. Aber das ist wirklich unwichtig.«

Der junge Mann war nicht seiner Meinung. Da er ein Adjutant im Stab des Major-Generals war, konnte er etwas tun. Er bat Poldarn, ihm zu folgen.

Am Ende wählte Poldarn eine wunderschöne kastanienbraune Stute aus, welche ihm auf dem Markt für gestohlene Pferde in Sansory mindestens fünfzig Vierteltaler einbringen würde. Der junge Soldat sagte ihm nicht, wem sie gehörte, und er stellte keine Fragen. Stattdessen dankte er dem jungen Mann höflich, nahm das Pferd am Zügel und marschierte in Richtung Tor.

»Ich kann dir wirklich nicht genug danken«, versicherte ihm der junge Soldat zum siebten oder achten Mal. »Er ist zwar mein Onkel, aber eigentlich sind wir mehr wie Brüder. Ich weiß nicht, was ich tun würde, wenn ihm etwas zustieße.«

»Kein Problem«, meinte Poldarn und wünschte, der Junge würde weggehen, ehe seine laute enthusiastische Stimme die Aufmerksamkeit des Pferdebesitzers auf sich lenkte. »Und in welche Richtung marschiert ihr von hier?«, fragte er, um das Thema zu wechseln.

»Ich weiß es nicht genau, ehrlich gesagt«, antwortete der junge Mann. »Entweder zurück nach Laise oder weiter nach Liancor, das hängt davon ab, wann die Verstärkung eintrifft. Ich habe gehört, dass General Cronan vielleicht das Kommando übernehmen will, nachdem Tazencius in die Sache verwickelt ist. Offenbar hassen sich die beiden seit Jahren. Ich hoffe, das stimmt. Es wäre eine große Ehre, unter General Cronan dienen zu dürfen.«

Klugerweise schwieg Poldarn dazu. »Also, viel Glück«, sagte er. »Ich hoffe, alles geht gut für dich und deinen Bruder. Ich reite zurück nach Sansory. Irgendeine Idee, wohin der Feind verschwunden ist? Ich möchte ihm ungern auf der Straße begegnen.«

Der junge Mann nickte. »Das verstehe ich. Aber ich weiß es wirklich nicht. Ich könnte jedoch jemanden fragen, wenn du möchtest.«

»Ist schon gut«, sagte Poldarn. »Aber ich schlage mich schon durch. Danke für deine Hilfe.«

»Nein, ich danke *dir.*«

Endlich hatte er das Tor hinter sich und saß – dank des jungen Mannes – auf einem guten, wertvollen Pferd. Die Straße war gerade und relativ fest, und es gab eigentlich keinen Grund, weshalb er nicht in zweieinhalb Tagen Sansory erreichen sollte …

Dann sah er den Wagen.

Sein Wagen – Falx Roisins Wagen – kein Zweifel, er sah die Steineinschläge und den Behelfssplint. Sogar dieselben Pferde. Er verlangsamte das Tempo. Als er auf gleicher Höhe war, musterte er die Frau und den Mann auf dem Bock scharf.

»He, ihr beiden«, rief er.

Sie antworteten nicht und würdigten ihn keines Blickes. Der Mann war in einen dunklen Umhang gehüllt, mit einem breitkrempigen Hut, welchen er tief ins Gesicht gezogen hatte. Und die Frau ...

»Copis?«

Sie drehte den Kopf so unvermittelt, dass er Angst hatte, sie hätte sich den Hals verrenkt. Sofort zügelte sie die Pferde. Der Mann wollte etwas sagen, aber sie trat ihm gegen den Knöchel und zischte ihm zu, dass er den Mund halten solle.

»Copis«, wiederholte Poldarn. »Was, zum Teufel, machst du hier?«

»Ach, du bist's«, sagte sie ruhig. »Was machst du hier?«

Eigentlich war das seine Frage gewesen. Jetzt erkannte er auch den Umhang und den Hut des Mannes wieder.

»Arbeiten«, antwortete er. »Und du?«

»Ebenso«, sagte sie. »Du willst Ärger machen, richtig? Lass es. Ich hatte früher einen anderen Partner, und jetzt habe ich mir wieder einen gesucht. Das darf ich doch, oder?«

Poldarn hatte nicht zum ersten Mal das Gefühl, etwas Wichtiges zu verpassen, wenn er mit Copis sprach. »Ja, sicher«, meinte er. »Aber, warum zum Teufel machst du mit dem Betrug weiter? Ich dachte, du hättest diese Gaunereien aufgegeben.«

Sie warf ihm einen wütenden Blick zu. »Ach, hast du gedacht?«, sagte sie. »Na, da hast du dich geirrt. Kann ich jetzt weiterfahren?«

»Nein«, erklärte Poldarn. »Das ist mein Wagen. Wo hast du ihn her?«

»Sei nicht albern. Er gehört mir. Ich habe gutes Geld dafür bezahlt.«

»Wann?«

»Warum ist das wichtig?«

Poldarn lehnte sich aus dem Sattel und riss ihr die Zügel aus der Hand. »Weil der Wagen mir gehört«, wiederholte er. »Das heißt, er gehört dem Haus Falx. Ich habe ihn in der Schlacht bei der Furt verloren ...«

»Schlacht? Was für eine Schlacht?«

»Und jetzt hast du ihn. Von wem und wann hast du ihn gekauft?«

Der Mann auf dem Bock stieß wütende Laute aus, welche Copis jedoch ignorierte. »Das geht dich gar nichts an«, antwortete sie trotzig. »Lass die Zügel los.«

»Nein.«

»Ach, das ist einfach kindisch. Wenn du es unbedingt wissen willst, gut. Ich habe ihn ungefähr vor einer Stunde von Ährenlesern gekauft. Es war wirklich Glück, einen hier draußen zu finden, denn wir mussten unsern ziemlich eilig zurücklassen, als wir auf Soldaten trafen – ich nehme an, diejenigen, die verloren haben. Und in meinem waren alle Dekorationen und der gesamte Proviant.«

»Ährenleser«, wiederholte Poldarn. »Du meinst diese Leichenfledderer, die die Toten nach der Schlacht ausrauben? Und man hat sie tatsächlich ins Lager gelassen?«

»Hineingelassen?« Copis lachte. »Sie verkaufen alles dort an die kommandierenden Offiziere. Was glaubst du denn, wie das ganze Zeug, das sie auf dem Markt in Sansory verkaufen, dort hinkommt?«

Poldarn spürte, dass sie ihn ablenken wollte. »Darum geht es nicht«, sagte er. »Der Wagen gehört immer noch mir.«

Copis schüttelte den Kopf und lächelte selbstgefällig. »Nein, Kriegsartikel, Gegenstände, die auf dem Schlachtfeld zurückgelassen werden, gehören dem, der sie dort einsammelt. Falx Roisin weiß, wovon ich rede, du anscheinend nicht.«

Darauf wusste Poldarn keine Antwort. Er wusste nie, wann Copis log. Selbst wenn sie die Wahrheit sagte, vermittelte sie immer den Eindruck, zu lügen. »Du musst den Verstand verloren haben, wenn du wieder den Gott-im-Wagen-Schwindel machst. Hast du nicht gehört, dass man zwei Leute neulich genau deswegen gehängt hat?«

Sie musterte ihn finster. »Und was hast du vor? Willst du mich anzeigen? Was geht dich das überhaupt an?«

»Eigentlich nichts«, antwortete er. »Aber du hast es doch nicht mehr nötig, derartige Risiken einzugehen. Ich habe gedacht ...« Er runzelte die Stirn. »Du kannst doch nicht das ganze Geld schon durchgebracht haben, oder?«

Der neue Gott musterte ihn scharf. »Was für Geld?«

»Halt den Mund. Nein, natürlich nicht«, fuhr Copis ihn an. »Ich habe es nicht *durchgebracht*, nur investiert – das ist alles.«

»Investiert?«

»Langzeitinvestition. Es dauert eine Zeit lang, bis ich wieder flüssig bin. Bis dahin muss ich mir irgendwie den Lebensunterhalt verdienen. Das Geschäft mit den Elfenbeinspiegeln war nicht lukrativ.«

Poldarn spürte, wie er langsam die Geduld verlor. »Also, du riskierst dein Leben und betrügst Menschen«, sagte er. »Brillante Idee. Was für ein Fortschritt. Warum kannst du dich nicht irgendwo niederlassen und eine ordentliche Arbeit annehmen?«

»So wie du?« Sie schaute ihn an.

»Das hat nichts damit zu tun. Du kannst nicht das ganze Geld verloren haben. Es muss genug übrig sein, um einen Karren und einige Ballen Stoff zu kaufen ...«

»Du hast mir nie etwas von irgendwelchem Geld gesagt«, mischte sich der neue Gott ein. »Wovon redet er?«

»Halt's Maul!«, herrschte Copis ihn an.

Jetzt war der neue Gott wütend. »Verbiete mir nicht den Mund«, sagte er und packte sie am Arm. »Was für Geld?«

»Au, das tut weh«, beschwerte sich Copis. »Lass sofort los!«

»Sag mir, was mit dem Geld ist«, hakte der neue Gott nach.

Poldarn überlegte kurz, ob er sich einmischen sollte, aber er ließ diesen Gedanken schnell fallen, da seine Einmischungen bis jetzt fast immer mit Blutvergießen geendet hatten. Es gelang Copis, ihren Arm zu befreien. Aber das änderte nichts an der Situation. Der neue Gott schlug ihr mit der Hand ins Gesicht, wobei sein Ring, den er an seinem Mittelfinger trug, ihre Unterlippe aufriss. Er war jetzt wirklich wütend. Sie schrie und wollte vom Wagen springen, aber der neue Gott war schnell. Er umfing ihr linkes Handgelenk und riss sie zurück. Die plötzliche Bewegung machte Poldarns Pferd scheu. Er zog die Zügel an. Der neue Gott hatte offenbar diese Handbewegung aus dem Augenwinkel gesehen und falsch verstanden, denn er stieß Copis aufs Wagenbett und stand auf. »Du hältst dich raus, verstanden?«, brüllte er.

Poldarn war noch mit dem Pferd beschäftigt und antwortete nicht. Das missfiel dem neuen Gott. Er nahm den Stachelstock und schlug damit zu. Wahrscheinlich wollte er Poldarns Stute treffen, aber er verfehlte sie und traf stattdessen Poldarn im Gesicht. Dieser blieb im Sattel, hatte aber unwillkürlich mit der linken Hand das Ende des Stachelstocks gepackt und hielt ihn fest.

Das gefiel dem neuen Gott ganz und gar nicht. Er versuchte den Stachelstock zurückzuziehen. Anfangs leistete Poldarn Widerstand, doch der neue Gott zog noch stärker. Da ließ Poldarn unvermittelt den Stachelstock los, worauf der neue Gott das Gleichgewicht verlor und vom Bock nach hinten fiel und sich dabei die linke Schulter prellte. Copis schrie beide an, sofort aufzuhören. Doch dann zog sie den Kopf ein, als der neue Gott die große Axt schwang, die an zwei großen Messinghaken seitlich am Wagen hing.

Hätte das Pferd nicht so verrückt gespielt, hätte Poldarn ein Stück fortreiten können, aber die Stute reagierte nicht, und da war der neue Gott schon innerhalb seines Kreises und stellte eine Gefahr dar. Bewusst entschloss Poldarn sich, dem neuen Gott nur einen Schlag gegen den Arm anstelle des Halses zu versetzen, aber die Entscheidung kam zu spät. Sein Instinkt hatte bereits zugeschlagen, und der neue Gott fiel mit durchtrennter Kehle rücklings vom Wagen, als Poldarn das Schwert wieder in die Scheide schob.

Einen Moment lang herrschte atemlose Stille.

»Du musst damit wirklich aufhören«, sagte Copis mürrisch.

Poldarn stieg vom Pferd und ging zu der Stelle, wo der neue Gott lag. Der Hieb war bis auf die Knochen gegangen. »Du hast doch gesehen, was passiert ist«, sagte er. »Er wollte ...«

»Das ist immer so«, unterbrach Copis ihn. »Du scheinst das Talent zu besitzen, dass die Menschen dich ständig töten wollen.« Sie schüttelte den Kopf. »Er war ein angeberischer, hitzköpfiger Idiot, dem man nicht weiter trauen durfte, als man spucken konnte. Wahrscheinlich hätte er als Gott nichts getaugt, aber ich habe keinen besseren gefunden.« Sie wischte das Blut mit einer Hand voll ungesponnener Wolle auf. »Seit ich dich getroffen habe, hat mich das Glück verlassen. Es ist zwar nicht deine Schuld, aber an dir scheint das Pech zu kleben wie der Gestank an einem Schweinezüchter. Aber irgendwo kommst du immer mit einem blauen Auge davon.«

»Wir sollten lieber weiterfahren«, meinte Poldarn. »Ich nehme an, dass eine Leiche so nah am Schlachtfeld kein Problem verursacht. Trotzdem würde ich lieber nicht einer Patrouille begegnen. Ich habe nämlich das ungute Gefühl, dass ich dieses Pferd nicht nehmen durfte.«

Copis zuckte mit den Schultern. »Dann jag es doch zum Teufel«, sagte sie. »Falls du zurück nach Sansory willst.«

»Ja, und du?«

»Warum nicht. Jetzt habe ich keinen Grund mehr, nach Laise zu fahren.«

»In Laise wäre es dir nicht gut ergangen«, sagte Poldarn und kletterte auf den Bock neben sie. »Von dort kommt die Armee der Regierung – die da hinten.« Er deutete in Richtung des Lagers. »Sie haben bestimmt eine Garnison zurückgelassen. Und wenn du in einer Stadt mit Regierungsoffizieren deinen Schwindel vorgeführt hättest, wärst du mit Sicherheit blitzschnell im Gefängnis gelandet.«

Copis seufzte. »Ich schätze, du hast Recht. Als Nächstes wirst du mir wohl erzählen, dass du mir einen Gefallen getan hast«, sagte sie. Sie nahm die Zügel auf. »Und was hast du in dieser Gegend gemacht? Was ist mit deiner ach so ehrenwerten Arbeit?«

»Die werde ich wohl aufgeben.« Poldarn seufzte.

»Ach, und warum?«

»Na, du hast es doch gerade gesagt«, antwortete er. »Zu oft immer das Gleiche. Warum kann ich nicht einfach auf einem Markt in irgendeiner Bude sitzen und den ganzen Tag Töpfe verkaufen?«

Copis dachte kurz nach. »Dazu bräuchtest du Töpfe und eine Bude. Und mit Verkaufen den Lebensunterhalt verdienen ist verdammt mühsam.«

»Mühsamer als das, was ich jetzt tue?«

»Wahrscheinlich schon.« Copis nickte. »Sicher, das Risiko, getötet zu werden, ist geringer, aber zumindest bezahlt man dich regelmäßig, und du hast ein Dach überm Kopf und wahrscheinlich auch genug zu essen.«

»Und Kleidung«, warf Poldarn ein. »Sie haben mir sogar Bücher gegeben.«

»Bücher?«

»Ja. Eins enthält die gesamte Weisheit der Welt.«

Copis hob eine Braue. »Das muss ja ein besonders dicker Wälzer sein.«

»Ziemlich dick«, antwortete Poldarn. »Aber nicht so dick wie das mit den Kochrezepten.« Er runzelte die Stirn. »Copis, was hast du mit dem ganzen Geld gemacht?«

»Das willst du nicht wirklich wissen. Aber es war beinahe eine hervorragende Idee.«

»Und es ist alles weg?«

»Nein. Ich bekomme alles doppelt zurück, habe ich dir doch gesagt. Ich hatte Glück und bin im Erdgeschoss eingestiegen – so sagt man, glaube ich.«

»Du hast Recht, ich will es nicht wissen«, sagte Poldarn. »Außerdem ist es dein Geld und geht mich nichts an.«

»Stimmt.« Copis dachte nach. »Und wie steht's mit dir? Hast du Geld?«

Poldarn schaute sie prüfend an. »Und was ist, wenn ich Geld habe?«

»Reg dich nicht auf, ich habe nur gefragt!«

»In dem Ton fragen die Menschen nicht einfach so. Los, erzähle weiter.«

»Na schön.« Copis atmete tief durch. »Du hast von einer Marktbude gesprochen und vom Verkauf von Dingen. Aber es gibt eine leichtere Möglichkeit, Geld zu verdienen, und du musst niemanden dabei töten.«

»Ich weiß«, sagte Poldarn. »Das nennt man Ackerbau. Aber ich habe keinen Bauernhof, zumindest jetzt noch nicht. Vielleicht kann ich so viel Geld sparen, dass ich mir irgendwann einen Hof kaufen kann, wenn mich nicht irgendein Schwindler betrügt.«

»Ich meine etwas, das viel besser als Ackerbau ist«, sagte Copis und lächelte. »Aber ich sehe, du bist nicht interessiert.«

Die Straße verlief durch eine Lücke in der Hecke, wo früher ein Tor gewesen war. Die Buchen auf beiden Seiten umrahmten den Blick zurück, zurück, wo der tote Gott, das Lager und die Schlacht lagen. Seitlich der Straße lagen große raue Felder, die mit dürren Ampferstängeln und Disteln überwuchert waren. Links vorn sah Poldarn eine kleine Schafherde, eine teilweise verfallene Steinmauer verlief parallel zur Straße. Irgendwo hatte irgendjemand in irgendeiner Herberge erzählt, dass alles langsam den Bach runterging, nicht nur auf dieser Seite der Bucht, sondern im gesamten Imperium. Es hatte damit zu tun, dass Geld billig, aber Gebrauchsgüter teuer waren, und dass zu viele Menschen keine Arbeit hatten, andererseits aber zu wenig Arbeitskräfte zur Verfügung standen. Als der Mann das erzählte, hatte es einen Sinn ergeben.

»Erzähle mir mehr darüber«, sagte Poldarn.

Kapitel 16

Steh gerade! (Monach schlief auf einer harten Pritsche in der einzigen Herberge in Prodo, einem armseligen Dorf zwei Stunden westlich von Laise Bohec. Aber in seinem Traum war er zwölf Jahre alt, ein Novize, der sich in der Übungshalle in Deymeson befand.) *Gerader Rücken!*

»... rechten Fuß dicht vor den linken stellen, Füße auf Schulterbreite auseinander.« Pater Tutor marschierte die Reihen auf und ab und schlug mit seinem Florett auf jeden falsch gestellten Fuß. Das Licht des Spätnachmittags drang durch die dünnen Pergamentfenster, sanft und gelb, und die ganze Welt roch nach Bienenwachs und Schweiß. »So, jetzt zieht das Schwert und haltet es mit beiden Händen am Griff vor euch, so weit, wie es möglich ist, ohne die Arme zu sehr zu strecken.« Aus den Reihen schnellten hölzerne Schwerter hervor ...

(Über so viel Raum und Zeit vermochte Monach sich nicht zu erkennen. Alle sahen etwa gleich alt aus, besonders in den Novizengewändern und mit dem Tempelhaarschnitt. Aber er wusste genau, dass er dort war, genauso wie er immer wusste, wo sein Schwertgriff oder wie groß sein Kampfkreis war.)

... und Pater Tutor inspizierte weiter, ordnete die Novizen der Größe nach, bis er so viel Einheitlichkeit erreicht hatte, wie es mit einer Gruppe von Menschen möglich war.

»Sehr gut«, sagte er. »Und nun hört mir genau zu, denn ich werde euch die wichtigste Lektion lehren, die ihr je lernen werdet.« Er wartete einen Herzschlag, um die Spannung der Klasse zu erhöhen. »Bewegt eure Füße so wenig wie möglich, dreht euch im Kreis, haltet die Augen stets auf eure Schwertspitze geheftet.«

Selbstverständlich klappte das nicht auf Anhieb. Er hatte vergessen zu sagen, ob sich die Novizen rechts- oder linksrum drehen sollten, und sie absolvierten diese Übung zum ersten Mal ... Unweigerlich stießen etliche Novizen zusammen und verhedderten sich mit den Schwertern. Kichern wurde laut, dazu das Pitterpatter der jungen Füße auf dem polierten Holzboden.

»Das reicht«, rief Pater Tutor. Sofort verstummte das Kichern der Jungen, wie Wassertropfen in einer glühend heißen Schmiedeesse verdampfen. »Senkt eure Schwerter, steht still und hört genau zu. »Das ist sehr schwierig, und wenn ihr es falsch macht, werdet ihr euren ersten Kampf unweigerlich verlieren und sterben. Also, nun denn.« Er holte tief Luft und steckte die Daumen in die Schärpe, eine unbewusste Angewohnheit, die er hasste, weil er dadurch wie ein fetter Angeber wirkte, aber er vermochte sie nicht zu kontrollieren. Die Klasse schaute ihn an. Er spürte Feindseligkeit. Das war gut.

»Denkt an den Kreis, den ihr gerade in der Luft beschrieben habt.« *(Sprach da Pater Tutor oder der Junior Tutor, zu dem Monach achtzehn Jahre später geworden war, der die Worte und das Gehabe seines ehemaligen Lehrers kopierte, nachdem er selbst Lehrer geworden war? Die Schwertspitze beschreibt einen Kreis –)* »Jetzt könnt ihr ihn noch nicht sehen«, erklärte Pater Tutor, »aber ihr solltet lernen, ihn zu sehen, denn es ist der Kreis des Lebens und des Todes – eures Lebens, eures Todes und der Leben und Tode der anderen, möglicherweise Dutzende oder Hunderte. Solange ihr euch allein im Kreis befindet, seid ihr sicher – und euer Feind ebenso. Er kann euch nicht erreichen, und ihr ihn nicht. Sobald jedoch einer in den Kreis des anderen tritt, seid ihr beide in schrecklicher Gefahr, nur Sekunden trennen euch vom Erfolg, vom Sieg. Der Kreis des Lebens und des Todes – für euch ist das ein großartiger magischer Name, und genau das ist es. Befindet ihr euch alleine in eurem Kreis, so seid ihr sicher, könnt aber auch nichts erreichen. Sobald jedoch euer Kreis sich mit dem eines anderen überschneidet, liegen gleichzeitig Sieg oder Niederlage in eurer Hand, Erfolg und Misserfolg, Leben und Tod.«

Wie gebannt hingen alle an seinen Lippen – man muss nur ein bisschen melodramatisch werden, dachte er zynisch. Er ließ sie einige Sekunden warten, ehe er fortfuhr. »Ihr müsst die Größe eures Kreises so verinnerlichen, dass ihr ihn sehen könnt – nicht nur, wenn ihr euch darum bemüht, sondern immer, ob ihr ihn sehen wollt oder nicht. Ich weiß, dass er nur imaginär ist, aber ihr müsst ihn realer werden lassen als alles, was ihr sehen, berühren, hören oder schmecken könnt. Ihr müsst wissen, wie weit ihr in die Welt hinausgreifen könnt und wie nah die Welt euch kommen darf, ehe ihr ziehen und zuschlagen müsst. Habt ihr das alle verstanden, oder soll ich es noch mal wiederholen?«

Er machte eine Pause und beobachtete die Novizen, wie sie sich gepunktete Kreislinien vorstellten und unruhig wurden, weil ihnen das noch nicht gelang. Alle waren überzeugt, dass sie etwas ungewöhnlich Profundes gelernt hatten, wie der wahre geheime Name Gottes. In Wahrheit hatte er ihnen nur eine einfache, aber sehr nützliche grundlegende Lektion über die Technik des Schwertkampfes beigebracht. Es würde Jahre, vielleicht Dekaden brauchen, ehe ihnen klar würde, dass das ungewöhnlich Profunde immer – schon laut Definition – grundlegend und einfach war.

»Bis zur nächsten Unterrichtsstunde müsst ihr euren Kreis so gut kennen lernen, dass ihr auf Anhieb wisst, wenn jemand in ihn eindringt«, holte er sie in die Wirklichkeit zurück. »Das schließt auch den mit ein, der hinter euch oder seitlich steht, nicht nur vor euch. Danach lernt ihr, das auch mit geschlossenen Augen zu meistern. Und nachdem ihr eure eigenen Kreise kennt, werden wir lernen, die anderer Menschen zu sehen.« Er lächelte etwas zynisch. »Für gewöhnlich braucht man dazu ungefähr zehn Jahre. Und das nur, wenn ihr euch sehr bemüht.«

Der Unterricht war zu Ende, und Pater Tutor verließ die Halle. Er erreichte die Tür vor den Novizen, obwohl er einen längeren Weg zurücklegen musste. Da trat ein Novize aus der vorletzten Reihe vor …

Er schoss im Bett hoch, noch mit geschlossenen Augen, sein Mund formte Worte, doch war es keine Rede. Als er die Augen öffnete, zerbrach sein Traum wie Eis in der Sonne auf einem zugefrorenen Teich. Er erinnerte sich, wer und wo er war und wo sein Kreis begann und wo er endete. Kurze Zeit später fand er heraus, was ihn geweckt hatte. Im Dach war ein Loch (Wasser, nicht Sonnenlicht drang durch die

Fenster aus geschabtem Lammleder), und ein dicker Regentropfen war in seinem Ohr gelandet.

Er schob das Fenster ein wenig hoch und sah die Anfänge des Sonnenaufgangs. Aufgrund der Wolken sah er ferner, dass es ein nasser Tag werden würde, unangenehm für jeden Reisenden. Seine Laune verbesserte sich nicht gerade, als er entdeckte, dass aus einem anderen Loch im Dach Wasser in seinen Stiefel getropft war.

Er wickelte sich in den Mantel, stellte den Kragen auf, zog den Hut tief ins Gesicht und schritt über den Hof zu den Stallungen. Er weckte den Stallburschen, indem er ihm ins Ohr brüllte, und befahl ihm, sein Pferd sofort zu satteln. Dann eilte er zurück in die Herberge, fand den Wirt, bezahlte ihn und verlangte Brot, Käse, heiße Milch und Apfelmost, in dieser Reihenfolge. Nach dem Frühstück hatte der Stallbursche sein Pferd oberflächlich gestriegelt, gesattelt und das Zaumzeug angelegt. Monach überprüfte allerdings – wie immer – ob die Gurte festgezurrt waren. Die Sonne war gerade vollständig aufgegangen, als er die Herberge verließ und die Straße nach Westen weiterritt in Richtung Laise Bohec.

Finde Tazencius, hat er gesagt. Großartig. Und was ist, wenn Tazencius nicht will, dass man ihn findet? Auf diese Frage hätte Pater Tutor geantwortet, dass Tazencius' Wünsche auf der Liste der Prioritäten so weit unten stünde, dass er sich deshalb keine Sorgen machen müsste. Der hatte leicht reden. Der saß in einem warmen Zimmer in Deymeson.

Im siebten Buch der *Dialektik* schrieb Posuerus: »Wenn du herausfinden willst, wer jemand ist, frage seinen Feind.« Wie so vieles von Posuerus' Weisheiten traf das nur begrenzt zu. Wahrscheinlich wusste Major-General Actis, wo Tazencius war, aber es war unwahrscheinlich, dass er das einem Zivilisten verraten würde, selbst einem akkreditierten Mitglied des Ordens, mit einem versiegelten Geleitbrief von Pater Tutor. Aber dennoch war es ein Anfang und vielversprechender als auf Nebenstraßen im Gebüsch herumzustochern. Major-General Actis befand sich zurzeit nicht in Laise, aber das war nicht schlimm, da er ohnehin nicht mit ihm sprechen wollte.

Wegen des heftigen Regens und der aufgeweichten Straßen und weil im Süden, wo der Lambo sich mit dem Bohec vereinigte, eine Brücke weggespült worden war, brauchte Monach fünf statt zwei Stunden bis Laise. Und als er dort anlangte, hatte er ebenso wenig Lust, Informationen aus einem untergeordneten Offizier herauszukitzeln, wie das letzte bisschen Fleisch von einer Krabbenklaue zu kratzen. Daher preschte er am Wachposten vorbei und verlangte den Offizier vom Dienst zu sprechen. Er bemühte sich wie ein Spion in dringender Mission zu wirken. Der Dienst habende Offizier war am Osttor und spielte mit dem leitenden Ingenieur und einem Quartiermeister Karten. Schuldbewusst sprangen sie auf, als er hereinkam, und stellten sich vor den Tisch mit den Karten.

Hier geht gar nichts, dachte Monach. »Ihr beiden könnt einen Spaziergang machen«, herrschte er den Ingenieur und den Quartiermeister an. Sie gehorchten. Monach war jetzt für den Regen dankbar. Wenn ein Mann bis auf die Haut durchnässt ist und sich genügend feindselig benimmt, ist es nicht leicht festzustellen, ob er Soldat oder Zivilist ist, ohne ihn direkt zu fragen.

»Also«, sagte Monach, setzte sich auf den Stuhl des Dienst habenden Offiziers und legte seinen tropfnassen Hut direkt auf die Karten. »Ich habe keine Zeit – die Oststraße ist eine Schande, wie ich in meinem Bericht erwähnen werde –, deshalb lass uns bitte gleich zum Thema kommen. Wo ist Prinz Tazencius?«

Der Offizier schaute ihn so verstört an, dass Monach beinahe Mitleid mit ihm hatte. Es war der Albtraum eines jeden im mittleren Rang einer strengen Hierarchie, wenn man ihm einen Befehl erteilte, der das Gegenteil eines anderen direkten Befehls verlangte, und man nicht sicher war, welcher den höheren Rang bekleidete, und man aus Furcht, respektlos zu klingen, nicht wagte, danach zu fragen. Selbstverständlich hatte er aus diesem Grund den Offizier vom Dienst ausgewählt. (*Greif den Feind an seinem stärksten Punkt an. Wenn du deine Verbündeten angreifst, suche dir das schwächste Glied in der Kette.* Posuerus, *Dialektik*, VI,32. Bis zu einem gewissen Punkt zutreffend, danach jedoch tödlich falsch. Typisch Posuerus.)

»Das darf ich nicht sagen«, stieß der arme Mann hervor, womit er eingestand, dass er die Antwort kannte. Wahrscheinlich war er auch ein lausiger Kartenspieler. »Ich muss irgendeine Befugnis sehen …«

»Selbstverständlich«, unterbrach ihn Monach unwirsch. »Aber alles, was ich anhabe oder bei mir trage, ist total durchweicht. Falls die Tinte nicht völlig verwischt ist, wird es mindestens drei Stunden dauern, bis sie so trocken ist, dass man sie lesen kann. Wenn ich drei Stunden zu vergeuden hätte, wäre ich jetzt nicht hier, sondern wäre direkt zu Actis Fraim gegangen und hätte ihn gefragt.«

(Es war purer Zufall, dass er General Actis' Vornamen kannte. Dabei spielte es eigentlich keine Rolle, da der junge Offizier den Namen nicht kannte.)

»Tut mir Leid«, antwortete er. Monach fiel auf, wie jung und irgendwie unfertig er aussah, wie ein Tonmodell einer Bronzestatue. »Aber ich habe meine Befehle und ...«

»Ja, du hast Befehle, und zwar von mir. Und wenn du nun die Güte hättest, sie zu befolgen, kannst du weiter Karten spielen, und ich kann die Kleider wechseln, ehe ich mich erkälte, Fieber bekomme und sterbe.« Er lehnte sich auf dem Stuhl zurück, der unheilvoll knarzte. »Wann bist du bereit?«

Die Entschlossenheit verließ ihn, wie Getreide aus einem löchrigen Sack rinnt. »Wir glauben, dass er nach Norden gegangen ist«, sagte er. »Wahrscheinlich will er über den Mahec und dann nach Nordwesten in Richtung Meer.« Er wand sich. »Aus einer zuverlässigen Quelle wissen wir, dass er und Feron Amathy planen, sich mit einer großen Schar Freibeuter zusammenzutun, die in ungefähr einem Monat einen Überfall irgendwo im Nordwesten machen wollen. Das Abkommen soll folgendermaßen sein: Die Freibeuter erledigen General Cronan, bringen dann Tazencius und das Haus Amathy über die Bucht, damit diese unerwartet Torcea angreifen können. Tazencius wird sich zum Kaiser ausrufen lassen und als Gegenleistung für die Hilfe sämtliche kaiserlichen Garnisonen nördlich der Bucht auflösen, damit die Freibeuter mit Mael, Weal, Sansory, Boc und den übrigen Städten im Norden freie Hand haben. Wenn sie fertig sind und nach Hause gefahren sind, wird Feron Amathy alles übernehmen, was noch übrig ist, und als König darüber herrschen.« Der junge Offizier verstummte und blickte auf seine Hände, die zitterten.

»Verstehe«, sagte Monach. »Und was soll Actis Fraim dabei tun?«

Der Offizier war offensichtlich verblüfft, wie ruhig Monach das Ende der Welt hinnahm. »Viel kann er nicht tun«, antwortete der junge Offizier. »Höchstens versuchen Tazencius zu erwischen, ehe er den Bohec überschreitet, aber die Chancen stehen schlecht. Ansonsten kann er nur darauf warten, was General Cronan beschließt zu tun. Actis kann nicht eigenmächtig nach Norden marschieren, man würde ihn zerfleischen.«

Monach stand auf. »Ich glaube, ich weiß, wer diese zuverlässige Quelle ist – Kaplan Cleapho.«

Der Offizier starrte ihn fassungslos an. »Woher weißt du das?«

Monach verengte die Augen. »Derartige Fragen stehen dir nicht zu«, sagte er schroff.

»Oh.« Der junge Offizier blickte beschämt zu Boden. »Tut mir Leid, ich wollte nicht ...«

»Schon gut«, beschwichtigte Monach ihn und winkte ab. »Nur noch eins. Wo könnte Tazencius in diesem Augenblick wohl sein?«

Der Offizier dachte kurz nach. Dann hob er eine altmodische Messingkarte vom Boden. »Hier«, sagte er und zeigte mit dem Finger aufs blanke Metall. »Zumindest ist das der letzte Ort, an dem er gesehen wurde. Es ist ein kleines Dorf namens Cric, nicht weit von Josequin.«

»Ach ja«, meinte Monach mit neutraler Stimme. »Da bin ich schon gewesen.«

»Wir haben die Meldung heute Morgen erhalten«, fuhr der Offizier fort. »Jedenfalls ist er in dieser Richtung verschwunden, wohin sollte er sonst gehen? Du warst selbst dort, also weißt du, dass es dort nur ödes Moorland gibt. Unser Mann vermutet, dass auf dem Bohec unterhalb Sansorys Flussboote auf ihn gewartet haben. Nachdem wir ihn nördlich von Liancor aufgehalten haben, hat er wohl eine Botschaft geschickt, man solle ihn ein Stück weiter flussabwärts abholen. Dann ist er mit dem Boot nach Beal Ford, südlich von Josequin, und die alte Straße hinauf nach Cric. Unser Mann meinte, er schien es nicht besonders eilig zu haben – weshalb Actis annimmt, dass er sich mit jemandem treffen will, aber erst in ein oder zwei Tagen. Wenn Cle – unsere Quelle – Recht hat, dann muss dieser Jemand ein Bote von den Freibeutern sein.«

»Durchaus möglich«, sagte Monach. »Danke.« Er ging zur Tür, hielt inne und drehte sich um. »Das ist nur eine wilde Vermutung, aber, wenn ich den Namen Poldarn erwähnte, oder zwei Menschen, die in einem Karren umherfahren ...«

»Ah.« Der Offizier grinste. »Die beiden. Ich glaube nicht, dass der Mann etwas darüber weiß.«

Monach verzog keine Miene. »Der Mann?«, wiederholte er.

»Ja. Ist schon komisch, dass unser Mann eigentlich eine Frau war. Aber wenn man's recht bedenkt, erweckt das viel weniger Verdacht. Aber irgendwie ist die Vorstellung, dass eine Frau ein Spion sein soll, schon eigenartig.«

Monach hatte das Gefühl, etwas riskieren zu können. »Das ist doch typisch Cleapho«, sagte er. »Er lässt sich immer etwas Neues einfallen.«

»Er ist ein sehr kluger Mann«, meinte der Offizier. »Ich bin wirklich froh, dass er auf unserer Seite ist.«

Kurz darauf ritt Monach durch tiefe Pfützen auf der Straße nach Nordosten. Je länger ich darüber nachdenke, sinnierte er, desto schwieriger wird es. Was zum Teufel berichte ich Pater Tutor?

Erstens befolgte er seine Befehle nicht. Er hatte Prinz Tazencius zurückbringen sollen, keine Neuigkeiten berichten – und schon gar nicht, seine Interpretation der Falschmeldung von irgendjemandem. Aber in diesen Fall würde er das Risiko eingehen und die Buße auf sich nehmen, falls er Zeit hatte (fünftausend Mal ziehen und schlagen waren ein Vergnügen, weil er in Deymeson bleiben konnte und ein Jahr lang auf keinem Pferd mehr sitzen musste). Aber die Vorstellung, was Pater Tutor sagen würde, wenn er in diesem Fall die Befehle nicht missachtet hätte, war weitaus beängstigender.

Cleapho war ein Mensch, der schwierig auszuloten war. Monach war nicht sicher, ob er wissen durfte, dass Cleapho der führende Kopf seines Ordens war – das wussten natürlich fast alle in Deymeson. Wie sie es herausgefunden hatten, blieb ein Rätsel, da er nie gehört hatte, dass jemand es offen ausgesprochen hatte. Es war ziemlich offensichtlich, was Cleapho tat. Sein jahrelanges Misstrauen General Cronan gegenüber war auch kein Geheimnis. Cleapho war überzeugt, dass Cronan früher oder später sich gegen den Kaiser erheben und nach dem Thron trachten würde. Er war ein zu großer Patriot und Idealist, um das nicht zu versuchen. Aber Cronan war kein Idiot. Wenn Cleaphos Plan so durchsichtig war, dass sogar die niedrigen Schwertmönche ihn durchschauten, war es doch unmöglich, dass Cronan sich täuschen ließ.

Monach durchquerte den Fluss im strömenden Regen (eine Stunde später war die Furt nicht mehr passierbar) und fand sich mit einem äußerst unangenehmen nächtlichen Ritt nach Deymeson hinauf ab. Als der Boden unter den Hufen nicht mehr schlammig, sondern hartes Gestein war, dachte er über Prinz Tazencius nach. Wenn er Cleaphos Plan richtig interpretierte, hatten er und Tazencius die Rebellion und nachfolgende Ungnade nur inszeniert, um Cronan in die Gegend nördlich des Mahecs zu locken und ihn zu beseitigen – wahrscheinlich mit Hilfe der Freibeuter. Allerdings hielt er dieses hirnrissige Gerede, dass sie hinterher Mael, Weal und Boc bekommen würden, für Unsinn. Er ging davon aus, dass Tazencius nur tat, was sein Vetter Galien ihm sagte (wie immer, angefangen von dem berühmten Dolchkampf über all die Jahre hinweg bis zur Gegenwart). Und Galien empfing seine Befehle direkt von Prinz Suevio, welcher tat, was sein Bruder von ihm verlangte, weil er es selbst nicht tun konnte. Oder weil Suevio glaubte, etwas sei gut für seinen Bruder oder das Imperium, wenngleich der Kaiser einen Wutausbruch bekäme, wenn er das wüsste ... Monach vertrieb all diese Gedanken aus seinem Kopf. Motivationen waren nicht wichtig, es zählte der

Einsatz der Kräfte, der Zusammenprall und das Überschneiden der Kreise von Cronan und seinen Feinden, und ob es irgendeine Möglichkeit gab, sie aufzuhalten. (Zum Beispiel durch einen kühnen Mann mit einem Kurzschwert.)

Er wollte sich jetzt lieber auf die kleinen Dinge konzentrieren, die Augen auf die Schwertspitze richten und aufpassen, wenn diese den Kreis verletzte. Zum Beispiel auf die zwei Menschen in dem Karren. Er hatte die Möglichkeit noch nie in Betracht gezogen, dass sie, ganz gleich wer sie auch waren – die beiden, die er im Gefängnis in Sansory eingeschüchtert hatte, oder zumindest dachte, dass er es hatte, oder der andere Poldarn, der, den er allmählich tatsächlich für einen Gott in einem Karren hielt – dass sie alle keineswegs übernatürliche oder geheimnisvolle Wesen waren, sondern Spione und Kuriere, welche durch ihre Scharlatanerie Spionage und Verrat tarnten. Es gab einen guten Grund, weshalb ihm das nie eingefallen war: Es war eine verflucht blöde Idee, eine gefährliche und höchst illegale Tätigkeit als Tarnung für eine gefährliche und höchst illegale Tätigkeit zu benutzen. Wenn aber die beiden, mit denen er gesprochen hatte – nein, verdammt, denen er aus *Mitleid* Geld gegeben hatte –, tatsächlich für Tazencius oder das Haus Amathy spioniert hatten, hatten sie ihn völlig getäuscht, was wiederum darauf hinwies, dass diese Tarnung nicht allzu schlecht war. Und wenn sie es nicht waren, sondern der andere Poldarn oder die Gefährtin des anderen Poldarn … Er lachte laut auf. Allerdings konnte er das Lachen beim Windgetöse und dem Lärm der Hufe nicht hören. Und was war, wenn seine beiden Vermutungen richtig waren? Wenn dieser Mann der göttliche Poldarn und die Frau eine Spionin aus dem Haus Amathy war? Was, wenn keiner der beiden etwas wusste?

Er musste so stark lachen, dass er beinahe aus dem Sattel gefallen wäre. Immer noch lachend ritt er zum Haupttor des Klosters Deymeson.

»Du hast gute Laune«, sagte Bruder Pförtner vorwurfsvoll, als er das Schiebefenster öffnete. »Was ist los? Hast du eine berühmte Person umgebracht?«

Monach schüttelte den Kopf. »Viel besser«, sagte er. »Ich habe eine triftige Entschuldigung, Pater Tutor um diese frühe Morgenstunde aus dem Bett zu holen. Tu mir einen Gefallen und ...«

»Ich werde ihn nicht wecken«, unterbrach ihn Bruder Pförtner. »Beim letzten Mal konnte ich danach eine Woche lang keinen Essig mehr schmecken.«

Monach runzelte die Stirn. »Ich könnte dir den direkten Befehl geben.«

»Und ich könnte dir sagen, wohin du dir diesen schieben kannst. Gute Nacht.«

Monach führte sein Pferd zu den Stallungen. Auch dort war niemand übermäßig erfreut, ihn zu sehen. Danach zog er in seiner Zelle den nassen Umhang und den Hut aus und trocknete sich die Haare. Die nassen Stiefel behielt er an. Das Quietschen würde garantiert die tiefsten Schläfer aufwecken, und er musste an den Zellen von hohen Mitgliedern des Ordens vorbeigehen, um zu Pater Tutors Räumen zu gelangen. Er dachte an den Gott im Karren und grinste. Dann erinnerte er sich an Cric und an den alten Mann, der wahrscheinlich General Allectus war. Da verging ihm das Grinsen. Je länger ich darüber nachdenke, murmelte er vor sich hin, desto schwieriger wird es.

Da war Pater Tutors dunkle Eichentür. Er klopfte zwei Mal mit der Faust dagegen, nahm eine Lampe aus der nächsten Halterung und öffnete die Tür.

Der Raum war leer.

»Was willst du?«, fragte eine Stimme hinter ihm. Sie gehörte Pater Quästor, dem Schrecken seiner Jugend. Er stand auf dem Korridor und trug nur eine dicke Wollmütze und hielt eine eindeutig pornographische Kerze.

»Tut mir Leid«, stammelte Monach. »Ich ...«

»Warum machst du solchen Lärm?«, fragte Pater Quästor.

»Ich muss Pater Tutor unbedingt sprechen«, erklärte Monach und starrte zwei Handbreit neben Pater Quästors Ohr an die Wand.

»Ja, weißt du denn nicht? Du lieber Gott, wo hast du die letzten beiden Tage gesteckt?«

»Ich – Pater Tutor hat mich auf eine Mission geschickt«, sagte er und klammerte sich an die Anweisung von oben wie ein Ertrinkender an ein winziges Stück Treibholz. »Nach Laise Bohec und ...«

Pater Quästors Miene verdüsterte sich, aber nicht aus Ärger. »Pater Coiroven starb vorgestern Nacht«, sagte er leise. »Es war sein Herz, glauben wir zumindest. Wie war doch gleich dein Name?«

Pater Coiroven, dachte Monach, nie von ihm gehört. Er nannte Pater Quästor seinen Namen und Rang im Orden. Dann kam ihm die Erleuchtung.

»Pater Tutor ist tot?« Plötzlich war sein Mund trocken.

»Stimmt. Das habe ich doch gerade gesagt.« Pater Quästor hüllte sein Gesicht in Trauer, als hätte er ein Visier darüber gezogen. »Mein Beileid«, sagte er. »Ich nehme an, du warst einer seiner Schüler?«

»Seit ich zehn war«, antwortete Monach automatisch, obwohl er wusste, dass Pater Quästor das gar nicht wissen wollte. »Und sein Name war Coiroven? Das habe ich nicht gewusst.«

»Es gibt auch keinen Grund, weshalb du das hättest wissen müssen«, erklärte Pater Quästor. »Und du wolltest etwas Wichtiges melden?«

»Ja«, sagte Monach. Dann dämmerte ihm eine schlimme Gewissheit. »Aber wem soll ich jetzt Bericht erstatten? Niemand wusste, woran Pater Tutor gearbeitet hat, nicht einmal ich.«

Pater Quästor lächelte. »Ich verspreche dir, dass alles Wichtige zumindest einem weiteren Mitglied des Kapitels bekannt ist oder in seinen Unterlagen steht. Wir sind eine Gesellschaft, die von alten Männern regiert wird, daher sind wir daran gewöhnt, Vorsichtsmaßnahmen zu treffen.«

Monach holte tief Luft. »Verstehe«, sagte er. »Dann kannst du mir sicher sagen, wem ich berichten soll. Es ist sehr dringend.«

Pater Quästor rieb sich das Kinn. »Auf keinen Fall mir«, sagte er. »Unter den gegebenen Umständen ist meiner Meinung nach unser Ehrwürdiger Vater, der Abt, die einzige Person, der du diese Information überbringen kannst.«

Monachs Kinnlade fiel herunter wie eine lose Klappe hinten an einem Wagen auf einer holprigen

Straße. »Oh«, sagte er. Er hatte den Abt fast an jedem Tag seines Lebens gesehen, war ihm jedoch nie so nahe gekommen, dass er ihn mit einer Steinschleuder hätte erreichen können. Der Gedanke, mit ihm zu sprechen, machte ihm schrecklich Angst. Und dann ihn so früh am Morgen wecken – »Ich bin sicher, dass es warten kann«, meinte er. »Wirklich.«

Pater Quästor musterte ihn nachdenklich. »Ich bin mir nicht sicher, ob du die Befugnis hast, das zu entscheiden«, sagte er. »Du solltest die Möglichkeit in Betracht ziehen, dass deine Meldung weit wichtiger ist, als du glaubst – es sei denn, du wärst völlig vertraut mit allem, woran Coiroven vor seinem Tod gearbeitet hat, eingeschlossen sämtlicher Implikationen.«

Es war insgeheim bekannt, dass Schwertmönche sich vor keinem lebenden Wesen auf Erden fürchten mussten. Wenn man etwas töten konnte, konnten sie es töten, demnach war Angst irrelevant. Es wurde angenommen, dass ein Schwertmönch, der einen Befehl bekommen hatte, sich sogar gegen geringere Götter behaupten konnte, vorausgesetzt, der Kampf war fair und er durfte die Waffen wählen. Monach hatte mit seiner Erfahrung außerhalb von Deymeson noch mehr Grund als andere, an dieses Prinzip zu glauben, und echte Angst, nicht Sorge oder leise Furcht, hatte er ebenso oft empfunden, wie er süßen Wein zu dreißig Vierteltaler pro Flasche getrunken hatte. Trotzdem hatte er vor dem Abt echte Angst.

»Du hast Recht«, sagte er leise. »Kannst du mir sagen, wo ich ihn finde?«

Pater Quästor betrachtete ihn. »In seinen Gemächern natürlich«, sagte er. »Du weißt doch, wo die sind, oder?«

»Tut mir Leid.« Er war sieben gewesen, als der Prior der Novizen ihm zum ersten Mal das kleine graue Steingebäude gezeigt hatte, wo der Abt lebte. Er musste versprechen, innerhalb von zweihundert Metern nicht zu rennen oder zu schreien. Sonst drohte ihm Vivisektion. »Ich hatte es vergessen.«

Pater Quästor sagte nichts, sondern nickte nur bedächtig. Dann drehte er sich um, um in seine Zelle zurückzugehen. Doch dann blieb er noch mal stehen und sagte: »Es bedeutet nicht viel, aber ich habe Coiroven immer gemocht. Wir waren vor fünfundsechzig Jahren gemeinsam Novizen. Hätte er noch zehn Jahre gelebt, hätte ich ihn vielleicht kennen gelernt, aber so ...«

Selbstverständlich standen vor der Tür des Abts Wachen. Zwei Laienbrüder. Monach hatte beide vor sechs oder sieben Jahren unterrichtet. Sobald er der Tür so nahe war, dass sein Schatten sie berührte, nahmen sie Haltung an und verwehrten ihm mit gekreuzten Piken den Zugang. Selbstverständlich sagten sie nichts. Das hätte es zu leicht gemacht.

Monach räusperte sich. »Ich muss den Ehrwürdigen Vater sprechen«, sagte er.

Die Wachen musterten ihn.

»Ich muss etwas melden«, sagte er und hatte das Gefühl, im heißen Sand zu ertrinken. »Ursprünglich wollte ich zu Pater Tutor, aber da er tot ist ...« (Wussten sie das? Waren sie befugt, das zu wissen?), »... da er nicht zur Verfügung steht, hielt ich es für besser, es dem Ehrwürdigen Vater vorzutragen. Nur um sicherzugehen.«

Die Wachen starrten ihn drei lange Sekunden an. Dann bewegte sich der eine (Cormista, erinnerte sich Monach, gut mit Pike und Stab, fähiger Schwertkämpfer, hoffnungslos in Theorie) und stieß die Tür auf. Monach hatte gehofft, einer der Wachposten würde es übernehmen, den Abt zu wecken. Jetzt trat er mit hängenden Schultern ein.

Von außen wirkte die Behausung des Abts klein und trostlos. Drinnen war alles noch kleiner und trostloser. Monach befand sich im Arbeitszimmer. Da auf einem kahlen Holztisch nur eine kleine Lampe stand, konnte er nicht viele Einzelheiten erkennen. An den Wänden waren Fächer, in denen Pergamentrollen oder Papier steckten. Außer dem Tisch gab es nur noch einen Stuhl. Der Boden war von Dokumentenstapeln bedeckt, welche in pfeilgeraden Reihen angeordnet waren. Der Raum wirkte so aufmunternd wie ein verlassener Friedhof.

Er machte drei Schritte vorwärts, wobei er sorgfältig die Stapel auf dem Boden mied. Dann sah er die Tür zum Schlafzimmer des Abts. Abrupt blieb er stehen, als sei er gegen eine unsichtbare Wand geprallt. Er spürte, wie der Kreis des Abts gegen seine Knie drückte. Und er wünschte sich, mehr als alles andere auf der Welt, dass er den Kreis nicht betreten müsste.

So stand er zehn, vielleicht zwölf Sekunden da, als er ein Kichern hörte.

Anfangs glaubte er, es sei von draußen gekommen. Vielleicht war einer der ganz jungen Novizen aus dem Fenster des Schlafsaals geklettert. Aber das Kichern war sehr hoch, aber keine Knabenstimme, sondern eindeutig die einer Frau. Derartiges Kichern hatte er oft in Herbergen gehört. Es war einer der Laute, welche man sofort erkennt, wie ein Schwert, das hinter einem gezückt wird oder Regen in der Gosse.

Nein, dachte er. Eindeutig nein. Es muss etwas anderes sein.

Doch da hörte er es wieder. Jetzt bestand kein Zweifel mehr, zumal dem Kichern das leise zufriedene Lachen eines Mannes folgte. Einer der Wachposten, dachte er, der so dumm war und seine Freundin hereingebracht hat – wahrscheinlich schlief der Abt sehr tief, und nichts vermochte ihn zu wecken, es sei denn, das Dach stürzte ein. Deshalb war es ungefährlich, wenngleich ein schreckliches Sakrileg.

Dann ertönte das Kichern erneut, und diesmal kam es eindeutig aus dem Schlafzimmer. Die Schlussfolgerung lag auf der Hand. Der Abt ...

Der Abt war beschäftigt und durfte nicht gestört werden. Die Nachrichten mussten bis zum nächsten Tag warten. Welchen Unterschied machten schon eine oder zwei Stunden, selbst wenn die Meldung so ungemein wichtig war, dass der Abt den gesamten Orden mobilisierte. Und es wurde höchste Zeit, dass er die nassen Sachen auszog und etwas aß. Schließlich konnte er vor dem Abt nicht wie ein Hund, der gerade aus einem Teich geklettert war, erscheinen.

Langsam und vorsichtig, voll Furcht, dass die nassen Stiefel quietschten oder er etwas umstieß, ging er zurück zur Tür. Diese öffnete er behutsam, nickte den Wachen davor zu und rannte durch den Garten zum mittleren Hof und dann die Wendeltreppe hinauf ins zweite Geschoss, wo sich seine Zelle befand. Als er sich in Sicherheit befand, ließ er den

Atem ausströmen, den er vor einer Minute oder vierzig Jahren im Arbeitszimmer des Abts geschöpft hatte. Dann ließ er sich aufs Bett fallen, als seien sämtliche Knochen in ihm plötzlich geschmolzen.

Als er erwachte, war es hell. Aufgrund des Lichtstrahls, der durch das kleine hohe Fenster seiner Zelle hereindrang, sah er, dass die Sonne bereits seit einigen Stunden schien.

In kürzerer Zeit als man braucht, um eine Kuh zu melken, war er gewaschen, rasiert und ordentlich gekleidet vor der Tür des Abts. Trotz der Geschwindigkeit, mit der er sich angekleidet hatte, war er sündhaft spät dran. Außerdem hatte er keine Ahnung, wie er dem Abt nach den Vorkommnissen der letzten Nacht ins Gesicht schauen konnte. Glücklicherweise waren die Wachposten ausgetauscht worden, sodass er nicht demjenigen ins Gesicht blicken musste, der ihn eingelassen hatte, um *das* zu erfahren.

Irgendwie fand er die richtigen Worte, dem älteren Wachposten zu erklären, weshalb er den Abt unbedingt sprechen müsse. Der Mann musterte ihn stumm eine Zeit lang, ehe er zum Dienst habenden Feldwebel ging. Vorher hatte er seinem Kameraden eingeschärft, Monach wie ein Habicht zu beobachten. Nach geraumer Zeit kam der Feldwebel persönlich. Er schien wütend zu sein. (Wobei hatte der Wachsoldat ihn unterbrochen? Nur Gott wusste das.) Monach erklärte wiederum sein Anliegen. Der Feldwebel musterte ihn mit finsteren Blicken, dann stampfte er fort, um den Dienst habenden Offizier zu holen. Zum Glück war dieser Lammis, ein Trainingspartner seit etwa einem Dutzend Jahren. Lammis bürgte für ihn (allerdings musste er es zuvor längere

Zeit überdenken). Endlich stieß der Wachposten die Tür auf, und Monach trat ein.

Pater Abt saß hinter seinem Schreibtisch und schärfte eine Feder. Monachs erster Eindruck war, dass er, seit er ihn zum letzten Mal im Kapitel gesehen hatte, sowohl gealtert als auch irgendwie geschrumpft war. Der Abt sah dünner und knochiger aus. Die Falten und Hautlappen unter dem Kinn deuteten darauf hin, dass er in letzter Zeit viel Gewicht verloren hatte. Er hatte keine Tonsur, sondern war tatsächlich kahlköpfig – nur über den Ohren waren einige weiße Borsten, nicht genug, um eine Kleiderbürste daraus zu machen. Seine Hände waren klein und dicklich.

»Ja?«, sagte er.

Zweifellos war es dieselbe Stimme wie die, welche in der gestrigen Nacht nach dem Kichern leise gelacht hatte. Monach spürte, wie sich seine Kehle zuschnürte. Er vermochte kaum zu atmen, geschweige denn etwas zu sagen. Er wusste, dass er den Abt anstarrte, aber er konnte nichts dagegen tun.

»Ja?«, wiederholte der Abt.

Monach wusste nicht mehr, wie er hieß. Er konnte sich auch nicht an die wichtige Botschaft erinnern, die er überbringen musste. Die Miene des Abts verfinsterte sich. Monach brauchte ein Wunder, und zwar sofort. Dazu musste er zum richtigen Gott beten. Doch im Augenblick fiel ihm nur Poldarn ein. Daher flehte er ihn um Hilfe an. Poldarn hatte ihn offenbar gehört, denn mit einem Schlag kam seine Erinnerung zurück. Er nannte dem Abt seinen Namen und trug sein Anliegen vor.

Der Abt schien ihn ernst zu nehmen. »Ich verstehe«, sagte er. »Und nun berichte mir, was du herausgefunden hast.«

Geh's langsam an, sagte eine Stimme in Monachs Kopf. *Zieh dein Schwert nicht überhastet, sonst bleibt es in der Scheidenöffnung stecken.* Es war ein guter Rat, und er befolgte ihn. Nachdem er fertig war, faltete der Abt die Hände und schaute auf sie nieder. Dadurch gab er Monach die Gelegenheit, die Leberflecke auf dem kahlen Schädel zu betrachten.

»Ich wünschte, du hättest mir das früher berichtet«, sagte der Abt. »Ich habe gerade die meisten Schwertbrüder ausgesandt. Jetzt muss ich sie zurückrufen. Es dürfte später Nachmittag werden, ehe sie zum Aufbruch bereit sind.« Er seufzte wie ein richtiger Mensch. »Aber da kann man nichts machen. Selbstverständlich musst du mit ihnen gehen.«

Monach schüttelte sich, als hätte er gerade etwas Ekliges verschluckt. »Ich?«

Der Abt runzelte die Stirn. »Ja, du. Ich übertrage dir das Kommando der gesamten Operation. Die meisten Menschen wären erfreut.«

Das Kommando? Mir? Definitiv nicht! »Danke«, sagte er. »Aber ich habe noch nie eine Feldeinheit kommandiert, ich weiß nicht, wie ...«

Der Abt lächelte ihn an. »Du hast vier Stunden«, sagte er. »Lern es.« Dann rieb er sich das Ohr mit der Hand. »Doch zuvor sollte ich dir wohl sagen, was du eigentlich tun sollst.«

Monach nickte. »Danke.«

»Es ist ganz einfach«, begann der Abt. »Finde General Cronan, trenne ihn von seinen Männern und töte ihn. Bemühe dich, so unauffällig wie möglich zu sein.« Dann schrieb er etwas auf. »Ein direkter

Angriff ist selbstverständlich nicht völlig ausgeschlossen, wenn es absolut keine andere Möglichkeit gibt. Wahrscheinlich bedeutet es den Todesstoß für den Orden. Wir werden aufgelöst, festgenommen und in Ketten nach Datmia geschickt, sobald der Kaiser herausfindet, dass wir einen seiner Generäle getötet haben, doch man kann den Orden unter Umständen für entbehrlich halten. Verstehst du, was das bedeutet?«

Ja, das bedeutet, dass du den Verstand verloren hast und wir dich diskret ermorden und deine Leiche in einem unterirdischen Wasserloch verstecken müssen. »Ja«, antwortete Monach. »Glaube ich zumindest. Es ist sehr wichtig.«

»Jawohl, sehr wichtig«, bestätigte der Abt. »Und weißt du auch, weshalb?«

»Nein.«

Der Abt schaute ihn ein wenig verärgert an. »Coiroven war ein großer Mann und ein hervorragender Stratege, aber ein bisschen zu geheimniskrämerisch. Und nun, hör genau zu. Ich nehme an, du weißt, dass zwischen Cronan und Prinz Tazencius seit langem Feindschaft herrscht, ja?«

Monach nickte.

»Gut, wenigstens etwas. Und du weißt, dass Tazencius vor vielen Jahren versuchte ein Duell zwischen sich und Cronan herbeizuführen. Doch Cronan erniedrigte Tazencius bei dieser Gelegenheit, und seitdem fließt böses Blut zwischen den beiden.«

»Ja, davon habe ich gehört«, sagte Monach.

»Großartig. Dann weißt du wohl auch, dass der Kaiser – aus gutem Grund – Cronan favorisiert. Er ist unser bester General und meiner Meinung nach absolut loyal zum Kaiser und zum Imperium (das ist nicht immer so, wie du weißt). Der Kaiser hat auch die Warnungen seines Bruders ignoriert, dass Cronan sich gegen ihn wenden und einen Coup wagen könnte. Eine durchaus berechtigte Sorge, wenn man sich die Geschichte der letzten hundertfünfzig Jahre betrachtet. Ich bin sicher, dass du mir zustimmst.« Der Abt lehnte sich zurück und blickte über Monachs Schulter. »Tatsache ist leider, dass wir seit über einem Jahrhundert den ersten guten Herrscher haben, sowie den ersten verlässlichen loyalen General, der außerdem wohl der einzige Mensch im gesamten Imperium ist, der die Freibeuter schlagen könnte, und dann einen Kronprinzen, dessen einzige Sorge das Wohlbefinden seines Bruders und des Imperiums ist. Trotzdem stehen wir an der Schwelle des womöglich schlimmsten Bürgerkriegs in der Geschichte des Imperiums. Und am schlimmsten ist, dass unsere einzige Hoffnung, diesen abzuwenden, auf einem widerlich hinterhältigen intriganten Priester ruht, der das Haupt unseres Ordens ist, und auf einem skrupellosen Verbrecher mit einer Privatarmee.«

Monach hob beide Brauen. »Feron Amathy?«

»Feron Amathy.« Der Abt seufzte. »Vielleicht ist der anonyme Gott im Karren tatsächlich wiedergekommen und bringt auf seine Art und Weise das Ende der Welt. Wenn dem so ist, ist er ein weitaus furchterregenden Gegner, als ich annahm. Es geht um Folgendes«, fuhr er fort. »Ich glaube, dass Feron Amathy plant, Tazencius und seinen unglücklichen Umsturzversuch zu benutzen, um Cronan zu zwingen, dem Kaiser den Krieg zu erklären und sich des

Throns zu bemächtigen.« Der Abt machte eine Pause. »Warum verziehst du das Gesicht?«, fragte er.

Monach riss sich zusammen. »Es tut mir Leid«, sagte er. »Aber hat sich das Haus Amathy nicht eindeutig auf die Seite von Tazencius gestellt?«

Der Abt lächelte. »Im Moment ja. Ich bin sogar bereit zu wetten, dass es Feron Amathy war, der Tazencius zu seinem Coup angespornt hat. Zweifellos hat er dem armen Tor den Kopf mit schrecklichen Geschichten gefüllt, dass Cronan sich des Throns bemächtigen und ihn töten will. So hat er ihn auf einen offensichtlich katastrophalen Kurs gelenkt, von dem er nie geträumt hätte.« Er seufzte wieder. »Aber Feron Amathy weiß genau, dass Tazencius mit den ihm zur Verfügung stehenden Mitteln Cronan nie schlagen kann. Feron Amathy tut so, als stellte er Tazencius seine Leute zur Verfügung und überzeugt den Prinzen, dass er nun eine Chance hätte. Dann hetzt er Tazencius in eine frühe Schlacht, während deren Verlauf er die Seiten wechselt und alles Cronan übergibt. Diesem bleibt dann keine andere Wahl, als ihn zu töten. Sobald das getan ist, kann der Kaiser Cronan nicht länger schützen, und dieser ist gezwungen, etwas zu tun, was er nie tun wollte, von dem jedoch Suevio und Cleapho überzeugt sind, dass er es früher oder später tun wird – nämlich Torcea angreifen und sich des Throns bemächtigen. Resultat ist: Der Kaiser wird ermordet, Cronan nimmt seinen Platz ein und verdankt die Krone Feron Amathy. Siehst du jetzt, weshalb Cronan umgebracht werden muss und weshalb wir die Einzigen im Imperium sind, die das durchführen können?«

Monach bemühte sich zu denken, aber es war, als ginge er durch ein Moorgebiet. Sobald er das Gewicht auf eine verlässliche bekannte Tatsache stellen wollte, gab der Boden unter ihm nach und wollte ihn in sich hineinsaugen. »Aber was ist mit den Freibeutern?«, fragte er verzweifelt. »Wenn Tazencius und Feron Amathy tatsächlich mit ihnen ein Abkommen getroffen haben, wären sie stark genug, um Cronan zu schlagen.«

»Es gibt kein Abkommen«, erklärte der Abt lächelnd, als würde er einem kleinen Kind klar machen, dass es keine Zahnfee gibt. »Das wissen wir. Cronan leider nicht. Oh, er ist sich durchaus bewusst, wie unwahrscheinlich ein solches Abkommen wäre, aber er weiß es nicht mit Sicherheit. Deshalb hat er keine andere Wahl, als den Köder zu schlucken und den Kampf gegen Tazencius zu beginnen, nur für den Fall, dass die Geschichte stimmt. Genau aus diesem Grund hat Feron Amathy absichtlich das Gerücht in Umlauf gesetzt, dass er mit den Angriffen der Freibeuter auf die Städte etwas zu tun habe, damit Cronan auch das neue Gerücht über ein Abkommen ernst nimmt. Es wäre auch in der Tat etwas, das man Feron Amathy zutrauen würde. Was auch immer er ist, auf alle Fälle ist er einfallsreich.«

Obwohl es ein grober Verstoß gegen das Protokoll war, lehnte sich Monach Halt suchend an den Schreibtisch des Abts. »Warum können wir nicht dem Kaiser alles berichten?«, fragte er. »Wenn er Cronan zurückruft und jemand anderen hinausschickt, um gegen Tazencius zu kämpfen ...«

»Dann könnte Tazencius siegen«, unterbrach ihn der Abt. »Und Cronan müsste danach gegen ihn kämpfen, aber dann auf der Südseite der Bucht, wenige Meilen von Torcea entfernt.« Er unterschrieb den Brief, den er geschrieben hatte, streute Sand darüber und hielt das Kerzenende in die Flamme der Lampe auf seinem Schreibtisch. »Das ist eine offizielle Vollmacht«, sagte er. »Hiermit bevollmächtige ich dich, alle notwenigen Ressourcen zu beschlagnahmen, die du brauchst, um deine Mission durchzuführen. Theoretisch ist das auf kirchliche Personalunterstützung und Besitz beschränkt, aber ich glaube, du wirst feststellen, dass die meisten zivilen und militärischen Behörden das nicht wissen, daher wird dir dieses Schreiben und ein entschlossenes Auftreten alles verschaffen, was du brauchst. Du kannst doch entschlossen auftreten, oder?«

»Ja«, antwortete Monach.

»Wirklich? Du klingst wie ein Novize im Chor, der zugibt, Äpfel gestohlen zu haben.« Er goss Wachs unten auf das Schreiben, holte sein Siegel aus einer kleinen Holzschatulle und drückte es ins weiche Wachs. Monach hatte das Siegel des Abts auf Erlassen und anderen Schriftstücken gesehen – zwei Raben, dazwischen ein blankes Schwert, umgeben von einem Kreis –, aber noch nie das Siegel selbst. Angeblich war es tausend Jahre alt. »Noch irgendwelche Fragen? Nein, gut so. Ich kümmere mich jetzt darum, die Schwertmönche zurückzuholen. Triff du alle Vorbereitungen für dich selbst. Vier Stunden, denk dran. Viel Zeit hast du nicht.«

»Nein«, sagte Monach, mehr zu sich selbst als zum Abt. »Ich danke dir.« Dann nahm er den Brief in Empfang. Er bemühte sich, etwas Geeignetes zu sagen, aber ihm fiel nichts ein. »Ich tue mein Bestes.«

Der Abt runzelte die Stirn. »Dein Bestes muss verdammt gut sein«, sagte er. »Bist du dir bewusst, dass du den klügsten und geschicktesten Taktiker, den das Imperium in zwei Jahrhunderten hervorgebracht hat, umbringen sollst? Das wird keine leichte Aufgabe. Um ehrlich zu sein, wenn es ein anderer tun könnte, würde ich dich nicht damit beauftragen.« Er seufzte. »Ich habe deinen Bericht über die Leute gelesen, die sich für Poldarn ausgeben. Ich hätte mehr Vertrauen in deine Fähigkeiten, wenn du das nicht vollkommen falsch verstanden hättest.«

Monach stockte der Atem. »Oh«, stammelte er. »Ich meine, das tut mir Leid. Was habe ich ...?«

»Deine Nachforschungen«, unterbrach ihn der Abt. »Schlampig. Offenbar hast du lediglich unter Poldarn in der Konkordanz nachgeschaut. Du bist nicht auf die Primärquellen zurückgegangen, um nachzusehen, was die Konkordanz ausgelassen hat. Es spricht nicht für einen Gelehrten, wenn er sich nicht mal die Mühe macht, Quellenangaben nachzuschlagen, wenn er gemütlich in einer warmen Bibliothek sitzt. So ein Mann ist wohl kaum imstande, draußen seine Aufmerksamkeit auf wichtige Details zu richten.« Er schüttelte den Kopf. »Zu deiner Information, hättest du dir die Mühe gemacht und auf die morevischen Texte zurückgegriffen, hättest du gefunden, dass eine der wichtigsten Tatsachen über das zweite Kommen von Poldarn ist, dass er bei seinem Erscheinen auf Erden nicht weiß, wer er ist, auch nicht, dass er ein Gott ist, bis seine Arbeit zum größten Teil getan ist. Das ist der eigentliche Schlüssel zu der Allegorie, und deshalb haben die späteren Manneristen so großen Gefallen daran gefunden.«

Der Abt nahm ein Lineal und spielte damit. »Du hast nach jemandem in einem Karren gesucht, der sich Poldarn nennt. Jeder, der den Namen Poldarn benutzt, könnte tatsächlich Poldarn sein, weil Poldarn nicht weiß, wer er ist. Du hast dich tapfer bemüht, doch völlig umsonst.«

Kapitel 17

Vage Bilder, die zu schnell wechseln, um Bedeutung zu gewinnen, hinterlassen nur Eindrücke, wie Farbblitze hinter den Lidern, wenn man direkt in die Sonne geschaut hat. Frühe Erinnerungen, geformt, ehe er die Worte fand, sie auszudrücken: Er liegt in einem Korb auf dem Rücken, über ihm der Himmel und der Horizont. Er hat Angst, weil seine Mutter so drängelt. Warum rennt sie so? Er liegt an einem dunklen Ort, seine Mutter drückt ihm die Hand auf den Mund. Dann erscheint das Gesicht eines Mannes direkt über ihm. Es ist so groß, dass seine Nase, sein Mund und sein Schnurrbart die Welt auszufüllen scheinen. Das instinktive Wissen, dass etwas nicht stimmte. Einige Jahre später – er steht und schaut hinab auf ein Rechteck umgegrabener Erde, das wie ein Blumenbeet aussieht, und fragt sich, warum man seine Mutter in der Erde eingepflanzt hat. Dann noch eine frühe Erinnerung: Er sitzt in einer Art Kinderbett und fuchtelt mit den Armen, um einen großen schwarzen, böse aussehenden Vogel zu verscheuchen, der auf dem seitlichen Gitter sitzt und ihn mit runden leeren Augen betrachtet. Vage Bilder, aber zumindest wusste er, dass er dort gewesen war, dass die Augen, durch die er alles betrachtete, seine eigenen waren: Eine dreibeinige Katze läuft über einen gepflasterten Hof, ein alter Mann mit weißem Bart deutet zum Himmel hinauf, eine endlose Fahrt über eine holprige Straße in einem Karren ...

Er erwachte und öffnete die Augen. Es war dunkel. Er lag auf dem Rücken, wie zuvor im Traum (dieser war bereits weitgehend verflogen. Nur wenige Bilder klebten wie Kletten in seinem Kopf, aber ohne Kontext, bedeutungslos). Er hörte, wie jemand neben ihm atmete.

Dann erinnerte er sich. Die Frau, die neben ihm lag, war natürlich Copis, und es war keineswegs schlecht, dass sie da war, eher das Gegenteil. Jedenfalls war es ihm so vorgekommen. Jetzt lag sie auf der linken Seite auf einem Arm. (Wie konnte man so schlafen? Es musste sehr unbequem sein.) Sie schnarchte nicht, gab aber bei jedem Atemzug ein leises Schniefen von sich – nicht sehr laut, aber zu laut, um es zu ignorieren. Er lag da und lauschte und zählte die Abstände. Ihr Haar roch wie Regenwasser.

Er schloss die Augen und bemühte sich aus purem Selbstschutz, das Schniefen zu verdrängen. War es für ihn ganz natürlich, das Bett mit einer anderen Person zu teilen? Wahrscheinlich musste man den Trick lernen, wie man seinen Platz behielt, genau wie den Trick, nicht über die Kante und auf den Boden zu fallen. Da er diese Kunst offenbar beherrschte, stellte sich die Frage, hatte er irgendwo eine Frau oder hatte er je eine gehabt? Er konzentrierte sich und fischte in der Dunkelheit nach einem Gesicht. Unnötig zu sagen, dass da keins war. Der Traum war längst vorbei. Es fiel sogar schwer, sich Copis' Gesicht so genau vorzustellen, dass er aus den Einzelteilen das Ganze zusammensetzen konnte. Augen, Nase, Wangenkonturen, Stirn, die zarten Linien um ihren

Mund. Plötzlich fiel ihm ein, dass sie dieses leise Schniefen nicht von sich gegeben hatte, als sie zusammen im Karren geschlafen hatten. (Sie hatten allerdings noch nie zusammen in einem Bett geschlafen, vielleicht tat sie es nur, wenn sie eine Matratze und ein Kissen hatte oder sie einem anderen in ihrem Bett Platz machte.) Er ließ seine Gedanken schweifen. Nach einer Weile suchte er nach etwas, das nicht sichtbar sein konnte: ein Kreis.

Wenn er schon wach lag, sollte er sich lieber Gedanken um die Zukunft machen. Er war sich ziemlich sicher, dass er Copis nicht liebte und dass auch sie ihn nicht liebte. Zwischen ihnen ging es nicht um Liebe, auch nicht um Leidenschaft, Vergnügen oder auch nur Zuneigung. Er überlegte, ob Kameradschaft es traf, verwarf diese Bezeichnung aber ebenfalls. Freundschaftliche Verbindung (in welcher Sprache dachte er? Er hatte keine Ahnung) traf es eher. Diese Verbindung hatte auch einen geschäftlichen Hintergrund, etwas, das mit einem Kontrakt oder einer Vereinbarung auf Treu und Glauben zu tun hatte, weil keiner dem anderen traute. Dann gäbe es auch Verpflichtungen solcher Art, wie die Verpflichtung, nur deshalb miteinander schlafen zu müssen, weil sie die beiden letzten Menschen auf der Welt waren. Dennoch keine Zuneigung, höchstens ein instinktives Band, wie zwischen zwei Soldaten, die sich zum ersten Mal auf dem Schlachtfeld treffen und nebeneinander in einer hastig gebildeten Reihe stehen, nachdem ein verzweifelter Rückzug zum Stillstand gekommen war und es jetzt galt, den Feind aufzuhalten. Ja, ein gemeinsames Ziel, eine geteilte Erfahrung, das gemeinsame Warten auf Hilfe, angesichts einer Gefahr, welche man allein nicht überwinden konnte. Waffenbrüder, Verbündete, in der Not vereinigt, aber trotzdem außerhalb des Kreises, vielleicht ihn berührend, ohne ihn zu überschreiten. Was für eine komplizierte Geometrie und alles instinktiv, im Schlaf.

Er spürte einen Krampf im linken Bein. Er musste sich umdrehen. Das war aber seiner Meinung nach nicht möglich, ohne Copis zu stören. Unwillkürlich dachte er an die geschmeidigen Bewegungen eines Fechters oder Ringers. Dieser Gedanke blieb in seinem Kopf hängen und verwandelte sich in eine Erinnerung an etwas, das er gelernt und so verinnerlicht hatte, dass er es nie wieder vergaß. *Nur der beste Meister kann es mit dem Können des Novizen aufnehmen.* Er überlegte, was das bedeutete. Es hatte mit der Vorstellung zu tun, dass man vieles instinktiv tat, ehe man es systematisch erlernte. Und dass es bei endlosem Üben und der Perfektion der Technik darum ging, dieses instinktive Handeln zurückzugewinnen. Durchaus möglich, aber was das alles mit dem Umdrehen im Bett zu tun hatte, wusste er nicht.

Erneut schlug er die Augen auf. Diesmal hatten sie sich an die Dunkelheit gewöhnt, und er vermochte die unterschiedlichen Abstufungen der Schatten auszumachen. Sie waren in Copis' Haus, im oberen Zimmer (Copis hatte das Haus mit dem Goldklumpen bezahlt, von dem niemand wusste, wem er gehörte). Sie waren hergekommen, weil es regnete. Sie hatten sich einen Karren angeschaut, den Copis kaufen wollte. Sie hatte behauptet, nichts von Karren zu verstehen, und dass sie deshalb die Meinung eines Experten brauche. Der Karren war ein Wrack gewesen. Er bestand aus ein paar Brettern und verrosteten Eisenbändern, die nur von der Erinnerung daran, einst ein Karren gewesen zu sein, zusammengehalten wurden … Copis glaubte, er könnte repariert werden. Es sei billiger, einen alten Hund zu kaufen und ihn wieder aufzupäppeln, wenn sie wieder Geld hätte. Er hatte lange gebraucht, ihr bei einem halben Krug widerlichen Rotweins ihren Irrtum klar zu machen. Danach war es stockdunkel geworden, es goss wie aus Eimern, und das Haus Falx war auf der anderen Seite der Stadt, Copis' dagegen gleich um die Ecke. Und dann hatte sie ihn – ohne Umschweife gesagt – verführt … aber so ernsthaft und zielbewusst, dass er an einen Handwerker denken musste, der einen wichtigen Auftrag, der gerade noch innerhalb der Grenzen seiner Fähigkeiten lag, ausführte. Es wäre unhöflich gewesen, sie abzuweisen. Und nun war er hier. Vermutlich war eine Reihe von Optionen verschlossen, aber eine andere hatte sich ersatzweise geöffnet.

Es regnete immer noch. Aus irgendeinem Grund beruhigte ihn das Geräusch des Regens auf dem Dach nicht nur, sondern beunruhigte ihn gleichzeitig, als zerrte er ihn zu einer Erinnerung hin, von der er wusste, dass es sie gab, die er jedoch nicht greifen konnte. Er gähnte und wackelte mit den Zehen. Keine Chance mehr wieder einzuschlafen. Aber er befand sich in einem fremden Haus. Vielleicht gab es irgendeine Art von Etikette, die jeder Mensch auf der Welt in seinem Alter kannte, nur er nicht – unter welchen Umständen ist es erlaubt, das Bett einer Frau zu verlassen, ehe sie aufwacht? Ist es eine tödliche Beleidigung, nach unten zu gehen, eine Lampe anzuzünden und ein Buch zu lesen oder ein Loch im Ärmel zu stopfen? Kleinigkeiten konnten einen bleibenden Schaden hinterlassen, und das an einem kritischen Zeitpunkt seines Lebens, wo alles sich plötzlich ständig wandelte. Ein Moment, hier und jetzt, konnte alles Zukünftige (zum Besseren oder zum Schlimmeren, vergiss das nicht) verändern. Es wäre so viel einfacher, wenn er weiterschlafen könnte und seinen Instinkten und Reflexen erlauben könnte, ihn zwischen diesen Klippen hindurch in die Sicherheit des Morgens zu geleiten …

In dem Moment als er versuchte sich einzureden, dass sie nie aufwachen würde, wenn er jetzt aufstand und hinunterging, öffnete er die Augen und alles war taghell. Offenbar war er doch noch einmal eingeschlafen, hatte aber so verkrampft dagelegen, dass ihm jetzt Schultern und Nacken wehtaten.

»Ah«, sagte Copis. Sie war angezogen und saß vor einem kleinen, billig aussehenden Frisiertisch. »Endlich bist du aufgewacht. Noch eine Stunde länger, und ich hätte den Bestatter gerufen.«

Stöhnend richtete er sich auf. »Wie spät ist es?«

»Vier Stunden nach Sonnenaufgang«, antwortete sie. Sie drehte ihm den Rücken zu, aber er sah ihr Gesicht im Spiegel. »Lässt Falx Roisin dich immer so lang schlafen? Er muss alt und weich geworden sein.«

Das klang, als kenne sie ihn. Lieber nicht fragen. »Verdammt«, sagte er. »Ich hätte eine Stunde nach Sonnenaufgang aufbrechen sollen. Wir bringen einen Wagen nach Deymeson …«

»Ich schätze, sie sind ohne dich gefahren«, meinte Copis ungerührt. »War es wichtig?«

Er zuckte mit den Schultern. »Keine Ahnung. Mir sagt niemand etwas, und das ist mir sehr recht. Na ja, wahrscheinlich ist diese Fahrt einigermaßen wichtig, sonst würde sie nicht mit Sonderkurier ...«

»Sonderkurier?«, unterbrach Copis ihn. »Du weißt doch wohl, dass das nur eine andere Bezeichnung für ›einen, der blöd genug ist, diesen Auftrag zu übernehmen‹ ist. Ja, ja, schon gut, du brauchst mich nicht so wütend anzusehen.«

»Ich schaue dich nicht wütend an«, protestierte Poldarn und verzog das Gesicht.

»Ich bitte um Verzeihung«, sagte sie feierlich. »Aber ich gehe davon aus, dass Falx Roisin einen anderen Sonderkurier gefunden hat, deshalb könntest du dir den Tag doch freinehmen.«

Er nahm all seinen Mut zusammen. Am gestrigen Abend hatte sie beim Wein Hinweise fallen lassen, die so schwer wie ein Amboss waren. »Nein«, sagte er. »Definitiv nein.«

»Ach, komm schon. Du könntest mir helfen ...«

»Nein.« Er schüttelte den Kopf. »Meine Karriere als Gott ist ein für alle Mal vorbei.«

»Du hast es ein Mal gemacht«, sagte sie. »Und du warst damals nicht gerade großartig.«

»Gut«, sagte er. Verblüfft stellte er fest, dass ihre Kritik ihn schmerzte. »In dem Fall willst du doch nicht, dass ich es noch mal mache. Und das ist gut so, weil ich mich strikt weigere.«

»Verdammt, du musst es tun«, sagte sie ärgerlich. »Wenn du nicht meinen absolut guten Gott umgebracht hättest ...«

»Absolut gut?« Poldarn lachte. »Er war ein Blödmann und hat nichts getaugt. Du warst doch froh, ihn los zu sein, ehe er dir die Kehle durchschneidet und deine Leiche in die Gerberei verkauft.«

Sie war kurz davor, in seinen Kreis einzudringen und zu kämpfen, doch dann hielt sie inne und lächelte. »Stimmt«, sagte sie. »Deshalb brauche ich jemanden, der mich nicht ausraubt oder mir etwas Schreckliches antut, und der einzige Mensch, der mir da einfällt, bist du, Poldarn. Bitte?«

Es fiel ihm äußerst schwer abzulehnen.

»Nein«, sagte er. »Aber«, fügte er schnell hinzu, ehe sie protestieren konnte, »falls du nach einem Partner für ein Geschäft suchst, bei dem kein Gott beteiligt ist, wäre ich interessiert. Zum Beispiel die Idee, von der du neulich gesprochen hast.«

Sie schien nicht so erfreut zu sein, wie er gehofft hatte. »Oh«, sagte sie. »Das.«

Poldarn nickte. »Du wolltest, dass ich Geld hineinstecke.«

»Das war ehe …« Er hatte den Eindruck, dass sie das nicht hatte sagen wollen, zumindest nicht in diesem Tonfall. »Ich habe darüber nachgedacht«, fuhr sie fort. »Vielleicht ist das doch keine so gute Idee.«

»Ich halte diese Idee für großartig«, sagte Poldarn und bemühte sich, begeistert zu klingen. »Knöpfe. Die ganze Welt braucht Knöpfe, und die größte Knopffabrik dieser Gegend ist hier, in Sansory. Wir kaufen Knöpfe, laden sie auf den Karren und verkaufen sie in den Dörfern. Auf dem Rückweg kaufen wir Knochen und verkaufen diese an die Fabrik. Brillant.«

Sie schüttelte den Kopf. »Ich habe von Knochen keine Ahnung. Ich mag sie nicht einmal.«

Poldarn lachte. »Das ist auch nicht nötig. Ich verstehe auch nichts von Knochen – oder von Knöpfen. Aber wir können lernen.«

»Ich weiß nicht«. Sie blickte zu Boden. Poldarn fragte sich, ob sie ihm nicht eine Komödie vorspielte, um ihn ins Knopfgeschäft zu locken. Aber das machte ihm nichts aus, da es eine gute Idee war, selbst wenn sie nicht von ihr stammte. »Ich weiß nicht«, sagte sie. »Ich glaube nicht, dass ich mich zum Händler eigne. Mir fehlt es an Geduld.«

Poldarn trat direkt vor sie. »Wenn du dich als Priesterin ausgeben kannst, kannst du auch Knöpfe verkaufen. Priesterin zu sein war harte Arbeit, und die Bezahlung war miserabel.«

»Ja, ich weiß.« Sie biss sich auf die Lippe – Poldarn kam das etwas zu theatralisch vor. Wollte sie ihn tatsächlich manipulieren? »Ich kann mich nicht entscheiden«, fuhr Copis fort. »Was ist, wenn wir zufällig in ein Dorf kommen, wo ich die Gott-im-Karren-Schau abgezogen habe?«

»Wir bemühen uns, dass das nicht geschieht.«

Inzwischen war er überzeugend. »Na schön«, sagte sie. »Was meinst du? Schließlich ist es dein Geld.«

Unwillkürlich musste er lächeln. »Ich glaube, ich habe es satt, den Leibwächter zu spielen, und wir beide haben genug von diesem Gott-Geschäft. Warum also nicht mal zur Abwechslung Knöpfe verkaufen?«

»Aufhören, um mit einer reichen Frau ein nettes sicheres Geschäft zu beginnen, die auch noch verrückt nach dir ist«, sagte Eolla und untersuchte die Decke. »Du musst den Verstand verloren haben.«

Poldarn runzelte die Stirn. »Ich habe nie behauptet, dass sie verrückt nach mir ist.«

»Aber das ist doch logisch, oder?«, meinte Eolla. »Wenn sie nicht nach dir verrückt wäre, hätte sie sich jemand gesucht, der das Geschäft kennt. Verdammt Glück gehabt, mein Sohn.« Er musterte die Decke scharf. »Dieser Riss war vorher nicht da«, sagte er. »Der Schaden kostet einen Vierteltaler. Wertminderung.«

Wäre es ein anderer gewesen, hätte Poldarn seine Zweifel gehabt, aber Eolla kannte in seinem Lager jedes Stück Decke, so wie Gott die Namen eines jeden Mannes und einer jeden Frau in dieser Welt kannte. Er zahlte.

»Das wäre dann alles.« Alles, was das Haus Falx ihm gegeben hatte, lag ordentlich gefaltet auf einem Haufen. Nur zwei Dinge nicht.

»Da ist noch das Schwert und das zweite Buch«, sagte Poldarn.

Zu seiner Überraschung schüttelte Eolla den Kopf. »Behalte das«, sagte er. »Das Buch ist nutzlos, es fehlt eine Seite – zweihundertachtundvierzig –, und auf dem Einband ist ein großer brauner Fleck. Lohnt sich nicht, es wieder ins Inventar aufzunehmen.«

Poldarn hatte den Fleck auch gesehen. Wenn er daran dachte, woher die meisten Sachen, die man in Sansory bekommen konnte, stammten, brauchte er nicht zu raten, was es war. »Klingt gut«, sagte er. »Danke. Was ist mit dem Schwert?«

Eolla runzelte die Stirn. »Das will ich nicht. Purer Aberglaube. Bringt Unglück.«

»Unglück? Weshalb?«

»Nur so ein Gefühl. Das habe ich manchmal bei einigen Gegenständen. Ich will's nicht hier haben, vielleicht ist es ja ansteckend.«

Poldarn gefielen diese Worte nicht, aber er wollte sich nicht streiten. Auf dem Markt beim Eisentor hatte er ein ähnliches Schwert für zweihundert Vierteltaler gesehen. Selbst wenn er durch den Verkauf nur die Hälfte bekam, brächte es hundert Vierteltaler ein, die er für das Geschäft gut brauchen konnte. »Danke«, sagte er noch mal. »Ja, das wäre dann alles.«

Eolla nickte. »Ja, alles.« Er begann, alles an die richtigen Stellen in die Regale und Kästen zurückzulegen. »Wahrscheinlich ist es besser so«, meinte er. »Du bist länger Kurier gewesen als die meisten, und du bist der Einzige, der uns nicht in einer Kiste verlässt. Und die Fuhrleute ...« Er kratzte sich am Kopf. »Das ist nicht persönlich gegen dich gerichtet.«

»Nur Aberglaube.«

»Du weißt, wie es ist. Wenn du einer von ihnen wärst, würdest du mit dir fahren wollen?«

Poldarn lächelte traurig. »Eher würde ich kündigen.«

»Da siehst du's.« Eolla nahm die Stiefel und wischte die Spitze mit dem Ärmel ab. »Ich sage dir etwas, und du kannst es verstehen, wie du willst. Verdammt. Wenn du glaubst, du könntest dich im Knopfgeschäft verstecken, dann machst du dir was vor. Du bist ein netter Kerl und warst immer ehrlich. Und ich freu mich für dich. Dir wird nie etwas zustoßen, ganz gleich was. Aber Gott helfe jedem, der dich angreift.«

Poldarn sagte lange Zeit nichts. Dann öffnete er die Tür. »Ich danke dir für das Buch.«

»Bitte, gern geschehen. Pass auf dich auf.«

Das Potto-Haus stand mitten auf einem kleinen Platz, beinahe in der Mitte von Sansory. Es war typisch für die Stadt, dass ihre Mitte nicht das Zentrum war. Alle Märkte, Tempel und öffentlichen Gebäude waren auf der Westseite in der Altstadt, in der Mitte waren die Häuser zweitklassiger Kaufleute. Die Nachbarschaft war einigermaßen friedlich, tagsüber gab es nur wenige Kämpfe und Überfälle, und selten Brandstiftung. Potto Ilecs Vater hatte das Haus vor vierzig Jahren erbaut, als er mit dem Knopfhandel genügend Geld verdient hatte, um die Nordseite für immer zu verlassen. Selbstverständlich konnte er es sich nicht leisten, alles auf einmal zu bauen, aber er hatte eine genaue Vorstellung. Daher begann er links, mit den Küchen, Stallungen und Dienstbotenunterkünften, und arbeitete sich langsam nach rechts vor, so wie Geld und Zeit es ihm gestatteten. Als er zwanzig Jahre später starb, passten seine Leute gerade den Türstock des Haupthauses ein. Sein Sohn Ilec hatte mehr Erfolg als sein Vater gehabt. In wenigen Jahren würde der Anbau für die Schlafzimmer der Familie fertig sein. Bis dahin schliefen Potto Ilec und seine Familie auf Matratzen in der Halle, während die Diener und Arbeiter jeder ein Einzelzimmer mit Balkon hatten. Als Poldarn diese Geschichte hörte, war er sicher, dass die Hauptcharakteristika der Familie Potto Geduld und Zielbewusstsein sein mussten. Copis hielt sie schlichtweg für Idioten.

Die Haupttür stand offen, als sie kamen. Es war auch kein Pförtner da. Sie warteten ein paar Minuten, ob jemand auftauchte, aber Haus und Hof schienen verlassen zu sein, wie die Geisterstädte, durch die sie auf dem Hochmoor gefahren waren. Poldarn rechnete damit, Krähen zu sehen. Schließlich vermochte Copis ihre Neugier nicht länger zu zügeln und ging ins Haus. Poldarn folgte ihr. Sie kamen in einen wunderschön symmetrischen Innenhof mit einem Granitbrunnen in der Mitte und sorgfältig gepflegtem Rasen. Die Wirkung wurde von dem großen Knochenhaufen beeinträchtigt, der in der Nordecke lag. Niemand war zu sehen.

»Nur ein einziges Mal möchte ich irgendwohin kommen, wo alles einfach ist«, sagte Poldarn. »Gibt es so was, oder bin ich zu naiv?«

Ehe Copis antworten konnte, öffnete sich eine kleine Tür in der Mauer, und ein unauffälliger Mann in einer langen grünen Jacke kam heraus. Er trug ein großes Buch und runzelte bei ihrem Anblick die Stirn. »Kann ich euch helfen?«, fragte er.

Copis ging freundlich lächelnd auf ihn zu. »Ja, wir suchen Potto Ilec.«

»Das bin ich. Was kann ich für euch tun?«

»Wir würden gern Knöpfe kaufen.«

Potto Ilec seufzte. »Ja, selbstverständlich«, sagte er. »Irgendeine Vorstellung, welche Größe, Stil und wie viel ihr wollt?«

»Unterschiedliche Größen und Stile«, antwortete Copis. »Und wir fangen mit zwölftausend an.«

»Oh.« Es war, als hätte sich der geduldige, über allem stehende Potto in Luft aufgelöst und wäre durch eine völlig andere Person ersetzt worden, die zufällig dieselbe Kleidung trug. Sogar sein Gesicht war jetzt fröhlich und begeistert. »Kein Problem«, sagte Potto Ilec. »Wollt ihr mir in mein Arbeitszimmer folgen?«

Er führte sie durch die Tür, durch die er gekommen war, dann einige Stufen hinunter in einen großen dunklen Raum, in dem es nach Staub und Käse roch. Es gab ein kleines Fenster, hoch oben in der Wand. Der Fußboden bestand aus Steinplatten. Potto Ilec zündete eine große Messinglampe und eine hohe dicke Kerze an. »Bitte.« Er deutete auf zwei Stühle mit dünnen Beinen. »Setzt euch und macht es euch gemütlich. Wollt ihr etwas trinken?«

Er wartete die Antwort nicht ab, sondern füllte zwei bauchige Hornbecher mit Wein aus einem Tonkrug. Im Wein war Staub, und er schmeckte nicht besonders.

»Nun denn«, sagte Potto Ilec und setzte sich auf die Kante seines Schreibtisches. »Zwölftausend Knöpfe. Ja, ich bin sicher, dass wir euch helfen können. Möchtet ihr ein paar Muster sehen?« Wieder wartete er nicht auf eine Antwort, sondern tauchte unter den Tisch und erschien gleich darauf wieder mit etwas, das wie ein Buch aussah. Es war aber eine flache Kiste, die man zu zwei Tabletts aufklappen konnte. Darauf waren zwanzig Reihen mit jeweils einem Dutzend Knöpfen. Jeder Knopf war mit dünnen Messingklammern befestigt. Die meisten Knöpfe waren vergilbt, was darauf hinwies, dass das Haus Potto nicht viel von neuen Entwürfen hielt.

Poldarn betrachtete die Knöpfe eine Zeit lang und bemühte sich, etwas Passendes zu sagen. Für ihn sahen sie wie Knöpfe aus, sonst nichts. Obwohl Copis über Knöpfe nicht viel mehr als er wusste, betrachtete sie alles mit Kennermiene. Dann machte sie ein leicht enttäuschtes Gesicht, wie ein Kind, dem man soeben mitgeteilt hatte, dass es ins Bett müsse und nicht am abendlichen Fest teilnehmen dürfte. Sie behielt diese Miene einen Moment lang bei, dann schaute sie Potto hoffnungsvoll an. »Können wir noch mehr sehen?«, fragte sie.

»Tut mir Leid«, sagte Potto. »Das sind alle Modelle, die wir führen.«

»Oh.«

»Das ist das beste Sortiment, das es in ganz Sansory gibt«, rechtfertigte Potto Ilec sich. »Und in Weal oder Boc, selbst in Torcea findet ihr kein besseres. Wenn ihr allerdings eine genügend große Menge bestellt, können wir selbstverständlich alles wunschgemäß herstellen.«

Copis schüttelte den Kopf. »Schon gut, schließlich wollen wir eine große Menge und sicheren Nachschub. Wir könnten mit – sagen wir mal – fünfzig von jedem Muster anfangen und sehen, wie es läuft.«

Poldarn schwieg während der folgenden Geschäftsverhandlungen. Copis schien ihre Sache hervorragend zu machen, obwohl sie beide keine Ahnung hatten, ob das Knopfgeschäft einen riesigen Gewinn abwerfen oder eine Riesenpleite werden würde. (Woher sie die Zahl zwölftausend hatte, war ihm schleierhaft.) Schließlich einigten sie sich auf zwölfhundert Knöpfe für fünfhundert Vierteltaler.

»Haben wir fünfhundert?«, fragte Poldarn besorgt, als sie wieder auf der Straße waren.

»Wir brauchen eben Glück«, antwortete Copis. »Wie viel bekommst du wohl für dein Schwert?«

»Vielleicht hundert«, sagte Poldarn. »Und ich habe weitere hundert. Und du?«

»Sofort verfügbar und in Anbetracht aller sonstigen Ausgaben, welche wir tätigen müssen – mindestens dreißig. Schon gut«, fügte sie schnell hinzu, als sie sah, wie Poldarn empört den Mund aufmachte. »Wir müssen erst in zehn Tagen zahlen. Jede Menge Zeit.«

»Jede Menge Zeit? Um zweihundertsiebzig Viertel-taler aufzutreiben?«

»Ja.«

Poldarns Miene verfinsterte sich. Sie schien völlig zuversichtlich zu sein. Aber sie war auch zuversichtlich gewesen, als sie mit Potto Ilec feilschte. »Gut, und wie?«

Sie lächelte. »Komm mit und sieh selbst.«

Sie gingen schweigend weiter, bis Copis vor einem prächtigen Haus in einer Reihe ebenso prächtiger Häuser stehen blieb und den Türklopfer betätigte. Als der Kopf des Pförtners in der Luke erschien, erklärte sie ihm, dass sie Velico Sudel sofort sprechen müsse. Der Pförtner starrte sie an, als hätte sie ein drittes Auge mitten auf der Stirn, und öffnete die Tür.

»Wartet hier«, sagte er. »Welcher Name?«

Copis zog eine Braue in die Höhe. »Sag einfach, wir kommen vom Haus Potto. Dann empfängt er uns.«

Velico Sudels Geschäftszimmer war beeindruckend. Hinter dem Hauptschreibtisch war ein langer Tisch, an dem ein Dutzend Schreiber saßen. Hinter ihnen war ein riesiges Rechenbrett, ein weiteres Dutzend Schreiber beugten sich darüber und verschoben hektisch die Kugeln mit langstieligen Rechen. An sämtlichen Wänden waren Fächer angebracht, in denen zusammengerollte Papiere steckten, viele in Messing- oder Silberröhren. Velico Sudel war ein dünner weißhaariger Mann in einer schweren Wolljacke. An allen acht Fingern trug er goldene Ringe, und am linken Daumen einen großen roten Edelstein, in den sein Siegel eingraviert war, in Gold gefasst. Er musterte sie so genau, als überlegte er sich, sie zu kaufen.

»Potto Ilec hat euch geschickt?«, fragte er.

»Ja, in gewisser Weise«, antwortete Copis fröhlich. »Er meinte, du seist die geeignetste Person, bei dem wir uns das Geld leihen sollten.«

»Verstehe«, sagte Velico Sudel. »Warum?«

»Ich nahm an, er schuldete dir einen Gefallen«, antwortete Copis. »Oder vielleicht mag er dich einfach. Also, wir wollen dreihundert Vierteltaler für zwei Monate leihen. Kannst du das tun?«

»Wie kommst du auf die Idee, dass ich euch dreihundert Vierteltaler leihe?«

Copis runzelte die Stirn. »Du bist doch Bankier, oder?«, sagte sie.

»Stimmt, aber ich leihe nicht jedem Geld. Wie steht's mit Sicherheiten?«

»Ach das.« Copis holte den Kaufvertrag hervor, den Potto Ilec ihr gegeben hatte. »Sieh dir das an, dann wirst du feststellen, dass wir soeben zwölftausend Knöpfe bester Qualität vom Haus Potto für fünfhundert Vierteltaler erworben haben. Reicht dir das?«

Velico Sudels Haltung änderte sich ein wenig. »Zwölftausend? Was wollt ihr mit zwölftausend Knöpfen anfangen?«

»Verkaufen natürlich«, erklärte Copis, betont nachsichtig. »In den Städten und Dörfern. Eine grundsolide Sache.«

Velico Sudels Miene besagte, dass er gewisse Zweifel hegte. »Nun gut«, sagte er. »Ihr besitzt also für fünfhundert Vierteltaler Knöpfe. Angenommen, es gelingt euch, sie zu verkaufen. Dann ist meine Sicherheit weg.«

»Ah«, sagte Copis. »Aber mit dem Geld aus dem Verkauf zahlen wir dir das Darlehen zurück, danach brauchst du keine Sicherheit mehr. Es ist doch ganz einfach, wenn du es recht bedenkst.«

Velico Sudel betrachtete sie wie ein Mann, der einem Kleinkind klar machen will, dass der Grund, weshalb Papa die Frage nicht beantworten kann, ist, dass es keine Antwort gibt, und nicht, weil Papa ein Idiot ist. »Ja, aber was geschieht, wenn ihr unterwegs ausgeraubt werdet oder einer von euch sich mit dem gesamten Geld aus dem Staub macht? Oder bei der Durchquerung eines reißenden Flusses euer Karren von den Fluten weggerissen wird? Wo ist dann meine Sicherheit?«

Copis seufzte. »Mein Partner war Sonderkurier für das Haus Falx, also jeder, der versucht uns auszurauben, wird als Krähenfutter enden. Aus demselben Grunde würde ich nicht mit dem Geld weglaufen, und er verlässt mich nicht, weil er mich liebt.« (Das war für Poldarn neu, aber Velico Sudel schien es als triftigen Grund zu akzeptieren.) »Und was den dritten Punkt betrifft – ich verspreche dir aufs Grab meines Vaters, dass wir beim Durchqueren von Flüssen ganz besonders vorsichtig sein werden. Außerdem nehmen wir selbstverständlich nicht jedes Mal alle zwölftausend Knöpfe mit, höchstens tausend. Und das bedeutet, selbst wenn eines dieser schrecklichen Ereignisse eintreten sollte, sind immer noch mehr als genug Knöpfe übrig, um deine dreihundert zu decken. Zufrieden?«

Velico Sudel schaute überhaupt nicht zufrieden drein, aber er sah aus wie jemand, der bereit war, dreihundert zu zahlen, um Copis loszuwerden. »Und Potto hat mich euch empfohlen?«, fragte er.

Copis nickte. »Er meinte, es gäbe so viele Diebe und Schurken, die uns fünf Prozent für ein einfaches Darlehen wie dieses abknöpfen würden, dass du aber nicht dazugehörst und mit zwei glücklich wärst. Ja, natürlich hat er auch gesagt, dass du vorher viel Wirbel machen würdest, aber das nur aus Gewohnheit«, sagte sie. »Hast du das Geld im Haus, oder musst du es erst holen?«

Velico Sudel starrte Copis an, als sei sie ein legendäres Ungeheuer, an das er nie geglaubt hatte, das aber plötzlich vor ihm aufgetaucht war und ein Nest bauen wollte. »Du hast mir noch nicht mal eure Namen genannt«, sagte er.

»Ich bin nicht sicher, ob du uns gefragt hast«, erklärte Copis. »Ich heiße Copis Bolidan, und das ist mein Vetter Balga.«

»Copis Balga?«

»Balga Bolidan«, verbesserte Copis ihn. »Wir sind aus Torcea, dort halten wir es anders mit Namen.«

»Und er ist dein ... ach was, schon gut.« Velico Sudels Gesicht war hochrot. »Außerdem spielt es keine Rolle.« Er musterte sie scharf. »Ich sehe immer noch nicht, wie ich euch dreihundert Vierteltaler, nur mit eurem Warenlager als Sicherheit, leihen kann.«

Doch er kämpfte einen aussichtslosen Kampf, das wussten alle drei. Aber erst nach einer weiteren Viertelstunde kapitulierte er. Man einigte sich auf die Bedingungen. Dreihundert Vierteltaler für zwei Monate zu zwei Prozent, als Sicherheit die Knöpfe. Dann schickte er einen Gehilfen, um das Geld zu holen, und Copis gab ihm den Kaufvertrag.

»Was zum Teufel hast du gemacht?«, fragte Poldarn, als sie das Haus verließen.

»Es hat funktioniert, richtig?«

Poldarn schüttelte den Beutel mit dem Geld. »Ja«, gab er zu. »Aber das ist bestimmt nicht erlaubt, dass du etwas als Sicherheit bietest, das du nicht bezahlt hast.«

Copis gähnte. »Da könntest du Recht haben«, meinte sie. »Deshalb musste ich ihn auch verwirren. Ich glaube, ich hatte Erfolg.«

»Mich hast du auf alle Fälle verwirrt«, erklärte Poldarn. »Und was jetzt?«

»Wir bringen das Geld zum Haus Potto – ich hasse es, wenn ich jemandem Geld schulde –, dann kaufen wir den Karren, kommen zurück und laden alles auf, was sie vorrätig haben, und überlegen, wohin wir als Erstes fahren. Völlig sinnlos, hier lange rumzuhängen, richtig?«

Potto Ilec war überrascht, aber erfreut, sie wiederzusehen. Schnell stellte er für seinen Lagerverwalter einen Lieferschein für die Knöpfe aus. »Ich wünschte, ich könnte euch die genau Zahl sagen, die wir gelagert haben, aber die Inventarbücher sind in der Fabrik.« Dann huschte ein nachdenklicher Ausdruck über sein Gesicht. »Ich nehme an, ihr habt keine Lust, die Fabrik zu besichtigen?«

»Doch, gern«, sagte Copis, ehe Poldarn ablehnen konnte. »Wenn wir die Knöpfe verkaufen wollen, sollten wir doch sehen, wie sie hergestellt werden.«

Potto Ilec strahlte. »Großartig«, sagte er. »Gehen wir gleich hin.«

Man musste über eine halbe Stunde stramm marschieren, durch enge Gassen und Passagen, in denen sich die Dachrinnen der Häuser beinahe in der Mitte trafen. Potto Ilec hörte nicht auf zu reden, bis sie den Eingang der Fabrik erreichten. Weder Copis noch Poldarn verstanden viel von dem, was er sagte. Hauptsächlich ging es um unverständliche technische Details der Maschinen, unterbrochen von Bemerkungen darüber, wie sehr ihm das Wohl seiner Arbeiter am Herzen läge, die für ihn mehr wie eine Familie als Diener seien. Poldarn bemühte sich, Copis' Blick aufzufangen, um ihr deutlich zu machen, wie wütend er über diese wüste Zeitverschwendung war, aber sie schaffte es, immer im richtigen Moment wegzuschauen.

»Hier sind wir«, verkündete Potto Ilec vor einer grauen Holztür in einer besonders engen und dunklen Gasse. »Unsere Fabrik, und wahrscheinlich eine der besten nördlich der Bucht.«

Drei Mal schlug er mit der Faust gegen die Tür. Nichts geschah. »Wahrscheinlich können sie mich bei dem Lärm der Maschinen nicht hören«, erklärte er. »Ich will mich ja nicht beschweren, denn das heißt, dass alle fleißig arbeiten.« Er schlug ein viertes Mal an die Tür.

Poldarns Geduld hatte jetzt ein Ende. »Lass mich mal«, sagte er und versetzte der Tür einen Tritt, der jedem Mann die Rippen gebrochen hätte. Sofort flog die Tür auf. Potto Ilec musterte ihn verblüfft. Dann traten sie ein.

Drinnen war es sehr dunkel. »Passt auf eure Köpfe auf«, warnte Potto Ilec und beugte sich tief nach vorn, um einem niedrigen Balken zu entgehen.

Sie gingen durch eine andere Tür in eine große Halle. Hier war es etwas heller. Ein bisschen Licht fiel durch die langen schmalen vertikalen Schlitze, die sich oben in den Wänden befanden und als Fenster dienten. Die Halle war überfüllt mit Männern, Frauen und Kindern. Die meisten saßen im Schneidersitz in Reihen auf dem Boden vor einem Holzblock, der in den feuchten Lehmboden getrieben war. Zwischen den Reihen waren auf Ziegeln Laufbretter gelegt. Es stank entsetzlich nach Fleisch, verbrannten Knochen, Schweiß, Urin und nach einem eigenartigen Öl, das sich in Sekunden auf die Zunge legte. Sämtliche Oberflächen waren von feinem weißem Staub bedeckt, der aussah wie Schnee.

»Das ist es«, erklärte Potto Ilec stolz. »Ich wünschte, mein Vater würde noch leben und das sehen.«

Poldarn betrachtete die Person, die neben ihm hockte. Es war ein Mann, wie er nach einiger Zeit feststellte. In der linken Hand hielt er einen Knopf. In der Rechten hielt er einen Stab aus geflochtenem Schilf. Damit polierte er den Knopf.

»Pferdeschwanzbinsen«, erklärte Potto Ilec, Poldarns Blick folgend. »Die sind scharf, und man kann mit ihnen hervorragend Sägespuren wegschleifen. Und sie sind umsonst. Wir lassen Wagenladungen davon im Schilf schneiden.«

Neben dem linken Knie des Mannes stand eine große Tonschale mit unpolierten Knöpfen, neben dem rechten eine Schale, halb voll mit polierten. Poldarn fiel auf, dass die Finger des Mannes aufgeplatzt waren und bluteten.

»Hier drüben.« Potto Ilec marschierte an den Laufbrettern entlang zur hinteren Wand. »Wir haben Sägebänke, wo wir die Knochen in schmale Scheiben schneiden. Absolut wunderbar diese neuen Sägen. Man braucht nur drei Männer, um sie zu bedienen. Einer dreht den Handgriff, einer steckt die Knochen in den Fülltrichter, und der dritte befördert sie zum Zaun. Da, seht nur.«

Offensichtlich war ein gewisses Maß an Interesse gefordert, deshalb trat Poldarn einen Schritt näher an die nächste Sägebank. Dann fand er es faszinierend. Ein großes dünnes Kind drehte die Kurbel (es musste sich auf die Zehenspitzen stellen, um den höchsten Punkt zu erreichen), diese trieb eine kompliziert aussehende Ansammlung von Rädern an, welche ihrerseits das runde Sägeblatt mit verblüffender Geschwindigkeit in Bewegung setzten. Das Sägeblatt war zu zwei Dritteln in einer schweren Holzbank eingelassen. Parallel dazu verlief eine Nut über die gesamte Länge der Bank. In ihr fuhr ein Schlitten hin und her, auf dem verschiedene Holzschrauben und Klammern befestigt waren, um auf kunstvolle Art und Weise die unterschiedlichen Größen und Formen der Knochenscheiben zu ergreifen. Ein kahlköpfiger Mann in einem ausgefransten roten Hemd schob den Schlitten vorwärts zum Sägeblatt. Feiner weißer Staub schoss wie eine Fontäne heraus. Poldarn sah, dass dem Mann der halbe Daumen an der linken Hand und der Mittelfinger an der rechten fehlten. Hinter ihm legte ein fettes Kind einen neuen

Knochen auf einen anderen Schlitten. Der Gestank des durch die Reibung verbrennenden Knochens war ekelerregend.

»Jetzt hier hinüber«, sagte Potto Ilec. »Da haben wir die Bohrbänke. Noch eine wunderbare Erfindung. So etwas seht ihr nirgendwo anders in der Welt. Davon bin ich überzeugt.«

Als Erstes fiel Poldarn bei der Bohrbank die Reihe kleiner Galgen auf – ein Pfosten, so lang wie sein Unterarm, dazu zwei Stangen im rechten Winkel, im Abstand von einer Spanne übereinander. An jedem Ende dieser Stangen war ein Loch, durch welches eine Holzspindel führte, mit einer Messingzwinge, welche am Ende einen winzigen Bohrer hielt. Eine Schnur war fünf oder sechs Mal um die Mitte der Spindel gewickelt. Die Schnurenden waren in den Kerben eines Holzbogens befestigt, den ein Arbeiter hin und her bewegte, wodurch der Bohrer sich drehte. Der zweite Mann an jedem Bohrer drückte mit einem Lappen auf den oberen Teil der Spindel, oft auch mit der bloßen Hand, und drückte damit den Bohrer in das quadratische Hornstück, das aus den langen dünnen Streifen herausgeschnitten wurde, die die Säge produziert hatte. Das Quadrat wurde von zwei hölzernen Zwingen, die durch Flügelschrauben festgezogen waren, gehalten. War ein Loch gebohrt, löste der Mann, der drückte, die Flügelschrauben und drehte das Hornviereck um neunzig Grad, um das nächste Loch zu bohren. Das Ergebnis waren vier Löcher, genau im Zentrum des Knochenstücks.

»Ich sehe, dein Freund teilt meine Leidenschaft für gute Maschinen«, sagte Potto Ilec glücklich zu

Copis. »Ich bin wie er. Ich könnte stundenlang zuschauen.«

Poldarn drehte Copis den Rücken zu, daher sah er nicht ihren Gesichtsausdruck, aber er hörte das Geräusch, das sie machte, und wusste, was sie dachte.

»Der nächste Produktionsschritt ist wirklich clever«, erklärte Potto Ilec. »Die Idee unseres Chefingenieurs, allerdings muss ich zugeben, dass etliche Verbesserungen von mir stammen. Mal sehen, ob Sie erraten, welche.«

Poldarn hatte nicht die geringste Lust, diesen Wunsch zu erfüllen, aber die Maschine, mit der man die Vierecke rund machte, war tatsächlich faszinierend. Hauptsächlich war es eine Drehbank. Ein Junge drehte ein Schwungrad, welches mittels Treibriemen und Schwungrädern Energie auf eine Spindel in einem kräftigen Spindelstock aus Eiche übertrug, in dessen Zentrum eine Nabe mit vier Nadeln herausragte. Diese Nadeln gingen durch die Löcher im Knopf und durch eine passende sich drehende Deckplatte, die im Reitstock befestigt war. Wenn der Junge den Handgriff betätigte, drehte sich die Spindel unglaublich schnell, dann setzte der Arbeiter den Meißel an, der auf einem Schneidstahlhalter ruhte, an die Ecken des Knochenvierecks an, bis sie abgeschnitten waren. Damit hatte man einen perfekten runden Knopf. Das alles dauerte nur wenige Augenblicke. Nachdem der Reitstock zurückgezogen war, fiel der runde Knopf in eine Schüssel, und ein neuer Rohling wurde eingelegt. Poldarn vermutete, dass die volle Schüssel vor einen der Polierer auf den feuchten Boden gestellt wurde. Er fragte Potto Ilec, weshalb er nicht für diesen Arbeitsgang auch noch eine Maschine erfunden hatte.

Potto Ilec schaute ihn traurig an. »Gott weiß, das habe ich versucht«, sagte er. »Aber das Problem ist, den Knopf zu halten. Wir haben es probiert, aber wir konnten nur die Kanten polieren, das Innere musste immer noch mit der Hand poliert werden, daher war es die Sache nicht wert.« Er seufzte. »Ich meine, falls dir einfällt, wie man eine Poliermaschine baut, würde ich es gern hören. Aber ich glaube, es ist unmöglich.«

»Danke, dass du uns alles gezeigt hast«, sagte er und bemühte sich, begeistert zu klingen. »Jetzt, wo ich weiß, wie Knöpfe gemacht werden, sehe ich sie in einem ganz anderen Licht.«

»Ganz mein Vergnügen«, sagte Potto Ilec. »Jetzt wisst ihr, dass ich die Wahrheit sage, wenn ich behaupte, ich könnte pro Tag Hunderte von Knöpfen herstellen. Es gibt nicht viele Hersteller, vor allem nicht im Knochengeschäft, die das behaupten können.«

Während er sprach, ertönte hinten aus der Halle ein lauter Knall, gefolgt von einem durchdringenden Schrei und verwirrten Stimmen. Poldarn drehte sich um und sah, wie ein langer Treibriemen gerissen war. Die Kurbel, die unvermittelt keinen Widerstand mehr hatte, drehte sich unkontrolliert und schlug dem Jungen daneben mit großer Gewalt unter das Kinn und schleuderte ihn zu Boden. Potto Ilec starrte entsetzt, dann raste er durch die Arbeiter, die sich um den Jungen drängten, zur Drehbank.

»Alles in Ordnung«, erklärte er atemlos, als er

nach wenigen Minuten wieder bei Poldarn und Copis war. »Der Treibriemen ist zwar nicht mehr zu retten, und der Handgriff der Kurbel ist etwas verbogen, aber das ist alles. Ich hatte Angst, dass die Zahnräder beschädigt sein könnten.«

Sie setzten den Jungen auf und zogen seine Hand vom Gesicht. Er hatte viel Blut verloren, aber Poldarn konnte die Verletzung nicht genau erkennen, da zu viele Köpfe ihm die Sicht versperrten. »Schön, dass das in Ordnung ist«, sagte er. »Aber was ist mit dem Jungen? Wie schwer ist er verletzt?«

»Was? Ach ja, ich sehe, was du meinst.« Potto Ilec seufzte. »Das hängt wohl davon ab, wo die Kurbel ihn getroffen hat. Die Stirn kann es nicht gewesen sein, denn dann wäre er wohl tot.« Dann kam ihm ein Gedanke, der ihn aufzumuntern schien. »Ich muss mit dem Chefingenieur sprechen. Vielleicht fällt ihm etwas ein, wie man die Kurbelachse bremsen kann, falls so etwas noch mal passiert. Das ist eine ausgezeichnete Herausforderung. Vielleicht ein paralleler Treibriemen und zwei Trommeln, die an beiden Seiten der Achse aufgehängt werden.« Er lächelte beglückt. »Wisst ihr, mit ein bisschen Nachdenken könnten wir vielleicht etwas finden, womit man die Sägen auch modifizieren kann.«

Es war pure Freude, die düstere stinkende Fabrik hinter sich zu lassen und wieder frische Luft zu atmen. Poldarn bemühte sich ziemlich erfolgreich, seine Freude zu verbergen. Copis gab sich keine Mühe, aber zum Glück ging sie drei Schritte hinter Poldarn und Potto Ilec, sodass dieser sie nicht sehen konnte. »Und jetzt weißt du alles, was über die Herstellung von Knöpfen zu wissen ist«, sagte Potto Ilec.

»Sag ehrlich, es ist ganz anders, als du es dir vorgestellt hast, richtig?«

»Stimmt«, sagte Poldarn.

Es war schon dunkel, als er mit Copis nach Hause kam. »Ich weiß nicht, wie es dir geht, aber ich bin total erschöpft«, erklärte Copis, sobald die Tür geschlossen war. »Ich gehe ins Bett und morgen ins Badehaus. Ich weiß nicht, ob ich je den Gestank aus den Haaren herauswaschen kann, aber ich werde es versuchen. Sonst muss ich es abschneiden.«

Sie verschwand nach oben und ließ Poldarn auf dem Stuhl neben dem kalten Herd sitzen. Nach dem Lärm in der Fabrik und dem pausenlosen Gerede von Copis, was sie von Potto Ilec und seinen wunderbaren Maschinen hielt, empfand er die Stille als sehr wohltuend. Copis hielt die Knopffabrik für eine Scheußlichkeit. Ihr Urteil begründete sich auf den Abscheu gegen den Gestank und die feuchte Luft, in der sie sich schmutzig fühlte. Poldarn teilte ihren Standpunkt nur teilweise. Diese Maschinen hatten etwas – etwas Kraftvolles, Mächtiges, aber auch Unmenschliches. Das sprach einen Teil in ihm an, von dem er nicht sicher war, ob er ihn kannte. Die Fähigkeit, Tausende exakt gleicher Dinge herzustellen, so wie du es willst, die Verwirklichung deiner Idee; und ohne dass du dich anstrengen musst, da die Maschinen und die Menschen alle nach deinem Entwurf arbeiteten – wenn er sich das Gefühl dabei vorstellte, hatte er eine Vorstellung davon, wie man sich als Gott fühlte. Ein Gott würde nie auf dem Boden hocken und jedes Leben isoliert schneiden und schleifen. Ein Gott hätte Reihen und Reihen von Maschinen, welche Leben gleichzeitig in hunderttausendfacher Auflage herstellten (und jede Maschine würde ein Teil von ihm sein, und keine Maschine würde das Ganze sein). Das Wesen seiner Göttlichkeit würde die Macht sein, die Maschinen zu bauen und aufzustellen, die Arbeitsabläufe festzulegen. Und einmal in Gang gesetzt (durch eine Drehung der Kurbel), würde alles zu einem sicheren vorhersehbaren Ziel führen. Der Meister konnte dabei dem Ganzen den Rücken zuwenden und sich mit anderen Dingen befassen. Seiner Meinung nach hatten Götter den gleichen völlig fehlgelenkten Stolz, den Potto Ilec gezeigt hatte. Eine leidenschaftliche Liebe zum Fortschritt, wobei das Produkt als etwas Selbstverständliches betrachtet wurde, nur in Massen interessant und sein Platz innerhalb der Kette der Abläufe, welche die Knöpfe von Sansory in den Rest der Welt beförderten, bis sie ihre Bestimmung erreichten – als Knopf irgendeines Mantels.

Er schloss die Augen. Was war, wenn es Götter gab, die nur die Kurbel drehten und das Ziel völlig vergessen hatten? Was war, wenn jemand eine Maschine gebaut hatte und anschließend das Gedächtnis verlor, sodass er sich nicht erinnern konnte, wie die Maschine funktionierte oder wozu sie diente? Er wusste nur, wie er die Kurbel drehen und die Rädchen in Gang setzen konnte. Wahrscheinlich würde er sich bemühen, durch Beobachtung herauszufinden, wie die Maschine arbeitete, indem er Logik einsetzte. Über diese Frage zerbrach er sich noch eine Zeit lang den Kopf, sowohl wach als auch in kurzen Traumsequenzen, in denen Krähen und Schlachten und Männer vorkamen, die er nicht kannte. Einige von ihnen waren mechanisch, nur die reine

Maschine, ohne menschliche Gesichter oder Hände. Es war ein langer Tag gewesen, und er war müde, aber die Frage schien ihn nicht mehr loszulassen. Teilchen waren in seinem Hirn eingebettet wie Stahlsplitter, die beim Wetzen sprühen und ins Auge gehen können. Oder wie der Kopf einer Zecke, die im Fleisch stecken bleibt, nachdem man den Körper abgerissen hat.

Kapitel 18

Sie schleppten ihn vom Karren zur Zeltklappe. Er blutete, und ihm war schwindlig. (Als seine Füße nachschleiften und jede Bewegung seines gebrochenen Beins Schmerzstöße durch seinen Körper jagte, erhoben sich zwei Krähen von einer abgestorbenen Fichte und flogen davon. Die eine trug etwas im Schnabel, aber er konnte den Kopf nicht so weit heben, um zu sehen, was es war.) Der Wachposten vor dem Zelt verweigerte ihnen mit dem Speer den Zutritt.

»Was soll die Eile?«, fragte er misstrauisch. »Worum geht es?«

»Das hat absolute Priorität«, erklärte der Soldat links von ihm. »Äußerst dringend. Du weißt, was dringend bedeutet?«

»Schon gut«, ertönte eine Stimme aus dem Zelt. »Lasst sie herein. Ich erwarte sie.« Eine Hand zog die Zeltklappe beiseite. Sie schleppten ihn hinein und ließen ihn unsanft wie einen Getreidesack auf den Boden fallen.

»Hebt seinen Kopf hoch.« Jemand packte ihn an den Haaren und zog seinen Kopf hoch. Jetzt konnte er den Mann im Zelt sehen. »Das ist er. Gute Arbeit. Ihr beiden könnt jetzt was essen und ein paar Stunden schlafen. Wir brechen kurz nach Anbruch der Morgendämmerung auf.«

Die beiden Soldaten konnte er nicht sehen. Wahrscheinlich salutierten sie, wie alle Kavalleristen. Er sah nur ein Stück des schäbigen Teppichs. Dann hörte er Leinwand rascheln. Offenbar hatten die Soldaten das Zelt verlassen.

»Weißt du, wer ich bin?«, fragte der Mann. Eine Pause folgte – er antwortete nicht, hauptsächlich, weil er den Unterkiefer nicht bewegen wollte. Das hätte ihm zu wehgetan. »Hallo, kannst du mich hören? Ich habe dich etwas gefragt.«

Etwas traf ihn in der Seite und bestätigte ihm, dass dort zumindest eine Rippe gebrochen war. Er überstand die Schmerzen wie ein Mann in einem kleinen Boot eine Sturmbö. Solange seine Verbindung zum Körper so geringfügig war, konnte er den Wellen widerstehen, ohne von ihnen mitgerissen zu werden.

»Ich sagte, weißt du, wer ich bin?« Hätte er sich besser gefühlt, hätte er gelacht und eine witzige Bemerkung gemacht, ähnlich wie: Ich weiß nicht mal, wer ich bin. Oder, tut mir Leid, aber meine Mama hat mir verboten, mit Fremden zu sprechen. Er wusste nicht, wer er war oder falls doch, war dieses Wissen durch die Schmerzen in eine unzugängliche Nische gedrängt worden, und er konnte es nicht erreichen. Außerdem wollte er das auch nicht.

»Falls du es nicht weißt«, sagte der Mann, »obwohl ich sicher bin, dass du es weißt, sage ich dir, wer ich bin. Ich bin Feron Amathy. Und wer bist du?«

Gute Frage. Aber wenn er nicht antwortete, könnte ihn der Mann noch mal in die Rippen treten. Das wollte er nicht. Er konnte sich an seinen Namen nicht erinnern, nur an einen Namen, den er ein paar Mal benutzt hatte, wenn er auf einer Mission unterwegs gewesen war. Er machte den Mund auf – der

Unterkiefer schmerzte wie die Hölle. Dann brachte er Laute zustande, die wie »Monach« klangen.

»Ja«, sagte der Mann, »ich weiß. Ich wollte nur sehen, ob du mir die Wahrheit sagst. Wir nennen das Kontrolle. Man stellt Fragen, deren Antworten man kennt. Es hilft, um ein Gefühl zu bekommen, ob der Verdächtige lügt oder nicht.« Er setzte sich auf den Sessel, dessen Beine Monach dicht vor seiner Nase sah. »Du bist also der berühmte Monach, ja? Verdammt, du siehst ja furchtbar aus. Was um alles auf der Welt hast du gemacht?«

Er hoffte, dass das nur eine rhetorische Frage sei, denn er konnte sich nicht erinnern. Ganz allgemein gesprochen: Wenn man eine akkurate Beschreibung einer Schlacht haben will, darf man nicht den Mann fragen, der hilflos auf dem Boden liegt und getreten wird. Er sieht nur Stiefel und Knöchel, sonst nichts.

»Sieht so aus, als hättest du dich ganz schön gewehrt«, fuhr der Mann fort. »Man hat dich zu Brei geschlagen. Ich kann kein vernünftiges Wort aus dir herausbringen. Hättest du dich nicht gewehrt und wärst friedlich mitgekommen, wäre das doch für uns beide besser gewesen.« Er hörte den Sessel knarzen, und die Füße vor seinen Augen bewegten sich. »Vielleicht haben wir mehr Glück, wenn du sitzt«, sagte der Mann.

Der Mann war kräftig, außerdem kümmerte es ihn wenig, ob er dem anderen wehtat oder nicht. Als er die Augen wieder aufmachte und die Schmerzwellen vorüber waren, saß er in einem Sessel. Ihm gegenüber saß der Mann, der mit ihm gesprochen hatte.

»Besser?«, fragte der Mann. »Nun gut, du musst dich bemühen und meine Fragen beantworten, weil sie sehr wichtig sind und wir nicht viel Zeit haben. Wenn nicht, nehme ich den Stock und stelle fest, welche Knochen du gebrochen hast. Wenn du mich verstehst, nicke einmal.«

Nicken schaffte er. Das schien den Mann zu erfreuen, denn er nickte ebenfalls. Auf seinem Schoß lag eine knapp ein Meter lange daumendicke Stange aus Eschenholz. Er war jünger, als Monach gedacht hatte. Nicht älter als vierzig, mit dichten braunen Locken, braunem Bart, einer spitzen Nase und einem herzförmigen Gesicht mit freundlichen braunen Augen.

»Hervorragend«, sagte der Mann. »Nun, pass gut auf. Weißt du, wo General Cronan ist?«

Aber der Name Cronan sagte ihm nichts.

»Ja? Und?«

Er wollte etwas sagen. »In der ›Glaube und Tapferkeit‹«, hörte er sich sagen. »Auf der Straße von Josequin nach Selce.« Das ergab keinerlei Sinn. Er hatte nie von einer Herberge »Glaube und Tapferkeit« gehört und kannte auch keinen Ort, der Selce hieß. Aber der Mann nickte, als ergäbe die Antwort für ihn durchaus Sinn. Dann erinnerte er sich an zwei Krähen, von denen die eine etwas im Schnabel trug. Gott sei Dank, es ist nur ein Traum. Aber schrecklich real. Ein Traumtritt gegen eine gebrochene Traumrippe verursachte nur Traumschmerzen, aber diese taten offenbar ebenso weh wie echte.

»Ich weiß, was du meinst«, sagte der Mann. »Sehr gut, jetzt kommen wir einen Schritt weiter. Nächste Frage: Hast du von deinen Leuten welche ausgeschickt, um ihn zu töten?«

Er nickte ein Mal.

»Verdammt. Wann?«

Die Antwort lautete wohl, heute, ungefähr zwei Stunden vor der Mittagszeit.

»Das bedeutet ... wie sind sie unterwegs? Zu Fuß, zu Pferd oder mit Wagen?«

Er wollte antworten, musste jedoch husten. Das war keine gute Idee. Der Mann schätzte das Husten ebenfalls nicht, denn er wiederholte die Frage – diesmal lauter.

»Sie reiten«, brachte er hervor. »Ohne Eile, sie dürfen nichts riskieren.«

»Haben sie die Hauptstraße genommen?«

Nicken.

»Wenigstens etwas. Gut, du bleibst hier, rühr dich nicht von der Stelle.«

Der Mann verließ das Zelt, rief einen Namen und ließ ihn allein. Das war herrlich. Er hatte die Möglichkeit, sich zu entspannen und die Schmerzen zu bekämpfen, die seinen Gedanken im Kopf den Weg versperrten. Er schloss die Augen – trotz des Schwindels fühlte er sich so besser. Im Hinterkopf protestierte etwas: Nein, du darfst die Augen nicht schließen, denn sonst schläfst du ein und verlierst das Bewusstsein. Das ist deine einzige Chance. Auf dem Tisch neben der Landkarte liegt ein Messer. Wenn du die Tischbeine neigst, kann du es erreichen. Du kannst es unterm Arm verstecken, und wenn er zurückkommt, kannst du ihn erstechen oder ihm die Kehle durchschneiden. Du musst es tun, du kannst es dir nicht leisten, es nicht zu tun. Du hattest verfluchtes Pech, aber du hast noch diese eine Chance. Eine zweite bekommst du nicht. Du musst ...

Er verhielt sich still und verdrängte die Stimme aus seinem Kopf. Vielleicht wäre alles anders, wenn er wüsste, was geschah. Weshalb war es so wichtig, diesen Mann umzubringen? – Feron irgendwas, Feron Amathy. Klang dieser Name nicht vertraut? Doch im Augenblick war nichts außerhalb seines Körpers und des unsichtbaren Schmerzkreises, der ihn umgab, wichtig. Die Schmerzen bestimmten alles.

Kurz danach kam Feron Amathy zurück. Er schaute unglücklich drein. »Ich habe dreißig Mann leichte Kavallerie den alten Fuhrweg hinaufgeschickt. Falls es möglich ist, den Lihac zu überqueren, müssten sie ungefähr eine Stunde vor deinen Meuchelmördern dort sein. Aber das ist verdammt knapp.«

Er klang wie ein höherer Offizier, der einen bei einem Fehler ertappten Untergebenen tadelte, nicht wie ein Feind, der einem anderen klar machte, dass dieser seine Pläne vereitelt und die Opferung seines Lebens für die Sache bedeutungslos gemacht hatte. Es war keine Grausamkeit, dachte Monach. Er ist nur ein viel beschäftigter Mann, der laut dachte. Wahrscheinlich hielt er es für hilfreich, mit jemandem zu sprechen, auch wenn es nur ein besiegter erniedrigter Gegner war. Monach spürte die Müdigkeit, das riesige Gewicht der Verantwortung, die auf Feron Amathys Schultern lastete. »Und, was machen wir jetzt mit dir?«, sagte dieser und ließ die Arme herabhängen. »Meine Instinkte raten mir, deinen Kopf mit einem Stück Apfel im Mund zurück nach Deymeson zu schicken, um die Mönche dort wissen zu lassen, dass ich über ihre Pläne vollends informiert bin. Andererseits, weshalb sollte ich mehr Informationen weitergeben als nötig? Solange sie sich nicht sicher sind, ob ich weiß, dass sie beteiligt sind, müssen sie eine Doppelstrategie verfolgen. Das verlangsamt ihre Planung. Ich kann dich also hier demonstrativ aufhängen lassen, eine doppelte Ration verteilen, den Männern einen richtigen Spaß bieten. Oder ich könnte dich für später aufbewahren, vorausgesetzt, du überlebst. Nur Gott allein weiß, welche nützlichen Informationen in deinem Kopf stecken. Aber vielleicht ist es mühsamer, sie herauszuholen, als sie es wert sind.« Er seufzte. »Niemand anderer kann dich befragen, weil du zu klug bist, selbst in deinem jetzigen Zustand. Ich kann es mir nicht leisten, dass du mir durch falsche Informationen alles vermasselst. Dazu habe ich weder die Zeit, und seien wir doch ehrlich, noch die Energie. Du hast mir schlimme Kopfschmerzen beschert, und ehe die Reiter nicht aus Selce zurück sind, kann ich nicht sicher sein, ob du nicht alles ruiniert hast.« Wieder seufzte er. »Ich glaube, ich versetze dir einen Schlag auf den Kopf. Alles andere wäre nur Zeitverschwendung.« Er stand auf und holte einen Kurzdolch aus der Schärpe, trat einen Schritt vorwärts, kräftige Finger umschlossen sein Gesicht, dann der Dolch im Nacken, er ritzte in die Haut …

Poldarn erwachte und presste die rechte Hand in seinen Nacken. Für gewöhnlich bedrückten ihn die Träume nicht mehr, nachdem er aufgewacht war. Sie glitten davon wie Enten auf einem Teich, ohne eine Spur zu hinterlassen. Doch dieser Traum war anders, viel realer und unmittelbarer. Die Schmerzen hatten wehgetan. Er hatte vergessen, woher sie kamen, aber die Erinnerung an die Schmerzen war immer noch da, brach in seinen Kreis ein.

»Du machst das oft«, sagte Copis.

Er hatte vergessen, dass sie da war. »Was?«, fragte er.

»Mit der Hand unterm Ohr schlafen«, antwortete sie. »Ich wünschte, du würdest das nicht tun, weil du dann schnarchst.«

Er runzelte die Stirn. »Ich schnarche, wirklich?«

»Wenn du die Hand unterm Ohr hast, ja.«

»Oh.« Aus einem unbestimmten Grund störte ihn das. »Es tut mir Leid«, sagte er. »Habe ich dich geweckt?«

Sie schüttelte den Kopf. »Ich bin daran gewöhnt, dass Menschen im Schlaf Geräusche von sich geben«, erklärte sie und zog eine Braue hoch, um zu sagen, dass sie das Thema nicht weiter ausführen wollte. »Eigentlich schnarchst du ziemlich harmlos. Willst du den ganzen Tag liegen bleiben, oder hättest du die Güte aufzustehen, damit wir unseren Lebensunterhalt verdienen können?«

Jetzt erinnerte er sich daran, wo er war: in der Herberge zur »Göttlichen Mäßigung«, ein Drittel Weges von Sansory nach Deymeson. Sie waren unterwegs, um Knöpfe zu verkaufen. Gestern war ein guter Tag gewesen. Sie hatten fünfzehn Dutzend Knöpfe mit vierhundertfünfzig Prozent Profit verkauft, und alle Frauen im Dorf hatten ihnen versichert, wie günstig ihre Preise waren.

»Der Ort heute sollte auch ziemlich gut sein«, meinte Copis, als er neben ihr auf dem Bock Platz nahm. »Ich war zwar noch nie dort, aber ich habe viel darüber gehört. Offenbar haben sie wunderbare Erde, sie bauen Grünzeug für Sansory an – Obst und Gemüse und viele Blumen. Das heißt, dort müsste Geld vorhanden sein.«

Der Ort hieß Mestory und war fast so groß wie eine Stadt. Die Straße aus Sansory brachte sie an die Westseite. Überall standen neue Häuser, kaum verwittert, die Zauntore hingen gerade und wurden von ordentlichen Riegeln verschlossen, nicht von einer Schnur. Das Reet auf den Dächern war noch gelb, nicht grau. Alle Häuser sahen sehr ähnlich aus.

»Interessant«, meinte Copis. »Neubauten. Eindeutig ein Zeichen von Wohlstand. Hier werden wir gute Geschäfte machen.«

Noch überraschender war der Marktplatz. Auch alles neu. Eine kleine hübsche Getreidebörse in der Mitte des Platzes, so neu, dass die Kanten der Steinblöcke noch scharf waren. Gegenüber der Börse stand ein Tempel – ein Tempelchen, mit einem niedlichen Portikus und einer selbstbewusst aussehenden Statue, in halber Lebensgröße davor. Das Gerüst an der Ostseite ließ darauf schließen, dass er noch nicht ganz fertig war.

»Na schön, ich bin beeindruckt«, sagte Copis. »Aber wo sind alle hin?«

Kaum hatte sie das gesagt, wurde Poldarn bewusst, was hier nicht stimmte: keine Menschen. Ein wunderschöner Markt, aber keine Buden. Tempelstufen, aber niemand saß darauf. Die meisten Geschäfte hatten die Fensterläden vorgelegt. Höchstens ein Dutzend Menschen standen vor den wenigen offenen Läden. Sie schienen sich normal zu benehmen – schlendern, plaudern, Auslagen betrachten –, aber es war nur eine Hand voll, und es war eine Stunde vor der Mittagszeit.

»Wahrscheinlich gibt es eine einfache Erklärung«, meinte Poldarn. »Vielleicht sind alle beim Spargelernten, oder so.«

»Von Spargel hast du keinen blassen Schimmer«, entgegnete Copis, aber sie war genauso verwirrt wie er. »Vielleicht sind sie in ihren Häusern. Oder es liegt an der Saison. Vielleicht bauen sie Grünzeug an, das zu unterschiedlichen Zeiten geerntet werden muss, und sie nehmen ihre Mittagsmahlzeit zu anderen Zeiten ein.«

Daran hatte Poldarn nicht gedacht, hauptsächlich, weil es keine sehr überzeugende Erklärung war. Er hatte das Gefühl, hier lebten keine Menschen.

»Vielleicht sollten wir jemanden fragen«, schlug Copis vor. »Schnell, frag die Frau da drüben.«

Poldarn verzog das Gesicht. »Frag du sie doch.«

»Entschuldigung.« Die Frau blieb stehen und schaute sich um. »Entschuldigung«, wiederholte Copis. »Aber wo sind die anderen?«

Die Frau blickte sie an. »Wer ist wo?«

»Die anderen. Die Menschen, die hier leben.«

Die Frau schüttelte den Kopf und ging weiter.

»Typisch mein Glück«, erklärte Copis laut. »Ich muss die Dorfidiotin fragen.«

»Vielleicht sind sie an Fremde nicht gewöhnt«, meinte Poldarn.

»Vielleicht sind sie schlichtweg blöd«, erwiderte Copis scharf. »Aber wir können unseren Stand trotzdem aufbauen, nur für den Fall. Sie haben einen Tempel, vielleicht sind sie alle da drin und singen Hymnen.«

Poldarn lauschte. »Wenn sie singen, dann verdammt leise.«

Ihr Verkaufsstand bestand aus der heruntergeklappten Seitenwand des Wagens, an der sie zwei Stangen für das Zeltdach befestigten. Danach benötigten sie nur noch die Tische auf Schragen und die Tabletts für die Musterknöpfe. Der restliche Warenbestand war in Gläsern und Fässern hinten auf dem Wagen. Sie ließen sich beim Aufbau viel Zeit, damit sich die Nachricht über ihr Kommen verbreitete. Aber niemand kam. Sie setzten sich auf die Pritsche und betrachteten die leeren Straßen.

»Wenn wir uns beeilen, könnten wir am frühen Abend schon in Forial sein«, meinte Copis.

»Wo ist Forial?«

»Nächstes Dorf. Ich weiß nicht viel darüber, nur den Namen, aber es kann nur besser sein als hier.«

Poldarn schüttelte den Kopf. »Nein, vielleicht wird's hier ja noch besser. Meiner Meinung nach muss man so einen Verkaufsstand betreiben, als würde man Saatkrähen durch Köder anlocken. Man sucht ihren Futterplatz, steckt ein paar tote Vögel auf Stöcke und legt sich auf die Lauer. Und wenn sie kommen, erledigst du sie mit einer Schleuder.«

Copis schnalzte mit der Zunge. »Bis jetzt kapiere ich die Ähnlichkeit nicht. Oder willst du sagen, dass wir den nächsten Menschen, den wir sehen, aufspießen sollen? Nun, diese Idee gefällt mir. Aber nicht aus geschäftlichen Gründen.«

Poldarn grinste. »Der springende Punkt ist, dass du den Großteil des Tages im Graben oder unter einem Baum sitzen kannst und nichts siehst. Aber gerade, wenn du heimgehen willst, ist der Himmel schwarz vor Saatkrähen, und im nächsten Moment hast du nicht mehr genügend Schleudern. Geduld ist der Schlüssel bei diesem Geschäft, warte nur ab, dann wirst du schon sehen.«

Copis dachte eine Zeit lang nach. Dann schaute sie ihn an und fragte: »Und woher nehmen wir die toten Krähen?«

»Was?«

»Na die toten, die du auf Stöcke spießt, als Köder«, sagte sie. »Woher willst du die nehmen?«

»Das sind die, die du am Vortag umgebracht hast«, erklärte Poldarn.

»Na schön«, gab Copis zu. »Aber wie fängst du ganz am Anfang an? Ich meine, wenn du ein Dutzend Saatkrähen brauchst, ehe du anfangen kannst, Saatkrähen umzubringen, wie tötest du das Dutzend?«

»Keine Ahnung«, antwortete Poldarn. »Ich nehme an, ich kenne die Antwort, da ich mich offenbar auf diesem Gebiet gut auskenne, aber im Moment kann ich mich nicht erinnern.«

»Großartig«, sagte Copis. »In diesem Fall lass uns das Thema wechseln. Ich habe wirklich keine Lust, lange an tote Saatkrähen zu denken.«

Es wurde Mittag. Zwei alte Frauen waren bis dahin an ihrem Stand vorbeigegangen, ohne ihn zu sehen. Copis stand auf und schaute ihnen ins Gesicht. Sie meinte danach, sie hätte nur nachsehen wollen, ob die Frauen Knöpfe trugen. »Sie hatten Knöpfe«, sagte sie. »Das macht es noch seltsamer. Es sei denn, dass es in dieser Gegend einen Baum gibt, der statt Nüsse Knöpfe trägt.«

Nicht viel später kam eine junge Frau mit einem Baby auf dem Arm vorbei. Sie blieb stehen und schaute auf ein Tablett. Poldarn und Copis nahmen Haltung an, wie Hofhunde, wenn sie den Fressnapf auf dem Pflaster hören.

»Können wir helfen?«, fragte Copis.

»Ich schaue nur«, antwortete die Frau und trat einen Schritt zurück, als hätte sie etwas Verbotenes getan. »Sehr hübsch«, fügte sie hinzu.

Copis lächelte sie an. »Möchtest du einen besonderen Knopf sehen?«

Die Frau zögerte und blickte auf ihr Baby, das fest schlief. »Na ja, die hier. Die großen mit dem Rand.«

»Ja, die sind einfach wunderschön«, meinte Copis, etwas übertreibend. »In Sansory hergestellt, im Haus Potto. Bessere findest du auf dieser Seite der Bucht nicht.«

Es war klar, dass die Frau versucht war, zu kaufen, aber gegen diese Versuchung kämpfte. »Die anderen dort unten, die kleinen. Sind die billiger oder teurer als die großen?«

»Alle derselbe Preis«, erklärte Poldarn schnell, ehe Copis die Frau verscheuchte. In seinem Kopf war das Bild eines schwarzen Vogels, der die Flügel ausbreitete und in Kreisen auf ihn zuflog. »Zwei Vierteltaler pro Dutzend.«

»Ich weiß nicht«, sagte die Frau. »Sollten die kleinen nicht billiger sein?«

Poldarn schüttelte den Kopf. »Wenn überhaupt, müssten sie mehr kosten, weil sie schwieriger herzustellen sind. Viel mühsamer.«

»Oh.« Die Frau rieb sich mit Daumen und Zeigefinger nachdenklich den Wangenknochen. »Wäre es billiger, wenn ich ein Dutzend nehme?«

»Nein«, sagte Copis. »Tut mir Leid.«

»Oh. Habt ihr noch andere, oder ist das alles?«

Das überraschte Poldarn, da er sich nicht vorstellen konnte, weshalb man mehr als zweihundertvierzig unterschiedliche Knöpfe sehen wollte. »Ja, das ist unser ganzes Angebot«, sagte er. »Wonach suchst du denn?«

Die Frau zuckte mit den Schultern. »Das weiß ich erst, wenn ich es sehe«, antwortete sie. »Vielen Dank.«

Poldarn bedrängte sie nicht weiter. Copis wartete, bis die Frau ein Stück weitergegangen war, dann streckte sie ihr die Zunge heraus. »Zeitverschwenderin.«

»Sie hatte nie vor, Knöpfe zu kaufen«, sagte Poldarn.

»Natürlich nicht. Sie wollte sich nur die Zeit vertreiben. Das machen viele Menschen, keine Ahnung, warum.« Sie seufzte. »Das ist völlig sinnlos. Packen wir zusammen und fahren wir weiter.«

Poldarn blickte zum Himmel empor. »Wir sind ein bisschen spät dran, wenn wir dieses andere Dorf noch erreichen wollen, ehe es dunkel ist.«

»Lieber schlafe ich im Wagen, als noch länger hierzubleiben.«

Poldarn verstand ihren Standpunkt. Außerdem würde das Packen eine körperliche Anstrengung sein, und er fühlte sich faul. »Nein«, sagte er. »Lass uns beim ursprünglichen Plan bleiben. Wir übernachten heute hier und fahren erst morgen nach Forial weiter.«

»Wie du meinst«, sagte Copis. »Aber du kannst allein auf den Laden aufpassen. Ich mache jetzt ein Schläfchen.«

Poldarn hatte nichts dagegen und nickte. Copis kletterte hinter ihm auf den Wagen, breitete eine Decke aus und legte sich schlafen. Sie konnte auf Anhieb einschlafen, was er beneidenswert fand.

Ein bisschen später kam ein kleines Mädchen, etwa neun Jahre alt, zu ihm und starrte die Knöpfe an, als seien es Ziegen mit sechs Köpfen. Abgesehen von dem Baby der Zeitverschwenderin war die Kleine das erste Kind, das er in der Stadt gesehen hatte. So wie sie dastand, sah Poldarn, dass sie weder Knöpfe kaufen wollte noch konnte. Trotzdem lächelte er sie an.

»Hallo«, sagte er freundlich.

Das Mädchen schaute ihn an, sagte aber nichts.

»Ich möchte dir eine Frage stellen«, sagte er.

Die Kleine musterte ihn misstrauisch. »Meine Mami hat mir verboten, mit fremden Männern zu reden.«

»Du solltest immer auf deine Mama hören. Aber ich bin kein Fremder.«

Die Kleine musterte ihn von Kopf bis Fuß. »Doch, bist du. Du bist alt und hässlich und siehst wie eine Krähe aus.«

»Danke«, antwortete Poldarn. »Und jetzt bitte ich dich, meine Knöpfe nicht so anzustarren. Du schaust den ganzen Glanz ab.«

Das Mädchen runzelte die Stirn. »Das geht nicht, das ist albern.«

»Doch, das geht schon.«

»Nein, wenn man Sachen anschaut, macht man sie nicht kaputt.«

»Willst du wetten?« Poldarn lehnte sich zurück. »Du weißt doch, wenn du etwas lange in der Sonne liegen lässt, ein Tuch oder so, dann verschwindet die Farbe, richtig? Bei den Knöpfen ist es auch so. Die Sonne schaut zu lange drauf, die Farbe geht weg.«

Das Mädchen dachte nach. »Aber ich schaue nicht so heiß wie die Sonne.«

»Möglich, aber du stehst viel näher. Jetzt geh weg!«

Die Kleine schüttelte trotzig den Kopf. »Nein. Ich kann hier stehen und deine blöden Knöpfe anschauen, wenn ich will.«

Poldarn rieb sich nachdenklich das Kinn. »Na schön«, sagte er. »Aber komm nicht näher.«

Er hantierte betont langsam mit den Knöpfen, drehte einen um, legte den anderen nach oben. Schließlich sagte das kleine Mädchen: »Was wolltest du mich denn fragen?«

»Nicht wichtig«, antwortete er, ohne aufzuschauen. »Wahrscheinlich weißt du die Antwort sowieso nicht.«

»Ich wette, dass ich sie weiß.«

Er lachte. »Mit dir zu wetten ist sinnlos, du hast ja keinen Einsatz.«

»Hab ich doch«, erklärte die Kleine. »Ich habe einen Messingring und eine Pelzmütze zu Hause.«

Poldarn schüttelte den Kopf. »Die würde mir nicht passen. So, und jetzt schwirr ab, ich habe zu tun.«

Sie schüttelte den Kopf. »Erst musst du wetten.«

»Ach, verflixt. Na schön, um was willst du wetten?«

»Meine Mütze und den Ring gegen ein Dutzend Knöpfe«, antwortete sie. »Die da, die sind hübsch.« Sie zeigte auf einen Knopf.

Poldarns Meinung nach hatte sie sich die hässlichsten von allen ausgewählt. »Wenn du darauf bestehst«, sagte er. »Also, hier ist die Frage: Wo sind die anderen? Warum sind in diesem Dorf so wenig Menschen?«

Das Mädchen machte ein trauriges Gesicht. »Die sind weggegangen. Die erwachsenen Männer mussten in die ...« Es sagte etwas, das wie *merliz* klang. Poldarn brauchte eine Sekunde, eher er begriff, dass es Miliz meinte. »Und dann sind die Freibeuter gekommen und haben alle umgebracht. Mami sagt, sie sind nicht tot, sondern nur auf eine lange Reise gegangen, aber ich weiß, dass das nicht stimmt, weil ich gesehen habe, wo man sie begraben hat, in einer großen Grube, Hunderte und Hunderte.«

»Aha«, sagte Poldarn erschüttert. »Und die Frauen? Sind die auch weggegangen?«

»Ein paar sind auch umgebracht worden«, antwortete die Kleine und spielte mit einem losen Faden am Ärmel. »Und ein paar sind krank geworden und gestorben. Aber viele sind einfach weggegangen. Meine Mami auch, ich lebe bei meiner Tante. Aber ich mag sie nicht besonders, sie *riecht*.«

Poldarn nickte gedankenverloren. »Das ist ja schrecklich. Wohin sind sie gegangen?«

»Weiß nicht. Kriege ich jetzt die Knöpfe?«

»Gleich«, sagte Poldarn. »Was weißt du über Religion?«

Die Kleine schaute ihn an. »Was ist das?«

»Götter und so.«

»Ach«, meinte sie. »Es gibt viele Götter, und manche leben im Himmel und manche unter der Erde oder auf dem Meeresgrund. Der Rest wandert einfach so rum. Warum willst du was über sie wissen?«

»Hast du von einem Gott gehört, der Poldarn heißt?«

»Poll was?«

»Oder von einem Gott, der in einem Karren herumfährt und das Ende der Welt bringt.«

»Ja, natürlich.« Ihr Gesicht entspannte sich, weil sie endlich etwas wusste. »Alle kennen ihn.«

»Was wissen sie?«

Das kleine Mädchen sammelte ihre Gedanken. »Also, niemand weiß, wie er heißt, aber er fährt von einem Dorf ins nächste. Und wo er war, brennt alles ab, oder die Leute werden ermordet. Aber daran ist nicht er schuld, sondern böse Männer, die Freibeuter, die verbrennen alles. Er geht nur so vorneweg. Ach ja, und dann ist da noch was Albernes, aber das glaube ich nicht.«

»Sag's mir trotzdem«, sagte Poldarn.

Die Kleine verzog das Gesicht. »Na ja, die Leute sagen, er weiß gar nicht, dass er ein Gott ist. Er denkt, er ist einer wie wir, ein Mensch. Und er ist aus einem Fluss geklettert, und jetzt geht er, bis er sich selbst trifft. Und dann ist es das Ende der Welt. Aber ich finde das albern, und ich glaube, dass niemand das wirklich glaubt. Bekomme ich *jetzt* meine Knöpfe? Du hast es versprochen.«

Poldarn nahm ein Glas und steckte ein Dutzend Knöpfe hinein. »Danke«, sagte er. »Du hast die Wette gewonnen. Du bist gescheit.«

»Ich weiß«, jubelte die Kleine und hüpfte weiter.

Als Copis aufwachte, hatte er bereits das Zeltdach abgebaut und alles verstaut. »Du hast Recht gehabt«, sagte er. »Es ist völlig sinnlos hierzubleiben. Wir brechen nach Deymeson auf und schlafen uns jetzt aus.

Mit etwas Glück sind wir frühmorgens schon in Forial.« Nach kurzer Pause fügte er hinzu. »Falls es noch dort ist, wenn wir ankommen.«

Forial war noch da. Alles sah bestens aus. Den ganzen Tag über lief das Geschäft hervorragend. Poldarn bemühte sich, etwas darüber zu erfahren, was in der anderen Kleinstadt geschehen war. Was das Mädchen ihm erzählt hatte, entsprach den Tatsachen. Während der letzten zwanzig Jahre hatte Mestory viel mitgemacht. Erst hatten die Freibeuter – oder jemand anderer – die Stadt vollkommen zerstört. Viele glaubten, es sei das Haus Amathy gewesen, da dessen Männer damals gerade in der Gegend waren. Sie befanden sich auf dem Rückzug von einem Krieg, der im letzten Moment vermieden worden war. Aber es gab selbstverständlich keine Beweise. Dann hatte der Kaiser Bauleute und Geld geschickt, um alles wieder aufzubauen. Damit wollte er beweisen, wie viel ihm an den Nordprovinzen lag, aber das glaubte ihm niemand.

Kurz danach liefen die Geschäfte mit Obst, Gemüse und Blumen wieder gut. Sie belieferten vor allem Sansory und wurden beängstigend reich. Dann war das Haus Amathy aufgetaucht – diesmal bestand kein Zweifel. Sie kämpften gemeinsam mit General Allectus gegen General Cronan und brauchten hundert Arbeiter, um Gräben auszuheben oder einen Wall zu bauen. Sie trieben alle Männer, viele Frauen und ältere Kinder zusammen. Sie hatten die Berechtigung dafür von einem Präfekten aus Sansory. Sie nahmen die Leute mit, aber was immer sie tun sollten, stürzte ein, oder der Feind griff überraschend an, und alle wurden getötet. Es sei eine schreckliche

Schande, berichteten ihm die Bewohner Forials, und es war verdammt gut, dass Feron Amathy dorthin statt hierhin gegangen war, um die Arbeiter zu holen. Feron Amathy war eine Bedrohung, da gab es kein Vertun, obwohl dieser neue Mann, Cronan, wahrscheinlich genauso schlimm war. Eigentlich waren sie alle schlimm, die Freibeuter und die Soldaten der Regierung. Aber das alles war nicht so grauenvoll, wie das, was sich in Vistock ereignet hatte.

»Was ist denn in Vistock geschehen?«, fragte Poldarn. »Und wo liegt eigentlich Vistock?«

Ah, gute Frage, meinte man. Wenn er einen halben Tag die Straße weiterritt und die Augen offen hielt, würde er verbrannte Stellen sehen. Das war Vistock. Und das seien tatsächlich die Freibeuter gewesen, wurde beteuert. Aber das fand vor vierzig Jahren statt. Obwohl das Land gut war, wollte niemand dorthin gehen, wo alle tot waren. Abgesehen von einer alten Frau, die immer noch dort in einer alten Hütte hauste. Aber sie war verrückt und zählte nicht.

Poldarns Meinung nach musste man verrückt sein, um ganz allein in der Wildnis zu leben.

Ja, aber diese Alte war noch verrückter als die meisten. Sie hielt sich für die Mutter des Gottes im Karren. Der, der vor dem Ende der Welt auftaucht. Also, das musste schon eine ganz besondere Art von Verrücktheit sein, richtig?

Als es Nacht wurde, hatten Poldarn und Copis fast achthundert Knöpfe verkauft. Beim Zusammenpacken fragte Copis, wo die Herberge sei. Es gab keine Herberge. Aber vielleicht würde der Schmied sie für einige Vierteltaler in der Scheune schlafen lassen.

Die paar entpuppten sich als sechs, mehr als sie in einer ordentlichen Herberge ausgegeben hätten. Die Scheune war kalt und der Boden feucht (wie im Haus Potto). Eine sehr lästige Gans schnatterte die ganze Nacht und entkam allem, was sie nach ihr warfen.

Sobald die Sonne aufging, brachen sie auf. »Deymeson«, sagte Copis. »Zwischen hier und dort liegt nichts. Wir können es in einem Tag schaffen, wenn wir uns beeilen.«

Poldarn schüttelte den Kopf. »Ich möchte gern einen Halt einlegen.«

Vistock war leicht zu finden. Wo die Straße durch eine Furt einen kleinen Fluss durchquerte, hatte das Dorf gestanden. Als Erstes sahen sie die Überreste einer Mühle. Darin lag noch ein bemoostes Mühlrad. Außerdem stand nur noch ein Gebäude. Eine halbe Scheune (die andere Hälfte war längst zusammengebrochen. Man sah noch die Spuren des Feuers an den Kanten), die auf zwei Seiten von einer überwucherten Mauer geschützt war.

»Da drüben, nehme ich an«, sagte Poldarn.

»Was zum Teufel ist hier so wichtig, dass wir anhalten müssen?«, fragte Copis.

»Keine Ahnung«, antwortete Poldarn. »Komm einfach mit.«

Jemand hatte einen halbherzigen Versuch unternommen, die Hälfte der Scheune mit Brettern zu vernageln. Es gab sogar eine Tür, die aus Zaunlatten gemacht und mit Stricken befestigt war. Es schien sinnlos zu sein, anzuklopfen, da man neben der Tür leicht seitlich hineingehen konnte. Poldarn klopfte trotzdem.

»Geh weg!«, ertönte eine Stimme von drinnen.

»Gütiger Gott«, flüsterte Copis. »Da ist jemand drin.«

»Ich weiß, deshalb sind wir hier«, erklärte Poldarn.

Er schob die Tür auf und trat in die Dunkelheit. Ein Ei traf ihn im Gesicht.

Zum Glück am Kinn. Er wischte es mit dem Handrücken ab und rief: »Hallo?«

»Verpiss dich. Ich habe ein Messer.«

Poldarn spähte in die Dunkelheit, aber er sah nichts. »Darf ich eintreten?«, fragte er.

»Nein, hau ab, ehe ich dir ein Messer reinramme.«

»Das ist nicht nötig«, sagte Poldarn.

»Doch, hau ab, oder ich bringe dich um.«

Poldarn bemühte sich zu bestimmen, woher die Stimme kam. Für eine Frauenstimme war sie sehr tief und rau, als litte die Sprecherin an einer Lungenkrankheit. »Wir wollen dir kein Leid antun, nur ein paar Fragen stellen«, sagte er.

»Raus. Hau ab, ehe ich die Hunde auf dich hetze.«

Es war offensichtlich, dass es keine Hunde gab. »Ganz ehrlich, wir wollen dir nichts tun und auch nichts stehlen. Wir sind von weit her gekommen.«

»Es ist mir scheißegal, ob ihr aus dem verfluchten Morevich kommt oder nicht, ich ...« Das genügte Poldarn, um den Ursprung der Stimme zu bestimmen. Er packte zu und bekam einen dünnen Arm zu fassen. Er spürte die Muskeln unter der alten Haut. Sie waren erstaunlich hart.

»Tut mir Leid«, sagte er. »Aber ich muss dir ein paar Fragen stellen. Es dauert nicht lang.«

In Bezug auf die Hunde hatte die Alte gelogen, nicht aber wegen des Messers. Poldarn wusste es, sobald sie seinen Kreis durchbrach. Er hielt ihr Handgelenk fest. Eine kleine Drehung, genug, um wehzutun, ohne Schaden anzurichten, reichte, damit sie das Messer fallen ließ. Dann zerrte er sie nach draußen ins Licht.

Es war wahrlich kein schöner Anblick. Offensichtlich war sie gegen Kälte unempfindlich, denn sie trug keine Kleidung. Daher sah man deutlich die weiße Narbe, die von der linken Hüfte zum Nabel verlief. Sie hatte struppige graue Haare und einen Unterkiefer, der nach einem Bruch schlecht eingerichtet worden war. Poldarn ließ sie los und setzte sich auf einen Baumstamm, der so aussah, als diente er seit langem als Hackstock.

»Wer zum Teufel bist du?«, fragte sie und nieste.

Poldarn grinste. »Weißt du, das ist eine sehr gute Frage. Aber wenn es dir recht ist, würde ich dir gern zuvor eine Frage stellen. Stimmt es, dass du einen Sohn hast?«

Sie musterte ihn finster und wischte sich die Nase mit dem Handrücken ab. »Mach dich ruhig lustig über mich. Ich kenne deine Sorte. Du wirst auch mal alt, und dann wird es dir Leid tun.«

Poldarn schüttelte den Kopf. »Ich möchte es wirklich wissen.«

»In Ordnung.« Sie holte hinter dem Stamm eine kleine Axt hervor – Poldarn hätte geschworen, das sie vorhin noch nicht da gewesen war. »Aber wenn du mich anfasst, schlage ich dir den Schädel ein. Verstanden?«

»Klar«, antwortete Poldarn. »Also, stimmt es?«

Sie nickte. »Ich hatte einen netten Sohn – früher. Ja, zehn Tage lang, dann sind sie aus Vistock gekommen. Ihrer Berechnung nach sollte das Kind da geboren werden, und sie hielten es nicht für richtig, dass ich hier draußen ein Kind aufziehe. Einer griff nach meinem Söhnchen, da habe ich ihm die Kehle durchgeschnitten.« Sie machte eine Pause, um etwas aus ihrem Auge zu entfernen. »Der war zwar erledigt, aber sie haben den Jungen trotzdem mitgenommen, und ich habe seitdem nie wieder etwas von ihm gesehen oder gehört. Das war vor langer Zeit.«

Poldarn kniete neben ihr nieder und nickte. »Was ist mit der Geschichte, die ich in Forial gehört habe?«, fragte er. »Der Gott im Karren? Wie hat das angefangen?«

Sie schaute ihn an. »Ach, das war er. Er hat es mir selbst gesagt.«

»Verstehe«, sagte Poldarn. »Als er zehn Tage alt war.«

»Nein, natürlich nicht«, widersprach sie. »Rede doch keinen Blödsinn. Nein, es war in einem Traum. Da habe ich ihn gesehen.«

»Du hast ihn gesehen? Als Säugling oder als Mann?«

»Ja, er war erwachsen«, erklärte sie. »Aber ich wusste, dass er es war. Er hielt den Karren an und stieg ab – er hat da drüben gestanden, wo der Stein ist.« Sie deutete mit der linken Hand auf etwas, aber Poldarn drehte sich nicht um. Die Axt war noch immer in ihrer rechten Hand. »Und dann hat er mich angelächelt – er hatte schon immer so ein reizendes Lächeln –, und dann ist er weitergefahren.

Das Lächeln hat er von meiner Mutter, aber die Nase hat er vom Vater.«

»Von seinem Vater.«

»Ja, einer von Feron Amathys Männern.« Sie blickte auf ihre Füße. »Die haben das Dorf niedergebrannt, weißt du, und alle umgebracht. Ich habe nie verstanden, warum. Ich nehme an, wir waren irgendwie im Weg.«

»Ich habe aber gehört, es waren die Freibeuter«, sagte Poldarn.

»Das stimmt. Feron Amathys Männer. Von jenseits des Meeres.« Sie nahm einen dünnen Ast und schlug mit der Axt darauf. »Als er mit mir fertig war, wollte er mich umbringen, aber ich war zu schnell. Ich war immer schon schnell mit den Händen.« Sie lächelte. »So bin ich an mein Messer gekommen. Es hat sich im Laufe der Jahre bewährt, ohne mein Messer wäre ich verloren. Es hat auf dem Boden gelegen, und er hat danach gegriffen, aber ich habe es zuerst erwischt und ihm ins Ohr gerammt. Genau da, wo du sitzt, ist er hingefallen. Er ist auf dem Gesicht gelandet, und ich habe das Messer herausgezogen und bin weggelaufen. An der Tür stand einer seiner Kumpane. Er hat mit dem Schwert nach mir geschlagen, daher stammt das.« Sie deutete auf die lange Narbe. »Das kam dann später.« Sie berührte ihr Kinn. »Als Regierungssoldaten hier durchkamen. Und welche Frage willst du mir stellen?«

»Also, dein Sohn, der Gott im Karren – sein Vater war ein Freibeuter, und du hast ihn umgebracht.«

»Das stimmt.«

»Aber er ist der Gott im Karren.«

»Das habe ich dir doch schon gesagt. Du hältst mich für verrückt, richtig?«

Poldarn schüttelte den Kopf. »Ich habe keinen Grund, dir nicht zu glauben«, sagte er. »Würdest du ihn nach all den Jahren wiedererkennen?«

»Mein eigenes Kind? Selbstverständlich, würde ich. Er hat das Kinn meiner Mutter und die Nase seines Vaters. Ich würde ihn immer und überall erkennen«, sagte sie.

Poldarn stand auf. »Und du bist seitdem immer hier gewesen?«, fragte er. »Wie kommst du zurecht? Wovon lebst du?«

Sie lächelte listig. Früher war das Lächeln wohl wunderschön gewesen. »Ich treibe Handel«, antwortete sie.

»Und womit handelst du?«, fragte Poldarn.

»Das geht dich nichts an.«

»Da hast du Recht«, sagte er. »Es gibt keinen Grund, weshalb du mir das sagen solltest, wenn du nicht willst. Es würde mich aber interessieren.«

Mit einer Drehung aus dem Handgelenk, die so schnell war, dass Poldarns Augen sie kaum verfolgen konnte, schlug sie die Axt in ein Holzscheit, das sie zwischen den Knien hielt. »Ich treibe mit Potto Ilec aus Sansory Handel«, erklärte sie stolz. »Er schickt vier Mal im Jahr einen Wagen mit Mehl, Käse und Speck her. Er braucht mich. Er kann das gute Zeug nirgendwo anders bekommen, weil die Leute zu viel Angst haben, dass es bekannt wird. Er schickt seinen eigenen Sohn, seine beiden Brüder und seinen Onkel, weil er sonst niemand traut.«

Unwillkürlich hielt Poldarn die Luft an. »Und was gibst du ihm für die Lebensmittel?«

Sie nahm eine ihrer Fußsohlen in die Hände und betrachtete sie wie ein Hufschmied einen Pferdehuf.

»Master Potto Ilec macht Knöpfe«, sagte sie. »Und für besondere Knöpfe nimmt er gern besondere Knochen, mit feiner gerader Maserung und möglichst elastisch. Die müssen ordnungsgemäß getrocknet und eingelegt werden, damit sie die richtige Farbe bekommen, dunkelbraun. Diese Farbe ist schwierig zu finden.«

»Ich glaube, ich verstehe«, sagte Poldarn.

»Man kann die Knochen nicht so einfärben«, fuhr die Alte fort. »Diese Farbe erhält man nur, wenn die Knochen im Feuer gebrannt werden. Sie trocknen, und das ganze Fett kommt raus. Dann lässt man sie draußen in Wind und Wetter und Regen. Das alles dauert lange. Laut Master Potto Ilec darf man das nicht beschleunigen. Heutzutage kaum noch zu finden.«

»Vielen Dank«, sagte Poldarn. »Du hast mir sehr geholfen. Darf ich dir eine letzte Frage stellen?«

Sie blickte zum Himmel empor. »Warum nicht?«

Er trat einen Schritt näher. »Hast du deinem Sohn einen Namen gegeben?«

Sie schüttelte den Kopf. »Dazu bin ich nicht gekommen. Ich hatte andere Sachen im Kopf, ehrlich.«

»Sagt dir der Name Poldarn etwas?«

»Poldarn.« Sie dachte kurz nach. »Nein, nie gehört.«

Poldarn holte Knöpfe aus seiner Jackentasche. »Sehen diese Spezialknöpfe so ähnlich wie diese aus?«

Sie warf einen Blick auf die Knöpfe und schüttelte den Kopf. »Zu blass«, sagte sie. »Und sie sind nicht ganz so groß. Sie haben mir mal einen gezeigt, damit ich die Farbe abstimmen kann.«

Poldarn ging zurück zum Wagen, allerdings ohne die Alte aus den Augen zu lassen. »Danke«, sagte er. »Können wir dir irgendetwas bringen? In ein paar Tagen kommen wir auf dem Rückweg wieder hier vorbei.«

Sie schüttelte den Kopf. »Ich habe alles, was ich brauche, dank Master Potto Ilec und Feron Amathy.«

Poldarn schaute sie an. »Dann hast du das Kind nicht gebraucht?«

»Nein.«

»Nochmals danke, dass du mit uns geredet hast.«

»Bitte schön. Und jetzt kannst du dich verpissen und mich in Ruhe lassen.«

Copis sagte so lange nichts, bis die Ruinen von Vistock hinter dem Horizont verschwunden waren. Es war, als hätte sie Angst, die verrückte Alte könnte sie hören. »Du hast sie nicht nach ihrem Namen gefragt.«

»Stimmt, hab ich nicht«, sagte Poldarn.

»Und warum nicht?«

Er zuckte mit den Schultern. »Ich hab's vergessen. Ich schätze, ich habe es nicht für wichtig gehalten. Übrigens – ist Copis dein richtiger Name?«

Sie lachte. »Nein.«

Er schwieg, was sie offensichtlich ärgerte. »Willst du mich nicht fragen, wie ich wirklich heiße?«, sagte sie schließlich.

»Nein«, antwortete Poldarn. »Wenn du willst, kannst du es mir ja sagen.«

Sie verzog das Gesicht. »Wenn's sein muss. Ich heiße Xipho Dorunoxy. Und ich komme auch nicht aus Torcea, obwohl ich als Kind jahrelang dort gelebt habe. Ich stamme aus Exo.«

»Verstehe«, sagte Poldarn. »Wo ist das?«

»Ach weit weg, Richtung Osten, im Landesinneren. Es ist jetzt nicht mal mehr eine Provinz des Imperiums. Ich glaube, vor sechzig Jahren haben sie sich abgespaltet. Aber unsere Leute können ziemlich frei über die Grenze hin- und hergehen. Das interessiert dich aber nicht besonders, richtig?«

Er schüttelte den Kopf. »Ich habe in letzter Zeit gelernt, dass es nicht wichtig ist, wie Menschen heißen oder woher sie kommen. Sie scheinen die Vorstellung zu haben, dass sie ohne das ihre Identität verlieren würden. Ich bin hier, um das Gegenteil zu beweisen.«

Sie betrachtete ihn schweigend. »Du willst das tatsächlich glauben, oder?«

»Ja.«

»Und schaffst du es?«

»Nein, eigentlich nicht.«

Sie lachte wieder. »Habe ich dir je erzählt, was der Eisenproduzent mir erzählt hat?«

»Welcher Eisenproduzent?«

»Na ja.« Sie zog einen Schuh aus, holte etwas heraus und streifte ihn wieder über. »Ich habe dir doch erzählt, dass die Kunden dort, wo ich früher gearbeitet habe, manchmal gern geredet haben. Warum weiß ich nicht. Ich schätze, ich habe so ausgesehen, als sei ich interessiert. Und erfolgreiche Geschäftsleute reden gern über das, was sie tun, worauf sie stolz sind und so weiter. Aber wenn sie zu sehr in die Details gehen, versteht keiner mehr, worüber sie reden. Wie auch immer – sie haben mir erklärt, wie alle möglichen Dinge funktionieren, woraus sie gemacht sind und so.«

»Und du hast zugehört.«

»Es war besser als zu arbeiten, das steht fest.« Sie schob sich das Haar hinter ihre Ohren. »Einer war ein Eisenproduzent, wie ich schon sagte. Er hatte eine große Gießerei für Messing und Kupfer, mit riesiger Esse und großen Hämmern für Eisen und Stahl – offenbar kann man Eisen nicht schmelzen, das Feuer ist nicht heiß genug, man kann es nur weich machen und dann aus dem Erz drücken. Die großen Klumpen heißen Luppe. Wenn du Stangen oder Platten daraus machen willst, musst du sie erhitzen, bis sie weich ist, und dann in Form hämmern.«

»Wie faszinierend«, sagte Poldarn.

»Halt die Klappe. Ich komme gleich auf den Punkt. Mit Altmetall ist das anders, verstehst du. Das sortiert man. Das weiche Eisen auf einen Haufen, harter Stahl auf den zweiten und weiches Eisen, das zu Stahl verarbeitet wird, wie alte Hufeisen und so, auf einen dritten Haufen. Dann muss man alles erhitzen und lange genug hämmern, bis alles zusammengeschweißt ist, in die Formen, die der Kunde will – Platten, Stangen oder Stäbe. Das ist eine langwierige und schwierige Arbeit. Das hat er mir gesagt.«

Poldarn gähnte. »Das kann ich mir vorstellen«, sagte er.

»Es geht darum«, fuhr Copis fort. »Wenn du Stahl härtest, machst du die Form so, dass er diese beibehält. Darum geht es bei der Härtung. In derselben Form bleiben, selbst wenn man draufhämmert. Diese Form ist so etwas, hat er behauptet, wie das Gedächtnis. Wenn man zum Beispiel eine Wagenfeder oder ein Schwert biegt, kann dieses sich an seine Form erinnern und nimmt genau dieselbe Form wieder an, sobald es zurückschnellt. Wenn die Erinnerung wirklich stark ist, kann man den ganzen Tag hämmern und feilen, aber man ruiniert nur das Werkzeug, weil es nichts ausrichten kann.«

Sie blickte geradeaus, nicht zu ihm. »Wenn du das Material aber erhitzt, mehr noch als das Rot des Sonnenuntergangs oder des Blutes, bis es orangefarben leuchtet, dann verliert es diese Erinnerung, genau so wie du deine verloren hast. Dann ist es nicht mehr hart und spröde, sondern weich, und du kannst es in jede beliebige Form hämmern oder pressen. Und wenn du es in der Luft langsam abkühlen lässt, bleibt es weich. Wenn du es aber glühend rot ins kalte Wasser tauchst, erstarrt es sofort und wird hart wie der Bohec im Winter, und dann hat es seine Erinnerung zurück. Verstehst du, worauf ich hinauswill?«

»Ich denke schon«, antwortete Poldarn. »Du glaubst an die Vorschlaghammerschule der Allegorie, das steht fest.«

Einen Moment lang schaute sie ihn beleidigt an. »Ich wollte nur nett sein.« Sie zuckte mit den Schultern.

Er nickte. »Die gute Absicht allein zählt.« Er rieb sich mit der Handfläche das Gesicht. »Und warum hast du deinen Namen geändert?«

»Weil niemand sich die Mühe machte, Dorunoxy zu sagen«, erklärte sie. »Deshalb nannten sie mich Xipho, was aber mein Nachname ist, nicht mein Vorname. Dort wo meine Familie herkommt, ist es sehr unhöflich, jemanden nur beim Nachnamen zu nennen, wenn man ihn nicht wirklich gut kennt. Obwohl ich wusste, dass sie sich nichts dabei dachten, störte es mich schrecklich. Deshalb habe ich meinen Namen geändert.«

»Klingt vernünftig. Und wieso gerade Copis?«

Sie lachte. »Ach, in Torcea ist dieser Name sehr verbreitet, besonders in gewissen Berufen.« Sie lachte. »Die Kunden erwarteten, dass ich so oder ähnlich heiße, da war es leicht.«

Er nickte. »Und als wen siehst du dich jetzt? Als Copis oder Dorun-soundso?«

»Copis.« Sie schnitt eine Grimasse. »Eigentlich ist das schlimm, weil – na ja, eine Copis –, du kannst dir schon denken, was für eine Person das ist.«

»Und das bist du nicht?«

Ihr Ausdruck wechselte. »Nein! Was denkst du von mir!«

»Ist es wichtig, was ich denke?«

»Warum legst du es drauf an, mich wütend zu machen?«

Er zuckte mit den Schultern. »Ich halte dich nicht für eine Copis. Ich teile nur nicht deinen Standpunkt, den du so langatmig erklärt hast. Du hast deinen Namen geändert, aber du hast immer noch deine alte Erinnerung. Du bist keine Copis, du bist – was immer du auch warst. Sosehr du auch versuchst ein Knopf zu werden, bleibst du doch ein Knochen.«

Sie schüttelte den Kopf. »Ach, das ist mir alles zu kompliziert und zu persönlich. Ich schlage vor, wir reden über etwas anderes, ehe wir uns streiten.«

»In Ordnung.«

»Diese Frau«, sagte Copis. »Wer war sie?«

»Keine Ahnung. Ich habe vergessen, sie nach ihrem Namen zu fragen, erinnerst du dich?«

»Schon gut. Wenn du nichts sagen willst, lass es.« Sie drehte den Kopf beiseite und schaute in die Umgebung. Der Blick war nicht berauschend, nur eine flache Ebene und ein bisschen Nebel, wo die Deymeson-Berge sein sollten. »Und warum haben wir dann diesen Umweg gemacht, um mit ihr zu reden?«

»Ich war neugierig.« Poldarn schauderte. »In der Stadt, wo wir die vielen Knöpfe verkauft haben, hat man erzählt, sie glaube, sie sei die Mutter des Gottes im Karren. Das hat mich interessiert. Liegt doch auf der Hand, oder?«

Sie hob eine Braue. »Ich dachte, du wolltest nie wieder den Gott spielen?«

»Will ich auch nicht. Ich bin nur daran interessiert, herauszufinden, wer ich gewesen bin. Das ist alles.«

Kapitel 19

Monach zog und schlug zu. Als der Soldat auf die Knie und vorwärts fiel, dachte er: *Ich kann es nicht glauben, dass ich alles so vermasselt habe. Alles läuft falsch, und das ist allein meine Schuld.*

Die anderen drei Soldaten kamen näher. Einer direkt von vorn, die beiden anderen von den Seiten. Er trat einen Schritt zurück und steckte das Schwert in die Scheide – das war eine Standardübung, die er in der dritten Klasse gelernt hatte. Die nächste Übung begann aus einer Ruhestellung, Schwert in der Scheide. Und er war nicht in der Laune zu improvisieren. Sobald sie an seinen Kreis stießen, begann die Schlagsequenz. Es war, als hätte sie nicht warten können und ohne ihn angefangen. Die rechte Hand berührte den Schwertgriff, und als die Finger ihren Platz fanden, ging der linke Fuß einen Schritt nach hinten, drehte sich nach innen, Ferse gegen Ferse im Winkel von neunzig Grad. Als das Schwert die Scheide verließ, drehte sich der Körper zum Ziel nach links, und der Hieb zischte bereits auf die Stelle zu, an der das Ziel gleich ankommen würde. Keine Zeitverschwendung. Nicht nachsehen, ob der Hieb erfolgreich war. Der hintere Fuß beschrieb einen Bogen von hundertachtzig Grad nach vorn, wobei der Körper sich dem Ziel rechts zuwandte, während die Arme das Schwert emporhoben, bis es die Wirbelsäule berührte. Der diagonale Hieb nach links brachte die Klinge in die perfekte Schnittlinie (Nummer vier im Handbuch: »Erde vom Himmel trennen«). Der Schwung drehte die rechte Ferse, als die Arme durchzogen und die Extra-Energie des letzten Schlags ihn wieder in die korrekte Stellung brachte, um dem Feind vor sich ins Angesicht zu schauen. Dann ein schneller Stoß, keine Zeit mit Gaffen verschwenden. Wieder eine Drehung zum ersten Ziel und den tödlichen Streich am Schlüsselbein entlang. Eine einfache, aber beeindruckende Sequenz. Jeder gute Student im sechsten Jahr sollte sie beherrschen. Danach das Schwert vom Blut befreien und zurück in die Scheide stecken. Alles in der Zeit, welche ein Apfel braucht, um vom Baum zu fallen.

Monach spürte, wie das Schwert zurück in die Scheide glitt. Dann sah er, wie sein erstes Ziel zu Boden stürzte, die beiden anderen folgten Sekundenbruchteile später. Ein feiner Blutschleier hing noch in der Luft.

Das war das! Eine Bedrohung, mit der er schnell und effizient fertig geworden war. Man konnte ihm verzeihen, dass er einen Moment lang glaubte, endlich etwas richtig gemacht zu haben. Aber das war falsch. Der Plan war gewesen, sich an die Patrouille anzuschleichen, einen Mann festzunehmen und ihn nach General Cronans derzeitigem Aufenthaltsort zu befragen. Doch jetzt waren alle vier tot und konnten ihm nichts mehr verraten. *Wieder* alles vermasselt.

Alles wäre nicht so schlimm, wenn er eine Ahnung hätte, wo Cronan sich befand, doch das hatte er nicht. Irgendwo in den Wäldern unterhalb der Berge bei Shance, wo Major-General Amboscs Kavallerie die Nacht verbrachte, ehe sie weiterritt, wahrscheinlich bei Tagesanbruch, um in Cric zur Hauptarmee und dem General zu stoßen. So betrachtet, klang alles präzise und vollkommen ausreichend. Aber die Wirklichkeit war leider anders. Er hatte keine Ahnung, in welche Richtung er gehen sollte oder wo er sich hier im Wald befand. Er hatte sich verirrt.

... Es machte ihn schrecklich wütend, weil er für derartigen Unsinn keine Zeit hatte, jedenfalls nicht, wenn er noch die kleine Chance wahrnehmen wollte, General Cronan auf dem Weg nach Cric abzufangen (unterwegs war er am verletzlichsten, weil er nur von einer kleinen Ehrengarde, von einem halben Dutzend Berittener begleitet wurde). Jetzt wusste Monach nicht mal mehr, ob der Plan noch durchführbar war, weil er nicht wusste, wie lang er schon in diesem verfluchten Wald umherirrte und wann er aus ihm herausfand. Die Soldaten, auf die er am Rand dieser kleinen tückischen Lichtung gestoßen war, hätten es ihm sagen können, wenn er nur so viel Verstand gehabt hätte, sich als umherziehender Händler oder Regierungskurier auszugeben. Stattdessen hatte er alle umgebracht. Wäre es nicht ein solches Ärgernis gewesen, hätte es ein Scherz sein können.

Er setzte sich auf einen mit Moos bedeckten Baumstamm und dachte über das Problem nach. Wenn die Soldaten sich nicht auch verirrt hatten, waren sie zu einem Ziel unterwegs gewesen. Er sah einen Pfad, aber in welche Richtung waren sie marschiert? Bergauf oder bergab? Dieses Geheimnis hatten sie mit in den Tod genommen. Ebenso in welcher Richtung Shance lag und in welcher die Mahec-Furt, von der er gekommen war. Optionen, Entscheidungen. Monach schüttelte den Kopf. Nichts auf der Welt ist so hilflos wie ein Mensch, der sich im Wald verirrt hat, dachte er verbittert. Es war so schlimm wie der Verlust des Gedächtnisses. Man hat nichts außer dem, was man am Leibe trägt, abgeschnitten von allem, was helfen könnte, ohne konkrete Vorstellung, was als Nächstes zu tun war.

Er war auf Vermutungen angewiesen und verzog das Gesicht. Schwertbrüder stellten keine Vermutungen an. Entweder sie wussten es, oder sie fanden es heraus. Jetzt aber wusste er nicht einmal, wie er vorgehen sollte. Einfach die Augen schließen und losmarschieren. Oder war es sinnvoller, sich einer zufälligen Methode zu bedienen: eine Münze werfen, eine Löwenzahnblüte blasen oder den Flug der nistenden Vögel beobachten? Zweifellos stand das irgendwo in der Doktrin, aber er wusste nicht wo. Genistus' *Observanzen*? *Der Zweite Abriss*? *Lathanos Allgemeines Verfahren*?

Die nistenden Vögel erschienen ihm als die geeignetste Methode. Es wurde dunkel, der Himmel war voller Saatkrähen und Krähen, die rings um ihn schwirrten und kreischten. Er suchte sich irgendeinen Baum. Wenn zehn Vögel rechts vorbeiflogen, ehe dieselbe Zahl links vorbeiflog, würde er den Pfad bergauf nehmen. Andersrum bergab. Die Idee war irgendwie bestechend. Er konnte so tun, als sei es der Wille des himmlischen Poldarn, dem Herren der Krähen, und nicht ein willkürliches Glücksspiel.

Rechts neun, in einem Klumpen, links nur drei. Nur noch ein Vogel rechts. Aber stattdessen schwirrten sieben links vorbei, rechts keiner. Monach seufzte. Zählte das, oder war es Betrug? Er zuckte mit den Schultern. So wie's lief, sollte er lieber eine Münze werfen. Aber das blöde Ding würde mit Sicherheit auf der Kante landen.

Entschlossen marschierte er den Pfad bergab. Aber war das nicht ein Fehler? Schließlich lag Shance angeblich auf einem Berg, also war es doch unvernünftig, hier bergab zu gehen. Aber leider war es nicht so einfach. Seit mehreren Stunden war er ständig bergauf gegangen. Und was hatte ihm das gebracht? Er hatte sich verirrt.

Trotzdem ging er unverdrossen weiter. Ein plötzlicher Anstieg des Geländes belohnte ihn. Keine Frage, jetzt ging er bergauf. Das war vielversprechend, auch wenn er einen Moment stehen bleiben und sich an einen Baum lehnen musste, um durchzuatmen. Auch war der Pfad jetzt ein beruhigend breiter und gerader Weg, der die Zuversicht vermittelte, dass er wusste, wohin er führte – oder woher er kam.

Er kam dennoch nicht schneller voran. Nach einer Weile wusste Monach nicht mehr, wie lang er schon marschierte. Er dachte daran, dass Shance Hill aus der Entfernung an diesem Morgen nicht so weit entfernt gewirkt hatte. Er fragte sich, ob er nicht lieber zurückgehen sollte. Doch nach der nächsten Biegung sah er ein Haus.

Nicht nur ein Schuppen oder eine Scheune, sondern ein richtiges Haus mit Kamin und Veranda, groß genug für einen Bauernhof. Noch besser war, dass davor ein Karren stand. Monach ging näher und wurde durch den Anblick von vier Pferden belohnt, die am Geländer festgemacht waren. Augenscheinlich war jemand zu Hause.

Er klopfte an die graue Eichentür, die trotz ihres Alters gerade hing und erst kürzlich von Moos und Flechten gereinigt worden war. Doch nichts geschah. Das verstand er nicht. Die Pferde waren nicht von selbst dorthin gekommen und hatten sich angebunden. Deshalb bestand berechtigter Grund zu der Annahme, dass, wer immer sie hergebracht hatte, noch in der Nähe war. Vorsichtig stieß er die Tür auf und wartete einen Augenblick, falls es sich um einen Hinterhalt handelte. Leise ging er hinein.

Ah, sagte er zu sich, *das erklärt alles.*

Zwei Menschen saßen sich an einem Tisch gegenüber, ein Mann und eine Frau. Der Mann war durch einen Stich direkt ins Herz getötet worden. Seine Arme baumelten parallel zu den Stuhlbeinen herab, der Kopf war nach hinten gesunken. Der Frau hatte man den Schädel gespalten, vermutlich mit einer scharfen Waffe und großer Kraft. Monach erkannte die beiden. Es waren der falsche Gott und die Priesterin, die beiden Schwindler, die er im Gefängnis in Sansory befragt hatte.

Aber sie konnten ihm auch nicht mehr sagen, wie er aus dem Wald kam. Er seufzte und untersuchte die Leichen genauer. Abgesehen vom beißenden Geruch wies der Zustand der Leichen darauf hin, dass sie seit zwei oder drei Tagen tot waren, möglicherweise auch länger, da es im Haus sehr kühl war …

Der Karren könnte ihnen gehören, nicht aber die Pferde. Diese waren erst vor kurzem bewegt, gefüttert und getränkt worden. Monach runzelte die Stirn. Es war durchaus denkbar, dass diese mysteriöse Situation nichts mit ihm zu tun hatte. Außerdem hatte er keine Zeit, seiner Neugier nachzugeben. Andererseits konnten diese beiden Charaktere Spione oder Agenten sein, die sich als Schwindler getarnt hatten (eine völlig unzureichende Tarnung. Ihr Tod wies aber auf eine andere Möglichkeit hin, als auf Raub oder Feindschaft). Vielleicht spielten die beiden eine wichtige Rolle – oder auch nicht. Er wollte unbedingt herausfinden, wer sich um die Pferde gekümmert hatte.

Es war äußerst seltsam, dass die beiden sich gegenübersaßen, da ihnen die tödlichen Wunden zweifellos von vorn beigebracht wurden, und der Tisch sah nicht so aus, als könne er sie umbringen, ehe sie fortlaufen konnten. War es eine Warnung, oder sollte es ein Schock für den Betrachter sein, die Leichen so hinzusetzen? Monach schüttelte den Kopf. Hier gab es viele Beweise, aber er war nicht in der Stimmung, zu ermitteln.

Anderseits konnte er ein Pferd gut gebrauchen. Leise machte er die Tür zu und ging über die Lichtung zum Wald. Dann schlug er durchs Unterholz einen Kreisbogen zu einer Stelle, von der aus er die Pferde beobachten konnte. Der Gedanke an einen Köder ging ihm durch den Kopf.

Die letzten Tage waren überaus anstrengend gewesen. Er hatte nie genügend Schlaf bekommen, trotzdem war seine erste Reaktion, als er mit steifem Nacken und einem völlig tauben Bein aufwachte, Ekel und Scham. Gleich danach kam Furcht. Das Geräusch nahender Schritte drang durch die Bäume zu ihm. Da sein rechtes Bein eingeschlafen war, konnte er sich kaum bewegen. Verdammt, alles lief schief – und das ist allein meine Schuld. Und jetzt so was Blödes ...

Er kroch und humpelte ein paar Meter zum Waldrand. Doch dann wurde ihm bewusst, dass er die falsche Richtung eingeschlagen hatte. Draußen im Freien war er viel ungeschützter, es sei denn, er schaffte es rechtzeitig bis zu den Pferden – doch, selbst wenn er so weit käme, wie gelangte er auf den Rücken der stolzen Tiere, wenn ein Bein ihm den Dienst versagte? Er blieb stehen und lehnte sich an einen Baum. Die Nadelstiche im rechten Bein zogen sich bis in seine Lenden hinauf. Zurück wollte er nicht, in die Richtung, aus der die Geräusche kamen (es waren mehr als einer, das stand fest). Vorwärts war auch keine gute Idee. Einfach hier bleiben war auch nicht viel besser, aber er fühlte sich außerstande, etwas anderes zu tun. Er schloss die Augen und betete, dass er alles nur träumte.

Sie brachen aus dem Unterholz wie durch Zauberhand, wie Fische, die durch die Spiegeloberfläche eines stillen Sees sprangen. Acht bewaffnete Männer. »Wo zum Teufel hast du gesteckt?«, fragte einer.

Monach sank neben dem Baum zu Boden. »Ich könnte euch dieselbe Frage stellen«, sagte er. »Ich hatte es satt, auf euch zu warten, deshalb bin ich auf eigene Faust losgegangen. Verflucht gute Begleittruppe seid ihr!«

Es waren acht Schwertmönche von den zehn, die er ursprünglich eigens für dieses Unternehmen ausgewählt hatte, um den Oberbefehlshaber der kaiserlichen Feldarmee aufzuspüren und zu töten. Er hatte die Befehle zwei Stunden, ehe er aufbrechen musste, an die Tür des Kapitels angeschlagen. Die Schwertbrüder waren nicht erschienen. Aber jetzt waren sie offensichtlich da. Sie waren seiner Spur gefolgt und hatten ihn im undurchdringlichen Wald aufgespürt, obgleich er sich hoffnungslos verirrt hatte. Unwillkürlich war er tief beeindruckt. »Nun gut«, sagte er. »Darüber sprechen wir später. In welcher Richtung liegt Shance?«

Einer grinste. »Soll das heißen, du hast dich verirrt?«

»Ja«, gab Monach zu und drückte versuchsweise die rechte Fußsohle auf den Boden, zuckte jedoch vor Schmerzen zusammen. »Uns bleibt wenig Zeit.« Er machte eine Pause. »Wisst ihr etwas über die beiden Leichen im Haus?«

Ein Mönch schüttelte den Kopf. »Wir sind gerade erst angekommen.«

»Oh.« Monach dachte kurz nach. »Ihr drei kommt mit mir. Spannt die Pferde vor den Karren. Ich hoffe nur, dass ihr den schnellsten Weg nach Shance kennt. Ihr anderen folgt mir so schnell wie möglich. Und haltet die Augen offen. Jemand hat da drinnen einen Mann und eine Frau getötet, vermutlich waren sie Spione. Wahrscheinlich gehören die Pferde ihnen.«

»Unsere Spione oder feindliche?«, fragte ein Mönch.

»Keine Ahnung«, antwortete Monach. »Und lasst euch nicht ablenken. Haltet euch unterwegs bedeckt, verstanden?«

Er erklärte nicht, weshalb er zum Karren humpeln musste, und sie fragten nicht. Er fragte sie nicht, wie sie ihn gefunden hatten, und freiwillig erklärten sie es ihm nicht. Er ließ einen der Brüder fahren. Er hatte darin keine große Übung.

Der Bruder fand beschämend leicht aus dem Wald

heraus. Er folgte einfach dem Weg, der auf einen Kamm führte. Weniger als eine halbe Meile entfernt, war eine von einer Mauer umgebene Stadt. Sie wand sich um einen Sporn wie ein Seil. Vermutlich Shance.

»So«, sagte der Bruder. (Seit sie das Haus im Wald verlassen hatten, hatte keiner ein Wort gesagt.) »Was geschieht jetzt?«

Monach hatte ein bisschen gedöst, jetzt setzte er sich auf. Sein Bein war in Ordnung, aber der Nacken schmerzte noch. »Wir müssen einen Präfekten oder Offizier vom Dienst finden, der uns sagen kann, aus welcher Richtung Cronan kommt.«

»Aha«, sagte der Bruder. »Wenn wir wissen, woher er kommt, wissen wir auch, wohin er will.«

Monach nickte. »Cric«, antwortete er. »Es besteht natürlich die Möglichkeit, dass er bereits dort ist, aber ein Versuch ist es wert. Auf alle Fälle ist es besser, als zu versuchen, ihn mitten in einem Militärlager zu erledigen.«

»Einverstanden«, sagte ein anderer Bruder hinten im Karren. »Und wie gehen wir vor?«

Daran hatte Monach noch nicht gedacht. Er war nicht geneigt, die Information herauszukitzeln oder sich durch Gewalt zu verschaffen, ganz gleich, mit wem er sprechen musste. Viel besser war es, subtil vorzugehen, irgendeinen falschen Namen zu benutzen – hoher Offizier, Regierungskurier, Spion, irgendetwas aus seinem reichhaltigen Repertoire. Er drehte sich halb um.

»Seht euch hier mal um. Vielleicht gibt es irgendwelche Kleidung. Wir müssen uns als Stabsoffiziere oder Kuriere oder kaiserliche Spione ausgeben. Im

Augenblick sind wir ganz augenscheinlich dreckige Mönche.«

Etwas später meldete ein Bruder: »Hier sind zwar einige Sachen, aber ich glaube nicht, dass sie für das geeignet sind, was du gemeint hast. Dieses Zeug ist *seltsam.«*

Er hielt ein Muster hoch, damit Monach es sehen konnte: ein schwarzes mit Glasfäden besticktes Samtgewand, auf das bunte Steine und Strass so aufgeklebt waren, dass sie mystisch aussehende Symbole bildeten. »Verdammt.« Monach seufzte, weil er sich erinnerte, wem der Karren früher gehört hatte. »Das nützt uns nichts, es sei denn, einer von euch Hohlköpfen möchte sich als Gott ausgeben.«

Der Angesprochene verzog das Gesicht. »Tragen denn Götter so was?«, fragte er. »Ich hätte ihnen wirklich einen besseren Geschmack zugetraut.«

Monach lachte. »Glaub das nicht«, sagte er. »Jedenfalls keine Götter, die ich getroffen habe. Also, wenn wir keine Götter sein können, müssen wir eben Spione sein. Auf lange Sicht gesehen läuft es sowieso auf dasselbe hinaus.«

Die Schwertbrüder schauten sich an, sagten aber nichts. Der Karren rollte zum Stadttor. Ein gelangweilt dreinschauender Posten mit Hellebarde winkte sie durch – gut so. Monach war noch nicht imstande, sich irgendeine Fantasieerklärung für eine Wagenladung illegaler göttlicher Gewänder auszudenken.

Es war kein Problem, die Präfektur zu finden. Sie befand sich, wo sie sein sollte: im alten Turm mit den dicken Wänden, von dem aus man die Straße übersehen konnte, am schwächsten Punkt der natürlichen Verteidigung der Stadt. Ein Schreiber erklärte ihnen, der Präfekt sei nicht da, sondern beim Exerzieren in der Garnison. Er habe auch nicht gesagt, wann er zurückkäme. Nein, den Dienst habenden Offizier könne er auch nicht sprechen, dieser sei beschäftigt ... Monach reichte ihm das Schreiben des Abts mit dem Großen Siegels des Ordens. Plötzlich hatte der Dienst habende Offizier weit weniger zu erledigen, als der Schreiber behauptet hatte.

»Es tut mir Leid«, sagte der Offizier, offensichtlich starr vor Entsetzen bei dem Gedanken, dass vier Schwertmönche in derselben Stadt wie er waren, und noch dazu zusammen mit ihm in dem kleinen halbrunden Raum oben im Turm standen. »Ich wünschte, ich könnte helfen, aber ich habe den eindeutigen Befehl, den Marschplan des Generals niemandem zu offenbaren, ohne ...«

»Du Idiot!«, herrschte Monach ihn an. »Wie oft muss ich das noch erklären, ehe es durch die Ritzen deines Schädels in dein Hirn eindringt? *Sie werden den General umbringen*! Sie werden ihm irgendwo auf der Straße auflauern, ihm den Kopf abschlagen und diesen in Honig eingelegt in einem Glasgefäß zu Feron Amathy bringen, wenn *du* jetzt nicht aufhörst, dummes Zeug zu reden; denn dann können wir ihn nicht mehr rechtzeitig vor dem Hinterhalt warnen. Verstehst du? Wenn du mir nicht sagst, welchen Weg der General nimmt, wird er *sterben* – und das ist dann einzig und allein *deine* Schuld.«

Der Dienst habende Offizier glotzte ihn an, als hätte soeben ein Bergrutsch die gesamte Stadt unter sich begraben und er war der einzige Überlebende, der Mann, der alles in Gang gesetzt hatte, weil er von der Klippe einen Kieselstein geworfen hatte. »Na ja, ich nehme an, es ist in Ordnung«, sagte er schließlich. »Ihr seid ja auch Mönche. Ich meine, wenn man einem Priester nicht mehr trauen kann, wäre das ziemlich traurig.« Er holte eine Messingröhre aus dem Durcheinander auf seinem Schreibtisch und fischte eine Rolle aus dünnem knitterndem Papier hervor. »Nun gut«, sagte er. »Viel weiß ich nicht, warum sollte mir auch jemand etwas sagen, aber ehe der Präfekt wegging, empfing er das hier.« Er entrollte das Papier. Es war eine Landkarte. »Er hatte Befehl von Cronan, ihn mit der Garnison in dem Dorf Cric zu treffen. Ferner besagt der Befehl, dass Cronan die Nordweststraße von Lesars Brücke kommt – das ist hier unten. Siehst du den Punkt? Du kannst ihn nur sehen, wenn du genau hinschaust. Und hier ist die Straße – na ja, sie ist auf dieser Karte nicht eingezeichnet. Du musst dem kleinen Fluss folgen. Wenn du den Fluss findest, hast du auch die Straße.« Ein beunruhigender Gedanke kam ihm. Seine Miene veränderte sich. »Was ist, wenn ihr zu spät kommt und sie ihn bereits überfallen haben? Gott, das wäre grauenvoll.«

Monach requirierte die Karte, zusammen mit einer weiteren, auf der andere Orte und Punkte markiert waren. Dann verließ er den Turm so schnell wie möglich, ohne Aufmerksamkeit auf sich zu lenken. »So«, meinte er, als er wieder in den Karren kletterte. »Ich sage euch jetzt, was wir tun werden. Ihr vier sucht in der Stadt irgendwas, das einem Pferdemarkt ähnelt. Dort besorgt ihr vier Pferde und reitet direkt über diesen Kamm.« Er markierte die Stelle auf der Karte. »Wenn ihr euch beeilt und nicht die schöne Aussicht bewundert, könntet ihr ihn einholen. Ich begebe mich direkt nach Cric und schaue mich dort um. Sollte er dort bereits eingetroffen sein – nun, wir werden der Ziege das Fell abziehen, wenn wir sie haben.«

Die Mönche nickten zustimmend. »Nur noch eins«, sagte einer. »Kannst du uns noch weitere Einzelheiten sagen? Bis jetzt wissen wir doch nur, was du dem Offizier erzählt hast, dass jemand General Cronan umbringen will und wir ihn aufhalten müssen …«

»Was?« Monach schaute auf. »Nein, das hast du vollkommen missverstanden. Hat dir denn keiner Bescheid gesagt?«

Die Mönche schauten ihn verblüfft an. »Wir haben angenommen …«

»Still. Unser Befehl lautet, General Cronan zu töten. Verstanden?«

Es herrschte einen Moment lang vollkommenes Schweigen. »Verstanden«, sagte einer der Mönche. »Noch andere Anordnungen?«

»Ihr seid keine Mönche, ihr gehört nicht zum Orden, ihr habt vom Orden noch nie gehört. Bemüht euch, dass ihr nicht gefangen oder getötet werdet. Das ist alles.«

»Verstanden«, wiederholte der Mönch. Es war, als hätte seine frühere Fehleinschätzung bezüglich des Ziels der Mission nie existiert. »Wir brauchen Geld für die Pferde.«

Monach holte aus dem Ärmel einen kleinen Stoffbeutel. »Zwanzig Großtaler«, sagte er. »Ach, und verschwendet nicht zu viel Zeit damit – und wenn möglich, kauft noch einen Krummsäbel, so einen wie die Freibeuter verwenden. Zuweilen sieht man sie auf dem Markt. Wenn ihr einen bekommt, benutzt ihn zum Töten. Ein bisschen Verwirrung schadet nie.« Er schaute alle Mönche der Reihe nach an. »Hat jemand damit ein Problem?«

»Eigentlich nicht«, sagte ein Mönch, der neue Bruder Tutor. »Ich frage mich nur, was das alles mit Religion zu tun hat.«

Selbstverständlich kannte Monach die Antwort darauf. Er betete sie sich selbst mehrfach vor, während der Karren nach Norden, nach Cric, rollte. In der einfachsten Form lautete sie:

1 Der Orden ist das weltweit wichtigste Zentrum für die Erhaltung, das Studium, die Lehre und die Entwicklung der Doktrin. Deshalb ...
2. Das Überleben des Ordens ist für die Religion lebenswichtig. Deshalb ...
3. Jeder Schritt, der unternommen wird, um den Orden zu erhalten, zu schützen oder zu stärken, ist per Definition gut für den Orden und ein Gnadenakt.

Einfach. Sogar Novizen im zweiten Jahr können diese Logik begreifen. Was die Schritte, »um den Orden zu erhalten, zu schützen oder zu stärken« betrifft, musste ein Bruder Tutor lediglich wissen, »was immer ein Vorgesetzter dir aufträgt«. Der Grund dafür war, dass, falls der Vorgesetzte sich irrte und die Mission sich nicht als Gnadenakt erwies, der die Befehle ausführende Bruder dennoch so viel Gnade und Absolution erhält, als wäre die Mission legitim gewesen. Ohne eine derartige Vorsichtsmaßnahme hätte man die Arbeit des Ordens nicht erledigen können. Dann hätten Brüder, Brüder Tutoren, Kanoniker, ja womöglich sogar Novizen, jede Anweisung in Frage gestellt, die sie erhielten, von *töte den General,* bis zu *leere die Latrinen.* Aufgrund einer fehlerhaften Doktrin und Häresie. Innerhalb eines Jahres würde die Religion im Imperium zusammenbrechen.

Aber weshalb kehrten seine Gedanken immer wieder zu dieser Frage zurück, wie ein Kind, das den Wundschorf abkratzt?

Schuld waren diese grauenvoll langsamen Karrengäule, die ihm zu viel freie Zeit gaben, um über all die Dinge nachzudenken, über die er nicht nachdenken sollte. Schließlich war Religion, soweit es ihn betraf, etwas ganz Spezifisches und Konkretes. Religion war die höchste Gnade, ausgedrückt in Form des perfekten Ziehens, ohne Verzögerung, ganz gleich, was sich zwischen dem Eindringen in den Kreis und dem Schlag befand. Das Ziehen ist kein Ziehen, weil es zu schnell ist, um mit den Sinnen wahrgenommen zu werden, und deshalb laut sämtlichen Vernunftkriterien nicht existiert.

(Mit den Göttern verhielt es sich genauso. Die Götter sind so perfekt, dass sie mit den Sinnen nicht wahrgenommen werden können und daher nur innerhalb der Gnade der unmöglichen Perfektion existieren. Das Auge kann nicht alles gleichzeitig sehen, das Ohr nicht alle Stimmen gleichzeitig hören, der Körper kann nicht gleichzeitig überall sein. Daher muss das Allessehende, Alleshörende, Allgegenwärtige göttlich sein, so unsichtbar real wie die Stadt gleich jenseits des Horizonts oder das Land, das von einem Krähennest aus nicht gesichtet werden kann. Je schneller das Ziehen, desto näher bei Gott, und unmöglich nahe bei

Gott zu sein heißt, Gott zu sein. Nichts ist unkomplizierter als das.)

Monach runzelte die Stirn. Diese Rede hatte er den Novizen im fünften Jahre gehalten, und sie hatte selbst für diese Sinn ergeben, was darauf hindeutete, dass sie wahr war. Doch jetzt musste er an den Gott im Karren denken, was Allectus ihm darüber berichtet hatte, und an die beiden Leichen im Haus im Wald. Was ist Perfektion?, fragte er sich. Nichts als die Eliminierung von allem, das kein echter Kern war, das Wegspülen und Reinigen von allen Unreinheiten aus dem Meniskus geschmolzenen Metalls (Metall, das sein Gedächtnis im Feuer verloren hat. Der göttliche Poldarn, der nicht weiß, dass er ein Gott ist)? Um perfekt zu werden, um Gott zu werden, muss man Gedanken, Furcht, Erinnerungen, alles und jedes, was zwischen dem Schwert in der Scheide und dem gezogenen Schwert …

Und jetzt war er hier in der Welt, saß auf einem Karren hinter den langsamsten Pferden des Imperiums, auf dem Weg, einen General zu ermorden. Gute Frage: Was hatte das alles mit Religion zu tun? Abgesehen davon, dass instinktiver Gehorsam, ohne zu denken, Gnade war, genauso wie das instinktive Ziehen, ohne zu denken. Die Hand braucht nicht zu wissen, weshalb der Feind den Kreis verletzt hat oder worin der Streit bestand – und ebenso wenig muss es der Schwertmönch wissen. Gott zieht uns, und wir schlagen zu.

Das Gute an diesen Spekulationen war, dass sie seinen Geist bis Cric beschäftigten.

Anfangs erkannte er den Ort nicht wieder. Es wimmelte von Soldaten. Überall waren Zelte, aufgepflanzte Speere, Karren, Schaufeln, Spitzhacken und Breithacken neben den Seitenwänden halbfertiger Gräben. Es gab tragbare Essen für die Huf- und Waffenschmiede. Klafterholz war höher als die meisten Häuser aufgestapelt. Er sah jede Menge Pfosten und Bretter, aus denen die Zimmerleute einen Pferch für die Pferde bauten, und ein großes rundes Zelt, das kein Schild brauchte, da der Geruch, der daraus hervorströmte, verkündete, dass das die Feldküche war. Überall waren Männer mit allem Möglichen beschäftigt. Sie vermittelten den Eindruck, man befände sich in einer Stadt. Ein Soldat kam zum Karren und fragte, wer er wäre und was er wolle. Doch diesmal hatte Monach eine geeignete Geschichte parat. Er nannte dem Soldaten einen Namen, ignorierte den Rest der Frage und erkundigte sich, ob der General schon eingetroffen sei.

»Warum willst du das wissen?«, fragte der Soldat. Er hatte einen Akzent, den Monach nicht eindeutig bestimmen konnte.

»Das geht dich gar nichts an«, herrschte Monach ihn an. »Ist er hier oder nicht?«

Der Soldat schüttelte den Kopf. »Er wird erwartet«, sagte er. »Jederzeit. Und was geht dich das an?«

Monach verzog das Gesicht. »Na schön, aus welcher Richtung kommt er? Ich fahre ihm lieber entgegen, das kann nicht warten.«

»Du bist ein Bote, richtig?« Monach antwortete nicht. »Wie du willst«, sagte der Soldat. »Er soll auf der Oststraße kommen.«

Das wusste Monach selbstverständlich bereits. Aber es schadete nicht, alles zu verifizieren. »Die Oststraße«, murmelte er. »Das ist logisch. Ja, danke. Ich mach mich lieber auf den Weg.«

Nach einer Stunde wurde er von einem Reiter überholt, der auf der steilen unebenen Straße gefährlich schnell dahinpreschte. Es war einer der Schwertmönche, die er gegen Cronan ausgeschickt hatte.

Er zügelte das Pferd und kehrte um.

»Was zum Teufel machst du hier?«, fuhr Monach ihn an.

Der Mönch war vor Erschöpfung grau im Gesicht. »Ich bin zurückgekommen, um dich zu finden«, antwortete er. »Cronan ist nicht auf dem Weg gekommen. Es war ein sinnloses Unternehmen.«

Monachs Miene verfinsterte sich. »Verdammt«, grollte er. »Woher weißt du das?«

»Von einem Kurier«, antwortete der Mönch. »Er hatte einen Brief mit Kaplan Cleaphos persönlichem Siegel, darin schreibt er, Cronan soll in der ›Glaube und Tapferkeit‹ bleiben, bis er anderes hört. Hier«, sagte er und zog ein zusammengerolltes Blatt aus der Tasche. Er wollte es Monach reichen, ließ es aber fallen. Monach hob es auf und las es.

»Verdammt«, stieß er wütend hervor. »Das ruiniert alles. Wo hast du diesen Kurier gefunden?«

Der Mönch schloss die Augen und suchte nach den richtigen Worten. »Weiter hinten. Vielleicht eine Stunde. Der Kurier hat behauptet, er käme aus Toizen.«

»Was? Toizen liegt an der Nordküste. Was im Namen der Hölle hat Cleapho hier zu suchen?«

Der Mönch hatte nur noch genügend Kraft, um mit den Schultern zu zucken. Monach schüttelte den Kopf. »Ich bin nicht sicher«, sagte er. »Das ist zwar Cleaphos Siegel, ich habe es ein oder zwei Mal zuvor gesehen, aber es könnte auch eine gute Fälschung sein. Aber andererseits, wer *würde* eine solche Botschaft fälschen? Wenn Cronan nicht in der ›Glaube und Tapferkeit‹ ist, weiß er, dass ein Brief, der ihm die Weisung erteilt, dort zu bleiben, eine Fälschung sein muss. Ich begreife das alles nicht.«

Der Mönch seufzte ungeduldig. »Auf alle Fälle ist Cronan nicht da, wo du gesagt hast, dass er sein sollte. Wir sind diese Straße hinauf und hinab geritten, kein Zeichen von ihm. Auch die Kavallerie hat kein Mensch gesehen. Der Brief kann echt oder gefälscht sein. Was du von dem Offizier in Shance gehört hast, war jedenfalls falsch.«

Monach dachte kurz nach. »Und wo ist dieser Kurier jetzt?«

Der Mönch grinste. »Das ist eher eine Frage der Theologie als der Geographie.«

»Du hast ihn getötet?«

»Wollte den Mund nicht halten«, erklärte der Mönch. »Entweder töten oder entkommen lassen.«

Monach schüttelte den Kopf. »Wäre es nicht ein einziges Mal schön, wenn alles so abliefe, wie es sollte? In Ordnung, ist nicht deine Schuld. Wo sind die anderen?«

»Auf dem Weg zur ›Glaube und Tapferkeit‹«, antwortete der Mönch. »Wo zum Teufel das auch sein mag. Bruder Aslem meinte, er wüsste, wo die Herberge sei.«

»Auf halbem Weg zwischen Josequin und Selce«, sagte Monach. »Sind sie dorthin geritten?«

»Ich glaube schon. Ich habe keine Ahnung, wo Selce liegt, aber ich bin mir ziemlich sicher, dass Aslem so was gesagt hat.«

Monach seufzte. »Wenigstens etwas«, sagte er.

»Nun gut, und jetzt tu Folgendes.« Er schnalzte mit der Zunge. »Erstens such dir einen Busch oder einen Baum und ruhe dich aus. Ich würde dich ins Lager nach Cric mitnehmen, aber in deinem Zustand würdest du das wohl kaum schaffen. Wenn du dich besser fühlst, reitest du zurück nach Shance. Dann suchst du diesen miesen kleinen Offizier und jagst ihm Todesangst ein – beschuldige ihn, ein Verräter zu sein, der uns absichtlich in die Irre geschickt hat. Tritt so großspurig wie möglich auf, weil ich wissen muss, von wem dieser Hund die falschen Befehle bekommen hat. Jemand treibt hier üble Spielchen, und wenn wir herausfinden, wer das ist, haben wir eine Chance, das Ganze aufzuklären. Wenn du dort fertig bist, reitest du zurück nach Cric. Wenn ich nicht da bin, kannst du dich darauf verlassen, dass ich in der ›Glaube und Tapferkeit‹ bin. Sollte ich aber nicht dort sein, reitest du zurück nach Deymeson und meldest dort, dass etwas höchst Seltsames vor sich geht. Sie sollen sich auf einen Angriff vorbereiten, nur für alle Fälle. Ich glaube nicht, dass Cronan oder Tazencius über unsere Pläne gestolpert sind«, fügte er hinzu, als er sah, das Angst über das Gesicht des Mönchs huschte. »Ich kann mir beim besten Willen nicht vorstellen, dass sie etwas herausgefunden haben. Bis jetzt haben wir auch noch gar nichts getan, daher können sie es nicht mal vermuten. Aber lieber auf Nummer Sicher gehen. Wenn uns das alles in die Irre führen soll, dann muss jemand wissen, was wir planen, und dann könnte er möglicherweise einen direkten Angriff auf den Orden befehlen. Das Risiko ist es nicht wert. Hast du das begriffen?«

»Ich glaube schon«, sagte der Mönch und gähnte ausgiebig. »Tut mir Leid«, sagte er. »Du hast Recht, ich muss mich unbedingt ausruhen, ehe ich umfalle und mir den Hals breche.«

Monach ließ ihn stehen, drehte den Karren um und fuhr zurück nach Cric. Es war sein verdammtes Pech, mitten in einer Situation zu stecken, noch dazu mit der Last der Verantwortung für das Überleben des Ordens, vielleicht sogar des Imperiums, in der niemand ihm sagte, was er tun sollte. Sein ganzes Leben lang hatte man ihn gelehrt, *nicht* selbstständig zu denken – eigentlich überhaupt nicht zu denken, nur ziehen und zuschlagen, geführt von Glaube und Instinkt. Sein ganzes Leben lang hatte man ihn gewarnt, dass die komplette Übersicht, das große Bild, nicht für Menschen wie ihn bestimmt war, zumindest nicht, bis er die Erleuchtung erlangt und zum Pater befördert würde. Sein ganzes Leben hatte man ihn gelehrt, seinem Instinkt und seinen Gefühlen zu vertrauen, doch jetzt brachten diese beiden Eigenschaften ihn keinen Schritt weiter. Kein Wunder, dass er sich so stark zum göttlichen Poldarn hingezogen fühlte, dem Patron der Verwirrung, dem Gott, der nicht wusste, dass er ein Gott war.

Ein bizarrer Gedanke schoss ihm durch den Kopf. Er lachte laut auf. Womöglich war *er* Poldarn.

Je länger er darüber nachdachte, desto wahrscheinlicher kam es ihm vor. Da fuhr er nun auf einem Karren durch die Dörfer im Norden, war in Gefahr, jederzeit einen Fehler zu machen, der das Imperium in einen Krieg stürzen und die Vernichtung des Ordens herbeiführen könnte (das würde das Ende der Religion bedeuten, da es ein Glaubensartikel des Ordens war, dass kein Außenstehender die fundamentalsten Grundsätze der Doktrin kannte). Und es war durchaus möglich, dass er dem Erzfeind, den Freibeutern, Tür und Tor öffnete – allerdings war er nicht sicher, wie diese ins Bild passten. Doch wenn er Poldarn war, war das zu erwarten. Er war sich ganz sicher, dass die Freibeuter in irgendeiner Weise in alles verwickelt waren.

Es begann zu regnen, doch er bemerkte es kaum. Ja, selbstverständlich, das war des Rätsels Lösung: Hatte Pater Tutor gewusst, wer er wirklich war? Natürlich. Pater Tutor wusste alles, deshalb hatte er ihn für diese Mission ausgewählt, um die Wahrheit über die Gerüchte über sein eigenes (falsches) Auftreten herauszufinden. Unglücklicherweise war er damals zu dumm gewesen, um die offensichtlichen Verbindungen zu erkennen, und Pater Tutor war gestorben, ehe er eine Chance hatte, es ihm zu erklären – aber vielleicht war es auch lebenswichtig, dass Poldarn nichts von seiner wahren Identität erfahren sollte, bis das Ende der Welt erfolgreich herbeigeführt war. In diesem Fall hätte er versagt. Hatte Pater Tutor ihn mit Absicht auf diese Mission geschickt, damit er die Wahrheit erfahren und das Ende der Welt verhindern sollte? So ein Befehl würde Pater Tutor durchaus ähnlich sehen. Das Schicksal frustrieren, die Welt vor dem vorherbestimmten Untergang retten. War er immer schon Poldarn gewesen, oder erfuhr man Göttlichkeit erst später im Leben, wie Pubertät oder Kahlköpfigkeit? Wurde man dafür erwählt, wegen großer Verdienste, wie zur Priesterschaft? Wenn ja, was hatte er getan, um das zu verdienen? Hatte man ihn von allen Menschen dieser Welt deshalb auserwählt, weil er der einzige war, der *dumm* genug war, um ein Gott zu werden, ohne es zu merken? Wie auch immer, was sollte er als Nächstes tun? Als Poldarn war es seine Pflicht, das Ende der Welt herbeizuführen, aber der Abt hatte ihm befohlen, Cronan zu töten, weil das das Einzige sei, was die Welt vor dem Untergang retten könnte. Was war wichtiger? Seine Pflicht als Gott oder der direkte Befehl seines Ordensoberen? Oder hatte der Abt ihn ausgeschickt, um Cronan zu töten, weil der Mord an Cronan das Ende der Welt bringen würde – in diesem Fall hatte der Abt ihn absichtlich getäuscht. Bis vor kurzem hätte er das für unmöglich gehalten, aber jetzt, wo er wusste, dass der Abt sich mit Flittchen vergnügte, musste er zugeben, dass es durchaus möglich war.

Was sollte er als Nächstes tun? Natürlich seinen Instinkten vertrauen. Den Glauben nicht verlieren. Vor allem der zerstörerischen Versuchung widerstehen, zu *denken*, denn der Gedanke ermöglicht es, dass sich ein Augenblick des Zögerns zwischen die Unterbrechung des Kreises und dem Ziehen schiebt und damit den Glauben zunichte macht. Um Gott zu werden, musste man perfekt werden, den Augenblick ausschalten, das Denken ausmerzen ... War er auserwählt worden, weil er im Schwertkampf der Beste seines Jahrgangs gewesen war?

... und wenn meine Schwester sechs Titten hätte, wäre sie eine Kuh, wie man in Sansory sagte. Er seufzte und schüttelte den Kopf. Einen Moment lang hatte er es tatsächlich geglaubt. Das bewies, wie leicht man das Opfer einer verdammt idiotischen Idee werden konnte, wie ein Nagel, der sich in die Sohle bohrt. Wer auch immer er war (und zuweilen war das schwierig, bei seinem echten Namen, dem im Orden und den vielen Alias), er war ziemlich sicher, dass er kein Gott war. Und falls er doch ein Gott war, dann gewiss nicht Poldarn, nicht mal, wenn man ihn dafür bezahlte. Schlichte Tatsache war, dass Götter nicht existierten. Das wusste er in der Tiefe seines Herzens bereits, seit er Novize im zweiten Jahr gewesen war. Bei Religion ging es nicht um Götter, das alles bildete man sich nur ein. Sie war der sich selbst verleugnende Augenblick zwischen Instinkt und ziehen, nichts mehr und nichts weniger. Er grinste. Ein Gott, der nicht wusste, wer er war – möglich. Ein Gott, der Atheist war – nein.

»Außerdem«, sagte er laut. »Wo ist die Krähe, wenn ich Poldarn bin?«

Sogleich stiegen drei Krähen aus einer dünnen Esche neben der Straße auf und flogen laut krächzend fort. Monach saß mit offenem Mund da, dann lachte er schallend.

Er lächelte immer noch, als er in das Lager in Cric hineinfuhr. Es wurde bereits dunkel, und der Schein der Lagerfeuer spiegelte sich in den dicken Rauchschwaden und ließ sie golden glänzen. Der Regen fiel jetzt beständig nieder. Monach dachte nur an ein Dach über dem Kopf, Wärme, Essen und Schlaf. Er fragte sich, wie er wohl zu diesen Annehmlichkeiten gelangen könnte, als ein Soldat zum Wagen trat und die Zügel ergriff.

»Du bist zurück«, meinte er. Offenbar was es derselbe Mann, mit dem er zuvor gesprochen hatte. »Steig ab und komm mit. Der General möchte dich sprechen.«

Monach wachte ruckartig aus seinen Gedanken auf. »Was?«, fragte er. »General Cronan?«

Über ein Dutzend Soldaten eilten zum Karren. Zwei hielten die Pferde, einer kletterte auf den Bock neben ihn, drei stiegen hinten auf, der Rest bildete einen Kreis um den Karren. Er saß still und bemühte sich, die Situation abzuschätzen. Doch da zog ihm der Soldat, der neben ihm saß, das Schwert aus der Scheide, und zwar so blitzschnell, dass er nichts dagegen tun konnte.

Der erste Soldat grinste ihm ins Gesicht. »Nein«, sagte er. »Nicht General Cronan. General Feron Amathy. Kommst du friedlich mit?«

Kapitel 20

»So etwas habe ich noch nie gesehen«, wiederholte Poldarn.

»Du kannst dich doch gar nicht erinnern, ob du es schon mal gesehen hast«, meinte Copis. »Du hast doch keine Ahnung. Ebenso gut könntest du da früher gelebt haben.«

Poldarns Miene verfinsterte sich, aber er war nicht in der Stimmung, um sich zu streiten. »Es ist atemberaubend«, sagte er. »Und glaubst du ehrlich, dass wir dort Knöpfe verkaufen können?«

Von der Anhöhe aus sahen sie Deymeson, dramatisch durch den Sonnenuntergang erhellt. Die Stadt schmiegte sich um den Fuß des Berges, als sei sie unter den Festungsmauern hervorgesickert. Die Festung mit der doppelten Mauer und den sternenförmigen Bastionen. Die Abtei und die Zitadelle waren von einem massiven niedrigen viereckigen Turm gekrönt. Niemand mit einigermaßen klarem Verstand würde das als schön bezeichnen. Unwillkürlich dachte Poldarn an die Maschinen in Potto Ilecs Fabrik: absolut funktionell, entworfen, um einen Prozess durchzuführen, den er nie im Leben begreifen würde. Hätte Copis ihm gesagt, dass hier die Götter lebten, hätte er ihr wohl geglaubt.

»Schaun wir mal«, sagte Copis. »Ich habe Deymeson auch noch nie gesehen, aber ich habe davon gehört und hätte es auch auf Anhieb erkannt, weil ein Bild davon auf der Rückseite eines Silbertalers ist. Entspricht allerdings nicht der Wahrheit, denn da sieht es hübsch aus.«

Poldarn schüttelte den Kopf. »Ich glaube nicht, dass jemand, der so etwas erbauen kann, Knöpfe benutzt. Oder auch nur Kleidung. Wahrscheinlich sind die Bewohner von Kopf bis Fuß mit Schuppen oder Federn bedeckt.«

Copis seufzte. »Sei nicht albern, wir wollen den Mönchen doch keine Knöpfe verkaufen, aber abgesehen von der Granitscheußlichkeit gibt es auch noch eine Stadt, falls dir das entgangen ist. Dort lassen sie sämtliche Leute wohnen, die die anfallenden Arbeiten verrichten – du weißt schon, Boden scheuern, Latrinen reinigen, Essen kochen. Und weißt du, was diese Leute für uns so besonders macht? Sie werden dafür bezahlt – mit Geld. Und deshalb können wir ihnen Knöpfe verkaufen.«

Sie übernachteten in einer Herberge im Tal, wo sie aus unerfindlichem Grund für Wirbel sorgten. Die Stallknechte und Schankburschen betrachteten sie merkwürdig, ohne zu sagen, weshalb. Das machte Poldarn nervös, aber Copis schwor Stein und Bein, dass sie hier nie zuvor gewesen sei, und schon gar nicht mit der Gottnummer. »Daran würde ich mich erinnern, das kannst du mir glauben«, versicherte sie ihm.

Am Morgen fuhren sie den Hügel hinauf zum Vortor. Dieses war zwar ein Tor, aber es gab keine Mauer. Nur der Torbogen stand auf der grünen Wiese, acht Meter hoch und vier Meter breit, aus spiegelglatten Granitquadern erbaut und ohne sichtbare Schäden. Zwei Wachposten standen davor.

»Das ist doch albern«, sagte Poldarn. »Man kann einfach drumrumfahren.«

Copis schüttelte den Kopf. »Davon würde ich abraten«, sagte sie. »Wenn du das tätest, würden sie die Wache rufen, und du landest in einer Zelle im Wachhaus, wenn du Glück hast.«

Tatsächlich hielten die vier Wagen vor ihnen in einer Reihe und warteten, bis die Posten sie durchs Tor fahren ließen. Die Wachen befragten die Fuhrleute. »Das ist Symbolismus«, erklärte Copis. »Deymeson braucht keine Mauer, seine Verteidigung ist die Angst einflößende Reputation der Schwertmönche.«

»Na schön«, sagte Poldarn. »Weshalb dann aber die Mauern weiter oben?«

»Symbolismus ist schön und gut«, sagte Copis. »Aber manche Leute sind zu blöd, um ihn zu begreifen. Für diese sind die Mauern und Türme erbaut worden.«

Offensichtlich hatte der Wachposten noch nie von Knöpfen gehört, oder vielleicht misstraute er ihnen nur. Jedenfalls bestand er darauf, dass sie sämtliche Fässer und Gläser öffneten. Mit bloßen Händen wühlte er darin herum, wie ein Mann, der mit leeren Händen Getreide schaufelt. Schließlich gab er auf, aber er musterte sie unfreundlich, um ihnen zu zeigen, dass er es nicht schätzte, an der Nase herumgeführt zu werden, und dass er sie im Auge behalten würde.

Hinter dem Torbogen und dem fünf Morgen großen Grasstreifen mit Lehmstellen standen die ersten Gebäude der Stadt; Lagerhäuser und Getreidespeicher, worauf die fensterlosen Fassaden hindeuteten.

Die Hauptstraße führte zu dem steilen Hügel hinauf. Die Häuser an beiden Seiten gaben keine Hinweise, welchen Zwecken sie dienten. Pro Front gab es zwei schmale Fenster, die wie Blasen auf dem glatten grauen Stein aussahen. Einige hatten überhaupt keine sichtbaren Fenster oder Türen. Nirgends waren Menschen zu sehen.

»Ich wusste, dass wir hier nur unsere Zeit verschwenden würden, als du mir gesagt hast, dass das hier ein religiöser Ort sei«, meinte Poldarn. »Wahrscheinlich sind alle beim Beten oder meditieren oder machen sonst was.«

»Nicht diejenigen, die hier unten leben«, widersprach Copis entschieden. »Erstens betet der Orden nicht im herkömmlichen Sinn, sondern sie schlagen sich mit Holzschwertern. Außerdem leben die Mönche oben in der Festung, nicht hier unten. Meiner Meinung nach sieht man in diesem Teil der Stadt keinen Mönch vom Ende des einen Jahres zum nächsten.«

In dem Moment sah Copis links eine Gasse. Eigentlich war es ein Torbogen, durch den der Karren nur fahren konnte, wenn man nichts dagegen hatte, die Wagennaben etwas zu beschädigen. »Versuchen wir's mal hier.«

»Das können wir nicht. Das könnte ein privater Innenhof sein.«

»Dann sollten sie ein Tor aufstellen und abschließen«, antwortete Copis und lenkte den Karren mitten auf die Straße, um im rechten Winkel in den Torbogen abbiegen zu können. »Außerdem habe ich eine Theorie.«

Poldarn seufzte. »Noch mehr Symbolismus.«

»Das werden wir gleich sehen.«

Der Torbogen führte in eine enge Passage, die mit Schieferplatten gepflastert und von einem Dach mit dunkelroten Ziegeln bedeckt war. Nach einer scharfen Kurve kamen sie auf einen Platz.

»Also das gefällt mir schon besser«, meinte Copis.

Es war, als hätte sich die Straße nach außen gestülpt, wie man ein Kissen umdreht, um die Nähte zu verbergen. In der Mitte des Platzes stand ein Brunnen, flankiert von zwei Statuen junger Frauen, welche Harfe spielten. Alle vier Seiten waren von offenen Türen gesäumt. Einige waren Läden mit Verkaufsstischen unter Markisen aus Öltuch. Der Rest waren normale Häuser. Poldarn verstand nicht, weshalb die Besitzer sie hatten, da sie augenscheinlich die meiste Zeit im Freien verbrachten und sich zwischen den Verkaufsständen aufhielten. Ein Junge hielt ein Tablett mit übel aussehenden Würsten. Ein anderer saß auf einem großen Fass, ließ die Beine baumeln und hielt einen großen Blechbecher in den Händen. An der Seite des Fasses waren die Preise mit Kreide angeschrieben – ein Vierteltaler für einen Becher, sechs für einen Humpen. Es gab fast alles, was man sich wünschen konnte, hier zu kaufen, in jeder Größe, Farbe und Form, von rauem weißen Segeltuch bis zu siebenfarbigem Brokat (»Den sehe ich zum ersten Mal nördlich von der Bucht«, flüsterte Copis ehrfurchtsvoll). Vom billigen Gemüseschneider mit einem Griff aus Fichtenholz bis zum eleganten Stockdegen, von Holzpantinen bis zu höfischen Schuhen mit absurd langen Spitzen und wahnsinnig eng geschnürtem Oberteil, von Holzschüsseln zu Zinnpokalen mit vier Griffen, von dicken Jacken aus

Decken bis zu den Prachtgewändern, bei denen man zwei kräftige Zofen und einen langen Verschlusshaken brauchte, um sie anzuziehen ... ja, tatsächlich alles, abgesehen von Knöpfen.

(»Bist du jetzt froh, dass wir hergekommen sind?«, meinte Copis.

»Ja, ja.«)

Einem Knopf am ähnlichsten waren Messingknebel, rau und nicht poliert, zu einem Preis von fünf Vierteltalern. Copis lächelte wie ein Hund, der Blut riecht. »Keine Konkurrenz«, sagte sie glücklich. »Ich hatte Angst, sie hätten hier ein alteingesessenes Knopf-Kartell, das uns aus der Stadt jagen würde, weil wir ihnen ins Handwerk pfuschen.«

»Sieht nicht so aus«, meinte Poldarn. Er band die Pferde an ein Geländer und holte die Stangen für das Zeltdach hervor. »Was für ein außergewöhnlicher Ort. Ganz und gar nicht wie Sansory.«

Copis nickte. »Und dieser Platz ist unser erster Standort. Vielleicht ist die ganze Stadt so. Weißt du, wir hätten den gesamten Bestand mitbringen sollen.«

Sie richteten ihren Verkaufsstand ein und erwarteten, dass jeden Moment ein Soldat oder Gerichtsdiener auftauchte, um ihren Gewerbeschein zu kontrollieren. Aber abgesehen von einigen freundlichen Fragen über ihre Ware schenkte ihnen niemand viel Beachtung. Sie waren erleichtert, dass niemand sie anstarrte oder fragte, was ein Knopf sei, wenn sie antworteten, dass sie Knöpfe verkauften. Inzwischen drängte sich eine beträchtliche Menge vor ihrem Stand. Um die Mittagszeit sah ihr Tisch recht kahl aus.

»Hierhin kommen wir auf alle Fälle zurück«, erklärte Copis während einer unerwarteten Pause. »Außerdem können wir die Preise locker um einen Vierteltaler erhöhen. Laut den Bemerkungen, die ich gehört habe, verschenken wir praktisch das Zeug.«

»Schaun wir mal«, meinte Poldarn. Seiner Ansicht nach waren ihre Preise schon recht stolz. Man musste sie nicht noch höher ansetzen. Irgendwie kam ihm das Geschäftemachen ziemlich unehrlich vor, nur einen oder zwei Schritte von der Grenze zum Betrug entfernt, von der Gott-im-Karren-Schau. »Meiner Meinung nach ist das Glück wie ein Karren. Geht es bergauf und du schiebst ihn, ist das in Ordnung, aber wenn du bergab rollst, ist das keine so gute Idee.«

Copis schüttelte den Kopf. »Glaub das doch nicht«, widersprach sie. »Ich kenne solche Leute. Es gab sie früher oft in Torcea. Je teurer etwas ist, desto wahrscheinlicher kaufen sie es. Schau dir doch das Zeug in den Ständen an. Die Leute hier knausern nicht mit dem Geld.«

Poldarn zuckte mit den Schultern. Er hatte keine Lust, das Thema zu vertiefen. Er winkte dem Jungen, der auf dem Fass saß, und hielt eine Münze in die Luft. Pflichtgemäß brachte der Junge ihm einen Blechbecher. Dieser war mit durchaus schmackhaftem Wein gefüllt, nicht mit schalem Bier, wie er erwartet hatte.

»Ein Vierteltaler pro Becher«, sagte Copis, nachdem sie einen Schluck getrunken hatte. »Das ist ausgesprochen günstig. Weißt du, wir könnten ein oder zwei Fässer kaufen, während wir hier sind, und sie in Sansory verkaufen. Wäre doch besser, als mit leerem Karren heimzufahren.«

»Ja, könnten wir«, meinte Poldarn nicht besonders begeistert. Irgendwas bereitete ihm Unbehagen. Er vermochte aber nicht zu sagen, was es war. War es Deymeson, die Moral des Geschäfts oder etwas anderes? »Vielleicht beim nächsten Mal«, sagte er. »Sobald wir Gelegenheit gehabt haben, herauszufinden, ob es dort auch einen Markt für das Zeug gibt. Außerdem sollten wir uns um Steuern und Tarife und so weiter kümmern, wenn wir in den Weinhandel einsteigen wollen.«

Copis seufzte. »Keine Spontaneität, das ist dein Problem«, sagte sie. »Ich glaube, in deinem vorigen Leben warst du ein Buchhalter. Und ich wette, dass deine Bücher am Ende des Tages immer ganz korrekt waren.«

»Und wäre das schlecht?«

»Du weißt genau, was ich meine«, sagte Copis unwirsch. »Aber es ist wohl eine gute Kombination, einerseits tapfer und ungestüm, andererseits vernünftig und langweilig.«

Poldarn schaute sie an. »So siehst du uns also?«

Copis nickte. »Ich habe ein bisschen übertrieben«, sagte sie. »Aber nicht viel. Ich glaube, dass du tief im Innern diesen Drang hast, ein wirklich langweiliges durchschnittliches Leben zu führen. Und das deutet darauf hin, dass für dich alles, was völlig normal ist, neu und faszinierend ist, und du demnach vorher tollkühn und gefährlich warst.«

»Aber gerade hast du gesagt, ich sei wahrscheinlich ein Buchhalter gewesen.«

»Darum habe ich eben meine Meinung jetzt geändert.«

Poldarn schnalzte mit der Zunge, diese Gewohnheit hatte er Copis abgeschaut. »Wenn ich mir größte Mühe gebe, Aufregung und Abenteuer zu vermeiden, dann habe ich damit bis jetzt nicht viel Erfolg gehabt«, sagte er. »Abgesehen von der letzten Woche, in der es mal erfrischend ruhig war. Tatsächlich liegt es schon Tage zurück, dass ich jemanden getötet habe.«

»Mein Herz blutet«, meinte Copis mit ernster Miene. »Du musst dich halt damit begnügen, den Leuten das Fell über die Ohren zu ziehen. Ist nicht so wirkungsvoll wie sie zu töten, aber es bedeutet, dass du beim nächsten Mal, wenn du durchkommst, noch eine Scheibe abschneiden kannst. Ich schätze, man könnte sagen, das ist der Unterschied zwischen Jagen und Viehzucht.«

Eine Stunde vor Sonnenuntergang löste sich der Markt so abrupt auf, wie ein Riese sich beim ersten Tageslicht in Stein verwandelt. Die Händler hoben die Tischplatten von den Schragen und trugen sie, immer noch mit den Waren beladen, in die Häuser. Die Frauen und Kinder schleppten Hocker, Fässer und Ballen hinein. Alles ging so schnell, dass Poldarn, der gerade seinen Stiefel zuschnürte, es verpasste. Als er sich wieder aufrichtete, war der Marktplatz plötzlich anders (oh, welch ein Unterschied ein einziger Augenblick bewirken kann ...).

»Ihr solltet euch beeilen«, sagte jemand, während sie auf den leeren Platz starrten. »Wenn die Gerichtsdiener kommen und euch noch beim Verkaufen erwischen, seid ihr fällig.«

»Danke«, sagte Poldarn. »Aber weshalb?«

»Ausgangssperre«, erklärte der Fremde und eilte davon.

»Großartig«, schimpfte Copis und leerte Tabletts

mit Knöpfen wahllos in Glasgefäße. »Na, steh nicht rum, bau den Stand ab! Und vielleicht kannst du jemanden fragen, ob es eine allgemeine Ausgangssperre ist oder nur den Handel betrifft.«

Sie schien das Verbot sehr ernst zu nehmen. Schnell löste er das Zeltdach und montierte die Stangen so schnell wie möglich ab. Niemand näherte sich dem Karren, den er hätte fragen können. Alle hasteten zielbewusst sehr schnell zu ihren Häusern. Das ließ darauf schließen, dass die Ausgangssperre allgemein war. Poldarn und Copis wollten sich auf keinen Fall erwischen lassen. Das bedeutete aber ein neues Problem.

»Es muss eine Herberge oder so was geben«, versicherte Copis ihm. »Keine Bange.«

Sobald sie alles im Karren verstaut hatten, liefen sie über den Platz zur Herberge (dem Dogma und Doktrin). Sie erreichten die Tür einige Herzschläge nachdem der Riegel vorgelegt worden war. Auch die Fensterläden waren zugeknallt worden. Sie klopften an die Tür, doch das war reine Zeitverschwendung.

»Entzückend«, sagte Copis. »Und was jetzt?«

Poldarn hörte nicht zu. Er beobachtete drei Männer in langen Roben mit Stäben, die über den Platz auf sie zuschritten. Da sonst niemand zu sehen war, war es nicht schwierig, zu erraten, zu wem sie wollten.

»Ich nehme an, das sind Schwertmönche«, flüsterte Copis. »Über die hört man so alles Mögliche. Aber ich habe noch nie einen gesehen.«

»Nun, sie scheinen keine Schwerter zu tragen«, sagte Poldarn. »Ich verlasse mich auf dein Wort, dass sie wirklich Mönche sind.«

»Still«, sagte Copis. »Ich werde schon mit ihnen fertig.«

Schwertmönche oder nicht, die drei schienen nicht in besonderer Eile zu sein. Sie schlenderten. »Hallo«, rief einer aus ungefähr fünfzehn Metern Entfernung. »Ihr seid fremd in der Stadt, richtig?«

»Das stimmt«, sagte Copis. »Es tut uns schrecklich Leid, wir wussten nichts von der Ausgangssperre.«

Der Mönch, der gesprochen hatte, zuckte mit den Schultern. »Schon gut, wir werden euch nicht wegen Unkenntnis einlochen. Gehe ich recht in der Annahme, dass ihr kein Dach über dem Kopf habt?«

Copis nickte. »Wir haben es bei der Herberge versucht, aber sie haben alles verriegelt.«

»Keine Sorge, wir kümmern uns darum«, sagte der Mönch und nickte einem Mitbruder zu, der schnell zur Herberge ging. »Ja, die Regeln sind ziemlich streng«, fuhr der Mönch fort. »Niemand darf sich ab einer dreiviertel Stunde vor Sonnenuntergang auf der Straße aufhalten. Auf jedem Platz steht eine Sonnenuhr. Man kann also die Zeit leicht sehen. Alle Herbergen und Geschäfte schließen um diese Zeit. Alle Fremden müssen sich in der Schreibstube des Priors melden und den Nachweis über eine Unterkunft für die Nacht vorlegen. Ihr habt nichts dergleichen, oder?«

Copis schüttelte den Kopf.

»Keine Angst«, beruhigte sie der Mönch und nickte zur Herberge. »Alles hat seine Ordnung. Ich stelle euch eine Bescheinigung über Herumvagabundieren aus und weise euch in die nächste Unterkunft ein. Wenn sie voll ist, müsst ihr euch vielleicht mit einer Nacht in den Stallungen begnügen, aber dort dürfte es besser als in einer Zelle sein. Ich vertraue euch, dass ihr euch eine Stunde nach Sonnenaufgang in der Präfektur meldet. Sagt dort, wer ihr seid und weshalb ihr hier seid und dass ihr die Vorschriften nicht gekannt habt, ehe ihr hergekommen seid. Dann stellen sie euch alle notwendigen Pässe und alles weitere aus. Alles ganz ohne Schmerzen, solange ihr euch an die Vorschriften haltet.« Er lächelte.

Der Wirt und seine Frau waren keineswegs begeistert, dass ein Schwertmönch an ihre Tür hämmerte. Sie hätten auch Copis und Poldarn gegrollt, hätten sie nicht am Nachmittag sechs Garnituren Knöpfe für den Preis von fünf gekauft (Copis hatte einen großzügigen Moment gehabt) und wären über den Kauf nicht entzückt gewesen. Die Herberge war voll, aber sie warfen ihren jüngsten Sohn aus seinem Zimmer – er musste in der Küche unter dem Tisch schlafen – und gaben Poldarn und Copis sein Bett für die Nacht. Es war schmal, aber sie hatten den Blick aus dem winzigen Fenster im vierten Stock über die trostlose leere Hauptstraße zum Torbogen ohne Mauern und der Ebene dahinter. Mit dem Standard der Herbergen in Sansory oder einer an der Hauptstraße gelegenen verglichen war diese feucht, eng und miserabel. Anderseits hätten sie es auch weit schlechter treffen können.

Poldarn hatte die Ellbogen aufs Fensterbrett gelegt und betrachtete den letzten Schein der untergehenden Sonne im Westen.

»Ausgangssperren sind eigentlich nicht ungewöhnlich«, erklärte Copis. »Aber hauptsächlich gibt es sie in den Gildestädten, deshalb bin ich nicht auf die Idee gekommen, es könnte auch hier eine geben. Allerdings ist es hier so ähnlich wie in einer Gildestadt. Ich hätte es vermuten müssen. Aber es ist ja nichts Schlimmes geschehen, und morgen suchen wir uns eine bessere Unterkunft.«

»Mir macht es hier nichts aus«, meinte Poldarn ehrlich, als er den letzten Lichtschein betrachtete. »Aber ich schätze, der Sohn des Wirts möchte, dass wir gehen, damit er wieder sein Bett haben kann. Aber dürfen wir umziehen? Ich hatte den Eindruck, dass wir, sobald wir registriert sind, hier bleiben müssen, bis wir weiterfahren.«

Copis runzelte die Stirn. »Ich bin nicht sicher«, antwortete sie. »Meinem Eindruck nach sind wir nicht verpflichtet, bis zur Registrierung irgendwo zu bleiben. Wenn wir ganz früh aufstehen und ein anderes Quartier finden, ehe wir uns in dieser Präfektur registrieren lassen, dürfte das in Ordnung sein«, sagte sie. »Diese Stadt ist eigenartig«, fuhr sie fort. »Ich habe schon viel eigenartigere gesehen, aber merkwürdig ist es hier trotzdem. Aber gut fürs Geschäft.«

»Das stimmt«, sagte Poldarn gedankenverloren. Er betrachtete immer noch das Licht. »Irgendwann musst du mir das mit den Gildestädten erklären. Ich habe Leute darüber sprechen hören, aber bis jetzt habe ich nur begriffen, dass sie irgendwie merkwürdig sind und kein überaus angenehmer Ort für einen Besuch.«

»Du warst in Mael«, sagte Copis schläfrig. »Das ist eine Gildestadt«

»Stimmt, und das war auch ein seltsamer Ort.«

»Morgen erzähle ich dir alles.« Copis seufzte und

drehte sich auf ihre Seite. Sie beanspruchte das gesamte Bett für sich. Poldarn, der keine Lust hatte zu streiten, nahm sich ein Kissen vom Sessel und legte sich auf den Boden. Kurz bevor er einschlief, glaubte er, dass sich im Reet über ihren Köpfen etwas bewegte, aber er war sich nicht sicher. Es konnten auch die Krähen in seinem Traum sein, welche die Flügel ausbreiteten und träge in die Dunkelheit seiner Träume hineinflogen.

»Das ist er doch, oder?«, sagte einer von ihnen.

»Er ist's.« Der Sprecher, ein alter Mann mit einem buschigen weißen Haarschopf, legte beide Handflächen auf die Tischplatte. »Da besteht überhaupt kein Zweifel.« Er machte eine Pause, schöpfte Atem und fuhr fort: »Ich war mehr oder weniger sicher, als ich den Bericht aus Sansory gehört habe, über den Mann, der sich mit Kaplan Cleapho getroffen hat, dann aber geflohen ist, ehe sie ihn fangen konnten. Später kam die Nachricht aus der Herberge – vier Punkte übrigens für deinen Schwertbruder. Es war eine hervorragende Idee, den Wirt auf ihn anzusetzen, damit er nach ihm Ausschau hielt – und ich war fast sicher. Und jetzt habe ich ihn mit eigenen Augen gesehen – Er ist es.«

Langes Schweigen folgte. »Dann ist das geklärt«, sagte der Abt schließlich. »Und was sollen wir jetzt tun, nachdem wir wissen, dass er es ist?«

Keinerlei Vorschläge. Der Abt beugte sich vor und legte die Ellbogen auf den Tisch. »Die offensichtlichste Lösung wäre, ihn schlichtweg umzubringen oder ihn in Ketten nach Torcea zu schicken. Ich bin nicht sicher, weswegen wir Anklage gegen ihn erheben können, aber irgendwas fällt uns schon ein. Auf alle Fälle glaube ich nicht, dass der Kaiser sich eingehend um die Details kümmern würde.«

Er machte eine Pause und wartete, dass ihm jemand widersprach. Doch niemand schien geneigt, sich zu äußern. Der Abt runzelte die Stirn. Dieses eine Mal wollte er keine einstimmige Zustimmung zu seiner Entscheidung.

»Mit Verlaub.« Endlich dachte der Abt. Er wünschte sich mehr als alles in der Welt, dass er nicht das tun müsste, was er offenbar tun musste. »Mit Verlaub«, wiederholte der Mönch. »Ich glaube nicht, dass diese Handlungen nötig oder ratsam sind.«

Der Abt gab ihm ein Zeichen weiterzusprechen.

»Der Punkt ist«, erklärte der Sprecher (er war ein kleiner, fetter Mönch mit grauen Locken und einem eher kindlichen Gesicht. Er war der Dekan, der für Sicherheit und Verteidigung zuständig war). »Wir haben doch ausgezeichnete Gründe, das zu glauben – nun, wir mögen wissen, wer er ist, doch er weiß das nicht.«

Der Abt hatte nicht damit gerechnet, das zu hören. Er war interessiert.

»Meine Agenten suchen ihn schon seit geraumer Zeit«, fuhr der Dekan fort. »Die schlichte Wahrheit ist, dass sie ihn nicht finden konnten, abgesehen von einem Agenten. Und aus praktischen Gründen war dieser nicht imstande, reguläre Berichte zu senden. Ich hatte jetzt Gelegenheit, alles zusammenzustückeln, was wir bisher erfahren haben. Ich glaube, ihr werdet mir zustimmen, denn es gibt der Sache ein neues Gesicht.«

»Fahre fort«, sagte der Abt. Alle anderen schwiegen.

»Um die Geschichte abzukürzen«, sagte der Dekan. »Wir glauben, dass er auf dem Weg von hier nach Boc von einer feindlichen Abteilung überfallen wurde, welche eigens ausgeschickt war, um ihn zu finden – woher sie wussten, wo sie suchen sollten, erkläre ich später. Es kam zu einem kurzen heftigen Kampf. Wir glauben, dass er als Einziger überlebt hat. Darüber hinaus sind wir ziemlich sicher, dass er im Kampf einen heftigen Schlag auf den Schädel bekam, der ihm das Bewusstsein raubte. Als er aufwachte, stellte er fest, dass er sein Gedächtnis verloren hatte. Er wusste nicht, wer er war, wo er war oder welche Sprache er verwendete. Wir glauben, dass er sein Gedächtnis immer noch nicht zurückgewonnen hat. Ich habe mir fachkundigen Rat bei unseren Mönchen in der Krankenstation und etlichen Experten auf diesem Gebiet eingeholt. Alle versichern mir, dass er sich wohl nie wieder an etwas erinnern kann, sofern er nicht unvermittelt mit der Wahrheit über seine Vergangenheit konfrontiert wird. Also wird er wahrscheinlich nie wissen, wer er ist oder was er getan hat. In jeglicher Hinsicht ist er jetzt ein völlig anderer Mann. Und als dieser wäre es nicht nur falsch, wenn wir ihn jetzt töten oder an die Obrigkeit verraten.« Der Dekan räusperte sich. »Es wäre auch eine ganz üble Verschwendung einer bemerkenswert günstigen Gelegenheit, ihn für unsere Zwecke zu benutzen.«

»Nun, das können wir uns wahrlich nicht leisten«, erklärte der Abt. »Vielleicht könntest du uns deine Idee näher erläutern.«

Der Dekan verbeugte sich kurz und zackig. »Mit Vergnügen«, sagte er. Dann erklärte er dem Kapitel, was ihm vorschwebte. Am Ende der Präsentation lächelte der Abt ein wenig.

»Eine ausgesprochen elegante Lösung des Problems«, sagte er. »Selbstverständlich vorausgesetzt, dass deine Information zutrifft und du ihn dazu bringen kannst, deine Pläne auszuführen. Es ist auch die gemeinste, bösartigste Bestrafung, die ich je gehört habe, und daher absolut passend. Solange du in diesen zwei Punkten sicher bist, erlaube ich dir gern, damit zu beginnen. Andere Meinungen?«

Lange Zeit sagte niemand etwas. Dann schüttelte ein Mönch den Kopf.

»Ich bin nicht sicher«, sagte er. »Ich weiß, wer er ist und was er getan hat – und was noch wichtiger ist: Was er getan hätte, wäre nicht dieser idiotische Unfall gewesen, von dem wir gehört haben. Dennoch würde ich das meinem schlimmsten Feind nicht antun.«

Pater Abt atmete durch die Nase aus. »Deine Menschlichkeit verdient Respekt«, sagte er. »Wer ist dafür?«

Selbstverständlich war die Abstimmung einstimmig. Seit Gründung des Ordens war jede Abstimmung im Kapitelrat einstimmig gewesen – zumindest stand es so in den Protokollen. Dennoch war der Abt weder blind noch blöd. Er sah, dass zumindest einer im Kapitel mit der Entscheidung nicht glücklich war, wobei er sich nicht mitzählte. (Aber wenn er jeder vernünftigen Maßnahme widersprach, die er für moralisch unvereinbar hielt, wären die Angelegenheiten des Ordens vor zehn Jahren zum Stillstand gekommen.)

Poldarn wachte auf und stellte fest, dass er aufrecht saß und beide Hände zu Fäusten geballt hatte. Er nahm an, dass er wieder einen schlimmen Traum gehabt hatte.

Diesmal war er sicher, dass sich etwas bewegte, nicht über ihm, sondern im Zimmer. Er warf einen Blick auf Copis. Sie schlief fest und lag diagonal im Bett, ein Arm und ein Fuß schauten unter der Decke hervor. Nur um sicherzugehen, verhielt er sich still und wartete ab, bis er ihren Atem hörte. Es schien lange zu dauern, bis wie wieder atmete.

Wer immer im Zimmer war, bewegte sich wieder. Poldarn streckte die Fingerspitzen aus, bis er den Schwertgriff fand. Behutsam schob er es näher, bis er die linke Hand darum legen konnte. Lautlos zog er es über den Boden. Er trug keine Schärpe, auch keinen Gürtel, daher hielt er es mit der linken an seiner Seite, als er aufstand.

Er schloss die Augen – es war zu dunkel, um etwas zu sehen. Und irgendwie fiel es ihm leichter, zu erkennen, was um ihn herum vorging, wenn er sein Sehvermögen ausschaltete und sich ausschließlich auf Hören und Tasten verließ. Er hatte das Gefühl, dass er früher im Leben geübt hatte, mit verbundenen Augen oder in einem dunklen Raum zu kämpfen.

Eigenartig, sobald er die Augen schloss, konnte er seinen Kreis sehen. Es war, als sei er wieder in seinem Traum, in dem, aus dem er soeben erwacht war (es war nicht der Traum, denn es waren keine Krähen da. Außerdem hätte er sie mit geschlossenen Augen und in der Dunkelheit nicht sehen können). Der Kreis war ganz deutlich. Er wusste, wo er war, ebenso, wie er wusste, wo sich seine Füße befanden, ohne dass er nachsehen oder lauschen musste. Er konzentrierte sich ganz auf die Anwesenheit seines Feindes, tastete nach dessen Kreis ...

... und fand ihn in Sekundenbruchteilen, ehe dieser seinen durchbrach. Der Ausfall fand statt. Doch statt des festen Widerstands von Fleisch schnellte das Schwert in seiner Hand zurück wie ein Hammer, der mit seinem ganzen Gewicht auf einen Amboss niedergegangen war. Wer immer es war – er hatte seinen Schlag pariert.

Während er zu ergründen suchte, was geschah, waren seine Beine und Arme beschäftigt. Er stellte fest, dass er in den vollen Radius seines Kreises zurückgesprungen war und jetzt instinktiv in Kampfstellung gegangen war – Füße schulterbreit auseinander und im rechten Winkel, Ferse an Ferse, Brust heraus, Arme gleich weit ausgestreckt, die Ellbogen leicht gebeugt, der Schwertgriff auf Höhe des Nabels. Alles erfolgte so natürlich wie atmen. Plötzlich fühlte er sich sicher, unter Kontrolle, mächtig wie ein Kapitän auf der Brücke seines Schiffes. Das alles hatte nicht mehr Zeit erfordert als ein Herzschlag. Sein Kreis flammte auf und umgab ihn wie ein brennender Burggraben, wie die unsichtbaren Mauern von Deymeson, und urplötzlich wusste er, dass er *zu Hause* war ...

Die Attacke erfolgte von seiner linken Seite, im Winkel von sechzig Grad zu seiner Schwertklinge. Er spürte die Gewalt, noch ehe sein Kreis durchbrochen wurde. Sein linker Fuß ging zurück, hinter die rechte Ferse, und in dem Moment, als sein Feind die Arme zum Schlag heben musste, zielte er mit seiner Klinge auf die Stelle, wo die Hände des anderen Mannes sein mussten (*die beste Verteidigung ist keine Verteidigung. Der beste Angriff ist kein Angriff*... Maximen, die immer in seinem Kopf vorhanden gewesen waren, stumm oder schlafend). Er spürte, wie die geschwungene Spitze, der optimale Schneidepunkt, in das weiche Eisen eines Schwertgriffs biss. Die Idee war richtig, aber er hatte das Ziel um eine knappe Handbreit verfehlt. Kaum hatte er das begriffen, hatte er seinen Kreis bereits neunzig Grad nach rechts verschoben und las alles, was er über den unsichtbaren Feind wissen musste, von dem Sekundenbruchteil des Kontakts ab. Er wusste, dass er gegen jemanden kämpfte, der ihm an Können und Erfahrung so ebenbürtig war, dass er gegen sich selbst hätte kämpfen können. Jeder las die Gedanken des anderen so deutlich wie die eigenen. Nichts, was er oder der andere Mann tat, würde das Gegenüber überraschen oder täuschen. Es war, als würde die Dunkelheit des Raumes einem Spiegel gleichen und er vor seinem Spiegelbild stehen.

(»Wann werde ich wissen, dass ich diesen Ausfall gelernt habe?«

»Wenn du dein Spiegelbild besiegen kannst.«

»Aber das ist unmöglich.«

»Wenn du das wirklich glaubst, ist es nicht das Ende der Welt. Du bist noch jung genug, um Lehrling eines Schreibers zu werden oder zu lernen, wie man Töpfe flickt.«)

Der nächste Hieb sollte von rechts seitlich kommen und auf den Punkt, wo das Schlüsselbein in die Schulter überging. Er trat vorwärts und wusste genau, wo der Punkt der Kurve vorbeigehen würde, und als ein Lufthauch seine Wange streifte, schlug er niedrig auf die Knie ein und wappnete sich für den Rückstoß, der durch seine Klinge kommen würde, wenn der Gegner mit der flachen Klinge parierte. Er benutzte den Aufprall, um sein Schwert hochzuziehen, im Wettbewerb mit dem anderen. Wer würde zuerst dort sein? Er schlug aus dem Handgelenk heraus, um einen Hieb unter das Kinn zu platzieren. Der andere sprang beiseite – natürlich – und er ebenfalls, um der Riposte zu entgehen, einem Seitenhieb, welcher durch die Hüfte bis auf die Wirbelsäule gegangen wäre. Er glich einem Mann, der ein Gedicht zitiert, das er vor langer Zeit auswendig gelernt hatte, dessen Worte ihm nichts mehr bedeuteten. Während sein Körper alle Bewegungen ausführte, begann sein Verstand zu wandern und begab sich in den Zustand zwischen Schlafen und Wachen, der Ort, wo die Krähen nisteten.

»Aufhören«, sagte eine Stimme in der Dunkelheit. Er hielt inne. Er wusste, dass er der Stimme vollkommen vertrauen konnte. »Gibt es hier eine Lampe oder eine Kerze?«

Ehe er antworten konnte, wachte Copis auf. »Wer ist das?«, fragte sie schlaftrunken.

»Alles in Ordnung«, sagte Poldarn. Die Stimme des anderen Mannes hatte dessen Position bestätigt. Poldarn wusste genau, wo er sich befand. Doch indem der Mann gesprochen hatte, hatte er seine Position preisgegeben, was einem Waffenstillstand gleichkam, als hätte er das Schwert auf den Boden fallen lassen. Das Mindeste, das Poldarn tun konnte, war zu antworten. Außerdem war der Kampf völlig verändert, nachdem Copis wach war. Wenn sie aufstand und herumlief, standen ihre Chancen mehr als gut, mitten entzweigeschlagen zu werden. »Wer bist du?«, fragte er.

Eigenartigerweise lachte der andere Mann. »Ich könnte dir dieselbe Frage stellen«, sagte er. »Gibt es eine Lampe oder eine Kerze? Wir würden uns bestimmt besser verstehen, wenn wir etwas Licht in die Sache brächten.«

»Nein«, antwortete Poldarn. »Zumindest habe ich nichts dergleichen gesehen.«

»Schade.« Poldarn hörte das Klicken eines Schwerts, das in die Scheide gesteckt wurde. »Aber es ist nicht lebenswichtig. Du musst deine Vorstellungskraft benutzen.«

»Wer zum Teufel bist du?«, unterbrach ihn Copis. »Und was machst du in unserem Zimmer?«

»Hör mir genau zu.« Die Stimme hatte sich ein wenig verändert. »Du weißt nicht, wer du bist, richtig?«

»Nein«, gab Poldarn zu. »Ich habe vor einiger Zeit mein Gedächtnis verloren, als ...«

»Als du nach einem Kampf neben dem Fluss aufgewacht bist. Ja, das weiß ich alles. Aber meine Kenntnisse über das, was du danach gemacht hast, sind etwas dürftig. Doch bis zu deinem Erwachen weiß ich – wissen wir alles. Soll ich es dir erzählen?«

Poldarn zögerte ungefähr drei Herzschläge, bis er antwortete. »Ja«, sagte er.

»Dann werde ich dir alles sagen. Aber zuvor ...«

»Nein. *Jetzt*.«

»Zuvor muss ich dich warnen«, erklärte die Stimme energisch. »Morgen früh werden einige höhere Ordensleute zu dir kommen und dich ins Kapitelhaus bringen lassen. Dort werden sie dir viel über dich erzählen, mit genauen und sehr glaubhaften Details. Sie werden dir sagen, dass dein Name

Bruder Stellico ist, dass du ein entlaufener Mönch des Ordens bist und deshalb – technisch gesprochen – als Verbrecher zum Tode verurteilt bist; dass du, ehe du den Orden verlassen hast, ein Pater Tutor warst, das ist in der Tat ein hoher Rang, und der oberste Dekan für angewandte Religion, womit wir unseren Schwertkampf bezeichnen. Laut ihren Berichten war ich dein unmittelbarer Untergebener und dein Schüler. Du hast mir alles beigebracht, was ich über das Thema weiß.« Er machte eine Pause. »Aber von alledem ist nichts wahr.«

»Oh«, sagte Poldarn nur.

Die Stimme lachte leise. »Selbstverständlich ist alles möglich«, sagte er. »Und alles passt zu dem, was du über dich erfahren hast. Sie werden dir Amnestie anbieten und einen beeindruckend klingenden Titel und Privilegien, vorausgesetzt, du bleibst und schickst deine Freundin – Copis, nicht wahr? – fort. Du hast vorher Xipho Dorunoxy geheißen, als du in dem Bordell in Josequin gearbeitet hast. Aber das ist natürlich auch nicht dein wahrer Name.«

Er sprach Xipho Dorunoxy perfekt aus, zumindest so locker wie Copis. »Du bist wirklich klug«, sagte Copis. »Ich will auch nicht wissen, woher du das weißt.«

»Danke«, antwortete die Stimme. »Wir ziehen es vor, nicht zu erklären, wie wir an unsere Informationen gelangen. Es ist kein schreckliches dunkles Geheimnis, ganz im Gegenteil, alles offen und überhaupt nicht beeindruckend. Aus diesem Grunde erklären wir es nicht. Das würde das Mysterium zunichte machen.«

Poldarn atmete langsam ein. »Warum wollen sie mir all diese Lügen auftischen?«

»Lass mich dir sagen, wer du wirklich bist«, antwortete die Stimme ruhig. »Dann müsstest du imstande sein, es selbst herauszufinden. Dann wirst du auch begreifen, weshalb ich, obwohl ich Grund genug habe, dich zu hassen, und dich leiden sehen möchte, nicht einfach daneben stehen und zuschauen kann, wie sie dir das antun. Dich respektiere ich nicht, aber unseren Orden. Wenn wir aus schierer Bosheit uns zu üblen Taten hinreißen lassen, so wie die für dich geplanten, laufen wir Gefahr, alles zu verlieren, was wir sind.«

»Gut«, sagte Poldarn. »Dann sage mir, wer ich wirklich bin.«

Kapitel 21

Sie schleppten ihn vom Karren zur Zeltklappe. Er blutete, und ihm war schwindlig. (Als seine Füße nachschleiften und jede Bewegung seines gebrochenen Beins Schmerzstöße durch seinen Körper jagte, erhoben sich zwei Krähen von einer abgestorbenen Fichte und flogen davon. Die eine trug etwas im Schnabel, aber er konnte den Kopf nicht so weit heben, um zu sehen, was es war.) Der Wachposten vor dem Zelt verweigerte ihnen mit dem Speer den Zutritt.

»Was soll die Eile?«, fragte er misstrauisch. »Worum geht es?«

»Das hat absolute Priorität«, erklärte der Soldat links von ihm. »Äußerst dringend. Du weißt, was dringend bedeutet?«

»Schon gut«, ertönte eine Stimme aus dem Zelt. »Lasst sie herein. Ich erwarte sie.« Eine Hand zog die Zeltklappe beiseite. Sie schleppten ihn hinein und ließen ihn unsanft wie einen Getreidesack auf den Boden fallen.

»Hebt seinen Kopf hoch.« Jemand packte ihn an den Haaren und zog seinen Kopf hoch. Jetzt konnte er den Mann im Zelt sehen. »Das ist er. Gute Arbeit. Ihr beiden könnt jetzt was essen und ein paar Stunden schlafen. Wir brechen kurz nach Anbruch der Morgendämmerung auf.«

Die beiden Soldaten konnte er nicht sehen. Wahrscheinlich salutierten sie, wie alle Kavalleristen. Er sah nur ein Stück des schäbigen Teppichs. Dann hörte er Leinwand rascheln. Offenbar hatten die Soldaten das Zelt verlassen.

»Weißt du, wer ich bin?«, fragte der Mann. Eine Pause folgte – er antwortete nicht, hauptsächlich, weil er den Unterkiefer nicht bewegen wollte. Das hätte ihm zu wehgetan. »Hallo, kannst du mich hören? Ich habe dich etwas gefragt.«

Etwas traf ihn in der Seite und bestätigte ihm, dass dort zumindest eine Rippe gebrochen war. Er überstand die Schmerzen wie ein Mann in einem kleinen Boot eine Sturmbö. Solange seine Verbindung zum Körper so geringfügig war, konnte er den Wellen widerstehen, ohne von ihnen mitgerissen zu werden.

»Ich sagte, weißt du, wer ich bin?« Hätte er sich besser gefühlt, hätte er gelacht und eine witzige Bemerkung gemacht, ähnlich wie: Ich weiß nicht mal, wer ich bin. Oder, tut mir Leid, aber meine Mama hat mir verboten, mit Fremden zu sprechen. Er wusste nicht, wer er war oder falls doch, war dieses Wissen durch die Schmerzen in eine unzugängliche Nische gedrängt worden, und er konnte es nicht erreichen. Außerdem wollte er das auch nicht.

»Falls du es nicht weißt«, sagte der Mann, »obwohl ich sicher bin, dass du es weißt, sage ich dir, wer ich bin. Ich bin Feron Amathy. Und wer bist du?«

Gute Frage. Aber wenn er nicht antwortete, könnte ihn der Mann noch mal in die Rippen treten. Das wollte er nicht. Er konnte sich an seinen Namen nicht erinnern, nur an einen Namen, den er ein paar Mal benutzt hatte, wenn er auf einer Mission unterwegs gewesen war. Er machte den Mund auf – der

Unterkiefer schmerzte wie die Hölle. Dann brachte er Laute zustande, die wie »Monach« klangen.

»Ja«, sagte der Mann, »ich weiß. Ich wollte nur sehen, ob du mir die Wahrheit sagst. Wir nennen das Kontrolle. Man stellt Fragen, deren Antworten man kennt. Es hilft, um ein Gefühl zu bekommen, ob der Verdächtige lügt oder nicht.« Er setzte sich auf den Sessel, dessen Beine Monach dicht vor seiner Nase sah. »Du bist also der berühmte Monach, ja? Verdammt, du siehst ja furchtbar aus. Was um alles auf der Welt hast du gemacht?«

Er hoffte, dass das nur eine rhetorische Frage sei, denn er konnte sich nicht erinnern. Ganz allgemein gesprochen: Wenn man eine akkurate Beschreibung einer Schlacht haben will, darf man nicht den Mann fragen, der hilflos auf dem Boden liegt und getreten wird. Er sieht nur Stiefel und Knöchel, sonst nichts.

»Eigentlich heißt du überhaupt nicht Monach«, fuhr der Mann fort. »Es ist verwirrend, weil ihr verfluchten Mönche so viele Namen habt – den Geburtsnamen, den Namen, den ihr als junge Novizen bekommt und dann den Ordensnamen, welchen ihr annehmt, wenn ihr ordiniert werdet, ganz zu schweigen von den Namen, die ihr benützt, wenn ihr in die Welt hinauszieht, um gewöhnlichen Menschen Ärger zu machen.« Er seufzte. »In deinem Fall kenne ich sie alle. Erst warst du Huon Josce. Danach Valcennius – benannt nach dem Verfasser sechs obskurer Kommentare zum Abriss. Allerdings wusstest du das damals nicht. Danach warst du Bruder Credizen. Und wenn du draußen in der Welt Menschen ermordest, bist du Soishen Monach.« Er lächelte. »Hat meine Leute Wochen gekostet, das alles in Erfahrung zu bringen. Du solltest dich geschmeichelt fühlen.«

Monach wurde übel. Er hatte das Gefühl, als hätte man ihm die Haut vom Gesicht gezogen und der Mann sei mit den Fingerspitzen darüber gefahren. Es war natürlich absurd, wegen der Verletzung seiner Namen schockiert und entsetzt zu sein, wenn man bedachte, was mit ihm geschehen würde. Aber er konnte nicht anders. Es war ein Reflex, wie alles andere, was in der Religion eine Rolle spielte.

»Sieht aus, als hättest du dich verteufelt gewehrt«, fuhr der Mann fort. »Was keinem von uns nützt. Du bist zu Brei geschlagen worden. Ich kann kein vernünftiges Wort aus dir herausbringen. Hättest du aufgegeben und wärst friedlich mitgekommen, wäre das für uns beide sehr viel besser gewesen.« Er hörte den Sessel knarzen. Die Füße vor seinen Augen bewegten sich. »Vielleicht haben wir mehr Glück, wenn du sitzt«, sagte der Mann.

Der Mann war kräftig, außerdem kümmerte es ihn wenig, ob er dem anderen wehtat oder nicht. Als er die Augen wieder aufmachte und die Schmerzwellen vorüber waren, saß er in einem Sessel. Ihm gegenüber saß der Mann, der mit ihm gesprochen hatte.

»Besser?«, fragte der Mann. »Nun gut, du musst dich bemühen und meine Fragen beantworten, weil sie sehr wichtig sind und wir nicht viel Zeit haben. Wenn nicht, nehme ich den Stock und stelle fest, welche Knochen du gebrochen hast. Wenn du mich verstehst, nicke einmal.«

Nicken schaffte er. Das schien den Mann zu erfreuen, denn er nickte ebenfalls. Auf seinem Schoß lag eine knapp ein Meter lange daumendicke Stange aus Eschenholz. Er war jünger, als Monach gedacht hatte. Nicht älter als vierzig, mit dichten braunen Locken, braunem Bart, einer spitzen Nase und einem herzförmigen Gesicht mit freundlichen braunen Augen.

»Hervorragend«, sagte der Mann. »Nun, pass gut auf. Weißt du, wo General Cronan ist?«

Offenbar wusste er es. Er hob den Kopf, doch dieser fiel gleich wieder nach vorn. Dabei stieß er mit dem Kinn auf, was schrecklich wehtat. Sobald er genickt hatte, erinnerte er sich, wer Cronan war und an seine lebenswichtige Bedeutung für den Orden und das Imperium. Er hätte die Frage nie beantworten dürfen, welche er soeben beantwortet hatte.

»Ja. Und?«

»In der Glaube und Tapferkeit«, hörte er sich sagen. »Auf der Straße von Josequin nach Selce.« Die Worte kamen flüssig, wie wenn ein Kind ins Bett nässt, obwohl es sich nach Kräften bemüht, die Blase zu kontrollieren. Unwillkürlich dachte er, dass das nie geschehen wäre, wenn er noch seine Namen hätte.

»Ich weiß, welche Herberge du meinst«, sagte der Mann. »Sehr gut, jetzt kommen wir einen Schritt weiter. Nächste Frage: Hast du von deinen Leuten welche ausgeschickt, um ihn zu töten?«

Er nickte ein Mal.

»Verdammt. Wann?«

»Heute Vormittag«, antwortete er. Jetzt zögerte er nicht. »Ungefähr zwei Stunden vor der Mittagszeit.«

»Das bedeutet ... wie sind sie unterwegs? Zu Fuß, zu Pferd oder mit Wagen?«

Er wollte antworten, musste jedoch husten. Das war keine gute Idee. Der Mann schätzte das Husten ebenfalls nicht, denn er wiederholte die Frage – diesmal lauter.

»Sie reiten«, brachte er hervor. »Ohne Eile, sie dürften nichts riskieren.«

»Haben sie die Hauptstraße genommen?«

Nicken.

»Wenigstens etwas. Gut, du bleibst hier, rühr dich nicht von der Stelle.«

Der Mann verließ das Zelt, rief einen Namen und ließ ihn allein. Das war herrlich. Er hatte die Möglichkeit, sich zu entspannen und die Schmerzen zu bekämpfen, die seinen Gedanken im Kopf den Weg versperrten. Er schloss die Augen – trotz des Schwindels fühlte er sich so besser. Im Hinterkopf protestierte etwas: Nein, du darfst die Augen nicht schließen, denn sonst schläfst du ein und verlierst das Bewusstsein. Das ist deine einzige Chance. Auf dem Tisch neben der Landkarte liegt ein Messer. Wenn du die Tischbeine neigst, kann du es erreichen. Du kannst es unterm Arm verstecken, und wenn er zurückkommt, kannst du ihn erstechen oder ihm die Kehle durchschneiden. Du musst es tun, du kannst es dir nicht leisten, es nicht zu tun. Du hattest verfluchtes Pech, aber du hast noch diese eine Chance. Eine zweite bekommst du nicht. Du musst …

Er verhielt sich still und verdrängte die Stimme aus seinem Kopf. Objektiv wog er die widerstreitenden Forderungen an ihn ab. Einerseits ging es um die Zukunft des Ordens und des Imperiums, andererseits waren die Gedanken an die Mühen und Schmerzen, sogar noch größere Schmerzen, wenn er versagte. Die Entscheidung war nicht schwierig. Nichts außerhalb seines Körpers spielte eine Rolle, außerhalb seines Körpers und des unsichtbaren Kreises der Schmerzen, der ihn umgab. Die Schmerzen bestimmten alles.

Kurz danach kam Feron Amathy zurück. Er sah unglücklich aus. »Ich habe dreißig Mann leichte Kavallerie den alten Fuhrweg hinaufgeschickt. Falls es möglich ist, den Lihac zu überqueren, müssten sie ungefähr eine Stunde vor deinen Meuchelmördern dort sein. Aber das ist verdammt knapp.«

Er klang wie ein höherer Offizier, der einen bei einem Fehler ertappten Untergebenen tadelte, nicht wie ein Feind, der einem anderen klar machte, dass dieser seine Pläne vereitelt und die Opferung seines Lebens für die Sache bedeutungslos gemacht hatte. Es war keine Grausamkeit, dachte Monach. Er ist nur ein viel beschäftigter Mann, der laut dachte. Wahrscheinlich hielt er es für hilfreich, mit jemandem zu sprechen, auch wenn es nur ein besiegter erniedrigter Gegner war. Monach spürte die Müdigkeit, das riesige Gewicht der Verantwortung, die auf Feron Amathys Schultern lastete. »Und, was machen wir jetzt mit dir?«, sagte dieser und ließ die Arme herabhängen. »Meine Instinkte raten mir, deinen Kopf mit einem Stück Apfel im Mund zurück nach Deymeson zu schicken, um die Mönche dort wissen zu lassen, dass ich über ihre Pläne vollends informiert bin. Andererseits, weshalb sollte ich mehr Informationen weitergeben als nötig? Solange sie sich nicht sicher sind, ob ich weiß, dass sie beteiligt sind, müssen sie eine Doppelstrategie verfolgen. Das verlangsamt ihre Planung. Ich kann dich also hier demonstrativ aufhängen lassen, eine doppelte Ration verteilen, den Männern einen richtigen Spaß bieten. Oder ich könnte dich für später aufbewahren, vorausgesetzt, du überlebst. Nur Gott allein weiß, welche nützlichen Informationen in deinem Kopf stecken. Aber vielleicht ist es mühsamer, sie herauszuholen, als sie es wert sind.« Er seufzte. »Niemand anderer kann dich befragen, weil du zu klug bist, selbst in deinem jetzigen Zustand. Ich kann es mir nicht leisten, dass du mir durch falsche Informationen alles vermasselst. Dazu habe ich weder die Zeit, und seien wir doch ehrlich, noch die Energie. Du hast mir schlimme Kopfschmerzen beschert, und ehe die Reiter nicht aus Selce zurück sind, kann ich nicht sicher sein, ob du nicht alles ruiniert hast.« Wieder seufzte er. »Ich glaube, ich versetze dir einen Schlag auf den Kopf. Alles andere wäre nur Zeitverschwendung.« Er stand auf und holte einen Kurzdolch aus der Schärpe, trat einen Schritt vorwärts und war in Monachs Kreis getreten.

Monach schloss die Augen. Sterben, wie es sich für ein Mitglied des Ordens ziemte, war in der achten Klasse ausführlich besprochen worden. Er hatte als dritter von zwanzig abgeschnitten. Schlüssel zu der bewährten Methode waren Würde, Akzeptieren, Glaube an ein höheres Ziel.

Mit geschlossenen Augen stellte er sich die Bahn des Dolches und die der Hand vor, welche sie nehmen musste (vorausgesetzt, dass Feron Amathy vorhatte, ihm die Halsschlagader durchzuschneiden). Er sah die linke Hand, welche sein Ohr niederdrücken wollte, um den Kopf festzuhalten, während die rechte schnitt. Es war der offensichtlich heikelste

Augenblick, denn es ist immer gefährlich, sich in den Kreis des Gegners zu begeben. Im richtigen Augenblick griff er mit der rechten Hand nach oben, packte den Zeigefinger der linken Hand des anderen und drückte ihn kräftig zurück, bis er brach.

Feron Amathy schrie auf und wollte instinktiv die Hand zurückziehen. Das war gut. Monach verstärkte den Druck auf den gebrochenen Finger, sodass Feron Amathy sein gesamtes Gewicht einsetzen musste, um die Hand wegzureißen. Dieses Gewicht traf jedoch genau das Schmerzzentrum. Ausgezeichnet: In kritischen Situationen benutze den Schmerz, um den Gegner zu verwirren, zwinge ihn, seinen Vorteil und seine Gelegenheit zu einem tödlichen Hieb zu übersehen. Inzwischen hatte Monach Zeit, seine Stellung so zu wechseln (eigentlich wollte er es nicht, aber offensichtlich musste er es tun), dass er mit der linken Hand den Gegner am linken Handgelenk packen konnte, worauf dieser den Dolch fallen ließ. Bei diesem Manöver spürte er plötzlich einen Schmerzstoß. Er öffnete die Augen und blickte direkt in Feron Amathys Gesicht. Er sah die Furcht und lächelte, als der Dolch zu Boden fiel.

Er ließ das Handgelenk des anderen Mannes los und hob den Dolch auf. Wie erwartet, wich Feron Amathy zurück und befreite seinen gebrochenen Finger. Dabei stieß er einen lauten Schmerzensschrei aus. Monach nützte aus, dass seine rechte Hand frei war, und schlug dem Gegner seine Handkante unters Kinn. Feron Amathy fiel nach hinten, landete auf dem gebrochenen Finger und schrie wieder auf.

In Monachs Kopf hörte er die ruhige verächtliche Stimme von Pater Tutor, welcher ihm befahl, die Situation objektiv abzuschätzen. Im Moment befand er sich im Vorteil, aber es gab einen Unsicherheitsfaktor. Würde der Vorteil genug andauern, um dem Feind so nahe zu kommen, um ihn zu töten, vor allem in Anbetracht seiner misslichen Lage? Jeder Versuch, den Todesstreich auszuführen, würde nur einen furiosen instinktiven Widerstand bewirken, wie der, den er soeben verspürt hatte. Das konnte leicht zu einer Katastrophe führen, trotz seiner Überlegenheit in Bezug auf Technik und Theorie. Wenn er anderseits das Zelt verließ, war es höchst unwahrscheinlich, dass Feron Amathy ihn persönlich verfolgen würde. Stattdessen würde er laut nach den Wachen brüllen. Und bis diese eintrafen, würde jedem, der die fünfte Klasse absolviert hatte, ganz zu schweigen von jemandem, der erfolgreich die zweite gemeistert hatte, in der Dämmerung die Flucht gelingen, selbst mit erheblichen Verletzungen.

Wie immer hatte Pater Tutor Recht. Die Vorstellung, es gäbe einen schicksalshaften Moment, in dem Feron Amathy seiner Gnade ausgesetzt war und er ihn mühelos töten konnte, war nur eine Illusion. Jemand mit weniger Disziplin, weniger Ausbildung, weniger Erfahrung, die Theorie richtig zu interpretieren, könnte zu der irrigen Annahme gelangen, dass dies ein Punkt sei, der die Welt für immer verändern konnte. Doch Monach wusste es besser. Nur ein Gott konnte so etwas vollbringen.

Ein verführerischer Gedanke kam ihm in den Sinn. Vor nicht allzu langer Zeit hatte er sich beinahe selbst überzeugt, er sei der Gott Poldarn. Er hatte sich das mit Vernunftgründen wieder ausgeredet, doch irgendwo im Kopf hing noch der Hauch eines

Zweifels. Und jetzt, wenn er tatsächlich ein Gott war, würde er nur ein Wort aussprechen müssen – oder es denken –, und seine Verletzungen wären auf wunderbare Weise verheilt. Schließlich können Götter nicht verwundet werden. Sie können das Trugbild einer Verletzung hervorrufen, vielleicht sogar so gut, dass sie selbst getäuscht werden, aber es konnte ihnen kein echtes Leid geschehen. Es war den Versuch wert.

Er dachte den Befehl und wartete. Einen kurzen Moment lang war er nicht sicher. Dann machten sich die Schmerzen erneut geltend, und er wusste Bescheid. Wieder eine Theorie im Eimer. Was soll's!

Er schaffte es zur Zeltklappe, ehe Feron Amathy nach den Wachen rief. Jede Bewegung war nahezu unerträglich schmerzhaft. Gehen war technisch praktisch unmöglich, ganz zu schweigen von rennen. Doch aus einem anderen Blickwinkel betrachtet – ihm blieb die Zeit, die die Wachen brauchten, um ins Zelt zu kommen und ihre Befehle entgegenzunehmen. Dann mussten sie durchs Lager ins Dorf laufen. Er rannte los.

Er vermochte nicht zu sagen, zu welchem Zeitpunkt die Idee in seinem Kopf Gestalt annahm. Vielleicht sogar schon, ehe er Feron Amathys Finger gebrochen hatte. Sie hatte aber nahezu die endgültige Form angenommen, als er den Kopf aus dem Zelt steckte und nach einem Fluchtweg Ausschau hielt. Teilweise war es Verzweiflung – wen kannte er in Cric? Es gab auch keinen Grund anzunehmen, dass der alte Mann, der vielleicht General Allectus war, ihm helfen würde. Aber wenn seine Vermutung zutraf, hatte der Alte auch nichts zu verlieren, wenn er einem Flüchtling Unterschlupf gewährte, denn wenn man ihn aufspürte und er von einem Soldaten aus dem Haus Amathy erkannt wurde, würde man ihn auf jeden Fall sofort töten. Viel hing davon ab, ob General Allectus das ebenso sah. Immer vorausgesetzt, dass er tatsächlich General Allectus war.

Es war eine idiotische Idee, aber sie gab ihm etwas, worauf er sich konzentrieren konnte, ein Ziel. Man hatte ihm vor langer Zeit, in einem Alter, als andere Jungen noch mit Holzschwertern gegen angebliche Feinde kämpften, Folgendes beigebracht: Wenn du fortlaufen musst, dann lauf auf ein bestimmtes Ziel zu. Auch die schwächste Spur zu einem Ziel hält oft die erstickende Decke der Angst zurück, welche fast immer ein schlimmerer Feind ist als der Ursprung der Furcht, so wie mehr Menschen in einem brennenden Haus wegen des Rauchs sterben als wegen der Flammen.

Er hatte keine genaue Orientierung, aber er hatte sich gemerkt, dass man ihn, als er zum Zelt des Generals gebracht wurde, von der Straße durchs Lager in rechtem Winkel nach links geführt hatte. Jetzt musste er die Straße finden, links abbiegen und parallel zur Straße durch die Zeltreihen laufen … Seine Beine knickten ein, gleichzeitig bekam er keine Luft mehr. Trotzdem gelang es ihm, das Gleichgewicht zu bewahren. Er schwankte wild hin und her, wie ein betrunkener alter Mann.

Bilder tauchten vor seinem geistigen Auge auf. Schemen, die er in jeder Stadt und in jedem Dorf, in dem er gewesen war, gesehen hatte. Nach einiger Zeit filterte der Verstand den Anblick, sodass diese Gestalten nicht mehr wichtig und auch keine Beleidigung für die Augen waren. Er analysierte ihre Bewegungen – ungehemmt, zuversichtlich in einer verrückten Art und Weise, da Menschen ohne Vergangenheit oder Zukunft selten vor etwas Angst haben. Ihm fielen zwei Gestalten aus der Unterstadt von Deymeson ein. Beide waren Krüppel, der eine hatte sich offensichtlich irgendwann beide Beine gebrochen und sie zusammenwachsen lassen, ohne dass sie vorher richtig eingerenkt wurden. Der andere Mann hatte einen krummen Rücken, wahrscheinlich war er damit geboren worden. Er ging stets so tief gebeugt, dass die Nase beinahe die Knie berührte und die Fingerknöchel über den Boden schleiften. Als er sich jetzt dieser Haltung anpasste, kam ihm der Gedanke, dass diese Menschen ihr gesamtes Leben in ähnlichen Schmerzen verbringen mussten wie die, welche er jetzt spürte. Einen Moment lang war er von Bewunderung für ihren Mut und ihre Ausdauer erfüllt (er würde entweder sterben oder fliehen, um gerettet und geheilt zu werden. Sie würden aber für immer in dem festen Kreis von Schmerzen bleiben).

Monach war ein ausgezeichneter Schauspieler. Drei Mal kamen Wachen an ihm vorbei. Beim ersten Mal, als er rannte, beim zweiten Mal auf dem Weg ins Dorf, und beim letzten Mal, als er gebeugt dahinhumpelte. Dabei schlugen sie einen Bogen um ihn.

Das Dorf Cric war verlassen. Um diese Nachtzeit war das verständlich, da schwer arbeitende Bauern mit der Sonne aufstehen und ins Bett gehen. Niemand hier verschwendete guten Talg für eine Kerze oder eine Lampe. Das Licht der Sterne reichte gerade aus, um den Unterschied zwischen Leere und den Schatten der Häuser zu sehen. Monach humpelte schwankend weiter. Obwohl er bei jedem Schritt Schmerzen litt, machten diese ihm eigentlich keine Sorgen – denn es waren nicht seine Schmerzen, sondern sie gehörten zu der Person des alten Säufers, ein Charakter, den er ins Leben gerufen hatte, damit dieser seine Beschwerden wie ein Träger übernahm. Er benutzte jeden Schmerzensstich als Grundlage für seine Darstellung – *je mehr es schmerzt, desto weniger fühlst du.* Das ergab zwar jetzt ebenso wenig Sinn wie vor zwanzig Jahren, aber der Orden vertrat die Meinung, dass es ihn zu einem besseren Mönch mache, wenn er diese Sätze auswendig lernte. Damit könne er besser ziehen und die Natur der Götter besser verstehen.

Er hatte die Türen nicht gezählt, es gab auch keine auffälligen Merkmale, die ihm den Weg weisen könnten. Trotzdem wusste er, welches Haus dem Mann gehörte, nach dem er suchte, weil ihm das sein Instinkt und seine Intuition verrieten. Und an diese beiden Dinge glaubte er als guter Mönch. Er tastete nach dem Riegel und hob ihn hoch. Das Haus war nicht verschlossen. So ein Ort war Cric nicht.

»Hallo?« Er trat ein und widerstand der Versuchung, sich trotz der Schmerzen im Rücken und in den Schultern aufzurichten. Spiele deine Rolle weiter bis zum letzten Moment – nur für alle Fälle. »Hallo«, wiederholte er. »Ist jemand hier?«

»Schon gut, ich höre dich«, antwortete eine Stimme in der Dunkelheit. »Nicht nötig, so zu brüllen.«

Die Stimme kam ihm bekannt vor. Krampfhaft überlegte er, welchen Namen der Alte bei seinem letzten Besuch hier benutzt hatte. Jolect. Jolect Soundso. Und er hatte behauptet, ein ganz normaler Soldat im Ruhestand zu sein.

»Feldwebel Jolect?«, sagte er. »Bin ich im richtigen Haus?«

Der Alte lachte kurz. »Was wäre, wenn ich dir mit Nein antworten würde?«

»Das würde darauf ankommen.« Monach versagte die Stimme, als eine Schmerzwelle von den Knien bis ans Kinn aufstieg, die er nicht unterdrücken konnte.

»Worauf würde es ankommen?«

»Ob du die Wahrheit sagst.«

Wieder lachte der Alte. »Ja, ich heiße Jolect«, sagte er. »Aber ich war nie Feldwebel.«

»Wäre es in Ordnung, wenn ich mich auf den Fußboden setze?«, fragte Monach leise. »Nur einen Moment.« Ehe der alte Mann antworten konnte, drückte Monach den Rücken gegen die Wand und rutschte hinab. Es musste sich sehr zusammenreißen, um nicht laut zu schreien.

»Ich möchte dich wegen deines Namens nicht unter Druck setzen, aber falls du ihn mir sagen willst ...«

»Vesser«, sagte Monach. »Vesser Oldun. Ich ...« Er hustete und benutzte die Pause, um nachzudenken. »Ich war auf dem Heimweg – ich bin Händler, verstehst du, ich verkaufe allerlei Haushaltskrimskrams, Schnallen, Nadeln, Broschen, Knöpfe – und ich war gerade ungefähr eine Meile nordwestlich von hier. Es war kurz vor Sonnenuntergang, als mich Reiter überholten – na ja, den Rest kannst du dir wohl denken. Ich lag eine Zeit lang da, bis ich mich kräftig genug fühlte, um in die Stadt zu gehen. Gibt es hier eine Herberge?«

»Ich fürchte, nein.«

»Oh. Oh, wie ärgerlich. Es tut mir Leid«, sagte Monach und bemühte sich, die Schmerzen im Kinn beim Sprechen zu ignorieren. »Du wunderst dich sicher, warum ich hier so hereingeplatzt bin. In Wahrheit habe ich nach einer Herberge gesucht, wie ich gerade sagte. Aber dann fühlte ich mich ganz plötzlich so schwach, dass ich nicht mehr stehen konnte. Daher habe ich an die erste Tür geklopft, die ich sah. Es war deine. Es tut mir schrecklich Leid, wenn ich dir Ärger mache.«

»Keineswegs«, sagte der Alte. »Aber eine Überraschung ist es, das muss ich zugeben. Ich glaube, in dieser Gegend wurde seit vierzig Jahren niemand mehr ausgeraubt, zumindest haben mir das meine Nachbarn erzählt. Selbstverständlich war ich viele, viele Jahre weg und bin erst vor einem Dutzend Jahren zurückgekommen. Nein, wahrscheinlich weniger. Ich kann mich nicht erinnern. Aber ich bin ganz sicher, dass das, was man sich wegen der Überfälle erzählt, die Wahrheit ist. Aber wenn jetzt jemand in der Nähe sein Unwesen treibt, müssen wir etwas dagegen unternehmen.

»Ja«, sagte Monach. »Ja, das solltet ihr.« Er spürte, wie er einschlief. Ein Traum hatte sich bereits geöffnet und wartete, dass er hineinfiele. »Also, wenn es keine Herberge gibt ...«

Der Alte lachte. »Mach dir deshalb keine Sorgen«, sagte er. »Du kannst gern die Nacht hier verbringen und bleiben, solange du willst. Morgen früh, wenn der Junge mit meinem Frühstück kommt, schicke ich ihn zu einer Nachbarin. Sie kennt sich sehr gut mit gebrochenen Knochen und Heilkräutern aus.«

Monach gelang es, dem Alten zu danken, ehe sein Verstand dahinschwand und sich im Traum ausbreitete …

Monach öffnete die Augen und sah helles Tageslicht. Instinktiv blickte er nach oben und sah blauen Himmel mit einigen weißen Wölkchen hoch droben. Der Sonnenstand verriet ihm, dass es Vormittag war. Alles war sehr still, aber er spürte, dass er nicht allein war. Etwas würde gleich geschehen.

Er blickte über die Schulter und sah eine Armee. Sie waren in einer Schlachtlinie, die sich nach beiden Seiten so weit hinzog, wie er schauen konnte. Tausende Männer standen da und starrten geradeaus. Er drehte sich um und bemühte sich herauszufinden, was alle so faszinierte.

Er konnte es nicht sehen. Er und die Armee befanden sich direkt unter einem lang gezogenen Gebirgskamm und schauten einen Hang hinab. Unten erstreckten sich Schafsweiden zu einem großen Wald am Fuß eines steilen Bergs. Er sah keine Häuser, keine Scheunen oder andere Gebäude, auch keine Mauern oder Hecken oder Vieh. Die Landschaft war hübsch, aber langweilig.

Wo bin ich nur, fragte er sich. Aber er gestattete sich nicht, dieser Frage weiter nachzugehen. Er war sicher, es rechtzeitig zu erfahren – und außerdem war es nur ein Traum.

»Da schau!«, sagte jemand rechts von ihm. Er schaute den Mann an, der soeben gesprochen hatte.

Er deutete mit ausgestrecktem Arm. »Komm um die Waldbiegung und schau dir das an«, fuhr der Mann fort. Monach folgte der Linie der Finger, sah jedoch nichts. »Kannst du es nicht sehen, General?«, fragte der Mann. Monach begriff, dass diese Worte an ihn gerichtet waren. »Wahrscheinlich Vorreiter oder berittene Pioniere. Soll ich eine Abteilung Kavallerie ausschicken, um ihnen den Weg abzuschneiden?«

Verdammt, er stellt mir eine Frage, dachte Monach leicht verwirrt. *Wenn dieser Traum etwas ist, das sich tatsächlich ereignet hat, und wenn ich den falschen Befehl gebe und wir den Kampf verlieren? Oder den Kampf gewinnen, obwohl wir ihn hätten verlieren müssen? Heißt das, ich bleibe in diesem Traum gefangen und kann ihn nie mehr verlassen?*

»Seltsam, dass du das sagst.« Monach blickte umher. Linke, dicht neben ihm stand der alte Mann aus Cric, der vielleicht General Allectus gewesen war, der, auf dessen Fußboden Monachs Körper schlief.

»Wie bitte?«, fragte Monach.

»Ist schon gut«, meinte der Alte. »Ich hätte dich nicht so aufschrecken dürfen. Nein, ist schon gut. Ganz gleich, welche Befehle du ihnen erteilst, ich werde dennoch den Kampf verlieren. Die Geschichte wird ihren Lauf nehmen. Diese Männer hier ...« Er deutete mit den Handrücken nach links. »Das ist das Haus Amathy. Sie wechseln die Seiten, sobald es nicht mehr gut für mich aussieht. Damit wäre dieser Punkt erledigt. Aber wir kommen vom Thema ab. Entschuldige, ich wollte dich nur beruhigen, damit du den Traum genießen kannst, ohne Angst zu haben, wie du später wieder heimkommst.«

»Danke«, fühlte Monach sich zu sagen gezwungen.

»Bitte schön. Aber was wollte ich dir erzählen? Ach ja.« Der Alte wischte eine Strähne des feinen weißen Haars aus den Augen. Der Wind hatte hier oben aufgefrischt, und auf dem Abhang waren sie ihm am stärksten ausgesetzt. »Es geht um deine Idee, in einem Traum gefangen zu bleiben.«

»Was? Ach ja, gut.«

»Es ist kein neuer Gedanke«, erklärte der Alte. »Tatsächlich stößt das Poldarn in einigen Versionen seiner Mythen zu. Er schläft auf dem Berg von Deymeson unter einem Limonenbaum ein. Im Traum findet er sich auf dem Kutschbock eines Karrens wieder, der über die Moore zu dem Dorf Cric rollt. Aber er erinnert sich nicht, wer er ist oder woher er kommt, nichts dergleichen, ganz zu schweigen davon, dass er ein Gott und kein Sterblicher ist.« Der Alte lachte, er schien selten gute Laune zu haben. Selbstverständlich war er jünger, als Monach ihn in Erinnerung hatte. »Wie auch immer«, fuhr er fort. »Meine Männer – Verzeihung, deine Männer – spähen in die Ferne, um die ersten Zeichen von General Cronans Armee zu sehen, welche jetzt jeden Moment aus dem Wald auftauchen müsste. Erscheint sie, gibst du den Befehl, sich ruhig zu verhalten und sie hier zu erwarten. Das ist ein sehr vernünftiger Befehl, und selbst jetzt frage ich mich immer noch, was geschehen wäre, hätten sie ihn befolgt.« Er seufzte und war plötzlich wieder der alte Mann, allerdings nur für einen Augenblick. »Das tun sie natürlich nicht«, fuhr er fort. »Sie lassen Cronans Männer halb den Abhang heraufkommen. Dann kommt ihnen unvermittelt die Idee zum Angriff. Anfangs läuft es gut, doch dann lässt Cronan sozusagen die Katze aus dem Sack. Zweitausend Mann schwere Kavallerie brechen aus dem Wald, preschen den Hang hinauf, nehmen uns in die Zange und teilen uns in der Mitte entzwei. Die untere Hälfte drängt weiter nach vorn, bricht durch die Linie und kämpft sich zum Wald vor, wo sie verschwindet und nie wieder zum Vorschein kommt. Die obere Hälfte – na ja, Feron Amathy wechselt die Seiten, der Rest zieht sich in Reih und Glied auf die Anhöhe zurück und räumt das Feld. Ich – du – *wir* bleiben da und bemühen uns, Männer um uns zu scharen, um auszuharren. Die Kavallerie des Feindes erspäht uns, und in letzter Sekunde ergreifen wir die Flucht – du und ich. Und deshalb sind wir jetzt noch am Leben und sitzen in der Falle. Falls du aus irgendeinem Grund hier bleiben willst, tu mir einen Gefallen und versuche nicht, die Schlacht zu gewinnen. Wie ich dir gerade erklärt habe, wäre ein Sieg die leichte Option. Es würde auch keine Rolle spielen, wenn du gewinnen würdest. Du würdest trotzdem verlieren. Es würde nur länger dauern und die Zahl der Opfer wäre höher. Ah, jetzt sind sie da und sogar rechtzeitig.« Bei den letzten Worten klang die Stimme des Alten scharf.

Als die feindliche Armee im Wald sichtbar wurde, scheuchte sie eine Riesenschar Saatkrähen und Krähen auf, welche ihr ein Stück vorausflog, wie eine flache Welle vor den Brechern. »In gewisser Weise sind alle Schlachten nur unangenehme Erinnerungen des schlechten Gewissens«, erklärte der alte Mann. »Genau wie diese hier. Alle haben sich früher schon mal ereignet. Der einzige Unterschied liegt darin, wer gerade diesen Traum träumt. Aber man kann jede Menge alten Müll damit beseitigen, indem du ein *in gewisser Weise* davor stellst.«

Monach blinzelte, der Wind trieb ihm das Wasser in die Augen. »Jetzt kann ich sie sehen«, sagte er.

»Kannst du? Ausgezeichnet.« Der Alte schaute ebenfalls hinüber. »Interessant, vermutlich hast du dich entschieden, herzukommen, ehe der Kampf begann. Meiner Meinung nach haben dich deine Instinkte zu dem Augenblick vor dem Ziehen geführt, zu dem Punkt, wo sie deinen Kreis verletzen. Da du an Religion glaubst, existiert der nächste Teil, der Kampf, gar nicht. Es gibt nur den Augenblick davor und den Augenblick danach. Oder sehe ich das zu einfach?«

»Ja, das tust du«, antwortete Monach. »Der Kampf würde nur dann nicht existieren, wenn die Welt perfekt wäre, was sie jedoch nicht ist – oder wenn du oder ich Götter wären, was wir nicht sind.«

Der Alte grinste. »Ich bin keiner, das steht fest. Und was dich betrifft – na ja, ich sehe nicht, ob es so oder so eine große Rolle spielt. Würde ich sagen, ja, du bist eindeutig ein Gott, darauf gebe ich dir mein Wort, würdest du mir doch nicht glauben. Du würdest erklären, es sei nur ein Traum und noch dazu dein Traum.«

Monach wusste nicht, ob es eine göttliche Erleuchtung oder nur eine Neckerei war. Er hielt es für das Beste, alles schlicht zu ignorieren. Seine Instinkte trieben ihn zu einem Gegenangriff. »Dann bist du tatsächlich General Allectus? Darf ich fragen, wieso du dich in dieser Elendshütte verkriechst?«

»Ich wurde hier geboren«, antwortete Allectus.

»Nicht im Dorf. Meinem Großvater gehörte das ganze Tal und das halbe Moor – aber das alles brachte mehr Ärger und Kosten ein, als es wert war. Deshalb hat mein Vater nach dem Tod des Großvaters alles ignoriert. Er hat keine Mieten mehr kassiert und das Haus verfallen lassen. Das gesamte Einkommen reichte in besten Zeiten nicht mal dazu, die Gärtner im Haupthaus in Torcea zu bezahlen.« Er wischte sich etwas aus dem Augenwinkel, ein Staubkorn oder eine kleine Mücke. »Ja, wir hatten dort ein Haus. Falls du Zeit hast und den Umweg nicht scheust, kannst du dir die Ruinen anschauen, falls es noch etwas zu sehen gibt. Die Dorfbewohner haben seit vierzig Jahren die Steine als Baumaterial weggeschleppt, daher wird wohl nicht mehr viel übrig sein. Ach ja, ich wurde hier geboren, als die Familie den Sommer hier verbrachte. Damals sind wir wie fahrendes Volk mit unserer gesamten Habe in einem Wagen von Besitz zu Besitz gefahren. Selbstverständlich war es ein sehr großer Wagen, um alles darin zu verstauen. Aber Wagen bleibt Wagen.« Er schüttelte den Kopf. »Wie auch immer. Nachdem ich die Schlacht und meine Armee verloren hatte, fand ich mich mutterseelenallein in dieser Gegend wieder. Auf meinen Kopf war ein Preis ausgesetzt. Ich nehme an, eine Art Orientierungsvermögen, wie bei Brieftauben, brachte mich zurück.« Er lächelte. »Es half auch, dass ich mich an einige Einzelheiten von unseren Sommerbesuchen erinnerte, als ich noch ein kleiner Junge war. Ich erinnerte mich an den Namen eines Dieners aus diesem Dorf. Er war ungefähr so alt wie ich und hieß Jolect. Er ging mit uns fort, bekam dann aber Fieber und starb. Ich kannte ihn kaum. Doch als ich nach einer lebenslangen Dienstzeit in der Armee hierher kam, beschloss ich, er zu werden. Zum Glück war die Familie Jolect inzwischen ausgestorben, niemand konnte behaupten, ich sei nicht der, der ich zu sein vorgab. Im Übrigen scherte sich kein Mensch um mich. Bei meiner Ankunft hatte ich zwölf Goldvierteltaler – es war mein Taschengeld an dem Tag, als ich von dieser Schlacht davonlief, reichte aber, um als Abschiedssold eines Veteranen zu gelten. In Cric war ich damit ein reicher Mann. Ich gab das Geld meinen Nachbarn, damit sie alles kaufen konnten, was sie nicht selbst herstellen oder anbauen konnten – hauptsächlich Eisen und Stahl für Pflüge und Werkzeug, dazu noch anderes Material, das in Cric für eine Generation reicht. Als Gegenleistung habe ich dieses schöne Haus, und sie geben mir zu essen und Kleidung, bis ich sterbe. Was könnte ein Gott mehr verlangen?«

Monach sagte nichts.

»Außerdem liegt darin eine wunderschöne Symmetrie«, fuhr Allectus fort. »Ich wurde als Sohn und Erbe dieses riesigen Landbesitzes geboren – wertlos, aber dennoch riesig –, und jetzt, als alter Mann, bin ich hier wieder, der alte Gutsherr, geliebt, respektiert, geduldet, unterstützt von meinem treuen Gesinde.« Er verzog das Gesicht zu einer übertrieben traurigen Grimasse. In diesem Moment ließ die Sonne in der Ferne die Speere von Cronas Armee aufblitzen. »Wir haben die Gepflogenheit, zu dem zu werden, was wir werden sollten, ungeachtet dessen, ob wir es wollen oder nicht. Würdest du Religion verstehen, statt nur alles darüber zu wissen, würdest du begreifen, dass es in der Geschichte Poldarns allein darum geht, um eine Allegorie für diese simple Tatsache. Selbstverständlich ist die Poldarn-Geschichte wahr, jedes Wort, aber das hindert sie nicht daran, auch eine Allegorie zu sein. Du kannst hier bleiben, solange du willst. Ich möchte, dass du das weißt.«

Monach vermochte nicht ganz zu folgen. »Was? Hier meinst du? In der Schlacht?«

»Nein, selbstverständlich nicht. In Cric. In meinem Haus. Nach der üblen Behandlung durch das Haus Amathy brauchst du mindestens eine Woche, um dich bewegen zu können. Außerdem dürfte es in dieser Gegend für dich nicht allzu gesund sein, bis Feron Amathy weitergezogen ist. Die Flucht war schlimm genug. Dazu noch seinen Finger brechen – das ist ein übler Gesichtsverlust. Er nimmt das mit Sicherheit sehr persönlich. Aber hier bist du sicher.«

»Danke«, sagte Monach, als General Cronans Armee den Hang heraufkletterte. Sie war groß, aber nicht so groß wie die von Allectus – seine. In der Mitte war eine Hecke aus Piken, Schützen liefen ungeordnet voraus. An den Flügeln kamen Fußtruppen in schwerer Rüstung und Kavallerie. Hinter den Piken sah er den Tross, eine lockere Säule von Karren und Maultieren, alle dicht gedrängt. »Das ist überaus freundlich von dir.«

»Ganz im Gegenteil«, erwiderte Allectus. »Schließlich bist du der Mann, der versucht hat, meinen Todfeind, General Cronan, zu töten – selbstverständlich wird dir das nicht gelingen, aber was zählt, ist der Gedanke. Übrigens gerate nicht in Panik, sollte mir etwas zustoßen. Halte dich versteckt, wenn sie das Essen bringen, und lass das schmutzige Geschirr einfach stehen. Manchmal bleibe ich wochenlang im

Hinterzimmer, deshalb wird sich niemand wundern. Und was den Geruch angeht – nun, wem würde der hier drinnen auffallen?«

»Danke«, wiederholte Monach. Er bemerkte, dass die Armee über ihm und um ihn ruhelos wurde. Gemurmel und Geschiebe. »Und ist meine Mission tatsächlich ein Misserfolg?«

»Ja«, erklärte Allectus. »Aber nicht aus dem Grund, den du annimmst. Siehst du, niemand weiß, wo Cronan ist. Deshalb war er nicht hier auf der Straße, wo er hätte sein sollen, nicht, wo er seinen Leuten gesagt hatte, dass er sein würde. Nackte Tatsache ist, dass er vor etlichen Monaten auf dem Weg nach Josequin spurlos verschwunden ist. Seitdem hat ihn niemand mehr gesehen oder etwas von ihm gehört.«

»Was?«, rief Monach, aber er konnte sich kein Gehör verschaffen. Seine Armee hatte seine Befehle ignoriert und rannte angriffslustig den Hang hinab. Einen Moment später lag er auf dem Boden und schlug die Arme über den Kopf, um sich gegen die Stiefel der Soldaten um ihn herum zu schützen. Allectus war verschwunden. Monach rollte sich zu einer Kugel zusammen, um Arme und Beine in Sicherheit zu bringen. Aber ein Mann stolperte über ihn, und die Männer hinter ihm türmten sich auf ihm, bis Monach unter einem Berg sich windender Leiber lag. (*Ein lebendes Grab,* dachte er. *Wirklich originell.*) Er rang nach Luft, aber sehr schnell wurde das unmöglich. Zu diesem Zeitpunkt erstickte und starb er …

… und setzte sich auf, beide Hände fest auf Nase und Mund gepresst, was den Sauerstoffmangel erklärte. Dünne Lichtstrahlen drangen zwischen den Ritzen der alten verzogenen Holzlatten der Fensterläden hindurch. Ihm war kalt, wahrscheinlich, weil er schweißgebadet war. Er wollte sich an den Traum erinnern, aus dem er soeben getaumelt war, aber dieser war vergangen.

Als Nächstes wollte er sich bewegen, doch das war keine sehr gute Idee. In der achten Klasse hatten sie Wunden behandelt, darunter auch, wie man die eigenen erkannte. Man hatte sie ein kumulatives Einschätzungssystem gelehrt – zehn Punkte für ein gebrochenes Schlüsselbein, dreißig für einen Arm, fünfzig für ein Bein. Man legte den Behandlungsablauf aufgrund der gegenwärtigen Gesamtsumme fest. Betrug diese mehr als zweihundert, gab es keine Empfehlung. Auf dieser Basis hatte er jetzt zwischen hundertachtzig und zweihundertfünfzehn, abhängig davon, ob er bei den gebrochenen Rippen massive innere Blutungen hatte.

»Hallo«, rief er. Er erinnerte sich, dass sein Gastgeber eine weise Frau oder einen Medizinmann im Dorf erwähnt hatte. Seine erste Wahl wären nicht Hausmittel gewesen, aber sie waren besser als zu sterben oder (was eigentlich noch schlimmer war) für den Rest seines Lebens als Krüppel mit schiefen Knochen weiterzuleben. Er wollte seinem Gastgeber keineswegs lästig fallen, doch konnte er sich in diesem Fall damit abfinden, das Angebot anzunehmen.

»Hallo«, wiederholte er. Dann erkannte er, dass der Kleiderhaufen, der in der Ecke lag, ein Mensch war.

Er seufzte. Er war offensichtlich zu zuversichtlich gewesen, dass der alte Narr so lang leben würde, um einen Arzt zu rufen. Das wäre zu leicht gewesen, keine ausreichende Herausforderung für einen Bruder Tutor des Ordens. Die statistischen Möglichkeiten faszinierten ihn. Er hätte Geld darauf verwettet, dass von ihnen beiden der Alte die Nacht überleben würde. Er hätte verloren.

Übrigens, gerate nicht in Panik, sollte mir etwas zustoßen. Halte dich versteckt, wenn sie das Essen bringen, und lass das schmutzige Geschirr einfach stehen. Das hatte jemand erst vor kurzem zu ihm gesagt, aber er konnte sich nicht daran erinnern wer. Er runzelte die Stirn – selbst das tat weh, weil beim Spannen der Haut die Ränder der Wunde auseinander gezogen wurden. Vielleicht hatte der Alte es gestern Abend gesagt, als er schon schläfrig war.

In der neunten Klasse hatte man ihnen die Grundzüge der Medizin und Chirurgie im Feld beigebracht. Darunter eine kurze Unterweisung, wie man die eigenen Knochen einrichtete und verband. Es war gegen Ende des Semesters gewesen. Alle waren vom Studium erschöpft, von zu viel Informationen übersättigt. Niemand hatte sich große Mühe gemacht, diese Dinge richtig zu lernen. Daher musste er sich für den Rest des Tages mit Ausprobieren begnügen und sich auf seine Instinkte verlassen. Das war schlimm, da das Experimentieren mit den eigenen gebrochenen Knochen eine schmerzhafte und demoralisierende Erfahrung war. Als Verband benutzte er Streifen des schäbigen und schmutzigen Teppichs General Allectus' – ein echter morevischer Zeltteppich –, den er mühsam mit Feron Amathys unhandlich geformtem Dolch zerschnitt. Den ganzen Tag über litt er schrecklichen Durst. Ein Krug mit

Wasser war keine drei Meter weit entfernt, aber er schaffte es nicht, dorthin zu kriechen.

Schließlich verblassten die Lichtstrahlen, was auf den Einbruch der Abenddämmerung schließen ließ. Er war nicht bei Bewusstsein, als das Essen eintraf – wegen der Schmerzen und seines geschwächten Allgemeinzustands verlor er mindestens ein Dutzend Mal die Besinnung. Er schreckte hoch, als er hörte, wie sich die Tür schloss. Sobald er die Panik unter Kontrolle hatte, lauschte er, ob jemand herumging oder atmete. Er verhielt sich ganz still und überdachte die verschiedenen möglichen Erklärungen für das, was er hörte. Die wahrscheinlichste Erklärung war, dass die Dorfbewohner daran gewohnt waren, dass Allectus schlief, und sie ließen das Essen wortlos stehen, ohne viel Lärm zu machen. Das war ihm nur allzu recht. Essen, Wasser und saubere Kleidung würden neben der Tür sein. Er musste nur vom inneren Zimmer hinauskriechen, ohne die Konföderation von Verletzungen zu zerbrechen, welche sich sein Körper nannte.

Und falls er das *nicht* schaffte, war er in einer aussichtslosen Lage, denn wenn sie zurückkamen und sahen, dass Essen und Trinken nicht angerührt waren, würden sie sich Sorgen machen (schließlich waren sie gute Nachbarn) und den Kopf ins nächste Zimmer stecken, um sich zu überzeugen, dass es ihm gut ging. Dann würden sie Allectus tot vorfinden und einen fremden Mann, der neben ihm saß.

Er musste den guten Charakter der Leute zwangsläufig ausnutzen. Monach lachte. Das Ganze war einfach lächerlich, besonders für einen guten Mönch und Studenten der ethischen Theorie. Er konnte es nicht erwarten, zurück nach Deymeson zu kommen und im Ehtikunterricht Folgendes zur Diskussion zu stellen: *Unter welchen Umständen sind Täuschung und Diebstahl im Namen der Zweckdienlichkeit zu rechtfertigen? Welchen Unterschied macht es, dass der Empfänger, für den die Wohltaten vorgesehen waren, tot ist? Dass das Leben des Betrügers auf dem Spiel steht? Dass der ursprüngliche Empfänger seine Erlaubnis zu der Täuschung gab?*

Hatte er? Monach schien sich zu erinnern, dass Allectus es getan hatte, aber nicht in welchem Zusammenhang. Entweder hatte Allectus es ihm in doppeldeutiger Weise gesagt, oder er hatte es geträumt. *(Diskutiert mit Berücksichtigung der moralischen Doppeldeutigkeit nicht erhärteter Wahrnehmungen…)* Es fiel ihm schwer, sich zu erinnern, und es wurde ständig schwieriger. Nur gut, dass er so eine feste Grundlage in mentaler Disziplin hatte.

Er schloss die Augen. Draußen regnete es, aber er konnte es nicht hören. Er hörte auch nicht die quietschenden Stiefel im Schlamm, auch nicht die Karrenräder auf der Straße, als das Haus Amathy Cric verließ und in den Krieg zog.

Welchen Unterschied würde es machen, wenn der Betrüger zur Förderung des Wohls der Allgemeinheit handelt? Für ein offenkundiges Schicksal? Welchen Unterschied würde es machen, wenn der Betrüger irrigermaßen, doch aufrichtig glaubt, dass er zur Förderung einer gerechten Sache oder eines offenkundigen Schicksals handelt? Welchen Unterschied würde es machen, wenn der Betrüger die Täuschung in dem Glauben ausführt, dass die legitime gerechte Sache oder das offenkundige Geschick, welche seine Täuschung autorisiert haben, fehlschlagen? Angenommen, der Betrüger wäre damit gerechtfertigt – würde diese

Rechtfertigung sich auch auf die betrügerische Benutzung oder den Verzehr der Dinge erstrecken, wenn er damit nur sein körperliches Verlangen stillt, im Gegensatz zu dem, was zum Überleben unabdingbar war? Woraus würden diese unabdingbaren Sachen bestehen?

Welchen Unterschied würde es machen, wenn der Betrüger ein Gott wäre?

Kapitel 22

Sie kamen am nächsten Morgen, um ihn zu holen, wie die nächtliche Stimme vorausgesagt hatte. Sie brachten ihn zum Abt, wo dieser ihm all die Lügen auftischte, genau wie die Stimme ihn gewarnt hatte. Er tat so, als glaubte er alles, wie die Stimme ihm geraten hatte. *Ja, selbstverständlich*, sagte er voller Verwunderung. *Jetzt kehrt alles zurück. Ich erinnere mich an diesen Ort – dort drüben ist die Übungshalle, wo ich zwölf Jahre gelernt habe, im nächsten Hof sind die Schlafräume der Novizen und gegenüber der Speisesaal.* Die Stimme hatte ihn am vergangenen Abend gedrillt und ihn alles ein Dutzend Mal wiederholen lassen, um sicherzugehen, dass die Geographie des Ortes fest in seinem Kopf verankert war.

Als Poldarn sich die Lügen anhörte, die Wahrheit aber kannte, empfand er ein Hochgefühl der Erleichterung – teilweise, weil er die anderen täuschte, nicht sie ihn, aber hauptsächlich, weil er jetzt zum ersten Mal seit langer Zeit wusste, wer er war. Anfangs war es ein großer Schock gewesen, dann hatte er angefangen, sich zu erinnern – keine richtigen Erinnerungen, aber Traumfragmente, in welchen er der Mann gewesen war, der er jetzt war, wie er wusste, in welchen er Dinge gehört, gesehen und gewusst hatte, die er unmöglich durch Belauschen aufgeschnappt haben konnte, auch nicht durch Kombinieren von dem, was Copis ihm erzählt hatte. Alles ergab jetzt

Sinn und erklärte so viele seltsame, bedeutungslose Dinge, die ihm zugestoßen waren – der Angriff der drei Berittenen, kurz bevor sie Cric erreichten. Die Begegnung mit Kaplan Cleapho in Sansory und der Soldat, der ihn vor der Küche der Herberge erkannt hatte und den er töten musste, ehe der Mann ihm sagen konnte, wie er hieß. Am meisten befriedigte ihn die Erkenntnis, dass sein Leben etwas bedeutet hatte, dass er Dinge versucht und erreicht hatte, die seiner Talente und Fähigkeiten würdig gewesen waren, dass er auf der richtigen Seite stand.

(Und jetzt würde er etwas erreichen, das viel wichtiger und nützlicher sein würde als alles, was er bisher getan hatte. Weiterhin würde er die Gelegenheit haben, den Orden mit gebührender Grausamkeit zu bestrafen, weil dieser ihn getäuscht und benützt hatte. Kein Wunder, dass er der Erzfeind dieser Leute war und dass sie so erpicht darauf waren, ihn aus dem Weg zu räumen.)

Poldarn hörte aufmerksam zu, was sie ihm zu sagen hatten. Dabei überlegte er angestrengt, welcher der ernsten Männer mit feierlichen Mienen am Tisch die Stimme war, welche er gestern Nacht gehört hatte. Nur einer schied für ihn sofort aus. (Der Prior, er war viel zu groß.) Damit standen noch neun zur Wahl. Fünf hatten die richtige Größe und auch den richtigen Körperbau. In den nächsten Tagen würde er Zeit und Gelegenheit haben, direkten Kontakt mit seinem Verbündeten aufzunehmen und einen eigenen Plan zur Ausführung bringen, der – vorausgesetzt alles lief plangemäß – alles in Ordnung bringen würde.

Du heißt Cronan Suvilois, hatte die Stimme gesagt.

Du wurdest in Torcea am sechsten Tag des Neunten geboren, im vierten Jahr der Regierung von Kaiser Massin Dasa. Deine Familie stammt aus dem Süden. Dein Vater hieß Lalicot und deine Mutter vor ihrer Heirat Actin Doricalceo. Deine Familie war wohlhabend, doch nicht ausgesprochen reich, niederer Landadel, keine große Stellung in der Hauptstadt. Dein Vater war zu Recht der Auffassung, dass du eine Karriere machen müsstest, um deinen Weg in der Welt zu machen – entweder in der Armee oder im Orden. Daher schickte er dich, als du sechs Jahre alt warst, zum Institut der Armen Brüder in Collibortaca . . .)

»Selbstverständlich«, fuhr der Abt fort. »sind wir uns der Tatsache bewusst, dass du dich eine Zeit lang nicht an die Einzelheiten dessen erinnern wirst, was du früher gewusst hast. Wir haben Ärzte hier, die deinen Zustand studiert haben und wahrscheinlich mehr darüber wissen als sonst jemand im Imperium. Wenn wir Zeit haben, lassen wir sie kommen, damit sie dich anschauen und sehen können, ob sie etwas für dich tun können. Ich habe gehört, sie hätten in der Vergangenheit etliche hartnäckige Fälle geheilt.«

»Das ist wunderbar«, sagte Poldarn und merkte sich, dass er das Erwecken von falschen Hoffnungen zu der Liste der Verbrechen hinzufügte, welche diese Menschen begangen hatten. »Ihr wisst nicht, wie viel mir das bedeutet, auch wenn es nur ein Hoffnungsschimmer ist, geheilt zu werden. Dafür lohnt es sich zu leben.«

Der Abt nickte. »Dafür ist später noch genügend Zeit«, sagte er. Sein Gesicht war streng, aber sympathisch, Weisheit, Gerechtigkeit und Milde wohnten darin, wie drei Schwestern, die sich ein Haus teilen.

Ideal für die Rolle eines Vaters oder Gottes. »Als Erstes müssen wir dich dorthin zurückschicken, wo du gebraucht wirst. Wahrscheinlich wäre es am besten, dir eine Eskorte mitzugeben – es wäre schierer Wahnsinn, wenn wir aufs Geratewohl umherreiten und dabei auf Cronans Späher treffen, so wie dieser Krieg verläuft. Mit fünfzig Reitern als Begleitung spielt es keine Rolle, auf wen du triffst, solange es keine volle Kavallerieschwadron oder eine Feldarmee ist.«

Poldarn war alles andere als begeistert, aber er hatte die Geistesgegenwart, sich freudig und dankbar zu zeigen. Das gelang ihm bestens, die Mönche schienen ihm zu vertrauen, was nicht schlecht war.

»Übrigens, wie läuft denn der Krieg?«, fragte er als Ablenkung, wie eine Pause in der Musik. »Hat sich Wichtiges ereignet?«

Der Abt lächelte. »Das ist eine sehr gute Frage«, sagte er. »Wenn du Schlachten, Belagerungen und Ähnliches meinst, dann nicht viel. Verwirrend ist, was nicht geschieht.«

Selbstverständlich sprach nicht nur der Abt so. Alle diese Mönche schienen die unangenehme Angewohnheit zu haben, sich kryptisch auszudrücken, selbst wenn es überhaupt nicht nötig war. Er fragte sich, wie es im Speisesaal zuging, wenn der Prior den Dekan der Archive bat, ihm den Meerrettich zu reichen.

(Du hast die Akademie der Künste und des Kriegs mit neunzehn mit Auszeichnung abgeschlossen, hatte die Stimme gesagt. *Der jüngste Offizier, der je gedient hat. Dein erstes Kommando war ein Zug Pioniere, der zu einer Grenzstation an der morevischen Grenze gehörte – nicht zufällig hatte man dir eine so elende Aufgabe übertragen, du*

hast dir auf der Akademie nicht nur Freunde, sondern auch Feinde gemacht. Es war das Jahr, in dem die Freibeuter Malevolinza überfielen. Nachdem die Hauptgarnison der Provinz ausgelöscht war, blieb deine Station die einzige kaiserliche Basis zwischen den Bergen und dem Meer. Die Rebellen von Morevich und die Stämme in den Bergen erkannten ihre Chance. Ein Angriff bei Morgenanbruch erreichte um Haaresbreite die Öffnung der Tore. Sie wurden zurückgeschlagen, aber der gesamte Stab der Station wurde in der ersten Stunde getötet, wodurch die Befehlsgewalt zu einer unmöglichen, verzweifelten Verteidigung auf dich überging . . .)

»Wann soll ich eurer Meinung nach aufbrechen?«, fragte er. »Aufgrund dessen, was ihr mir soeben gesagt habt, sollte es wohl eher früher als später sein.«

Der Abt nickte. »Sehr richtig«, sagte er. »Es gibt noch etliche Dinge, welche wir aussortieren müssen, und wenn du zurück bist, werden wir dir einen Auffrischungskurs geben, wie man ein guter Schwertmönch ist, ferner noch mehr Hintergrundinformationen über Bruder Stellico, um die Lücken zu füllen, an die du dich noch nicht erinnern kannst. Doch für all das haben wir jetzt nicht die Zeit.«

Was, wenn die Mönche die Wahrheit sagten und die Stimme gelogen hatte?

Er ließ den Gedanken ruhen, weil er Angst hatte, ihn zu wecken. »Was ist mit meiner . . .« Unwillkürlich zögerte er, weil ihm das richtige Wort nicht einfiel. »Frau« war nicht richtig, »Freundin« zu wenig. »Was ist mit meiner Geschäftspartnerin?«, fragte er. »Ich habe sie seit heute Morgen nicht mehr gesehen.«

Der Abt runzelte die Stirn. »Ach, ihr geht's gut«, antwortete er. »Selbstverständlich ist es für sie ungünstig, so unvermittelt den Partner zu verlieren, aber wir werden dafür sorgen, dass sie keine monetären Verluste erleidet.«

Jetzt dämmerte Poldarn zum ersten Mal, dass in seiner neuen Welt kein Platz für Copis sein würde. War er noch verheiratet? Er wusste es nicht. Oh, er hatte alle möglichen Dinge über sich in Herbergen gehört, abgesehen von dem, was die Stimme ihm gesagt hatte, aber, was er wirklich wissen wollte, konnte ihm niemand sagen.

»Dann ist das in Ordnung«, sagte er. »Und was tue ich jetzt? Sie zurück nach Sansory fahren lassen?«

Der Abt nickte. »Wenn du willst, können wir ihr eine Eskorte mitgeben«, sagte er. »Wahrscheinlich besser, wenn sie eine große Geldsumme mit sich führt, und in Anbetracht der Unsicherheit der Straßen.«

»Das weiß ich zu schätzen«, sagte Poldarn und fragte sich, ob er soeben einen Riesenfehler begangen hatte. Die Mönche hatten die Besorgnis in seiner Stimme gehört. *Mir liegt viel an dieser Person, daher würde sie die ideale Geisel abgeben,* schrie diese innere Stimme, so laut, dass man sie bis Boc hören müsste. Vielleicht hätte der Orden Copis vergessen und sie in Ruhe gelassen, wenn er sie nicht erwähnt hätte – nein, gewiss nicht. Er hatte so eine Ahnung, dass der Orden eine Tugend daraus machte, sich auch um das kleinste Detail zu kümmern. Aber jetzt würde es mit Sicherheit schaden, wenn er noch mehr von Copis sprach. Er konnte nichts Konstruktives für sie tun.

(*Deine erste Heirat mit Bolceanar Hutto war eine rein politische Angelegenheit und endete mit einer Scheidung, sobald du deine erste Präfektur erhalten hattest, womit alle*

Beteiligten äußerst zufrieden waren. Allerdings hast du mit sechsundzwanzig, als du Torcea verlassen solltest, um dein neues Kommando gegen die Fodrati anzutreten, den drastischen Fehler begangen, aus Liebe noch mal zu heiraten. Sornith Eollo war die Tochter eines wohlhabenden Bauunternehmers, der stark an der Vergabe von Militäraufträgen beteiligt war – um es vornehm auszudrücken. Für einen hervorragenden Taktiker warst du entweder blind oder hast dich absichtlich dumm gestellt. Es half auch nicht, dass deine Fehde mit den jungen Prinzen gerade ein größeres Ärgernis wurde – es war das Jahr deines unrühmlichen Duells mit Tazencius, welches dazu führte, dass du in Ungnade fielst, und das dir den ewigen Hass der gesamten Partei der Revisionisten eintrug ...)

»Nun«, meinte der Abt. »Das wäre mehr oder weniger alles. Willkommen zurück im Orden, Bruder Stellico, und viel Glück für deine Mission.«

Das signalisierte das Ende des Gesprächs. Poldarn spürte, wie sie seine Seite umdrehten und zum nächsten Punkt der Tagesordnung übergingen. Vier Schwertmönche geleiteten ihn höflich hinaus. Diese hatten seit dem Morgen seine Seite nicht verlassen. Sie gingen über den Hof, durch mehrere Torbögen, vorbei an den Stallungen und der Remise ...

Er blieb nicht stehen, weil es nicht nötig war. Wenn ein Mann längere Zeit in einem Karren oder Wagen auf schlammigen Straßen durchgerüttelt wurde, kann er das Gefährt an der Breite der Räder oder der Ausbuchtung der Seitenwände erkennen. Sein Wagen, ihr Wagen, stand noch in der Remise, war jedoch von einem Dutzend anderer Fahrzeuge umringt, was darauf hindeutete, dass man ihn in den Fuhrpark des Ordens aufgenommen hatte und er als nächste Fracht Holzkohle oder zwei Dutzend Hühnerkäfige vom Markt holen sollte.

Aufmerksamkeit für Details, wie er vermutet hatte. Es war leicht zu rekonstruieren, was geschehen war. Wahrscheinlich war ein Mönch von der Unterstadt heraufgekommen und hatte dem Wagenmeister gesagt, unten bei der Herberge stünde ein Wagen, den die Besitzer nicht mehr brauchen würden. Wenn er dort bliebe, würde der Wirt sich wohl wundern, was aus dem Mann und der Frau geworden wäre, welche ihn gebracht hätten. Er würde wohl keine Verdächtigungen äußern, aber derartige Vorkommnisse waren schlecht für die Moral. Dann hatte der Mönch wohl dem Wagenmeister eine Art Vollmacht gegeben, welche dieser dem Wirt vorlegte, worauf er den Wagen herausgab. Dann hatte der Wagenmeister den Wagen in die Remise zu den anderen gestellt (nur nichts verschwenden. Männer und Frauen starben täglich, aber ein funktionsfähiger Wagen war ein wertvoller Besitz). Von nun an würde der Wagen dem Orden dienen. Identität und Erinnerung waren entschlackt worden, denn ein Ausrüstungsstück war dazu da, um zu dienen und von jedem, der dazu das Recht hatte, benutzt zu werden.

»Einen Moment«, sagte er und ging langsamer. »Ich habe gestern ein paar Sachen im Wagen gelassen. Wäre es möglich, dass wir sie aus der Herberge holen?«

»Mach dir deshalb keine Sorgen«, antwortete einer der Mönche. »Wir sorgen dafür, dass alles geholt und für dich aufbewahrt wird, bis du zurück bist. Solltest du gleich etwas benötigen, können wir beim Quartiermeister vorbeischauen.«

Die Mönche waren in perfekter Stellung, zwei vor ihm, zwei hinter ihm, gerade außerhalb des Kreises. Wären sie näher gewesen, oder nur zu dritt, hätte er einen Versuch gewagt. Aber der Orden machte keinen derartigen Fehler. Poldarn zuckte mit den Schultern. »Nein, zum Teufel damit«, sagte er. »Es war nichts Wichtiges.«

»Am Tor wartet ein Pferd auf dich«, sagte der Mönch. »Du hast Proviant für drei Tage, Geld ist in den Satteltaschen, ferner Kleidung zum Wechseln, eine Decke, eine Wasserflasche – na, die übliche Ausrüstung. Was meinst du, brauchst du noch etwas?«

Poldarn lächelte nicht, obwohl er es gern getan hätte. »Na ja«, sagte er. »Mein Buch. Normalerweise würde ich ohne mein Buch nirgendwo hingehen, aber das eine Mal ist es wohl in Ordnung.«

Der Mönch war neugierig. »Dein Buch?«

Poldarn nickte. »Ein großartiges Buch«, sagte er. »Enthält die gesamte Weisheit der Welt. Aber trotzdem werde ich es wohl für diese Mission nicht brauchen.«

»Die gesamte Weisheit der Welt«, wiederholte der Mönch. »Das muss ein Riesenwälzer sein.«

»Ziemlich dick«, bestätigte Poldarn. »Doch nicht so groß wie das Buch mit den Rezepten, aber es gibt ein gutes Kopfkissen ab.«

Die Kavallerie-Eskorte wartete auf ihn. Fünfzig Schwertmönche in dunkelbraungrauen Jacken. Diese stammten aus der Kiste des Quartiermeisters, auf welcher stand: »Reitjacke, zivil, unauffällig.« Er fragte sich, ob sie darunter eine Rüstung trugen. Oder brauchten Schwertmönche keine Stahlringe und Schuppen, weil sie stets den unsichtbaren Kreis aus scharfem Stahl um sich hatten? Ihnen zu Fuß zu entfliehen war völlig unmöglich, doch fünfzig Berittenen mit einem Pferd zu entkommen war auch nicht leichter. Falx Roisin wäre entzückt, diese Männer als Wächter für gefährliche Frachten einzustellen.

Impulsiv wandte er sich an den Mönch, der mit ihm gesprochen hatte, und fragte ihn: »Was weißt du über einen Gott, der Poldarn heißt?«

Der Mönch zögerte, dann grinste er. »Bisschen spät, jetzt danach zu fragen, oder?«, sagte er. »Außerdem sollte ich das doch wohl dich fragen.«

Poldarn zuckte mit den Schultern. »Na ja, du weißt schon. Ich würde immer gern wissen, wer ich gewesen bin.«

»Du warst wirklich ziemlich gut«, sagte der Mönch. »Aber die Frau hätte es besser wissen müssen, oder hatte sie keine Ahnung? Das hieß, das Schicksal herauszufordern.«

»Ich kann dir nicht ganz folgen«, sagte Poldarn leise.

»Ach, natürlich nicht. Ich hatte es vergessen, entschuldige. Mit Poldarn ist das so, siehst du, dass jeder, der mit ihm in den Karren steigt, immer stirbt.« Er machte mit der rechten Hand eine vage Geste. »Es gibt sicher noch schlimmere Omen, aber dazu müsste man ernstlich forschen. Aber jetzt bist du hier.«

»Stimmt«, antwortete Poldarn. Der Mönch hatte sich etwas bewegt, nur einen einzigen Schritt, aber das reichte. Er konnte den Kampfablauf klar vor sich sehen, als erinnerte er sich an etwas, das bereits geschehen war. Ziehen, die Klinge traf den Hals des Mönchs seitlich, dann weiter, die Schwertspitze unters Kinn des zweiten Mönchs, während er zurücktrat. Inzwischen hatten die beiden Mönche hinter ihm die Schwerter gezückt und hatten den rechten Fuß vorgesetzt, deshalb drehte er sich auf dem linken Absatz und schlug von oben diagonal direkt auf die linke Seite des rechten Handgelenks des Mönchs. Dann blitzschnell und geschickt nach links ausweichen, wodurch der verwundete Mönch zwischen ihm und dem vierten Gegner stand. Eine Finte, er scheut zurück, bringt das Schwert nach rechts oben zum Kinn. Den Verwundeten konnte er gemächlich dem Berg der vier Toten auf dem Boden hinzufügen. Und Pater Tutor schaute mit grimmigem Vergnügen zu ...

»Ist irgendwas nicht in Ordnung?«, fragte der Mönch.

Poldarn blickte auf. Als er den Mönch zum letzten Mal gesehen hatte, war dieser rücklings gefallen, wobei man durch die rote klaffende Wunde das Weiß der Wirbelsäule sah. Dann erinnerte er sich. Der Kampf hatte nicht tatsächlich stattgefunden – noch nicht. Auf der anderen Seite des Hofs saßen drei Vögel auf dem Dachfirst. Er schaute genauer hin und sah, dass es Tauben waren.

»Das klingt wie eine alberne Frage«, sagte Poldarn langsam. »Aber kennen wir uns?«

Der Mönch lächelte. »Langsam erinnerst du dich, ja?«, sagte er. »Nur zu, mal sehen, ob ...«

»Nein«, erklärte Poldarn barsch. »Sag du es mir.«

»Na schön.« Der Mönch lächelte immer noch. Drei Mönche standen jetzt genau richtig. Sie waren so gut wie tot. In einem Teil seines Hirns sah er einen feinen Nebelschleier aus ihrem Blut. Er hing nur einen Herzschlag lang in der Luft. »Ich heiße Torcuat. Erinnerst du dich jetzt?«

Poldarn schüttelte den Kopf. »Namen sagen mir nichts. Sag mir, wie lang wir uns kennen.«

»Seit dem sechsten Schuljahr«, antwortete Torcuat. »Zumindest waren wir in derselben Klasse, aber da waren noch hundert andere Kinder. Du warst immer ein Überflieger. Vier Monate in der sechsten Klasse, dann gleich in die siebte. Ich habe in der sechsten zwei Jahre lang gesessen, da warst du bereits Junior-Aufsichtsbeamter. Dann warst du mein ...«

»Tutor für den Schwertkampf, sechs Monate lang«, beendete Poldarn den Satz. »Du warst tollpatschig. Eigentlich noch schlimmer als tollpatschig, du warst eine Bedrohung für dich und alle anderen. Ein Mal hast du sogar dein Schwert fallen lassen. Beinahe hätte ich dich von der Schule verwiesen.«

Der Mönch grinste, zog das linke Hosenbein hoch und zeigte seinen Knöchel. »Da, siehst du das?«

Poldarn sah es ganz deutlich. Eine halbmondförmige rosa Narbe, direkt über dem Knochen. Er erinnerte sich, wie aus dieser Wunde Blut hervorschoss. Wie er beinahe in Panik geraten wäre, weil er einen Moment lang überzeugt war, dass einer seiner Schüler hier in der Schule verbluten würde. Das wäre das Ende seiner Karriere als Lehrer gewesen. Er schaute Torcuat ins Gesicht.

»Ja, ich erinnere mich an dich«, sagte er. »Früher hattest du eine ...«

»Krähe in einem Käfig«, beendete Torcuat den Satz. »Ein grauenvoll krätziges Biest. Es hat keine Abfälle vom Tisch gefressen. Ich musste in den Keller gehen und für das nichtsnutzige Luder Mäuse jagen. Und selbst die hat der Vogel erst angerührt, wenn sie drei Tage tot waren.«

Poldarn trat einen Schritt zurück und einen zur Seite, wodurch alle Mönche wieder in der richtigen Position standen, wie ein König, der zum Tode Verurteilten, die bereits unter dem Galgen standen, einen Aufschub gewährte. »Und sie hatte einen goldenen Ring um den Hals.«

Torcuat lachte. »Eigentlich nur aus Messing«, sagte er. »Es war ein Gardinenring aus der großen Halle bei mir zu Hause. Der einzige Gegenstand, der mich an unser Haus erinnerte. Ich bin mit sechs Jahren weggegangen. Du hast die verfluchte Krähe festgehalten, als ich ihr den Ring über den Kopf gestreift habe.«

»Poldarn. Es sollte Poldarns Krähe sein.«

Jetzt strahlte Torcuat. »Ja, du erinnerst dich. Das stimmt. Wir hatten das Kind aus dem Süden im Schlafsaal und wollten ihm Todesangst einjagen, weil es an Poldarn glaubte. Und als es die Krähe gesehen hat ... na, du weißt schon. Ich hatte es vergessen, bis du mich daran erinnert hast.«

Poldarn ging einen Schritt vorwärts und dann nach links. »Was ist aus der Frau geworden, mit der ich gekommen bin?«

Der abrupte Themawechsel schien Torcuat ein wenig zu überraschen. »Keine Ahnung«, antwortete er. »Ich schätze, sie geht zurück nach Sansory, außer sie möchte eine Weile hier bleiben. Habt ihr beiden in der Stadt gute Geschäfte gemacht? Vielleicht hängt sie einen oder zwei Tage an, um die gute Arbeit weiterzuführen.«

Das würde den Wagen erklären. »Ich glaube, ich würde jetzt doch gern zurückgehen und mein Buch holen«, sagte Poldarn.

Torcuat schüttelte den Kopf. »Tut mir Leid«, erklärte er. »Aber wir haben die Eskorte schon zu lang warten lassen, während wir geplaudert haben. Allerdings in Anbetracht der Umstände ...« Seine Augen leuchteten auf. »Ich weiß. Ich könnte mit dem Hauptmann der Eskorte den Platz tauschen. Dann können wir weiter über alte Zeiten plaudern und du ...«

Er zog nicht. Stattdessen versetzte er Torcuat einen so harten Faustschlag gegen das Kinn, dass der Mönch sofort zu Boden ging, wie ein Ballen, den man vom Heuboden wirft. Die anderen drei zögerten, da sie nicht wussten, was sie gegen einen Angreifer tun sollten, der sein Schwert nicht gezogen hatte und daher auch nicht mit tödlicher Gewalt überwältigt werden konnte. Die Pause reichte Poldarn, um vier schnelle Schritte nach hinten zu tun. Damit war er außerhalb ihrer Kreise.

»Was zum Teufel tust du?«, rief einer. Der Hauptmann der Eskorte hob den Kopf und starrte herüber. Inzwischen stand Poldarn neben dem Pferd, das man ihm zur Verfügung gestellt hatte (wenn er ein Pferd brauchte, war stets eins zur Stelle. Auch ein Schwert, wenn er die Neigung verspürte, Blut zu vergießen). Schwerfällig stieg er auf. Beim ersten Mal glitt sein Fuß aus dem Steigbügel, aber er schaffte es noch rechtzeitig. Schnell nahm er die Zügel auf, drehte den Kopf des Pferdes herum, sodass es vom Tor weg in die Innenhöfe schaute. Taktisch war das ein Fehler – nicht auf ein Ziel zuzulaufen, sondern einfach nur wegzulaufen – aber dieses eine Mal, wo er sich eine Wahlmöglichkeit wünschte, gab es keine.

Als er unter dem Torbogen hindurchritt, tauchte etwa zehn Meter vor ihm ein Mönch mit Stab aus den Schatten auf. Der arme Schwachkopf tat ihm Leid, als er nach dem Schwert griff. Doch der Mönch tat einen Schritt vorwärts, dann drehte er sich zur Seite und schleuderte den Stab wie einen Speer gegen ihn. Die abgeflachte Spitze traf ihn mitten auf die Brust. Seine Füße glitten aus den Steigbügeln, danach sah er nur noch einen tanzenden Himmel, bis ihn etwas Hartes in den Rücken traf.

Der Mönch stellte ihm wortlos den Fuß auf die Kehle, ehe Poldarn sich bewegen konnte.

»Gut gemacht.« Er konnte nicht aufschauen, erkannte aber Torcuats Stimme. »Ist er verletzt?«

Der Mönch schüttelte den Kopf. »Glaube nicht«, antwortete er.

»Dann ist ja alles in Ordnung. Der Mistkerl hat mir beinahe den Unterkiefer gebrochen.« Torcuat klang, als könne er nicht fassen, dass jemand gewalttätig werden konnte. Dann nahm jemand Poldarn das Schwert ab. *So fühlt es sich also an, wenn man verliert,* dachte er. *Es ist schlimmer, als ich mir vorgestellt habe.*

Sie hoben ihn hoch, zwei Mönche drehten ihm die Arme auf den Rücken, andere fesselten ihn mit einer Schnur. »Was sollte das Ganze eigentlich?«, fragte Torcuat. »Gerade haben wir noch über die Poldarnlegende geredet, im nächsten Moment hast du versucht, mir die Zähne in den Rachen zu rammen. Habe ich etwas Falsches gesagt?«

Sie drehten ihn um neunzig Grad, sodass er zum Haupttor blickte. Die fünfzig Berittenen hatten die ganze Zeit zugeschaut. Die meisten hatten sich nicht bewegt. Er fragte sich, was sie wohl von alledem halten mochten.

»Ich habe dir doch gesagt, dass ich mein Buch holen wollte«, erklärte Poldarn.

»Was? Ach, dann gibt es dieses Buch tatsächlich?« Ich dachte, du scherzt.« Torcuat rieb sich nachdenklich das Kinn. »Warum hast du es nicht einfach gesagt?«

»Habe ich, aber du hast anscheinend nicht zugehört.«

»Oh, du meine Güte.« Torcuat zuckte mit den Schultern und wandte sich an einen Mönch. »Sei so gut und geh zum Vorsteher. Er soll den Schrank unseres Freundes öffnen und dieses Buch holen.« Er musterte Poldarn. »Du hast doch nicht mehr als ein Buch, oder? Ich möchte nicht, dass er das falsche holt.«

Poldarn schüttelte den Kopf. Mit gefesselten Händen und von Mönchen umringt, war das der einzige Körperteil, den er bewegen konnte. *Seltsam,* dachte er. *Als ich nicht wusste, wer ich war, konnte ich alles machen, was ich wollte. Und erfolgreich. Jetzt, da ich wieder ich bin, kann ich mir nicht mal die Nase abwischen.*

»Gut, das wär's dann«, sagte Torcuat. »Wir können nicht den ganzen Tag hier warten. Würdest du mir jetzt bitte folgen.«

Sie marschierten mit ihm über den Hof und hoben ihn wie einen Sack in den Sattel. Zwei Mönche schlangen ein Seil um seine Mitte und banden es am Sattelknauf fest (Aufmerksamkeit für Details ...). Als sie fertig waren, kam der Mönch mit Poldarns Buch zurück und steckte es in eine Satteltasche.

»Kopf hoch«, rief Torcuat ihm nach, als die Eskorte davonritt. »Wahrscheinlich gefällt es dir dort, wenn du da bist.«

Sechs Reiter blieben in perfekter Stellung um ihn: zwei vor ihm, zwei hinter ihm und einer an jeder Seite. Rettung und Flucht waren unmöglich. Sie hatten sein Schwert zurück in die Scheide gesteckt, aber da er es nicht mal mit den Zähnen erreichen konnte, dank des Seils um die Mitte, war es ziemlich nutzlos. Die Hauptstraße der Unterstadt war so leer, wie beim letzten Mal, als er sie gesehen hatte. Am Tor (sie ritten außen herum) stand jedoch eine lange Schlange. Die meisten Menschen schienen ihn anzustarren, als er vorbeikam. Er nahm an, sie wunderten sich über seinen Mönchshabit und die Ordensstiefel, die man ihm gegeben hatte, und fragten sich, was ein Bruder des Ordens verbrochen haben könnte, dass man ihn gefesselt und unter schwerer Bewachung aus der Stadt brachte. Das erinnerte ihn an etwas. Er blickte zu den Ästen des Baums neben dem Tor. Nirgends waren Krähen zu sehen.

(*Eigentlich logisch*«, dachte er. *Kein Karren, keine Priesterin, keine übermenschliche Kraft oder Schwertmeisterschaft. Warum sollte eine Krähe ihre Zeit verschwenden, um mich jetzt anzuschauen*?)

Dann überlegte er, was sie wohl mit Copis tun würden. Hatten sie ihr bereits etwas angetan? Würde er es je erfahren? Wie schrecklich muss es sein, als Soldat mitten in der Schlacht zu sterben und nie zu erfahren, ob seine Seite gewonnen oder verloren hatte. Im Krieg wurde der Sieg an die Partei gehen, welche die Götter am meisten begünstigten, die mit dem Recht auf ihrer Seite (oder worum ging es sonst?). Sterben zu müssen, ohne zu wissen, ob man Recht oder Unrecht gehabt hat, war eine spezielle Folter, welche die Götter offenbar für die hoffnungslos Blöden und Verruchten aufgespart hatten.

Nachdem Deymeson eine Stunde außer Sicht war, hielt die Schar unvermittelt an. Sie befanden sich in offenem Gelände, nur links war ein paar hundert Meter entfernt ein dichter Wald und dahinter ein Hügel mit fünf Fichten. Poldarn sah keinen Grund, weshalb sie hier Halt machten.

Ein Reiter löste sich vorn von der Abteilung und ritt zur Mitte, wo Poldarn war. Er zügelte sein Pferd dicht vor ihm.

»Erkennst du mich?«, fragte er.

Poldarn nickte. »Du warst beim Kapitelrat im Haus des Abts«, sagte er.

»Stimmt, und?«

Poldarn dachte nach. »Sag noch etwas.«

Der Mönch war klein und fett, mit grauen Locken über einem Kindergesicht. »Na gut, was soll ich sagen?«

»Keine Ahnung. Was immer dir durch den Kopf geht.«

Der Mönch zuckte mit den Schultern. »Na gut«, sagte er. »Zwei Krähen sitzen in einem hohen dünnen Baum. Zwei Krähen sitzen in einem hohen dünnen Baum. Zwei Krähen sitzen in einem hohen dünnen Baum. Und dann kommt ...«

»Du bist es«, unterbrach ihn Poldarn. »Du bist gestern Nacht in mein Zimmer in der Herberge eingedrungen.«

Der Mönch verzog keine Miene. Er hatte eindeutig die richtige Größe und den richtigen Körperbau.

»Ach ja?«, sagte er. »Das glaube ich nicht. Wahrscheinlich hast du geträumt.«

»Ich bin sicher, dass du es warst. Warum halten wir?«

Der Mönch grinste. »Willst du wirklich mit Prinz Tazencius gemeinsame Sache machen? Vermutlich wird er dich enthusiastisch, jedoch kaum angenehm für dich, willkommen heißen.«

Poldarn schüttelte den Kopf. Er versuchte die Arme zu bewegen, doch vergebens. »Weißt du, ich glaube nicht, dass ich eine Wahl habe, auch nicht ohne diese verdammten Seile. Ich schätze, man könnte es Vorherbestimmung nennen.«

»Du hast keine Wahl«, bestätigte der Mönch. »Ich schon, zu deinem Glück. Zum Beispiel könnte ich dich gleich hier und jetzt töten lassen, oder ich könnte dich freilassen, wenn du feierlich schwörst, in der Zukunft keinen Ärger mehr zu machen. Oder einen hübschen, vernünftigen Kompromiss, später, wenn wir dich nicht mehr brauchen. Wäre das nicht am besten?«

»Nein«, erklärte Poldarn. »Mich laufen zu lassen ist die beste Variante, die du bisher vorgetragen hast.«

Der Mönch lachte. »Nein, du bist zu wertvoll. Aber trotzdem werde ich dir die Fesseln durchschneiden und dich freilassen. Ich reite sogar mit dir nach Cric, um sicherzustellen, dass du dort ankommst.«

Der Name Cric klang selbstverständlich sehr vertraut. »Warum soll ich unbedingt dorthin reiten?«

»Dort war Cronans Lager«, antwortete der Mönch. »Jedenfalls laut unserer letzten Nachricht. Ich glaube nicht, dass dich jemand wegen dem, was du bei deinem letzten Besuch dort getan hast oder wer du gewesen bist, zur Rechenschaft zieht. Und selbst wenn, würde es ihnen nichts nützen. Vor Cronans Leibgarde musst du dich fürchten.«

Poldarn runzelte die Stirn. »Warum?«, fragte er. »Wird man mich nicht wieder erkennen?«

Jetzt schaute der Mönch verwirrt drein. »Gute Frage«, meinte er. »Wir müssen versuchen, dich an den Wachen vorbeizuschleusen, ohne dass dich jemand erkennt. Tut mir Leid, wenn das ungebührlich negativ klingt, aber verglichen mit dem, was Cronan dir antun würde, wäre es ein wahres Vergnügen, wenn wir dich Tazencius überlieferten. Und wenn alles gesagt und getan ist, kannst du ihm wirklich nicht böse sein, so wie du ihn behandelt hast.«

Aha, dachte Poldarn. Doch nicht dieselbe Stimme. Er schaute umher und suchte nach einer Krähe mit einem goldenen Ring im Schnabel, doch es war nirgends eine zu sehen. Dann fiel ihm eine andere Erklärung ein. »Bitte, hilf mir«, sagte er. »Mein Gedächtnis war so lang so schwach, dass ich offenbar nichts für längere Zeit behalten kann. Wie war mein Name gleich wieder?«

Langes Schweigen. »Stellico«, antwortete der Mönch. »Wie kannst du das vergessen haben?«

Poldarn nickte. »Stimmt, aber weshalb reite ich in General Cronans Lager?«

Der Mönch seufzte ungeduldig. »Um ihn umzubringen, natürlich. Wir haben unseren besten Mann geschickt, aber offensichtlich hat er versagt. Und dann tauchst du plötzlich aus dem Nichts auf – entweder zufällig oder Poldarn hat unsere Gebete erhört und dich geschickt. Kannst du dich an *gar nichts* erinnern?«

»Langsam kommt so einiges zurück«, antwortete Poldarn. »Aber ich brauche Unterstützung. Und weshalb schickt mich der Abt zu Tazencius? Was hat er gesagt?«

Die Miene des Mönchs verfinsterte sich. »Wegen dem, was du getan hast«, sagte er. »Weswegen du das erste Mal weggelaufen bist. Sag nur nicht, dass du das auch vergessen hast.«

»Ich bin nicht sicher. Ich meine, ich kann mich nicht genau daran erinnern. Sag es mir.«

»Du hast einen Bruder *ermordet.* Deinen Pater Tutor, um es genau zu sagen. Und deshalb hat der Abt dich zum Tode verurteilt. Er schickt dich zu Tazencius, weil du dein Gedächtnis verloren hast und nicht gewusst hast, was du getan hast – na ja, der Abt hat eine Schwäche für poetische Gerechtigkeit. Ich allerdings halte es für eine Verschwendung von Ressourcen. Soweit es mich betrifft, lautet das Abkommen folgendermaßen: Wenn es dir gelingt, Cronan zu töten, bist du der Retter des Ordens und des Imperiums, und der Abt begnadigt dich. Wenn nicht – nun, du bist jetzt schon so gut wie tot. Da fällt einem unwillkürlich die Redewendung ›kein großer Verlust‹ ein. Klingt das fair?«

Poldarn nickte. »Dann weiß der Abt nicht, dass du das jetzt tust. Du befolgst seine Befehle nicht.«

Der Mönch lächelte. »Ich bin ein Mitglied des Kapitels und des Rats«, erklärte er. »Ich tue, was am besten für den Orden ist. Du hast jetzt die Wahl. Denk nicht zu lange nach, in diesem Wind ist es kalt.«

Poldarn warf einen Blick auf die Eskorte. Sie saßen wie gute Soldaten ganz still im Sattel. Falls sie die Geschichte des Mönchs hörten, zeigten sie nicht, dass sie ihm große Aufmerksamkeit schenkten. Andererseits waren es Schwertmönche, wahrscheinlich von Kindheit an in der Technik ausgebildet, verstohlen unauffällig zu lauschen »Das ist weder meine Idee noch meine Wahl«, fuhr er fort. »Lässt du mich wirklich laufen, falls es mir gelingen sollte, General Cronan zu töten? Ich meine, tatsächlich fortreiten?«

»Selbstverständlich«, antwortete der Mönch. »Wenn du das wirklich willst. Du kannst zurück nach Sansory und zu deiner Freundin gehen und den Rest deines Lebens Knöpfe verkaufen, wenn du das willst.«

Copis, dachte Poldarn. Aber er konnte diesem Mönch nicht trauen. »Wenn das mein altes Leben war, werde ich ein bisschen aus der Übung sein. Eine grauenvolle Vorstellung, wenn du mich fragst.«

»Tut mir Leid, das zu hören«, sagte der Mönch. Er klang, als meine er es ernst. »Du warst zwei Jahre lang mein Schüler, wie du weißt. Ich habe nie einen in deinem Alter gehabt, der abstrakte Theologie derartig intuitiv begriff.«

»Danke«, sagte Poldarn. »Was ist abstrakte Theologie?«

Der Mönch hielt sein Versprechen und befahl einem Reiter, Poldarn das Seil abzunehmen. Poldarn merkte erst jetzt, als er Arme und Beine rühren konnte, wie verkrampft sie waren. »Wenn du allerdings auch nur den Anschein erweckst, fliehen zu wollen«, ermahnte ihn der Mönch, »werde ich dich eigenhändig umbringen. Bitte, begeh nicht den Fehler, zu denken, dass ich dich *mag.*« Er lächelte. »Denn ich kann dich nicht ausstehen. Ich tue das nur, weil die Wahrscheinlichkeit, dass du lebend aus Cronans Lager herauskommst, unendlich gering ist. Würde ich glauben, dass die Chance besteht, dass du überlebst, würde ich dir jetzt die Kehle durchschneiden und mich selbst um Cronan kümmern. Ich wollte dir das nur sagen, falls niemand daran dachte, dir das zu erklären.«

Danach sprach niemand für lange Zeit. Sie kamen gut voran, ohne sonderliche Eile. Daraus schloss Poldarn, dass noch ein weiter Weg vor ihnen lag. Er hatte immer noch kein klares Bild, wo Deymeson im Verhältnis zu Cric lag. Seine mentale Geographie bestand aus anderen Einheiten, aus Maßen physikalischer Entfernung. Er ließ seinen Verstand wandern – sehr leicht, wenn man auf einem Pferd dahinritt, ohne sich um die Navigation kümmern zu müssen. Plötzlich summte er ein Lied. Selbstverständlich war es das einzige Lied, das er kannte.

Alte Krähe sitzt in einem hohen dünnen Baum,
Alte Krähe sitzt in einem hohen dünnen Baum,
Alte Krähe sitzt in einem hohen dünnen Baum,
Und dann kommt der Schwindler und sagt:
»Ich bin es.«

Der Mönch hatte ihn daran erinnert, als er vorhin die Worte zitiert hatte. Er summte etwas lauter. Plötzlich stellte er fest, dass die Reiter, die nahe genug waren, um ihn zu hören, ihn anstarrten.

»Tut mir Leid«, sagte er. »So schlimm war's doch nicht, oder?«

Keiner sagte etwas, aber ihre Gesichter drückten puren Hass aus. Aber da Poldarn inzwischen entschieden hatte, dass er sie auch nicht mochte, summte er noch lauter. Unnötig zu sagen, dass sie viel zu gut ausgebildet und diszipliniert waren, um den Köder zu schlucken. Das war ihm recht, da er gegen keinen kämpfen wollte. Er begann zu singen:

Alte Krähe sitzt in einem hohen dünnen Baum,
Alte Krähe sitzt in einem hohen dünnen Baum ...

Er war kein besonders guter Sänger. Doch ließ er sich von dieser Erkenntnis keineswegs abschrecken.

Alte Krähe sitzt in einem hohen dünnen Baum ...

»Wenn du schon singen musst«, sagte der Reiter links neben ihm. »Könntest du dann wenigstens etwas anderes singen?«

»Ich kenne kein anderes Lied.«

»Ach, das gibt's doch nicht.« Er sah dem Mann an, dass dieser vor Wut fast schäumte, aber er sprach so gelassen, als diskutierte er über die beste Methode, Karotten anzubauen. »Selbstverständlich kennst du noch andere. Die Vesper-Hymnen. ›Komm, strahlendes Licht‹. Und wie wär's mit ›Es gibt keine Rose‹?«

Poldarn schüttelte den Kopf. »Tut mir Leid, die kenne ich alle nicht.«

»Musst du aber. Schließlich bist du ein Bruder des Ordens.«

»Wieso sind das religiöse Lieder?«

Das machte den Mann offenbar so wütend, dass er keine Worte mehr fand. Poldarn sang achselzuckend weiter sein Lied über die Krähen. Einmal blickte der Mönch sich um und runzelte die Stirn, aber er tat so, als hörte er nichts.

Alte Krähe sitzt in einem hohen dünnen Baum,
Alte Krähe sitzt in einem hohen dünnen Baum . . .

Dieses Lied war wie ein Ohrwurm, der sich eingenistet hat, wie eine Fleischfaser, die zwischen den Zähnen sitzt. Jetzt ging das Lied auch ihm auf die Nerven. Er bemühte sich, mit dem Singen aufzuhören und es aus seinen Gedanken zu verdrängen. Doch nach wenigen Minuten sang er schon wieder:

Alte Krähe sitzt in einem hohen dünnen Baum . . .

An der Nordseite der Straße stand eine alte Steinmauer und dahinter Fichten. Vor ungefähr siebzig Jahren hatte sie jemand angepflanzt, um Holz zu gewinnen, aber dann war er gestorben oder fortgegangen, ehe er die Schonung ausdünnen konnte. Jetzt standen die Bäume viel zu dicht beisammen und waren krumm und schief und spindeldürr, völlig nutzlos. Poldarn sah, dass einer der höchsten Bäume umgestürzt war und zwischen den Ästen der anderen hing. Ranken hatten einen dichten Teppich bis zu den ersten dürren Ästen gewebt. Stechpalme, Birken und Haselbüsche füllten die Zwischenräume, wodurch das Wäldchen zu einer Festung geworden war. Poldarn lächelte. Gerade hatte er noch von dünnen Bäumen gesungen . . .

Die Krähen stiegen auf und kreisten in der Luft,

fast direkt über seinem Kopf, und beschimpften ihn heftig …

Instinktiv sang er weiter, ohne zu denken: Und noch jemand anderer sang mit:

Alte Krähe sitzt in einem hohen dünnen Baum,
Und dann kommt der Schwindler und sagt: »Ich bin es.«

Ein anderer sang das Lied, hinter der Mauer. Sofort zügelte der Mönch sein Pferd so hart, dass das Tier sich aufbäumte, und brüllte Befehle. Die anderen Mönche zückten die Schwerter – warum? Da war doch niemand, gegen den man kämpfen musste …

… Doch, da war jemand. Über die Mauer und aus einem Graben auf der anderen Straßenseite, den Poldarn nicht gesehen hatte, sprangen hundert, vielleicht zweihundert Männer. Alle erhoben sich gleichzeitig, wie Soldaten bei einer Übung. Aber sie waren nicht bewaffnet-

Der Reiter rechts von ihm schrie etwas und streckte den Arm mit dem Schwert aus, aber auf dem Rücken eines Pferdes war es schwierig, die Kreise einzuschätzen. Poldarn warf sein Gewicht nach links und glitt aus dem Sattel. Dabei traf ihn ein Stein schmerzhaft an der Schulter. Die Klinge des Reiters durchschnitt die Luft an der Stelle, wo eigentlich sein Kopf hätte sein sollen. Als er aufstehen wollte, aber aus unbestimmtem Grund nicht konnte, sah er, wie ein anderer Reiter einen der Männer tötete, die hinter der Mauer hervorgesprungen waren. Der diagonale Schlag war sauber, doch traf er nicht das Schlüsselbein. Poldarn erkannte den Grund nicht, weshalb der Reiter auf diese Weise angegriffen hatte ...

Alte Krähe sitzt in einem hohen dünnen Baum,
Alte Krähe sitzt in einem hohen dünnen Baum ...

Er erkannte, dass es dasselbe Lied war. Die andere Stimme kannte dasselbe Lied mit demselben Sinn, aber in einer anderen Sprache.

Etwas prallte dicht hinter seinem Kopf auf. Er riss den Kopf zurück und lag Nase an Nase einem Toten gegenüber. Es war der Mönch, der rechts von ihm geritten war. Stiefel schritten über ihn hinweg. Es war einer der Männer aus dem Graben, und er war keineswegs unbewaffnet. Er schwang ein kurzes Schwert mit breiter konkaver Klinge. Poldarn hatte gelernt, dass diese Waffe Krummsäbel hieß. Ein Pferdebein war im Weg, daher konnte er den Schlag nicht sehen, nur das Schmatzen hören, wie wenn jemand den Stiefel aus tiefem Schlamm zieht.

Ich glaube, ich weiß, wer diese Leute sind.

Er hatte geplant, still liegen zu bleiben und sich tot zu stellen, aber das Pferd trat einen Schritt zurück und kam ihm mit dem Huf gefährlich nahe. Unwillkürlich zog er den Kopf weg. Einer der Fremden sah die Bewegung.

Poldarn kannte das Gesicht des Fremden: lang, mit spitzem Kinn und spärlichem Haar. Er hielt einen Krummsäbel am hinteren Horn zwischen zwei Fingern. Ein Schwertmönch zu Fuß trat schnell hinter ihn – Poldarn konnte das Schwert in seiner Hand nicht sehen, wusste aber aufgrund der Armhaltung des Mönchs, wo es sich befand.

Eyvind! So hieß der Fremde. Aber eigentlich war es sinnlos, sich jetzt daran zu erinnern, wo der arme Tor einen Herzschlag später den Kopf verlieren würde ...

Später glaubte Poldarn, dass Eyvind gesehen hatte, wie sich der Ausdruck in seinen Augen verändert hatte, und erkannt hatte, was er bedeutete. Etwas musste ihn vor der Gefahr gewarnt haben, denn er wirbelte verblüffend schnell herum, dabei nutzte er seinen Schwung aus, um den Krummsäbel von oben nach unten zu führen. Damit öffnete er die Seite des Mönchs einen Fingerbreit unterhalb der Rippen. Der Mönch bemerkte die Wunde, hatte jedoch seinerseits schon zum Schlag ausgeholt, der Eyvinds Kopf wie einen Apfel in der Mitte spalten sollte. Doch er schlug ins Leere. Poldarn hatte nicht gesehen, wie Eyvind ausgewichen war. Er schien über die Fähigkeit zu verfügen, sich in Luft aufzulösen und einen Meter weiter sich wieder zu materialisieren. Er zog den Krummsäbel wie ein müder Holzfäller, der seine Axt befreit, aus dem Mönch und ließ diesen zu Boden fallen. Im nächsten Moment war er bereits wieder beschäftigt. Doch Poldarn sah nichts, weil ihm ein Stiefel die Sicht versperrte.

Als dieser sich entfernte, schien alles vorbei zu sein.

Kapitel 23

Er stand auf einer Klippe, dünnes, drahtiges Gras unter den Füßen, und ein scharfer kalter Wind blies ihm ins Gesicht. Er starrte hinaus auf ein blaugrünes Meer, die Farbe von Stahl im Glühofen, ehe er rot wird. In der Mitte des Meeres sah er das weiße Segel eines Schiffs. Ungefähr fünfzig Meter links von ihm pickten zwei Krähen an etwas, das er nicht sehen konnte.

Als er wieder aufschaute, war das Segel verschwunden. Er stieg den steilen gefährlichen Pfad hinab, der diagonal über das Antlitz der Klippe verlief, wie die Wunde von der Klinge eines Schwertmönchs, vom Hals abwärts. Am Fuß der Klippe war ein kleines Kiesdreieck zwischen zwei Felsspitzen, ein privater Hafen inmitten von Mauern gelb schimmernden Sandsteins. Wenn man nicht wusste, wo man suchen musste, fand man diesen Platz nie.

Entweder konnte das Schiff nicht hereinfahren, oder es hatte es nicht eilig. Aber dann ließen sie ein kleines Boot zu Wasser, Lederhäute über Birkenrippen gespannt, die dicken Nähte gut eingefettet. Zwei Männer ruderten, zwei saßen mit den Rücken zu ihm. Das Boot lag tiefer im Wasser, als es sollte.

Während er wartete, dass das Boot sich durch die Brandung kämpfte, betrachtete er das Schiff. Er verstand zwar nichts von Schiffen, bewunderte aber die Ästhetik, weniger die technischen Züge. Ihm kam es lang und hübsch vor, die Aufbauten vorn und hinten waren melodramatisch hoch, die breite fette Mitte absurd niedrig. Es war so gebaut, dass es mit den Wellen rollen konnte, ohne zu kentern. Selbst er konnte das erkennen. Als es so auf den Wellen auf und nieder schaukelte, erschienen ihm seine Linien so sinnlich und verführerisch wie die einer Tänzerin.

Mich kriegt niemand auf so ein Ding, schwor er sich. Nicht mal, wenn man mich dafür bezahlt.

Plötzlich war er ungeduldig, den Grund kannte er nicht. Er watete ins Wasser. Anfangs zuckte er zusammen, als die Kälte in seine Zehen und Knöchel vordrang. Das Boot war immer noch ziemlich weit entfernt, als er tief Luft holte und schrie: »Habt ihr es?«

Einer der Männer, die ihm den Rücken zuwandten, drehte sich halb um. Die Bewegung war etwas zu heftig, und beinahe wäre Wasser ins Boot geschlagen. Die Ruderer brüllten ihn an, er solle still sitzen. Er schrie eine unverständliche Antwort auf die Frage zurück.

Das war frustrierend. Lauter schrie er nochmals: »Habt ihr es?« Diesmal verstand er die Antwort des Mannes. »Ja.«

Augenscheinlich hatte er diese Antwort hören wollen. Er spürte, wie sein Herz vor Freude höher schlug. Selbstverständlich hatte er keine blasse Ahnung, weshalb.

Vielleicht, weil das alles ein Traum war, und in einem Traum konnten sich Dinge mit extremer Geschwindigkeit ereignen. Man träumt eine Woche in wenigen Minuten realer Zeit, aber die Minute, bis das Boot das Ufer erreichte, schien ein ganzes Leben zu dauern. Kurz bevor der Bug in den Kies biss, ließ sich eine Krähe neben ihm auf einem Fels nieder und drehte den Kopf beiseite.

»Nun?«, rief er.

Der Mann, der die Frage beantwortet hatte, sprang über Bord ins Wasser. Dann holte er vom Heck des Boots ein vertraut aussehendes Bündel. »Der kleine Mistkerl schläft mal zur Abwechslung«, sagte der Mann. »Du hast verdammtes Glück, dass wir ihn nicht über Bord geworfen haben.«

»Dann ist es ein Junge?«

»Selbstverständlich ist es ein Junge«, erklärte der Mann mit finsterer Miene. »Glaubst du, wir hätten uns sonst die Mühe gemacht? Hier, nimm den dreckigen kleinen Rotzjungen. Wenn ich ihn nie wiedersehe, bin ich heilfroh.«

Er trat einige Schritte weiter ins Wasser und nahm das Bündel von den ausgestreckten Armen des Mannes in Empfang. Sofort spürte er eine so überwältigende Erleichterung, dass sie ihm fast den Atem nahm.

»Mein Enkel«, sagte er leise.

»Ja«, bestätigte der Mann im Boot. »Fast so ein schlimmes Geschwür am Arsch wie sein Großvater, wenn du mich fragst. Wenn du das nächste Mal ein Kind von jenseits des Meeres holen willst, musst du das selbst erledigen. Und jetzt geh uns aus dem Weg. Wir müssen *wertvolle* Ladung an Land bringen.«

Andere Männer waren den Pfad herabgekommen. Sie halfen den Männern vom Boot, Fässer, große irdene Gefäße und Kisten auszuladen. Der Säugling in seinen Armen sah wie ein exotisches wildes Tier aus.

»Danke«, sagte er. Der Mann im Boot nickte.

»Schon gut, Tursten war ein lieber Bursche, tut mir Leid«, meinte er.

Er begann den langen mühevollen Aufstieg. Weder die Steigung noch der gefährliche Pfad, auch nicht der kalte Wind, der unaufhörlich an den Klippen nagte, interessierten ihn. Er war vollkommen fasziniert, wie dieses fremde Wesen die Hand mit den winzigen fünf Fingern öffnete und schloss, beinahe wie ein richtiges Menschlein, aber noch nicht ganz. Ihm kam der Gedanke, dass ein nichtmenschliches Wesen, ein Ungeheuer oder ein Gott, das aus unerfindlichen Gründen menschliche Gestalt annehmen wollte, sich wohl mit den Bewegungen vertraut machen würde, indem er Muskeln und Nerven und Sehnen übte, wie jetzt dieses fremde Ding in seinen Armen. Bei dieser Vorstellung blieb er stehen und runzelte die Stirn. Ihm hatte vorgeschwebt, sein toter Sohn hätte irgendwie den Weg in diesen kleinen Körper gefunden (weil Tursten nicht wirklich tot sein konnte. Das war undenkbar. Es musste eine andere Möglichkeit geben). Aber jetzt, da er den Kleinen tatsächlich in den Armen hielt, war er nicht sicher. Vielleicht war da noch etwas anderes an Stelle von Tursten.

Es wird interessant, das herauszufinden, dachte er. Selbst wenn er mein Sohn ist, kann man erwarten, dass er sich an irgendetwas aus seinem vorherigen Leben erinnert, es ist, als sei Tursten zurückgekommen, doch all seine Erinnerungen waren ausgelöscht – in diesem Fall wäre er natürlich gar nicht mehr Tursten. Nimm jemand die Erinnerungen und alles, was dir bleibt, ist eine leere Flasche, ein Stück Altmetall, das man nur noch ins Feuer stecken und zu etwas anderem schmieden kann.

Oben auf der Klippe blieb er stehen und schaute zurück. Das Segel war mehr oder weniger dort, wo es zuvor gewesen war, als er zum ersten Mal herabgeschaut hatte (aber seitdem hatte sich alles verändert. Die alte Welt war zu Ende gegangen, die neue war hereingeschlüpft und hatte die physischen Überreste übernommen). Ihm fiel in der linken Hand des Kindes etwas Gelbes, Glänzendes auf. Ein Goldener Ring oder etwas Ähnliches. Er fragte sich, woher er stammte und was er bedeuten könnte.

Das Kind öffnete den Mund, als wollte es schreien, doch es kam kein Ton heraus. Er zermarterte sich den Kopf nach etwas Beruhigendem, doch das Einzige was ihm einfiel war:

Alte Krähe sitzt in einem hohen dünnen Baum,
Alte Krähe sitzt in einem hohen dünnen Baum . . .

Kaum ein geeignetes Lied, aber dem Kind schien es zu gefallen, daher sang er weiter:

Der Schurke sitzt auf rotglühenden Kohlen,
Der Schurke sitzt auf rotglühenden Kohlen,
Der Schurke sitzt auf rotglühenden Kohlen,
Dann springt er in die Kohlenwanne, um seine Seele zu retten.

Das Kind begann zu schreien, was auf guten Geschmack schließen ließ. Er lachte und begann statt dessen »Süßes Wiesengras« zu singen. Doch konnte er sich nur an die ersten beiden Zeilen erinnern.

Er ließ sich auf dem Heimweg Zeit. Es war, als wollte ein Teil von ihm nicht dorthin. Oben auf Enner's Steep blieb er stehen, lehnte sich gegen das Tor des Obstgartens und blickte hinab auf die mit Reet und Ziegeln gedeckten Dächer des Hofs. Aus unbestimmtem Grund fühlte er das Bedürfnis, sich dieses Bild einzuprägen, als würde etwas, das er gleich tun würde, alles für immer verändern. Er notierte sich genau die Position eines jeden Gebäudes, das Haupthaus als Zentrum, Scheunen und Außengebäude ringsum. Dann blickte er zur Sonne, um die Zeit zu bestimmen, obgleich das kaum nötig war. Auf Enner's brauchst du die Sonne nicht, um die Zeit zu bestimmen. Man schaute auf die dünnen Fichten und dann auf den Hof. Waren die Krähen im Nest, war es früher Morgen, Mittag oder Abend. Waren sie im Hof, suchten sie vormittags oder nachmittags Futter. Lagerten sie auf den Wiesen, war es später Vormittag oder später Nachmittag. Versammelten sie sich auf den Ästen im Apfelgarten, wurden morgens oder abends die Kühe gemolken, und die Stallburschen trieben das Vieh hindurch. Oft wusste man, wie spät es war, wenn man die Augen schloss und lauschte. In all den Jahren, die er hier gelebt hatte, war er ihrer nahezu ständig gewahr. Ihre eiskalten Hirne griffen in der Dunkelheit nach seinen Gedanken – wohin ging er, was tat er gerade, war es sicher herauszukommen, oder sollten sie lieber in sicherer Entfernung warten, bis er fortgegangen war? Ein einziges Mal, seit er gehen und einen Stein werfen konnte, hatten sie die Festungen in den Fichten mit allen Waffen angegriffen, welche ihnen zur Verfügung standen. Mit Kieseln und Schleudern,

Pfeilen und sieben Meter langen Stangen hatten sie versucht, die Nester zu zerstören, während die Brut noch nicht fliegen konnte. Jedes Jahr töteten oder verjagten sie lediglich ein Drittel der Krähen, ganz gleich, wie sehr sie sich bemühten, und hielten dadurch die Population stabil. Es war die einzige Zeit, in der sie so tun konnten, als hätten sie einen Sieg über die Krähen errungen. Während der übrigen Zeit stahlen, plünderten und töteten diese Schurken und zogen sich unbesiegt und unerreichbar zurück.

(Tursten hatte die Krähen schon immer gehasst. Er erinnerte sich, wie er als kleiner Junge sie angeschrien hatte. Als er älter wurde, hörte er auf zu schreien und dachte sich mit seinem kalten grausamen Verstand eine bessere Kampfmethode aus. Und wie immer fand er eine. Er sammelte zwölf Vögel ein, denen er mit Steinen die Flügel gebrochen hatte, und steckte sie ungefähr zehn Meter von der Wiesenhecke auf Stangen. Um die Mittagszeit flogen Krähen herab und ließen sich neben den toten Vögeln nieder. Das waren die Späher, um herauszufinden, ob es sicher war, hier zu fressen. Tursten wartete ganz still mit seinem Vierzig-Pfund-Bogen und massenhaft stumpfspitziger Pfeile auf sie in einem Versteck aus Haselbuschzweigen. Die toten Krähen spießte er wieder als Lockvögel auf. Je mehr er aufstellte, desto mehr kamen. Gegen Abend ging er hinaus und tötete alle bis auf ein halbes Dutzend, das er für den nächsten Tag aufsparte. Nach drei Tagen wurden die Überlebenden klug und kreisten empört kreischend über seinem Kopf. Das gefiel ihm. Es war der größte Sieg, der je in dem Krähenkrieg errungen worden war, aber er war nicht imstande, ihn zu wiederholen. Und zwei Jahre später waren die Krähen wieder so zahlreich wie zuvor.)

»Dein Vater war ein kluger Mann«, erklärte er dem Kind, das jetzt schlief. Das war keine Lüge, wenn er es recht bedachte. Tursten konnte ein bösartiger kleiner Mistkerl sein, wenn er wollte, aber er war gerissen und klug. Wahrscheinlicher wäre er ein guter Soldat geworden, wenn er den Feind ebenso wie die Krähen gehasst hätte.

Als er die Wiese hinabging, erhaschte er ein Gesicht an einem Fenster im Obergeschoss, aber aus der Entfernung konnte er es nicht deutlich erkennen. Elgerd oder Bergtura. Wahrscheinlich Elgerd. Er hatte eigentlich noch nicht darüber nachgedacht, wie sie es aufnehmen würde, wenn er ihr das Kind ihres toten Mannes brachte, das von einer fremden Frau geboren worden war, die ihren Mann getötet hatte, nachdem er sie vergewaltigt hatte. Aber hatte je irgendein Mensch sich über Elgerds Gefühle den Kopf zerbrochen? Daher konnte man wohl davon ausgehen, dass sie keine hatte. Das war auch unwichtig, denn Bergtura hatte genug für beide. (Gott helfe uns allen!!!) Es war eine sichere Wette, dass das Gesicht am Fenster ihrs war.

Und überhaupt ist es jetzt zu spät. Er schob mit der linken Hand die Tür auf und hörte, wie seine Frau in den Holzpantinen die Treppe herunterkam. Er überlegte, was er zu ihr sagen sollte. Irgendetwas völlig Banales, wie zum Beispiel »Da ist er« oder »Ich bin wieder da«.

»Hier«, rief jemand. »Du hast einen übersehen.«

Poldarn öffnete die Augen, sein Traum zerplatzte wie eine Glasschüssel auf einem Steinboden. Er wollte sich erheben, doch jemand stellte ihm einen schweren Stiefel zwischen die Schulterblätter und zwang ihn, im Dreck liegen zu bleiben. Wieder hatte er keine Wahl, und diesmal lag er auf dem Boden, unfähig sich zu bewegen. Er entspannte sich, laut der Theorie, dass die Schmerzen geringer wären, wenn die Muskeln nicht so verspannt wären, wenn die Klinge sie durchschnitt. Er fühlte sich überraschend ruhig.

»Halt ein.« Das könnte Eyvinds Stimme sein, aber er war sich nicht sicher. »Lass ihn in Ruhe, ich kenne ihn.«

»Bist du sicher?«, fragte eine andere Stimme zweifelnd. »Er ist mit den Reitern hergekommen.«

»Ja, weiß ich. Byrni, hör auf, das arme Schwein in den Dreck zu treten.«

Der Druck wurde leichter. »Was geht hier vor?« Wieder eine andere Stimme, direkt über ihm.

»Werdet ihr gleich sehen. He, wie immer du heißt, sag etwas, was beweist, dass du die westliche Sprache beherrschst.«

Das ergab Sinn. Niemand im Imperium kannte die Sprache der Freibeuter, deshalb nahm er an, dass diese Männer sie sprachen. »Bist du das, Eyvind?«, fragte er. »Der Mann, den ich auf der Straße getroffen habe?«

»Das ist er«, sagte Eyvind. »Ja, ich bin Eyvind. So, und jetzt helft ihm auf die Beine, steht nicht nur blöd da, ihr verdammten Idioten.«

Sie hoben ihn wie einen Sack Mehl hoch und stellten ihn hin. Er sah den Mann, der sich Eyvind nannte. Ja, es war derselbe, den er auf der Straße und später in der Schlacht gesehen hatte. *Bitte,* betete er stumm zum göttlichen Poldarn, *lass diesem Mann nichts zustoßen, bis ich hier raus und in Sicherheit bin.* Ringsum fledderten die Freibeuter die Toten. Als wären es Karotten, zogen sie ihnen alles ab. Er sah nur einen Freibeuter tot daliegen, alle anderen waren Schwertmönche mit tiefen diagonalen Wunden von der Verbindung zwischen Hals und Schulter nach innen.

»Ja«, erklärte Eyvind. »Ich kenne diesen Mann, da gibt's keinen Zweifel. Er hat mir das Leben gerettet.« Das war eine glatte Übertreibung, falls Poldarn sich richtig erinnerte. Er hatte ihn lediglich nicht getötet, nachdem er seinen Kameraden erledigt hatte. Aber die Erinnerung spielt einem oft Streiche. »Er ist einer von uns, dafür verbürge ich mich.«

»Wirklich?«, fragte der Mann, der ihm den Fuß auf die Wirbelsäule gesetzt hatte. Er klang freundlich und neugierig. »Was hat er dann bei all den Missgeburten zu suchen?«

Jetzt erinnerte sich Poldarn an etwas. Es kam wie ein Blitz aus heiterem Himmel, der alles um ihn herum ausblendete, sogar die Todesangst, welche sein Gemüt immer noch verdüsterte. Es war nichts Besonderes. Nur die Erinnerung, wie er neben einem älteren Mann in einem Graben stand – der Mann legte mit der rechten Hand ein Netz über das Loch zu einem Kaninchenbau. In der linken hielt er die Hinterläufe eines sich verzweifelt wehrenden Kaninchens. Er schenkte dem Tier keine Aufmerksamkeit. Der Mann ging methodisch vor, eine Sache nach der anderen. Erst das Netz an Ort und Stelle, falls der Hund noch ein Kaninchen herausjagt, dann das in der Hand umbringen. Während der Mann das Netz zurechtzupfte, sprach er über etwas anderes, über eine Routinearbeit, falls das Wetter mitspielte. Genauso methodisch, ruhig und unbeteiligt durchsuchten die Freibeuter die Toten nach Wertsachen (belangslose Alltagsgegenstände: ein Federmesser, ein Wetzstein, eine Gürtelschnalle, ein Dutzend Hornknöpfe. Offensichtlich waren diese Sachen für die Freibeuter wertvoll genug, um deshalb zu töten, wie das Fleisch und das Fell des Kaninchens für den alten Mann). Sorgfältig und gründlich töteten sie alle Mönche, die noch lebten.

Eyvind sagte zu dem anderen Mann, Byrni, etwas. Alle hatten das Interesse an Poldarn verloren und gingen weiter ihrer Arbeit nach. »Ich schätze, Onkel Cari weiß, wer er ist«, sagte Eyvind. »Er hat viel tiefer als ich in den Vorbereitungen gesteckt. Ich war zwar dort, habe aber meist nicht hingehört.«

Byrni lachte. »Still sitzen war nie deine Stärke«, sagte er. »Na schön, ich sehe keine Gefahr. Aber wenn er etwas tut, halbiere ich ihn, merk dir das.« Er blickte Poldarn scharf an. »Hast du das gehört?«

Poldarn nickte. »Mach dir wegen Byrni keine Sorgen«, sagte Eyvind. »Es macht ihm nur Spaß, Leuten Angst einzujagen.«

»Darin ist er wirklich gut«, meinte Poldarn.

Byrni schien diese Bemerkung aus keinem ersichtlichen Grund ungewöhnlich komisch zu finden. »Er ist ein Klugscheißer, kein Zweifel«, sagte er und legte den Arm um Poldarns Schulter. In der Rechten hielt er den Krummsäbel, dessen Klinge mit Blut und

Staub bedeckt war. Er sah aus, als hätte er soeben eine Hecke getrimmt und eine Pause eingelegt, um sich mit einem Mund voll Bier Appetit zu holen.

»He, ihr beiden«, rief jemand weiter oben auf der Straße. »Was immer ihr macht, verschiebt es auf später. Wir haben einen Krieg zu führen, schon vergessen?«

Die Freibeuter überhasteten nichts, sondern verrichteten weiter ihre Arbeit. Poldarn fiel auf, wie wenig Anstrengung sie aufwendeten, wie alte Männer, die ihrer gewohnten Arbeit nachgingen. Die meisten waren jung, zwischen neunzehn und vierundzwanzig, aber sie wirkten älter. Sie hatten die breiten Brustkästen und dicken Hälse von Schwerarbeitern, viereckige Köpfe und kantige Kinne, kleine Nasen und breite Stirnen. Ihre Haut war durch lange Aufenthalte im Freien von den kalten, heftigen Winden gegerbt. Sie ähnelten ihm überhaupt nicht, dennoch schien die Art, wie sie gingen und sich bewegten, *richtig* zu sein, so wie es ihm bei keinem anderen Volk, dem er begegnet war, vorgekommen war. Die Mönche zum Beispiel bewegten sich mit beinahe übertriebener Anmut, als hätten sie alles, was sie taten, stundenlang vor einem Spiegel geübt – ihre Anmut war nicht angeboren, sondern mühsam einstudiert. In Sansory bewegten sich die Menschen zu hektisch, in den Dörfern so schwerfällig, als schleppten sie ständig schwere Säcke auf den Schultern und trügen Stiefel mit Bleisohlen. In Mael gingen sie wie Fabrikarbeiter oder Erntehelfer nach einer doppelten Schicht. Copis – ja, sie war anders, ihre Bewegungen glichen denen eines Menschen, der Tanzschritte zu einer Musik ausführt, dabei aber eine andere Musik hört. Dank ihrer verblüffenden angeborenen Fähigkeit zur Improvisation schaffte sie das mühelos. Die Männer hier bewegten sich vollkommen natürlich, so wie Menschen sich bewegen sollten. Er konnte sich nicht vorstellen, dass einer im Schlamm ausrutschte oder mit dem Fuß an einer Baumwurzel hängen blieb oder unfreiwillig gegen einen Verkaufsstand auf dem Markt lief.

Eyvind packte ihn am Arm und zog ihn beiseite. »Ich glaube, alles ist in Ordnung«, sagte er. »Hab ich Recht, dass du dich an nichts seit unserer letzten Begegnung erinnerst?«

Poldarn schüttelte den Kopf.

»Na auch gut. Und was hast du mit diesem Haufen alter Weiber zu tun gehabt?« Er stieß einen toten Mönch an, um seine Frage zu verdeutlichen.

Poldarn grinste. »Eigentlich war ich unterwegs, weil man mich umbringen wollte. Sie wollten sichergehen, dass ich nicht fliehe.«

»Aha.« Eyvind nickte. »Da hast du aber Glück gehabt, richtig? Was hast du gemacht, dass sie so wütend auf dich waren?«

Poldarn lächelte. »Ach, sie behaupteten, ich sei einer von ihnen und hätte einen Bruder ermordet. Und dann behaupteten sie, ich sei der berühmteste General des Imperiums. Und dann meinten sie noch, ich müsste den berühmtesten General des Imperiums ermorden, sonst würden sie mir die Kehle durchschneiden.«

Eyvind betrachtete ihn verwirrt. »Offensichtlich haben sie große Freude an Spielen. Weißt du, ich habe das Gefühl, dass du bei uns besser dran bist.«

»Ich auch. Aber wieso glaubst du, dass ich bei euch bleiben kann?«

»Du weißt es nicht, richtig?« Eyvind grinste. Er hatte gerade weiße Zähne, im Gegensatz zu den meisten Menschen in Sansory. Selbstverständlich hatte auch Poldarn gute Zähne. »Du sprichst unsere Sprache. Und nicht nur das, du sprichst mit starkem Südinselakzent. Selbst wenn du einer wärst, der die westliche Sprache gelernt hätte (wir haben von keinem gehört, der lange genug gelebt hat, um das zu erreichen), könntest du nicht diese tiefe weiche Tonlage meistern, wenn du nicht innerhalb von fünfzehn Meilen von Eddinsbrook geboren wärst.« Er schlug Poldarn mit der flachen Hand zwischen die Schulterblätter. »Ich habe keine Ahnung, wer du bist, mein Freund, aber ich weiß, wer du warst. Und das weiß dieser Haufen hier auch, denn sonst wärst du längst tot.«

Poldarn ließ das, was er soeben erfahren hatte, auf sich einwirken. »Aber sie sehen überhaupt nicht wie ich aus«, sagte er.

»Na und? Wir stammen alle von der Nordinsel. Die Südinsulaner sind alle so hässlich wie du. Die auf Unnskerry auch, aber sie reden anders. Nasaler, wenn du weißt, was ich meine, als hätten sie sich immer eine halbe Karotte in die Nase gestopft.«

Poldarn dachte nach. »Na schön, dann bin ich eben einer von euch. Warum zum Teufel bin ich auf einem Schlachtfeld, umgeben von Toten, umhergewandert?«

»Darüber habe ich nachgedacht«, sagte Eyvind. »Es gibt mindestens eine plausible Erklärung. Jahrelang haben wir hier Leute zurückgelassen, um das Land auszuspionieren, uns zu berichten, womit wir rechnen müssten, wo die guten Aussichten waren, um Verbindung mit den Verrätern auf deren Seite aufzunehmen, welche glauben, auf unserer Seite zu sein – kannst du mir folgen? Ich vermute, du bist einer der Unsrigen. Alles passt genau«, sagte er und zog einem toten Mönch einen goldenen Ohrring ab, wie ein Mann, der Blaubeeren pflückt. »Wenn man's genau bedenkt – wenn einer von uns über ein Jahr hier verbracht hat und sich für einen Einheimischen ausgegeben hat, muss er doch unweigerlich etwas verwirrt sein. Schließlich musste er zwei Menschen gleichzeitig sein. Und wenn man dann noch einen Schlag auf den Schädel bekommt, kann man sich bestimmt nicht mehr daran erinnern, wer man tatsächlich ist und wen man nur gespielt hat – na ja, du verstehst, was ich meine, oder? Und meiner Meinung nach bist du so einer.«

Abrupt verließen sie die Straße und schlugen sich in den Wald. Für Poldarn war es schwierig, Schritt zu halten – wo Eyvind und seine Männer immer Trampelpfade von Hirschen und Lücken in den Dornengebüschen zu finden schienen, rannte er direkt in die Dornenranken, stolperte über Wurzeln und schürfte sich Hände und Gesicht auf. Er hatte das sichere Gefühl, dass der Wald nicht sein Zuhause war.

»Aber selbstverständlich«, erklärte Eyvind, als er ihm das gesagt hatte. »Auf der Südinsel gibt es keinen nennenswerten Wald.« Er schüttelte den Kopf. »Ach, ich vergesse immer wieder, dass du dich ja an nichts erinnerst.«

Poldarn beschloss, das Thema zu wechseln. »Wie hast du diese Leute gefunden?«, fragte er. »Als wir uns das letzte Mal trafen, warst du ganz allein auf der anderen Seite des Bohec.«

Eyvind nickte. »Stimmt. Aber glücklicherweise hatte ich im Hinterkopf, immer nach Norden zu marschieren. Ich habe den Fluss überquert und bin immer geradeaus gegangen, so weit es möglich war. Und dann kam ich eines Tages über einen Berg und – da waren sie. Da könnte man glatt religiös werden. Das kann ich dir sagen.« Es schüttelte wieder den Kopf. Das schien bei diesen Leuten eine sehr verbreitete Sitte zu sein. Poldarn hatte es selbst schon mehrmals getan. »Diese Gruppe sind nur Späher«, fuhr er fort. »Offensichtlich ist die Armee dort drüben, zurzeit die größte Expedition, die je die Insel verlassen hat. Hast du schon mal von einem Mann gehört, der Feron Amathy heißt?«

Poldarn nickte. »Allerdings.«

»Und bestimmt nichts Gutes, da wette ich. Na ja, offenbar ist er der Kopf hinter alledem. Er hat irgendeinen Plan, wie er das Imperium in seinen Besitz bringen kann. Ich brauche nicht zu sagen, dass uns das scheißegal ist, aber sein Plan passt perfekt zu unserem. Außerdem hat er uns alle möglichen wertvollen Informationen gegeben, die unsere Spione nie hätten herausfinden können – Ausfallstore, blinde Punkte, Schwachstellen, wo man sich unter der Mauer hindurchgraben kann, und so weiter. Er behauptet, er hätte das alles erfahren, als er zum ein oder anderen Zeitpunkt in den Städten als Söldner gedient hat. Das mag man glauben oder nicht, wie du willst. Meiner Meinung nach verdient jemand, der sein eigenes Volk so verrät, nicht zu leben.«

Poldarn äußerte dazu keine Meinung. »Und wohin wollt ihr von hier aus?«, fragte er. »Zum Rest der Armee und dann nach Hause?«

»Das glaube ich kaum. Wir haben ja kaum angefangen. Du kannst bei uns bleiben, und wir nehmen dich mit nach Hause – auf die Inseln, meine ich. Das ist das beste Angebot, was du bekommen kannst.«

Poldarn dachte kurz nach, ehe er antwortete. »Ja, das möchte ich.«

Für Männer, die es nicht eilig zu haben schienen, bewegten sich die Freibeuter verblüffend schnell. Schon bald erkannte Poldarn, wie sie es schafften, so überraschend schnell von einem Schlachtfeld zu verschwinden und auf einem anderen aufzutauchen. Mit Magie hatte das nichts zu tun. Die Freibeuter nutzten das Gelände, folgten Flusstälern und Anhöhen, um außer Sicht zu bleiben, marschierten mit Höchstgeschwindigkeit, wenn sie keine andere Möglichkeit hatten, offenes Terrain zu überqueren. Außerdem schienen sie nie zu ermüden.

»Wir sind früh dran«, erklärte ein Freibeuter, der bei einem Spähvorstoß über den Kamm geschaut hatte.

»Typisch«, meinte ein Kamerad. »Wahrscheinlich haben sie eine Rast eingelegt oder sich irgendwo einen anderen Kampf gesucht. Das ist das Problem mit den grünen Flussburschen, sie nehmen diese Dinge nicht ernst.«

Poldarn brauchte nicht über den Kamm zu schauen, um zu wissen, wo er war. Jenseits des Berges lag Deymeson, und die Freibeuter wollten es angreifen. Auch das musste man ihm nicht eigens erklären.

»Wenn du nur Schweiß in der Hand hast, wirst du nicht gerade nützlich sein«, meinte einer zu ihm. »Hier, versuch's mal damit.« Er holte einen Gurt von der Schulter, an dem ein Kleiderbündel hing, ungefähr so lang wie Poldarns Arm. Darin befand sich ein Krummsäbel.

»Hat meinem Vetter Bearci gehört«, fuhr der Mann fort. »Aber er hat es nicht bis hierher geschafft. Wenn du ihn nicht mehr brauchst, kannst du ihn mir ja zurückgeben.«

Es wäre sehr unhöflich gewesen, abzulehnen, aber er konnte auch nicht erklären: *Lieber nicht, danke. Siehst du, sobald ich von euch weg kann, renne ich nach Deymeson so schnell ich kann und warne sie vor eurem Kommen.* »Vielen Dank«, sagte er. »Ich werde gut darauf aufpassen.«

»Ach, es ist nichts Besonderes. Aber liegt dir gut in der Hand.« Er betrachtete Poldarns Hände. »Du hast Glück, dass er genau das richtige Gewicht für dich hat.«

Poldarn stellte fest, dass er, ohne zu denken, Schläge ausgeführt hatte, wobei er den Krummsäbel rücklings durch die Finger geführt und dann mit einem Ruck aus dem Handgelenk hochgerissen hatte. Er runzelte die Stirn und versuchte es andersrum (das war schwieriger zu kontrollieren und schneller). Er war gut darin. Diese Tatsache entging dem Freibeuter auch nicht, der ihm den Säbel geliehen hatte. »Dazu braucht man viele Stunden Übung, Mann«, sagte er. »Ich könnte das nicht.«

»Danke«, sagte Poldarn. »Offensichtlich hat es in meinem Leben eine Zeit gegeben, als ich zu viel Zeit hatte.«

Der Mann war sich nicht sicher, was er sagen sollte. »Ich heiße Sitrych«, sagte er. »Aus Anniswood in Blackdale. Kennst du diese Gegend?«

»Offenbar ist alles möglich«, antwortete Poldarn.

Sitrych musterte ihn, teilweise besorgt, teilweise belustigt, als sei Poldarn eine Maus mit zwei Köpfen. »Na ja, viel Glück, und pass auf, die Klinge ist scharf.«

Poldarn war nicht sicher, ob es ein alter traditioneller Scherz oder ein wohlmeinender Rat an einen Idioten war. »Danke«, sagte er. »Ich werde vorsichtig sein. Ich will ja niemanden verletzen.«

Sitrych runzelte die Stirn, schüttelte den Kopf und ging fort. Jetzt war Bewegung in die Freibeuter gekommen, allerdings war Poldarn nicht sicher, was geschah. Sie teilten sich in Gruppen auf – keineswegs mit auffälliger Eile, aber in wenigen Minuten standen alle an ihrem Platz in Reih und Glied. Alle blickten zur Anhöhe hinauf und bereiteten sich geistig vor. Ohne Befehl waren sie verstummt. Poldarn stellte verblüfft fest, dass er überhaupt niemanden gehört hatte, der Befehle erteilte. Er hatte keine Ahnung, wer der Anführer war, vorausgesetzt sie hatten einen.

Dann marschierten sie los. Aber sie schienen nicht zu gehen, sondern zu fließen, wie eine Welle, die ans Ufer kommt und deine Knöchel umspült, ehe du sie richtig wahrnimmst. Als Poldarn glaubte, ihre Taktik erkannt zu haben, waren sie längst über dem Kamm verschwunden und nicht mehr zu sehen. »Los, komm schon«, sagte jemand fröhlich hinter ihm – nicht jemand, mit dem er gesprochen hatte. Eine breite Hand schob ihn vorwärts. Wer immer es war, er rannte nicht, aber Poldarn musste rennen, um Schritt zu halten.

Vom Kamm der Anhöhe aus sah er Deymeson im Tal unten. Der Torbogen in der unsichtbaren Mauer, die Stadt, welche sich aus der Ebene wie ein scheuendes Ross erhob. Jetzt liefen die Freibeuter, der Hang half ihnen. Sie stürzten unglaublich schnell vorwärts, dabei leichtfüßig und anmutig wie Rehe. Nicht weglaufen, sondern auf ein Ziel zulaufen, dachte Poldarn. Hier waren Männer, die genau wussten, was sie taten, und weshalb. Er fragte sich, welches Gefühl das wohl wäre.

Der Mann, der ihn aufgefordert hatte mitzukommen, war dicht hinter ihm, aber genau am Rand des Kreises. Es gab keinerlei Möglichkeit, sich zu entfernen. Er war mit diesen Männern auf Gedeih und Verderb verbunden. Sie hatten ihn so leicht verschluckt und aufgesogen wie die einlaufende Flut ein Wasserloch zwischen Felsen. Das war beunruhigend. Bis zu dem Augenblick oben auf dem Kamm hatte er sich eingeredet, dass er, sobald sich die Gelegenheit dazu böte, sich davonschleichen und die Mönche – seine Leute – warnen und ihnen im Kampf helfen würde. Dazu war er moralisch verpflichtet (schließlich waren diese hier die Freibeuter, der gemeinsame Feind, die Mächte des Bösen). Aber etwas war geschehen, so unbemerkt, dass er nicht bemerkt hatte, wie es geschehen war. Und jetzt stand alles andere außer Frage. Er war gebunden, er hatte bereits seine Seite gewählt (augenscheinlich ohne es zu wissen), und jetzt war er hier, Teil dieser nicht aufzuhaltenden Woge der Finsternis …

(Wenn er nicht aufpasste, dachte er bereits an

diese Männer wie an seine Freunde, sein Volk. Es war, als wäre er plötzlich in den richtigen Schlitz gefallen, unvermittelt und im Dunkeln, oder als wäre er in dichtem Nebel im Moor blind im Kreis herumgeirrt und plötzlich auf ein Haus gestoßen. Erst als er die Tür aufstieß, hatte er festgestellt, dass es sein Haus war.)

Seine Überlegungen waren rein akademisch. Selbst wenn er dem Mann hinter ihm und den übrigen Freibeutern entkommen könnte, die alle schneller als er waren, und das Tor des Klosters erreichte und Alarm schlug, blieben ihm höchstens ein paar Sekunden, ehe die Freibeuter ihn eingeholt hätten. Und wie könnten sich die Schwertmönche in dieser kurzen Zeit retten? Außerdem würde er die wenige Zeit, die ihm blieb, nicht damit verschwenden, nach dem Abt zu suchen, sondern nach Copis (ebenfalls reine Zeitverschwendung, denn er war sicher, dass sie tot oder zu eng bewacht wurde, als dass er sie hätte befreien können).

Für die Mönche konnte er nichts tun. Wenn sie die Freibeuter nicht im Kampf besiegen konnten, waren sie so gut wie tot. Er sah alles bereits vor sich. Ihre Leichen hinter den Mauern und auf den Straßen hingeworfen und aufgestapelt. Sie lagen unter Tischen und Betten, wo sie versucht hatten, sich zu verstecken, am Fuß von Treppen oder Türmen, wo sie herabgestürzt oder herabgestoßen worden waren. Er sah, wie Staub und Schmutz eine Haut über den Blutpfützen bildeten. Geronnenes Blut maskierte die Wunden, welche die Krummsäbel vom Hals bis in die Brust geschlagen hatten. Ganz lebendig, wie wenn man eine traumatische Erinnerung heraufbeschwört, sah er sie, die meisten tot, einige noch sterbend. Diese sogen unter Schmerzen Luft in ihre durchbohrten Lungen. Blut quoll aus ihren Mündern, wie bei alten Männern und Kindern, die Suppe trinken. Er sah Torcuat, den Mönch, der ihn festgenommen hatte, als er fliehen wollte. Er lag auf dem Rücken auf den Stufen, sein Kopf hing in einem unmöglichen Winkel seitlich herab auf die Schultern, die Augen waren weit geöffnet. Er sah auch den Abt, fast verdeckt von Armen und Beinen, Köpfen und Torsos, alles wirr durcheinander wie die Altmetallhaufen auf dem Markt in Sansory. Ein Hieb hatte das Gesicht des Abts diagonal vom rechten Auge bis zum linken Mundwinkel gespalten. Obwohl der Schlag tödlich gewesen war, hatte man ihm noch unterhalb der Rippen die breite Klinge eines Krummsäbels hineingerammt. Er sah Copis rücklings über der Seite eines Karren liegen, sie lebte noch, ein Bein war unterhalb des Knies abgetrennt, ihre Wirbelsäule war gebrochen ...

Ja, das wäre richtig, dachte er. Ich kann mich an die Vergangenheit nicht erinnern, nur an die Zukunft.

Die Freibeuter waren bereits innerhalb der unsichtbaren Mauer. Die Wache am Torhaus warf einen Blick auf sie und rannte davon, aber der vorderste Freibeuter holte ihn ein, ehe er den Fuß des Berges erreicht hatte. Er packte ihn an der linken Schulter, drehte ihn herum und riss ihm mit einer schnellen Handbewegung den Brustkorb auf. Wie üblich war die Straße den Berg hinauf leer. Der Freibeuter, der soeben den Wachposten getötet hatte, blieb nicht stehen, wurde nicht einmal langsamer, sondern rannte bergauf. Die Steigung schien ihm nichts auszumachen. Inzwischen waren fünf Kolonnen Freibeuter aus dem Nichts aufgetaucht und füllten die Ebene. Poldarn war sicher, dass noch mehr da waren, die er nur noch nicht sehen konnte. Sie näherten sich dem Berg von Norden, Westen und Osten. Beinahe sah er sie bereits oder erinnerte sich, sie zu sehen, wie sie in die Klosterhöfe stürmten, wie eine Flutwelle, die ein Haus unter sich begräbt. Irgendwann hatte er seine Schritte beschleunigt, sodass er beinahe Schritt halten konnte. Es war keine bewusste Entscheidung gewesen. Erstaunlicherweise stellte er fest, dass er weder müde noch kurzatmig wurde, es war, als ziehe er Kraft aus all den Männern um ihn herum. Er sah, wie Sitrych, der Mann, der ihm den Säbel geliehen hatte, ums Torhaus herumlief und auf den Berg stürmte. Hinter ihm war Engfar, mit ihm hatte er unterwegs auch ein paar Worte gewechselt. Engfar war nur zwei Schritte hinter ihm, und der Abstand verringerte sich schnell. Am liebsten hätte er ihn angefeuert, wie bei einem Wettlauf, auf dessen Ergebnis er Geld gesetzt hatte.

Als er den Fuß des Berges erreichte, hörte er Lärm von oben, der sein Herzpochen übertönte. Er rannte weiter, ohne zu wissen wie. Er war nur ein Boot auf einer großen Woge, welche den Rücken wie eine Katze krümmt, ehe sie sich auf ihr Opfer stürzt. Einmal musste er über die Leiche eines Mönchs springen und hatte Mühe, nicht zu stolpern. Irgendwo schrie jemand, aber er hatte keine Ahnung, worum es ging.

Der nächste Mönch, den er traf, war eindeutig auf den Beinen. Er trat mit ausgestrecktem Speer aus einem Hauseingang. Gestern hätte er angehalten und wäre in Kampfstellung gegangen, da er wusste, wie schwierig es für einen Schwertkämpfer war, einen Speerträger in einem Mann-zu-Mann-Kampf zu überwältigen. Heute lief er um den Gegner herum, wobei er wild um sich schlug, ohne die Absicht, jemanden zu töten, lediglich zur Verteidigung. Er spürte keinerlei Widerstand, aber er hatte keine Zeit, sich umzudrehen. Der Mönch war tot, das hatte er mitbekommen, alles andere war unwichtig.

Seine magische Kraft verließ ihn unvermittelt und vollständig, als er knapp fünfzig Meter von der Spitze entfernt war. Ohne Warnung knickten seine Beine ein. Sobald er stand, spürte er in der Brust so starke Schmerzen, dass nichts anderes mehr eine Rolle spielte. Als er endlich wieder richtig schauen konnte, sah er, wie Freibeuter zwei Schwertmönche umringten, die gewartet hatten, anstatt davonzulaufen. Als die Freibeuter sie hinter sich gelassen hatten, waren die Mönche noch da, aber so zerschnitten, dass ihre Körper auf dem Boden kaum noch menschenähnlich aussahen.

(So gewinnen die Freibeuter also die Kämpfe, stellte er fest. Das tödliche Geheimnis ihres Erfolgs. Was hätte wohl General Cronan davon gehalten? Hätte er erkannt, dass man überhaupt nichts tun konnte, wenn diese Horden durch ihre Feinde hindurchstürmten, als wären diese gar nicht vorhanden? Er ließ diesen Gedanken abrupt fallen.)

»Na, bummeln wir mal wieder«, fragte sein selbst ernannter Schatten hinter ihm. »Was ist los? Ein Stein im Stiefel?«

»Erschöpft«, stieß Poldarn hervor. »Diese verfluchte Rennerei ist zu energieraubend für mich.«

Die Stimme lachte. »Du musst wieder in Form kommen«, sagte sie. »Du verpasst das Gute, wenn du nicht vorsichtig bist.«

»Ach, es gibt etwas Gutes?«

»O ja«, antwortete die Stimme. »Ziemlich viel.«

Poldarn fand das Gute später, nachdem er sich den Rest des Hangs ins Kloster hinaufgeschleppt hatte. Der Bruder Pförtner hatte nicht genug Zeit gehabt, das Tor zu schließen. Die Freibeuter waren an ihm vorbeigeströmt und hatten ihn dabei wie eine Nebensache niedergehauen. Die Mönche liefen zu zweit oder dritt hinaus auf den Hof, offenbar ohne zu begreifen, was geschah – viele trugen nicht einmal ihre Schwerter. Die Freibeuter umzingelten sie. Auf einen Mönch kamen sechs oder sieben Freibeuter. Das überschritt die Fähigkeiten des Ordens. Selbst die besten zehn Prozent der ausgebildeten Schwertkämpfer waren nur an vier Gegner gleichzeitig gewöhnt. Angesichts einer derartigen Verletzung der Regeln, eines solchen abscheulichen Benehmens versuchten die meisten Mönche nicht mal zu ziehen. Diejenigen, die es taten, mussten feststellen, dass ihre Schläge durch Bewegungen pariert wurden, welche nicht dem Lehrplan entsprachen, und dass vollkommen regelwidrig Gegner hinter ihnen auftauchten und ihnen den Hals abschnitten. Gewiss, eine Gruppe von etwa zwanzig Mönchen hatte sich am Eingang der Kate des Hausmeisters versammelt. Sie standen Schulter an Schulter, ihre gezückten Schwerter bildeten eine undurchdringliche Mauer. Aber die Freibeuter bombardierten sie aus einer Entfernung von knapp fünfzehn Metern mit Steinen, die noch vor einer Baustelle gestapelt waren. Poldarn schaute fasziniert zu. In der ersten halbe Minute gelang es den Mönchen, die Steine in der Luft mit den Schwertern abzulenken (diese liebevoll gepflegten Klingen, mit Stahl anstelle eines Wetzsteins geschärft, jeden Abend und jeden Morgen mit Kamelienöl eingerieben), aber dann kam ein Stein zu viel und traf einen Mönch direkt über der rechten Braue, worauf dieser stöhnend zusammenbrach. Eine Lücke machte den Wall zunichte. Fünf Sekunden später stürzten die Freibeuter vor, um alle niederzumachen. Sie überwältigen die Mönche, dachte Poldarn, so wie sie mich überwältigt haben. Sie kämpfen nicht, sie siegen nur. Wie Götter.

Ein Mönch rannte auf ihn zu. Er erkannte ihn. Es war Torcuat, der damals, als er fliehen wollte, den Vorsitz über seine Niederlage und Erniedrigung geführt hatte. Torcuats Gesicht war zu einer Maske aus schierem Hass verzerrt. Es war das Meisterstück eines großen Künstlers, der sein ganzes Leben damit verbracht hat, das Wesentliche eines Gefühls zu malen. Er hielt beim Laufen das Schwert mit beiden Händen über dem Kopf. Poldarn wandte sich ihm zu und führte den Krummsäbel über den Handrücken – er wollte sich brüsten, ohne zu wissen, weshalb. Es war einfach geschehen. Als der Mönch gegen den Außenrand seines Kreises prallte, wie ein Läufer der sich mit der Brust ins Zielband wirft, streckte er die Hand mit dem Krummsäbel mit einer gekonnten kurzen Bewegung aus, was ein Novize aus reinem Instinkt am ersten Schultag tun würde. Torcuats Schwung trieb die Spitze der Klinge tief in den Bauch, bis sie auf die Wirbelsäule traf. Der Aufprall erschütterte Poldarn bis zum Ellbogen. Torcuat fiel nach vorn auf den Säbelgriff. Dabei spross Poldarns Krummsäbel aus dem Rücken wie ein Krokus.

Eigentlich habe ich gar nichts gemacht, dachte Poldarn, als er den toten Mönch mit dem Stiefel auf die Seite rollte. Er musste sich auf Torcuats Brust stellen, um die Klinge herauszuziehen (schließlich konnte er sie nicht zurücklassen, da sie ihm nicht gehörte). *Ich nehme an, das zählt als Rache, aber eigentlich war ich gar nicht so wütend. Ich habe ihm nicht die Schuld gegeben.*

»Hübsch«, sagte die Stimme hinter ihm. »Diese Missgeburten glauben alles zu wissen, aber wenn es zu einem richtigen Kampf kommt, haben sie keinen blassen Schimmer.«

Poldarn richtete sich auf. »Nein, das haben sie wirklich nicht.«

»Wie man sieht«, fuhr die Stimme fort. »Wärst du einer von denen, hättest du meiner Meinung nach einen Fechtkampf angezettelt. Aber du hast ihn erledigt, wie ich es getan hätte. Daher glaube ich, dass du letztendlich doch einer von uns bist. Also ist wohl alles bestens.«

»Gut«, sagte Poldarn. Ein Teil von ihm schien das ernst zu meinen.

»Nachdem ich gesehen habe, dass du einen der Mönche umgebraucht hast, macht es keinen Sinn, hier noch länger herumzuhängen«, sagte die Stimme. »Mach weiter so und amüsiere dich. Irgendeine Idee, wo sie hier kleine Wertsachen aufbewahren?«

Poldarn dachte einen Moment lang nach. »Du könntest es im Haus des Abts versuchen. Da habe ich etliche hübsche Tintenfässer und Kerzenleuchter und kleine Silberlampen gesehen.«

»Klingt gut«, sagte die Stimme. Jemand berührte beim Vorbeigehen Poldarns linke Schulter. Er sah noch den Rücken des Mannes, als dieser weiterging.

Also demnach war das das Gute. Aufgrund der Anzahl von Leichen, die im Hof herumlagen, müssten die meisten Mönche tot sein. Auf alle Fälle war ihre Zahl unter den kritischen Punkt gesunken, wo sie keinerlei nennenswerten Widerstand mehr leisten konnten. Poldarn vermutete, dass es jetzt ans Plündern ging, danach würden die Freibeuter alles niederbrennen, vielleicht auf dem Rückweg auch die Unterstadt, aber vielleicht erlaubte das der Terminplan nicht. Drüben bei der Remise zerrten sie bereits Karren und Wagen heraus, um sie mit guten Dingen zu beladen (Erntedankfest, fahrt ein die Früchte harter Arbeit und der göttlichen Gnade). Und er war allein, niemand kümmerte sich um ihn. Copis, dachte er.

Selbstverständlich hatte er keine Ahnung, ob sie noch lebte oder im Kloster war, ganz zu schweigen, wo er sie finden könnte. Doch bis jetzt hatte sein Instinkt ihn so gut geleitet, und er hatte nichts Besseres zu tun. Wenn sie noch lebte, müsste sie in dem Raum sein, den die Mönche als Verlies benutzten. Was er bis jetzt vom Orden gesehen hatte, veranlasste ihn zu der Vermutung, dass sie etwas Derartiges besaßen.

Ein lebendiger Mönch könnte ihm sagen, wo sich das Verlies befand, aber es schien keiner mehr übrig zu sein. Poldarn blickte sich um. Plötzlich verspürte er den Drang, es bei einer kleineren Tür ganz hinten zu versuchen. Dahinter lag wohl eine Art Laden, denn es gab nur zwei kleine vergitterte Fenster oben in der Mauer. *Göttliche Intuition,* murmelte er vor sich hin. Dann ging er schnell über den Hof und stieg dabei über Tote, wenn es nötig war.

Die Tür stand offen. Im kleinen Vorzimmer war ein Mönch. Er saß mit dem Rücken zur Wand auf dem Boden und presste beide Hände auf den Bauch. Als er versuchte aufzustehen, gaben seine Beine nach, und er fiel flach aufs Gesicht. Poldarn stellte ihm einen Fuß auf den Nacken und stieß ihm die Klinge durchs Ohr. Danach rührte er sich nicht mehr. Dann runzelte er die Stirn und führte mit dem Krummsäbel mehrere Schläge durch die Luft aus. Er fragte sich, ob ihm das Gesicht des Mönchs bekannt vorkam. Hm, wahrscheinlich bildete er es sich nur ein.

Wer auch immer ich gewesen sein mag, jetzt weiß ich, wer ich bin, und nur das ist wichtig.

Das klang wirklich gut. Es war einfach und positiv. Er sah noch eine Tür und stieß sie auf.

Es war kein Verlies, sondern ein Laden. Regale bedeckten die Wand gegenüber der Tür vom Boden bis zur Decke. In den Fächern lagen Tausende ordentlich zusammengefalteter Decken. Vor der Wand rechts standen offene Kisten, die mit Holzkohle gefüllt waren. Links lagen Holzbündel, mit denen man ein Feuer entfachen konnte. Vor dem Feuerholz stand Copis. Sie hielt ein Schwert in ihren Händen.

»Bleib mir vom Leib, oder ich bringe dich um«, rief sie.

Das hatte Poldarn nicht erwartet. »Copis, ich bin's«, sagte er. »Ich bin hergekommen, um dich zu befreien.« Er fühlte sich sehr töricht.

»Geh weg«, sagte sie, ihr Gesicht entspannte sich

ein wenig. »Du verdammter Idiot, hast du es noch immer nicht begriffen?«

Poldarn schüttelte den Kopf.

»Dann bist du noch blöder, als du aussiehst«, fauchte sie. Sie schien ein schlechtes Gewissen zu haben und sah aus, als hätte er sie bei einem Griff in die Kasse ertappt. »Du glaubst doch nicht, dass wir rein zufällig hierher gekommen sind? Ich bin deine *Hüterin.*«

Das ergab keinen Sinn. Nein, er wollte nicht, dass ihre Worte einen Sinn ergaben. »Du hast Bescheid gewusst?«

»Na schön.« Sie senkte das Schwert, aber er erkannte die Stellung der Klinge, es war eine verborgene Deckung. »Ich werde es dir klipp und klar sagen. Ich diene dem Orden. Soll ich weitersprechen?«

»Ja«, antwortete er.

Copis verzog das Gesicht. »Wenn du darauf bestehst«, sagte sie. »Ich wurde dir zugeteilt. Hauptsächlich, um dich im Auge zu behalten und darüber zu berichten. Aber wenn nötig, sollte ich da sein, um zu verhindern, dass man dich ermordet oder du dich selbst tötest. Ja, das verlangten sie von mir. Als deine Eskorte beim Fluss angegriffen wurde – von diesen verfluchten Freibeutern –, ich gebe zu, ich geriet in Panik und habe mich fern gehalten. Eigentlich war es mehr der Kerl, mit dem sie mich zusammengetan hatten, den du getötet hast ...«

»Halt«, unterbrach sie Poldarn. »Redest du von unserer ersten Begegnung, gleich nachdem ich aufgewacht war ...«

»Selbstverständlich«, antwortete Copis. »Was hätte ich sonst meinen sollen?«

»Dann hast du die ganze Zeit Bescheid gewusst.« Plötzlich konnte er nicht mehr atmen, aber es gab wichtigere Dinge als zu atmen. »Du weißt, wer ich bin. Du kannst mir sagen ...«

Copis schüttelte den Kopf. »Tut mir Leid«, sagte sie. »Aber ich habe keinen Befehl, dir diese Information mitzuteilen.« Ihre Worte klangen geziert. Wahrscheinlich zitierte sie aus einem allgemeinen Befehl. »Tut mir wirklich Leid«, wiederholte sie.

»Copis, um Himmels willen.« Er wollte zu ihr gehen. Doch blitzschnell hatte sie das Schwert auf sein Herz gerichtet. »Verstehst du denn nicht? Den Orden gibt es nicht mehr, er ist ausgelöscht. Schau aus der Tür, wenn du mir nicht glaubst. Wir haben sie alle umgebracht, daher spielt es *keine* Rolle mehr.«

Sie musterte ihn mit eiskaltem Blick, maskenstarr wie eine Tote. »Du irrst«, erklärte sie. »Da bin ich zum Beispiel. Oder willst du mich auch umbringen, du *Barbar*?«

Er spürte hinter jedem Wort von ihr das Gewicht des monatelang unterdrückten Hasses, der in einem Teil ihres Kopfes verborgen war, wohin sie selbst erst jetzt hatte vordringen können. Es war nicht nur Hass, sondern auch Verachtung und Ekel, der nicht zu beschwichtigende Abscheu für vollständige Gegensätze. Er wich einen Schritt zurück, aus Angst, sich zu verbrennen.

»Außerdem würde ich es dir nicht sagen, selbst wenn es mir erlaubt wäre«, fuhr sie fort. Sie schaute auf die Klinge und die roten Flecken darauf. »Ich hätte dich töten sollen, als ich die Chance dazu hatte.«

Poldarn starrte sie mit offenem Mund an. »Warum?«, fragte er.

Sie lachte. »Ich wette, das würdest du gern wissen. Dann könntest du endlich herausfinden, wer du bist. Tut mir Leid, keine Chance. Aber ich sage dir etwas. Diese Welt ist nicht vollkommen, und die meisten Menschen sind teilweise schlecht. Manchmal finden sie sich – je nach Verlauf der Dinge – in Umständen wieder, wo der schlechte Teil in ihnen hochkommt. Dann begehen sie schreckliche Untaten, entweder, weil sie müssen oder weil es leichter oder sicherer ist. Du darfst es ihnen jedoch nicht übel nehmen, weil du Umstände kennst, in denen du das Gleiche tun würdest. Sie sind der Spiegel, in dem du dich sehen kannst. Du kannst lediglich hoffen, dass du nie in ihren Schuhen endest und das Gleiche tust wie sie. Aber du bist nicht so. Du hast einen schlechten Kern, und das Fleisch und die Haut darüber sind nur zum Vorzeigen. Alles, was du getan hast, hast du getan, weil du es wolltest. Und in diesem Punkt kann ich dich überhaupt nicht verstehen, weil du nicht mit Gier, Ehrgeiz und Eigennutz aufgehört hast. Du hast immer weitergemacht, als wolltest du das Ende der Welt sein.« Sie holte Luft und lachte schrill. »Deshalb beschloss ich, du solltest der Gott Poldarn im Karren sein, der Zerstörer. Damals schien es mir so passend zu sein. Und selbst, als du dein Gedächtnis verloren hattest und du plötzlich aufhörtest, du selbst zu sein, kam es überall dort, wohin du gingst, zu Mord und Brand. Und jetzt ...« Sie ließ das Schwert sinken. »Jetzt bist du hier. Und eigentlich bin ich nicht überrascht.«

Poldarn rang nach Luft, wie ein Mensch, der darauf wartet, dass eine Welle über ihm zusammenschlägt und ihn in die Tiefe reißt. »Wer auch immer ich früher gewesen sein mag, jetzt weiß ich, wer ich bin, und nur das ist wichtig«, sagte er. »Und wenn du hier bleibst, töten sie dich.«

»Wir werden dich umbringen, meinst du.«

»Sie werden dich töten«, wiederholte Poldarn. »Ich kam her, um dich zu retten, weil …«

Sie lachte. »Ja, schon verstanden«, sagte sie. »Wenn du mich wirklich liebst, halte still, während ich dir den Kopf abschlage. Tust du mir diesen kleinen Gefallen?«

Er öffnete den Mund, um etwas zu sagen, aber es kam kein Wort heraus.

»Nun, ist das zu viel verlangt?«

»Nein«, antwortete er.

Sie trat einen Schritt vor, in seinen Kreis. Er blieb vollkommen still stehen, entweder, weil es ihm gleichgültig war, ob sie ihn tötete oder nicht, oder, um abzuwarten, welche Angriffsvariante sie wählte, denn wenn er jetzt bereits eine bestimmte Verteidigungsposition einnahm, würde das seine Taktik preisgeben. »Es ist einer dieser Träume, die wir alle haben«, sagte sie. »Du stirbst, befreist aber die Welt von einem unsäglichen Ungeheuer. Daher ist es im Grunde genommen richtig. So etwas würde deinem ganzen Leben eine gewisse Bedeutung geben. Sieben Achtel der Menschen wären jetzt liebend gern an meiner Stelle.«

»Schlag zu«, sagte er. »Wenn du das wirklich willst.«

Sie schwang das Schwert über dem Kopf und trat einen Schritt vorwärts. Poldarn durchschaute noch rechtzeitig ihre Absicht, wich zurück und setzte den rechten Fuß zurück, dann parierte er den Schlag. Sie fasste sich blitzschnell und führte einen Rückhandschlag gegen seinen Hals. Doch auch das hatte er kommen sehen und wich aus, dann ging er vorwärts in Deckung. Sie funkelte ihn wütend an, wirkte dabei aber beinahe komisch. Sie führte einen mächtig ausgeholten Hieb, der auf sein Gesicht zielte, sich dann aber gegen die Hände richtete. Er ließ seine Deckung sinken, sodass ihre Klinge seine Knöchel nur um Haaresbreite verfehlte. Sie ging zwei Schritte zurück und nahm wieder die Ausgangsstellung ein.

»Dein Geld, der Goldklumpen, den du in den Ruinen gefunden hast«, sagte sie. »Ich habe versucht mir einzureden, es sei nicht schmutzig und du hättest es lediglich gefunden. Wenn ich es dem Orden übergäbe, könnte dieser damit Gutes tun. Aber ich brachte es nicht übers Herz, deshalb habe ich ihn in einen Brunnen geworfen. Du wirst es jetzt auch nie wieder haben.«

Er antwortete nicht, sondern ging rückwärts zur Tür. »Nein, das kannst du nicht tun«, rief sie und lief auf ihn zu. Dabei führte sie eine hohe Finte aus, dann landete die Klinge bei seinen Knien. Instinktiv parierte er erfolgreich. »Bitte«, sagte er. »Hör auf. Ich kann dich lebendig von hier wegbringen.«

»Ich möchte dir nicht mein Leben verdanken«, antwortete sie. »Dann wäre es nichts mehr wert. Und um Himmels willen, kämpfe jetzt.«

Dann wurde ihm etwas klar. »Du kannst meine Kampftechnik nicht berechnen«, sagte er. »Du weißt nicht, wie du gegen jemanden kämpfen musst, der sich nur verteidigt und nicht angreift. Für diese Bewegungen bist du nicht ausgebildet.«

Sie warf ihm einen finsteren Blick zu. »Gratuliere«, sagte sie. »Du hast soeben den fünfzehnten Grad erreicht, zusammengefasst in der Maxime: *Der beste Kampf ist, nicht zu kämpfen.* Ich bin nie über den zwölften hinausgekommen, aber ich bin nur eine Frau und hatte Glück, überhaupt so weit zu kommen. Deprimierend ist nur, dass du von selbst darauf gekommen bist. Du bist in der Ausbildung nicht über den zehnten Grad gekommen.«

Sie führte einen Stoß gegen ihn, er hatte in der Taille begonnen, wechselte dann mit einer blitzschnellen Drehung aus dem Handgelenk zu einem Stoß von unten gegen das Kinn. Er parierte ihn, ohne zu denken, und ging einen Schritt näher zur Tür. »Ich will dich nicht zurücklassen«, sagte er. »Aber ich werde es tun. Ich will heute nicht sterben.«

»Dein Pech.« Wieder griff sie an, allerdings recht ungenau. Das verriet ihm, dass sie ihre Geduld und Beherrschung verlor. »So viele andere hatten keine Wahl – wegen dir. Und jetzt ...«

Er sah den Schlag und wehrte ihn ab. Als sie nach dem Stoß zurückwich, sprang er beiseite und holte mächtig aus. Erst im allerletzten Moment drehte er die Klinge so, dass sie mit der flachen Seite ihre Knöchel traf. Sie ließ das Schwert fallen, er sprang vor und stieß es mit dem Fuß fort. Sie spuckte nach ihm, traf ihn jedoch nicht.

»Letzte Chance«, erklärte er.

»Fahr zur Hölle«, schrie sie. Weiter kam sie nicht, denn er schlug ihr mit der Parierstange gegen das Kinn. Er spürte, wie der Unterkiefer brach. Sie hatte das Bewusstsein verloren. Er fing sie auf, ehe sie zu Boden fiel.

Draußen traf er auf Sitrych.

»Verfluchte Hölle«, sagte Sitrych und blickte auf die bewusstlose Frau in Poldarns Armen. »Wo hast du die denn in einem Kloster gefunden?«

Poldarn lächelte. »Man muss nur wissen, wo man suchen muss«, antwortete er.

Sitrych verzog das Gesicht. »Verdammter Glückspilz«, sagte er. »Ich habe nur ein Paar alte Stiefel gefunden und einen Schürhaken.« Er betrachtete das geschwollene Gesicht mit den Blutergüssen neben Poldarns Ellbogen. »Aber vielleicht bin ich gar nicht so schlecht weggekommen.«

»Ich tausche nicht, wenn du darauf hinauswillst«, erklärte Poldarn.

Sitrych zuckte mit den Schultern. »War einen Versuch wert«, sagte er. »Du solltest sie aber irgendwo hinschaffen, wo sie sicher ist. Wir müssen hier alles niederbrennen. Gott weiß wie, hier besteht alles nur aus Schiefer und Steinen.«

Poldarn blickte zum Himmel empor. Er erinnerte sich an einen Traum, den er gehabt hatte, darin ging es um eine Frau und ein Dorf, das nicht brennen wollte. »Wenigstens regnet es nicht«, sagte er.

Kapitel 24

»Den haben wir auf dem Exerzierplatz gefunden«, meldete der Dienst habende Offizier. »Ist vom Pferd gefallen, während wir auf dem Weg zum Messezelt waren.«

Die Wachposten schleppten ein Bündel aus Kleidung, Schlamm und Blut und legten es behutsam auf den Boden. Der General blickte von der Landkarte auf und seufzte. »Kannst du dich darum kümmern?«, sagte er. »Ich bin sehr beschäftigt.«

Der Offizier schüttelte den Kopf. »Ich glaube, mit dem solltest du lieber selbst sprechen«, sagte er.

Aus Erfahrung traute der General der Urteilskraft dieses Offiziers. »Wenn du es sagst«, meinte er. »Nun, dann setz ihn auf einen Stuhl oder so. Ich kann kaum ein dreckiges Bündel auf dem Boden befragen.«

Soldaten brachten einen Klappstuhl und setzten den Gefangenen hinein. Dabei gingen sie überraschend vorsichtig mit ihm um.

»Na schön«, sagte der General und legte Lineal und Kompass weg. »Wer bist du?«

Der Gefangene hob den Kopf. Der Großteil seines Gesichts war eine offene verschmutzte Wunde. »O mein Gott«, stieß der General hervor. »Was ist dir zugestoßen?«

Das war eigentlich eine rhetorische Frage, da er nicht davon ausgehen konnte, dass jemand mit einer derartig schweren Verwundung sprechen konnte. Aber die Stimme des Mannes klang ruhig und fest, allerdings ein wenig schwach. »Wie der Mann gesagt hat«, erklärte er. »Ich bin vom Pferd gefallen. Das heißt beinahe«, fügte er hinzu, und ein Mundwinkel verzog sich zu einem angedeuteten Lächeln. »Ich blieb mit einem Fuß im Steigbügel hängen. Wäre nicht so schlimm gewesen, wenn diese Idioten das arme Tier nicht um den Platz gejagt hätten.«

Der General, der mehr Blutvergießen als die meisten Menschen gesehen hatte, schüttelte sich. »Holt den Arzt«, befahl er. »Der Mann braucht Hilfe.«

»Später«, sagte der Gefangene. »Ich muss dich etwas fragen. Wer bist du?«

Schweigen.

»Ist mit dem Kopf aufgeschlagen«, meinte der Dienst habende Offizier. »Holt den Chirurgen.«

Ein Wachposten lief fort, während der General den Gefangenen betrachtete. »Ich heiße Cronan Suvilois. Willst du mir weismachen, dass du das nicht gewusst hast?«

Der Gefangene wollte lachen, konnte aber nicht. »Nein so ein Zufall«, sagte er. »Ich habe überall nach dir gesucht. Ich heiße ...« Er zögerte kurz. »Ich heiße Monach. Ich repräsentiere den Orden von Deymeson. Möchtest du wissen, weshalb ich hier bin?«

General Cronan runzelte die Stirn. »Wo steckt denn der Doktor?«, sagte er barsch. »Dieser Mann hat den Verstand verloren.«

»Nein«, widersprach der Gefangene. »Und du hast meine Frage nicht beantwortet. Möchtest du wissen ...«

»Ja«, unterbrach ihn der General. »Da du entschlossen scheinst, es mir zu sagen. Ja, ich möchte.«

Der Gefangene ließ den Kopf sinken. »Ich wurde hergeschickt, um dich zu töten.«

General Cronan musterte ihn scharf. »Ach wirklich?«, sagte er. »Na, ich glaube, in nächster Zeit wirst du wohl keinen töten. Ich hoffe, das ist kein Problem für dich.«

»Schon gut«, sagte Monach. »Der Plan wurde geändert. Du musst sofort nach Sansory aufbrechen.«

»Ach ja?« Cronan seufzte. »Und weshalb sollte ich?«

Monach suchte Halt an den Armlehnen und zog sich hoch. Eine Sekunde lang vermochte er sich zu halten, dann ließ seine Kraft nach, und er sank wieder in sich zusammen. Cronan war aus irgendeinem Grund von dieser Geste beeindruckt. »Weil Feron Amathy und die Freibeuter die Stadt niederbrennen werden, wenn du es nicht verhinderst. Hast du mich verstanden?«

Cronan beugte sich vor. »Warum sagst du das?«

»Weil er es mir selbst gesagt hat. Allerdings habe ich ihm damals einen Dolch unters Kinn gehalten. Ich bin geneigt, ihm zu glauben.«

Draußen brüllte ein Feldwebel seinen Zug an. »Du bist Feron Amathy so nahe gewesen, dass du ihm einen Dolch an die Kehle halten konntest?«

Monach zuckte mit den Schultern. »Ja«, sagte er, dann berührte er stöhnend mit der Hand sein rechtes Auge und fuhr dann übers Ohr zum Hals. Als der Dienst habende Offizier erkannte, was er tat, stieß er den rechten Arm hoch in die Luft, dann neunzig

Grad nach unten. Der Dolch verfehlte Cronans Kopf um Daumesbreite und bohrte sich in die Kopfstütze des Sessels.

»Nein«, schrie Cronan, als der Offizier sein Schwert zücken wollte. »Lass ihn in Ruhe. Er hat meine ungeteilte Aufmerksamkeit.«

Monach lächelte, der Offizier trat einen Schritt zurück, ließ jedoch die Hand am Schwertgriff. Cronan wollte den Dolch aus dem Sessel ziehen, doch die Klinge steckte zu tief. Seine Hände zitterten.

»Derselbe Dolch, den du Feron Amathy an die Kehle gehalten hast?«, fragte er.

Monach knetete die Sehnen seines Unterarms. »Ja«, antwortete er. »Und ehe du mich fragst – das ist die einzige Waffe, die ich bei mir trage. Ich bin ein Priester, kein Waffenhändler. Du kannst ihn behalten. Ich habe mich entschlossen, dich leben zu lassen. Aber du musst dich beeilen, wenn du Sansory noch rechtzeitig erreichen willst.«

Cronan erhob sich und bedeutete einem Wachposten, den Dolch herauszuziehen. »Gib zu, du hast daneben geworfen«, sagte er. »Das ist auch nicht weiter verwunderlich, schließlich bist du nicht in bester Verfassung.«

Monach lächelte. »Sansory«, sagte er.

»Woher weiß ich, dass du mich nicht in einen Hinterhalt lockst?«

Diesmal gelang es Monach zu lachen, allerdings klang es eher wie das Krächzen von Krähen. »Ich schlage vor, dass du deinem Instinkt folgst«, sagte er. »Oder du betest um göttliche Führung. Sag mal, hast du je von Krähen geträumt?«

Cronan runzelte die Stirn. »Nein, zumindest glaube ich es nicht.« Er nickte dem Offizier zu. »Allgemeiner Appell, so schnell wie möglich. Dann will ich die Hauptleute der Divisionen sprechen, und du holst die größere Landkarte vom Bohec-Tal, die alte mit den Karrenwegen. Und schicke einen Boten nach Sansory. Sie sollen sofort die Stadttore schließen.« Er wandte sich wieder an Monach, der zusammengesunken im Sessel saß, wie ein Sack Mehl, den man in einer Ecke abgestellt hatte. »Du bist tatsächlich ein Schwertmönch?«

Monach lachte. »Was von mir noch übrig ist«, sagte er. »Zutreffender könnte man sagen, du kannst mit einem Dutzend Verbände einen Schwertmönch aus mir machen.«

»Faszinierend«, sagte Cronan. »Ich habe noch nie einen Schwertmönch getroffen, jedenfalls habe ich noch nie mit einem gesprochen. Ich habe etliche von euch bei großen Empfängen und beim Gottesdienst im Tempel umherstolzieren sehen, das ist alles. Hat man dich wirklich hergeschickt, um mich zu töten?«

»Ja.«

»Oh. Und weshalb?«

Monach zuckte mit den Schultern. »Wahrscheinlich gab es einen triftigen Grund. Reicht es dir, wenn ich sage: Gottes Wege sind unerforschlich?«

»Nein«, antwortete Cronan. »Aber wenn du es nicht weißt, ist es sinnlos, weiter in dich zu dringen.«

Monach nickte. »Dann glaubst du mir. Das ist gut.«

»Ich habe weder die Zeit noch die Energie, dir nicht zu glauben«, erklärte Cronan. »Hätte ich nicht so viel zu tun, hätte ich vielleicht den Wachen den Befehl erteilt, mit Stöcken die Wahrheit aus dir herauszuprügeln, aber das Geheimnis, ein guter General zu sein, ist: immer die Prioritäten beachten. Weshalb hast du deine Meinung geändert und mich nicht getötet?«

»Wer sagt, dass ich meine Meinung geändert habe? Doch zuvor muss ich Sansory retten.«

»Du musst Sansory retten?« Cronan lächelte mitleidig.

»Das ist richtig. Und ich muss dich zu diesem Zweck benutzen, da mir keine andere Möglichkeit einfällt. Als höherer Feldoffizier und Ehrendekan ist mir ein gewisses Maß an Diskretion gestattet.«

»Interessant«, sagte Cronan. »Du erinnerst mich an mich selbst. Glaubst du, ich hätte einen guten Schwertmönch abgegeben?«

»Nein«, antwortete Monach. »Du bist ein Stück zu groß, und du hättest mit der Theorie Schwierigkeiten. Das Geheimnis eines guten Schwertmönchs ist die Fähigkeit, sich auf Kosten der Hauptsache auf bedeutungslose winzige Details zu konzentrieren.«

Dann trat der Arzt herein, begleitet von vier Helfern und einer Bahre. Sie hoben Monach aus dem Sessel und legten ihn auf den Rücken. »Danke«, sagte er, als sie ihn hinaustrugen.

»Das Vergnügen war ganz meinerseits«, antwortete General Cronan.

Die Kavallerie rückte vor. Gegen die Freibeuter vermochten sie nicht viel auszurichten, auch nicht gegen die hervorragenden Reiter des Hauses Amathy (das besser bezahlte und in Bezug auf Kampf und Plünderung nicht so pingelig war). Aber sie konnte die Lage erkunden und dem General berichten, was eigentlich wichtiger war.

General Cronans Kutsche hatte am vergangenen Tag einen Radbruch erlitten, und die Stellmacher hatten es noch nicht repariert, deshalb fuhr er mit dem verwundeten Mönch an der Spitze des Trosses. Der Mönch fand das äußerst amüsant, gleichzeitig jedoch fühlte er, dass das zu nichts Gutem führte. Zwei große Krähen folgten ihnen ständig.

Eine Späherschar von der Haupteinheit der Kavallerie machte Meldung. Sie berichteten, dass sie an Sansory vorbeigeritten seien (das immer noch stand, und – ja – sie hätten einige Männer hingeschickt, um nachzusehen, ob die Stadttore geschlossen seien. Das waren sie). Danach waren sie weiter nach Osten geritten, hätten ungefähr vier Meilen vor Deymeson gesehen, wie dicke Rauchsäulen zum Himmel emporstiegen, direkt über dem Ort, wo das Kloster gestanden hatte. Nein, sie hatten von den Freibeutern nichts gesehen, aber ihre Befehle hatten gelautet, sich auf keine Scharmützel mit dem Feind einzulassen, wenn es nicht absolut nötig sei. Sie wollten nicht das Risiko eingehen, diese Befehle nicht zu befolgen, und waren deshalb nicht weiter vorgerückt ... Der Großteil der Kavallerie war zurückgefallen, um die Ost-West-Straße zu bewachen. Schützen waren zu beiden Seiten weit ausgeschwärmt, da man vermutete, die Freibeuter würden wild durchs Gelände vorpreschen.

Cronan breitete die Landkarte auf den Knien aus – der Wind wollte sie ihm aus den Händen zerren, aber zwei Soldaten sprangen auf den Wagen und hielten die Ecken fest. Dann gab er den Befehl aus, an Sansory vorbeizureiten in Richtung – er warf einen Blick auf die Karte, um den Namen zu lesen – Vistock, ein Dorf auf halber Strecke zwischen Sansory und Deymeson. »Wir suchen nicht nach ihnen«, sagte er. »Sie suchen nach uns. Oder sie lösen sich in Luft auf und tauchen im nächsten Monat an einem ganz anderen Ort wieder auf. Auf alle Fälle greifen sie die Stadt nicht an, solange wir in ihrem Rücken sind.«

Es dauerte nicht lang, bis sich in der Armee herumsprach, dass sie zu einem Kampf gegen die Freibeuter ausrückten. Die Feldwebel mussten ständig brüllen, damit das übliche Marschtempo beibehalten wurde. Das war verständlich, aber störend, und der General verlor langsam die Beherrschung. Das war so ungewöhnlich, dass es in den Reihen zu trübsinnigen Bemerkungen führte, worauf die Feldwebel Schweigen befahlen. Das hob nicht gerade die Moral. Da kam einem Hauptmann die Idee, dass die Männer singen sollten, um fröhlicher zu werden und schneller zu marschieren. Er holte sich beim General nicht die Erlaubnis, da er annahm, dieser wollte nicht mit derartigen Lächerlichkeiten belästigt werden. Eigentlich hatte niemand Lust zu singen, aber die Truppen wagten nicht, einen direkten Befehl zu verweigern. Deshalb sangen sie:

Alte Krähe sitzt in einem hohen dünnen Baum,
Alte Krähe sitzt in einem hohen dünnen Baum,
Alte Krähe sitzt in einem hohen dünnen Baum,
Zum Abendessen frisst sie dich und mich.

»Um Himmels willen«, brüllte Cronan und stand auf dem Kutschbock auf. »Sorgt dafür, dass dieser grauenvolle Krach aufhört.«

Der Mönch, der eine Zeit lang geschlafen hatte, öffnete die Augen. »Also das Lied habe ich seit ganz langer Zeit nicht mehr gehört«, sagte er.

Cronan blickte auf ihn hinab. »Demnach kennst du es?«

Der Mönch nickte. »Ja, als ich ein Junge war, habe ich es oft gehört. Ich glaube, es ist ein sehr altes Lied.«

»Ach was«, meinte Cronan. »Woher willst du das wissen?«

Der Mönch musste husten, was ihm offensichtlich Schmerzen bereitete. »Ich bin ein Gelehrter, vergiss das nicht«, sagte er. »Unter der Herrschaft von Tercennius wurde es zum ersten Mal aufgezeichnet, damals als Marschlied. Das war vor über vierhundert Jahren, was ich dir wohl nicht sagen muss. Und der Text deutet darauf hin, dass es damals schon ein altes Lied war. Ein Berichterstatter zur Zeit der Herrschaft Cadentius' – vor kaum zweihundert Jahren, was ihn höchst verdächtig macht, aber er könnte sich auf ältere Quellen berufen – schreibt, dass es sich auf die Niederlage des Sclerus Acasto durch die Nomaden aus dem Südosten beziehe, was bedeuten würde, dass es nahezu sechshundert Jahre alt wäre. Das ist vielleicht weit hergeholt, aber keineswegs unmöglich, da ein anderes beliebtes Marschlied ›Lady mit dem weißen Filzhut‹ verlässlich auf die Thronbesteigung von Loriscus datiert werden kann, vor nahezu siebenhundertfünfzig Jahren. Was beweist, Soldaten lieben die alten Lieder am meisten.« Er schloss wieder die

Augen. »Erstaunlich, nicht wahr, was für Abfall sich durch die Jahrhunderte hindurch gehalten hat. Hat der Arzt gesagt, wie er meine Chancen einschätzt?«

Cronan schaute beiseite. »Nicht gut, fürchte ich«, sagte er. »Aber auch nicht hoffnungslos. Es gibt innere Blutungen ...«

Der Mönch schüttelte den Kopf. »Es spielt keine Rolle«, sagte er. »Ich wusste, dass es zu spät ist, den Orden zu retten. Selbst wenn es mich nicht gegeben hätte, hättest du nie deine Armee für uns riskiert. Ich nehme an, du bist froh, dass wir weg sind.«

»Nun, sie haben dich ausgeschickt, um mich zu töten. So was kann ein Mensch durchaus übel nehmen.«

»Dafür gab es einen triftigen Grund«, erklärte der Mönch. »Allerdings haben sie mir den nicht genannt. Wir handeln zum Wohle des Imperiums. Immer.«

»Ach, wirklich?«

Monach nickte. »Offen gesagt, im Interesse der Religion, doch schließt diese das Imperium mit ein. Die Idee ist folgende: Da wir selbstständig handeln können, können wir auch die schwierigen, unpopulären Dinge tun, welche Kaiser, Gouverneure und Generäle nicht wagen. Das ist ein Privileg und eine Verantwortung. Uns sind die Implikationen durchaus klar.« Wieder musste er husten. »Zumindest waren sie es«, sagte er. »Aber dann tauchte dieser Gott im Karren auf – und jetzt haben wir es, das Ende der Welt. Man könnte mit Recht behaupten, dass ich dich deshalb töten sollte, um sicherzustellen, dass die Welt zu Ende ging. Es wäre doch albern, wenn die

Armeen der Dunkelheit besiegt würden, nur weil das sterbende Imperium einen ungewöhnlich talentierten General hervorgebracht hatte. Das hätte die Religion verhöhnt und wäre das gewesen, was mein alter Tutor als Gräuel bezeichnet hätte. Ich weiß zwar nicht genau, wieso es gut für das Imperium wäre, wenn es vernichtet würde, aber mir stehen auch nicht sämtliche Fakten zur Verfügung.«

Cronan brummte etwas und widmete sich wieder der Karte. Die Soldaten hatten aufgehört zu singen und trotteten noch langsamer als zuvor dahin. Der Mönch schlief wieder ein, ab und zu murmelte er etwas im Schlaf.

Eine Kavallerieschwadron brachte Neuigkeiten. Von den Freibeutern sei nichts zu sehen, meldeten sie. Aber als sie zum Vistock Beacon hinaufgeritten waren, dem höchsten Punkt im Umkreis etlicher Meilen, sahen sie, wie eine große Reiterschar in Rüstungen aus Nordwesten heranritt. Wenn man davon ausging, dass der Visk noch bei North Hey mittels der Furt überquerbar war, seien sie sieben, vielleicht acht Stunden entfernt.

»Das Haus Amathy«, sagte Cronan und betrachtete die Landkarte. Dort war kein Fluss Visk verzeichnet, ganz zu schweigen von einem Dorf namens North Hey. Es war eine neue Karte vom königlichen kartographischen Amt in Torcea.

»Möglich«, meinte ein Offizier. »Aber auch Tazencius könnte aus dieser Richtung kommen.«

»Eher Feron Amathy, wenn sie beritten sind«, erklärte Cronan. »In jedem Fall schlechte Neuigkeiten.«

»Was hat er deiner Meinung nach vor?«, fragte ein anderer Offizier.

»Entweder tut er sich mit den Freibeutern zusammen, damit wir an zwei Fronten kämpfen, taktisch die beste Option, aber vielleicht hat er über einen Sieg hinausgehende Pläne. Andererseits könnte er sich zurückhalten, solange wir mit den Freibeutern kämpfen, und dann den attackieren, der übrig bleibt.«

Einer der hohen Offiziere runzelte die Stirn. »Ich begreife, wenn er uns angreift«, sagte er. »Aber warum die Freibeuter? Ich dachte, er macht gemeinsame Sache mit ihnen.«

Cronan schüttelte den Kopf. »Nur solange es ihm passt«, sagte er. »Nein, wenn er angreift, nachdem wir ausgelöscht sind, und die Freibeuter zurück ins Meer jagen kann ...«

»Ich verstehe«, sagte der andere. »Der Plan auf lange Sicht. Du meinst, das hat er von Anfang an geplant?«

»Durchaus möglich.« Cronan zuckte mit den Schultern. »Ich glaube er ist ein größerer Opportunist als das. Leider weiß ich nicht, wie er mit diesem Idioten Tazencius umgeht. Er dürfte sich über ein paar weitere Infanterieregimenter freuen, könnte sein, dass er Tazencius als Marionettenkaiser einsetzt, zumindest für kurze Zeit – wisst ihr, um seinen Coup legaler aussehen zu lassen. Oder er schert sich nicht darum. In diesem Fall wird er Tazencius und dessen Leute zuerst vorrücken lassen, damit sie vernichtet werden. Den Rest erledigt er dann mit uns. Oder mit den Freibeutern. Das hängt davon ab, wer die Schlacht gewinnt.« Cronan gähnte und reckte die Arme. »Am wahrscheinlichsten ist, dass er sich all diese Optionen offen hält und seine Wahl so spät wie möglich trifft. Eins weiß ich über Feron Amathy: Er liebt es, möglichst viele Möglichkeiten zur Auswahl zu haben.«

»Und was wirst du tun?«, fragte jemand.

Cronan lächelte. »Mir bleibt überhaupt keine Wahl«, erklärte er. »Ich muss so schnell wie möglich nach Vistock vorrücken und gegen die Freibeuter kämpfen, um sie abzuhalten, Sansory zu überfallen. Während ich das tue, kann Feron Amathy sich natürlich die Langeweile vertreiben und die Stadt plündern und auf die Grundmauern niederbrennen, was er dann wieder den Freibeutern in die Schuhe schiebt. Das hängt davon ab, was ihm am wichtigsten ist: seine Männer bei Laune für den nächsten Schritt des Unternehmens halten oder Retter von Sansory und die letzte und beste Hoffnung des Imperiums sein. Im Augenblick halte ich Letzeres für wahrscheinlicher. Allerdings ist Sansory klein, aber reich, wodurch es genau das Richtige ist, um es seinen Hunden vorzuwerfen. Schließlich kann er noch viele andere Städte retten, wenn er aber Mael oder eine andere Gildestadt ausplündert, bedürfte das größerer Anstrengung bei geringerer Beute für jeden Soldaten. Ich weiß es nicht. Da wir aber ohnehin nichts dagegen unternehmen können, sollten wir uns auch nicht den Kopf darüber zerbrechen.« Er seufzte. »Schließlich sind unsere Chancen, nach dem Kampf gegen die Freibeuter noch auf beiden Beinen zu stehen, weiß Gott ziemlich klein.«

Das wollten die Männer eigentlich nicht hören. Vor allem, weil Cronan im Ruf stand, die Wahrheit zu sagen, selbst wenn es nicht klug war. »Was ist mit Tazencius?«, fragte jemand nach langem betretenem Schweigen. »Ich weiß, dass es weit hergeholt klingt, aber ich halte ihn nicht für so dumm, dass er nicht erkennt, dass gemeinsame Sache mit Feron Amathy zu machen die wundervolle Möglichkeit eines frühen Todes ist. Können wir mit ihm reden? Was meinst du?«

Cronan schüttelte den Kopf. »Höchst unwahrscheinlich«, sagte er. »Er mag mich nicht besonders, versteht ihr. Und er ist waghalsig genug, um zu glauben, er könnte Feron Amathy austricksen. Selbstverständlich könnten seine Pläne inzwischen verflogen sein. Angenommen, seine Hoffnungen ruhten darauf, dass unser schlafender Freund seine Mission ausgeführt und mich beseitigt hat. Weshalb sollte er das Haus Amathy nicht verlassen und die Seite wechseln, womit er sich zum Vorreiter der legitimen Regierung und zum besten Freund seines kaiserlichen Vetters macht. Es ist doch einleuchtend, dass ein Schwertmönch einen schlichten Meuchelmord ausführt. Wenn meine Vermutung zutrifft, hat er den Orden überredet, dass die einzige Möglichkeit, das Imperium zu retten, meine Ermordung sei. Sein Pech. Man kann ihn nicht der Dummheit bezichtigen, weil er auf eine sichere Karte gesetzt hat.« Cronan lächelte und hielt absichtlich seinen Daumen und Zeigefinger mit einem Abstand von knapp zwei Zentimetern hoch. »So knapp war es«, fügte er hinzu. »Vorausgesetzt, der Mönch ist tatsächlich gescheitert.«

Nur ein oder zwei Männer seines Stabes wussten, wovon er sprach, die anderen stellten keine Fragen. »Demnach können wir von Tazencius keine Hilfe erwarten«, sagte jemand. »Selbst wenn wir die Freibeuter schlagen, haben wir das Haus Amathy und

Tazencius' Fußtruppen im Rücken. Bei allem Respekt, aber es ist nicht vernünftig, die Zukunft des Imperiums allein von deiner taktischen Fähigkeit abhängig zu machen. Vielleicht bist du imstande, ein Wunder zu vollbringen, vielleicht aber auch nicht.«

»Sehr taktvoll.« Cronan seufzte. »Ich schätze unsere Chancen etwa hundert zu eins gegen uns ein.«

»Fein«, meinte ein Offizier. »Mit anderen Worten, du sagst voraus, dass unsere Armee ausgelöscht wird, Sansory fällt und Feron Amathy nichts zwischen sich und Torcea hat, abgesehen von einer Hand voll drittklassiger Garnisonen.« Er zögerte, dann fuhr er fort. »Es gibt eine Alternative, ist dir das klar?«

Cronan nickte. »Sicher«, sagte er. »Wir ziehen uns einfach zurück und weigern uns mitzuspielen. Sansory fällt – aber es wäre wahrscheinlich ohnehin gefallen. Feron Amathy bekommt keine Gelegenheit, den Freibeutern den Dolch in den Rücken zu jagen, er wird auch Tazencius nicht los. Die Freibeuter bekommen so viel Beute, wie sie tragen können, und kehren nach Hause zurück. Feron Amathys Kampagne verliert den Schwung, was uns Zeit gibt, Tazencius zu erwischen. Vielleicht können wir ihm Pardon gewähren und ihn heimkehren lassen. Danach erledigen wir das Haus Amathy ein für alle Mal. Abgesehen davon, dass Sansory in Flammen aufgeht, ein gutes Resultat. Und, wie du richtig sagst, sind unsere Chancen, die Stadt zu retten, wenn wir vorrücken und kämpfen, gleich null. Alle Bewohner dürften längst tot sein, bis wir dort eintreffen. Wir können sie nicht retten.« Er nahm einen Faden vom Knie. »Wahrer Mut besteht nicht aus heroischen Gesten. Kämpfen und Sterben wäre hier der leichte Ausweg. Wahrlich tapfer und loyal wäre es, einfach abzurücken. Habe ich etwas vergessen?«

»Meiner Meinung nach ist das mehr oder weniger vollständig«, sagte ein Offizier.

»Großartig«, sagte Cronan. »Nun, dann sollten wir uns lieber auf den Weg machen. Wenn ich mich auf diese armselige Landkarte auch nur annähernd verlassen kann, liegt Vistock immer noch knapp zwei Stunden entfernt.«

Etwas über zwei Stunden später kamen sie zu der Furt über einen kleinen ungefährlich aussehenden Fluss.

»North Hey?«, fragte Cronan den Hauptmann der Pioniere, der behauptete, diese Gegend zu kennen.

Der Hauptmann schüttelte den Kopf. »Vistock«, erklärte er.

Als Erstes sahen sie die Ruinen der Mühle, deren zerstörtes und mit Moos bewachsenes Rad tief im Wasser steckte. Außerdem stand noch eine halbe Scheune (die andere Hälfte war vor langer Zeit eingestürzt. Immer noch sah man die rußgeschwärzten Enden der Dachbalken). An zwei Seiten war die Scheune von einer überwucherten Mauer geschützt. Vor der schief hängenden Tür hatte jemand einen Pfahl in den Boden getrieben und darauf den Kopf einer alten Frau gespießt, die langes graues verfilztes Haar hatte. Das Blut, das am Pfahl herabfloss, war noch feucht. Der Rest des Leichnams war nirgends zu sehen.

»Freibeuter«, sagte jemand.

»Oder Feron Amathy hat so getan, als seien es die

Freibeuter gewesen«, schlug ein anderer vor. »Aber eigentlich ist das doch egal.«

Cronan ließ den Wagen halten und stieg ab, um sich umzusehen. Er schien weder schockiert noch angewidert zu sein, nur neugierig. »Das sieht mir weder nach dem einen noch nach dem anderen aus«, meinte er. »Ich glaube, wir sind über einen ganz altmodischen Privatmord gestoßen, der nichts mit dem Geschick von Nationen und uns zu schaffen hat.« Er kniete nieder und musterte genau den Halsansatz. »Ein sauberer Schnitt«, sagte er. »Nur ein Hieb. Möglicherweise von einem Krummsäbel oder von einem Schwertmönch. Angeblich können die mit einem einzigen Schlag Köpfe abtrennen. Ich glaube, es steht in ihrem Unterrichtsplan. Aber es könnte auch ein Irrer mit einer Axt gewesen sein.« Er erhob sich und blickte umher. »Das ist Vistock? Der Karte nach soll es eine mittelgroße Stadt sein.«

»Freibeuter«, teilte ihm der Hauptmann der Pioniere mit. »Vor über vierzig Jahren.« Etwas fiel ihm ins Auge. Er bückte sich und hob einen Knopf aus Knochen auf. »Zeig mir mal die Karte.«

Cronan holte sie aus dem Wagen und reichte sie ihm. »Und ein paar Leute sollen das begraben, ehe die Krähen darüber herfallen«, sagte er und deutete auf den Kopf. »Ich weiß nicht, wie es euch geht, aber ich finde diesen Ort deprimierend.«

Er ging zur Scheune und bat zwei Männer seiner Leibgarde, ihm aufs Dach zu helfen, um sich von den kahlen Balken aus einen Überblick zu verschaffen. Von dort oben konnte man die Straße ein gutes Stück in beide Richtungen überblicken. Da war die Furt, der wahrscheinlichste Platz, den Fluss zu durchqueren. Aber er schickte einige Späher aus, um herauszufinden, ob etliche Meilen flussauf oder flussab weitere Möglichkeiten zum Überschreiten existierten. Wenn nicht die Furt, wo dann? Er hatte angenommen, hier gäbe es eine Stadt. Häuser, Mauern, Tore und viele andere Hindernisse, wo er seine Reserven verbergen konnte. Stattdessen musste er jetzt auf offenem flachen Gelände kämpfen, auch der Fluss war zu seicht, als dass er ein Vorrücken verlangsamen, geschweige denn aufhalten konnte.

»Großartig«, sagte er. »Wenn hier nichts ist, müssen wir eben etwas bauen. Helft mir hinunter, es gibt viel zu tun.«

Da sie bei Einbruch der Dämmerung noch nicht fertig waren, ließ Cronan große Feuer und sämtliche Lampen und Fackeln anzünden. Nach dem langen Marsch waren die Männer missmutig, außerdem zeigten sie recht offen, dass ihr Glaube an Cronans Pläne nicht sehr stark war. Er konnte es ihnen nicht übel nehmen. Cronan arbeitete gründlich, war aber kein Visionär. Jeder andere General hätte seine Pläne genauso gut ausdenken und ausführen können. Falls er der erste Mann in der Geschichte des Imperiums sein wollte, der die Freibeuter in einer offenen Feldschlacht schlagen würde, musste er sich schon etwas Besseres einfallen lassen. Unglücklicherweise fiel ihm jedoch nichts ein, und die Zeit lief ihnen davon.

»Du siehst grauenvoll aus«, sagte einer seiner Offiziere. »Du solltest dich ein paar Stunden schlafen legen, sonst nützt du niemandem, wenn die Freibeuter kommen.«

»Ja, Mutter«, brummte Cronan, aber er gehorchte.

Er war wirklich sehr müde. Sie wollten ihm sein Zelt aufschlagen, aber das lehnte er ab. Er wollte sich nur in den Wagen legen und noch mal die Karte studieren, falls er etwas übersehen hätte. Als sie die Laterne brachten, um die er gebeten hatte, schlief er bereits fest.

Monach schreckte aus dem Schlaf hoch und fragte sich, ob er tot sei. Er fühlte sich viel besser, hatte fast keine Schmerzen mehr – genauso war der Tod aufgrund dessen, was er darüber gelesen hatte. Bei seinen schweren Verletzungen war es höchst unwahrscheinlich, dass er noch lebte.

Aber er war noch am Leben. Er war allein in einem Wagen, ungefähr vierhundert Meter von Lärm und Waffenklirren entfernt. Sie hatten die Schlacht begonnen, als er geschlafen hatte, und niemand hatte daran gedacht, ihn zu wecken. Diese Schweine!

Es tat sehr weh, als er sich ein wenig aufsetzte und auf einem Ellbogen abstützte, um zu sehen, was vor sich ging. Es war die Anstrengung wert. Er konnte nur ein Drittel des Schlachtengetümmels sehen, da die Einheiten im Zentrum ihm den Blick auf die Flügel verwehrten. Aber das kaiserliche Zentrum war noch vorhanden und rückte im Eilschritt vor, und die Leichen, über welche sie hinschritten, waren nicht alle kaiserliche Soldaten.

Faszinierende Entwicklung. Unter Aufbietung aller Kräfte zog er sich auf den Bock. Die Schmerzen waren dabei so heftig, dass er kaum atmen konnte und glaubte, wieder dem Tod nahe zu sein. Dann lag das Schlachtfeld vor ihm. Die Freibeuter waren in der

Mitte zusammengedrängt, ein massiver Block von Fußtruppen trieb sie gnadenlos zurück, zu beiden Seiten war Kavallerie, welche das Töten und Verwunden übernommen hatte ...

Kavallerie. Weit mehr Kavallerie, als General Cronan auf dem Weg hierher zur Verfügung stand. Ein sorgfältiger Blick auf die Rücken der Fußtruppen vor ihm bestätigte es. Mindestens ein Viertel trug nicht Cronans Wappen oder Uniform. Er blinzelte (die Sonne stand ungünstig), dann erkannte er die prächtigen Uniformen des Hauses Amathy und die altmodischen kaiserlichen Farben. Das mussten die Fußtruppen aus Tazencius' Garnisonen sein.

Äußerst eigenartig, dachte er. Feron Amathy und Prinz Tazencius kämpften mit General Cronan gegen die Freibeuter. Wie um alles auf der Welt war das gekommen?

Es war nicht ein einzelner Faktor gewesen, der die Ereignisse auf den Kopf gestellt hatte, sondern schlichtweg die kumulativen Bemühungen kleiner Vorsichtsmaßnahmen, die dem gesunden Menschenverstand entsprungen waren, und ein gewisses Maß an Charisma bei der Truppenführung.

Das alles war natürlich Cronans Verdienst. Seine Grundidee war, die Freibeuter zu täuschen, sodass sie glaubten, er wollte die Furt verteidigen. Sie wussten genau, dass man den Fluss an zwei weiteren Stellen überqueren konnte. Daher teilten sie sich auf und marschierten dorthin, weil sie den Fluss überschreiten und Cronans Truppen in den Rücken fallen wollten, ehe dieser reagieren konnte. Sie trafen auf kurzen ergebnislosen Widerstand bei der Kavallerie an den Flügeln. Sie rieben sie blitzschnell auf und stürzten sich auf die Fußtruppen – doch dann mussten sie feststellen, dass die Kavallerie absichtlich so leicht nachgegeben hatte und jetzt zurückkam und die Freibeuter von hinten und an den Flanken in die Zange nahm, während vor ihnen das Hauptheer sie willkommen hieß. Diese Taktik war wirklich gut, aber was sie fast genial machte, waren die Fußangeln, auch Krähenfüße genannt.

(»Krähenfüße?«, hatte der Oberst der Pioniere gefragt, als er seine Befehle erhielt. »Ach, du meinst diese kleinen dreibeinigen Dinger aus Draht, mit den Spitzen, die man im Gras versteckt. Und wenn der Feind darauf tritt – ja, das wäre eine gute Waffe, aber haben wir genug dicken Draht?« Selbstverständlich hatte Cronan genügend mitgebracht, um hier im Feld mit dem vorhandenen Werkzeug Krähenfüße herzustellen.)

Cronan war ein Genie, weil er vermutet hatte, dass die Freibeuter unaufhörlich vorwärts stürmen würden, getrieben von einer unerklärlichen Energie, welche sie über jedes Hindernis hinwegführte. Ja, man konnte ihnen Einhalt gebieten, dachte Cronan. Aber waren sie überhaupt in der Lage anzuhalten, selbst wenn sie es wollten?

Es stellte sich heraus, dass sie es nicht konnten. Als das gute Dutzend Anführer plötzlich zusammenbrach und vor Schmerzen schrie, vermutete der Großteil der Freibeuter, dass etwas nicht stimmte. Aber sie befanden sich auf dem Vormarsch und konnten nicht anhalten. Sie drängten sich in das Grasstück, wo die Krähenfüße lagen. Die fingerlangen Dornen durchbohrten Sohlen und Füße. Sie stürzten zu Boden wie reifes Getreide unter den scharfen Sensenklingen. Wenn sie fielen, landeten sie wieder auf Krähenfüßen, welche sich in die Gesichter, Brüste und Bäuche bohrten. Dann traten die Männer hinter ihnen mit den schweren Stiefeln auf ihre Nacken und Rücken und drückten sie noch tiefer hinein. Die Attacke verlangsamte sich. Die Freibeuter befanden sich noch mehr als zehn Meter vor der feindlichen Linie. Hinten bedrängte sie Cronans Kavallerie und ritt viele nieder. Die stürmische Welle der Freibeuter löste sich zu feiner Gischt auf. Cronan sah das und murmelte ein kurzes Gebet zu Poldarn, dem Zerstörer. Im Herzen jeder inspirierten Taktik lauerte ein Körnchen poetischer Gerechtigkeit. Untergang durch die eigene Stärke. Dann blickte er auf und sah, wie das Haus Amathy direkt auf ihn zuritt.

Na gut, es war ein moralischer Sieg, dachte er. Doch dann schwärmten die Reiter des Hauses Amathy viel weiter aus, als es nötig gewesen wäre, um seine Männer anzugreifen. Stattdessen stürzten sie sich auf die Flanken der Freibeuter wie Felsbrocken seitlich in ein Schiff. Dicht dahinter kamen Tazencius' Fußtruppen und als Letzte die Fußtruppen des Hauses Amathy. Sie rückten als Verstärkung seiner Armee vor, als hätten sie es ein Jahr lang einstudiert. Sie erkannten schnell die Gefahr der Krähenfüße und hielten sich von den Stellen fern, die nicht durch Leichen der Freibeuter entschärft waren.

Zu diesem Zeitpunkt wurde Cronan schließlich klar, wie klein die Schar der Feinde gewesen war. Ausgeschwärmt (wie ein Schwarm Vögel) in freiem

Gelände beim Angriff waren sie beängstigend, doch auf engen Raum zusammengedrängt (wie derselbe Schwarm in wenigen hohen Bäumen), sah das schon ganz anders aus. Und selbstverständlich sollte das Beste noch kommen ...

Poldarn schaffte es nicht mitzukämpfen. Er rannte los, mit beiden Händen hielt er den Krummsäbel hoch über dem Kopf, doch im nächsten Moment lag er auf der Seite. Ein Schock raste durch seinen gesamten Körper, der noch nicht zu Schmerzen geworden war, ihn aber dennoch lähmte. Ihm blieb gerade noch genug Zeit, um die Ursache der Verletzung zu sehen – der lange Dorn eines Krähenfußes ragte aus seinem rechten Fuß wie ein Krokus hervor. Er spürte, wie etwas durch den Oberarm in den Rippen steckte. Dann sanken schwere Körper auf ihn und pressten sein Gesicht zwischen das Heidekraut. Ehe es dunkel um ihn wurde, sah er einen riesigen Schwarm Krähen am Himmel über ihm kreisen ...

... und sie sprachen mit ihm. Eine Stimme, gebildet aus der Vielfalt aller Stimmen, behauptete, der Gott zu sein, dessen Namen er geborgt oder gestohlen hatte. Er wünschte, er könnte die Stimme sehen, aber das war offenbar unmöglich.

Um sicher zu sein, fragte er: »Wer bist du?«

Die Stimme antwortete: Ach, du kennst uns. Du kennst uns, seit du ein kleiner Junge warst. Wir sind seit Jahren Feinde.

Das klang gar nicht gut. Habe ich dir tatsächlich ein Leid zugefügt?, fragte er.

Die Stimme antwortete: Das hängt davon ab, wie du Leid definierst. Du hast Hunderte von uns getötet, wahrscheinlich Tausende, aber vergessen wir das. *Mir* kannst du nichts antun. Nicht aus eigener Kraft. Es gibt schlichtweg zu viele von uns, da kommt es auf einige mehr oder weniger nicht an. Mach dir keine Sorgen. Ich habe dir schon vor Jahren verziehen.

In seinem Kopf öffnete sich ein Fenster, und durch dieses konnte er ein flaches Feld sehen, mit Regenpfützen. Aus der Ferne war es braun. Als er näher kam, sah er, dass es mit winzigen grünen Schößlingen bedeckt war, wie kleine Speere oder Krähenfüße ragten sie aus dem Boden hervor. Er sah ein Tor und dahinter einen Baumstumpf in der Hecke, wo jemand aus Zweigen und Ranken ein hervorragendes Versteck gebaut hatte. Ungefähr fünfzehn Meter vor dem Versteck hüpften vier oder fünf Krähen wie verrückt im Kreis umher. Bei näherem Hinschauen erkannte er, dass jeder Vogel mit einem Fuß an einen Stock gefesselt war, der im Acker steckte. Ab und zu entfaltete einer der gefangenen Vögel die Flügel. Er schaffte dann einen Flügelschlag in die Höhe, ehe er wieder zu Boden geholt wurde und weiter seinen Tanz aufführen konnte. In einem Radius von zwanzig Metern sah er ungefähr ein weiteres Dutzend Krähen, aber diese waren tot und aufgespießt. Ein dünner Dornenzweig steckte unterhalb des Schnabels im Hals, um die Köpfe hochzuheben, damit es so aussah, als würden sie friedlich fressen.

Er fragte: Tue ich das?

Die Stimme antwortete: Das ist, wer du bist. Es ist die Antwort auf deine Frage. Der Junge im Versteck bist du. Und nun schau nach links oben.

Er tat wie aufgefordert und sah sieben dünne Eschen ohne Laub. Auf den Ästen saß ein Dutzend fetter schwarzer Krähen. Vor seinen Augen erhob sich eine und flog direkt auf ihn zu. Sie kam nur langsam vorwärts, weil sie gegen eine steife Brise von vorn kämpfen musste. Über den Lockvögeln ging sie etwas höher, flog einen engen Kreis und geriet wieder in den Wind und legte die Flügel an. Als die Krähe herabschoss, flog ein Pfeil mit stumpfer Spitze aus dem Versteck, traf den Vogel, er stürzte ab, schlug wild um sich und lief dann mit einem schleifenden Flügel zum Versteck. Inzwischen hatte sich der gesamte Krähenschwarm erhoben und flog herüber. Ein Pfeil holte eine Krähe aus der Luft, die anderen drehten ab und flogen mit dem Wind zurück zu ihren Bäumen.

Die Stimme sagte: Da siehst du, wie klug du bist. Du hast festgestellt, dass die anderen den Pfeil nicht sahen, wenn du eine von uns abgeschossen hast. Sie sahen nur, wie eine von ihnen nach unten ging und dort blieb. Ich sah das und glaubte, unten sei alles sicher, deshalb kamen auch alle anderen hinterher. Weil du nicht nur klug, sondern auch geduldig bist, konntest du viele von mir an einem einzigen Tag töten. Doch dann begriff auch ich, was du tatest, und lernte, mich von dir fern zu halten.

Er sagte: Es tut mir Leid.

Die Stimme sagte: Ich habe dir gesagt, mach dir deshalb keine Sorgen. Ich bewundere Intelligenz. Überlege mal: Du bist der einzige Mensch, der je die große Armee der Krähen besiegt hat, so wie Cronan der einzige General ist, der je die Freibeuter geschlagen hat. Überlege mal: Hättest du nicht diesen berühmten Sieg über mich errungen, hätte ich dieses Feld kahl gefressen – das ist der Frühlingshafer deines Großvaters, den er nicht verlieren darf, denn er muss dich und den Rest des Hofs ernähren. Wieder der Vergleich mit General Cronan: Hätte er nicht diesen berühmten Sieg über die Freibeuter errungen, hätten sie Sansory niedergebrannt und alle darin umgebracht. Stört dich die Moralität, nachdem du dich jetzt entschieden hast, eine Krähe zu werden?

Er antwortete: Ich glaube nicht. Es liegt eine gewisse poetische Gerechtigkeit darin.

Die Stimme antwortete: Ein großer Mann hat einmal gesagt, es läge in jedem berühmten Sieg ein Körnchen poetischer Gerechtigkeit. Überlege mal: Du und Cronan, ihr seid die einzigen Männer in der Geschichte, die je den göttlichen Poldarn besiegt haben. Was glaubst du, wer du bist? Der Junge oder die Krähe?

Er sagte: Hast du nicht gerade gesagt, ich sei der Junge im Versteck?

Die Stimme antwortete: Überlege mal …

… Und er saß im Versteck und sah zu, wie die Krähen langsam und vorsichtig um die Bäume kreisten. Nach einer Weile löste sich eine Krähe vom Schwarm und flog direkt auf ihn zu, so gerade wie einer seiner stumpfen Pfeile (als ob die Krähen auf ihn schießen würden, nicht andersrum). Als die Krähe etwa siebzig Meter entfernt war, machte sie plötzlich laut kreischend kehrt und flog denselben Weg zurück.

Die Stimme sagte: Überlege – ehe ich mich zum Fressen versammle, schicke ich einen Späher aus (selbstverständlich bin ich dieser Späher), um zu sehen, ob es sicher ist und um den Weg zu zeigen. Nun frage dich – wenn der göttliche Poldarn sich als Gott im Karren manifestiert und den Weg ausspäht, welcher zum Ende der Welt führt, bist du dann die Krähe oder der Junge im Versteck?

Er dachte nach, ehe er antwortete: Vielleicht könntest du mir sagen, ob die Krähe, welche den Weg weist, ein Teil von dir ist. Oder hält sie sich, wenn sie den Schwarm in den Bäumen verlässt, für ein Individuum?

Die Stimme lachte und sagte: Überlege mal …

… und er stand auf einer Klippe und schaute zu, wie ein Segelschiff in dem Zwischenraum zwischen Meer und Himmel verschwand. Nachdem es verschwunden war, drehte er sich um und ging hinab zu den Lichtern einer Stadt in der Ferne. Dabei wiederholte er laut seinen neuen Namen, seine neue Lebensgeschichte und die Einzelheiten seiner neuen Person …

Die Stimme sagte: Das ist deine Antwort. Du bist die Krähe, die von den Bäumen wegfliegt, der Spion, um einen guten Fressplatz zu finden. Wenn du die Bäume und den Rest des Schwarms verlässt – hältst du dich dann für ein Individuum? Und wenn ja, für welches?

Er sagte: Ich weiß nicht. Die Person, die ich jetzt werde, ist mir völlig fremd.

Die Stimme sagte: Wenn der göttliche Poldarn sich als der Gott im Karren manifestiert, den Schwarm verlässt und von den Bäumen fliegt – weiß er, ob er ich ist, oder glaubt er, nur ein Individuum zu sein, dessen Gedächtnis durch einen Unfall getilgt wurde?

Er dachte angestrengt nach, ehe er antwortete: Schickst du nur einen Späher aus, oder sind wir viele?

Die Stimme wurde hart und kalt, als wäre sie verärgert, weil man sie verführt hatte, zu viel preiszugeben. Überlege mal, sagte sie …

… Und er sah seine Mutter als junges Mädchen, wie sie mit dem Dolch in der Hand dastand. Ihr Rock war nass und schmutzig. Sie fiel auf die Knie, als sein Vater versuchte zu atmen, doch konnte er das nicht mehr, weil seine Kehle durchschnitten war. Dann sah er sie als alte Frau, wie sie aus der Scheune kam, weil sie Stimmen gehört und geglaubt hatte, es sei der Knochenkarren aus Sansory (sie hatte keine Angst vor einem Mann, der in einem Karren vor ihrer Behausung vorfuhr). Sie hatte das Krummschwert kaum gesehen, ehe es die Adern und Sehnen an ihrem Hals durchtrennte und bis auf die Knochen vordrang. Das Letzte, was sie hörte, war, wie ein alter Mann von seinem toten Sohn sprach.

Die Stimme sagte: Überlege, du bist doch so klug. Copis trägt dein Kind unter dem Herzen. Er wird in ungefähr sieben Monaten geboren werden. Wenn er geboren wird, bist du weit weit weg oder tot. Wenn er den Schwarm verlässt und von den Bäumen wegfliegt – wird er sich dann als ein Individuum sehen oder nur als Teil eines Musters?

Er antwortete: Was wird mit ihr geschehen? Wird es ihr gut gehen?

Die Stimme lachte und sagte: Denke an die fünf Dutzend Krähen, die du getötet hast, als du den berühmten Sieg errungen hast, als du alles, was von mir dort war, vernichtet hattest, sodass die Bäume leer und die Nester verlassen waren. Denke an die Krähe, welche nicht zu den Lockvögeln flog und überlebte, nachdem der Rest von mir tot war. Glaubst du, dass sie sich immer noch als Teil des Schwarms sah oder als ein Individuum?

Er antwortete: Aber sie ist nicht die einzige Überlebende des Ordens. Es gibt andere, die verstreut sind.

Die Stimme antwortete: An dem Tag, als du deinen berühmten Sieg über den göttlichen Poldarn errungen hast, hast du alle an diesem Ort getötet, nur mich nicht, und es gab andere von mir, Hundertmillionen, alle verstreut. Glaubst du, dass sie sich noch als ein Teil von diesen sah oder als Individuum?

Er sagte: Ich weiß nicht. Aber ich wollte ihr nie ein Leid zufügen. Ich würde nie etwas tun, das sie verletzen könnte.

Die Stimme sagte: Überlege mal ...

... Und er sah sich auf dem Karren stehen, auf dem Weg nach Laise Bohec, als er Eyvind traf, den letzten Überlebenden seiner Schar. Und er sah sich, wie er im Schlamm lag und die zwei Dutzend Männer betrachtete, ohne zu wissen, wer sie waren oder wer er war.

Er sagte: Ich glaube, dass der Späher sich für ein Individuum hält, doch er irrt sich. Er gehört immer noch zum Schwarm.

Danke, antwortete die Stimme. Das klingt schon besser. Gibt es sonst noch etwas, was du mir gern sagen würdest, oder soll ich dich zurück in die Schlacht schicken?

Er schrie: Ja! Aber der Himmel explodierte, es wurde hell, und er sah, wie ein Stiefelabsatz herabkam und seine Wange aufschürfte. Der Himmel war klar und strahlend. Ein anderer Stiefel knallte gegen seinen Hinterkopf, und es wurde wieder dunkel um ihn.

Kapitel 25

»Zum allerletzten Mal«, sagte der Körper, der im Wasser lag. »Hau ab. Nochmal sage ich es nicht.«

»Klar«, meinte das Spiegelbild höhnisch. »Sollte es nicht das letzte Mal sein, als du mich zuletzt fortgeschickt hast? Und das Mal davor?«

Er befand sich in der Luft und spürte die kühle Brise in den Flügeln und in den Federn am Bauch. Er war glücklich, weil er wieder bei seinen Leuten war, und dass man ihm gestattete, wieder in ihren Köpfen zu sein, und dass er bald nach Hause fliegen würde. Inzwischen nahm er sich einen Moment Zeit, um auf den im Wasser liegenden Körper zu blicken (aber dieser lebte noch, also keine Freude) und auf sein Spiegelbild, welches offensichtlich mit ihm sprach.

»Ich höre dir nicht mehr zu«, erklärte der Körper dem Spiegelbild. »Ich kann kein Wort hören, das du sagst.«

»Also, bitte, benimm dich gefälligst wie ein Erwachsener«, sagte das Spiegelbild zornig.

»Und überhaupt bin ich dich bald los«, sagte der Körper. »Und dann ein für alle Mal. Ich gehe nach Hause.«

»Nach Hause?« Das Spiegelbild lachte höhnisch. »Diesen Ort gibt es nicht.«

»Doch, gibt es. Ich habe meine Familie gefunden und gehe nach Hause übers Meer, wohin du mir nicht folgen kannst.«

»Wetten doch?«

»Du kannst mir nicht folgen«, wiederholte der Körper. »Aber selbst wenn du es tust, würdest du mich nicht finden, nicht zwischen so vielen. Es wäre, als suchtest du im Wald ein Blatt.«

»Ich finde dich«, erklärte das Spiegelbild. »Da wette ich.«

»Du kannst es versuchen«, sagte der Körper. »Ich schätze, du wirst es auch versuchen, denn genau dieses widerliche besessene Benehmen traue ich dir zu. Aber es wird dir nicht gelingen.«

Schweigen.

»Du musst nicht die Nase abschneiden, um dein Gesicht zu bestrafen«, sagte das Spiegelbild. »Und überhaupt willst du das gar nicht.«

»Wie zur Hölle willst du das wissen?«

»Ich weiß alles über dich. Ich weiß alles, von dem Moment an, in dem du geboren wurdest. Eigentlich noch davor. Jedes einzelne Ding, das man über dich wissen kann. Alle hier drin. Sicher, wo du es weder verlieren noch beseitigen kannst. Das ist meine Pflicht als deine bessere Hälfte.«

»Du hast mich nie gekannt«, widersprach der Körper schäumend vor Wut. »Da hast keinen blassen Schimmer. Bei deinem Wissen und deiner Fürsorge geht es immer nur um dich. All die Jahre denkst du, du kennst mich, aber alles, was du siehst, ist dein selbstzufriedenes Gesicht im Spiegel. Du glaubst, ich wäre nur eine polierte Oberfläche, in der du dich bewundern kannst. Nun, das ist endgültig vorbei. Ich gehe fort. Und ohne mich ...« Plötzlich klang Freude in der Stimme mit. »Ohne mich bist du tot. Du hörst auf zu existieren und verblasst.«

»Glaubst du das wirklich? O Gott, bist du dumm.«

»Na schön, wir werden ja sehen, wer übrig ist, wenn ich fortgegangen bin und den Säugling mitgenommen habe. Zurück nach Hause …«

»Rede doch kein blödes Zeug.«

»Nach Hause, zu seiner Familie, wohin er gehört.«

Als Poldarn aufwachte, geriet er in Panik. Gott hilf mir, dachte er. Wo bin ich? Wer bin ich? Gottverdammt, ich kann mich nicht einmal an meinen Namen erinnern …

Er hob den Kopf und schaute umher. Er lag in einem mit Blut getränkten Uferschlamm neben einem Fluss. Ringsum lagen Leichen in unterschiedlicher Kleidung. Eine Krähe schaute von ihrer Mahlzeit auf und grinste. Ein Profi erkannte den anderen.

Es ist alles in Ordnung, sagte er sich, nachdem sich die Schleier in seinem Kopf gelüftet hatten, du bist zu Hause. Hier wurdest du geboren (in der Scheune da drüben), und in wenigen Minuten wird Copis mit dem Wagen kommen und du brichst zu deiner missionarischen Arbeit auf. Es sei denn, die Welt hatte geendet, während du geschlafen hast, und wenn das jetzt eine schöne neue Welt ist …

… Die Welt war immer noch dieselbe, nur schmerzlicher. Als er das letzte Mal an diesem Ausgangspunkt gewesen war, war er nicht von Dornen durchbohrt gewesen. Diesmal war das Blut ringsum sein eigenes, was ihm ein gewisses Zugehörigkeitsgefühl vermittelte, beinahe wie eine Staatsbürgerschaft.

Offenbar wurden keine Schlagadern verletzt, stellte er fest. Sonst wäre ich tot. Es sei denn, ich bin tot, und das ist der Himmel. Oder es sei denn, ich bin ein Gott, in diesem Fall könnten sie das ganze Blut aus mir herausholen und daraus Würstchen machen – es würde keinen großen Unterschied machen.

Es wäre nett gewesen, dachte er, wenn er jetzt jemanden fragen könnte. Er hatte es satt, praktisch jedes Mal, wenn er die Augen aufmachte, die Welt wieder aus dem Nichts aufzubauen. Es war eine skandalöse Verschwendung mentaler Energie, die für viel positivere, konstruktivere Ziele eingesetzt werden könnte.

Er veränderte seine Lage ein bisschen und überlegte, wie er sich von Krähenfüßen lösen könnte, ohne alles noch schlimmer zu machen. Es war eine äußerst interessante Kombination – linker Fuß, rechter Arm – eine Herausforderung selbst für die Klügsten (als sei er seit dem letzten Mal eine Stufe höher gestiegen und hätte als Belohnung ein entsprechend kompliziertes Puzzle bekommen).

Copis, komm endlich. Du bist spät dran. Nein, diesmal würde sie nicht kommen. Jetzt erinnerte er sich, wie er sie aus dem Laden in Deymeson geschleift und ihr Wasser aus dem Trog ins Gesicht gespritzt hatte, bis sie erwacht war. Zuvor hatte er ein Pferd gefunden, das offenbar niemand wollte. Er hatte sie darauf gesetzt. Sie war immer noch leicht benommen und konnte wegen des zertrümmerten Unterkiefers nicht sprechen. Er hatte ihr die Zügel in die Hand gedrückt und das Pferd am Zügel aus dem Tor des Klosters geführt. Dann hatte er ihm einen kräftigen Schlag auf die Kruppe versetzt. Copis hatte nicht zurückgeblickt, als sie den Berg hinabgeritten war. Er hatte auch dafür gesorgt, dass sie genügend Proviant und Wasser in den Satteltaschen hatte, außerdem sechs Großtaler, die er im Ärmel eines toten Mönchs gefunden hatte. Danach war er wieder hineingegangen, ehe man ihn vermisste, und half beim Plündern und Niederbrennen.

Und jetzt war er hier, und sie würde ihn nicht vom Schlachtfeld retten. Es gab keine Garantie, dass sie noch lebte, und selbst wenn, der einzige Grund, weshalb sie ihn suchen würde, wäre, ihn zu töten (und auf eine derartige Rettung konnte er verzichten). Er bemühte sich, praktisch zu denken. Ein Schritt nach dem anderen. Erstens: die Dornen raus. Zweitens: vom Schlachtfeld kriechen und Deckung suchen. Drittens: etwas zu essen und zu trinken finden. Viertens: nicht den Kopf über Punkt vier zerbrechen, bis du erstens, zweitens und drittens bewältigt hast.

Er versuchte es fünf Mal, aber er konnte den Dorn im Fuß nicht erreichen, und dieser war wichtig, denn er konnte nicht wegkriechen, solange dieser ihn festnagelte. Der im Arm war nicht so wichtig. Sobald er dort drüben in der Scheune war, konnte er sich ganz in Ruhe darum kümmern. Aber wie entfernte er den Dorn aus dem Fuß? Er überlegte, einen anderen Dorn in den Boden zu pressen, um daran den Krähenfuß zu verankern und dann den Fuß davon abzuziehen (wie wenn man ein Schwert aus der Scheide zieht). Die Schmerzen erlaubten ihm einen behutsamen Versuch, doch es tat so weh, dass er sofort aufgab und sich wieder in den Schlamm sinken ließ.

Was war in der Schlacht geschehen?, dachte er. Wer hatte gesiegt? Als er sich verabschieden musste, schienen die Freibeuter (seine Seite?) zu verlieren, aber sie waren die Freibeuter, der unbesiegbare, nahezu übernatürliche Feind, von dem er so viel gehört hatte. Es schien unmöglich zu glauben, dass sie gerade bei dieser Gelegenheit zum ersten Mal versagen würden. Außerdem hatte er nur einen kleinen Ausschnitt der Schlacht gesehen, und seine Eindrücke könnten völlig zu falschen Schlüssen führen. Auf alle Fälle war die Schlacht vorüber oder hatte sich ganz weit weg entfernt. Vielleicht hatte jede Seite die andere ausgelöscht, bis auf den letzten Mann, und er war der einzige Überlebende.

Wenn das zutraf, wollte er es nicht wissen.

Eigentlich spielte es keine Rolle mehr. Die Schlacht, der Krieg bedeutete ihm nichts mehr. Er gehörte auf keine Seite – oder zu beiden. Zugegeben, er hatte das starke intuitive Gefühl, dass die Freibeuter sein Volk waren, aber es war nicht lang her, da hatte er genau das gleiche Gefühl bei den Schwertmönchen gehabt. Doch beide konnten nicht sein Volk sein, da die Freibeuter den Orden so sehr gehasst hatten, dass sie weder Zeit noch Mühe gescheut hatten, ihn auszulöschen. Wie konnte es zwischen diesen Todfeinden eine Gemeinsamkeit geben?

Da er nur Schlamm sehen konnte, schloss er die Augen und bemühte sich, nicht an die Schmerzen zu denken (was alles nur noch schlimmer machte. Bei jedem Herzschlag konnte er jeden Nerv im Körper spüren). Es dauerte eine Zeit lang, bis er bemerkte, dass sich jemand in der Nähe herumtrieb.

Er verhielt sich vollkommen still. Er war hilflos und konnte nichts tun, um sich zu retten, ganz gleich ob die Person ein Feind war oder nur ein Leichenfledderer von einem Hof in der Nähe, der den Toten Wertstücke abzog. Andererseits konnte es ein Freund sein, und wenn er sich tot stellte, verpasste er damit seine einzige Chance, gerettet zu werden. Er dachte nach. Wenn ihn niemand rettete, würde er wohl hier sterben, und das würde lange dauern und sehr unangenehm sein. Warum nicht gleich mit dem Schlimmsten rechnen? Zum Teufel mit der Vorsicht.

Er versuchte sich aufzusetzen, aber es tat so weh, dass er aufschrie. Mehr war nicht nötig. Einen Moment später sah er Stiefelspitzen.

»Bist du das?«, fragte jemand.

Eine sehr gute Frage unter diesen Umständen. Aber die Stimme klang wieder vertraut.

»Eyvind?«, fragte er.

»Ja, stimmt.« Jetzt war die Stimme viel näher. »Allmächtiger Gott, was ist dir denn passiert? Hier, halt still. Ich weiß nicht, ob ich das Richtige tue, aber das werden wir bald herausfinden.«

Es war unlogisch, dass er es kaum gespürt hatte, als der Dorn des Krähenfußes eingedrungen war, aber jetzt, als er herausgezogen wurde, blieb ihm fast das Herz stehen. »Verdammt«, sagte die Stimme, von der er glaubte, dass es Eyvind war. »Es fängt an zu bluten. Ich weiß nicht, soll ich den anderen Dorn drinlassen oder versuchen, ihn auch rauszuziehen? Na?«

Ihm wurde bewusst, dass die Stimme ihn um eine Entscheidung gebeten hatte, eine Wahl zwischen zwei Möglichkeiten. Er hielt das nicht für fair. »Keine Ahnung«, sagte er. »Ich habe nur das Gefühl, dass ich wahrscheinlich sterbe, wenn du die falsche Entscheidung triffst, aber mehr Hilfe habe ich nicht zu bieten. Tut mir Leid.«

Die Stimme klang eindeutig leicht verärgert. »Ich wollte nur eine klare Antwort auf eine einfache Frage. Verdammt, ich schätze, ich lasse dich lieber hier liegen. Wenn du bis jetzt überlebt hast, werden ein paar weitere Minuten bestimmt nicht schaden. Wir werden sehen.«

»Wer hat die Schlacht gewonnen?«, fragte er nach kurzem Nachdenken.

»Still. Ich werde versuchen, dich auf die Beine zu stellen.«

Zwei Hände griffen an seinem Gesicht vorbei und packten ihm am Hemd. Wie ein Sack wurde er hochgehoben. Offenbar war Eyvind kräftiger, als er aussah.

Als er das Gewicht auf den durchbohrten Fuß stellte, schrie er vor Schmerzen auf, aber Eyvind nahm den linken Arm und legte ihn um seine Schultern. So vermochte er ihn vom Boden zu heben und senkrecht zu halten. Er machte die Augen auf, die er instinktiv geschlossen hatte, als die Schmerzen einsetzten.

»So, das war wohl der schwierigste Teil«, sagte Eyvind. »Vorsichtig, kein Grund zur Eile.«

Hinter der Scheune war ein Karren. Unnötig zu sagen, dass eine Krähe auf dem Kutschbock hockte. Er war sicher, dass er sich allmählich an seinen Namen erinnern würde. Der Vogel flog weg, als sie näher kamen. Müde kämpfte er sich über den weiten Himmel.

»Die anderen«, sagte Eyvind, nachdem er ihn auf den Bock gehievt und sich daneben gesetzt hatte. »Es war ein Massaker.«

»Oh«, sagte er.

Eyvind nahm die Zügel auf. »Wir wissen nicht, wie viele von uns es geschafft haben«, fuhr er fort und trieb die Pferde an, schneller zu laufen. »Wir hatten noch keine Zeit, die Köpfe zu zählen. Der besten Schätzung nach wurde die Hälfte von uns getötet. Es war ein Albtraum.«

»Im Prinzip haben sie uns in eine Falle gelockt«, sagte Eyvind mit einem Seufzer, aus dem tiefer Abscheu und Enttäuschung klang. »Man hat uns für dumm verkauft. Diese verdammten Krähenfüße haben uns erledigt. Nachdem sie uns zusammengedrängt hatten, haben sie uns zurück zum Fluss getrieben, selbstverständlich an der tiefsten Stelle, wo wir nicht hinüberkonnten. Aber damit haben sie einen Fehler gemacht, denn da haben wir einen Gegenangriff gestartet.« Er zögerte kurz, ehe er weitersprach. »Aber zu diesem Zeitpunkt waren wir derartig in der Unterzahl, dass es eigentlich anders hätte laufen müssen, aber sie haben die Nerven verloren, als wir zuschlugen. Wir haben in ihr Zentrum eine Bresche geschlagen und wollten abrücken, doch dann schlachtete uns ihre Kavallerie ab. Wir sind fortgelaufen, aber das war das Verkehrteste, was wir tun konnten. Als die Reiter die Verfolgung abbrachen, war das Endergebnis, dass wir in Gruppen von höchstens fünf oder zehn oder auch ganz allein verstreut waren. Keine Chance, uns irgendwie zu sammeln. Sie gaben auf und gingen zurück in die große Stadt. Seitdem sind wir umhergeirrt, um einander zu finden. Die Idee war: irgendwie geordnet in gerader Linie zurück zu den Schiffen zu marschieren, vorausgesetzt, dass diese noch dort sind.« Seine Miene verfinsterte sich so, dass sie fast komisch aussah. »Da unsere so genannten besten Freunde wissen, wo die Schiffe liegen, ist das keineswegs sicher. Wir können nur hoffen, dass er uns loswerden will, da er nicht will, dass herauskommt, dass er es war, der alles geplant hat.«

Poldarn nickte. »Du meinst das Haus Amathy«, sagte er. »Sie haben die Seiten gewechselt, richtig?«

»Ach, so heißen diese Hunde? Ich kann mich an diese ausländischen Namen nicht gewöhnen. Ja, genau das haben sie getan. Selbstverständlich ist es unsere verdammte Schuld. Wir waren zu vertrauensselig. Ich habe es früher schon oft gesagt und sage es jetzt noch mal: Diese Leute sind nicht wie wir, du kannst ihnen kein einziges Wort glauben.«

Poldarn dachte an die Mönche von Deymeson und Copis. »Sind wir besser?«, fragte er.

»Selbstverständlich«, antwortete Eyvind. »Wir lügen unsere Feinde nicht an. Allerdings war das auch nie nötig. Wenn du nicht mit ihnen redest, belügst du sie auch nicht. Auf lange Sicht erspart das eine Menge Ärger.«

»Ja, wahrscheinlich hast du Recht«, sagte Poldarn. »Wohin fahren wir?«

»In die Richtung.« Eyvind deutete vage mit dem Kopf. »Dort ist eine kleine Talsenke, gut versteckt, du würdest sie nicht finden, wenn du nicht wüsstest, dass sie dort ist. Zum Glück sind wir auf unserem Weg hierher darauf gestoßen, und nachdem sie aufgehört hatten, uns zu verfolgen, entschlossen wir uns, dorthin zu gehen. Wir wollten uns dort verstecken und warten, bis es dunkel wurde. Dann wieder zurückschleichen, vorbei an dem Kloster, das wir in Schutt und Asche gelegt haben, und morgens die Nordwest-Straße suchen. Wenn wir ihr folgen, sollten wir ungehindert zur Küste gelangen, vorausgesetzt, sie erraten unsere Pläne nicht und schneiden uns den Weg ab. Aber das bezweifle ich, dazu sind sie nicht genügend organisiert. Wahrscheinlich bekriegen sie sich gegenseitig in ein oder zwei Tagen«, fügte er verächtlich hinzu. »Das haben sie doch ständig getan, aber nur Gott weiß, worum sie eigentlich kämpfen. Ich bezweifle, dass sie es selbst wissen.«

Poldarn schüttelte den Kopf. »Ja, es ist kompliziert«, meinte er. »Dabei fällt mir ein – ich habe dich noch nicht gefragt, was du so getrieben hast, nach unserer ersten Begegnung ...«

Eyvind lachte. »Ich hatte außergewöhnliches Glück«, sagte er. »Am Tag nach unserem Zusammentreffen bin ich auf einen Spähtrupp gestoßen – sie hätten mich umgebracht, aber ich erkannte einen und rief seinen Namen. Es ist, als würde die Vorsehung ihre schützende Hand über mich halten. Und bei dir scheint es genauso zu sein. Wenn ich dich nicht gesehen hätte, als wir die Reiter angegriffen haben, bei denen du warst – na, dann wärst du jetzt fraglos Krähenfutter. Und jetzt wieder. Purer Glücksfall, dass ich den leeren Wagen fand, bei dem die Pferde noch angeschirrt waren. Dabei habe ich gar nicht nach Überlebenden gesucht, ich habe rein zufällig in deine Richtung geschaut, und da warst du. Ich bin hergekommen, um zu sehen, ob du noch atmest. Keine Ahnung, warum ich das getan habe, es schien mir nur das Richtige zu sein. Ich schätze, du hast da oben jemanden, der auf dich aufpasst. In dem Fall bleibe ich dicht bei dir, weil ich hoffe, dass ein bisschen von deinem Glück auf mich abfärbt. Jedenfalls behauptet man, dass das möglich sei, richtig? Halte dich an einen Mann mit Glück.«

»Ja, ich schätze, das ergibt Sinn«, sagte Poldarn. Bis jetzt war er sich nicht als ein ausgesprochener Glückspilz vorgekommen, aber er verstand Eyvinds Idee. Außerdem gab es unterschiedliche Arten von Glück, von denen manche erstrebenswerter als andere waren. Er dachte einen Moment lang nach. »Kann ich mitkommen, wenn du zurück zu den Schiffen gehst?«

Eyvind musterte ihn erstaunt, dann lachte er. »Was für eine komische Frage«, sagte er. »Ja, selbstverständlich kommst du mit, du bist einer von uns. Dass du dein Gedächtnis verloren hast, ändert nichts an der Tatsache, dass du eindeutig zu uns gehörst. Wir würden nicht mal träumen, dich hier zurückzulassen.«

Poldarn nickte. »Danke«, sagte er. »Und was werde ich tun, wenn ich in dein Land komme? Unser Land«, korrigierte er sich.

Eyvind zuckte mit den Schultern. »Entweder erinnerst du dich, wer du bist und wo du lebst, oder jemand wird dich erkennen. Und wenn beides nicht eintrifft, wohnst du bei uns, solange du willst. Vertrau mir, sobald du daheim auf den Inseln bist, fällt dir alles wieder ein. Ich meine, denk drüber nach. Der einzige Grund, weshalb du dich nicht erinnern kannst, ist, dass du mitten in diesem fremden Land bist, zwischen den Menschen, die ganz anders sind als wir. Daher kann dir gar nichts bekannt vorkommen. Nichts rüttelt dein Gedächtnis auf und bricht das Eis. Das weiß ich so genau, weil ich selbst so lang in diesem Land verloren umhergeirrt bin. Ich sage dir, es gab Zeiten, da fiel es auch mir schwer, mich zu erinnern, wie ich hieß und woher ich kam. Wenn ich die Augen schloss und mich bemühte, an zu Hause zu denken, war da nur ein verschwommenes Bild, als sähe ich alles durch einen Herbstnebel. Ein verflucht ungemütliches Gefühl, das kann ich dir sagen, hat mir Todesangst eingejagt. Wenn ich daran denke, was du so viele Monate lang durchgemacht hast, gerinnt mir fast das Blut.«

Es war nicht weit bis zu der Talmulde, von der Eyvind gesprochen hatte. Und er hatte Recht gehabt. Sie war so gut verborgen, dass sie den Schafspfad beinahe bis zum Ende gerollt waren, als Poldarn sie sah. Dieses Versteck war größer, als er gedacht hatte. Viele Menschen waren dort, die meisten lagen oder saßen auf dem Boden, plauderten mit Nachbarn, dösten oder würfelten. Es war, als finde hier ein Fest statt. Poldarn fragte sich, was nötig wäre, um die Menschen dazu zu bringen, sich elend zu fühlen …

(Die Hälfte umbringen? Nein, das würde nicht funktionieren. Vielleicht die andere Hälfte umbringen? Nein, dann wären sie nur fröhliche Tote. Will ich wirklich an einen Ort gehen und dort leben, wo alle ständig so verflucht fröhlich sind? Wenn ich nicht jetzt schon verrückt bin, dann werde ich es bald sein …)

Jemand schaute auf und rief: »Eyvind, hier.« Eyvind hielt den Karren an – zwei Männer erhoben sich und kümmerten sich um die Pferde. Niemand hatte sie darum gebeten oder es ihnen befohlen. Eyvind stieg ab. »Hier entlang«, sagte er. »Ich möchte dich meinem Onkel Sigfus vorstellen.«

Dieses überwältigende Zusammengehörigkeitsgefühl war bizarr, beinahe traumähnlich. Eyvind sagte nicht: »Onkel, das ist mein bester Freund.« Aber das liebevolle Lächeln und der feste Händedruck kamen direkt aus dem Tagtraum von einem strahlenden besseren Ort, wo alle gelernt hatten, gut miteinander auszukommen, weil man nett zueinander war ... und das am Rand eines Schlachtfelds, mit einem Krähenfuß im Arm ... er war nicht sicher, ob er dem gewachsen war.

Eyvind fragte seinen Onkel nach dessen Meinung. Onkel Sigfus runzelte die Stirn. »Wenn wir den Dorn herausziehen, verliert er womöglich viel Blut, aber andererseits muss er raus, und je länger er drinbleibt, desto schlimmer könnte es werden.« Es klang, als spräche er von einem kranken Zahn. »Onkel Sigfus weiß wahrscheinlich alles, was man über Wunden und ernste Verletzungen wissen kann«, erklärte ihm Eyvind. »Der hat dich im Nu wieder auf den Beinen.«

Onkel Sigfus traf seine Entscheidung sehr abrupt. Unvermittelt zog er den Krähenfuß aus Poldarns Arm, wie ein Mann einen Apfel pflückt. »Verflucht böse Dinger«, sagte er mit finsterer Miene, als er den Krähenfuß hochhob und betrachtete. »Damit kämpft man keinen Krieg.« Poldarn wand sich immer noch vor Schmerzen. »Schnell, Eyvind«, fuhr Sigfus fort. »Hol etwas zum Verbinden. Es kann ein Weilchen wehtun«, sagte er zu Poldarn. »aber damit musst du leben, fürchte ich.« *(Wenn er mich einen tapferen kleinen Soldaten nennt, bleibt mir keine andere Wahl, als ihm die Kehle durchzuschneiden,* dachte Poldarn. *So etwas kann ich mir nicht bieten lassen.*)

Dann fühlte er sich furchtbar schwach. Eyvind und Sigfus nahmen ihn unter den Armen und legten ihn behutsam auf den Boden, als wäre er ein Glasgefäß mit einem Sprung. »Du rührst dich nicht von der

Stelle und ruhst dich aus«, ordnete Sigfus an. »Bis Sonnenuntergang haben wir noch ein paar Stunden. Und mach die Augen zu, das wird dir verflucht gut tun.«

Doch Poldarn wollte die Augen nicht schließen oder schlafen. Es kam überhaupt nicht in Frage ...

»Ja, da sind wir wieder«, sagte die Krähe.

Poldarn schaute auf. Seine Instinkte schrien ihm zu wegzulaufen und sich zu verstecken, aber er musste feststellen, dass er sich nicht bewegen konnte. »Traum?«, fragte er.

»Gibt es viele sprechende Krähen dort, wo du herkommst?«, fragte die Krähe nachsichtig. »Na also. Du kannst sicher sein, dass du wach bist. Ob das genau genommen ein Traum ist oder eine Vision, vermag ich dir nicht zu sagen, ich habe nie studiert. Ein Schwertmönch würde es wissen, vielleicht triffst du zufällig mal einen.«

Das war eine spitze Bemerkung darüber, dass er beim Angriff auf Deymeson mitgemacht hatte, daher entschied er, sie zu ignorieren. »Was geht hier vor?«, fragte er.

Die Krähe hüpfte fünfundvierzig Grad nach links. »Dort drüben findet die Zerstörung von Sansory statt«, erklärte sie. »Wie du siehst, sind sie beim Südtor durchgebrochen ...«

»Wer?«, unterbrach sie Poldarn.

»... was«, fuhr die Krähe fort, »ein anschauliches Beispiel für die alte militärische Redensart ist, dass man immer die Stärken des Feindes angreifen soll, nicht seine Schwächen. Dort drüben ...« Der Vogel hüpfte zwanzig Grad weiter. »Dort drüben haben wir einen Aufruhr in Mael, ehe die Rebellen dem Feind die Tore öffnen …«

»Wer ist der Feind?«

»… ein böser Fehler von ihnen ist, denn sobald der Feind in der Stadt ist, tötet er alle, die er findet, ohne Rücksicht, auf welcher Seite sie sind. Danach stecken sie die Stadt in Brand. Der Bürgerkrieg war also völlig belanglos. Als Nächstes …« Wieder fünfzehn Grad. »Als Nächstes kommt das Schleifen der Mauern von Boc Bohec. Wenn du genau hinschaust, siehst du direkt dahinter den Rauch der Feuer von Torcea, direkt auf anderen Seite der Bucht, was beweist, welche Ausmaße dieser Brand hat. All die Reetdächer, siehst du, und die vielen Holzhäuser in den Vorstädten am Fuß der Mauern. Jeder Hohlkopf hätte diese Katastrophe voraussagen können, aber selbstverständlich hört niemand gern so unangenehme Sachen. Und schließlich …«, fuhr die Krähe fort und hüpfte weiter, bis sie fast wieder am Ausgangspunkt war. »Kleiner, aber ebenso bedeutsam für dich, der Brand in Turcramstead – da, du kannst sehen, wie die Menschen versuchen durch das Loch aufs Dach zu klettern und die Feinde sie mit langen Stangen zurückstoßen. Damit wären wir wieder bei Sansory.«

Poldarn drehte sich langsam herum und studierte die Muster der Vernichtung durch Feuer, die Konstanten und die Variablen. »Es sieht wie das Ende der Welt aus«, sagte er.

»Sehr gut«, meinte die Krähe. »Und selbstverständlich ist alles deine Schuld, ganz allein deine Schuld. Ich möchte sichergehen, dass du dich an diesen Moment erinnerst, wenn all das eintrifft.«

Poldarn blickte noch einmal umher und prägte sich die verschiedenen Details ein – ein Gebäude, das mit einem Funkensturm in sich zusammenstürzte, eine Rotte Soldaten schleppt eine Frau aus einem Haus, reißt ihr den Säugling aus den Armen und schleudert ihn wie ein Holzscheit in die Flammen. Bemerkenswerte Einzelheiten, welche sein Gedächtnis anregen würde, wenn er Augenzeuge sein würde. »Was meinst du damit – meine Schuld?«, fragte er. »Hat das mit dem zu tun, wer ich war oder mit dem, wer ich sein werde?«

Die Krähe blickte uninteressiert durch ihn hindurch. »Da gibt es keinen Unterschied«, erklärte sie. »Du wirst der sein, der du immer warst. Dein Gedächtnisverlust hat nicht verändert, wer du bist, er hat lediglich den Zeitplan ein wenig verändert, ein paar Feinheiten hinzugefügt, ein wenig an der Kausalitätskette herumgepfuscht. Meiner Meinung nach hast du dich kein bisschen verändert, trotz des großartigen Neubeginns, dieser einmaligen Chance, aufzuhören, du zu sein. Du hast dich hauptsächlich deshalb anders benommen, weil du nicht imstande warst, absichtlich Schaden zuzufügen, aber deine Gedanken, dein Temperament sind immer noch dieselben.«

»Verstehe«, sagte Poldarn. »Nun, wenn du mir die Zukunft zeigen kannst, dürftest du mir auch die Vergangenheit zeigen können. Die möchte ich gern sehen.«

Die Krähe bewegte sich nicht, aber ringsum veränderte sich alles. Jetzt standen sie in einer Gefängniszelle. Nur durch ein Fenster oben in der Wand fiel Licht herein. Poldarn vermochte nur Beine und

Füße der Vorbeigehenden zu sehen. Er stellte fest, dass er auf dem kahlen Boden saß und mit Ketten so eng gefesselt war, dass er sich kaum bewegen konnte. »Das ist für dich lebenswichtig«, sagte die Krähe. »Gefangen in dem Gefängnis deines eigenen Kopfs. Und weißt du warum? Gefängnisse können mehrdeutig sein, weißt du. Vielleicht ist dieses nicht das, welches du vermutest. Der Mann in der Mitte bist du. Einige Gefängnisse wurden nicht erbaut, um die Insassen daran zu hindern, hinauszukommen, sie dienen dazu, alle anderen draußen daran zu hindern, mit einem Seil und einem Stuhl hereinzukommen, um dir die gebührende Strafe zu verpassen.«

»Wer bist du?«, fragte Poldarn.

»Das ist eine sehr gute Frage«, antwortete die Krähe. Du solltest sie ihm stellen.« Dann öffnete sie die Flügel und flog auf die Schulter des angeketteten Manns. »Er könnte es dir sagen, wenn du ihn erreichen könntest. Aber das kannst du nicht, weil tief unten – so tief, wie dieses Gefängnis unter der Erdoberfläche liegt – du es gar nicht herausfinden willst, weil du es bereits weißt. O ja, nicht einen Namen oder irgendwelche Erinnerungen, aber du kannst spüren, was für ein Mann du bist, und wirklich – du willst nicht zurück. Bei Gott verständlich, aber es wird dir nichts nützen.«

Plötzlich war die Krähe verschwunden, in weniger Zeit, als ein Schwertmönch zum Ziehen brauchte, und wo eben noch Poldarn gesessen hatte, war jetzt ein Schwertmönch. Er sah übel aus, sein Gesicht war blutüberströmt, und es quoll auch durch sein Hemd. »Wer bist du?«, fragte Poldarn.

»Weißt du, ich scheine mich nicht erinnern zu können«, antwortete der Mönch. »Aber in letzter Zeit habe ich den Namen Monach benutzt. Dort, wo ich ursprünglich herkam, war es nur die Bezeichnung für einen Mönch.«

»Gut, dann eben Monach«, sagte Poldarn. »Weißt du, wer ich bin?«

Der Mönch lachte. »Selbstverständlich weiß ich das«, antwortete er. »Du bist der widerliche Mistkerl, der mir das angetan hat. Zumindest glaube ich das. Dein Gesicht ist anders, aber ich sehe dich ganz deutlich hinter seinen Augen.«

»Das verstehe ich nicht«, sagte Poldarn.

Der Mönch zuckte mit den Schultern. »Ist unwichtig«, meinte er. »Was du getan hast, ist wichtig. Möchtest du das sehen? Zumindest einen Teil davon, die Zeit ist zu kurz, um dir mehr als ein paar Beispiele vorzuführen.«

Ehe Poldarn antworten konnte, war der Mönch verschwunden. Poldarn schaute umher. Wohin war er gegangen? Da merkte er, dass er flog, hoch über dem Boden. Ringsum waren Rauchsäulen. Als er hinunterblickte, sah er, dass sie aus den Städten heraufquollen.

»Nicht übel«, sagte eine Stimme, welche zwischen seinen Schulterblättern zu sitzen schien. Sie klang wie der Mönch, mit dem er soeben gesprochen hatte. »Wenn man bedenkt, dass du bei deiner Ankunft in diesem Land nur die Kleidung besessen hast, in der du aufgestanden bist, dazu noch einen alten Krummsäbel, hast du es beeindruckend weit gebracht. Da ist Culhan Bohec – selbstverständlich hast du nie von Culhan Bohec gehört. Heutzutage haben das nur wenig Menschen. Und da ist Sirouesse, das früher an der Nordwest-Küste lag, wo der Mahec sich mit dem Meer verbindet. Dein erstes größeres Werk und – nach Meinung vieler dein Meisterstück. Ach ja, da ist Josequin. Ich nehme an, man könnte das als dein posthumes Meisterstück bezeichnen, da es genau genommen nach deinem Gedächtnistod geschehen ist. Obgleich du nicht persönlich dort warst, war es alles dein Werk: von dir geplant, realisiert und in die Tat umgesetzt. Alles trägt eindeutig deine Handschrift. Und noch etwas darfst du nicht vergessen: Wie schnell du das alles erreicht hast. Zwölf Jahre. Verdammt, wärst du – wie ich – ein Mönch geblieben, was hättest du dann in zwölf Jahren geschafft? Wenn du dich richtig ins Zeug gelegt hättest und dem Lehrköper in den Arsch gekrochen wärst, hättest du vom neunten bis zum zwölften Rang gehen können, zu dem Punkt, an dem man dich gelehrt hätte, gegen drei imaginäre Feinde gleichzeitig zu kämpfen.« Die Stimme seufzte wehmütig. »Ist es nicht erstaunlich, wie unterschiedlich unsere Leben verlaufen sind? Du hast etwas aus dir gemacht, hier draußen in der Welt: verbrannte Städte, Tausende getötet – nein, lieber Zehntausende, Hunderttausende sogar –, Herrscher gemacht und vom Thron gestoßen, mit dem Geschick von Millionen Knöchelchen gespielt. Ich bin im Kloster gewesen, habe hübsche Schnitte in die Luft geschlagen, bis zu dem Punkt, an dem man mir gestattet hat, das Kloster zu verlassen und zu töten – wie viele? Zwei Dutzend? Drei? Kann mich im Moment nicht erinnern, aber mehr als fünf Dutzend können es nicht gewesen sein, und das schließt Wächter, Zeugen und anderen Abschaum mit ein.

Aber ich vermochte nicht den Lauf des Geschichtsflusses zu ändern, vergiss es. Na gut, ich habe wohl hier und dort auch ein paar hohe Tiere aus dem Weg geräumt, aber ich hatte nie die leiseste Ahnung, wer sie waren oder weshalb sie wichtig waren, deshalb darf ich mir das auch nicht als Verdienst anrechnen.« Die Stimme machte eine kurze Pause. »Tja, ich muss mich den Fakten stellen«, fuhr sie fort. »Wenn es ein Leben nach dem Tode gibt und wir uns alle in irgendeiner Schwefelgrube für ein Klassentreffen wiedersehen, braucht man nicht lang zu raten, wer die Trophäe für die Lebensleistung bekommt. Ich meine, wer von unserem Jahrgang hat es schon so weit gebracht, ein Gott zu werden? Nein, das würde ich nicht tun, wenn ich du wäre«, fügte die Stimme hinzu, als Poldarn an Höhe verlor und auf weit ausgebreiteten schwarzen Flügeln auf die brennenden Dächer von Josequin zuflog. »Keine Beleidigung, aber du willst nicht dorthin. Das dürfte schlecht für deine Gesundheit sein, wenn du verstehst, was ich meine.«

»Ich kann nichts dagegen machen«, rief Poldarn. »Ich kann offenbar nicht steigen.«

»Oh«, sagte der Mönch. »Oh, das ist schade. Wahrscheinlich drückt mein Gewicht dich nach unten. Schon gut, alles wird schnell gehen, wenn dir das ein Trost ist. Selbstverständlich, falls du zum jetzigen Zeitpunkt irgendwie aufwachen könntest, würde das uns beiden einen Haufen Ärger ersparen.«

»Ich kann nicht«, sagte Poldarn

»Verdammt. Je näher wir kommen, desto schärfer wird der Fokus. Sie hören auf, kleine umherhuschende Punkte zu sein und werden zu Menschen.

He, schau dir das an! Das ist wirklich aktuell. Von heute. Schau!«

Ein Windstoß erfasste ihn und drückte ihn nach unten. Auch Flügel schlagen half nichts, und er konnte nicht gegen den Wind wenden, um langsamer zu werden. Auf dem rapide schnell entgegenkommenden Boden sah er die verfallene Scheune von Vistock und die verrückte alte Frau, welche Knochen verkaufte. Vier Männer zerrten sie ans Licht. Dann sah er den fünften Mann. Kahlköpfig mit Leberflecken auf der Glatze, offensichtlich keinen Tag jünger als achtzig, aber immer noch kerzengerade, hoch gewachsen, imponierend. Gedankenverloren führte er Rückhandschläge mit einem glänzenden Krummsäbel aus, während er darauf wartete, dass man die Alte zu ihm brachte. Durch gekonnten Druck auf die Gelenke ihrer ausgestreckten Arme zwangen sie die Frau auf die Knie. Sie schrie und fluchte in einer Sprache, die er nicht verstand. Sie war mitten im Satz, als der Alte den Krummsäbel schwang und ihr blitzschnell und anmutig mit einer fließenden Bewegung den Kopf abschlug.

»Diesen Stil muss man einfach bewundern«, sagte der Mönch. »Dabei hatte er keinen Tag in seinem Leben eine formale Ausbildung. Hast du diesen Schwung nach innen gesehen? Verdammt, das brächte ich nie zustande, nicht mal mit einem richtigen Schwert, ganz zu schweigen mit einem dieser übergroßen Heckenschneider. Ich nehme an, das meinen sie, wenn sie davon sprechen, dass wahre Fähigkeit keine Fähigkeit, sondern purer Instinkt ist.« Einer der Männer bückte sich und hob den Kopf an den Haaren hoch. »Na ja, du wolltest ja mehr über deine Familie erfahren«, sagte die Stimme.

Sie holten einen Pfahl. Ein Mann spitzte ihn mit einem kleinen Messer an.

»Erinnerst du dich«, fuhr die Stimme fort (und der Boden kam näher und näher), »wie du die toten Krähen mit einem Dornenast unter dem Schnabel aufgespießt hast, damit sie den Kopf hochhielten und wie lebendig aussahen? Vielleicht hat er daher die Idee.«

»Wer sind diese Leute?«, fragte Poldarn. Jeden Moment würden sie auf dem Boden aufschlagen, aber, obgleich er spürte, wie der Drall und die Geschwindigkeit größer wurden, schienen sie sich nicht zu bewegen ...

»Ein Paradoxon der Religion«, erklärte der Mönch. »Am besten dargestellt im Moment des Ziehens, aber es ist eine fundamentale Regel, wie wir das Universum betrachten. Die schnellste Bewegung ist keine Bewegung – zum Beispiel die Bewegung der Hand zum Schwertgriff, so schnell, dass sie eigentlich gar nicht stattfindet, dieser Schwung existiert gar nicht. Wir spekulieren , dass es wohl so wäre, ein Gott zu sein. Selbstverständlich ist das nur eine Theorie.« Der Rest der Welt raste an ihnen vorbei. »Absolut keine Möglichkeit, sie zu beweisen, weder so noch so.«

Sie steckten den Kopf der alten Frau auf den Pfahl. Einer kniete und hielt den Hals des Kopfes mit den Haaren nach unten, während ein anderer den Pfahl in die Luftröhre rammte. Dann hoben sie ihn hoch und drückten ihn in den Boden.

»Siehst du, deine Methode mit den Lockvögeln funktioniert jedes Mal«, sagte der Mönch, als es Poldarn endlich gelang, in Schräglage zu gehen und die Geschwindigkeit so zu drosseln, dass er die Flügel anlegen und zur Landung ansetzen konnte.

Er schreckte hoch, setzte sich auf und hob die Hand, um das Gesicht zu schützen. Jemand beugte sich über ihn und drückte ihn sanft wieder nach unten.

»Alles in Ordnung«, sagte die Stimme. »Du hattest nur einen schlechten Traum.«

Der Himmel war wieder über ihm, dort, wo er sein sollte. Trotzdem spürte er noch die Erinnerung an den Traum vorüberrauschen, als fiele er aus ihm heraus. Ein Mann schaute mit besorgter Miene auf ihn herab. Er war alt, wenigstens achtzig, mit kahlem Schädel, windgegerbter Haut und mächtigen Schultern.

»Wird er wieder gesund?«, fragte der Mann.

»Ich glaube schon.« Das klang wie Eyvinds Onkel Sigfus. »Wahrscheinlich ist er nur völlig erschöpft. Außerdem – Gott weiß, wann er zum letzten Mal etwas gegessen hat.«

Der Mann betrachtete ihn einige Momente, dann fragte er: »Erkennst du mich?«

»Nein«, antwortete Poldarn. »O doch, du warst in einem Traum, den ich gehabt habe. Du hast einer alten Frau den Kopf abgeschlagen.«

Der Mann nickte. »Stimmt«, sagte er. »Woher weißt du das?«

»Wer bist du?«, fragte Poldarn.

Die Stimme des alten Mannes war ungewöhnlich tief, seine Augen waren tief im Schädel eingesunken.

»Ich heiße Halder«, sagte er leise. »Ich bin dein Großvater.«

Poldarn dachte kurz nach. »Bist du sicher?«

Diesmal lächelte der Alte, nur ein Zucken um die Mundwinkel, seine Augen leuchteten warm. »Ja«, bestätigte er. »Weißt du, wer du bist?«

»Nein«, antwortete Poldarn.

Der Alte nickte. »Du heißt Ciartan«, sagte er. »Nach meinem Vater. Dein voller Name lautet demnach Turstens Ciartan von Haldersholt. Tursten war mein Sohn. Er starb, ehe du geboren wurdest. Eigenartig, keine zwanzig Meter von diesem Ort hier entfernt.«

Poldarn atmete langsam ein und wieder aus. »Die alte Frau ...«, sagte er.

»Ja, sie hat meinen Sohn getötet. Ich kann es ihr nicht übel nehmen, aber man muss so manches tun. Es tut mir nur Leid, dass es so lang gedauert hat.«

Poldarn dachte nach und erinnerte sich, was die alte Frau gesagt hatte, dass sie alte Knochen an das Haus Potto verkaufte, die in der Asche lagen, damit dieses Knöpfe daraus fertigte. »Mir ist das egal«, sagte er. »Zumindest im Augenblick. Ich kann mich an nichts erinnern.«

Der alte Mann richtete sich ein wenig auf und rieb sich die Lendenwirbel. »Ja, das habe ich gehört«, meinte er. »Seltsame Sache. Aber ich habe im Lauf der Jahre von Fällen wie deinem gehört. Nun, ich muss dir jetzt etwas sagen. Nach nahezu fünfundzwanzig Jahren habe ich nicht mehr geglaubt, dich wiederzusehen.«

Ich muss diesen Mann kennen, dachte Poldarn. In seiner Stimme oder seiner Miene ist keinerlei Ausdruck. Ich erkenne Freude, wenn ich sie sehe. Etwas in seinen Augen und sein Mund verraten mir, dass er die Wahrheit sagt.

(Und dann öffnete sich in seinem Kopf eine Tür, nur ein Spalt, durch welchen er einen kleinen Teil der Landschaft dahinter sehen konnte: eine hohe viereckig getrimmte Hecke auf dem Rand eines Hügels, ein alter Mann schnitt die Hecke mit einer Sichel, ein kleiner Junge sammelte die Abfälle ein. Winter, nichts anderes auf dem Hof zu tun, daher Zeit, alles aufzuräumen, und den runden Formen der Natur ein paar gerade Linien und Kanten zu verpassen. Der alte Mann bestand nur aus geraden Linien und Kanten, wie er sich erinnerte. Selbstverständlich war der Mann damals nicht alt gewesen, wurde Poldarn klar. Er konnte damals höchstens zwölf Jahre älter sein als er jetzt. Aber für ihn war er so streng, entfernt und zeitlos wie Gott gewesen, der unbestrittene Herrscher über zwei riesige Täler. Alle nannten ihn Herr. In den etwa dreißig Jahren hatte er sich kaum verändert, aber der Junge – das bin ich, ich erkenne das alte grüne Hemd wieder –, mit ihm musste zwischen damals und jetzt etwas geschehen sein, ein großes Leid oder eine Prüfung oder eine unerwünschte Apotheose.)

»Ich glaube, ich erinnere mich an dich«, sagte Poldarn. »Du trugst einen grauen Filzhut mit sehr breiter Krempe. Ich habe ihn mir mal geborgt und draußen im Regen liegen lassen, da war er ruiniert.«

Der alte Mann lachte, aber es klang nicht fröhlich. »Du warst ein wahrer Schrecken. Ständig hast du Dinge genommen, ohne zu fragen«, sagte er. »Und dann hast du sie kaputtgemacht und behauptet, du wärst es nicht gewesen. O Gott, wie oft haben wir deshalb gestritten. Du hast jedoch nie zugehört. Es war, als führte ich Selbstgespräche.«

(Stimmt, wir standen uns nie sehr nahe, fühlten uns in Gesellschaft des anderen nicht wohl. Nichts, was für mich wichtig war, interessierte dich. Du hast dich nie bemüht, mich zu verstehen. Ich kam immer an zweiter Stelle, der ungeliebte und mangelhafte Ersatz für deinen großartigen toten Sohn. Ich erinnere mich, wie wir mit dem Wagen von unserem Hof nach irgendwo gefahren sind, zwei Tage entfernt, und wir auf der gesamten Strecke kein Wort miteinander gesprochen haben.)

»Das klingt vertraut«, sagte Poldarn. »Aber der Name – Ciartan, hast du gesagt. Der sagt mir gar nichts mehr.«

Der alte Mann zuckte mit den Schultern. »Leuchtet ein«, meinte er. »Schließlich hat dich niemand mehr öfter als ein oder zwei Mal im Jahr so genannt. Meistens warst du Junge oder Sohn, wenn ich mich vergaß oder nett sein wollte. Und wenn ich es jetzt recht bedenke, hast du mich überhaupt nichts genannt. Aber du hast ohnehin nicht viel geredet.« Er seufzte. »Aber du warst ein guter Arbeiter, das muss ich dir zugute halten, und du hattest eine rasche Auffassungsgabe, wenn du wolltest. Gott helfe uns, was hast du in all den Jahren getan?«

»Also, ihr beiden habt offensichtlich eine Menge zu bereden«, unterbrach Eyvind. (Poldarn hatte vergessen, dass er anwesend war.) »Daher lasse ich euch allein. Denkt dran, wir rücken ab, sobald es dunkel wird.« Er drehte sich um und ging fort, dabei packte er seinen Onkel Sigfus am Ellbogen und nahm ihn mit. Onkes Sigfus sah nicht so aus, als wollte er gehen, aber es blieb ihm keine andere Wahl.

»Ich weiß es nicht«, antwortete Poldarn. »Tut mir Leid, aber ich dachte, Eyvind hätte dir alles erklärt. Siehst du, ich bekam einen Schlag auf den Kopf und habe mein Gedächtnis verloren ...«

»Ja, das habe ich gehört«, unterbrach ihn der alte Mann. »Ich habe es vor wenigen Minuten erwähnt, oder hast du nicht zugehört? Aber du musst dich doch an *irgendetwas* erinnern.«

»Nein, an fast nichts«, erklärte Poldarn. »Erst jetzt habe ich mich an ein paar Dinge aus meiner Kindheit erinnert, aber das sind nur Bruchstücke und Bilder. Ich kann mich weder an Namen von Menschen noch an Orte erinnern, an nichts, was helfen würde.«

»Hm«, meinte der Alte nachdenklich und schüttelte den Kopf. »Das wird sich ändern, sobald wir zu Hause sind. Sobald du Haldersdale und den Hof siehst, wird alles zurückkommen, du wirst schon sehen. Du hast die Täler immer sehr geliebt.«

Es wurde kalt, und Poldarn hatte nur das, was er am Leib trug. Er überlegte, ob er den alten Mann um eine Decke oder eine Jacke bitten sollte, ließ es aber. Wenn er in diesem Stadium der Bekanntschaft Schwäche zeigte, könnte das später zu ungünstigen Rückwirkungen führen – der alte Mann sah nicht so aus, als würde er schnell etwas vergessen. »Erzähl mir doch etwas über mich, vielleicht hilft das.«

Der Alte dachte kurz nach. »Gut«, sagte er und setzte sich auf die Fersen, als rechnete er damit, jeden Moment aufspringen und kämpfen zu müssen. Poldarn fragte sich, was für ein Ort dieses Haldersdale sein mochte.

»Als du zu mir kamst, warst du noch ein Säugling«, begann der alte Mann. »Als du fünf warst und alt genug, um einen Rechen zu halten, habe ich dir kleinere Aufgaben im Hof übertragen. Was eben getan werden musste. Es wäre jedoch Verschwendung gewesen, das einen erwachsenen Mann tun zu lassen. Du hast zum Beispiel den Hof gefegt, Äpfel umgedreht, das Vieh zur Weide getrieben und wieder geholt. Und das war wirklich alles – bis zum Anfang dieses Jahres. Die Winde waren ungünstig, deshalb mussten wir die Schiffe früh zu Wasser lassen, wenn wir sie überhaupt hinausschicken wollten. Ja, das war genau so in dem Jahr, als du geboren wurdest, wenn ich mich recht entsinne. Und wieder lief alles schief. Eine Strafe für uns, nehme ich an, weil wir es ständig so eilig hatten.«

»Was ist mit meinem Vater?«, fragte Poldarn leise.

»Er hieß Tursten«, sagte der alte Mann und blickte auf den Boden zwischen seinen Knien. »Tursten war ein guter Junge und auf dem bestem Weg, ein guter Bauer zu werden. Aber in seinem zweiten Jahr außer Landes hat ihn diese Hure ermordet. Sie hätte es nicht tun müssen.«

Meine Mutter, dachte Poldarn, *die heute gestorben ist, an dem Tag, als ich mein Volk und meine Familie wiederfand. Aber ich sollte nicht lang diesen trüben Gedanken nachhängen.* Er schaute auf, weil er wissen wollte, wie der alte Mann bei diesem Punkt dreinblickte. Überrascht stellte er fest, dass er keinen Unterschied bemerkte. *Eigentlich war das kein Wunder,* hielt er sich vor Augen. *Ich habe sie auch nur ein einziges Mal getroffen und konnte nicht schnell genug von dort wegkommen. Aber vielleicht bin ich von Natur aus unsensibel. Das ist durchaus möglich.*

»Gibt es noch mehr von uns?«, fragte er. »Ich meine Familie.«

Der alte Mann nickte. »Vettern«, antwortete er. »Der Sohn meines Bruders Turcam, beinahe gleich alt wie dein Vater, und er hat vier Söhne – Cari, Stearcad, Healti und Oser. Dann ist da noch Eolphs Sohn Turliff, er hat zwei Mädchen – Renvyck und Seun. Die anderen Vettern sind drüben in Colsness. Wir sind keine besonders große Familie und stehen uns auch nicht sehr nahe, aber es ist besser, als allein zu sein.«

»Das ist gut«, sagte Poldarn und fragte sich, wie es wohl wäre, jemanden sein ganzes Leben lang zu kennen. Sehr eigenartig, entschied er, als wäre man ein Teil einer Viehherde oder eines Vogelschwarms. »Ich freue mich schon darauf, alle kennen zu lernen«, sagte er. Diesmal schien er das Richtige gesagt zu haben.

»Alle werden verdammt überrascht sein, dich wiederzusehen«, sagte der alte Mann. Diesmal lag ein wenig Wärme in seinem Lächeln. »Und das ist auch gut so, denn das lenkt sie ein wenig von dem ab, was sich hier zugetragen hat. Auf der Insel gibt es keine Familie, abgesehen von uns, die niemanden verloren hat. Und wir werden um einen Mann stärker sein, nicht zwei oder drei weniger.« Er schaute über Poldarns Kopf in die allmählich untergehende Sonne. »Na ja, man sagt ja, dass selbst in den schlimmsten Zeiten immer ein Gutes auf ein halbes Dutzend Schlechte kommt. Ich schätze, jemand muss seine schützende Hand über uns halten – so wie die Sache ausgegangen ist.«

Es wurde merklich dunkler. Einige Männer standen auf, rafften ihre Sachen zusammen, schnürten die Stiefel fester und schlangen die Bündel über die Schulter. *Ich würde gern wissen, wie es ist, wenn man zurück zum Schwarm in die Bäume fliegt,* dachte Poldarn. *Werde ich noch ein Individuum sein oder nur ein Teil der Familie? Selbstverständlich würde kein Mensch außer mir in der Welt so eine Frage stellen.*

»Ist es weit zu den Schiffen?«, fragte er.

Der alte Mann schüttelte den Kopf. »Zwei Tage, vielleicht anderthalb. Wenn wir heute Nacht gut vorankommen, umso besser. Wir müssen uns wegen ihrer verfluchten Reiter Sorgen machen. Eines Tages bauen sie Schiffe, dann können wir unsere Pferde mit herüberbringen, und dann werden wir es ihnen zeigen, das sage ich dir. Aber in diesem verfluchten Land findet man keine guten Pferde. Wahrscheinlich requiriert die Regierung alle guten für ihre Armee.«

Sie brachen auf. Niemand gab das Signal oder blies ins Horn. Niemand gab die Richtung an. »Den hast du fallen lassen«, sagte der alte Mann und reichte ihm den geliehenen Krummsäbel. »Vielleicht brauchst du ihn, ehe wir zu Hause sind.«

Poldarn stand auf. »Erzähle mir mehr über den Hof.«

Das gefiel dem alten Mann. »Haldersholt ist kein Großbesitz, aber für uns groß genug«, sagte er. »In der Mitte von Haldersdale fließt ein kleiner Fluss; das sind etwa tausend ...« Der Alte nannte ein Flächenmaß, das Poldarn selbstverständlich nichts sagte. »... und am Ende des Tals ist eine tiefe alte Mulde, mehr oder weniger rechtwinklig. Die Nordseite grenzt an den

Wald mit einem Bach am Rand, gutes Weideland auf der anderen Seite, aber steil. Die Gebäude stehen dort, wo sich der Waldbach mit dem Fluss vereinigt. Für gewöhnlich haben wir ungefähr zweihundert Schafe, hundert Rinder, etwa dreißig Milchkühe, ein paar Dutzend Pferde. Die Westseite des Tals ist Ackerland. Wir wechseln jedes Jahr zwischen Pflügen und Brachland. Weizen bringt nicht viel, Gerste gedeiht gut, dann haben wir noch Gemüsegärten hinter dem Haus, Obstgärten und ein Hopfenfeld. Ein Segen ist der Steinbruch, der uns gehört, und eine kleine Mühle am Waldbach. Außerdem laufen ständig ein paar Ziegen, Schweine und Hühner herum, aber darum kümmern sich die Frauen. Als ich ein Junge war, hatten wir auf der Südseite ein paar Rebstöcke. Mein Vater hat sie in einem schlechten Jahr ausgegraben und weggeworfen, aber wir könnten wohl wieder welche einsetzen. Im Wald gibt es ein bisschen Rotwild und Vögel. Am Südende des Tals hatten wir eine Lachsreuse, aber darum kümmern wir uns schon jahrelang nicht mehr, nicht seit die Leute von Barnsriver ihre Reusen aufgestellt und den Fluss leer gefischt haben. Aber seit sechzig Jahren mussten wir keinerlei Tauschhandel treiben, der Hof versorgt uns mit allem Notwendigen – und alles Übrige brauchen wir nicht. Und das ist nicht viel.«

»Das klingt alles sehr gut«, meinte Poldarn. »Du musst ziemlich viele Arbeiter haben.«

Der alte Mann musterte ihn seltsam, dann zuckte er mit den Schultern. »Du hast tatsächlich dein Gedächtnis verloren«, sagte er. »So ist es nicht zu Hause. Das erkläre ich dir später, wenn wir Zeit haben. Wir sind fünfzig oder sechzig auf dem Hof, vielleicht noch ein halbes Dutzend oben auf dem Hügel oder in den Kohlengruben. Wie ich schon sagte, es ist nicht riesig, aber groß genug. Möchtest du einige der Helfer kennen lernen? Diesmal habe ich – Gott sei Dank – die meisten zurückgelassen. In der Schlacht haben wir nur einen verloren.« Der alte Mann ging so schnell, dass Poldarn wie ein kleiner Junge traben musste, um mit ihm Schritt halten zu können. Plötzlich blieb der alte Mann stehen, steckte die Finger in den Mund und stieß einen gellenden Pfiff aus. Zwei Männer vor ihnen drehten sich um. Der alte Mann winkte ihnen, zu ihm zu kommen.

»Das ist Raffen«, sagte der alte Mann. »Vielleicht erinnerst du dich an ihn, nein? Schade. Du hast mit ihm gespielt, als ihr noch Kinder wart.«

Der Mann namens Raffen war sehr groß und breitschultrig, sogar noch größer als der Alte. Auch er war kahlköpfig, abgesehen von einem grauschwarzen Haarkranz, der sich von einem Ohr zum anderen hinzog, außerdem hatte er einen kurzen sauber gestutzten Bart. Er sagte nichts, nickte nur. Seine Augen verrieten, dass er Poldarn nach all der Zeit wiedererkannte und sich darüber freute. »Raffen ist der oberste Schäfer«, erklärte der Alte, als die beiden Männer neben ihnen hermarschierten. »Er ist erst zum zweiten Mal im Leben fort vom Hof. Und du meinst, es wird wohl das letzte Mal sein, richtig?«

Raffen nickte und lächelte schief. Poldarn fragte sich, ob er sprechen konnte.

»Der andere heißt Scaptey«, fuhr der alte Mann fort, sein Tonfall änderte sich leicht, tadelnd und gleichzeitig nachsichtig. Das ließ darauf schließen, dass Scaptey ein geduldeter liebenswerter Schurke war, der wohl über besondere Fähigkeiten verfügte. Für einen Freibeuter war er klein, hatte buschige helle Haare, strahlend blaue Augen und eine faltige braune Haut. Er schien beim Gehen fast zu hüpfen. »Scaptey ist die meiste Zeit ein Geschwür am Hintern«, fuhr der alte Mann fort. »Aber nur, weil er weiß, dass er damit durchkommt. Richtig, Scap?«

Der kleine Mann zuckte mit den Achseln. »Was immer du sagst«, antwortete er. »Du kennst mich, ich suche nie Streit.«

»Wenn er nicht nervt, ist er ein halbwegs guter Zimmermann«, sagte der alte Mann. »Außerdem repariert er fast alles. Vorigen Winter hat er eine neue Scheune gebaut, und sie ist noch nicht eingefallen. Ach ja, er ist dein Vetter um drei oder vier Ecken. Er ist der Enkel meiner Tante Ranvay, die an die Nordküste, nach Locksriver, geheiratet hat. Ich glaube, wir haben ihn nur aufgenommen, weil es nicht recht ist, dass einer der Unsrigen unter Fremden lebt.«

Poldarn war sicher, dass das irgendein alter Familienscherz war, denn Scaptey verzog das Gesicht und selbst Raffen lächelte. Aus irgendeinem Grund war Poldarn leicht verärgert, weil er Außenseiter blieb.

Sie marschierten mit schnellen Schritten. Poldarn taten Knie und Waden jetzt schon weh (zu viel Fahren in Karren, nicht genug gehen ... Die Stimme in seinem Kopf, die solche Dinge zu ihm sagte, klang beinahe wie der alte Mann, sein Großvater. Ganz kurz glaubte er, die des Gotts der Krähen zu hören, welcher ihn willkommen hieß). Es war schon zu dunkel, um etwas deutlich erkennen zu können, aber er sah den Kopf des Mannes vor ihm und folgte ihm. Bald sah er überhaupt nichts mehr. Aber irgendwie wusste er, wo der Mann vor ihm war. Die Technik funktionierte, er stolperte nicht und blieb nicht mit dem Fuß in einem Kaninchenloch hängen. Nach einer Weile fühlte er die Schmerzen in den Beinen nicht mehr, er hatte sich dem Marschrhythmus angepasst.

Als die anderen stehen blieben, blieb auch er stehen, ohne zu wissen, weshalb. Weiter vorn tat sich etwas. Er schloss die Augen und lauschte auf Geräusche, aber er hörte nicht mal jemanden atmen.

Sie sind auf etwas gestoßen, wir sind auf etwas gestoßen, deshalb senden wir Späher aus. Wenn sie zurückkommen, werden wir mehr wissen und beschließen, was zu tun ist. Er konzentrierte sich darauf, völlig still zu stehen. Selbstverständlich wurde der Drang, die Füße zu bewegen, stärker, je mehr er sich konzentrierte. Daher bemühte er sich an etwas anderes zu denken. Er dachte an den Hof. Er hatte das Bild bereits vor Augen, doch war es noch flach, wie die Gemälde im Speisesaal in Sansory. Da war der Fluss, da der Bach, mittelblau für Wasser. Der Himmel darüber war hellblau, das Gras grün wie neue Uniformen, vereinzelte weiße Schafe bildeten die Intarsien. Er dachte an die beiden Männer, Raffen und Scaptey. Gott hilf mir, ich werde bald ein Schiff besteigen und fortsegeln ins Land der Archetypen, wo jeder entweder stark, stumm und getreuer Diener oder ein liebenswerter Schurke ist. Er dachte an den alten Mann, aber irgendwie glitt sein Verstand von der Oberfläche dieses Gedankens ab, wie eine Feile an einer Klinge aus gehärtetem Stahl. Er wollte sich an etwas von zu Hause erinnern, aber er scheute vor den Bildern, die vor ihm auftauchten, zurück, als sei die Farbe noch feucht und könnte verschmieren.

Plötzlich bewegte sich etwas. Weiter vorn war Geschrei und Getrampel zu hören. Jemand fiel schwer zu Boden, er spürte es durch die Fußsohlen. Dann schrie jemand vor Schmerzen auf. Zu diesem Zeitpunkt marschierte er los, die Hand am Schwertgriff. Jemand hatte eine Fackel angezündet, dann bildeten mehrere Fackeln einen Kreis um ein Dutzend Männer und einen Karren.

»Glück muss der Mensch haben«, sagte jemand in unserer Sprache. »Weiß jemand, wer diese Hohlköpfe sind? Sie schauen wichtig aus.«

Eyvinds Stimme. »He, jemand soll Turstens Ciartan herholen.« Wen? Ruckartig wurde Poldarn klar, dass er gemeint war. »Er kennt ihre Sprache und kann übersetzen.«

Es war, als hätte jemand die Hand auf seine Schulterblätter gelegt und schiebe ihn vorwärts. Männer machten ihm Platz, ohne sich umzudrehen (woher wussten sie, dass er hindurchkam?) Als er den Rand des Kreises erreichte (erreichte, nicht verletzte. Er befand sich immer noch im Dunkeln), rief er: »Hier bin ich.«

»Großartig«, sagte Eyvind.

(Führte Eyvind das Kommando? Das glaubte er nicht. Zumindest war er bis jetzt nicht der Anführer gewesen. Aber jetzt entschied er, was getan werden sollte. Poldarn bemühte sich, einen klaren Kopf zu bekommen. Eyvind hatte *jetzt* das Kommando für *diese* Aufgabe. Wenn sie vorbei war, würde er zurück ins Glied treten, in den Schwarm, in die Schmelze. Offensichtlich erledigten wir Dinge auf diese Weise.)

»Großartig«, sagte Eyvind »In Ordnung, ich stelle die Frage, und du übersetzt sie in deren Sprache und sagst mir dann, was sie geantwortet haben. Bereit? Gut, los. Wer seid ihr?«

Poldarn hatte diesmal Zeit zu denken, er konnte nicht nur die Hand an die Seite legen und die Worte instinktiv ziehen. »Wer seid ihr?«, fragte er.

Keine Antwort. Sein erster Gedanke war, dass er womöglich falsch übersetzt hätte, doch dann war ihm klar, dass sie ihn eindeutig verstanden hatten, jedoch nicht antworten wollten. Das fand er ausgesprochen unhöflich. Er improvisierte. »Wenn ihr uns nicht antwortet, werden wir dem großen Mann links außen die Hände abschlagen. Also, wer seid ihr?«

Einen Teil der Antwort kannte er. Sie waren Soldaten, wahrscheinlich Kaiserliche, nicht vom Haus Amathy. Acht Kavalleriesoldaten, vier Mann sahen wie Offiziere aus. Einer stand im Wagen. Er rief: »He, hier ist noch ein Mann, aber er scheint krank zu sein.«

Poldarn dachte kurz nach. »He, du im Wagen«, rief er. »Wer bist du?«

»Das ist eine recht vertrackte Frage«, antwortete eine schwache krächzende Stimme. »Ich heiße Monach.«

Ein Soldat wollte hinaufsteigen, vermutlich, um die Stimme zum Schweigen zu bringen. Einer der Unsrigen packte ihn an der Schulter und drückte ihn offensichtlich mühelos auf die Knie.

»Monach, bist du auch ein Soldat?«, fragte Poldarn. »Ich kann dich nicht sehen.«

»Ich? Nein, ich bin Zivilist.« Das klang ehrlich. Aber war der Mann aus einem bestimmten Grund ehrlich? Wahrscheinlich nicht aus Furcht vor Folter oder Tod. Er plante etwas.

»Nun gut, wer sind die Männer bei dir?«, fragte Poldarn weiter. »Und was hast du mit ihnen zu schaffen?«

»Warum zum Teufel sollte ich dir das sagen?«

Poldarn musste nach den richtigen Worten suchen. »Weil wir dich umbringen, wenn du es nicht tust. Ist dieser Grund gut genug?«

Die Stimme lachte, dann ging das Lachen in Husten über. »Nicht wirklich«, antwortete sie. »Warum kommst du nicht her, damit ich dich sehen kann?«

Weshalb? Aus irgendeinem Grund scheute sich Poldarn, ins Licht zu treten. »Ich kann sehr gut von hier aus mit dir sprechen.«

»Wie du willst. Deine Stimme klingt ein wenig vertraut, das ist alles.«

»Deine auch, wenn ich es recht bedenke.« Poldarn runzelte die Stirn. Das brachte sie nicht weiter. Er spürte, wie Eyvind ihn mürrisch musterte. »Beantworte die verdammte Frage«, sagte er. »Wer sind diese Leute?«

Kurzes Schweigen. Dann sagte die Stimme: »Der mittelgroße ist General Cronan.« Zwei Soldaten zuckten zusammen, am liebsten hätten sie wohl den Wagen gestürmt, aber im letzten Moment hatten offenbar ihre Nerven versagt. »Die Namen der anderen drei kenne ich nicht, aber sie sind höhere Stabsoffiziere. Glückwunsch, wer immer du bist, du hast eine doppelte Neun gewürfelt. Das bedeutet, dass du noch mal darfst.«

»Was ist mit dir?«, fragte Poldarn ungerührt.

»Wenn du es unbedingt wissen musst«, antwortete

die Stimme. »Ich bin ein Mönch des Klosters in Deymeson. Möglicherweise der letzte. Ich weiß es nicht, aber das spielt keine Rolle mehr. Ich werde schon bald tot sein.«

»Gut, aber warum sollte ich glauben, dass du die Wahrheit sagst?«, fragte Poldarn.

»Du kannst es glauben, oder auch nicht. Vermutlich ist das wie bei der Religion, es ist eine Glaubenssache. Aber wenn du wissen willst, weshalb ich den General verrate – die Wahrheit ist, dass ich damit einen Befehl ausführe. Der Abt hat mich ausgeschickt, um ihn zu töten, verstehst du. Aber bis jetzt hatte ich dazu keine Gelegenheit.«

Der Mann, der angeblich General Cronan war, fluchte in Richtung Wagen. Einer der Freibeuter trat vor und versetzte ihm einen Schlag auf den Hinterkopf, sodass er zu Boden sank.

»Wäre vor dem Kampf nicht richtig gewesen«, rief die Stimme, die angeblich Monach hieß. »Wir brauchten ihn, siehst du, um mit dir fertig zu werden. Aber das ist jetzt erledigt.« Die Stimme klang sehr müde, aber immer noch klar und verständlich. »Ich nehme an, nichts von alledem bedeutet dir etwas, aber ich möchte dir sagen, wie clever ich war. Soll ich es dir erklären?«

»Wenn du möchtest«, sagte Poldarn.

»Wie überaus liebenswürdig von dir. Nun gut. Ich brauchte Cronan, um dich zu schlagen, weil niemand anderer es hätte tun können. Aber jetzt hat er das geschafft und muss unbedingt getötet werden. Der einzige Mann, der die Freibeuter besiegen konnte, ist die schlimmste Gefahr für die Sicherheit des Imperiums. Er müsste nur ein Wort sagen, und die gesamte kaiserliche Armee würde zu ihm überlaufen, ohne einen Moment zu zögern. Wenn wir ihn ausschalten, wer bleibt dann übrig? Tazencius zählt nicht, und niemand traut Feron Amathy. Die Regierungstruppen haben sich nach Sansory zurückgezogen, was bedeutet, dass das Haus Amathy es nicht wie geplant ausplündern kann. Wenn du mich fragst, hat sich alles doch noch zum Guten gewendet.«

Poldarn war nicht sicher, ob das irgendeinen Sinn ergab, aber es ging ihn ja ohnehin nichts an. Er drehte den Kopf in die Richtung, aus welcher Eyvinds Stimme gekommen war. »Das ist wirklich Glück«, sagte er. »Sieht so aus, als seien wir über den feindlichen General gestolpert, der für das, was geschehen ist, verantwortlich ist. Die anderen drei sind seine Ratgeber, und der Mann im Wagen ist ein Verräter. Ich glaube, dass er die Wahrheit sagt.«

»Ach du lieber Gott«, sagte Eyvind. »Offensichtlich schaut alles schon viel besser aus. Was willst du mit dem Verräter tun?«

Poldarn dachte nach. »Er glaubt, er müsse ohnehin sterben«, sagte er. »Ich würde ihn in Ruhe lassen.«

»Warum nicht?«, meinte Eyvind. Noch während er sprach, durchtrennte ein Krummsäbel General Cronans Hals. Das Geräusch war weit im Wald zu hören. Einer der anderen Stabsoffiziere wollte etwas sagen, aber er war nicht schnell genug. Alle starben schweigend.

»Danke«, sagte die Stimme aus dem Wagen. »Wie ich schon sagte, jeder, der mit mir reitet, wird früher oder später umgebracht. Beunruhigend ist nur, dass ich womöglich das Ende der Welt verhindert habe. Ich glaube nicht, dass das meine Aufgabe war.«

Irgendwie wusste Poldarn jetzt, dass es sicher war, in den Kreis zu treten. Er ging zum Wagen und schaute hinein. Das Licht reichte gerade, um das Gesicht des Mannes zu erkennen.

»Entschuldige«, sagte Poldarn. »Aber bedeutet dir der Name Poldarn etwas?«

Der Mann schaute ihn an. »Machst du Scherze?«, sagte er. Dann verzerrte sich sein Gesicht vor Schmerzen, und er verlor die Besinnung.

Kapitel 26

Der Marsch zu den Schiffen war lang. Kurz nach Tagesanbruch erreichten sie den Mahec, welcher ihnen die Orientierung extrem erleichterte, aber auch die Gefahr vergrößerte, von feindlicher Kavallerie entdeckt zu werden. Noch vor wenigen Tagen hätten sie eine Begegnung mit dem Feind als Gelegenheit und nicht als Bedrohung angesehen, doch die Meinungen hatten sich geändert. Jetzt war das Hauptanliegen, schnell und sicher heimzukommen, ohne weitere Verluste.

»Ich glaube, ich verstehe diese Menschen auch nicht besser als du«, sagte Poldarn, als sie am zweiten Nachmittag dem Flussufer folgten. Der Mann, mit dem er gesprochen hatte (seinen Namen wusste er nicht), schüttelte den Kopf und lächelte. Doch Poldarn ließ nicht locker. »Nein, wirklich«, fuhr er fort. »Du darfst nicht vergessen, dass ich mich an überhaupt nichts mehr erinnern konnte, als ich aufwachte. Ich lerne alles über diese Menschen von vorne, wie du.«

Der Mann schnalzte mit der Zunge. »Es gibt da einen Unterschied«, meinte er. »Wir wollen über diese Leute nicht mehr lernen, als wir brauchen, um sie vom Antlitz der Erde zu vertilgen. Also, wozu die Mühe? Das wäre ja, als wollte ich die Schafsprache lernen.«

Poldarn ignorierte die Bemerkung. »Ich glaube

nicht, dass sie uns noch Ärger machen. Warum zur Hölle sollten sie? Sie müssten doch verrückt sein. Sie haben uns ein Mal besiegt, und jetzt gehen wir nach Hause. Wenn sie uns noch mal angreifen, besteht das Risiko, dass sie verlieren. Sie haben ihr Militärgenie nicht mehr – und damit ist ihre Überlegenheit ein für alle Mal dahin.«

Der Mann war nicht überzeugt. »Du gehst davon aus, dass sie klug sind«, sagte er. »Mit solchen Überlegungen kannst du dir eine Menge Ärger einhandeln. Nein, wahrscheinlich bist du zu blöd, um zu begreifen, was du gerade gesagt hast. Sie werden uns verfolgen, um noch einen Sieg zu erringen. Wer immer ihr neuer Kommandant ist, wird er nicht beweisen wollen, dass er ebenso gut wie sein Vorgänger ist?«

Wenn er bedachte, was er über die Machenschaften im Imperium wusste, musste Poldarn zugeben, dass das durchaus wahrscheinlich war. »Gut, wenn sie angreifen, sind wir bereit«, sagte er. »Beim letzten Mal waren sie nur siegreich, weil sie Zeit hatten, diese verfluchten Krähenfüße auszustreuen.«

Sein Fuß tat längst nicht mehr so weh wie gestern, und da war es schon besser als am vorhergehenden Abend. Selbstverständlich hatte er Hilfe gehabt. Männer, die er nicht kannte, die jedoch zu wissen schienen, wer er war, wechselten sich ab, um ihn zu stützen. Bei dem mörderischen Marschtempo war es für ihn eine Art Rennen auf drei Beinen gewesen. Leider stand es um seinen Arm nicht so gut. Jemand, der von derartigen Dingen etwas zu verstehen schien, erklärte, die Wunde sei entzündet. Er wusste auch, wie man sie behandeln musste: sieben verschiedene Umschläge, alle mit Knoblauch und Brotkrume.

Aber hier im Nichts war beides nicht vorhanden, außerdem war ihnen der Feind dicht auf den Fersen. »Du wirst schon wieder«, sagte der Mann. »Es dauert nur ein bisschen länger, das ist alles.« Poldarn hatte den Eindruck, der Mann wollte ihm Mut machen und sagte nicht die ganze Wahrheit.

Am dritten Abend erreichten sie ein Dorf. Diesmal war ihnen die Nachricht von ihrer Ankunft vorausgeeilt. Der Ort war verlassen. Sämtliche Nahrungsmittel waren aus den Häusern verschwunden, aber sie fanden Äpfel an den Bäumen und etliche Beete mit Lauch und Zwiebeln, die man nur herausziehen musste. Das war genug. Seit der Schlacht hatten sie verdammt wenig zu essen gehabt, aber niemand hatte tatsächlich Hunger gelitten. Ein Hund folgte ihnen Schwanz wedelnd die Straße hinab, als sie weitermarschierten. Aber er hielt sich immer ungefähr fünfundzwanzig Meter entfernt. Das fiel Poldarn auf, und plötzlich fiel ihm auf, dass er seit Tagen keine Krähen mehr gesehen hatte – auch keine anderen Vögel.

Am vierten Tag vermochte er aus eigener Kraft zu gehen. Allerdings wechselten Raffen und Halder sich ab, an seiner lahmen Seite zu gehen, falls er stolperte. Raffen sprach kein Wort, aber Halder erzählte ihm mehr über den Hof. Wie er mit zwölf Jahren zum ersten Mal dorthin gekommen war, wie er mit sechzehn dort sein erstes Haus gebaut hatte, wie er die Baumstämme einzeln auf dem Fluss herbeigeschafft hatte. Sein Vater hatte einen eigenen Hof, einen Tagesmarsch Richtung Osten, aber er hatte sich zu Hause nie wohl gefühlt. Er hatte drei ältere Brüder, und er wollte etwas Eigenes. So war er dem Fluss gefolgt bis zu der Stelle, wo jetzt das Haus stand. Es war ein heißer Tag, und er hatte Durst, deshalb legte er sich hin, um zu trinken. Als er aufstand, wusste er irgendwie, dass er an diesen Ort gehörte. Er verschwendete den Rest des Tages damit, durchs Tal zu wandern. Die Nacht verbrachte er auf dem Rücken liegend an der Stelle, wo Fluss und Bach sich trafen, und zählte die Sterne. Er wachte von Tau durchnässt auf. Als er wieder zu Hause ankam, hatte er hohes Fieber, das ihn beinahe das Leben kostete. Doch als er wieder aufstehen konnte, ging er mit seinem Vater und seinen Brüdern zu dem Ort zurück und beanspruchte das Land ordnungsgemäß, indem er einen Stein niederlegte, in den er seinen Namen eingeritzt hatte. Nachdem sein Vater gestorben war, halfen ihm seine Brüder und deren Männer, das Haus zu bauen, und gaben ihm seinen Anteil an den Herden und Saatkorn. Dann ließen sie ihn allein. Dass war ihm sehr recht. Er verließ seinen Hof nur, um Werkzeug oder Eisen zu holen. Erst drei Jahre später ging er zwei Tage den Fluss hinab nach Gynnersford, weil man ihm gesagt hatte, dort hätten sie eine unverheiratete Tochter. Sie hieß Rannway und hatte Vieh und einen guten Wagen als Mitgift zu erwarten. Ein Jahr später wurde ihr Sohn Tursten geboren. Am Tag nach seiner Geburt pflanzte Halder auf den Hang gegenüber dem Hof ein Fichtenwäldchen. Die Idee war, dass die Bäume gerade das richtige Alter hätten, wenn Tursten sein eigenes Haus bauen wollte. Dann konnte er das Bauholz direkt hier fällen. Das Wäldchen hieß »Turstens Wald« und stand immer noch, da Tursten keinerlei Neigung verspürte zu heiraten oder das Haupthaus zu verlassen. Niemand hatte die

Bäume gelichtet, deshalb waren sie spindeldürr in die Höhe gewachsen. An der südlichen Ecke nisteten Krähen. Die Vögel hatten die gemeine Angewohnheit, herbeizufliegen, wenn die Leute die Kälber fütterten, und ihnen das Futter unter der Nase wegzustehlen.

(Und als ich ein Kind war, habe ich diesen Krähen den Krieg erklärt und einen einzigen ruhmreichen Sieg davongetragen. Ja, darüber weiß ich Bescheid.)

»Wie alt war mein Vater, als er starb?«, fragte er.

Halder zählte in Gedanken rückwärts. »Neunzehn, kurz vor seinem zwanzigsten Geburtstag.«

Poldarn nickte. »Und wie lang ist das her?«

Halder schaute ihn an, dann war ihm der Sinn der Frage klar. »Einundvierzig Jahre«, sagte er. »Einen Monat mehr oder weniger. Die Frau war etwa zehn Jahre älter als er. Als ich hörte, was geschehen war, habe ich die Männer aufgesucht, die damals bei ihm waren – sie stammten aus Colscegsbridge, das auf der anderen Seite der Insel liegt – und habe mir von ihnen versprechen lassen, dass sie mich im folgenden Jahr mit an diesen Ort nehmen, falls es dort noch etwas zu sehen gab. Hier haben wir sie gefunden, mit dem Säugling. Wir haben uns ganz leise angeschlichen, trotzdem musste sie uns gehört haben. In der Scheune war hinten ein Loch, das wir nicht gesehen hatten. Dort war sie hindurchgeschlüpft und rannte mit dir unterm Arm, wie mit einem Paket, davon. Wir entdeckten sie gerade noch rechtzeitig und verfolgten sie. Ich blieb zurück, doch Asley und Turcram, zwei der Männer, waren gute Läufer und kamen ihr näher. Unvermittelt blieb sie stehen – ich habe es mit eigenen Augen gesehen –

und legte dich behutsam auf den Boden. Dann rannte sie so schnell sie konnte weiter.

»Oh«, sagte Poldarn.

»Asley lief hinter ihr her, Turcram blieb stehen und hob dich auf. Um die Geschichte abzukürzen– Asley stolperte über einen Maulwurfshügel und verrenkte sich den Knöchel. Sie entkam und ließ uns mit dir zurück. Sobald ich dich sah, wusste ich, dass du Turstens Sohn warst. Deshalb habe ich dich nach Hause gebracht und dich Rannway, deiner Großmutter, übergeben ...«

»Ja, das hast du mir erzählt«, sagte Poldarn.

»Ach ja. Nun, sie starb zwei Jahre später, aber es waren genügend Frauen auf dem Hof, die für dich sorgten. Dir hat es nie an etwas gefehlt – mehr gibt es nicht zu erzählen. Jedenfalls war das alles, bis du neunzehn wurdest, alt genug, um zum ersten Mal außer Landes zu gehen.« Der alte Mann schüttelte den Kopf. »Natürlich hätte ich es besser wissen müssen, aber du warst so wild entschlossen zu gehen, und ich konnte nichts Schlechtes darin sehen. Am schlimmsten war, dass ich in dieser Jahreszeit bettlägerig war. Ich war von einem Birnbaum gefallen – wie schusselig von mir – und hatte mir das Bein gebrochen. Daher konnte ich nicht mitgehen – und du bist nie zurückgekommen. Das ist etwas, vorüber man nachdenken sollte.« Er machte eine Pause. »Seit ich dreiundzwanzig wurde, bin ich nur zwei Mal nicht mitgegangen. Beim ersten Mal habe ich Tursten verloren, beim zweiten Mal dich. Ich nehme an, dass ich deshalb jetzt hier bin, aus Angst vor dem, was geschehen könnte, wenn ich noch mal ein Jahr verpasse. Inzwischen war nur noch ich selbst übrig geblieben, den ich noch verlieren konnte.«

In dieser Nacht schliefen sie in den Ruinen einer Stadt, welche im Laufe der Zeit mit grünen Ranken überwuchert waren. Halder meinte, er sei mit der Expedition hier gewesen, welche die Stadt vor sieben- oder achtundvierzig Jahren in Schutt und Asche gelegt hatte. Der Wind wehte aus Osten. Es standen noch genügend Mauerreste, um ihnen Schutz zu bieten. Poldarn schlief ein, sobald er sich hingelegt hatte. Er hatte einen Traum, in dem seine Mutter erschien und ihm etwas verzieh, an das er sich nicht mehr erinnern konnte. Sie sah jedoch nicht wie die alte Frau aus der Scheune in Vistock aus. Unwillkürlich fragte er sich, ob der Traum nicht für einen anderen bestimmt sei.

Am nächsten Tag erreichten sie am Spätnachmittag die Küste (was gut war), aber ein beträchtliches Stück südlicher, als sie geglaubt hatten. Wie sich herausstellte, lag der Fehler darin, dass sie dem Südarm des Mahec bis zu dem Punkt gefolgt waren, wo er sich gabelte. Alle schienen ziemlich enttäuscht und aufgeregt zu sein, aber keiner gab einem anderen die Schuld. Sie schienen es als ein Zeichen oder eine Strafe des Himmels zu betrachten. Den Rest des Tages hatte offenbar niemand mehr Lust, über andere Dinge zu reden. Sie marschierten weiter und hofften, so schnell vorwärts zu kommen, dass sie die Schiffe vor Einbruch der Nacht erreichten. Aber sie hatten das Gelände unterschätzt und trafen auf unerwartete Hindernisse: sumpfiger Boden, dichter Wald, und zuweilen war der Pfad entlang des Klippenrands ins Meer gestürzt. Fünf Männer verließen freiwillig die Gruppe, um eine sichere Route zu suchen. Sie waren noch nicht zurückgekehrt, als der Haupttrupp beschloss anzuhalten und bis zum Morgen zu warten.

Poldarn legte sich auf einen flachen Stein und schlief sofort ein. Als er erwachte, stellte er fest, dass die Felsplatte abgerutscht war und nur noch an einem Felssporn über dem Meer hing.

Am nächsten Morgen brachen sie sehr früh auf. Es herrschte die allgemeine Überzeugung, dass sie höchstens eine Stunde von den Schiffen entfernt wären. Vier oder fünf Stunden später hatten sie immer noch kein Schiff gefunden, auch keinen Orientierungspunkt, den sie wieder erkannten. Die Späher waren immer noch nicht zurückgekommen. Das war beunruhigend, deshalb machten sich noch mal fünf Mann auf, um den Weg zu finden und womöglich zu erfahren, was mit den anderen geschehen war. Sie kamen bald zurück und meldeten, dass sie die Schiffe gesehen hätten und dass diese nicht weit weg wären. Aber es gäbe ein Problem. Zwischen den Schiffen und den Freibeutern war die Mündung des Hauptarms des Mahec. Der Fluss war zu breit, um ihn zu durchqueren, und sie hatten nirgends eine Brücke oder eine Furt gesehen. Die fünf hatten keine Zeit verschwenden wollen, um flussaufwärts zu gehen und nach einer Möglichkeit zu suchen. Stattdessen waren sie zurückgekehrt, um die anderen zu warnen, denen sicher etwas einfallen würde, wie man den Fluss überwand.

In diesem Moment fingen alle gleichzeitig an zu reden. Es dauerte nicht lange, bis Poldarn klar wurde, dass das ein sicheres Anzeichen dafür war, dass niemand auch nur einen blassen Schimmer hatte, was zu tun war. Das traf selbstverständlich auch auf ihn zu. Wenn die nächste Möglichkeit den Fluss zu überqueren ein Tagesmarsch weiter flussaufwärts war, bedeutete das, dass sie zwei Tage vergeudeten. In dieser Zeit konnte der Feind auftauchen. (Hatten die Feinde eigene Schiffe? Niemand wusste es. Wenn ja – patrouillierten sie die Küste entlang in der Hoffnung, die Schiffe am Ufer zu finden?) Ihre Lage verschlimmerte sich noch, als sie feststellen mussten, dass sie nicht mehr ausreichend Proviant besaßen. Vor ihnen lag die düstere Aussicht auf einen langen Marsch mit leerem Magen. Einige Enthusiasten diskutierten darüber, ob sie zu den Schiffen schwimmen und sie an die Flussmündung bringen sollten. Andere, Vernünftigere, erklärten, weshalb das keine gute Idee sei. Es war das erste Mal, dass Poldarn sie streiten sah. Sie schienen es nicht oft zu tun, denn offensichtlich hatten sie wenig Übung darin. Keiner wollte der Meinung oder den Vorschlägen des anderen zuhören. Sie brüllten sich nur an. Der Streit wurde so heftig, dass Poldarn das deutliche Gefühl hatte, dass Worte schon bald nicht mehr genügen würden, sondern sie nach den Krummsäbeln greifen würden.

Jemand fragte, weshalb sie dieses Problem nicht schon bedacht hätten, als sie die Schiffe dort am Ufer festgemacht hatten. Die Erklärung war wohl, dass niemand damit gerechnet hatte, aus dieser Richtung zurückzukommen. Im Licht der vergangenen Erfahrungen war es durchaus berechtigt anzunehmen, dass sie dem Nordufer des Hauptarms des Mahec gefolgt seien, da sie ungefähr einen Tag vom Meer entfernt aus dem Norden gekommen waren. Der Fluss hatte keine Rolle gespielt, da der Pfad, dem sie auf dem Vormarsch und dem Rückzug hatten folgen wollen, nordöstlich von der Straße am Fluss abzweigte. Niemand war jemals der Straße so weit gefolgt, dass er auf eine Furt, Brücke oder Fähre gestoßen war.

Jetzt drehten sich die Streitereien im Kreis, aber keiner war bereit oder in der Lage, aufzuhören und für eine geordnete Diskussion zu sorgen. Poldarn fühlte sich nicht befugt einzugreifen, deshalb schlenderte er ein Stück beiseite zu einem Dornenbaum, einem der wenigen Windbrecher auf dem offenen Moor. Er lehnte den Kopf an den Stamm und schloss die Augen …

Dich kenne ich doch, dachte er.

Die Frau aus dem letzten Traum stand vor ihm, während die obligatorische Krähe in der Höhe flog und sich dann auf den dünnen Ästen eines Baumes niederließ. Poldarn blieb, wo er war.

Ich weiß nicht, antwortete die Frau.

Das führte offensichtlich nicht weiter. Die Frau war ungefähr vierzig Jahre alt, hatte ein dünnes, sehr blasses Gesicht und eine kleine spitze Nase. Diesmal war sie anscheinend nicht seine Mutter.

Tut mir Leid, sagte er. Aber ich weiß nicht, wer du bist. Aber das bedeutet nichts, denn ich weiß nicht einmal, wer ich bin, geschweige denn, jemand anderer.

Nun, inzwischen solltest du mich aber kennen, sagte die Frau. Ich bin deine Frau.

Oh, dachte Poldarn. Tut mir Leid, sagte er. Ich hatte keine Ahnung, dass ich verheiratet bin.

Die Frau musterte ihn mürrisch und sagte: Du bist es auch nicht mehr. Poldarn sagte: Entschuldige, aber ich vermag dir nicht ganz zu folgen. Die Frau schüttelte den Kopf und sagte: Das ist ein übler Scherz, wenn man bedenkt, dass du es warst, der mich getötet hat, weil ich dir lästig geworden war und du eine andere heiraten wolltest, die Tochter von Prinz Tazencius, die halb so alt ist wie du. Da hast du mich von zweien deiner Männer in einen Brunnen stoßen lassen. Ich erinnere mich, wie ich darin trieb. Nachdem ich zu erschöpft war, um mich länger über Wasser halten zu können, hörte ich, wie du allen erzählt hast, dass es einen schrecklichen Unfall gegeben hätte. Du hast geweint und geschluchzt – ich wette, du hast es sogar fertig gebracht, echte Tränen zu vergießen –, und alle haben dir geglaubt oder zumindest sehr überzeugend so getan. Und die ganze Zeit über habe ich gedacht, er muss sich doch erinnern, sein schlechtes Gewissen muss ihn doch ab und zu quälen, vielleicht in den frühen Morgenstunden, wenn du aufwachst und nicht wieder einschlafen kannst. Und jetzt muss ich feststellen, dass du alles vergessen hast, das macht mich unglaublich wütend ...

Es tut mir Leid, wiederholte Poldarn, aber ich erinnere mich wirklich nicht. Ganz ehrlich. Ich weiß nicht einmal deinen Namen.

Sie grinste ihn ausgesprochen boshaft an. Das gefällt mir, sagte sie. Ich heiße Faleris, und wir haben vor sieben Jahren geheiratet. Wir haben einen Sohn. Er ist jetzt fünf. Und eine Tochter, die gerade drei geworden ist. Zumindest waren sie so alt, als ich starb. Du hast keine Ahnung, wann das war, und ich werde den Teufel tun und es dir sagen. Ich lasse dich darüber in den frühen Morgenstunden grübeln, wenn du aufgewacht bist und nicht wieder einschlafen kannst. Dann kannst du über etwas anderes nachdenken als über Kriege, Kämpfen, Plündern – vorausgesetzt, dass du dazu überhaupt fähig bist.

Er streckte der Frau die Hand entgegen, um zu sehen, ob sie real sei. Doch sie schien zu schmelzen und im Boden zu versickern. Sie ließ in seinem Kopf ein Geräusch zurück, das ein bisschen ihrer Stimme ähnelte. Er schaute nach oben und hoffte, die Krähe im Baum würde ihm versichern, dass alles nur ein Traum war …

»He, ich habe dir schon mal gesagt: Wach auf!«, wiederholte Halder. »Sonst gehen wir ohne dich weiter.«

Er setzte sich auf. »Entschuldigung«, sagte er. »Ich glaube, ich bin eingeschlafen.«

»Das machst du ständig, wenn man dich zehn Minuten allein lässt«, sagte Halder, streckte die Hand aus und zog ihn hoch. »Da komme ich zurück und muss feststellen, dass dich jeder für tot hält. Gott allein weiß, wie jemand in diesen Zeiten schlafen kann, aber wenn es einer fertig bringt, dann du.«

Es stellte sich heraus, dass alle zu der Ansicht gelangt waren, dass ihnen nichts anderes übrig blieb, als entlang des Flusses zu marschieren, um nach einer Möglichkeit, ihn zu überqueren, Ausschau zu halten. Darüber war keiner besonders glücklich. Das

Marschtempo wurde ständig schleppender. Schließlich stapften die Männer so müde dahin, als läge noch ein halbes Tagwerk vor ihnen. Niemand sprach. Poldarns Fuß und Arm schmerzten, aber er wagte es nicht, zu jammern.

Am späten Nachmittag kamen sie über eine Anhöhe. Aus irgendeinem Grund hatten sie keine Späher vorausgeschickt (niemand hatte gehen wollen), also erblickten sie die Armee erst, als sie von der Anhöhe hinabschauten.

»Wer zum Teufel ist das?«, fragte jemand.

Die Soldaten unten schauten zu ihnen herauf, offensichtlich verblüfft. Das war kein Hinterhalt. Da war sich Poldarn ganz sicher. Nur ein zufälliges Zusammentreffen, das niemand geplant hatte. Selbstverständlich gab es keinen Grund, weshalb sie gegeneinander kämpfen sollten.

»Also, hier rumstehen hilft auch keinem«, sagte jemand. Gleich darauf stürmten sie den Hang hinab, wobei sie die Krummsäbel über dem Kopf schwangen, bereit zum tödlichen Schlag. Verdammt, dachte Poldarn und fing auch an zu laufen, um nicht zurückzubleiben. Er lief, bis er gegen etwas prallte. Das Etwas stellte sich als ein Mann heraus, ein Feind, der seitwärts einem anderen ausgewichen war. Beide Männer stürzten zu Boden und rollten dahin. Poldarn kam als Erster wieder auf die Beine, sein verletzter Arm schmerzte höllisch, als er den Krummsäbel schwang, einen Sekundenbruchteil früher, als der Mann, mit dem er zusammengestoßen war, sein Schwert aus dem nassen Gras aufheben und ihm entgegenschleudern konnte. Poldarn wich aus, aber seine Klinge verfehlte das Ziel. Statt die Verbindungsstelle von Schulter und Arm zu treffen, schlug er auf den Oberarm direkt über dem Ellbogen. Der Mann riss den Mund zu einem Schrei auf, doch kein Laut kam. In diesem Moment erkannte Poldarn ihn, er erinnerte sich sogar an seinen Namen – Hauptmann Muno, der Mann, den er vor den alten Frauen gerettet hatte, welche nach der Schlacht am Fluss die Leichen fledderten. Er hatte den Mann zurück ins Lager getragen und dafür ein Pferd bekommen.

Hauptmann Muno sank auf die Knie, sein Mund stand noch offen wie bei einem Fisch, der auf dem Trockenen erstickt war. Poldarn schwang noch mal den Krummsäbel, diesmal traf er die richtige Stelle. Er spürte, wie die Klinge den Knochen durchtrennte, der Aufprall schoss schmerzhaft durch seinen Arm. Muno fiel nach vorn, wobei er das Krummschwert verdrehte. Poldarn schrie auf und ließ die Waffe los. Er bemühte sich, die Schmerzen zu unterdrücken, und hob den Krummsäbel wieder auf, da er nicht ihm gehörte und er ihn infolgedessen nicht zurücklassen konnte.

Inzwischen war er weit zurückgefallen. Er wollte laufen, aber er konnte nur der großartigen Woge der angreifenden Freibeuter hinterherhumpeln, wie ein ganz alter Hund hinter einem Wagen. Mehrmals stolperte er über einen Toten oder einen Stein.

Wer auch immer diese Leute waren – sie kämpften bis zum letzten Mann (wie albern, dachte Poldarn. Das war doch nur ein *Unfall*), als ginge es um etwas Lebenswichtiges. Ein Teil der Feinde hatte sich zurückgezogen, um ein paar der Wagen zu schützen. Sie bildeten einen Kreis um die Wagen, aber mindestens ein Drittel schaute nach innen, als erwarteten sie, von beiden Seiten angegriffen zu werden. *Gefangene*, dachte Poldarn, *sie haben Gefangene in den Wagen und wagen es nicht, sie freizulassen.* Doch er war zu erschöpft, um seiner Neugier nachzugehen. Die Hauptsache war, diesem sinnlosen Kampf aus dem Weg zu gehen, ehe alles ruiniert war. Er hatte die quälende Vision, dass sein gerade gefundener Großvater einen Wimpernschlag zu spät reagierte oder den Mann hinter sich zu spät bemerkte. So wie ihn das Pech und alle, die mit ihm Kontakt gehabt hatten, verfolgt hatte, machte er sich zu Recht große Sorgen.

Er konnte weder den alten Mann noch Raffen oder Scaptey, den liebenswerten Schurken, irgendwo entdecken. Sie waren nicht von so verdammt lästigen Verletzungen behindert und waren den Hang hinabgelaufen und hatten sich mit den anderen ins Kampfgetümmel gestürzt. Einen kurzen Moment waren sie Individuen gewesen, mit Namen und Lebensgeschichte, doch jetzt waren sie ein Teil der Woge, und er vermochte auf diese Entfernung keine Gesichter auszumachen, nicht einmal, um sie sterben zu sehen.

Er stolperte weiter so gut er konnte. Aber die Schmerzen in seinem Arm und Bein wurden so stark, dass er sie nicht mehr ignorieren konnte. Sie bedrängten ihn, wie das Geschrei eines Säuglings die Mutter kontrollierte. Lange ehe er den Fuß des Hügels erreichte, musste er sich setzen und die Schmerzen durch seinen Körper strömen lassen, weil er nicht länger Widerstand zu leisten vermochte. *Es ist nicht richtig, dass ich von ihnen getrennt bin,* dachte er. Er schämte sich, aber es war mehr als das. Er fühlte sich einsam, wie er so auf dem nassen Boden saß, umgeben von Leichen, und er dachte: *Na ja, das lässt darauf schließen, dass ich mich in gewisser Entfernung von dem Ort befinde, an dem ich zum ersten Mal aufgewacht bin. Alles in allem, ist es wohl besser, irgendwohin zu gehören.*

»Da bist du ja«, sagte eine Stimme hinter ihm.

Er drehte sich um. Wie zum Teufel war ihnen der Trick gelungen, sich unbemerkt an ihn anzuschleichen. »Eyvind?«, fragte er.

»Alles in Ordnung?«, fragte Eyvind.

Poldarn schüttelte den Kopf. »Bist du nur zurückgekommen, um mich zu suchen?«

»In gewisser Weise«, antwortete Eyvind. »Eigentlich hat Halder mich geschickt. Er konnte dich nicht sehen und hat sich gefragt, wo du abgeblieben bist.« Er lächelte. »Ich schätze, er hat Angst, dich aus den Augen zu verlieren, nachdem er dich gerade erst gefunden hat.«

»Das ist nett von ihm«, sagte Poldarn. »Du musst mir auf die Beine helfen, fürchte ich. Mein Bein versagt mir mal wieder den Dienst.«

»Das ist in Ordnung«, meinte Eyvind und zog ihn am unverletzten Arm hoch und legte sein Gewicht auf die eigene Schulter. »Es ist so ziemlich alles vorbei. Wir wissen nur nicht, warum sie so ein Geschiss wegen der Wagen machen. Muss was Wertvolles drin sein.« Er grinste. »Das bedeutet, dass wir doch noch was Hübsches mit nach Hause bringen können, sobald wir die Letzten verjagt haben. Es hat uns fast das Herz gebrochen, nach der mühsamen Arbeit die ganze Beute zurückzulassen.«

Poldarn schüttelte den Kopf. »Schraube deine Hoffnungen nicht zu hoch«, sagte er. »Ich habe so eine Ahnung, dass in den Wagen Menschen und keine Schätze sind. Schau, siehst du den inneren Ring der Soldaten?«

Eyvind blickte hinab und seufzte. »Ich sehe, was du meinst«, sagte er. »Aber könnte es nicht sein, dass sie ihre eigenen Leute bewachen?«

»Gefangene«, erklärte Poldarn. »Wahrscheinlich bilden sie sich ein, dass wir hergekommen sind, um sie zu befreien.«

Eyvind schaute zweifelnd drein. »Überlege mal«, sagte er. »Für wen würden wir einen Umweg machen, um ihn zu befreien? Selbstverständlich nur für unsere Leute. Vielleicht haben sie da unten welche von uns. Überlebende von der Schlacht?«

Poldarn runzelte die Stirn. »Unwahrscheinlich«, sagte er. »Warum sie den ganzen Weg bis hier in den Nordwesten bringen? Ich glaube, wenn sie von uns welche gefangen hätten, hätten sie diese sofort umgebracht oder so schnell wie möglich nach Torcea verschifft.«

Eyvind dachte darüber nach. »Genau!«, sagte er. »Übers Meer wegbringen. Vielleicht haben sie eigene Schiffe, die weiter oben an der Küste warten. Und dorthin wollen sie die Gefangenen bringen.«

»Möglich«, gab Poldarn zu, obgleich er nicht überzeugt war. »Wie auch immer«, sagte er. »Jetzt spielt das keine Rolle mehr, richtig? Wie du gesagt hast – bald ist alles vorbei. Mit Sicherheit, bis ich dahin komme.«

»Verdammt.« Eyvind schaute beunruhigt drein. »Das ist wirklich schwierig. Ich sollte runterlaufen, nur für den Fall, dass ich Recht hatte, dass sie unsere Leute gefangen halten, aber ich habe Halder versprochen, mich um dich zu kümmern.« Er zuckte mit den Schultern. »Kann man nichts machen«, sagte er. »Außerdem werden du und ich nicht die Einzigen sein, die zu diesem Schluss gekommen sind. Trotzdem glaube ich, dass wir so schnell wie möglich nach unten gehen sollten. Wer weiß, vielleicht dauert der Kampf ja lange genug.«

Das Gehen tat verdammt weh, und Eyvinds Ungeduld machte es nicht leichter oder viel schneller. Doch schließlich schafften sie es gerade noch rechtzeitig, um zu sehen, wie der Kreis der Soldaten brach und überrannt wurde, wie ein Mann, der ein bisschen zu spät zieht. Danach war es, als sähen sie das Meer durch ein Leck in der Bordwand rauschen – schnell, effizient und ziemlich deprimierend.

»Da ist Halder, schau«, rief Eyvind. Es war eine große Erleichterung, obwohl Poldarn in diesem Moment gar nicht an ihn gedacht hatte. Er folgte Eyvinds Finger und sah den Kopf des Alten. Neben ihm war Raffen, also da war alles in Ordnung. Er konnte Scaptey nirgends entdecken, aber eigentlich machte er sich um ihn keine Sorgen.

Die Kampfhandlungen klangen danach schnell ab. Hier und dort sah Poldarn noch erhobene Waffen, aber die Freibeuter gaben den letzten überlebenden Feinden den Rest. Die meisten hatten sich bereits hingesetzt und ruhten sich aus, bis zur nächsten Aufgabe, die bewältigt werden musste. Zwei Männer zogen die hintere Klappe von einem Wagen herunter. Die Gefangenen, dachte Poldarn, selbstverständlich vorausgesetzt, es gab welche.

Einer der Freibeuter trat einen Schritt zurück und hob den Krummsäbel. »Halt!«, rief Poldarn. Der Mann zögerte und blickte sich um, um zu erkennen, wer gerufen hatte. Poldarn humpelte so schnell wie möglich zu ihm.

»Da sind noch mehr drin«, erklärte der Mann. »Ich habe gesehen, wie sich unter dem Stapel Decken etwas gerührt hat.«

»So etwas Ähnliches habe ich mir schon gedacht«, sagte Poldarn und erklärte seine Theorie bezüglich der Gefangenen.

»Schon möglich«, meinte der Mann. »In Ordnung, nehmen wir die Decken weg und schauen nach. Aber wenn einer der Unsrigen dort wäre, hätte er doch mit Sicherheit gerufen, sobald er unsere Stimme hörte.«

Niemand kümmerte sich um sie. Die meisten wanderten auf dem Schlachtfeld umher und hoben Waffen und Rüstungen auf, alles, was aus Metall gemacht war. Poldarn nahm einem Mann, der gerade vorbeikam, den Speer ab. Damit hob er die Decken ein Stück an. Das Gesicht eines Mannes kam zum Vorschein. Es war ein Gesicht, das ihm vertraut war.

»Ich kenne dich«, sagte er. »Du bist Tazencius.«

Der Mann unter den Decken nieste, dann stand er auf. Poldarn hatte Recht. Es war der Mann, den er bei der ersten Fahrt für Falx Roisin am Straßenrand aufgelesen hatte. Der Prinz bot einen traurigen Anblick. Im Haar war getrockneter Schlamm, und er hatte ein blaues Auge. Sein linkes Bein war bandagiert, zwei Schienen ragten an beiden Seiten aus den Stofffetzen hervor. »Stimmt«, sagte Tazencius. »Was ist geschehen?«

Poldarn runzelte die Stirn. »Sag du es mir.«

Tazencius setzte sich auf den Wagenrand und streckte das bandagierte Bein aus. »Du meinst nach dem Kampf bei Vistock?«, fragte er. »Ich dachte, du wärst von selbst darauf gekommen. Das Haus Amathy hat mich an die Kaiserlichen verkauft. Keine Ahnung, wie hoch der Preis war. Ich war nicht in der Position, Fragen zu stellen.« Er verzog das Gesicht. »Aber ich würde gern etwas wissen«, sagte er. »Wenn du nicht gewusst hast, dass ich gefangen genommen wurde – wieso hast du dann gewusst, wo du mich retten musst?«

Poldarn grinste. »Wie kommst du auf den Gedanken, dass du gerettet bist?«

»He, worüber redet ihr?«, fragte der Mann, der Tazencius entdeckt hatte.

»Ist schon in Ordnung«, beruhigte Poldarn ihn, ohne sich umzudrehen. »Rein zufällig ist das ein sehr wichtiger Mann. Ich glaube, der Vetter des Kaisers.«

»Genauso ist es«, erklärte Tazencius.

»Ist unwichtig«, meinte der Freibeuter. »Du kennst die Regeln: keine Überlebenden, keine Zeugen. Also, erledigst du ihn, oder soll ich das übernehmen?«

»Ruhig Blut«, sagte Poldarn. »Oder bedeutet dir das Wort Lösegeld nichts?«

»Ein was?«, fragte der Mann. Poldarn wurde bewusst, dass er das kaiserliche Wort für Lösegeld verwendet hatte, da es in seiner eigenen Sprache offenbar dafür keine Bezeichnung gab. Das beantwortete aber seine Frage.

»Ich kenne ihn«, erklärte Poldarn, nicht wirklich sicher, ob das einen Bruch einer offensichtlichen Grundregel rechtfertigte, einen Zeugen leben zu lassen. »Es ist schon in Ordnung.«

»Wie du willst.« Der Mann steckte den Krummsäbel zurück in die Scheide. »Er gehört ganz dir«, fügte er hinzu und wandte sich ab. Offensichtlich hatte er das Interesse verloren. Sein Kamerad war bereits weitergegangen und probierte die Stiefel eines toten Soldaten an.

»Danke«, sagte Tazencius. »Ich habe zwar nicht verstanden, was du mit dem Mann geredet hast, aber ich konnte es weitgehend vermuten.«

»Er wollte dich töten«, sagte Poldarn.

Tazencius seufzte. »Ich kann mir vorstellen, dass die Mehrheit der Menschheit seine Meinung teilt. Hast du das Kommando über diese Männer?«

Poldarn verzog das Gesicht. »Guter Gott, nein! Sie haben mich nur mitgenommen. Augenscheinlich sind einige meine Verwandten.«

Tazencius musterte ihn scharf, als würde das, was Poldarn gesagt hatte, keinen Sinn ergeben. »Was immer du sagst«, meinte er. »Aber ich schulde dir noch einen Gefallen. Das ist schon das zweite Mal innerhalb weniger Wochen, dass du meine Haut gerettet hast. Gut zu wissen, dass jemand auf meiner Seite ist.«

»Ach, bin ich das?«, fragte Poldarn. »Aber eigentlich spielt es keine Rolle, da ich von hier weggehe. Und das würde ich auch tun, wenn ich du wäre.«

Tazencius grinste und tätschelte sein gebrochenes Bein. »Ich bin ganz deiner Meinung«, sagte er. »Könntest du mir wohl erklären, wie ich das schaffen soll?«

»Dein Problem«, antwortete Poldarn.

Aus irgendeinem Grund schaute Tazencius ihn an, als hätte er mehr erwartet. »Wenn du es so spielen willst, gut«, sagte er. »Wie ich sagte, ich verdanke dir mein Leben und will dir auf keinen Fall hier bei deinen Freunden Schwierigkeiten machen. Aber die Tatsache bleibt, wenn ihr mich hier humpelnd zurücklasst, werde ich mit Sicherheit bald von den Kaiserlichen aufgelesen – oder dem Haus Amathy, was das Gleiche bedeutet. Dann war alles, wofür wir beide die letzten Jahre über gearbeitet haben, umsonst. Ich möchte keine Last für dich sein, aber es geht ebenso um deine Interessen wie um meine. Und dann musst du noch an Lysalis denken, falls du sie vergessen hast. Zugegeben, wir hatten unsere Meinungsverschiedenheiten, aber ich glaube kaum, dass sie begeistert wäre, zu erfahren, dass du ihren lieben alten Papa auf dem Schlachtfeld hast sterben lassen.«

Poldarn dachte einen Moment lang nach. Dann zog er sich auf den Wagen und setzte sich neben Tazencius. »Ich habe nicht viel Zeit«, erklärte er. »Sie werden bald weiterziehen wollen, und ich will nicht zurückgelassen werden. Weißt du, wer ich bin?«

Tazencius runzelte die Stirn. »Was ist los mit dir?«, fragte er. »Alles in Ordnung, niemand beobachtet uns. Und selbst wenn – keiner kann verstehen, was wir sagen, oder?«

Poldarn beugte sich vor und packte Tazencius blitzschnell an der Kehle. »Der Name, den du soeben genannt hast.«

»Was? Ach, du meinst Lysalis. Meine Tochter. Deine Frau.«

»Meine Frau?«, wiederholte Poldarn. »Beweise mir, dass sie meine Frau ist. Beweise, dass sie überhaupt lebt.«

»Aber das brauche ich nicht. Du weißt...« Tazencius wollte sich vom Würgegriff befreien, aber Poldarn war zu stark für ihn. »Was zum Teufel ist in dich gefahren? Alles lief so gut. Erst hast du diese Männer in den Hinterhalt geführt, genau wie wir geplant haben, damit ich meinen Sieg bekomme. Dann ist es dir gelungen, Cronan zu erwischen und zu töten – dafür bin ich dir besonders dankbar. Du hast keine Ahnung, wie viel mir das bedeutet. Und jetzt hast du mich wieder gerettet, genau wie beim letzten Mal. Es ist großartig, es ist, als hätte ich einen persönlichen Schutzengel. Meine beste Tat war, dich Lysalis heiraten zu lassen. Was ist jetzt mit dir los?«

»Verstehst du denn nicht?«, sagte Poldarn. »Ich habe alles vergessen. Ich kann mich nicht mal erinnern, wer ich bin. Ich weiß nur, wer du bist, weil ich hörte, wie jemand deinen Namen nannte...«

Er brach ab. Tazencius grinste. »Ist das wahr?«, fragte er. »Na schön, ich glaube dir. Und du kannst dich tatsächlich an nichts mehr erinnern? An gar nichts?«

»Nein. Um Himmels willen, du musst es mir sagen.«

Tazencius lachte. »Das glaube ich nicht«, sagte er. »Mein Gott, was für eine Glückssträhne.« Er lehnte sich ein wenig zurück, nahm einen langen Dolch, der im Wagen lag, und stieß ihn Poldarn kräftig und gekonnt in die Rippen. »So, und jetzt lass uns gehen«, sagte er. »Ganz vorsichtig, so ist es gut. Danke. Ich schlage vor, dass du eine Möglichkeit findest, mich von hier wegzuschaffen. Ansonsten sterben wir zusammen.«

Poldarn schätzte blitzschnell die Situation ein. Bei der kleinsten Bewegung würde er tot sein. Es bedurfte nicht viel Kraft, eine scharfe dünne Klinge zwischen den Rippen ins Herz zu stoßen. »Warum willst du mir nicht sagen, wer ich bin?«, fragte er.

Tazencius lächelte boshaft. »Hauptsächlich, weil ich dich nicht besonders mag. Um ganz ehrlich zu sein – und es gibt keinen Grund, weshalb ich das nicht sein sollte, nicht mehr –, konnte ich deinen Anblick noch nie ertragen. Der Gedanke, dass du mit meiner Tochter zusammen warst, bereitete mir Übelkeit. Eigentlich tue ich dir einen Gefallen, denn wenn ich du wäre, würde ich gewiss nicht wissen wollen, wer ich wäre. Verstehst du, was ich meine? Unwissenheit ist ein Segen, wie der Dichter sagt. Und was ist geschehen? Ich nehme an, ein Schlag auf den Schädel?«

»Welchen Schaden habe ich dir denn zugefügt?«

»Welchen Schaden? Ich bitte dich.« Tazencius schüttelte den Kopf. »Es reicht, wenn man in deiner Nähe ist, denn dann watet man gleichsam in Blut und Scheiße. Hast du gesagt, du würdest fortgehen?«

»Ja.«

»Wunderbar. Mit den Wilden?«

»Ja.«

»Absolut wunderbar. Nach ungefähr einer Woche hast du sie so weit gebracht, dass sie sich gegenseitig an die Kehle springen. Mit etwas Glück bringen sie sich alle um und lassen uns in Ruhe. Weißt du, es ist schon außergewöhnlich. Ja, in gewisser Weise ist das noch besser, als dich umzubringen.«

»Du willst mich umbringen?«

Tazencius zuckte mit den Schultern. »Wer will das

nicht? Der einzige Mensch, der dich nicht auf Anhieb töten will, ist meine arme liebestolle Tochter – und das, mein lieber Schwiegersohn, ist etwas, das ich dir nie und nimmer verzeihen kann. Zugegeben, ich habe mein armes unschuldiges Lämmchen an den übelsten Schurken auf der Welt verkauft, nur um seine Hilfe zu erlangen, das Imperium zu stehlen. Wenn ich nur an meine ruchlose Tat denke, ekele ich mich vor mir. Aber dass sie sich in dich verliebt hat – in dich, um Gottes willen –, das war meine Strafe, das war die göttliche Vergeltung, grausamer und bösartiger hätten sie nicht handeln können. Das bedeutet, dass ich dich nicht töten kann. Hier sind wir beide, ein hübscher scharfer Dolch ist auf dein Herz gerichtet, aber ich darf nicht zustoßen und die Welt von dir befreien. Ist das nicht Irrsinn?« Er seufzte. »Nein, stattdessen verhilfst du mir zur Flucht, und ich lasse dich leben. Ich verdanke *dir* mein Leben. Wieder einmal. Auch das ist meine Bestrafung. Weißt du was? Du bist wie ausgelaufener Honig. Je mehr ich mich bemühe, die Sauerei zu beseitigen, desto klebriger werde ich. Du klebst überall an mir. Wegen dir bleibt bei allem, was ich tue, das Böse an mir kleben, und ich kann es nicht abwischen. Aber ab jetzt …« Er lächelte. »… läuft vielleicht alles viel besser. Du gehst fort. Du weißt nicht, wer du bist. Du weißt nicht, was wir gemeinsam getan haben, und kannst mich damit auch nicht erpressen. Und wenn ich Kaiser bin – und das werde ich sein, darauf kannst du wetten. Gott helfe mir, wenn ich Kaiser bin, wirst du nicht mehr da sein, um mich zu quälen, weil du nicht weißt, wer du bist. Das ist schlichtweg nicht zu überbieten. Weißt du, zum ersten Mal seit Jahren blicke ich optimistisch in die Zukunft.«

Poldarn versuchte sich zu bewegen, konnte aber nicht. Die Dolchspitze war genau in der richtigen Position. Sie ließ ihn atmen, mehr jedoch nicht. Aus dem Augenwinkel sah er, wie seine Leute von den Toten Stahl ernteten. Sie arbeiteten stetig und fröhlich. Sie konnten ihm nicht helfen, da sie nicht sehen konnten, in welch schlimmer Lage er sich befand. »Bitte«, sagte er. »Ich verspreche dir fortzugehen. Du wirst mich nie wiedersehen, aber sage mir zumindest meinen Namen.«

Tazencius lächelte ihn boshaft an. »Na gut«, meinte er. »Dein Name ist Ciartan. Aber das ist nur der Name, mit dem du gekommen bist, nicht der, unter dem du hier bei allen bekannt bist. Und wenn du alles für Übertreibung hältst, irrst du dich. Es gibt niemand – nun, bestimmt nicht auf dieser Seite der Bucht –, der nicht von dir gehört hat. Und wenn ich deinen Namen nennen würde und fragen: ›Wer ist das?‹, weißt du, was alle sagen würden? ›Der ruchloseste Mann auf der ganzen Welt‹. Ja, genau das würden sie sagen, und dabei wissen sie nicht mal die Hälfte von dem, was du getan hast ...«

Poldarn atmete langsam ein und wieder aus. »Was soll ich für dich tun?«

»Mich von hier wegschaffen.«

»Aber wie soll ich das tun? Ich kann mich nicht richtig bewegen.«

»Überlege. Habe ich nicht erwähnt, dass du der brillanteste einfallsreichste Stratege bist, den die Welt je gesehen hat? Na ja, irgendwas in dieser Richtung. Du kannst versuchen, von mir loszukommen, aber es wird dir nicht gelingen. Nein, erst, wenn ich es dir erlaube. Ich traue dir nur, wenn ich dich mit einer Handdrehung töten kann. Und wenn ich sterben muss, dann werde ich dafür sorgen, dass ich dich mitnehme.«

»Was ist, wenn ich dir sage, dass es mir gleichgültig ist?«, sagte Poldarn.

Tazencius schüttelte den Kopf. »Ich würde dir nicht glauben«, sagte er. »Ich kenne dich zu gut. Du würdest alles tun, um am Leben zu bleiben.«

Poldarn dachte kurz nach. Ja, Tazencius hatte Recht. Er wollte nicht sterben. »Wenn du mich tötest, werden sie dich in Stücke reißen. Das ist dir doch klar, oder?«

Tazencius zuckte mit den Schultern. »Dazu wird es nicht kommen«, sagte er. »Du wirst mich retten. Wie ich schon sagte, du bist mein Schutzengel.« Er drückte den Dolch ein bisschen tiefer, nur so weit, dass es wehtat. »Du hast Angst«, sagte er. »Diese Schmerzen reichen, um dir Angst vor dem Sterben zu machen. Habe ich Recht?«

»Ja«, antwortete Poldarn.

»Übrigens, da ist noch etwas, das ich dir nicht verzeihen kann, und das ist deine Liebe zu meiner Tochter. Du hast die Fähigkeit zu lieben, verstehst du. Ich finde das obszön. Es wertet alles ab. Ist dir inzwischen etwas eingefallen?«

Poldarn nickte. »Ich werde einen meiner – einen dieser Männer bitten, vor diesen Wagen Pferde zu spannen«, sagte er. »Ich erkläre ihnen, dass ich es wegen meines verletzten Arms nicht selbst tun kann. Dann erkläre ich, du wärst mein Freund und dass du gut zu mir warst, als ich hier gestrandet war. Und deshalb wollte ich dafür sorgen, dass du sicher herauskommst. Ich bürge für dich. Wenn ich es richtig vorbringe, ganz lässig, sollte es funktionieren. Du kennst diese Menschen nicht. Aber so sind sie: Sie vertrauen einander.«

Tazencius hob eine Braue. »Du magst sie, richtig?«

»Ja«, sagte Poldarn. »Ich mag sie.«

»Das war klar. Sie sind Ungeheuer, und du bist auch eins. Ich bin nicht sicher, ob mir deine Idee gefällt. Ich verstehe doch kein Wort, wenn du mit ihnen sprichst. Du könntest ihnen zum Beispiel sagen, dass ich dir einen Dolch an die Rippen halte. Du könntest sie um Hilfe bitten.«

»Das werde ich nicht tun«, erklärte Poldarn. »Es wäre ein zu großes Risiko.«

»Das weiß ich auch«, sagte Tazencius. »Ich wollte nur sichergehen, dass du es auch so siehst. In Ordnung, sobald sich der Wagen in Bewegung setzt, lasse ich dich absteigen. Aber was hält dich davon ab, mir deine Freunde hinterherzuschicken? Sobald ich den Dolch zurückziehe ...«

Poldarn schüttelte den Kopf. »Ich will dir kein Leid antun«, erklärte er. »Ich meine es ernst. Ich möchte nur, dass du mir meinen Namen verrätst.«

Tazencius nickte. »Und das kann ich nicht, wenn ich tot bin. In Ordnung, ich sehe keine andere Möglichkeit für mich. Aber denk dran. Wenn du mit mir ein falsches Spiel treibst, bringe ich dich um.«

Poldar war überrascht und sehr erleichtert, dass alles so ablief, wie geplant. Ein Mann, den er nie zuvor gesehen hatte (der ihn aber – wie alle – zu kennen schien), schirrte mit freundlichem Lächeln die Pferde ein und winkte, als der Wagen sich in Bewegung setzte. Ansonsten schien sich niemand für sie zu interessieren.

»Kann ich jetzt absteigen, bitte?«, fragte Poldarn.

Tazencius verzog das Gesicht. Er lenkte die Pferde mit einer Hand, in der anderen hielt er den Dolch. »Noch nicht«, antwortete er. »Ich möchte noch mehr Raum zwischen die Wilden und mich bringen, ehe ich meine einzige Trumpfkarte aufgebe. Wäre ich an deiner Stelle, würde ich über die Tatsache nachdenken, dass mich – sobald wir außer Sicht deiner Männer sind – nichts mehr davon abhalten kann, dich zu töten und deine Leiche vom Wagen in einen Graben zu werfen. Wenn ich es recht bedenke, wäre es für mich sehr viel vernünftiger, dich zu töten als dich laufen zu lassen. Hast du das bedacht?«

»Ja«, antwortete Poldarn. »Aber es sieht nicht so aus, als ob ich eine Wahl habe.«

»Nein, hast du nicht. Nach einem Leben voller Entscheidungen – Lebe ich gern in dieser Stadt? Warum lebe ich überhaupt? Wäre ich nicht besser dran, wenn ich tot wäre? – sitzt du jetzt da, ohne irgendwelche Alternativen, keinerlei Verantwortung, keine Unschlüssigkeit, nichts. Wie fühlst du dich?«

»Einsam«, antwortete Poldarn. »Und ich habe Angst. Beides missfällt mir.«

»Du solltest dich daran gewöhnen, wenn du tatsächlich von hier fortgehst und bei den Wilden lebst«, sagte Tazencius. »Stell dir vor, wie es sein wird, als einziger Mensch inmitten zweibeiniger Wölfe. Allerdings kann ich mir für dich keinen besseren Ort vorstellen.«

Der Wagen rollte weiter. Ein Rad knarzte. Poldarn dachte an Copis, aber er hatte Schwierigkeiten, sich daran zu erinnern, wie sie ausgesehen hatte. Außerdem hatte er offensichtlich eine Ehefrau. Kinder auch? Es war wohl keine gute Idee, danach zu fragen.

Es dauerte noch eine Zeit lang, bis der Wagen außer Sichtweite des Schlachtfeldes war. Als der Moment kam, schaute Tazencius ihn an. »Hier sind wir nun«, sagte er. »Na ja, ich glaube, wir können behaupten, dass du deine gute Tat für diesen Tag vollbracht hast.« Diese Bemerkung schien Tazencius zu amüsieren. Plötzlich lächelte er. »Ich weiß nicht, ob es zählt, da du es ja nicht freiwillig getan hast. Aber das trifft auf die meisten von uns fast immer zu. Es macht mir nichts aus, dir zu danken, weil du mir erneut das Leben gerettet hast. Wenn ich es nicht tue, wird es niemand tun, das steht fest.«

»Schon gut, mach dir deshalb keine Sorgen«, sagte Poldarn.

»Oh, ich mache mir keine Sorgen«, erklärte Tazencius. »Aber du solltest dir welche machen. Ist dir klar, dass du für den Tod Tausender, wahrscheinlich Zehntausender, verantwortlich bist, weil du mich gerettet hast? Ein ganzer Bürgerkrieg. Siehst du? Selbst wenn du etwas Gutes tust, verwandelt es sich in eine böse Tat. Deine Schuld. Wie alles andere auch.«

»Alles?«, wiederholte Poldarn. »Na gut, davon weiß ich nichts.«

»Dein Glück«, sagte Tazencius. »Zumindest bis jetzt. Dessen bist du dir doch bewusst, oder? Der Tag wird kommen, wenn du es herausfindest, und dann möchte ich dabei sein und dein Gesicht sehen. Ich werde auf einem großen Sessel aus Zedernholz sitzen, meine Füße auf gleicher Höhe mit deinem Kopf, während ein kräftiger Feldwebel das Schwert an einem Stein schärft. Bis dahin sollst du schwitzen.«

Dann schob sich Tazencius ein bisschen zur Seite, hob den linken Fuß und versetzte Poldarn einen Tritt gegen die Hüfte, dass dieser vom Wagen flog. Poldarn landete auf dem verletzten Arm und schrie, dann rollte ein Wagenrad über den Knöchel seines unverletzten Beins. Er hörte das Knacken der Knochen, ehe er den Schmerz spürte. Dieser jagte durch seinen Körper wie ein Fluss nach der Schneeschmelze. Aus der Ferne hörte er Tazencius vor Freude johlen. »Ja, hübscher Trick, was?« Dann schloss er die Augen.

Als er aufwachte, spürte er als Erstes die Bewegung. Sie war vertraut.

Er öffnete die Augen und sah Halders Gesicht, der auf ihn herunterblickte. »Großpapa?«, fragte er.

»Ich bin hier«, sagte Halder.

»Sind wir auf einem Schiff?«, fragte Poldarn. Dann fügte er hinzu: »Die *Lange Drache*? Sind wir auf der *Lange Drache*?«

Halder lächelte. Dieses Lächeln war echt und so warm wie ein gutes Feuer im Ofen. »Nein, mein Junge«, sagte er. »Die *Drache* wurde vor fünfzehn

Jahren für Dielenbretter zersägt. Das ist die *Rabe.* Aber sicher erinnerst du dich an diesen Namen.«

Poldarn nickte. »Ich habe dir geholfen, die *Drache* zu bauen«, sagte er. »Wir haben die Balken gemeinsam gesägt. Ich oben, du unten. Ich war vierzehn. Die große Säge zerbrach, und Ginlaugh hat sie in der Schmiede zusammengeschweißt.«

Halder nickte. »Ginlaugh ist vor zwei Jahren im Sommer gestorben, Gott sei seiner Seele gnädig«, sagte er. »Und kannst du mir sagen, wer jetzt die Schmiede betreibt?«

Poldarn dachte einen Moment lang nach. Er blickte am Gesicht seines Großvaters vorbei zu den kleinen weißen Wolken am herrlichen blauen Himmel hinauf. Die Sonne war angenehm, dennoch fühlte er sich im Schatten des großen grauen Segels wohl. Er hörte Stimmen. Allerdings verstand er die Worte nicht, erkannte aber den Tonfall wieder. Vertraute Stimmen, seine eigenen Leute, die plauderten, um sich die Zeit zu vertreiben. Beim Salzgeruch des Meeres hätte er am liebsten gesungen. »Asburn«, sagte er. Der Name war wie ein Zapfen ins Zapfenloch auf die richtige Stelle gefallen. »Asburn, der Junge seiner Schwester. Ungefähr mein Alter, vielleicht ein paar Jahre jünger. Stimmt das?«

Der alte Mann nickte. »Willkommen daheim«, sagte er. »O Gott, ich wünschte, ich hätte einen Spiegel zur Hand, damit du dein Gesicht sehen könntest. Diesen Ausdruck hattest du als Kind immer. Seit wir dich gefunden haben, sehe ich ihn zum ersten Mal wieder.«

Poldarn lachte. »Ich kann mich an alle möglichen Dinge erinnern, bis zu …« Er runzelte die Stirn.

»... bis ich die Heimat verlassen habe«, sagte er. »Auf der *Drache*, und du bist zu Hause geblieben, nachdem du von einem Birnbaum gefallen warst. Das ist alles.«

Halder verlagerte das Gewicht ein wenig. Er saß auf einem Haufen leerer Säcke und lehnte den Rücken an den Mast. »Das reicht, an mehr brauchst du dich nicht zu erinnern«, sagte er. »Jedenfalls nicht dort, wohin wir fahren. Alles, was dort geschehen ist ...« Er deutete in Richtung Land. »Das alles ist nicht mehr wichtig, ganz gleich, was es war. Dort, wo wir hinfahren, ist alles anders.«

Etwas in seinen Worten klang seltsam. »Großpapa«, sagte Poldarn. (Zum ersten Mal wusste er, dass er tatsächlich Ciartan hieß und dass er nach Hause fuhr.) »Rede ich im Schlaf?«

Halder blickte beiseite. »Immer«, antwortete er. »War verdammt lästig. Aber niemand ist perfekt.«

»Habe ich gerade im Schlaf gesprochen?« Er kannte die Antwort, als er das Gesicht des Alten sah. »Habe ich etwa davon gesprochen, dass ...«

Halder schüttelte den Kopf. »Nichts hat einen Sinn ergeben«, sagte er, aber er log. »Lauter Unsinn und nicht mal in unserer Sprache. Völlig unwichtig.«

Poldarn dachte kurz nach. »Wenn du es weißt oder je herausfindest – versprich mir, es mir nie zu sagen. Ich habe das Gefühl, dass ich besser dran bin, wenn ich es nicht weiß. Wahrscheinlich ist es für uns alle besser.«

»Das verspreche ich dir«, erklärte Halder. Hoch oben sah Poldarn zwei Möwen, die sich auf dem warmen Luftstrom treiben ließen. »Wir werden nie mehr darüber sprechen.«

»Danke«, sagte Poldarn. »Übrigens wo sind Raffen und Scaptey?«

Halder schaute wieder an ihm vorbei. »Scaptey ist tot«, sagte er. »Er hat die letzte Schlacht nicht überlebt. Raffen ist hier. Er hat Ruderwache.«

»Tut mir aufrichtig Leid«, sagte Poldarn. »Das mit Scaptey, meine ich.«

Halder zuckte mit den Schultern. »Das Ganze war eine höchst üble Sache«, sagte er. »Knapp die Hälfte von uns kehren nicht mit nach Hause zurück. Das hat es in meiner Lebenszeit und auch nicht in der meines Vaters jemals gegeben. Tatsächlich ist das einzig Gute, dass wir dich gefunden haben. Weißt du was? Soweit es mich betrifft, war es das wert. Ich hatte geglaubt, ich müsse allein sterben. Diese Vorstellung war mir unerträglich.«

Poldarn schaute seinen Großvater an und sah die Angst in seinen Augen. Angst vor der Einsamkeit, welche ihn jetzt aber nicht mehr bedrohte. Angst vor dem, was er getan hatte – in diesen Augen sah Poldarn ein Spiegelbild: das verrückte alte Weib in Vistock, als der Krummsäbel herabsauste. All das war zu erwarten gewesen, es gehörte dorthin und war durchaus richtig und anständig. Dahinter sah er noch eine Angst, welche beide wie eine Eiswand trennte. Halder hatte vor ihm Angst.

»Du wirst nicht einsam sterben, das verspreche ich«, sagte er. Dann wollte er dem alten Mann die Hand auf die Schulter legen, doch dieser wich aus. Irgendwo hinter ihnen sang jemand. Poldarn konnte die Worte nicht verstehen, aber er kannte sie auswendig.

Die alte Krähe sitzt auf dem hohen Mastbaum,
Die alte Krähe sitzt auf dem hohen Mastbaum,
Die alte Krähe sitzt auf dem hohen Mastbaum
Des Schiffs, welches den Schwindler übers Meer
nach Hause bringt.

»Alles wird gut werden«, versicherte Poldarn dem alten Mann. »Du wirst schon sehen. Alles wird gut.«